Libba Bray

Diviners

Aller Anfang ist böse

Libba Bray

DIVINERS

Aller Anfang ist böse

Roman

Aus dem amerikanischen Englisch
von Barbara Lehnerer

dtv

Diese Übersetzung wurde mit einem Arbeitsstipendium
des Deutschen Übersetzerfonds gefördert.

MIX
Papier | Fördert
gute Waldnutzung
FSC® C014496

Überarbeitete Ausgabe
2024 dtv Verlagsgesellschaft mbH & Co. KG, München

Titel der amerikanischen Originalausgabe: ›The Diviners‹,
2012 erschienen bei Little, Brown and Company, New York

Umschlaggestaltung: formlabor, Hamburg
Umschlagmotive: shutterstock.com/Atelier Sommerland, ramanjit Singh
Gesetzt aus der Aldus
Satz: C.H.Beck.Media.Solutions, Nördlingen
Druck und Bindung: GGP Media GmbH, Pößneck
Printed in Germany · ISBN 978-3-423-74111-8

And what rough beast, its hour come round at last,
Slouches towards Bethlehem to be born?
William Butler Yeats: ›The Second Coming‹

Für meine Mutter, Nancy Bray, die mir durch ihr Beispiel die Liebe zum Lesen vermittelt hat

Ein Spätsommerabend

In einem vornehmen Stadthaus in der gefragten Upper East Side von Manhattan herrscht Festbeleuchtung. Man feiert eine Party, die letzte in diesem Sommer. Draußen auf der Terrasse, von der man auf die hell erleuchtete Skyline der Stadt blickt, legt das Orchester gerade eine wohlverdiente Pause ein. Es ist halb elf, die Party läuft seit acht, aber schon jetzt sind die Gäste gelangweilt. Debütantinnen in modischen Abendkleidern aus pastellfarbenem Chiffon liegen wie hingegossen in den Ledersesseln, ja, wie glasierte Petits Fours, die in der Julisonne vor sich hin schmelzen. Ein großspuriger Princeton-Student will eben seine Freunde dazu überreden, mit ihm ins Greenwich Village in eine der illegalen Kneipen zu fahren, von der ihm der Freund eines Freundes erzählt hat.

Die Gastgeberin, ein hübsches und verwöhntes junges Mädchen, beobachtet die nervöse Unruhe ihrer Gäste mit einiger Besorgnis. Sie feiert heute ihren achtzehnten Geburtstag, und wenn sie nicht schnellstens etwas unternimmt, um diese Party von den Toten zu erwecken, wird man sich tagelang den Mund darüber zerreißen, dass es bei ihr so langweilig wie bei einem Kirchentreff gewesen ist.

Von den Toten erwecken.

Ein Wochenende zuvor hatte ihre Mutter sie gezwungen, mit ihr aufs Land zu fahren und dort alle möglichen Antiquitätenläden abzuklappern – eine absolut grauenhafte Pflichtübung, allerdings nur so lange, bis sie in einem der Geschäfte auf ein altes Ouijabrett gestoßen waren. Ouijabretter sind zurzeit brandaktuell und Leute, die sich Medium nennen, behaupten, damit Botschaften und Warnungen von der anderen Seite empfangen zu können. Der Antiquitätenhändler hatte ihrer Mutter einen Bären aufgebunden, als er ihr erzählte, unter welch mysteriösen Umständen er an das Brett gelangt war.

»Anscheinend wird das Brett immer noch von rastlosen Geistern heimgesucht. Aber vielleicht gelingt es ja Ihnen und Ihrer Schwester, sie zu bändigen«, hatte er ihr in maßloser Übertreibung geschmeichelt, was ihrer Mutter runter gegangen war wie Öl, letztlich aber dazu geführt hatte, dass sie dem Händler bei Weitem zu viel für das Teil bezahlt hatte. Nun, für diesen Fehler ihrer Mutter würde sie jetzt entschädigt werden.

Die Gastgeberin läuft eilig zum Wandschrank in der Empfangshalle und winkt das Dienstmädchen heran: »Komm, sei ein Schatz und hol das Brett da oben für mich runter.«

Kopfschüttelnd tut das Mädchen, wie man ihr befiehlt. »Mit diesem Brett da sollten Sie sich lieber nicht einlassen, Miss.«

»Ach, sei doch nicht albern.«

Und mit einer schwungvollen Drehung eilt die Gastgeberin mit dem Brett in der Hand zurück in den Salon. »Wer von euch hat Lust, mit den Geistern in Verbindung zu treten?« Sie sagt es kichernd, um zu demonstrieren, dass sie die Sache nicht im Mindesten ernst nimmt. Schließlich ist sie ein modernes Mädchen – ein Flapper durch und durch.

Die ermatteten jungen Damen springen von ihren Sesseln auf. »Was hast du denn da? Ist das etwa ein Hexenbrett?«, fragt eine von ihnen.

»Ja, ist es nicht großartig? Meine Mutter hat es mir gekauft. Angeblich wird es von Geistern heimgesucht«, erwidert die Gastgeberin. Sie lacht. »Nicht, dass ich daran glauben würde.« Sie platziert die herzförmige Planchette in der Mitte des Bretts. »Los, kommt, lasst uns zum Spaß etwas heraufbeschwören, ja?«

Alle scharen sich jetzt um sie. George, Student in Yale, schiebt sich auf den Platz neben ihr. Wie oft hat sie nachts wach gelegen und sich eine Zukunft mit ihm ausgemalt. »Wer will anfangen?«, fragt sie. Sie lässt ihre Finger dicht neben seine gleiten.

»Ich«, verkündet ein Junge mit einem etwas lächerlich wirkenden Fes auf dem Kopf.

Sein Name fällt ihr nicht mehr ein, aber sie hat gehört, dass er gern Mädchen auf den Notsitz seines Automobils einlädt, um dort mit ihnen herumzuknutschen. Er schließt die Augen und legt seine Finger auf die Planchette. »Seit Ewigkeiten stell ich mir schon diese Frage: Ist die Lady zu meiner Rechten unsterblich in mich verliebt?«

Die Mädchen kreischen vor Vergnügen und die jungen Männer lachen, als die Planchette langsam die Buchstaben J-A ansteuert.

»Lügner!«, beschimpft besagte junge Dame das herzförmige Glasorakel auf dem Brett.

»Streit es doch nicht ab, Süße. Mich könntest du ganz billig haben«, sagt der Junge.

Jetzt wird die Stimmung ausgelassen; die Fragen werden gewagter. Die Runde ist beschwipst vom Gin, vom Spaß und von der albernen Wahrsagerei, mit der sie sich zerstreuen.

»Und wenn wir mal einen echten Geist beschwören?«, schlägt George frech vor.

Die Gastgeberin muss schlucken. Sie ist aufgeregt, doch auch ein wenig unsicher. Genau davor hat der Antiquitätenhändler sie nämlich gewarnt. Und sie ermahnt, dass man die Geister, die man weckt, auch wieder ruhigstellen muss – mit einem Abschiedsgruß auf dem Brett. Aber natürlich war er darauf aus gewesen, schnelles Geld mit seiner Story zu machen, und außerdem schreibt man das Jahr 1926 – wer glaubt schon noch an Heimsuchungen und Gespenster, wenn es längst Automobile, Flugzeuge, den Cotton Club und Männer wie Jake Marlowe gibt, die Amerika zur führenden Industrienation machen?

»Nun sagt bloß, ihr habt Angst!« George grinst. Er hat einen grausamen Mund, was ihn umso attraktiver macht.

»Angst? Wovor?«

»Dass uns der Gin ausgeht«, ruft der Junge mit dem Fes und alle lachen.

»Ich beschütze dich«, flüstert George ihr leise ins Ohr. Seine Hand liegt auf ihrem Rücken.

Oh, das ist ohne Frage die wundervollste Nacht in ihrem ganzen bisherigen Leben!

»Wir beschwören jetzt den Geist in diesem Brett … möge er unseren Ruf erhören und uns unser Schicksal wahrhaft vorhersagen!«, deklamiert die Gastgeberin, wobei sie selber kichern muss. »Gehorche, Geist!«

Einen Moment lang herrscht Stille, dann beginnt die Planchette ihre langsame Wanderung über das Alphabet in schwarzer gotischer Schrift auf dem schon leicht zerkratzten Brett und buchstabiert tatsächlich einen Gruß.

I-C-H-G-R-Ü-S-S-E-E-U-C-H

»Das ist der Geist«, scherzt einer aus der Runde.

»Wie heißt du, großer Geist?«, will die Gastgeberin wissen.

Die Planchette bewegt sich jetzt schneller.

N-A-U-G-H-T-Y-J-O-H-N

Belustigt zieht George eine Augenbraue hoch. »Das klingt doch schon mal gut. Was macht dich denn so böse, alter Freund?«

D-A-S-W-E-R-D-E-T-I-H-R-S-C-H-O-N-B-A-L-D-E-R-L-E-B-E-N

»Was werden wir erleben? Was hast du vor, böser Geist?«

Stille.

»Ich will jetzt sofort tanzen gehen! Lasst uns nach Moonglow fahren«, lallt ein betrunkenes Mädchen mit Schmollmund. »Wann spielt die Band denn endlich wieder?«

»Gleich, gleich, ganz ruhig«, antwortet die Gastgeberin mit einem Lachen, aber es liegt eine Warnung darin verborgen. »Versuchen wir es erst noch mal mit einer anderen Frage. Kannst du uns etwas prophezeien, Naughty John? Uns etwas über unser Schicksal verraten?« Sie wirft einen verstohlenen Blick auf George.

Die Planchette rührt sich nicht.

»Verrat uns doch noch irgendwas!«

Schließlich erwacht das Brett wieder zum Leben. »Ich … werde … euch … das … Fürchten … lehren«, liest die Gastgeberin laut vor.

»Der klingt ja wie der Schuldirektor in Choate«, witzelt der Junge mit dem Fes. »Wie willst du das denn anstellen, großer Meister?«

I-C-H-W-E-R-D-E-A-N-E-U-R-E-T-Ü-R-E-N-K-L-O-P-F-E-N

I-C-H-B-I-N-D-I-E-B-E-S-T-I-E

D-E-R-D-R-A-C-H-E-A-U-S-V-E-R-G-A-N-G-E-N-E-N-Z-E-I-T-E-N

»Was meint er nur damit?«, flüstert das beschwipste Mädchen. Sie weicht einen Schritt zurück.

»Nichts, gar nichts. Das ist nichts als Geschwätz«, weist die Gastgeberin sie zurecht, aber auch sie fürchtet sich jetzt. Sie wendet sich dem Jungen mit dem zweifelhaften Ruf zu. »Du hast die Planchette manipuliert!«

»Nein, ehrlich nicht. Das schwöre ich!«, sagt er. Er legt einen Zeigefinger auf sein Herz.

»Und warum bist du hier, Herr und Meister?«, fragt George das Brett.

Die Planchette bewegt sich jetzt so schnell, dass die Runde kaum folgen kann.

I-C-H-H-A-B-E-D-E-N-S-C-H-L-Ü-S-S-E-L-Z-U-R-H-Ö-L-L-E-U-N-D-Z-U-M-T-O-D

D-E-R-T-A-G-D-E-S-Z-O-R-N-S-I-S-T-G-E-K-O-M-M-E-N-D-A-S-J-Ü-N-G-S-T-E-G-E-R-I-C-H-T-D-I-E-H-U-R-E-B-A-B-Y-L-O-N

»Schluss jetzt, sofort!«, ruft die Gastgeberin.

H-U-R-E-H-U-R-E-H-U-R-E wiederholt die Planchette.

Die jungen Mädchen ziehen hastig ihre Finger vom Brett zurück, aber die Planchette rückt unbeirrt weiter.

»Es soll aufhören! Sag, dass es aufhören soll«, kreischt eines der

Mädchen, und selbst die abgebrühten jungen Männer werden blass und weichen von dem Brett zurück.

»Hör auf, oh Geist. Schluss, habe ich gesagt!«, ruft die Gastgeberin schrill.

Die Planchette bleibt stehen. Mit verstörtem Blick sehen sich die Partygäste an. Nebenan kehrt die Band zu ihren Instrumenten zurück und stimmt einen schnellen Song an.

»Oh, Gott sei Dank! Los komm, Baby, ich zeig dir, wie man den Black Bottom tanzt.« Das beschwipste Mädchen rappelt sich ein wenig mühsam hoch und zieht den Jungen mit dem Fes hinter sich her.

»Wartet! Erst müssen wir noch unseren Abschiedsgruß buchstabieren! Das ist das Ritual, dem muss man folgen!«, sagt die Gastgeberin in flehendem Ton, als einer ihrer Gäste nach dem anderen abzieht.

George legt den Arm um ihre Taille. »Sag bloß, du fürchtest dich vor Naughty John?«

»Ich … ich …«

»Du weißt doch auch, dass es der Junge mit dem Fes gewesen ist«, sagt er und sein Atem kitzelt sie sanft am Ohr. »Der hat so seine Tricks. Du kennst doch diese Kerle.«

Ja, diese Kerle kennt sie. Und wahrscheinlich hat dieser Nichtsnutz sie alle von Anfang an getäuscht. Nun, sie lässt sich nicht für dumm verkaufen. Sie ist jetzt achtzehn. Und von nun an wird das Leben für sie aus einem einzigen Strudel von Partys und Tanzvergnügen bestehen. *Night or daytime, it's all playtime. Ain't we got fun?* Ihre Angst von vorhin ist begraben. Ihre Party wird die ganze Nacht über toben. Jemand hat die Teppiche zusammengerollt und ihre Gäste tanzen wie im Rausch. Lange Perlenstränge schwingen von Kleidern mit tief sitzenden Taillen. Gamaschen schlagen herausfordernd gegen den Boden. Arme strecken sich, schieben Luft beiseite – ganz so, als wäre ein wildes dadaistisches Gemälde zum Leben erwacht.

Die Gastgeberin verstaut das Brett wieder im Schrank, wo es bald vergessen sein wird, läuft zurück in den Tanzraum mit seinen hellen elektrischen Lampen und feiert sorglos mit den anderen die letzte Party dieses Sommers.

Draußen verweilt der Wind einen Augenblick lang vor den erleuchteten Fenstern; dann verabschiedet er sich mit einer plötzlichen energischen Bö und weht eilig die Gehwege hinunter. Er rankt sich flüchtig um die glockenförmigen Hüte zweier mondäner junger Damen, die am Ufer des East River einen Pudel spazieren führen und über den tragischen Tod von Rudolph Valentino plaudern. Dann setzt er seinen Weg fort, weht tief in neonlichtdurchflutete Häuserschluchten hinab und über die Hochbahn hinweg, die ratternd die Schienen über der Second Avenue entlangfährt und die Fenster der armen Seelen zum Beben bringt, die zu schlafen versuchen, bevor der Morgen sie einholt – der Morgen mit seinen hupenden Taxis, seinen Straßenbahnen und Zügen; mit seinen Stiefelputzern, die auf dem Union Square die Schuhe der Geschäftsleute polieren; seinen Zeitungsjungen, die auf dem Times Square die Schlagzeilen des Tages verhökern; seinen Telefonistinnen, die sehnsüchtig auf die neuen Schalkragenmäntel starren, die sie von den Schaufenstern aus in Versuchung führen; mit seinen majestätischen Wolkenkratzern, die sich wie gleißende Stahl-, Ziegel- und Glasgötter über allem erheben.

Der Wind trödelt ein wenig vor einem Jazzclub herum und lauscht der neuen Musik, die die Nacht untermalt. Er lässt sich von dem blechernen Klang der Hörner elektrisieren, von den synkopierten Rhythmen des Stride-Pianos, die aus dem Blues und dem Ragtime entstanden sind und die zerklüfteten Umrisse der Skyline dieser Stadt spiegeln.

Auf der Bowery schleppt sich in dem Relikt eines ehemals imposanten, prunkvollen Varietétheaters ein Tanzmarathon dahin. Die völlig erschöpften Teilnehmer, junge Mädchen und ihre Partner, stützen sich gegenseitig, wild entschlossen, sich bei diesem Wettbewerb hervorzutun und sich die Träume aus Radio und Zeitungsreklamen zu erfüllen. Sie haben Blasen an den Füßen, aber ihre Augen strahlen. Weiter oben, im nördlichen Teil von Manhattan, leert sich schon der Great White Way, benannt nach den grell leuchtenden Lichtern seiner Theater. In den Gassen vor den Künstlereingängen warten junge Kerle, die sich einen Blick auf die glamourösen Revuetänzerinnen oder ein Autogramm von einem der zahlreichen Broadwaystars erhoffen. Es ist die Zeit der Stars, des Ruhms, des Reichtums und der Habgier, und die jungen Leute brennen vor Ehrgeiz.

Der Wind nimmt all die Eindrücke gelassen auf. Er ist ja nur der Wind. Aus ihm wird nie ein Radiostar und auch kein Großindustrieller. Er wird nie für ein Amt kandidieren, sich nicht in Douglas Fairbanks verlieben oder die Songs der Tin Pan Alley singen, Lieder, die von Verlangen, Kummer und Vergnügungen erzählen – *ain't we got fun?* Und so weht er ein Stückchen weiter, vorbei an den Schlachthöfen auf der 14th Street und den bedauernswerten Frauen, die ihren Körper in finsteren Seitengassen anbieten. Nicht weit davon entfernt im Hafen reckt Lady Liberty die Fackel in die Höhe, Signalfeuer für alle, die hier an dieser Küste stranden, um der Verfolgung zu entkommen, den Hungersnöten und der Hoffnungslosigkeit. Denn hier beginnt das Land der Träume.

Im Tiefflug geht es weiter über Mietskasernen in der Orchard Street, in denen so manche Träume von einem besseren Leben längst gestorben sind und doch in all dem Dreck und Elend immer wieder neu geboren werden – und eine mühevolle Wanderung vor sich haben. Der Wind klatscht gegen Wäsche, die sich hoch oben über schmutzigen, kaputten Straßen auf zwischen Haus und Haus gespannten Leinen reiht; in diesen Straßen suchen Kinder, halb verhungert, die Mülltonnen nach etwas ab, das sie ernähren könnte.

Der Wind ist immer schon gewesen. Er hat so viel gesehen in diesem Land der Träume und der Seifenopernwerbung, der alten Gräueltaten und des Blutvergießens. Als stummer Zeuge hat er mitverfolgt, wie man einst Hexen hier verbrannt hat, ist auf dem Pfad der Tränen mitgewandert; er hat gesehen, wie Sklavenschiffe ihre Menschenfracht entladen haben, Menschen, die voller Angst ins helle Tageslicht des Hafens blinzeln – mit nichts als ihrem lebenslangen Leid. Der Wind war da, als Präsident Lincoln fiel, getroffen von der Kugel eines Attentäters. Während des Bürgerkriegs roch er nach Schießpulver am Antietam. Er sauste mit dem Büffel um die Wette und tippte tastend, grüßend an die hohen schwarzen Hüte der alten Puritaner. Er hat die lusterfüllten Schreie Liebender mit sich genommen und durch die Luft getragen und hat die Tränen auf weit mehr Gesichtern, als er nennen könnte, zu Salzspuren erstarren lassen.

Jetzt jagt der Wind die Bowery hinunter, schießt dann hinauf zur West Side, wo irischstämmige Banden wie die Dummy Boys zu Hause sind, die hoch zu Pferd die Neunte Avenue entlangpreschen, um Schwarzhändler zu warnen. Er weht am Ufer des mächtigen Hudson River entlang, vorbei am wild pulsierenden Nachtleben von Harlem mit seinen großen Denkern, Musikern und Schriftstellern, bis er vor der Ruine eines alten Herrenhauses schließlich zur Ruhe kommt. Die Fenster sind mit schon halb zerfallenen Brettern zugenagelt, der Abfluss vor dem Haus verstopft mit Müll. Hier hat sich einst, vor langer Zeit, unsäglich Grauenhaftes abgespielt. Jetzt ist das Haus nur noch Relikt aus einer längst vergangenen Ära, vergessen steht es da im Schatten dieser ständig wachsenden, florierenden Stadt.

Die Tür quietscht in den Angeln und der Wind verschafft sich zaghaft Einlass. Er kriecht entlang der engen Korridore, die sich in alle Richtungen drehen und winden, dass einen schwindeln könnte. Auf beiden Seiten davon liegen Räume, verwahrlost, vor sich hin modernd. Er sieht hier Türen, die auf Backsteinmauern führen, und eine Falltür gibt den Blick auf eine breite Rinne frei: sie mündet unterirdisch in eine riesige Schreckenskammer und einen weiteren Raum, der noch viel furchterregender ist. Noch immer sind die Räume von Gestank erfüllt: Gestank von Blut, Urin, von Bösem und von einer Angst, so abgrundtief, dass er genauso wie das Holz, die Nägel und die Fäulnis Bestandteil dieses Hauses hier geworden ist.

Da rührt sich etwas in den finsteren Schatten, es rührt sich etwas Furchtbares, und selbst der Wind, dem alles Böse wohl vertraut ist, weicht jetzt zurück von diesem Ort. Er flieht, saust auf die prächtigen Wolkenkratzer zu, die Luftschlösser versprechen – *nothing but blue skies* – und Sinnbild sind für grenzenlose Fantasien von Zukunft, Fortschritt und von Wohlstand; von einer Zukunft, die nicht mehr an die Übeltaten aus vergangenen Tagen denkt. Und wäre der Wind ein Wächter, jetzt würde er Alarm schlagen. Er würde heulend vor den künftigen Schrecken warnen. Doch er ist nur der Wind, und er weiß sehr genau, dass niemand auf sein Rufen hört.

Tief unten in den Kellern der baufälligen Villa erwacht ein Schmelzofen zu neuem Leben; er tut es rasselnd, heiser röchelnd wie ein Sterbender, der seinem Schicksal höhnisch ins Gesicht lacht. Ein matter Schimmer steigt empor aus dieser dunklen, faulig riechenden, irdenen Gruft. Ja, etwas rührt sich wieder in den dunklen Schatten. Ein Vorbote von etwas Künftigem, das noch viel böser sein wird als je zuvor. Denn Naughty John ist heimgekehrt. Und auf ihn wartet Arbeit.

EVIE O'NEILL, ZENITH, OHIO

Evie presste den schlaffen Eisbeutel an ihre pochende Stirn. Es war bereits Mittag, doch dem Hämmern in ihrem Schädel nach zu urteilen hätte es ebenso gut sechs Uhr morgens sein können. Seit zwanzig Minuten redete ihr Vater nun schon wegen der Party gestern im Zenith Hotel auf sie ein. Mehrmals war er dabei auf ihren betrunkenen Zustand zu sprechen gekommen und auf das peinliche Herumtoben im Stadtbrunnen. Ganz zu schweigen natürlich von dem Ärger, den sie zwischen Party und Brunnenbad verursacht hatte. Dieser Tag würde grausam werden, so viel stand fest. Ihr Kopf hämmerte einen schmerzhaften Rhythmus: Wasser! Aspirin! Sprecht mich nicht an!

»Deine Mutter und ich befürworten den Genuss von Alkohol ganz und gar nicht. Hast du noch nie von dem achtzehnten Zusatzartikel unserer Verfassung gehört?«

»Der Prohibition? Ich trinke auf ihr Wohl, wann immer ich nur kann.«

»Evangeline Mary O'Neill!«, warf ihre Mutter schneidend ein.

»Wie du weißt, ist deine Mutter Schriftführerin der Frauenabstinenzvereinigung Zenith. Hast du das nur eine Sekunde in Betracht gezogen? Hast du bedacht, welchen Eindruck es hinterlässt, wenn man ihre betrunkene Tochter auf einer Sauftour in den Straßen unserer Stadt antrifft?«

Evie ließ die rot unterlaufenen Augäpfel zu ihrer Mutter hinüberwandern. Die saß schmallippig und mit unerbittlich starrem Rücken da, das lange Haar im Nacken zu einer Schnecke aufgerollt. Auf ihrer Nasenspitze trug sie eine Brille.

»Nun?«, donnerte Evies Vater. »Hast du dazu etwas zu sagen?«

»Ach herrje, ich hoffe nur, ich werde eines Tages nicht auch mal eine Brille tragen müssen«, murmelte Evie.

Ihre Mutter reagierte auf diese Äußerung mit einem schweren Seufzer. Seit James' Tod wirkte sie kleiner und verhärmter als früher, so als hätte sie das Telegramm, das sie vor langer Zeit aus dem Kriegsministerium erhalten hatten, ihrer Seele in dem Moment beraubt, in dem sie es geöffnet hatte.

»Für euch jungen Leute ist wohl alles nur ein Scherz.« Ihr Vater war jetzt nicht mehr aufzuhalten und ließ sich über Themen wie Verantwortungsbewusstsein, Bürgerpflicht, altersgemäßes Benehmen und Über-den-Tag-hinaus-Denken aus – Evie kannte die Leier nur zur Genüge. Wie dringend hätte sie jetzt einen Schluck gebraucht, um ihren Kater zu verjagen, doch ihre Eltern hatten ihr den Flachmann abgenommen. Einen wunderschönen Flachmann übrigens – er war aus Silber, und Charles Warrens hatte seine Initialen darin eingravieren lassen. Der gute Charlie, treue Seele. Sie hatte ihm versprochen, seine Freundin zu sein. Eine Woche lang hatte sie durchgehalten. Charlie war lieb, aber eben auch ein quälender Langweiler. Einem Mädchen seine Hand auf ihre Brust zu pressen, so steif und hölzern, als wäre sie ein gestärktes Zierdeckchen auf dem Beistelltisch einer unverheirateten Tante, und dabei mit seinen Lippen wie ein Vogel auf ihrem Mund herumzupicken – das war es, was er sich unter einer Knutscherei vorstellte. *Quelle tragédie.*

»Evie, hörst du mir überhaupt zu?« Ihr Vater sah sie verärgert an.

Evie rang sich ein Lächeln ab. »Immer doch, Vater.«

»Warum hast du diese schlimmen Dinge über Harold Brodie verbreitet?«

Jetzt verzog Evie empört das Gesicht. »Er hatte es verdient.«

»Du hast ihn beschuldigt … ein … ein …« Ihr Vater verhaspelte sich und errötete auch noch dabei.

»Dieses arme Mädchen vernascht zu haben?«

»Evangeline!« Ihre Mutter rang nach Luft.

»Oh Verzeihung, ich meine natürlich, ihre Unschuld ausgenutzt und sie in anderen Umständen sitzen gelassen zu haben.«

»Warum nur kannst du nicht …« Die Stimme ihrer Mutter verebbte, aber Evie kannte die Fortsetzung des Satzes: Warum nur kannst du nicht James ein wenig mehr ähneln?

»Einfach tot sein, meinst du?«, schoss sie zurück.

Das Gesicht ihrer Mutter verzog sich schmerzlich und in diesem Augenblick verachtete sich Evie selbst ein wenig.

»Es reicht, Evangeline«, warnte ihr Vater.

Evie senkte den brummenden Kopf. »Es tut mir leid.«

»Ich denke, du solltest wissen, dass die Brodies mit einer Beleidigungsklage gedroht haben, falls du nicht bereit bist, dich öffentlich zu entschuldigen.«

»Was? Ich werde mich auf keinen Fall entschuldigen!« Evie erhob sich so abrupt, dass sich das Hämmern in ihrem Kopf noch verstärkte und sie sich wieder setzen musste. »Ich habe nur die Wahrheit gesagt.«

»Du hast ein Spiel gespielt …«

»Es war kein Spiel!«

»Ein Spiel, das dich in Schwierigkeiten gebracht hat.«

»Harold Brodie ist ein Mistkerl und ein Herzensbrecher, der beim Kartenspielen schummelt und jede Woche ein anderes Mädchen auf dem Notsitz seines Automobils verführt. Sein Coupé ist ein Fummelpalast, ganz eindeutig. Und noch dazu ist er ein lausiger Küsser.«

Evies Eltern starrten sie sprachlos an.

»Das habe ich jedenfalls gehört.«

»Kannst du deine Vorwürfe denn beweisen?«, fragte ihr Vater drängend.

Das konnte Evie nicht. Nicht ohne den Eltern von ihrem Geheimnis zu erzählen, und das wollte sie keinesfalls riskieren. »Ich werde mich nicht entschuldigen.«

Evies Mutter räusperte sich. »Es gäbe da wohl einen Ausweg.«

Evie sah ihre Eltern nacheinander an. »Und auf die Militärschule kriegt ihr mich auch nicht.«

»Keine Militärschule würde dich aufnehmen«, brummte ihr Vater. »Aber wie wäre es, wenn du für eine Weile nach New York zögest und bei deinem Onkel Will wohntest?«

»Ich ... äh ... du meinst, in Manhattan?«

»Wir haben vermutet, dass du eine Entschuldigung ablehnen würdest«, sagte ihre Mutter und spielte ihren letzten Trumpf aus. »Ich habe deshalb heute Morgen mit meinem Bruder gesprochen. Er wäre bereit, dich aufzunehmen.«

Dich aufzunehmen. Wie eine Last. Ein Akt der Barmherzigkeit. Onkel Will war dem Gejammer ihrer Mutter vermutlich wehrlos ausgeliefert gewesen.

»Es ist ja nur für ein paar Monate«, fuhr ihr Vater fort. »Bis die Aufregung sich gelegt hat.«

New York City. Illegale Flüsterkneipen und verlockende Einkaufsbummel. Broadwaytheater, Filmpaläste. Nachts würde sie im Cotton Club tanzen. Die Tage würde sie mit Mabel, ihrer lieben Freundin Mabesie, zubringen, die im gleichen Haus wie ihr Onkel wohnte.

Sie und Mabel kannten sich, seit sie beide neun Jahre alt waren und Evie und ihre Mutter einige Tage in New York verbracht hatten. Seitdem waren sie Brieffreundinnen.

In den letzten Jahren waren Evies Briefe allerdings seltener geworden, bestanden aus nicht viel mehr als ein paar Zeilen, obwohl Mabel weiterhin regelmäßig schrieb. Meist handelten ihre Briefe von Onkel Wills gut aussehendem Assistenten Jericho, den sie wechselweise als »eine von Engeln gemalte Gestalt« und »ein fernes Ufer, an dem ich zu stranden hoffe« beschrieb. Ja, Mabel brauchte sie. Und Evie brauchte New York. In New York konnte sie sich neu erfinden. Sie konnte jemand sein.

Fast hätte sie ein hastiges Ja hervorgesprudelt, doch sie kannte ihre Mutter nur zu gut. Gab Evie sich nicht den Anschein, als empfinde sie den Vorschlag ihrer Eltern als Strafe, dann würde sie weiterhin in Zenith festsitzen und sich am Ende doch noch bei Harold Brodie entschuldigen.

Sie stieß einen Seufzer aus und presste genau die richtige Anzahl Tränen hervor – zu viele und die Eltern würden womöglich einlenken. »Vermutlich ist das die beste Lösung. Obwohl ich wirklich nicht weiß, was ich in New York mit einem alten Junggesellen als Anstandswauwau und ohne meine lieben Freunde hier aus Zenith anfangen soll.«

»Darüber hättest du dir vorher Gedanken machen sollen«, entgegnete ihre Mutter mit schadenfrohem Lächeln, das ihren moralischen Triumph spiegelte.

Evie unterdrückte ein Grinsen. *Das war gerade eine meiner leichtesten Übungen,* dachte sie.

Ihr Vater sah prüfend auf seine Uhr. »Um fünf Uhr geht ein Zug nach New York. Du solltest dich ans Packen machen.«

Schweigend fuhren Evie und ihr Vater zum Bahnhof. Normalerweise erfüllte sie eine Fahrt in dem Lincoln Boattail Roadster mit einem gewissen Stolz, war er doch das einzige Cabriolet in Zenith – das beste Pferd im Stall ihres Vaters, der mit Automobilen handelte. Doch heute wollte sie von niemandem gesehen werden und wünschte sich, sie wäre genauso belanglos wie die Geister in ihren Träumen. Dasselbe Gefühl beschlich sie manchmal, wenn sie getrunken hatte – dann mischte sich die Scham über ihren jüngsten Auftritt mit dem heftig unterdrückten Ärger über die Empfindungen, die diese engstirnigen Kleinstädter um sie herum in ihr auslösten. »Ach, Evie, du überforderst uns«, sagten sie dann meist mit einem höflichen Lächeln. Als Kompliment war das nicht gemeint.

Sie war tatsächlich eine Herausforderung – zumindest für Zenith, Ohio. Sie hatte verschiedentlich versucht, sich unauffälliger zu verhalten, der normierten Erwartungshaltung zu entsprechen. Doch aus irgendeinem Grunde gelang es ihr immer wieder, etwas Empörendes von sich zu geben oder anzustellen – ließ sich auf eine Mutprobe ein und kletterte einen Fahnenmast empor, gab einen nicht ganz salonfähigen Witz zum Besten oder ging mit irgendwelchen Jungs in deren Automobilen auf Spritztour –, und schon war sie wieder »dieses fürchterliche O'Neill-Mädchen«.

Instinktiv wanderten ihre Finger zu der Münze, die sie um den Hals trug – eine Halbdollarmünze, die ihr Bruder ihr während des Krieges zu ihrem neunten Geburtstag »von drüben« geschickt hatte. Dem Tag, an dem er gestorben war. Sie konnte sich noch gut daran erinnern, wie ihnen Mr Smith vom Telegrafenamt das Telegramm aus dem Kriegsministerium überbracht hatte; er hatte etwas Entschuldigendes gemurmelt, als er es überreichte. Auch an den kaum hörbaren, erstickten Schrei ihrer Mutter erinnerte sie sich, bevor die zu Boden sank, das Blatt Papier mit den herzlosen schwarzen Buchstaben noch immer fest umklammernd. Und auch ihren Vater sah sie vor sich, wie er in seinem Arbeitszimmer gesessen hatte, lange nach seiner Schlafenszeit; vor ihm auf dem Schreibtisch eine offene Flasche des verbotenen Scotch. Evie hatte das Telegramm erst später gelesen: BEDAUERN IHNEN MITTEILEN ZU MÜSSEN ... SOLDAT JAMES XAVIER O'NEILL ... IM DEUTSCHEN FELDE GEFALLEN ... ÜBERRASCHENDER ANGRIFF IN DEN FRÜHEN MORGENSTUNDEN ... HAT SEIN LEBEN FÜR UNSER VATERLAND GEOPFERRT ... SPRECHE IHNEN IM NAMEN UNSERES KRIEGSMINISTERS MEIN AUFRICHTIGES MITGEFÜHL ZUM VERLUST IHRES SOHNES AUS ...

Sie überholten ein Pferdegespann, das unterwegs zu einer der Farmen am Rande der Stadt war. Evie kam es altmodisch und fehl am Platz vor. Aber vielleicht war auch sie diejenige, die nicht mehr hierhergehörte.

»Evie«, hörte sie jetzt ihren Vater mit seiner leisen Stimme sagen. »Was hat sich wirklich auf der Party abgespielt, Liebling?«

Die Party. Anfangs war die Stimmung noch fantastisch gewesen. Louise, Dottie und sie waren piekfein erschienen. Dottie hatte Evie ihr Strassstirnband geliehen, es sah unendlich elegant auf ihren seidigen Locken aus. Sie hatten sich ein lebhaftes, wenngleich recht inhaltsleeres Wortgefecht über diesen Mr Scopes aus Tennessee geliefert, der verurteilt worden war, weil er die Evolutionstheorie unterrichtet hatte. »Es fällt mir nicht im Mindesten schwer zu glauben, dass die gesamte Menschheit von den Affen abstammt«, hatte Evie verkündet und ihre Augen kokett zu den Collegejungen hinüberblitzen lassen, die gerade zum zwölften Mal enthusiastisch den Song *The Sweetheart of Sigma Chi* zum Besten gaben. Alle waren betrunken und ausgelassen gewesen. Und dann hatte ihr Harold schöne Augen gemacht.

»*Hello, my baby; hello, my honey; hello, my Evie girl*«, sang er und fiel vor ihr auf die Knie.

Harry war ein hübscher Junge, von bestrickendem Charme und, entgegen ihrer Aussage von vorhin, ein wundervoller Küsser. Wenn Harry ein Mädchen gefiel, dann rückte es in den Mittelpunkt der allgemeinen Aufmerksamkeit. Und Evie gefiel es, im Mittelpunkt zu stehen, besonders, wenn sie etwas trank. Doch Harry war so gut wie verlobt mit Norma Wallingford. Er war zwar nicht in sie verliebt – das wusste Evie –, sehr wohl aber in ihr Bankkonto, und alle rechneten damit, dass die beiden heiraten würden, wenn er seinen Collegeabschluss hatte. Aber noch war er nicht verheiratet.

»Hab ich dir je erzählt, dass ich besondere Kräfte habe?«, hatte Evie ihn nach ihrem dritten Drink gefragt.

Harry lächelte. »Das ist schwer zu übersehen.«

»Nein, nein, ich meine es ernst«, sagte sie lallend, zu beschwipst, um seine Provokation zu ignorieren. »Ich kann all deine Geheimnisse erraten, wenn ich einen Gegenstand, der dir am Herzen liegt, in der Hand halte und mich auf ihn konzentriere.« Von den Partygästen war hier und da ein unterdrücktes Kichern zu vernehmen. Evie fixierte sie mit herausforderndem Blick und ihre blauen Augen funkelten unter den pechschwarz getuschten Wimpern. »Ich meine es absolut und hundertprozentig ernst.«

»Du bist absolut und hundertprozentig angetrunken, das bist du, Evie O'Neill«, rief Dottie dazwischen.

»Ich beweise es euch. Norma, gib mir was von dir – Schal, Hutnadel, Handschuh, irgendetwas.«

»Ich werde dir gar nichts geben, Evie. Sonst bekomme ich es womöglich nicht mehr zurück.« Norma lachte.

Evie kniff die Augen zu schmalen Schlitzen zusammen. »Ja, wie schlau du bist, Norma. Ich werde mir eine Sammlung rechter Handschuhe zulegen. Es ist ja so bourgeois, zwei zueinander passende zu besitzen.«

»Nun, ganz sicher würdest du niemals etwas tun, das einfach nur normal ist, richtig, Evie?«, sagte Norma kampflustig. Alle lachten und Evies Wangen fingen an zu glühen.

»Richtig, Norma, das überlasse ich dir.« Evie strich sich eine widerspenstige Strähne aus der Stirn, aber sie fiel ihr sogleich wieder in die Augen. »Und wenn ich es mir recht überlege, würden deine Geheimnisse vermutlich auch die Wirkung einer Schlaftablette auf uns haben.«

»Na schön«, warf Harold ein, ehe sich die Situation weiter zuspitzen konnte. »Da hast du meinen Collegering. Verraten Sie mir doch meine tiefsten und dunkelsten Geheimnisse, Madame O'Neill.«

»Mutig von dir, einem Mädchen wie Evie deinen Ring zu überlassen«, rief einer von den Gästen.

»Ruhe, s'il vous plaît!«, befahl Evie theatralisch. Sie begann, sich auf den Ring zu konzentrieren, und wartete darauf, dass er sich in ihren Händen erwärmte. Manchmal geschah es, manchmal aber auch nicht, und sie hoffte inständig und bei der Seele von Rudolph Valentino, dass es diesmal der Fall sein würde. Der Preis für die Anstrengung waren die sich später einstellenden Kopfschmerzen – die Schattenseite ihres bescheidenen Talents –, aber dagegen half schließlich der Gin. Immerhin hatte sie sich vorbeugend bereits ein wenig betäubt. Evie öffnete ein Auge nur einen Spaltbreit. Alle beobachteten sie. Alle beobachteten sie, aber rein gar nichts geschah.

Harold lachte leise in sich hinein und streckte die Hand nach seinem Ring aus. »Na gut, Schätzchen. Du hattest deinen Spaß. Und jetzt solltest du erst mal ein wenig ausnüchtern.«

Aber Evie entzog ihm ihre Hände. »Ich werde deine Geheimnisse enthüllen, wart du nur ab!« Nach Evies Auffassung war kaum etwas unerträglicher, als durchschnittlich zu sein. Das überließ sie den Langweilern. Außergewöhnlich wollte sie leben und sein, das war es, was sie wollte. Ein leuchtender Stern am Himmel. Auch wenn sie das scheußlichste Kopfweh ihres Lebens bekam. Sie schloss die Augen und presste den Ring nochmals fest gegen die Innenseite ihrer Handflächen. Dieses Mal erwärmte er sich stärker und gab schließlich seine Geheimnisse preis. Ein Lächeln breitete sich über Evies Gesicht aus und sie öffnete die Augen.

»Harry, du schlimmer Junge, du …«

Mit neu erwachtem Interesse drängten die Partygäste näher an sie heran.

Harold lachte sichtlich verlegen. »Was willst du damit sagen?«

»Hotelzimmer zweiundzwanzig. Das hübsche Zimmermädchen … L… El…Ella! Ella! Du hast ihr ein dickes Bündel Bares in die Hand gedrückt und ihr gesagt, sie solle sorgsam damit umgehen.«

Norma trat näher auf die beiden zu. »Worum geht es hier, Harry?«

Harrys Lippen wurden schmal. »Ich weiß wirklich nicht, was du da redest, Evangeline. Die Vorstellung ist beendet. Ich hätte jetzt gerne meinen Ring zurück.«

In nüchternem Zustand hätte Evie an dieser Stelle vielleicht nachgegeben. Aber der Gin machte sie übermütig. Sie drohte scherzhaft mit dem Zeigefinger vor seinem Gesicht. »Du hast ihr ein Kind gemacht, du böser Junge.«

»Harold, ist das wahr?«

Harold schoss die Röte ins Gesicht. »Genug, Evie. Das ist nicht mehr lustig.«

»Harold?« Die Frage kam von Norma Wallingford.

»Sie lügt, Liebling«, sagte Harold beschwichtigend.

Evie erhob sich, stieg auf den Tisch und legte eine kleine Charlestonnummer hin. »Mein Freund, dein Ring spricht eine andere Sprache.«

Harold streckte den Arm nach Evie aus, doch sie wich quiekend aus und schnappte sich ein Glas von einem der Umstehenden. »Himmel hilf! Das ist eine Attacke! Eine Attacke von Harold Brodie! Lauft um euer Leben!«

Inzwischen hatte Dottie den Ring an sich gebracht und Harry zurückgegeben. Danach hatten Louise und sie Evie mehr oder weniger aus dem Raum und an die frische Luft geschleift. »Süße, du bist sternhagelvoll. Wir gehen.«

»Ooh, wir gehen! Huiii! Wohin gehen wir denn?«

»Wir nüchtern dich jetzt erst mal aus«, sagte Dottie und beförderte sie in das eiskalte Brunnenwasser.

Etwas später und nach etlichen Tassen Kaffee lag Evie in ihrem nassen Ballkleid zitternd unter einer Decke in einem abgedunkelten Winkel des Damenzimmers. Dottie und Louise waren losgezogen, um ein Aspirin für sie aufzutreiben, und Evie war unbemerkt Ohrenzeugin zweier Mädchen geworden, die vor den goldgerahmten Spiegeln standen und sich über den Streit unterhielten, in den Harold und Norma nach dem Vorfall eben geraten waren.

»An allem ist nur diese fürchterliche Evie O'Neill schuld. Man weiß ja, wie sie ist.«

»Nie kann sie sich zurückhalten.«

»Nun, dieses Mal hat sie es wirklich übertrieben. In dieser Stadt ist sie erledigt. Dafür wird Norma sorgen.«

Evie wartete ab, bis die beiden den Raum verlassen hatten, und ging dann hinüber zu einem der Spiegel. Ihre Wimperntusche war unter den Augen zu dicken schwarzen Klecksen zerronnen und ihre feuchten Locken hingen schlaff herab. Erbärmliches Kopfweh hämmerte wütend auf sie ein, und sie sah ebenso aufgelöst aus, wie sie sich fühlte. Am liebsten hätte sie geweint, aber das half auch nicht weiter.

Da platzte Harry ins Damenzimmer, schloss die Tür hinter sich und hielt sie zu. »Wie hast du es herausgefunden?«, knurrte er und packte sie am Arm.

»Ich hab … ich hab's dir doch gesagt. Dein Ring hat es mir …«

Harrys Griff um ihren Arm wurde fester. »Red keinen Unfug und sag mir jetzt sofort, woher du es weißt! Dank deines hübschen kleinen Partystreichs hat Norma mir gedroht, mich zu verlassen. Ich verlange von dir, dass du meinen guten Ruf wiederherstellst und dich öffentlich entschuldigst.«

Evie fühlte sich wie benebelt und ihr war flau im Magen – die Nachwirkungen ihrer telepathischen Séance, schlimmer als der übelste aller Kater nach einem ganz ordinären Besäufnis. Harold Brodie war alles andere als ein charmanter Playboy, das wurde ihr jetzt bewusst. Er war ein Schuft. Ein Feigling. Das Letzte, was sie tun würde, war, sich bei einem solchen Mann zu entschuldigen.

»Scher dich zum Teufel, Harry.«

Jemand hämmerte von außen gegen die Tür. Es waren Dottie und Louise.

»Evie? Evie! Mach auf!«

Harold ließ ihren Arm los und Evie spürte geradezu, wie dort ein blauer Fleck aufblühte. »In dieser Sache ist das letzte Wort noch nicht gesprochen, Evangeline. Dein Vater hat sein Unternehmen meinem Vater zu verdanken. Das mag dich dazu bewegen, noch einmal über eine Entschuldigung nachzudenken.«

Zur Antwort bedachte Evie Harold Brodie mit einem Schwall Erbrochenem.

»Evie?«, holte ihr Vater sie in die Gegenwart zurück.

Evie rieb sich den schmerzenden Kopf. »Da war nichts, Pop. Es tut mir leid, dass du deswegen in Teufels Küche gekommen bist.«

Er verlor kein Wort des Tadels darüber, dass sie das Wort *Teufel* in den Mund genommen hatte.

Am Bahnhof ließ ihr Vater den Wagen im Leerlauf stehen und begleitete Evie zum Bahnsteig. Dem Gepäckträger, der ihr die Koffer zum Abteil tragen und dafür sorgen sollte, dass sie in New York in die Wohnung ihres Onkels befördert wurden, gab er ein Trinkgeld. Evie hatte nur ihre kleine karierte Reisetasche und eine perlenbestickte Handtasche bei sich.

»So«, sagte ihr Vater und blickte zu seinem Cabriolet hinüber. Dann reichte er Evie einen Zehner, den sie sofort hinter das Hutband ihres glockenförmigen Filzhutes steckte. »Hier ist ein bisschen Taschengeld für dich.«

»Danke, Pop.«

»Ich bin nicht gut im Abschiednehmen, das weißt du ja.«

Evie zwang sich zu einem unbekümmerten Lächeln. »Schon in Ordnung, Pop. Ich bin siebzehn, nicht sieben. Ich komme schon zurecht.«

»Nun denn.«

Leicht betreten standen sie auf der hölzernen Plattform.

»Gib acht, dass das Cabrio nicht ohne dich losfährt«, sagte Evie und deutete mit dem Kinn auf das Automobil. Ihr Vater küsste sie leicht auf die Stirn und erteilte dem Gepäckträger letzte Anweisungen. Dann fuhr er los.

Als der Lincoln am Ende der Straße nur noch als winziger Punkt wahrnehmbar war, verspürte Evie einen Anflug von Traurigkeit, doch auch noch eine zweite, andersgeartete Empfindung. Angst, das war das Wort dafür. Eine nicht auszumachende, unsagbare Angst. Dieses Gefühl peinigte sie nun schon seit Monaten, seit dem Zeitpunkt, an dem die Träume eingesetzt hatten.

»Mein Gott, ich krieg den Heebie Jeebie Blues«, sagte Evie leise und spürte, wie sie zitterte.

Ein prüde aussehendes Paar auf der Bank neben ihrer warf missbilligende Blicke auf ihren knielangen Rock, und Evie beschloss, den beiden eine richtige Show zu bieten.

Sie zog den Rock hoch, fing an, munter vor sich hin zu summen, und rollte die Strümpfe nach unten, bis beide Beine vollständig entblößt waren. Das hatte die erwünschte Wirkung auf die zwei, sie begaben sich sofort ans hintere Ende des Bahnsteigs, nicht ohne lautstark ihrem Unmut über die »Schamlosigkeit der Jugend« Luft zu machen. Eine Stadt mit solchen Menschen würde Evie ganz bestimmt nicht fehlen.

Ein cremefarbenes Coupé fuhr gefährlich schlingernd die Straße herauf und kam gerade noch vor dem Bahnsteig zum Stehen. Zwei schick gekleidete Mädchen kletterten aus ihm heraus. Evie grinste und winkte ihnen stürmisch zu. »Dottie! Louise!«

»Wir haben gehört, dass du uns verlässt, und sind gekommen, um dich zu verabschieden«, sagte Louise, während sie kurzerhand über das Bahnsteiggeländer kletterte.

»Gute Nachrichten verbreiten sich schnell.«

»In dieser Stadt? Wie ein Blitz.«

»Es ist einfach fantastisch! Ich bin ohnehin eine Nummer zu groß für diesen Ort. In New York wird man mich verstehen. Ich werde in allen Zeitungen genannt und bei den Fitzgeralds zum Cocktail eingeladen werden. Schließlich ist meine Mutter eine Fitzgerald. Irgendwie müssen wir verwandt sein.«

»Da wir gerade von Cocktails sprechen …« Grinsend zog Dottie etwas aus ihrer Handtasche, das wie ein unschuldiges Aspirinfläschchen aussah. Es war zur Hälfte mit einer durchsichtigen Flüssigkeit gefüllt. »Hier, ein bisschen Fusel für dich, um dir über den Anfang hinwegzuhelfen. Tut mir leid, dass es nicht mehr ist, aber mein Vater markiert seine Flaschen jetzt immer. Ach ja, und ein Exemplar von *Photoplay* haben wir auch noch im Schönheitssalon für dich ergattert«, fügte Louise hinzu.

Evie spürte, wie ihre Augen sich mit Tränen füllten. »Macht es euch denn nichts aus, mit dem verstoßenen Mädchen gesehen zu werden?«

Louise und Dottie brachten ein schwaches Lächeln zustande – es bestätigte, dass Evie tatsächlich eine Verstoßene war, sie beide aber dennoch gekommen waren.

»Ihr seid einfach zwei Engel. Wäre ich der Papst, ich würde euch kanonisieren lassen!«

»Während der Papst auf dich bestimmt am liebsten eine Kanone abfeuern lassen würde!«

»New York City!« Louise zwirbelte die langen Perlenstränge um ihren Hals. »Norma Wallingford wird vor Neid platzen. Sie ist höllisch wütend über deinen Auftritt.« Dottie kicherte. »Raus mit der Sprache: Wie hast du das mit Harold und dem Zimmermädchen nun wirklich rausgefunden?«

Evies Lächeln wurde eine Spur schmaler. »Ein reiner Zufallstreffer.«

»Aber …«

»Ach, seht mal, da kommt mein Zug«, sagte Evie und unterband damit sämtliche weiteren Nachfragen. Sie umarmte ihre Freundinnen herzlich und voller Dankbarkeit. »Wenn wir uns das nächste Mal sehen, dann bin ich schon berühmt! Und mein Chauffeur wird uns in meiner Limousine durch ganz Zenith kutschieren.«

»Wenn wir uns das nächste Mal sehen, wirst du wegen irgendeines genialen Verbrechens vor Gericht stehen!«, sagte Dottie lachend.

Evie grinste. »Dann müssen sie aber erst herausfinden, wie ich heiße.« Ein Schaffner in blauer Uniform hielt die Reisenden an, in den Zug einzusteigen. Evie ließ sich in ihrem Abteil nieder. Es war stickig darin und so stieg sie mit ihren grünen Spangenschuhen aus Satin auf einen der Sitze, um das Fenster zu öffnen.

»Lassen Sie mich das machen, Miss«, bot ein anderer, jüngerer Schaffner an.

Evie warf ihm durch die Wimpern, die sie zu Hause noch getuscht hatte, einen Blick zu und bedachte ihn mit einem entwaffnenden Lächeln ihres rot bemalten Mundes. »Ach, Sie wären ein Schatz, wenn Sie mir das abnehmen würden.«

»Sie sind auf dem Weg nach New York, Miss?«

»Ja, das ist richtig. Ich habe einen Badenixenwettbewerb gewonnen und nun will man mich in New York für *Vanity Fair* fotografieren.«

»Wenn das nichts ist!«

»Ja wirklich, nicht?« Evie ließ ihre Wimpern klimpern. »Das Fenster?«

Der junge Mann löste die Verriegelung und schob das Fenster mühelos herunter. »Bitte sehr!«

»Oh, besten Dank«, säuselte Evie. Ja, sie war auf dem richtigen Weg. In New York konnte sie sein, wer immer sie wollte. Es war eine große Stadt – ein Ort für jeden, der davon träumte, ein glänzender Star zu werden.

Evie reckte den Kopf aus dem Abteilfenster und winkte Louise und Dottie zu. Ihre zu einem Bob gekürzten Locken wehten ihr ums Gesicht, während das verschlafene Städtchen hinter ihr langsam in der Ferne verschwand. Sekundenlang wünschte sie sich, sie könnte in die Sicherheit ihres Elternhauses zurück. Aber darum war es bestellt wie um den Nebel in ihren Träumen. In Wirklichkeit war es eine Gruft – seit Jahren schon. Nein. Sie würde nicht traurig sein. Sie würde strahlen und glänzen wie ein richtiger Star. Würde eines der funkelnden Lichter von New York sein. »Auf bald!«, schrie sie den beiden schwindenden Gestalten zu.

»Worauf du dich verlassen kannst!«

Ihre Freundinnen schrumpften in der rauchverschleierten Ferne zu kleinen Farbtupfern zusammen. Evie warf ihnen Kusshände zu und bemühte sich, die aufkommenden Tränen zurückzuhalten. Bedächtig winkte sie den vorbeiziehenden Dächern von Zenith, Ohio, nach, wo die Menschen ihr sattes, sicheres und selbstzufriedenes Leben liebten, ihren Geschäften nachgingen und niemals auch nur einen winzigen Einblick in die verborgenen Geheimnisse der anderen bekamen oder erschreckende Albträume von toten Brüdern zu ertragen hatten. Einen Moment lang beneidete Evie sie fast.

»Wollen Sie die ganze Fahrt da oben stehen bleiben, Miss?«, fragte der Schaffner.

»Ich will nur richtig Abschied nehmen«, antwortete Evie. Sie hob die Hand und wie eine Königin winkte sie den Häusern einen letzten Segensgruß zu.

»Bis dann, ihr Langweiler! Ihr habt ja keine Ahnung!«

Memphis Campbell, Harlem, New York

Es war Morgen in Harlem und der Morgen gehörte den Zahlenlotto-Läufern. Von der nördlichen 130th bis hoch zur 160th Street und von der Amsterdam Avenue auf der West Side bis hinüber zur Park Avenue im östlichen Teil von Harlem waren ganze Scharen von ihnen unterwegs, um die Wettscheine für ihre Kunden auszufüllen und anschließend die hoffnungsbeladenen Zahlenkombinationen in rasendem Tempo zu ihren Bankhaltern in die Hinterzimmer der Zigarren- und Friseurläden, die Flüsterkneipen und die Souterrains der Stadthäuser zurückzutragen. Das Ganze musste vor zehn Uhr morgens abgewickelt werden, denn dann gab die Lottogesellschaft unten in der Wall Street die Gewinnzahlen des Tages bekannt, und es stellte sich heraus, wer es trotz der geringen Chance geschafft hatte und plötzlich reich geworden oder wer – sehr viel wahrscheinlicher – leer ausgegangen war. Nur selten endete die Sache zu Harlems Gunsten, aber seine Bewohner spielten trotzdem geduldig weiter: Ihr Glück konnte sich ja schließlich eines Tages wenden.

Der siebzehnjährige Memphis bezog an seinem Stammplatz Ecke Lenox Avenue und 135th Street unter der Straßenlaterne unweit des U-Bahn-Eingangs Stellung, um seine Kunden auf dem Weg zur Arbeit abzupassen. Wachsam hielt er nach Polizisten Ausschau, während er Tippschein für Tippschein ausfüllte: »Ja, Miss Jackson, fünfzehn Cent auf die 4–11–44.« – »44, 11, 22. Hab ich notiert.« – »Na, wenn Sie diese Zahl im Traum gesehen haben, Sir, dann wären Sie ja dumm, wenn Sie nicht auf sie setzen würden.«

Überall lagen Zahlen in der Luft – in Gesangbüchern und auf Anschlagtafeln, bei Hochzeiten, Begräbnissen und Geburten, bei Boxkämpfen und Pferderennen, in den Zügen, bei der Arbeit, in den Bruderschaften und in Träumen – und wollten in Reichtum verwandelt werden. Insbesondere in den Träumen.

Memphis dachte nicht gerne über seine Träume nach. Nicht letzthin jedenfalls.

Nach der morgendlichen Hauptverkehrszeit nahm er Wetten in den Foyers der Mehrfamilienhäuser entgegen und verstaute die Tippscheine in einem kleinen Lederbeutel, den er – für den Fall, dass man ihn mal durchsuchte – in seinem Socken versteckt bei sich trug. Dann sah er noch im DeLuxe Beauty Shop vorbei, wo es nicht nur die neuesten Frisuren, sondern auch den neuesten Klatsch gab.

»Und da hab ich ihr gesagt, ich kenn mich ja vielleicht mit Glatzen aus, aber Wunder, die kann ich nicht vollbringen«, gab Mrs Jordan, die Besitzerin des Ladens, gerade vor ihren schmunzelnden Kundinnen zum Besten. »Tag, Memphis. Na, wie geht's so?«

Die Damen setzten sich in Positur.

»Mein Gott, der Junge ist ja so schön wie ein Pharao«, sagte eine der jungen Frauen im Laden glucksend. Sie fächelte sich mit einer Zeitschrift etwas Luft zu. »Haste denn schon ein Mädchen, Süßer?«

»An jeder Ecke eines!«, sagte Mrs Jordan lachend.

Memphis wusste, dass er gut aussah. Er war einen Meter achtzig groß, breitschultrig und hatte hohe Wangenknochen, die er seinen jamaikanischen Vorfahren aus grauer Vorzeit zu verdanken hatte. Floyd aus Floyd's Barbershop sorgte dafür, dass seine Haare immer kurz geschoren und schön geölt waren, und Mr Levine, der Schneider, kümmerte sich darum, dass seine Anzüge perfekt saßen. Als Erstes aber stach jedermann Memphis' Lächeln ins Auge. Wenn

Memphis Campbell sich entschloss, das ganze Ausmaß seines Charmes zu entfalten, dann zeigte er zunächst sein Lächeln: anfangs scheu, dann breiter, schließlich strahlend, beinahe blendend. Dazu kam noch sein Blick aus Augen, wie sie sonst nur ein junger Hund besaß; selbst seine Tante Octavia brachte er damit gelegentlich zum Schmelzen.

Jetzt setzte Memphis dieses Lächeln ein. »Es wird Zeit, Ladys.«

»Du sagst es.« Unbeirrt fuhr Mrs Jordan fort, die Haare der Kundin auf dem Stuhl vor ihr mit einem Brenneisen zu glätten. »Trag meine üblichen Zahlen ein. Die hab ich übrigens aus *Aunt Sally's Policy Players Dream Book*. Und eines Tages machen die mich reich.«

»Bankrott werden die Sie machen«, verkündete eine große Frau, die die *New Amsterdam News* las, mit einem verächtlichen Schnauben.

Mrs Jordan richtete das Glätteisen auf sie. »Die werden sich auszahlen, warten Sie es nur ab. Stimmt's, Memphis?«

Memphis nickte. »Erst letzte Woche hat mir einer von einem Mann erzählt, der hat ein Jahr lang immer wieder die gleiche Zahlenfolge getippt. Er hat ganz groß gewonnen«, sagte er. Memphis dachte wieder an den Traum, der ihn seit geraumer Zeit beunruhigte. Vielleicht hatte er am Ende ja doch eine Bedeutung. War vielleicht ein gutes Omen und kein schlechtes. »Sagen Sie mal, Mrs Jordan, steht in *Aunt Sally's Book* irgendwas über eine Straßenkreuzung oder einen Sturm?«

»Oh ja, ein Sturm bedeutet, meine ich, dass Geld ins Haus kommt. Die Vierundfünfzig steht für Sturm.«

»Nein, nein, stimmt beides nicht. Ein Sturm bedeutet, dass sehr bald jemand stirbt. Und dafür setzt man auf die Elf.«

Die Damen fingen an, sich über die unterschiedlichen Deutungsmöglichkeiten von Träumen und zugehörige Zahlenkombinationen herumzustreiten. Sie konnten sich da nicht einigen. Aber das machte ja das Spiel so spannend – dass es unzählige Optionen gab.

»Und steht was in dem Buch über ein Auge mit einem Blitz darunter?«, wollte Memphis wissen.

Mrs Jordan unterbrach ihre Arbeit, ohne jedoch das Glätteisen aus den Haaren ihrer Kundin zu nehmen. »Das weiß ich nicht so genau, Junge. Vielleicht kann jemand anders dir weiterhelfen. Wieso willst du das wissen?«

Memphis spürte, wie er die Stirn in Falten zog. Gleich darauf aber entspannte sich sein Gesicht wieder zu dem charmanten Lächeln, das man von ihm erwartete. »Nur so, ich hab da wohl so was im Traum gesehen, nichts weiter.«

Die Kundin in dem Stuhl vor Mrs Jordan zuckte plötzlich zusammen. »Au! Fifi, Sie brennen mir ja die Kopfhaut weg mit Ihrem heißen Eisen!«

»Gar nicht. Sie sind da oben nur zu zart besaitet, das ist Ihr Problem.«

»Na, dann wünsch ich den Damen noch einen guten Tag. Ich hoffe, Ihre Zahlen werden gezogen«, sagte Memphis und trat schnell den Rückzug an.

Als er am Lenox Drugstore vorbeikam, in dem sein kleiner Bruder Isaiah und er gern haltmachten, um sich einen Hamburger zu genehmigen und ein bisschen mit Mr Reggie, dem Besitzer, zu schwatzen, löste sich die graue Wolkenwand über Harlem auf und legte einen makellos blauen Himmel frei. Memphis wechselte auf die andere Straßenseite hinüber, um nicht am Merrick-Bestattungsinstitut vorbeigehen zu müssen, aber die Erinnerung ließ sich nicht einfach wegfegen. Sie kroch aus seinem tiefsten Inneren empor und besaß noch immer die Kraft, ihm die Luft abzuschnüren:

Wieder sah er seine Mutter von Maiglöckchen umgeben in dem offenen Sarg liegen, die Hände über der Brust gefaltet. Und hörte Isaiah fragen: »Wann wacht denn Mama endlich auf, Memphis? Sie verpasst ja noch die ganze Feier und all die Leute hier, die zu Besuch gekommen sind.« Er sah seinen Vater in dem Rohrsessel mit der hohen Lehne sitzen und auf seine großen Hände starren, in denen er die Trompete hielt, während die Trauergäste weinten und wehklagten. Spürte aufs Neue die Erde zwischen seinen Fingern, die er in kleinen Klumpen ins Grab hinunterwarf. Hörte das Geräusch, mit dem sie auf dem Sargdeckel aufkam, und seine Endgültigkeit. Erinnerte sich wieder daran, wie sein Vater ihre Wohnung in der Nähe der 145th Street ausgeräumt und Memphis und Isaiah zu Tante Octavia gebracht hatte, in deren Wohnung ein paar Straßen weiter nördlich sich die beiden nun ein beengtes Hinterzimmer teilten, während ihr Vater sich nach Chicago aufgemacht hatte, um dort nach Arbeit zu suchen. Er werde sie so bald wie möglich nachkommen lassen, hatte er versprochen. Das alles lag nun schon zwei Jahre, zehn Monate und fünfzehn Tage zurück und noch immer teilten sich Memphis und Isaiah das Hinterzimmer bei Tante Octavia.

Memphis ließ eine Milchflasche mitgehen, die auf einer Treppenstufe vor einem der Häuser stand, und nahm einen großen Schluck daraus, als könne er so die Vergangenheit ertränken. Seine Haut juckte vor Anspannung; es war ein Gefühl, als ob die Welt kurz davorstand, in Stücke gerissen zu werden, und Memphis war sich sicher, dass diese Empfindung irgendwie mit seinem Traum zu tun hatte.

Seit zwei Wochen träumte er immer dasselbe: die Straßenkreuzung. Die Krähe, die vom Feld auf ihn zugeflogen kam. Der sich verfinsternde Himmel und die Staubwolken, die plötzlich von der Straße aufstiegen und sich vor allem auftürmten, was auf ihr entlangkam.

Und dann natürlich das Symbol – immer wieder das gleiche Symbol. Es machte ihm so zu schaffen, dass er sich inzwischen davor fürchtete, am Abend einzuschlafen.

Jetzt fiel ihm ein Satz ein. Memphis wusste, dass er ihn sofort festhalten musste, sonst würde er sich später, wenn er Zeit zum Schreiben hatte, nicht mehr daran erinnern. Er blieb stehen, notierte auf zwei leeren Lottoscheinen rasch das Gedichtfragment und steckte sie, getrennt von den anderen, in eine seiner Hosentaschen. Später, wenn er zum Friedhof hochgehen konnte, wo er gern schrieb, würde er es in das braune Ledernotizbuch übertragen, in dem er seine Gedichte und Geschichten sammelte.

Memphis bog um die Ecke und sah den blinden Bill Johnson, der mit seiner Gitarre auf einer Treppenstufe saß. Zu seinen Füßen lagen, mit der Öffnung nach oben, ein Hut und auf dessen zerschlissenem Innenfutter ein paar verstreute Münzen. »*Met a man on a dark road, he had a mark upon his hand*«, sang der Bluesmusiker mit seiner rauen Stimme. »*Met a man on a dark road, he had a mark upon his hand. Said the storm's a-comin', rain down hard upon the land.*« Memphis wollte schon an ihm vorbeigehen, da rief Blind Bill ihm zu: »Mr Campbell! Mr Campbell! Sind Sie es?«

»Ja, Sir. Woher wissen Sie das?«

Der alte Mann rümpfte die Nase. »Floyd kann ja gut mit der Schere umgehen, aber mit seinem Haaröl, da kann man Tote wecken.« Er brach in ein hartes, krächzendes Gelächter aus und befingerte jede einzelne Münze in seinem Hut so lange, bis er zwei Dimes gefunden hatte. »Zwanzig Cent auf meine Zahlen, Mr Campbell. Eins, sieben, neun. Und jetzt gehen Sie und setzen Sie für mich. Setzen Sie die Zahlen für den alten Blind Bill«, drängte er.

Memphis hätte ihm gern gesagt, er solle sein Geld für anderes aufheben. Jeder wusste, dass Bill drüben in der Missionsstation der Heilsarmee lebte und gelegentlich auch auf der Straße, wenn das Wetter annehmbar war. Aber eine solche Äußerung stand ihm nicht zu und deshalb steckte er Bills Münzen in die Tasche und füllte einen Tippschein für ihn aus. »Ja, Sir. Ich setze für Sie.«

»Ich bräuchte nur mal ein bisschen Glück.«

»Brauchen wir das nicht alle«, sagte Memphis und ging weiter.

Hinter ihm nahm der Bluessänger seine Gitarre wieder zur Hand und fuhr fort, von zwielichtigen Männern in düsteren Straßen zu singen und von ihren Geschäften, die unter einem mondlosen

Himmel abgeschlossen wurden. Und obgleich sie sich im Herzen der Stadt mit ihren rumpelnden Zügen und dem geschäftigen Treiben auf ihren Trottoirs befanden, spürte Memphis, wie es ihm die Kehle zuschnürte.

»Memphis!«, rief ihm ein anderer Läufer aus der Ferne zu. »Leg lieber einen Zacken zu! Es ist fast zehn!«

Memphis dachte nicht länger an seine schlimmen Träume. Er warf die leere Milchflasche in einen Abfalleimer, schulterte seinen Rucksack und rannte die Straße hinunter bis zum Hotsy Totsy, um dort auf die Gewinnzahlen des Tages zu warten.

Auf einer Straßenlaterne saß eine Krähe und krächzte. Blind Bill unterbrach sein Lied, spannte alle Muskeln an und lauschte. Der Vogel krächzte wieder. Dann schlug er mit seinen glänzenden Flügeln und folgte Memphis auf seinem Weg.

Das Gruselkabinett

Evie stieg aus dem Zug und winkte den Gepäckträgern und Schaffnern, mit denen sie von Pittsburgh bis zur Pennsylvania Station Poker gespielt hatte, zum Abschied noch mal zu. In ihrem Besitz befanden sich inzwischen zwanzig Dollar, drei neue Adressen, die sie gleich in ihr Tagebuch aus braunem Leder eingetragen, sowie eine Gepäckträgermütze, die sie sich verwegen auf die goldglänzenden Haare gesetzt hatte.

»Wiedersehen, Jungs! War mir ein Vergnügen!«

Der Schaffner, ein junger Mann von zweiundzwanzig Jahren, lehnte sich aus der Türöffnung des Zuges. »Und Sie werden mir auch ganz bestimmt schreiben?«

»Und ob! Sobald ich ein bisschen Schönschrift geübt habe«, flunkerte Evie. »Aber jetzt erwartet mich meine Tante sicher schon. Sie ist blind und ich eile ihr besser schleunigst zur Seite. Arme alte Tante Martha.«

»Ich dachte, sie heißt Gertrude.«

»Gertrude und Martha – die zwei sind Zwillinge und alle beide blind, die Ärmsten. Auf bald!« Klopfenden Herzens eilte Evie die Treppen, die vom Bahnsteig nach oben führten, hinauf. New York City – endlich!

Die Anweisungen in Onkel Wills Telegramm waren ziemlich genau gewesen: Sie sollte sich vor der Pennsylvania Station auf der Eighth Avenue ein Taxi heranwinken und dem Fahrer sagen, er möge sie zum Museum für Amerikanisches Volkstum, Aberglauben und Okkultes in der 68th Street gleich um die Ecke der Central

Park West Avenue fahren. Sie war sich sicher gewesen, dass dies kein Problem darstellen würde. Doch als sie jetzt im Gewimmel des Bahnhofs stand, fühlte sie sich mehr als verloren. Zweimal verlief sie sich, bis sie endlich die riesige Bahnhofsvorhalle gefunden hatte, deren bogenförmige Fenster bis zur Decke reichten und in deren Mitte die filigranen Zeiger einer gigantischen Uhr die vorbeieilenden Reisenden daran erinnerten, wie flüchtig die Zeit war – ganz wie die Züge.

Nicht weit von Evies Standort zog eine glamourös aussehende Frau, die trotz der Hitze einen langen russischen Zobel trug, die Blicke einer wachsenden Schar von Bewunderern und begeisterten Fotografen auf sich. »Wer ist das?«, flüsterte Evie einem der Umstehenden zu.

Er zuckte mit den Achseln. »Keine Ahnung. Aber ihr Presseagent hat mir einen Dollar dafür gezahlt, dass ich hier rumstehe und sie anstarre, als ob sie Gloria Swanson wäre. War der schnellste Dollar, den ich je gemacht hab.«

Evie beeilte sich, mit der betriebsamen Menge Schritt zu halten, und hätte dabei um ein Haar einen Zeitungsjungen umgestoßen, der die *Daily News* verkaufte. »Valentino vergiftet? Lesen Sie jetzt alles darüber! Bombenanschlag der Anarchisten verhindert! Lehrer schnappt über wegen Evolutionstheorie! Lesen Sie die neuesten Nachrichten – hier bei mir! Für nur zwei Cent! Zeitung, Miss?«

»Nein, danke.«

»Schicken Hut haben Sie da auf!« Er zwinkerte, und Evie fiel ein, dass sie immer noch die Gepäckträgerkappe auf dem Kopf trug.

Vor einem Spiegel im Schaufenster einer Apotheke blieb sie stehen, um sich die Haare zu richten und die Kappe gegen ihren eigenen randlosen Glockenhut auszutauschen; dabei drehte sie den Kopf nach links und rechts, um sich zu vergewissern, dass sie so vorteilhaft wie möglich aussah. Dann steckte sie nach kurzem Überlegen die Zwanzigdollarnote, die sie beim Pokern gewonnen hatte, in eine Tasche ihres leichten roten Sommerreisemantels.

»Ich kann Ihnen wirklich nicht verübeln, dass Sie so sehr in Ihren eigenen Anblick vertieft sind. Auch ich genieße ihn schon seit einer ganzen Weile«, hörte Evie eine männlich raue Stimme und entdeckte das Spiegelbild des dazugehörigen Mannes im Spiegel vor sich. Dichtes dunkles Haar mit einer etwas längeren Strähne vorn, die ihm hartnäckig in die Stirn fiel. Bernsteinfarbene Augen und dunkle Augenbrauen. Sein Lächeln konnte man nur als anzüglich bezeichnen.

Langsam drehte sich Evie auf dem Absatz um. »Kenne ich Sie?«

»Noch nicht. Aber ich hoffe, dem abhelfen zu können.« Er streckte ihr seine Hand entgegen. »Sam Lloyd.«

Evie machte einen Knicks. »Miss Evangeline O'Neill aus der Zenith-O'Neill-Linie.«

»Die Zenith-O'Neill-Linie? Da bin ich ja völlig falsch angezogen. Ich geh mal schnell und hol mein Dinnerjackett.« Er grinste wieder und Evie fühlte sich ein wenig aus der Bahn geworfen. Der junge Mann war mittelgroß und muskulös. Die Ärmel seines Hemds waren bis zu den Ellbogen aufgerollt, die Hose an den Knien schon fadenscheinig, die Fingerspitzen schwärzlich verfärbt, als habe er eben noch Schuhe poliert. Um seinen Hals hing eine Fliegerbrille. Evies erstem Verehrer in New York mangelte es zweifellos ein wenig an Schliff.

»Tja, nett, Sie kennengelernt zu haben, Mr Lloyd, aber ich sollte jetzt ...«

»Sam.« Er griff so rasch nach ihrem Koffer, dass sie nicht einmal die Bewegung seiner Hand wahrnahm. »Lassen Sie mich den für Sie tragen.«

»Nein wirklich. Das kann ich ...« Sie streckte die Hand nach dem Koffer aus, aber er hielt ihn hoch in die Luft.

»Ich besteh darauf. Meine Mutter würde mir den Kopf abreißen, wenn ich mich so unritterlich verhalten würde.«

»Nun gut« – nervös sah Evie um sich –, »aber nur bis zur Tür.«

»Wohin soll es denn gehen?«

»Mein Gott, Sie stellen vielleicht Fragen!«

»Lassen Sie mich mal raten: Sie sind ein Ziegfeld-Mädchen!«

Evie schüttelte den Kopf.

»Ein Mannequin? Eine Schauspielerin? Eine Prinzessin? Sie sind zu hübsch für ein normales Mädchen.«

»Meinen Sie das ernst?«

»Ich? Ich meine das so ernst, dass mir das Lachen schon vergeht.«

Er schmeichelte ihr nur, aber Evie genoss es. Sie liebte es nun einmal, wenn man ihr Aufmerksamkeit schenkte. Es war dasselbe Gefühl, wie wenn man ein Glas besten Champagners trank – belebend und berauschend –, und in beiden Fällen wollte sie stets mehr davon. Trotzdem mochte sie sich nicht den Anschein geben, als sei sie eine leichte Beute.

»Wenn Sie es genau wissen wollen ... ich bin nach New York gekommen, weil ich einem Kloster beitreten werde«, sagte Evie, um ihn zu testen.

Sam musterte sie von oben bis unten und schüttelte den Kopf. »Was für eine Vergeudung! So ein hübsches Mädchen wie Sie!«

»Unserem Herrn zu dienen, ist niemals eine Vergeudung.«

»Oh, natürlich. Wobei ... man sagt ja, dass Gott seit Freud und der Erfindung des Automobils tot ist.«

»Er ist nicht tot, er ist nur sehr, sehr müde.«

Um Sams Mundwinkel zuckte es amüsiert und Evie überkam wieder dieses berauschende Gefühl. Er hielt sie für witzig, dieser Sam Lloyd mit seinem wissenden Grinsen.

»Na ja, ist schließlich auch keine ganz leichte Aufgabe«, gab er schlagfertig zurück. »Und in welches Kloster gehen Sie?«

»Das mit den vielen Damen in Schwarz-Weiß.«

»Wie heißt es denn? Vielleicht kenn ich es ja.« Sam neigte den Kopf. »Ich bin sehr gläubig.«

Evie verkniff sich ein kleines *Ha!*. »Es heißt ... St. Mary's.«

»Ah ja. Welches St. Mary's denn?«

»Das ... größte von allen.«

»Hören Sie, bevor Sie Ihr Leben in Gottes Hände legen, sollten Sie mir vielleicht noch erlauben, dass ich Ihnen die Stadt zeige. Ich kenne alle interessanten Orte hier. Ich bin ein großartiger Fremdenführer.« Er nahm ihre Hand in seine, was Evie gleichermaßen erregte und verunsicherte. Keine fünf Minuten war sie in dieser Stadt, und schon versuchte irgendein dahergelaufener junger Mann – ein zugegeben ziemlich attraktiver junger Mann –, sie dazu zu bewegen, mit ihm alleine loszuziehen. Das war prickelnd. Aber auch ein wenig beängstigend.

»Ich muss Ihnen ein Geheimnis verraten« – er sah sich um –, »ich arbeite als Talentsucher für einige der wichtigsten Leute hier in der Stadt. Für Ziegfeld. Für die Shuberts. Für Mr White. Ich kenn sie alle. Und die würden mich an den Galgen bringen, wenn ich ihnen nicht ein Talent, wie Sie es sind, vorstellen würde.«

»Sie glauben, ich habe Talent?«

»Ich weiß, dass Sie es haben. Das seh ich sofort. Für so was hab ich ein Gespür.«

Evie hob eine Augenbraue. »Ich kann nicht singen, ich kann nicht tanzen, ich kann nicht schauspielern.«

»Da haben Sie es. Sie sind eine richtige Dreifachbedrohung.« Er grinste. »Und nun, meine Damen und Herren, präsentieren wir Ihnen den Talentwettbewerb von St. Mary's.«

Evie musste wider Willen lachen. »Also schön. Sie mit Ihrem scharfen Blick – was genau finden Sie denn so außergewöhnlich an mir?«, fragte sie kokett und blickte durch ihre Wimpern zu ihm auf, wie sie es Colleen Moore in *We Moderns* hatte tun sehen.

»Sie haben so was an sich«, sagte er, ohne konkret zu werden, was Evie enttäuschte. Sam stützte sich mit der Hand oberhalb ihres Kopfes an der Wand ab und neigte sich ihr ein wenig näher zu. Evies Magen flatterte. Nicht, dass sie sich mit Jungs nicht auskannte, aber der hier war aus New York City. Auf keinen Fall wollte sie jetzt eine Szene machen und als typisches Landei dastehen. Sie war ein Mädchen, das auf sich selber achten konnte. Zudem würden ihre Eltern sie schnurstracks nach Ohio zurückpfeifen, wenn sie von der Sache erfuhren.

So wand sich Evie unter dem Arm des smarten Sam Lloyd hervor und schnappte sich ihren kleinen Handkoffer zurück. »Leider muss ich jetzt wirklich los. Ich glaube, ich sehe gerade die, äh, oberste Nonne in den Damenwaschraum gehen.«

»Die oberste Nonne? Sie meinen die Mutter Oberin?«

»Sie sagen es! Schwester … Schwester, äh …«

»Schwester Benito Mussolini Fascisti?«

»Genau!«

Sam Lloyd grinste. »Benito Mussolini ist Premierminister von Italien. Und ein Faschist.«

»Ist mir bekannt«, entgegnete Evie mit glühenden Wangen.

»Na klar.«

»Nun also …« Unschlüssig stand Evie einen Moment lang da. Dann streckte sie Sam Lloyd die Hand zum Abschied entgegen. Der aber zog sie grinsend an sich und küsste sie heftig auf den Mund. Sie hörte die Schuhputzer kichern, als sie sich, errötend und völlig verwirrt, von ihm losriss. Sollte sie ihm eine Ohrfeige verpassen? Die hätte er verdient. Aber verhielt sich so die weltkluge und aufgeklärte, moderne New Yorkerin? Oder tat sie einen solchen Vorfall gelassen ab wie einen alten, abgedroschenen Witz?

»Sie können es einem Kerl kaum übel nehmen, wenn er das hübscheste Mädchen in New York küsst, stimmt's, Schwester?« Sams Grinsen war alles andere als entschuldigend.

Schnell entschlossen brachte Evie ihr Knie zum Einsatz und Sam sackte auf dem Boden zusammen wie ein Getreidesack. »Sie können es einem Mädchen kaum übel nehmen, wenn es schnelle Reflexe besitzt, stimmt's, mein Freund?«

Sie drehte sich um und eilte auf den Ausgang zu. »Viel Glück den Nonnen«, rief ihr Sam Lloyd mit schmerzverzerrter Stimme nach. »Die braven Schwestern von St. Mary's haben ja keine Ahnung, was ihnen bevorsteht!«

Evie wischte sich seinen Kuss mit dem Handrücken vom Mund und bahnte sich einen Weg hinaus auf die Eighth Avenue. Kaum sah sie die Stadt in ihrer ganzen Pracht vor sich, war jeder Gedanke an Sam Lloyd vergessen. Eine Straßenbahn schob sich in der Mitte der Avenue auf Stahlgleisen entlang. Automobile wichen der Menschenmenge und sich wechselseitig mit der stürmischen Anmut einer Balletttruppe aus. Evie reckte den Hals, um diesen Anblick in seiner ganzen Fülle aufzunehmen. Hoch über den belebten Straßen balancierten waghalsige Männer auf Stahlträgern und errichteten neue Gebäude, ähnlich denen, die die Wolken schon durchdrangen, als könne selbst der Himmel das Streben ihrer Spitzen nicht aufhalten. Ein elegantes Luftschiff glitt wie eine Silberspur im Blau des Himmels an ihnen vorbei. All das wirkte auf Evie wie eine Traumlandschaft, die sich von einem Augenblick zum anderen verändern konnte. Ein Taxi hielt an der Straßenecke und Evie stieg ein.

»Wohin soll es gehen, Miss?«, fragte der Taxifahrer und stellte seinen Taxameter an.

»Zum Museum für Amerikanisches Volkstum, Aberglauben und Okkultes, bitte.«

»Oh. Das Gruselkabinett.« Der Taxifahrer kicherte in sich hinein. »Gut, wenn Sie sich das ansehen, solange es noch geht.«

»Wie meinen Sie denn das?«

»Es heißt, das Ding ist längst im Rückstand mit seinen Steuerschulden. Die Stadt hat diesen Kasten schon seit Jahren im Auge. Die wollen da einen Wohnblock hinbauen.«

»Ach herrje!« Evie sah prüfend auf die Fotografie, die ihre Mutter ihr mitgegeben hatte. Darauf war Onkel Will zu sehen – groß, schlaksig und mit blonden Haaren. Er stand vor einer imposanten Villa im viktorianischen Stil samt Türmchen und farbigen Glasfenstern, die von einem schmiedeeisernen Zaun umgeben war.

»Besser heute als morgen, wenn Sie mich fragen. Die Leute kriegen ein mulmiges Gefühl da drin – lauter verrückte Gegenstände soll es da geben, angeblich alles voller Hokuspokus.«

Gegenstände. Magie. Evie trommelte mit den Fingern gegen die Tür des Taxis.

»Sie wissen Bescheid über den Mann, der das Museum leitet?«

Evie hörte auf zu trommeln. »Was meinen Sie?«

»Seltsamer Knabe. Kriegsdienstverweigerer«, sagte der Taxifahrer. Er spuckte das Wort aus, als habe er Gift im Mund. »Hat sich geweigert, mitzukämpfen. Im Krieg.« Er schüttelte den Kopf. »Und obendrein soll er noch Bolschewik sein.«

»Nun, falls dem so sein sollte ... mir gegenüber hat er es jedenfalls nie erwähnt«, sagte Evie. Sie zog die Fältchen auf ihrem Handschuh glatt.

Der Taxifahrer begegnete Evies Blick im Rückspiegel. »Sie kennen ihn? Was hat denn bloß ein nettes Mädchen wie Sie mit so einem zu tun?«

»Er ist mein Onkel.«

Diese Bemerkung brachte den Taxifahrer glücklicherweise zum Schweigen.

Schließlich bog das Taxi in eine Seitenstraße unweit des Central Park ab und hielt vor dem Museum. Inmitten von Manhattans Staub und Stahl stand es da wie ein Relikt – ein Gebäude, das am falschen Ort zu sein und aus der Zeit gefallen schien und dessen Kalksteinfassade schon lange Zeit verdreckt von Alter, Ruß und Kletterpflanzen war. Evie blickte von dem schäbigen Gebäude, das nur noch ein Schatten seiner selbst war, auf das prächtige Haus auf ihrer Fotografie. »Sind Sie auch sicher, dass das der Laden ist?«

»Das ist er. Das Gruselkabinett. Macht einen Dollar und zehn Cent.«

Evie griff in ihre Manteltasche, zog aber lediglich deren Futter hervor. Mit wachsender Unruhe durchsuchte sie nun alle ihre Taschen.

»Was ist?« Der Taxifahrer beäugte sie misstrauisch.

»Mein Geld! Mein Geld ist weg! Ich hatte zwanzig Dollar hier in dieser Manteltasche ... und jetzt sind sie verschwunden!«

Der Mann schüttelte den Kopf. »Das hätt ich mir ja denken können. Auch Bolschewistin höchstwahrscheinlich, wie Ihr Onkel. Hören Sie, kleines Fräulein, ich hatte drei Schwarzfahrer in der vergangenen Woche. Jetzt reicht's. Sie zahlen mir einen Dollar und zehn Cent oder Sie können Ihre Geschichte einem Polizisten erzählen.« Der Taxifahrer gab einem berittenen Polizisten einen Block weiter ein Zeichen.

Evie schloss die Augen und ging im Geist denselben Weg zurück, den sie gekommen war: die Gleise. Das Schaufenster der Apotheke. Sam Lloyd. Sam ... Lloyd. Sie riss die Augen auf, als sie sich an seinen überfallartigen, leidenschaftlichen Kuss erinnerte. *Sie haben so was an sich ...* Das hatte sie mit Sicherheit gehabt – präzise zwanzig Dollar. Nicht eine Stunde war sie hier in dieser Stadt und schon war sie verschaukelt worden.

»Dieser Mistkerl ...« Evie fing an, wüst und anhaltend zu fluchen, was den verblüfften Taxifahrer mundtot machte. Wütend zog sie die Zehndollarnote für den Notfall hinter ihrem Hutband hervor, wartete, bis ihr der Fahrer das Wechselgeld zurückgegeben hatte, und schlug dann lautstark die Taxitür hinter sich zu.

»He«, rief ihr der Taxifahrer nach. »Wie wär's mit einem Trinkgeld?«

»Ich hätte da was Besseres – einen Rat«, sagte Evie und lief auf die alte viktorianische Villa zu; ihr langer seidener Schal flatterte hinter ihr im Wind. »Küssen Sie nie einen Fremden in Penn Station.«

Evie betätigte den Messingtürklopfer, der wie ein Adlerkopf geformt war, und las, während sie wartete, die Inschrift auf dem Schild neben der massiven Eichenholztür: HIER RUHEN DIE HOFFNUNGEN UND TRÄUME EINES VOLKES, ERRICHTET AUF DEN RÜCKEN DER MENSCHEN UND GETRAGEN VON DEN FLÜGELN DER ENGEL. Doch weder Mensch noch Engel reagierte auf ihr Klopfen und so verschaffte sie sich selber Einlass. Der Eingangsbereich war prunkvoll mit schwarz-weißem Marmorboden und holzgetäfelten Wänden ausgestattet und nur schwach von vergoldeten Wandleuchten erhellt. Hoch oben an der blassblauen Decke prangte ein Fresko, auf dem Engel abgebildet waren, die über ein Schlachtfeld mit Revolutionssoldaten wachten. Evies Absätze hallten auf dem Marmorboden, als sie den langen Flur hinunterging. »Ist jemand da?«, rief sie. »Onkel Will?«

Eine breite, kunstvoll geschnitzte Treppe wand sich zum ersten Stock empor, der von einem großen farbigen Glasfenster erhellt wurde, und verschwand dann in einem Bogen außer Sichtweite. Zu Evies Linken befand sich ein düsterer Wohnraum mit zugezogenen Vorhängen. Zu ihrer Rechten gab eine Schiebetür den Blick auf einen muffig riechenden Speisesaal frei, der mit seinem langen Holztisch und den dreizehn mit Damast bezogenen Stühlen den Anschein erweckte, als sei er seit Jahren nicht benützt worden.

»Ach, du meine Güte! Wer ist denn hier gestorben?«, murmelte Evie. Sie ging weiter bis zu einem lang gestreckten Raum, der eine Sammlung von hinter Glas ausgestellten Gegenständen beherbergte.

»Und das hier ist bestimmt das Gruselkabinett.«

Evie ging von Schaukasten zu Schaukasten und las, was auf den maschinegeschriebenen Karten stand, die jeweils darunter angebracht waren.

Gris-Gris-Beutel und Voudon-Puppe
New Orleans, Lo«uisiana

Knochenfragment eines chinesischen Eisenbahnarbeiters und bekannten Zauberers
Nordkalifornien, Goldrauschperiode

Kristallkugel, verwendet bei Séancen von
Mrs Bernice Foxworthy, ca. 1848
Troy, New York

Talisman der Ojibway
Great-Lakes-Region

Hoodoo-Schnitzereien
Baton Rouge, Louisiana

Werkzeuge und Bücher der Freimaurer, ca. 1776
Philadelphia, Pennsylvania

Weiter waren hier zu sehen: eine Serie Geisterfotos mit blassen Gestalten darauf, so durchscheinend wie eine im Wind wehende Spitzengardine; Voodoopuppen; eine Bauchrednerpuppe; ein in Leder gebundenes Zauberbuch; Bücher über Alchemie, Astrologie und Zahlenmystik, über Hoodoo-Magier und Voodoo, Geistermedien und Heiler und schließlich etliche, teilweise mehrere Hundert Jahre alte Bände mit Berichten über das Sichten von Geistern.

Auf einem Tisch lag aufgeschlagen *The Diary of a Mercy Prowd*. Evie versuchte die altertümliche Handschrift zu entziffern. »Ich sehe die Geister der Toten. Dafür hat man mich als Hexe gebrandmarkt …«

»Sie haben sie gehängt. Dabei war sie erst siebzehn.«

Evie fuhr herum und ein junger Mann trat aus dem Schatten des Raums hervor. Er war groß und breitschultrig und hatte aschblonde Haare. Das Licht, das aus dem antiken Kronleuchter auf ihn herabfiel, ließ ihn für einen Moment wie einen zum Leben erwachten, gestrengen Engel aus einem Renaissancegemälde erscheinen.

»Was hatte sie denn verbrochen?«, fragte Evie, als sie die Sprache wiedergefunden hatte. »Hat sie Gin in Wasser verwandelt?«

»Sie war einfach anders als die anderen. Das war ihre Sünde.« Der junge Mann bot Evie die Hand zu einem schnellen Gruß. »Ich heiße Jericho Jones und arbeite für Ihren Onkel. Er hat mich gebeten, Ihnen Gesellschaft zu leisten, solange er seine Klasse unterrichtet.«

Das also war der berühmte Jericho, in den Mabel bis über beide Ohren vernarrt war. »Nun, über Sie hab ich schon viel gehört!«, platzte Evie heraus. Dafür würde Mabel sie umbringen. »Ich meine, ich habe gehört, dass Onkel Will ohne Sie … was immer Sie auch tun … völlig verloren wäre.«

Jericho wandte den Blick ab. »Das bezweifele ich sehr. Möchten Sie gern das Museum besichtigen?«

»Das wäre fabelhaft«, schwindelte Evie.

Jericho führte sie treppauf, treppab durch muffig riechende Räume, in denen sich weitere Sammlungen mit langweiligen, verstaubten Exponaten befanden, und Evie bemühte sich um ein höfliches Lächeln.

»So, und jetzt stehen wir vor dem Raum, in dem wir den Großteil unserer Zeit verbringen: der Bibliothek.« Jericho öffnete eine Schiebetür aus Mahagoni und Evie pfiff durch die Zähne. Noch nie zuvor hatte sie einen solchen Raum gesehen. Es kam ihr vor, als sei er aus einem schaurigen Märchenschloss hierherbewegt worden. Ein gewaltiger Kalksteinkamin nahm die gesamte ihr gegenüberliegende Wand ein. Ansonsten war der Raum eher spärlich eingerichtet – ein paar Clubsessel aus braunem Leder, so zerschlissen, dass bereits die Füllung herausquoll, und einige verstreut herumstehende alte Holztische mit je einer Messingleuchte darauf, deren Licht zu einem blassgrünen Schimmer gedämmt war. Eine Galerie, bis auf den letzten Winkel zugestellt mit Bücherregalen, verlief rund um den ganzen Raum. Die Decke war bestimmt an die sechs Meter hoch, und was war das für eine Decke! Über ihre gesamte Fläche erstreckte sich ein Panorama der amerikanischen Geschichte: Puritaner mit schwarzen Hüten, die eine Gruppe Frauen für gottlos erklärten, waren dort ebenso zu sehen wie ein in sein Feuer starrender indianischer Schamane. Ein Heiler umklammerte mit der einen Hand einige Schlangen, während er die andere einem kranken Mann auf die Stirn legte. Gründungsväter mit grauen Perücken unterzeichneten die Unabhängigkeitserklärung.

Eine Sklavin hielt eine Zauberwurzel in die Höhe. Engel und Dämonen schwebten über der historischen Szenerie und beobachteten sie. Warteten.

»Was halten Sie davon?«, fragte Jericho.

»Ich finde, mein Onkel hätte seinen Innenausstatter entlassen sollen.« Evie ließ sich in einen Sessel fallen und rückte die Naht an einem ihrer Strümpfe zurecht. Sie brannte darauf, endlich hier herauszukommen, Mabel zu treffen und die Stadt zu erkunden. »Braucht Onkel Will noch lange?«

Jericho zuckte mit den Achseln. Er saß an dem längsten der Tische und zog aus einem hohen Stapel ein Buch hervor. »Das da ist ein ausgezeichnetes Buch über die Geschichte des Mystizismus in den Kolonien, falls Sie sich die Zeit mit etwas Lektüre vertreiben möchten.«

»Nein danke«, erwiderte Evie und unterdrückte den heftigen Drang, die Augen zu verdrehen. Sie wusste wirklich nicht, was Mabel an diesem Jungen fand. Aber ihn zu knacken würde harte Arbeit werden, so viel stand fest. »Sag mal … – ich darf doch Du sagen, oder?« Evie senkte die Stimme. »Du hast wohl nicht zufällig einen kleinen Rachenputzer da?«

»Einen Rachenputzer?«, wiederholte Jericho.

»Du weißt schon, Feuerwasser. Fusel. Schnaps?«, versuchte es Evie. »Gin?«

»Nein.«

»Ich bin nicht wählerisch. Ein kleiner Bourbon würde es genauso tun.«

»Ich trinke nicht.«

»Dann musst du ja schrecklich durstig sein.« Evie lachte. Jericho nicht.

»So, ich sollte mich jetzt wieder ins Museum begeben«, sagte er und ging rasch auf die Tür zu. »Machen Sie es sich … äh … mach es dir bequem. Dein Onkel wird in Kürze bei dir sein.«

Evie wandte sich dem ausgestopften Grizzlybären zu, der sich bedrohlich neben dem Kamin auftürmte. »Und du hast wohl auch keinen Schnaps, oder? Nein? Später vielleicht.«

Abgesehen von Jericho hatte sie keine Menschenseele im gesamten Museum gesehen. Sie war hungrig und durstig und ein wenig entrüstet darüber, dass man sie hier so ganz alleine sitzen ließ. Wenn sie in New York leben wollte, würde sie sich wohl von Anfang an alleine durchschlagen müssen.

Evie tätschelte den verfilzten Pelz des Bären. »Tut mir leid, alter Freund, aber du musst jetzt allein klarkommen«, sagte sie und verließ die Bibliothek, um sich auf die Suche nach etwas Essbarem zu machen. Aus nicht allzu weiter Ferne hörte sie männliche Stimmen und folgte ihrem Klang, bis sie im hinteren Teil des Museums auf einen großzügigen Raum stieß, in dem Onkel Will stand und seine Vorlesung hielt. Er war mit einer grauen Hose, einer Weste und einer blauen Krawatte bekleidet und hatte die Hemdsärmel bis zu den Ellbogen hochgekrempelt. Seine Haare waren im Laufe der Jahre zu einem schmutzigen Dunkelblond nachgedunkelt und er trug jetzt einen Bart.

»Die Gegenwart des Bösen stellt uns vor eine Frage, über die sich Philosophen und Theologen bis heute gleichermaßen den Kopf zerbrechen ...«, sagte er gerade.

Evie spähte um die Ecke, um den ganzen Raum überblicken zu können. Eine Collegeklasse mit ausschließlich männlichen Studenten saß vor ihrem Onkel und machte sich Notizen zu seinem Vortrag.

»Dann mal los«, flüsterte Evie, schwebte in den Raum hinein und rief: »Tut mir leid, dass ich zu spät komme!«

Die Köpfe der Studenten schwenkten in Evies Richtung, die sich rasch einen Stuhl gegriffen hatte und ihn geräuschvoll hinter sich herschleifte, um sich zu ihnen zu gesellen. Onkel Will betrachtete sie über den Rand seiner runden Schildpattbrille.

»Bitte mach weiter, Onkel Will, lass dich von mir nicht stören.« Evie hockte sich auf ihre Stuhlkante neben einen der Collegeknaben und bemühte sich nach Kräften um einen interessierten Blick.

»Ja …« Einen Moment lang hatte es den Anschein, als wolle der bestürzte Ausdruck auf Onkel Wills Gesicht gar nicht mehr weichen. Doch dann fand er den Faden wieder und begann, die Hände auf dem Rücken gefaltet, den Raum zu durchschreiten. »Noch einmal: Wie also lässt sich die Existenz des Bösen erklären?«

Die Jungen blickten sich gegenseitig an, um zu sehen, wer von ihnen auf Wills Frage antworten würde.

»Der Mensch erschafft das Böse kraft seiner eigenen Entscheidung«, sagte einer von ihnen.

»Gott und der Teufel sind es, die in einem Machtkampf darüber entscheiden. Zumindest steht das so in der Bibel«, behauptete ein anderer.

»Wie kann es einen Teufel geben, wenn Gott existiert?«, warf ein Junge in einer Golfhose ein. »Das habe ich mich immer schon gefragt.«

Onkel Will wedelte mit dem Finger und bemerkte: »Aha! Die Theodizeefrage.«

»Ist das eine Mischung aus Theologie und Idiotie?«

Will gestattete sich ein kleines Lächeln. »Nicht ganz. Die Theodizee ist eine theologische Fragestellung, die sich mit der Rechtfertigung Gottes angesichts der Existenz des Bösen befasst. Sie wirft eine schwierige Frage auf: Wenn Gott ein allwissendes, allmächtiges Wesen ist, wie kann er dann das Böse zulassen? Entweder ist er nicht der allmächtige Gott, wie man uns beigebracht hat, oder er ist tatsächlich allmächtig und allwissend, aber auch grausam, weil er die Existenz des Bösen zulässt und nichts dagegen unternimmt.«

»Nun, diese These erklärt auf jeden Fall die Prohibition«, sagte Evie scherzhaft.

Die Studenten lachten beifällig. Wieder betrachtete Onkel Will Evie, als wisse er sie nicht einzuordnen.

»Jede gute Welt würde uns doch einen freien Willen zugestehen, oder?«, fuhr er fort. »Können wir uns auf diesen Punkt einigen? Aber sobald der Mensch über einen freien Willen verfügt, besitzt er auch das Vermögen, sich frei zu entscheiden – und Böses zu tun. Auf diese Weise birgt eine eigentlich gute Sache, nämlich der freie Wille, gleichzeitig die Gefahr, dass das Böse Einzug in unsere an sich gute Welt hält.« Im Raum war es still geworden. »Denken Sie einmal darüber nach. Um aber wieder auf unsere Diskussion von vorhin zurückzukommen …«

Die Jungen setzten sich gerade hin und zückten die Stifte, während Will auf und ab ging und fortfuhr zu dozieren. »Amerika hat eine reiche Geschichte an unterschiedlichen Glaubensvorstellungen, vergleichbar einem komplexen Wandteppich, der aus den Fäden verschiedenster Kulturen gewoben ist. In dieser Geschichte sind das Übernatürliche, das Rätselhafte und das Mystische weit verbreitet. Die ersten Siedler kamen auf unseren Kontinent, weil sie sich hier Glaubensfreiheit erhofften. Die Einwanderer, die später folgten, brachten ebenfalls all ihre Hoffnungen, aber auch ihren Aberglauben mit, von der Vampirlegende Osteuropas bis zu den ›hungrigen Geistern‹ Chinas. Die Ureinwohner Amerikas glaubten an Schamanen und Geistwesen, und selbst die Sklaven Westafrikas und der Karibik, denen man alles genommen hatte, trugen noch immer ihre Bräuche und Religionen mit sich. Wir sind nicht nur ein Schmelztiegel der Kulturen, sondern auch der Geister und des Aberglaubens. Ja?«

Ein Junge in einem marineblauen Blazer hob die Hand. »Glauben Sie denn an das Übernatürliche, Dr. Fitzgerald?«

»Nun, das würde wohl ziemlich unvernünftig erscheinen, oder nicht? Immerhin leben wir in der Moderne. Es ist schwierig genug, die Leute zum Methodismus zu bekehren.« Die Jungen fingen an zu kichern und Will lächelte. »Und dennoch … es gibt sie, die Mysterien. Wie erklärt man sich beispielsweise die Berichte über Menschen mit außergewöhnlichen Kräften?«

Evie spürte, wie ihr ein Schauer über den Rücken lief.

»Mit außergewöhnlichen Kräften?«, wiederholte ein Junge und sein Tonfall klang so skeptisch, dass er an Verachtung grenzte.

»Ja, Menschen, die behaupten, mit den Toten sprechen zu können, wie Hellseher oder sogenannte Medien. Menschen, die erzählen, sie seien geheilt worden, weil man ihnen die Hand aufgelegt hat. Die einen Blick in die Zukunft werfen können oder wissen, welche Karte als Nächstes ausgespielt wird. Es gibt schon sehr früh Aufzeichnungen über indianische Geistseher. Bereits die Puritaner kannten Hexenmeister. Und aus der Zeit des Bürgerkriegs haben wir Notizen von Benjamin Franklin zu seinen prophetischen Träumen, die den Kriegsverlauf beeinflusst und unsere ganze Nation geprägt haben. Was sagen Sie dazu?«

»Solche Leute gehören in die Behandlung von Psychiatern – wenngleich ich Mr Franklin da ausnehmen möchte.«

Wieder wurde in der Runde gekichert und Evie stimmte mit ein, obwohl ihre Verwirrung anhielt. Onkel Will wartete ab, bis das Gelächter verebbte.

»Das Museum, in dem Sie sich gerade aufhalten, wurde, wie Ihnen bekannt sein mag, von Cornelius Rathbone errichtet, dem Mann, der ein Vermögen mit dem Bau von Eisenbahnen gemacht hat. Wie konnte er wissen, dass das Stahlzeitalter bevorstand?« Will blieb vor dem Rednerpult stehen und sah sich um. Als er keine Antwort erhielt, schritt er weiter auf und ab, die Hände hinter dem Rücken verschränkt. »Er behauptete, er habe dieses Wissen aus den prophetischen Visionen seiner Schwester, Liberty Anne, erhalten. Als er und Liberty Kinder waren, spielten die beiden oft stundenlang im Wald. Eines Tages machte Liberty sich allein dorthin auf und wurde danach zwei volle Tage vermisst. Die Männer der Stadt suchten nach ihr, fanden aber keine Spur. Als sie schließlich wieder auftauchte, waren ihre Haare vollständig weiß geworden. Dabei war sie erst elf Jahre alt. Liberty Anne behauptete, im Wald sei ihr ein Mann begegnet, ›ein merkwürdiger großer Mann, so dünn wie eine Vogelscheuche; er trug einen Zylinder und einen Mantel, der mir, als er ihn öffnete, alle Wunder und Schrecken dieser Welt offenbarte‹. Danach befiel sie heftiges Fieber. Man rief den Arzt, aber er konnte nichts für sie tun. Sie befand sich einen Monat lang in einer traumartigen Trance und sprudelte Prophezeiungen hervor, die ihr besorgter Bruder in sein Tagebuch übertrug. Diese Prophezeiungen waren frappierend präzise. So behauptete sie, sehen zu können, ›wie der große Mann aus Illinois von uns genommen wird, als er unseren amerikanischen Cousin besucht‹ – ein Hinweis auf das Attentat auf Präsident Lincoln, das sich auf dem Balkon von Fords Theater ereignete, wo sich Lincoln gerade eine Inszenierung des Stückes *Our American Cousin* ansah. Liberty Anne sprach auch von ›einem riesigen stählernen Drachen, der das Land in alle Richtungen überfliege und schwarzen Rauch ausstoße‹ und der heute von den meisten als Metapher für die Transkontinentale Eisenbahn interpretiert wird. Des Weiteren sagte sie Lincolns Verordnung zur Abschaffung der Sklaverei voraus, den Weltkrieg, die Oktoberrevolution in Russland sowie die Erfindung des Automobils und des Flugzeugs. Sogar von einem Zusammenbruch des Bankenwesens und in der Folge unserer gesamten Wirtschaft sprach sie.«

»Ganz sicher konnte sie nicht alles richtig voraussehen«, meinte der Junge in der Golfhose. »Das wird niemals passieren.«

Will klopfte dreimal mit den Fingerknöcheln auf den Tisch. »Klopf auf Holz, wie man so schön sagt.« Er grinste und die jungen Männer lachten über seinen abergläubischen Scherz. Will spielte mit einem silbernen Feuerzeug, drehte es immer wieder um die eigenen Achse und ließ von Zeit zu Zeit seinen Finger über das Rädchen schnellen, sodass die Funken sprühten. »Liberty Anne starb auf den Tag genau einen Monat nachdem sie aus dem Wald zurückgekehrt war. Kurz vor ihrem Tod wurden ihre Prophezeiungen zunehmend düster. Sie sprach von einem ›heraufziehenden Sturm‹, einer Zeit voller Gefahren, in der man die *Diviner* zu Hilfe rufen müsse.«

»Die *Diviner?*«, wiederholte Evie.

»Das war ihre Bezeichnung für Menschen mit Fähigkeiten wie den ihren.«

»Und was sollten diese *Diviner* tun?«, fragte der Junge in der Golfhose.

Will zuckte mit den Achseln. »Falls sie es wusste, hat sie es nicht gesagt. Sie starb schon bald nach dieser Prophezeiung und ließ ihren Bruder Cornelius einsam zurück. Er fixierte sich von da an auf die Idee von Gut und Böse und auf die Vorstellung, dass dieses Land von Geistern heimgesucht sei. Dass es etwas gäbe, das jenseits unserer Wahrnehmung existiert. Er hat sein ganzes Leben – und sein Vermögen – eingesetzt, um den Beweis dafür zu liefern.«

Die Jungen gerieten in eine hitzige Diskussion, bis einer von ihnen die anderen überschrie. »Ja, aber glauben Sie denn nun wirklich selbst daran, Professor, dass es eine Welt gibt, die jenseits der unseren existiert, und dass die Wesen jener Welt uns nützen oder schaden können? Glauben Sie wirklich, dass unser Handeln hier – das gute wie das schlechte – etwas Böses außerhalb unserer Welt hervorrufen kann? Glauben Sie, dass unter uns Geister, Dämonen und sogenannte *Diviner* leben?«

Onkel Will zog ein Taschentuch aus seiner Hosentasche und reinigte seine Brillengläser. »Es gibt mehr Ding' in Himmel und auf Erden, als eure Schulweisheit sich träumt, Horatio«, sagte er und schob die Bügel seiner Brille wieder über beide Ohren. »Dieses Zitat stammt von William Shakespeare, dem nicht nur das Menschliche, sondern auch das Übernatürliche nicht ganz unvertraut gewesen zu sein scheint. Für Ihre Prüfungen allerdings werden Sie die folgenden konkreten Kenntnisse benötigen …«

Die Jungen stöhnten, als Will nun eine schwindelerregende Fülle an Informationen auf sie niederprasseln ließ.

Evie schlich sich aus dem Raum und ging in Wills Büro hinüber, um dort auf ihn zu warten. Das gleichförmige Ticken der Tischuhr leistete ihr Gesellschaft, während sie sich umsah. Wills Schreibtisch war überflutet mit Zeitungsausschnitten und bedrohlich hohen Bücherstapeln. Gelangweilt blätterte Evie durch die Ausschnitte, Berichte aus dem ganzen Land, in denen es um Geistersichtungen, Spuk und andere mysteriöse Vorgänge ging: So wurde beschrieben, wie verstorbene Verwandte sekundenlang in ihrem Lieblingssessel sichtbar wurden oder rotäugige ›Dämonen‹-Hunde den Verwalter eines Schrottplatzes im Bundesstaat New York in Angst und Schrecken versetzten. Einige der Zeitungsausschnitte waren zwei oder drei Jahre alt, die meisten aber neueren Datums – aus dem vergangenen Jahr. Evie vertiefte sich in einen Artikel über ein Mädchen, das behauptete, mit den Toten sprechen zu können, und von »wohlgesonnenen Geistern« vor bevorstehenden Unannehmlichkeiten gewarnt worden war. Evie hatte gerade die Stelle erreicht, an der über das plötzliche Verschwinden des Mädchens berichtet wurde, als Onkel Will sich mit einem leisen Räuspern bemerkbar machte.

Evie schob die Zeitungsausschnitte zur Seite. »Hallo, Onkel Willy.«

»Das ist mein Schreibtisch.«

»Stimmt«, sagte Evie strahlend. »Und ein so ordentlicher noch dazu.«

»Ja. Nun ja. Heute ist er wohl ganz annehmbar«, murmelte Onkel Will. Er nahm sich eine Zigarette aus einer kleinen Silberschatulle, die in seiner Brusttasche steckte. »Gut siehst du aus.« Will zündete die Zigarette an und inhalierte tief. »Hat Jericho dir das Museum gezeigt?«

»Ja, hat er. Es ist sehr … interessant.«

»Und hattest du eine angenehme Reise?«

»Großartig, obwohl mich ein Taschendieb in der Penn Station beraubt hat«, sagte Evie und bereute es auf der Stelle. Was, wenn Onkel Will befand, dass sie nicht auf sich achtgeben konnte, und sie nach Ohio zurückschickte?

Onkel Will hob eine Augenbraue. »Tatsächlich?«

»Ein abscheulicher junger Mann namens Sam Lloyd. Nun ja, zumindest hat er sich mit diesem Namen vorgestellt, bevor er mich küsste und mir meine zwanzig Dollar stahl.«

Will kniff die Augen zusammen. »Er hat was getan?«

»Aber mach dir keine Sorgen. Ich kann schon auf mich aufpassen. Sollte ich diesen Kerl je wiedersehen, wird er sich wünschen, mich nie kennengelernt zu haben«, sagte Evie.

Will stieß eine kleine Rauchwolke aus. Sie hing schwer in der Luft. »Deine Mutter hat mir erzählt, dass du in Schwierigkeiten geraten bist. Wegen irgendeines Streiches.«

»Eines Streiches …«, murmelte Evie.

»Und du willst bis Oktober bleiben?«

»Bis Dezember, wenn möglich. Bis die Luft zu Hause wieder rein ist.«

»Hm.« Onkel Wills Miene verdüsterte sich. »Deine Mutter hat sich um einen Platz für dich in der Sarah-Snidewell-Mädchenschule beworben. Doch momentan sind sie dort überlastet, also wird es vermutlich mir zufallen, dich zu unterrichten. Ich werde dir Bücher zur Verfügung stellen und selbstverständlich kannst du meine Vorlesungen besuchen. Außerdem empfehle ich dir unsere vielen ausgezeichneten Museen sowie die Vorträge der Society for Ethical Culture.«

Evie dämmerte, dass sie von der Ödnis des alltäglichen Schulunterrichts befreit sein würde. Dieser Tag wurde immer besser.

Onkel Will blätterte geistesabwesend in einem Buch. »Du bist siebzehn, stimmt's?«

»Meinem letzten Geburtstag zufolge, ja.«

»Schön. Mit siebzehn ist man sehr wahrscheinlich alt genug, um weitestgehend das zu tun, was man will. Ich werde dich nicht an der Leine halten, solange du keinen Unfug treibst. Abgemacht?«

»Abgemacht«, sagte Evie verblüfft. »Bist du auch sicher, dass du mit meiner Mutter verwandt bist? Es hat keine Verwechslung im Säuglingszimmer stattgefunden?«

Ein kleines Lächeln flackerte in Wills Gesicht auf und verschwand sogleich wieder. »Deine Mutter hat sich nie ganz vom Tod deines Bruders erholt.«

»Sie ist nicht die Einzige, die James vermisst.«

»Aber für sie ist es etwas anderes.«

Evie schluckte ihren Ärger hinunter. »Was du vorhin da drüben erwähnt hast – Menschen, die in die Zukunft sehen oder …« – sie holte Luft – »die Gegenständen die Geheimnisse ihrer Besitzer entlocken können. *Diviner*. Kennst du so jemanden?«

»Nicht persönlich, nein. Warum fragst du?«

»Ach, nur so«, sagte Evie schnell. »Wenn es diese *Diviner* tatsächlich gäbe, dann würde doch vermutlich in allen Zeitungen und im Radio über sie berichtet, oder?«

»Oder sie würden auf dem Scheiterhaufen verbrannt.« Will deutete auf die vielen Bücherregale um sie herum. »Falls du mehr über übernatürliche Phänomene lesen möchtest … unsere gesamte Bibliothek widmet sich solchen und ähnlichen Berichten.« Er drückte seine Zigarette in einem bereits überquellenden Aschenbecher aus. »Leider bin ich ein wenig spät dran und sicher möchtest du auch gern deine Koffer auspacken und dich ein wenig frisch machen. Das Bennington Building liegt nicht weit von hier – zehn Häuserblocks in etwa. Soll ich Jericho bitten, dich dorthin zu begleiten?«

»Nein«, sagte Evie. Selbst eine kurze Strecke von zehn Blocks würde mit dem stoischen Jericho entsetzlich langweilig werden. »Ich komm schon klar.«

»Wie bitte?«

»Klar. Hm, zurecht. Ich komme schon zurecht. Ich werde Mabel besuchen. Erinnerst du dich noch an Mabel Rose? Meine Brieffreundin?«

»Hmmm«, sagte Will, der längst von einem Buch abgelenkt war. »Sehr gut. Hier ist dein Schlüssel. Gleich neben dem Foyer des Bennington gibt es ein Lokal. Iss dort etwas und sag ihnen, sie sollen es auf meine Rechnung setzen. Jericho und ich werden spätestens um halb sieben zu Hause sein.«

Evie ließ den Schlüssel in ihre Handtasche gleiten. In Zenith hatte sie keinen eigenen Schlüssel besessen; auf Schritt und Tritt war sie von ihren Eltern überwacht worden. Hier würde alles anders sein, glanzvoll eben. Sie ging auf Onkel Will zu, um ihn zu umarmen, aber er streckte ihr nur die Hand entgegen.

»Willkommen in New York, Evie.«

So ist das Bennington nun mal, mein Kind

»Mabel!« Evie schloss ihre Freundin in die Arme und tanzte unter den erstaunten Blicken einiger Hausbewohner mit ihr im Walzerschritt um das Foyer des Bennington herum. »Ach, ich bin ja so froh, dich wiederzusehen!«

»Mensch, du hast dich vielleicht verändert«, sagte Mabel, als sie Evies modisch kurzen Lockenkopf und ihre Kleidung im Flapperstil jetzt genauer in Augenschein nahm – ein Matrosenkleid mit tief angesetzter Taille und darüber ein roter Mantel mit einem Schultercape, das mit roten Mohnblumen bestickt war.

»Du dich dagegen ganz und gar nicht. Immer noch dieselbe alte Mabel. Lass dich mal ansehen!« Mit theatralischer Geste trat Evie einen Schritt zurück, um Mabels tristes, schlecht sitzendes Kleid zu begutachten, dessen Saum ein gutes Stück unterm Knie endete. Ein Beerdigungskleid war das, ach was, ein Kleid, das man am besten gleich in der Versenkung verschwinden ließ. »Und deine Mähne hast du immer noch nicht abgeschnitten?«

Mabel fuhr sich mit der Hand über das volle kastanienbraune Haar, das im Nacken locker aufgesteckt war. »Ich pflege eben meinen Individualismus.«

»Das tust du, keine Frage. Genauso wie das gute alte Bennington.« Evie stieß einen Pfiff aus und schreckte damit einen Mann auf, der gerade seine Post aus einem der in die Wand eingelassenen Messingbriefkästen nahm. Das Bennington Building besaß die heruntergekommene Schönheit einer vormals besten Adresse. Die Marmorfußböden waren in den Ecken beschädigt, das Mobiliar war abgenutzt und die Wandfarbe schmutzig, aber diese kleinen Makel verliehen dem Haus nach Evies Auffassung einen noch größeren Charme.

»Ist es zu fassen? Du und ich zusammen in Manhattan? Wir beide werden die Königinnen von New York City sein!«

Evie wollte Mabel gerade unterbreiten, was sie alles mit ihr unternehmen wollte – allem voran einen Einkaufsbummel in dem Luxuskaufhaus Bergdorf –, als eine atemberaubende Erscheinung mit großen Schritten die Lobby betrat. Das Mädchen trug einen Herrenpyjama unter einem blauseidenen Herrenmorgenrock und ihre pechschwarzen Haare waren zu einem Bubikopf mit Ponyfransen à la Louise Brooks geschnitten. Um die dunklen Augen waren Spuren des zerlaufenen Make-ups der vergangenen Nacht zu sehen, um ihren Hals hing eine seidene Schlafmaske.

»Wer ist denn das?«, flüsterte Evie.

»Das ist Theta Knight. Sie ist eins von den Ziegfeld-Girls.«

»Ich fasse es nicht … eine Freundin von dir?«

Mabel schüttelte den Kopf. »Nein, leider. Sie schüchtert mich entsetzlich ein. Mehr als ›Hallo‹ oder ›Schöner Tag heute!‹ wage ich nicht zu ihr zu sagen. Sie wohnt hier mit ihrem Bruder.« Mabel schürzte vielsagend die Lippen. »Nun ja, zumindest behauptet sie das. Sie sehen sich nicht die Bohne ähnlich.«

»Ihr Liebhaber vielleicht?«, flüsterte Evie aufgeregt.

Mabel zuckte mit den Achseln. »Wie soll ich das wissen?«

»Diese Blumen hier sind für Sie eingetroffen, Miss Knight.« Der Portier überreichte ihr über ein Dutzend langstieliger roter Rosen. Theta unterdrückte ein Gähnen, während sie den beiliegenden Umschlag aufriss.

»›Rosen für die Rose. Mit der allergrößten Zuneigung, Clarence M. Potts.‹ Ich glaub's ja nicht!« Theta streckte dem Portier die Rosen wieder entgegen. »Da, schenken Sie die Ihrem Mädchen, Eddie.

Aber werfen Sie die Karte vorher weg, sonst sitzen Sie in der Klemme.«

»Aber Sie können doch diese Rosen nicht so einfach fortgeben. Sie sind fantastisch!«, platzte Evie heraus.

Theta warf ihr einen Blick zu. »Die Stängel da? Die stammen von dem grässlichen Mr Potts. Er ist achtundvierzig und war bereits viermal verheiratet. Ich bin erst siebzehn und habe nicht die Absicht, mich von ihm zum Altar führen zu lassen und Gattin Nummer fünf zu werden. Ich kenne jede Menge Revuetänzerinnen, die nur aufs Geld erpicht sind, aber ich gehöre nicht dazu, meine Liebe. Ich habe nämlich noch viel vor.« Sie nickte Mabel zu. »Hallo. Madge, stimmt's?«

»Mabel. Mabel Rose.«

»Freut mich, dich kennenzulernen, Mabel.« Sie fixierte Evie mit ihren schimmernden Augen. »Und du bist …?«

»Evangeline O'Neill. Aber alle nennen mich Evie.«

»Theta Knight. Du kannst mich nennen, wie du willst – nur bitte nicht vor zwölf Uhr mittags.« Sie fischte eine Zigarette aus ihrer Pyjamatasche und wartete darauf, dass der Portier sie ihr anzündete, was er auch tat. »Danke, Eddie.«

»Evie wohnt zurzeit bei ihrem Onkel, Mr Fitzgerald«, erklärte Mabel. »Sie kommt aus Ohio.«

»Herzliches Beileid«, entgegnete Theta, ohne eine Miene zu verziehen.

»Du sagst es – allerdings! Und du bist aus New York?«

Theta wölbte eine fadendünne Augenbraue. »Hier in New York kommen alle von irgendwo anders her.«

Diese Theta gefiel ihr, das wusste Evie sofort. Wer hätte ihrem Glamour auch widerstehen können? In Ohio kannte Evie niemanden, der einfach lebte, wie es ihm behagte, in einem seidenen Herrenpyjama in einen öffentlichen Empfangsbereich marschiert kam und ein Dutzend Rosen wegwarf wie andere einen leeren Becher Automatenkaffee. »Bist du wirklich ein Ziegfeld-Girl?«

»Schuldig.«

»Das muss doch wahnsinnig aufregend sein!«

»Ich verdiene mein Geld damit«, sagte Theta und stieß gleichzeitig eine kleine Rauchwolke aus. »Seht euch die Revue doch mal irgendwann abends an.«

Evies Herz hüpfte schon bei dem bloßen Gedanken. Eine Ziegfeld-Show! »Sehr gerne.«

»Großartig. Lasst mich einfach wissen, an welchem Abend ihr kommen wollt, dann hinterlege ich zwei Eintrittskarten für euch. Tja, ich würde ja gern noch ein bisschen mit euch weiterplaudern, aber wenn ich nachher auf Touren kommen will, muss ich noch ein kleines Schönheitsschläfchen machen. Wundervoll, dich kennengelernt zu haben, Evil.«

»Evie.«

»Jetzt nicht mehr«, rief Theta ihr über die Schulter zu, als sie im Aufzug verschwand.

»Ich kann noch immer nicht glauben, dass du tatsächlich hier bist«, sagte Mabel. Evie und sie hatten sich in dem etwas schäbigen Speiseraum des Bennington niedergelassen und nahmen beide ein Club-Sandwich und eine Coca-Cola zu sich. »Was hast du denn bloß angestellt, dass sie dich so übereilt aus Ohio vertrieben haben?«

Evie spielte mit dem Eis in ihrem Glas. »Erinnerst du dich noch an diese kleine Eigenart von mir, von der ich dir vor ein paar Monaten geschrieben habe? Nun …« Sie erzählte Mabel die Geschichte um Harold Brodies Ring. »Und das Schlimme ist, dass ich recht habe, er aber als das Opfer aus der Sache hervorgeht, der alte Heuchler.«

»Herrje«, sagte Mabel.

Evie musterte Mabels Gesichtsausdruck genau. »Oh, Mabesie. Du glaubst mir doch hoffentlich, oder?«

»Natürlich glaube ich dir.«

»Und du findest auch nicht, dass ich eigentlich in eine Freakshow gehöre?«

»Nie und nimmer.« Mabel ließ das Eis in ihrem Glas kreisen und dachte nach. »Aber ich frage mich, wieso du plötzlich diese Fähigkeit besitzt. Du bist nicht vielleicht irgendwann gefallen und hast dir den Kopf angeschlagen, oder?«

Evie hob eine Augenbraue. »Vielen Dank auch.«

»Ich wollte damit überhaupt nichts andeuten! Ich dachte bloß, es könnte ja einen medizinischen Grund dafür geben. Einen wissenschaftlichen Grund«, sagte Mabel hastig. »Hast du deinem Onkel schon davon erzählt?«

Evie schüttelte entschieden den Kopf. »Ich will keinen Staub aufwirbeln. Ich komme mit Onkel Will gerade ausgezeichnet zurecht und möchte auch, dass es so bleibt.«

Mabel biss sich auf die Lippen. »Und hast du Jericho schon kennengelernt?«

»Allerdings«, sagte Evie. Sie trank den letzten Schluck ihrer Coca-Cola.

»Und … wie findest du ihn?«, wagte Mabel sich vorsichtig weiter vor.

»Sehr … solide.«

Mabel gab einen kleinen Quiekser von sich. »Ist er nicht wunderschön?«

Evie dachte an den Jericho, dem sie vorhin begegnet war – den ruhigen, ernsthaften, sachlichen Jericho. Nichts an ihm war auch nur im Entferntesten verführerisch. »Dir bedeutet er etwas und das allein zählt. Was hast du denn bisher in der Sache unternommen?«

»Nun ja … letzten Freitag, als wir beide gemeinsam vor den Briefkästen standen …«

»Ja?« Evie wackelte mit den Augenbrauen.

»Da stand ich ganz dicht neben ihm …«

»Oh-oh!«

»Und sagte, so mir nichts, dir nichts: ›Schönes Wetter heute, nicht?‹«

»Und dann?«

»Das war's. Na ja, er sagte dann noch: ›Ja.‹ Wir waren also einer Meinung bezüglich des Wetters.«

Evie ließ sich gegen die Rückwand der Sitzbank fallen. »Ach du meine Güte! Das ist ja wie eine Party ohne Konfetti. Wir brauchen dringend einen Plan, meine Liebe. Für eine romantische Attacke von gewaltigem Ausmaß. Wir werden die Mauern Jerichos zum Wanken bringen! Der Knabe wird nicht mehr wissen, wie ihm geschieht.«

Mabel wurde jetzt munter. »Wundervoll! Und was ist dein Plan?«

Evie zuckte mit den Achseln. »Da bin ich überfragt. Ich weiß nur, dass wir dringend einen brauchen.«

»Oh«, sagte Mabel.

»Oh, Mabesie, Schätzchen. Zerbrich dir nur darüber nicht den Kopf. Ich werde mir etwas einfallen lassen. Und in der Zwischenzeit sehen wir uns die Geschäfte an und bewundern Theta in der Revue der Ziegfeld-Follies – ich möchte wetten, sie kennt sämtliche Nachtclubs hier – und tanzen Charleston, bis wir umfallen. Wir werden leben, meine Kleine! Ich habe vor, aus den nächsten vier Monaten die aufregendsten unseres ganzen Lebens zu machen. Und wenn es mir gelingt, meine Karten geschickt auszuspielen, dann bleibe ich für immer.« Evie hopste förmlich auf ihrer Bank auf und nieder. »Also, wo sind deine Eltern?«

Mabel errötete. »Oh. Heute findet in der Stadt eine Kundgebung statt … wegen der Berufung im Fall Sacco und Vanzetti. Meine Mutter und mein Vater vertreten dort *The Proletariat*«, erinnerte sie Evie an den Namen der sozialistischen Zeitung, die Mabels Eltern herausgaben und vertrieben. »Ich sollte eigentlich auch da sein, aber, na ja, ich konnte dich doch an deinem ersten Tag in New York nicht allein lassen!«

»Schön, dann werde ich die beiden eben morgen sehen.«

Mabels Gesicht umwölkte sich. Sie schüttelte den Kopf. »Morgen spricht meine Mutter vor der Gewerkschaft der Arbeiterinnen in der Bekleidungsindustrie. Und Papa muss sich um die Zeitung kümmern. Sie setzen sich für so viele Menschen ein.«

Mabels Briefe waren stets voll mit Geschichten über den kämpferischen Einsatz ihrer Eltern in der Stadt. Aus ihnen ging hervor, wie stolz sie auf die beiden war, aber dass ihre Anliegen ihnen auch wenig Zeit und Energie für ihre Tochter ließen.

Evie tätschelte Mabels Hand. »Auch gut. Eltern kommen einem ohnehin nur immer in die Quere. Meine Mutter ist unerträglich, seitdem sie krank ist.«

Mabel guckte erschrocken. »Oh weh! Was fehlt ihr denn?«

Ein feines Lächeln zeigte sich in Evies Mundwinkeln. »Ein besonders schwerer Fall von Abstinentia.«

Zwei ältere Damen näherten sich ihrem Tisch und unterbrachen Evies und Mabels Gelächter. »So benehmen sich junge Damen aber nicht in der Öffentlichkeit, Miss Rose. Ein derartiges Verhalten ist höchst unschicklich.«

»Ja, Miss Proctor«, sagte Mabel leise. Evie schnitt eine Grimasse, die nur für Mabel sichtbar war, und Mabel musste sich auf die Lippen beißen, um nicht erneut in Lachen auszubrechen. »Miss Lillian, Miss Adelaide, darf ich Ihnen Miss Evie O'Neill vorstellen. Miss O'Neill wohnt jetzt eine Zeit lang bei ihrem Onkel, Mr Fitzgerald.« Warnend trat Mabel Evie unter dem Tisch auf den Fuß.

Miss Lillian lächelte. »Oh, wie reizend. Und was für ein goldiges Gesicht. Hat sie nicht ein goldiges Gesicht, Addie?«

»Wirklich goldig, in der Tat.«

Die beiden Miss Proctors trugen ihr Haar gelockt wie Schulmädchen um die Jahrhundertwende und sahen damit so wunderlich und befremdlich aus wie zwei gealterte, runzlige Porzellanpuppen.

»Willkommen im Bennington. Es ist ein herrschaftliches altes Haus und galt einmal als eine der allerbesten Adressen der Stadt«, fuhr Miss Lillian fort.

»Es ist toll, ehem, großartig. Ein großartiges Haus.«

»Ja. Es mag sein, dass Sie hier von Zeit zu Zeit ein wenig seltsame Geräusche hören, aber Sie brauchen sich nicht zu fürchten. Die Stadt hat ihre Geister, wissen Sie.«

»An den allerbesten Adressen halten sie sich am liebsten auf«, sagte Evie mit gespieltem Ernst.

Mabel verschluckte sich an ihrer Coca-Cola, aber Miss Lillian nahm keinerlei Notiz davon. »Im achtzehnten Jahrhundert beheimatete dieser Grund und Boden all jene, die an Fieber erkrankt waren. Arme, verlorene Seelen, die stöhnend in ihren Zelten lagen, gelb im Gesicht und blutend; und ihr Erbrochenes war schwarz wie die Nacht!«

Evie schob ihr Sandwich zur Seite. »Wie grauenhaft faszinierend. Gerade eben noch sagte ich zu Mabel … äh … Miss Rose, dass wir nicht häufig genug über schwarzes Erbrochenes sprechen.« Mabels Fuß war kurz davor, Evies Fuß in den Boden hineinzutreten.

»Und in der Zeit nach der Fieberepidemie wurden an dieser Stelle die Armen und die Geisteskranken beerdigt«, fuhr Miss Lillian unbeirrt fort.

»Selbstverständlich wurden die Leichen vor dem Bau des Bennington-Gebäudes exhumiert – so sagt man jedenfalls. Obwohl mir, offen gestanden, nicht ganz klar ist, wie man sie alle finden konnte.«

»Mit den Leichen hat man aber auch seine Last«, sagte Evie mit einem kleinen Seufzer, und Mabel musste schnell den Kopf zur Seite drehen, um nicht erneut zu lachen.

»In der Tat«, sagte Miss Lillian glucksend. »Als das Bennington im Jahre 1872 erbaut wurde, entwarf der Architekt, in dessen Ahnenreihe es zahlreiche Hexen gegeben hatte, das Gebäude nach uralten okkulten Prinzipien; es sollte für alle Zeiten wie ein Magnet auf die Jenseitigen wirken. Deshalb schenken Sie dem – ich sagte es ja schon –, was Sie hier an Merkwürdigem sehen oder hören mögen, bitte keinerlei Beachtung. So ist das Bennington nun mal, mein Kind.«

Miss Lillian bemühte sich um ein Lächeln. Dabei wurde auf einem ihrer Zähne ein roter Lippenstiftklecks sichtbar, der wie ein Blutfleck aussah. Neben ihr sandte Miss Addie ein Lächeln in die Ferne und nickte mit dem Kopf, als begrüße sie unsichtbare Gäste.

»Bitte entschuldigen Sie uns jetzt, wir müssen uns zurückziehen«, sagte Miss Lillian. »Wir erwarten in Kürze Besuch und haben noch Vorbereitungen zu treffen. Aber sicher erweisen Sie uns die Ehre und besuchen uns an einem der nächsten Abende, nicht wahr?«

»Wie könnte ich da Nein sagen«, gab Evie zur Antwort.

Plötzlich wandte sich Miss Addie Evie zu, als nähme sie sie erst jetzt richtig wahr. Ihr Blick war finster. »Sie sind eine von ihnen, nicht wahr, mein Kind?«

»Miss O'Neill ist Mr Fitzgeralds Nichte«, setzte Mabel sie ins Bild.

»Nein, nein. Eine von denen«, flüsterte Miss Addie in so eindringlichem Ton, dass Evie ein Schauer über den Rücken lief.

»Na, na, Addie, nun lass doch die Mädchen mal in Ruhe weiteressen. Und wir haben ja auch zu tun. Adieu!«

Die Proctor-Schwestern hatten kaum den Speiseraum verlassen, als Mabel in unbändiges Gelächter ausbrach. »Und nach dem Fieber kamen die Armen«, ahmte sie die beiden kichernd nach.

»Was hat sie wohl damit gemeint, als sie zu mir sagte: ›Sie sind eine von denen‹? Sagt sie das zu jedem, den sie gerade kennenlernt?«, fragte Evie und hoffte, dass ihre Stimme nicht so beunruhigt klang, wie sie sich fühlte.

Mabel zuckte mit den Achseln. »Manchmal wandert Miss Addie im Nachthemd durch das halbe Treppenhaus. Mein Vater musste sie schon einige Male in ihre Wohnung zurückbegleiten.« Mabel tippte sich mit dem Zeigefinger an die Stirn. »Sie ist nicht ganz richtig im Kopf. Wahrscheinlich meinte sie, dass du eine von den

Flappern bist und sie das nicht gutheißt«, sagte sie und schwenkte mahnend wie eine Lehrerin den Zeigefinger. »Ach, wir haben wirklich die beste Zeit unseres Lebens vor uns, nicht wahr?«, sagte sie so enthusiastisch, dass Evie Miss Addies verstörende Bemerkung schnell aus dem Kopf verbannte.

»Allerdings!«, sagte Evie und erhob ihr Glas. »Auf das Bennington und seine Geister!«

»Auf uns!«, fügte Mabel hinzu. Und die beiden stießen auf ihre Zukunft an.

Evie und Mabel brachten den Nachmittag damit zu, Neuigkeiten auszutauschen, und als Evie schließlich in Onkel Wills Wohnung zurückkehrte, war es beinahe sieben Uhr und Will und Jericho waren schon zu Hause. Das Apartment kam ihr geräumiger vor, als sie es in Erinnerung hatte, und war erstaunlich wohnlich für eine Junggesellenwohnung. Von einem eindrucksvollen Erkerfenster aus fiel der Blick auf die Blätterpracht des Central Park. Ein Sofa und zwei Sessel flankierten einen großen Radioschrank und Evie seufzte erleichtert auf. Außerdem gab es eine Kochnische, die allerdings den Anschein erweckte, als werde sie selten benutzt. Das Badezimmer hatte zwar eine Wanne vorzuweisen, in der man hervorragend ein Bad nehmen konnte, hielt aber nicht einmal die einfachsten Kosmetikartikel bereit. Dem würde Evie sehr bald Abhilfe schaffen. Drei Schlafzimmer und ein kleines Arbeitszimmer gehörten auch noch zu der Wohnung. Jericho führte sie zu einem recht beengten Raum, in dem ein Bett, ein Schreibtisch und ein Kleiderschrank standen. Das Bett quietschte, war aber bequem.

»Die führt zum Dach hinauf«, sagte Jericho und deutete auf eine Feuerleiter vor ihrem Fenster. »Von dort oben kannst du den größten Teil der Stadt sehen.«

»Oh«, stieß Evie hervor. »Toll.« Sie hatte ganz bestimmt nicht die Absicht, sich mit einem Blick vom Dach auf die Stadt zu begnügen. Mitten im Getümmel wollte sie sein. Inzwischen war auch ihr Koffer eingetroffen und sie konnte die bemalten Strümpfe, die

Hüte, Handschuhe, Kleider und Mäntel auspacken und in den leeren Schubladen und an der Kleiderstange des Schranks unterbringen. Ihre langen Perlenstränge drapierte sie an den Pfosten des Bettes. Der einzige Gegenstand, den sie nicht verstaute, war der Münzanhänger von James. Anschließend saß sie noch mit Jericho und Onkel Will im Wohnzimmer und sah den beiden bei ihrem Abendbrot zu, das aus einigen kalten, in Wachspapier eingewickelten Sandwiches aus dem Feinkostladen an der Ecke bestand.

»Wie kommt es eigentlich, dass du bei meinem Onkel beschäftigt bist?«, fragte Evie Jericho. Jericho sah Onkel Will an, der mit vollem Mund kaute. Keiner von beiden sagte ein Wort. »Scheint ja ein richtiggehendes Geheimnis zu sein«, fuhr Evie fort. »Wo steckt Agatha Christie, wenn man sie braucht? Dann werde ich mir wohl selber eine Geschichte zu dir einfallen lassen müssen. Mal sehen ... du, Jericho, bist ein Herzog, der sein Herzogtum eingebüßt hat, und Onkel Willy versteckt dich vor den feindlichen Truppen, die dein Heimatland überfallen und es auf deinen Kopf abgesehen haben.«

»Dein Onkel war bis zu meinem achtzehnten Geburtstag in diesem Jahr mein gesetzlicher Vormund. Jetzt arbeite ich für ihn als stellvertretender Museumskurator.«

Die beiden Männer aßen weiter und ließen Evies Neugier völlig unbefriedigt. »Ah. Und weiter? Wie kam es denn, dass Willy ...«

»Musst du mich unbedingt so nennen?«

Evie dachte kurz nach. »Ja. Ich glaube schon. Wie kam es denn, dass Willy dein Vormund wurde?«

»Jericho hat als Waisenkind im Heim gelebt.«

»Ach du meine Güte, das tut mir leid. Aber wie ...«

»Ich denke, deine Frage ist damit beantwortet«, sagte Onkel Will. »Ob und wann dir Jericho mehr darüber erzählen möchte, wird er selbst entscheiden.«

Evie hätte gern etwas Bissiges erwidert, aber da sie nun einmal hier zu Gast war, wechselte sie das Thema. »Ist das Museum eigentlich immer so leer?«

»Was meinst du damit?«, fragte Onkel Will.

»So menschenleer, meine ich.«

»Die Besucherzahlen sind momentan etwas zurückgegangen.«

»Etwas zurückgegangen? Vollkommen ausgestorben ist es. Besucher müssen her, sonst geht ihr noch bankrott. Was wir brauchen, ist ein bisschen Reklame.«

Will warf Evie einen irritierten Blick zu. »Reklame?«

»Ja. Davon hast du doch sicher schon gehört, oder? Eine ganz großartige moderne Erfindung. Sie klärt die Leute darüber auf, was sie benötigen. Seife, Lippenstifte, Radios – oder eben dein Museum. Wir könnten mit einem einprägsamen Werbespruch beginnen, wie zum Beispiel: ›Das Museum für Amerikanisches Volkstum, Aberglauben und Okkultes – erweckt Ihre und unsere Geister zu neuem Leben!‹«

»Es ist schon gut so, wie es ist«, sagte Will, als sei die Angelegenheit damit erledigt.

Evie pfiff leise durch die Zähne. »Nicht nach allem, was ich gesehen habe. Stimmt es, dass die Stadt dir das Museum wegen Steuerrückständen wegnehmen will?«

Will blinzelte über den Rand seiner ständig rutschenden Brille. »Wer hat dir denn das erzählt?«

»Der Taxifahrer. Er hat mir außerdem erzählt, dass du Kriegsdienstverweigerer und vermutlich auch Bolschewist bist. Nicht, dass es für mich von Bedeutung wäre. Ich habe nur gedacht, ich könnte dir helfen, den Laden auf Vordermann zu bringen. Ein paar Besucher reinzuholen. Und eine Menge Geld zu machen.«

Jericho blickte von Will zu Evie und wieder zurück zu Will. Er räusperte sich. »Stört es euch, wenn ich das Radio einschalte?«

»Bitte sehr«, antwortete Will und gleich darauf tönte die Stimme des Radiosprechers durch den Raum: »Sie hören nun das Paul Whiteman Orchester mit dem *Wang Wang Blues.*« Das Orchester setzte zu einer swingenden Melodie an und Evie summte mit.

Stadt der Träume

Das Mädchen war erschöpft und voller Zorn. Achtundsiebzig Stunden lang war sie mit Jacek, ihrem Kavalier, nahezu pausenlos durch den Tanzmarathon geschwebt, in der Hoffnung, den großen Preis zu gewinnen, aber schließlich war Jacek dann doch eingeschlafen und hätte sie um ein Haar auch noch zu Fall gebracht. Der Conférencier hatte ihnen auf die Schulter geklopft und so das Ende des Wettbewerbs signalisiert und mit ihm auch das Ende ihrer Träume.

»Warum bist du auch eingeschlafen, du alter Dorftrampel, du!« Sie boxte ihn in den Arm, als sie den Wettbewerb verließen, und er geriet ins Wanken, weil er sich kaum noch auf den Beinen halten konnte.

»Ich? Vier ganze Male hab ich dich stützen müssen und dauernd bist du mir mit deinen Kindersärgen auf die Latschen gestiegen.«

»Mit meinen Kindersärgen?« In ihren Augen brannten jetzt die Tränen. Sie holte zum Schlag aus, stolperte aber dabei, weil es sie ihre letzte Kraft kostete.

»Komm schon, Ruta, jetzt sei doch nicht so. Gehn wir nach Hause.«

»Nirgends geh ich mit dir hin, du Penner, du.«

»Das meinst du nicht im Ernst. Komm. Hock dich mit mir auf die Stufen hier. Wir nehmen dann den ersten Zug.«

Die Erschöpfung, gegen die sie so lange angekämpft hatte, holte sie jetzt ein. »Ich geh so nicht zurück und lass mich auslachen von denen, als ob ich nix Besondres wär und nie im Leben sein werde!«, sagte sie den Tränen nahe. Aber Jack hörte sie schon nicht mehr. Er war auf den Treppenstufen einer billigen Absteige eingeschlafen.

»Wegen mir kannst du dich hier begraben lassen!«, rief sie ihm zu, bevor sie weiterstapfte.

Die Schienen der Third-Avenue-Hochbahn verliefen wie ein Käfiggitter über Rutas Kopf, während sie die Bowery in südlicher Richtung entlanglief und nach einem Bahnzugang Ausschau hielt, auf dessen wackeligen Treppen keine Obdachlosen herumlungerten. Mit jedem einzelnen ihrer kraftlosen Schritte spürte sie die bittere Enttäuschung darüber, erfolglos nach Greenpoint, Brooklyn, zurückkehren zu müssen; dort lebte ihre Familie in einer Zweizimmerwohnung eines verfallenden Hauses in einer Straße, wo vorwiegend Polnisch gesprochen wurde und die alten Männer vor Schaufenstern, in denen Krakauer in fetten Strängen hingen, ihre Zigaretten rauchten. Diese Welt lag meilenweit entfernt von den hell leuchtenden Lichtern Manhattans. Sie blickte zurück und sah den diffusen Schimmer der Park Avenue, in der die reichen Leute wohnten. Sie wollte doch nur ein kleines bisschen Anteil daran haben. Und nicht mehr Tag für Tag die Telefon-Schalttafel der drittklassigen Anwaltskanzlei bedienen müssen, in der sie kaum genug verdiente, um sich mal einen Kinobesuch leisten zu können. Ruta war erst neunzehn, aber das Gefühl, dass es ihr an etwas fehlte, war ihr nur zu vertraut.

Ruta Badowski. Ruta. Sie hasste ihren Namen. Er klang so polnisch, importiert von ihren Eltern, obwohl sie doch hier geboren war, in Brooklyn, New York, USA. Sie würde einfach ihren Namen gegen einen anderen tauschen, der amerikanischer klang, wie Ruthie vielleicht oder Ruby. Ja, Ruby gefiel ihr. Ruby … Bates. Morgen schon würde Ruta Badowski ihre Arbeit am Schaltbrett kündigen und Ruby Bates würde den Bus zu Mr Ziegfelds Theater nehmen und dort vortanzen und sich als Revuetänzerin bewerben. Und eines Tages würde man ihren Namen in Leuchtbuchstaben geschrieben sehen; dann konnten Jacek und all die andern sie von den billigen Plätzen aus bewundern und zur Hölle fahren.

»Einen schönen guten Abend.«

Ruta rang nach Luft, so sehr hatte die Stimme sie erschreckt. Sie blinzelte in die Dunkelheit hinein. »Wer ist denn da? Verziehen Sie sich am besten ganz schnell wieder. Mein Bruder, der ist bei der Polizei.«

»Das Gesetz habe ich immer sehr zu schätzen gewusst.« Jetzt trat der Fremde aus dem Schatten hervor.

Rutas Augen mussten ihr einen Streich spielen, denn der Mann wirkte beinahe wie ein Geist. Auch war er sonderbar gekleidet – trotz der Wärme trug er einen altmodischen Tweedanzug mit Weste und Jackett und einen steifen Bowler-Hut. In der Hand hielt er einen Spazierstock, dessen silberner Knauf wie ein Wolfskopf geformt war. Das Gesicht des Wolfes war zu einem Zähnefletschen erstarrt und seine Augen leuchteten so rot wie Rubine. Rubine – Ruby, ha! Der Gedanke ließ Ruta erschaudern, obgleich sie den Grund dafür nicht hätte nennen können. Erst jetzt wurde ihr bewusst, dass dieser Stadtteil alles andere als ungefährlich war. Die Tanzmarathons wurden für gewöhnlich in zwielichtigen Gegenden abgehalten, in denen die Stadtverwaltung nicht allzu schnell auf sie aufmerksam wurde.

»An einem so finsteren Ort sollte sich eine junge Dame aber nicht alleine aufhalten«, sagte der Fremde, als hätte er ihre Gedanken gelesen. »Darf ich Ihnen meine Hilfe anbieten?«

Ruby Bates mochte auf dem besten Wege sein, ein glamouröser Star zu werden, aber Ruta Badowski war auf der Straße groß geworden. »Danke auch, Mister, aber Hilfe, die brauch ich nicht«, sagte sie knapp. Sie wandte sich zum Gehen, knickte aber mit dem Fuß um und zuckte vor Schmerz zusammen.

»Meine Schwester und ich betreiben eine Pension ganz in der Nähe, ein recht stattliches Haus mit warmer Küche. Vielleicht möchten Sie dort gern warten?« Die Stimme des Fremden klang tief und beruhigend. »Wir besitzen auch ein Telefon, falls Sie Ihre Familie anzurufen wünschen. Und vermutlich hat meine Schwester Bryda gerade Paczki gebacken und frischen Kaffee gekocht.«

»Paczki – Schmalzgebäck«, wiederholte Ruta. »Sind Sie beide denn Polen?«

Der fremde Mann lächelte. »Ich glaube, letztlich sind wir alle nur Träumer, die sich in diesem außergewöhnlichen Land zurechtzufinden suchen, nicht wahr, Miss …?«

»Ruta – Ruby. Ruby Bates.«

»Sehr erfreut, Ihre Bekanntschaft zu machen, Miss Bates. Mein Name ist Hobbes.« Er tippte sich an den Hut. »Aber meine Freunde nennen mich John.«

»Danke, Mr Hobbes«, antwortete Ruta. Ihr war ein wenig schwindlig vor Erschöpfung.

»Ich habe Riechsalz bei mir, das dürfte Ihnen helfen.« Der Mann streute etwas von dem Salz auf sein Taschentuch, hielt es ihr entgegen und Ruta atmete tief ein. Es roch beißend und hinterließ ein leichtes Brennen in der Nase, aber tatsächlich fühlte sie sich sofort frischer. Dann bot der Fremde ihr wieder seinen Arm und diesmal nahm ihn Ruta an. Äußerlich wirkte der Mann groß und kräftig, aber als sie jetzt seinen Arm unter dem schweren Mantelstoff spürte, kam er ihr dünn wie ein Streichholz vor. Irgendetwas daran ließ sie tief in ihrem Innern frösteln und rasch entzog sie ihm den eigenen Arm wieder.

»Es geht schon besser. Ihr Salz da, das hat mir geholfen. Und auf die Tasse Kaffee komm ich gern zurück.«

Er machte eine kleine höfische Verbeugung und sagte: »Ganz wie Sie wünschen.«

Sie gingen weiter, begleitet von dem rhythmischen Geräusch, das die auf dem Kopfsteinpflaster aufschlagende silberne Stockspitze des Fremden erzeugte. Dazu summte er eine Melodie, die Ruta nicht kannte.

»Was ist das für ein Lied? Im Radio hab ich es noch nie gehört.«

»Nein, nein. Vermutlich nicht«, erwiderte der Fremde.

Mit dem linken Arm deutete er auf die heruntergekommene Bowery mit ihren Missionsstationen und Bordellen, den billigen

Absteigen und Tätowierstudios, den Restaurant-Zulieferern und schäbigen Handwerkerbetrieben.

»›Sie ist gefallen, sie ist gefallen, Babylon, die große Stadt‹«, sagte er und zeigte zu der Treppe eines Bordells hinüber, auf der ein paar Betrunkene schliefen. »Schauderhaft. Jemand sollte dieses Gesindel von hier fortschaffen. Die sind nicht so wie Sie und ich, Miss Bates. Anständige, gute Staatsbürger. Menschen mit Ehrgeiz. Menschen, die zum Wohl dieser herausragenden Stadt beitragen.«

Zwar hatte Ruta sich darüber noch nie Gedanken gemacht, aber sie ertappte sich dabei, wie sie nickte. Und plötzlich betrachtete sie die Männer mit einer ganz neuen Abscheu. Sie waren tatsächlich anders als ihre eigene Familie. Sie waren wirklich fremdländisch.

»Sie gehören nicht dazu.« Mr Hobbes schüttelte den Kopf. »Vor langer Zeit beheimatete die Bowery einmal die fantastischsten Restaurants und Theater. Das Bowery Theatre beispielsweise – eines der bemerkenswertesten amerikanischen Theater, das für die elitären europäischen Theater einen Schlag ins Gesicht bedeutete. Der große Mime J. B. Booth, Vater von John Wilkes Booth, stand dort auf den Brettern. Sind Sie eine Freundin der schönen Künste, Miss Bates?«

»Schon. Doch, ich meine, ja. Ich bin Schauspielerin.«

Aus irgendeinem Grund wurde Ruta jetzt ein wenig schwummerig. Die Straße schimmerte so schön.

»Wen wundert das! Ein hübsches Mädchen wie Sie! Sie haben etwas ganz Besonderes, Miss Bates, nicht wahr? Ja, ich spüre, dass Sie eine wichtige Bestimmung zu erfüllen haben. ›Und das Weib war bekleidet mit Purpur und Scharlach und übergoldet mit Gold und edlen Steinen …‹«

Der Fremde lächelte. Und trotz der späten Stunde, der seltsamen Umstände und ihrer schmerzenden Beine lächelte Ruta auch. Der Fremde – nein, ein Fremder war er gar nicht, oder? – , er war Mr Hobbes, ein wirklich netter Mann. So elegant – und noch dazu so nobel. Mr Hobbes hielt sie für etwas ganz Besonderes. Er sah etwas in ihr, das niemand sonst sah. Ihre Großmutter würde so eine Begegnung ein *wrózba* nennen, ein Vorzeichen. Vor lauter Dankbarkeit kamen Ruta fast die Tränen.

»Danke«, sagte sie leise.

»›Und an ihrer Stirn geschrieben ein Name, ein Geheimnis‹«, fuhr der Mann fort und sein Gesicht wirkte seltsam erleuchtet.

»Sind Sie vielleicht Priester oder so was?«

»Sicherlich möchten Sie Ihre Familie benachrichtigen«, entgegnete Mr Hobbes auf Rutas Frage. »Man wird sich doch bestimmt schon Sorgen um Sie machen?«

Ruta dachte an die beengte Wohnung in Greenpoint, in der sie mit ihrer Familie lebte, und musste sich ein Lachen verkneifen. Ihr Vater lag jetzt sicher schlaflos neben ihrer Mutter und hustete sich die Feuchtigkeit, die vielen Zigaretten und den Fabrikstaub aus der Lunge. Und ihre vier Brüder und Schwestern lagen zusammengepfercht im Nebenraum und schnarchten. Niemand würde sie vermissen. Und sie selber hatte es auch nicht eilig, nach Hause zu kommen.

»Ich will die nicht aufwecken«, sagte sie und Mr Hobbes lächelte.

Inzwischen hatte er sie durch so viele verzweigte Nebenstraßen geführt, dass Ruta ein wenig die Orientierung verloren hatte. In der Ferne zeichnete sich die Manhattan Bridge ab, bedrohlich wie das Tor zur Unterwelt. Ein feiner Nieselregen fiel. »He – he, Mr Hobbes, ist es noch weit?«

»Bitte sehr, Ihr Wagen erwartet Sie bereits«, sagte er und tatsächlich sah Ruta im gleichen Moment ein altmodisches Fuhrwerk vor sich stehen, das schon recht baufällig wirkte und von einem alten Klepper gezogen wurde.

»Sie haben doch gesagt, es ist ganz in der Nähe!«

»Sie sind erschöpft. Ich werde Sie den Rest des Weges fahren.«

Ruta kletterte auf den Wagen hinauf und schon bald wiegten seine sanft schaukelnden Bewegungen und das Getrappel der Pferdehufe sie in den Schlaf. Als sie schließlich hielten, sah sich Ruta der Ruine einer riesigen alten Villa gegenüber, die hoch oben auf einem Hügel stand und von einigen unbebauten, mit Unkraut überwucherten Grundstücken umgeben war.

Schaudernd wich Ruta zurück. »Sie haben mir doch gesagt, Sie haben hier eine Pension. Ich seh hier aber nur eine Ruine.«

»Aber, aber, meine Liebe, Ihre Augen spielen Ihnen wohl einen Streich. Sehen Sie noch einmal ganz genau hin«, sagte Mr Hobbes leise flüsternd.

Er schwenkte den Arm und dieses Mal fiel Rutas Blick auf einen Block warm und anheimelnd wirkender Reihenhäuser, an deren Ende eine noble Villa stand, wie Millionäre mit den Namen Carnegie und Rockefeller sie gerne bewohnten. War dieser Mr Hobbes womöglich selbst ein Millionär? Der leichte Nieselregen war inzwischen stärker geworden. Er würde ihre perlenbestickten Samtschuhe mit den Strassspangen ruinieren – ihren wertvollsten Besitz, der sie einen ganzen Wochenlohn gekostet hatte –, und so folgte sie dem Mann über die Straße, um Unterschlupf zu suchen. Als eine schwarze Katze ihren Weg kreuzte, fuhr sie zusammen und lachte nervös. Sie war schon bald so schlimm wie ihre abergläubische Tante Pela, die an jeder Ecke böse Vorzeichen sah. Die Tür des alten Hauses fiel quietschend hinter ihr ins Schloss und wieder zuckte Ruta zusammen. Der Mann lächelte unter seinem dichten Oberlippenbart, und flüchtig kam ihr der Gedanke, dass sein Lächeln keinerlei Wärme in den durchdringenden blauen Augen erzeugte; aber sie wies ihn gleich wieder als töricht von sich. Immerhin befand sie sich jetzt im Trockenen und gleich würde sie sich setzen und ihre müden Beine ausruhen dürfen.

Nur dass was mit dem Geruch in diesem Haus nicht stimmte. Es roch nach Feuchtigkeit und Fäulnis und etwas anderem, das sie nicht ausmachen konnte, wovon ihr aber übel wurde. Sie hielt sich die Hand vor die Nase.

»Leider Gottes hatte sich eine arme, beklagenswerte Katze in unser Haus verirrt. Und bedauerlicherweise hat sie uns ihren Duft hinterlassen«, sagte Mr Hobbes. »Aber Sie frieren und sind müde. Kommen Sie, Sie müssen sich setzen. Ich werde Feuer machen.«

Ruta folgte dem Mann in einen weiteren Raum. Dort versuchte sie, gegen die Dunkelheit anzublinzeln, und erkannte schließlich die Umrisse eines Kamins. Sie stolperte und streckte instinktiv die Hand aus, um sich abzustützen, aber die Wand, die sie ertastete, fühlte sich feucht und klebrig an. Schnell riss sie ihre Hand zurück und wischte sie schaudernd an ihrem Kleid ab.

Mr Hobbes trat vor den kalten, rauchgeschwärzten Kamin und schon im nächsten Moment loderte ein prasselndes Feuer. Ruta suchte vergeblich nach einer Erklärung, wie die Flammen so plötzlich den Rauchfang emporzüngeln konnten. Nein, dachte sie. Er hatte Holz in den Kamin gelegt und ein Streichholz angezündet. Natürlich hatte er das getan. Sie konnte sich zwar nicht daran erinnern, aber so musste es gewesen sein. Oh weh, der Tanzmarathon hatte ihrem Kopf ganz schön zugesetzt.

»Ich … ich glaub, ich sollte meine Familie vielleicht doch lieber anrufen. Die werden ganz schön wütend sein, wenn ich das nicht tue.«

»Aber selbstverständlich, meine Liebe. Gleich wecke ich meine Schwester auf. Doch erst bekommen Sie von mir noch den versprochenen Kaffee.«

Und schwupp hielt Ruta die Tasse auch schon in der Hand.

»Trinken Sie. Ich bin sofort zurück.«

Der Mann verbeugte sich, tippte an seinen merkwürdigen Hut und verschwand aus ihrem Blickfeld. Aber sie konnte ihn summen hören, und wieder spürte sie, dass sie diese Melodie nicht mochte, ja, sogar Gänsehaut davon bekam. Der Kaffee war heiß und stark und schmeckte ein wenig bitter, aber wenigstens füllte er ihren leeren Magen, und so trank sie ihn aus. Die Erschöpfung ließ trotzdem nicht nach, und während sie ins Feuer sah, fingen ihre Lider an zu flattern, wurden schwerer und schwerer …

Ruta erwachte davon, dass ihr Kopf eine ruckartige Bewegung

machte und sie einen kreidigen Geschmack auf der Zunge hatte. Das Feuer war inzwischen ausgegangen. Wie lange sie wohl hier geschlafen hatte? Hatte sie vorher noch ihre Familie angerufen? Nein, ganz bestimmt nicht. Wo steckte Mr Hobbes? Und wo war eigentlich seine Schwester? Eine Ratte huschte über Rutas Schuh und sie stieß einen Schrei aus und fuhr hoch ... Seltsamerweise fühlte sie sich dabei beobachtet, so als wäre der Raum zum Leben erwacht, und sie hätte schwören können, dass seine Wände atmeten. Aber das war doch völlig unmöglich!

»Mr Hobbes?«, rief sie. »Mr Hobbes!«

Keine Antwort. Wo steckte er denn nur? Und wo befand sie selbst sich eigentlich? War sie nicht schlau genug, um nicht mit einem völlig Fremden mitzugehen? Doch, schon, aber ein wirklich Fremder war er schließlich nicht, besann sie sich noch einmal. Er war doch Mr Hobbes, der nette, freundliche Mr Hobbes, der sie für hübsch und etwas ganz Besonderes hielt. Der vielleicht Millionäre in seiner Verwandtschaft hatte und ihr zu ihrem großen Durchbruch verhelfen konnte.

Doch weshalb stockte dann ihr Atem so?

Das Haus um sie herum schien Böses auszuatmen. Genau – jetzt hatte sie es ausgesprochen. *Böses*. Das Wort war ihr in den Sinn gekommen, als sie an der einzigen Gaslampe im Raum vorüberging, denn ihre zischende Flamme stellte die tatsächliche Beschaffenheit der Wände infrage. Einmal hatten sie einen sattgoldenen Farbton, doch schon im nächsten Moment lösten die Tapeten sich in Fetzen vom Putz. An der Wand über der Lampe verliefen lange schmierige Schlieren. Ruta sah genauer hin und stellte fest, dass es sich um einen schmutzigen Fingerabdruck handelte. Aber nein doch, das war kein Schmutz. Das war Blut! Ein blutiger Fingerabdruck mit vier ... ja, mit nur vier Fingern. Ein Finger fehlte.

Rutas Herz fing an zu rasen und ihre Knie wurden weich. Sie hatte einen schrecklichen Fehler begangen. Auf der Stelle würde sie das Haus verlassen. Sie wandte sich von der Wand ab und beobachtete mit Entsetzen, wie auch die allerletzte Sinnestäuschung sich auflöste und das Haus sich in eine finstere, modernde Höhle verwandelte, an deren Wänden die Fäulnis emporkroch, um ihr von dort entgegenzuschlagen. Wie ein Fausthieb traf sie der Gestank und sie musste würgen. Überall liefen Ratten herum. Oh Gott, wie sehr sie Ratten hasste! Sie gab einen kleinen Schrei von sich und stolperte weiter, als könne sie vor der Dunkelheit davonlaufen. Aber wo war die Tür? Es schien sie nirgends mehr zu geben, fast so, als habe das Haus beschlossen, sie vor Ruta zu verbergen. Als wollte es Ruta hierbehalten.

»›Und an ihrer Stirn geschrieben ein Name, ein Geheimnis: Die große Babylon, die Mutter der Hurerei …‹«

Sehen konnte sie den Mann nicht, aber sie hörte ihn wieder seine gottverdammte Melodie pfeifen. Es musste doch noch einen anderen Weg aus diesem Haus geben! Ein Fenster zu ihrer Rechten sah vielversprechend aus und Ruta rannte darauf zu. Durch die Holzlatten, mit denen es vernagelt war, fiel ihr Blick auf einen Obdachlosen, der auf das leere Grundstück gegenüber zutaumelte, wohl, um dort zu pinkeln.

»He! He, Mister, helfen Sie mir! So helfen Sie mir doch bitte!«, schrie sie zu ihm hinüber. Da er sie offenbar nicht hörte, fing sie an, mit den Fäusten gegen die Holzlatten zu hämmern. Sie riss an den Brettern, bis ihre Fingernägel blutig und ihre Handflächen mit Splittern übersät waren, aber das Holz gab nicht nach. Draußen hatte der selbstvergessene Trunkenbold inzwischen sein Geschäft verrichtet und stolperte in die Nacht hinaus. Schluchzend sank Ruta auf den schmutzigen Boden.

Als sie drei Jahre alt gewesen war, hatte ihre Mutter sie einmal in einer Truhe versteckt, damit der Vermieter nicht herausfand, dass es noch ein weiteres Kind gab, und die Familie auf die Straße setzte. Eingepfercht, allein und ohne einen Ton von sich zu geben hatte sie zutiefst verängstigt in der Dunkelheit gekauert. Es war ihr damals vorgekommen, als hätte man sie erst Stunden später wieder herausgelassen, und wann immer sie sich seit jenem Tag eingeschlossen fühlte, kehrte die Angst, die sie als Kind empfunden hatte, zurück.

So war Ruta auch jetzt vor lauter Panik außerstande, einen klaren Gedanken zu fassen. Verzweifelt lief sie durch das Haus, das sich wild wuchernd vor ihr auszubreiten schien. Labyrinthartige Korridore schleusten sie in schmutzige, verwahrloste Räume, Türen führten auf Backsteinmauern. Und von allen Seiten hörte sie das entsetzliche Pfeifen des fremden Mannes. Schließlich stieß sie auf eine Tür, die sie bisher noch nicht geöffnet hatte. Sie hatte gerade die Hand auf die Klinke gelegt, als der Boden unter ihr plötzlich nachgab und sie eine Rinne hinabstürzte, die in ein stinkendes Kellerloch mündete. Heftig pochender Schmerz setzte an der Stelle ein, an der sie sich den Knöchel verdreht hatte, und sie schrie auf. Als sie trotzdem versuchte, einen Schritt vorwärts zu machen, überwältigte sie der Schmerz und sie fiel auf den kalten, verdreckten Boden zurück.

Jetzt hörte sie die Decke über sich knarzen und in der Ferne auch den Fremden wieder pfeifen. Nur noch ein einziger Gedanke beherrschte ihren Kopf: überleben! Sie blinzelte und zwang ihre Augen dazu, sich an die Dunkelheit anzupassen. Der Keller lag sehr tief, wahrscheinlich etwa sechs Meter unter Straßenhöhe – sie war ein gutes Stück gefallen. Hier unten konnte sie vermutlich den ganzen Tag lang schreien, ohne dass sie draußen jemand hörte. Was sie brauchte, war eine Waffe. Mühsam kroch sie Zentimeter um Zentimeter weiter und tastete den Boden nach etwas – nach irgendetwas – ab, womit sie sich verteidigen konnte. Und tatsächlich stieß sie endlich mit der Hand an einen Gegenstand, der sich so wie ein glatter Stock anfühlte. Er war zwar leicht, doch wenn man ihn mit voller Wucht gegen Auge oder Kehle schlug, konnte man damit durchaus jemanden verletzen. Sie hielt den Stock fest an die Brust gepresst und wartete ab. Da öffnete sich hoch über ihr laut scheppernd eine Tür, durch die ein feiner Lichtstrahl in das Dunkel drang.

Jetzt erkannte sie hinter einer Wand eine Treppe, aber in ihrem Zustand konnte sie sie nie und nimmer erreichen. Der Stock war ihre einzige Chance, und es war gut möglich, dass sie ihn zu weit mehr gebrauchen musste, als jemanden damit zu verletzen.

Über ihr schloss Mr Hobbes die Tür wieder, das Licht verschwand und wie damals in der Truhe senkte sich vollständige Dunkelheit über Ruta. Verzweifelt bemühte sie sich, ruhig zu atmen, obwohl sie am liebsten aus Leibeskräften geschrien hätte. Jetzt hörte sie, wie sich seine Schritte näherten, dumpf dröhnend, aber gleichmäßig, und sie begriff, dass er wohl ohne Stock gehen musste. Sein Lied hallte durch den ganzen Keller, doch dieses Mal fügte er ihm auch einen Text hinzu: »*Naughty John, Naughty John, does his work with his apron on. Cuts your throat and takes your bones, sells 'em off for a coupla stones …*«

In Rutas Kehle staute sich der Speichel, aber sie konnte ihn nicht hinunterschlucken, so erstarrt war sie vor Grauen. Da flammte mit einem Mal der alte Schmelzofen vor ihr auf und erfüllte den ganzen Kellerraum mit orangefarbenem Licht, das grausige Schatten an die Wände warf.

Ruta kroch hinter einen zerschlissenen hauchdünnen Vorhang, der einst hier an der Wäscheleine vergessen worden war, und beobachtete das Geschehen durch den fadenscheinigen Stoff hindurch. Doch noch immer sah sie Mr Hobbes nicht, konnte ihn nur hören.

»›… Die große Babylon, geschmückte Hure und aller Gräuel auf Erden, hinausgestoßen auf das Meer. Und dies war das fünfte Opfer, so wie Gott, der Herr, es befohlen hat.‹«

Rutas Zunge lag schwer in ihrem Mund. Furchterregendes schwirrte am Rande ihres Blickfeldes vorbei, aber sobald sie den Kopf zur Seite drehte, war es auch schon verschwunden. Ihr linkes Bein war inzwischen völlig taub geworden.

»›Und ich sah einen neuen Himmel und eine neue Erde; denn der erste Himmel und die erste Erde verging, und das Meer ist nicht mehr. Und ich, Johannes, sah die heilige Stadt, das neue Jerusalem, von Gott aus dem Himmel herabfahren, bereitet als eine geschmückte Braut ihrem Mann. Und ich hörte eine große Stimme von dem Stuhl, die sprach: Siehe da, die Hütte Gottes bei den Menschen! Und er wird bei ihnen wohnen, und sie werden sein Volk sein, und er selbst, Gott mit ihnen, wird ihr Gott sein.‹ Hören Sie mir zu, Ruby?«

Ruta klammerte sich an den Stock und gab keinen Laut von sich.

Der Mann warf etwas in den Ofen, das sogleich in Flammen aufging. »›Und der auf dem Stuhl saß, sprach: Siehe, ich mache alles neu! Ich bin das A und das O, der Anfang und das Ende. Ich will den Durstigen geben von dem Brunnen des lebendigen Wassers umsonst. Wer überwindet, der wird es alles ererben, und ich werde sein Gott sein, und er wird mein Sohn sein.‹«

Während er diese Worte sprach, umkreiste er den Raum. »›Der Ungläubigen aber und Greulichen und Totschläger und Hurer und Abgöttischen, deren Teil wird sein in dem Pfuhl, der mit Feuer und Schwefel brennt. Denn nur die Auserwählten werden mit der Bestie auferstehen. Und die Welt wird zu Staub zerfallen.‹«

Der Mann stand auf der anderen Seite des Raumes, das konnte sie an seiner Stimme hören. Ruta sah nur noch verschwommen und ihr Magen geriet in Aufruhr. Voller Entsetzen merkte sie, dass sie inzwischen keines ihrer Beine mehr bewegen konnte. Was geschah bloß mit ihr? Sie dachte an das mit Riechsalz bestäubte Taschentuch und den Kaffee, den sie getrunken hatte, und ihr Herz schlug wie wild. Was war darin enthalten gewesen? Sie sah hinunter auf den Stock in ihrer Hand und erkannte plötzlich, dass es ein Knochen war. Sie schrie auf und ließ ihn voller Abscheu fallen. Da wurde der Vorhang zur Seite gerissen und Mr Hobbes türmte sich vor ihr auf wie der Gott des Feuers.

»Lassen Sie sich von meiner Erscheinung nicht abschrecken, meine Liebe. Ich habe gerade erst begonnen, mich zu offenbaren.«

Seine Arme und Beine waren mit mysteriösen Tätowierungen versehen, Symbolen, die Ruta nichts sagten. Sie kräuselten und wölbten sich, ja, seine ganze Haut bewegte sich, als ob sich unter ihrer Oberfläche etwas Lebendiges verbergen würde. Ihrer unsäglichen Angst konnte sie nur in ihrer Muttersprache Ausdruck geben und so flüsterte Ruta ein Gebet auf Polnisch.

Der Mann runzelte die Stirn. »Sie beten? Ich dachte, Sie wären ein modernes Mädchen, ein Mädchen des modernen Zeitalters.«

Der Ofen, der ihn aus dem Hintergrund beleuchtete, ließ ihn wie einen Dämon erscheinen. Die Taubheit war nun bis zu ihren Armen vorgedrungen. Rutas Zähne klapperten. »B-bitte. Bitte! Ich werd auch keinem was davon erzählen.«

»Aber natürlich werden Sie das!« Der Mann zerrte Ruta jetzt an ihrem starren Arm mit sich. »Ich sagte Ihnen doch, dass Sie eine wichtige Bestimmung zu erfüllen haben, und so wird es geschehen. Du, Ruby Bates, bist der Anfang vom Ende. *Naughty John, Naughty John, does his work with his apron on …*« An der Wand hinter dem Ofen blieb er mit Ruta stehen und tastete die Fläche mit seinen leichenblassen Fingern ab, bis sich eine verborgene Tür öffnete, die den Blick auf einen weiteren Raum freigab.

»*Nie, nie, nie*«, flüsterte Ruta auf Polnisch, als könne sie die Tür beschwören, verschlossen zu bleiben.

»›Ich war tot, und siehe, ich bin lebendig von Ewigkeit zu Ewigkeit, Amen; und habe die Schlüssel der Hölle und des Todes.‹«

Er lächelte sie an und in seinen Augen sah sie das Feuer und die endlos wabernde Dunkelheit und sie gab dem Druck ihrer Blase nach.

»Das Ritual beginnt von Neuem«, sagte der Fremde. Er zerrte Ruta in den verborgenen Raum hinein und alles, was sie noch vermochte, war zu schreien.

Heiler

»New York Citys berühmter Hotsy Totsy Club präsentiert: Das Count Carruthers Orchestra und die wundervollen Hotsy Totsy Girls!«

Von seinem Platz hinter der Bühne sah Memphis Campbell zu, wie die leicht bekleideten Revuetänzerinnen mit ihrer dynamischen Tanznummer loslegten. Der Club tobte vor Begeisterung. Gabe brachte seine Trompete wahrhaft zum Singen und der Count ließ die Finger über alle achtundachtzig Tasten des Pianos rasen. Gabe spielte eine Passage aus *America The Beautiful,* wandelte die Melodie dann kurzzeitig in einen Dirge Blues um und trieb seine Trompete in die Verzweiflung, ehe er den ursprünglichen Rhythmus wieder aufgriff. Die weißen Zuhörer im Publikum verstanden nicht, was er da tat, aber auf den Gesichtern des Schwarzen Publikums breitete sich ein Lächeln aus.

Gabe spielte den letzten durchdringenden Ton, die Revuetänzerinnen verbeugten sich unter dem Beifall des Publikums und tänzelten lachend und plaudernd von der Bühne. Jo, ein Mädchen mit üppigen Kurven, tätschelte Memphis' Wange, als sie an ihm vorbeikam. »Tag, Memphis.«

»He, du.«

Memphis' beste Freundin Alma verdrehte die Augen und rückte das Oberteil ihres Kostüms zurecht. »Verdienst du heute Abend Mäuse oder fängst du sie, Memphis?«

»Beides, hoff ich doch.«

Jo kicherte und ließ ihre Finger spielerisch an seinem Arm emporwandern. Jetzt brachte Memphis sein berühmtes Lächeln voll zum Einsatz. »Vorbeiziehende Fremde!«, begann er und legte eine Hand auf sein Herz. »Du weißt ja nicht, wie sehnsüchtig ich auf dich blicke/Du musst es sein, nach der ich auf der Suche bin.«

»Ist das von dir, Baby?«, säuselte Jo.

Memphis schüttelte den Kopf. »Das ist Walt Whitman. Schon mal Gedichte von ihm gelesen?«

»Die liest doch nichts als Klatschspalten«, bemerkte Alma, wofür Jo sie mit einem vernichtenden Blick bedachte.

»Da lässt du dir aber was entgehen«, sagte Memphis. Das Megawatt-Lächeln wurde aufgefahren.

»Dieser Knabe hier lebt quasi drüben in der öffentlichen Bibliothek an der 135th Street. Der will mal ein berühmter Dichter werden«, setzte Alma die Umstehenden ins Bild.

»Tatsächlich?«, fragte Jo nach.

»Ich könnte dir ja mal ein paar Gedichte vorlesen.«

»Wie wär's am nächsten Sonntag?«, schlug Jo vor. Sie fuhr sich mit der Zunge über die Lippen.

»Der Sonntag war immer schon mein Glückstag.«

Alma verdrehte wieder die Augen und zog Jo in die Reihe der Chorus-Girls zurück. »Los, Mädchen. Wir haben keine Zeit für Albernheiten. Wir müssen uns für die Mondnummer umziehen.«

»Bye, Baby.« Jo warf Memphis einen Kuss zu, und er tat so, als würde er ihn auffangen.

»Memphis!«, brüllte der Inspizient, soweit das mit der dicken Zigarre in seinem Mund möglich war. »Ich bezahl dich nicht dafür, dass du hier mit den Mädchen schäkerst. Papa Charles will dich sprechen. Los, hau schon ab!«

Draußen auf dem schmalen Gang überholte Memphis Gabe und den Count, die gerade den Club verlassen wollten.

»He, Chef«, sagte Gabe. Er hielt Memphis an der Hand fest. »Am Sonnabend gehn wir auf eine Hausparty. Da gibt es jede Menge heiße Mädchen und natürlich Whiskey.«

»Und woher kommt der Whiskey? Lasst euch bloß keinen Fusel andrehen von einem, den ihr nicht kennt, sonst landen wir noch im Leichenschauhaus.« Es war ein offenes Geheimnis, dass dubiose Schwarzhändler ihren Alkohol gelegentlich mit Petroleum oder Benzin versetzten.

Gabe grinste. »Das überlass nur Gabe, Kumpel.«

Memphis lachte. Mit Ausnahme von Isaiah war Gabe bisher die einzige Konstante in seinem Leben. Sie hatten sich in der vierten Klasse kennengelernt, als Gabe Schwierigkeiten mit dem Direktor ihrer Schule bekam, weil er hinter dem Schulgebäude Zigaretten verkaufte, und Memphis ihm als Kumpel zugewiesen wurde, der ihm den Kopf zurechtrücken sollte. Das hatte ihre Freundschaft nachhaltig bestimmt: Memphis war immer noch dafür zuständig, Gabe, wenn nötig, aus der Patsche zu helfen, Gabe dafür, Memphis in sie hineinzureiten. Das Einzige, womit es Gabe wirklich ernst meinte, war die Musik. Schon jetzt war er einer der angesagtesten Trompeter der Stadt und die Kunde von dem schlaksigen Jungen mit dem großen Sound verbreitete sich überall. Selbst Duke Ellington war schon gekommen, um ihn zu hören. Das war einer der Gründe, weshalb Papa Charles ihn weiter beschäftigte. Denn Gabe hatte es faustdick hinter den Ohren und sorgte immer wieder für Ärger, aber sobald er auf seiner Trompete spielte, war all das vergessen.

»Ich geh mal draußen rauchen. Willst du auch einen Joint?«, fragte Gabriel. Seine Augen waren schon jetzt leicht gerötet.

Memphis schüttelte den Kopf. »Muss einen klaren Kopf behalten, Gabe.«

»Wie du meinst, Großmütterchen.«

»Ja, wie immer«, sagte Memphis und ging weiter durch einen unterirdischen Gang in das angrenzende Gebäude, in dem die Büros lagen. Etliche Sekretärinnen saßen dort an langen Tischen und zählten das Geld aus dem morgendlichen Zahlenlotto. Memphis tippte grüßend an seine Kappe und schob sich in Papa Charles'

Büro. Papa Charles saß hinter einem Mahagonischreibtisch und bedeutete Memphis mit einer Handbewegung, auf einem Stuhl Platz zu nehmen und zu warten, bis er sein Telefonat beendet hatte.

Papa Charles war der unumstrittene König von Harlem. Er hatte die Kontrolle über Zahlenlotto, Pferderennen und Boxkämpfe, in seiner Hand lag der Alkoholschmuggel, und er war es auch, der mit der Polizei verhandelte, wenn es Unannehmlichkeiten gab. Brauchte einer ein Darlehen, ging er zu Papa Charles. Benötigte eine Kirche einen Anbau, gab Papa Charles das Geld dafür. Schulen, Bruderschaften und selbst Harlems Profi-Basketballteam, die *New York Renaissance*, kurz Rens genannt, wurden teilweise von Papa Charles finanziert – dem ›Feinen Gentleman‹. Und in etlichen Clubs und Flüsterkneipen, wie dem Hotsy Totsy, präsentierte er einige der besten Musiker und Tänzer der Stadt.

»Nun, solange ich das Zahlenlotto in Harlem betreibe, bleibt es in Schwarzen Händen«, sagte er gerade mit aller Entschiedenheit zu seinem Gesprächspartner am Telefon, »das können Sie Dutch Schultz und seinen Kollegen gern von mir bestellen.« Energisch legte er den Hörer auf die Gabel, öffnete den Deckel eines kleinen silbernen Kästchens und suchte sich eine Zigarre aus. Er biss ihr Ende ab und spuckte es in seinen Papierkorb. Memphis zündete sie ihm an und versuchte, ein Husten zu unterdrücken, als ihm die ersten Rauchwolken entgegenquollen.

»Gibt es Probleme?«

Papa Charles wedelte Rauch und Frage beiseite. »Die weißen Schwarzhändler wollen die Kontrolle über unser Zahlenlotto. Und ich habe nicht die Absicht, das zuzulassen. Allerdings sind sie ziemlich hartnäckig. Hab gehört, dass es in einem von Queenies Läden gestern Nacht eine Polizeirazzia gegeben hat.«

»Ich dachte, sie hätte die Bullen bestochen.«

»Hat sie ja auch.« Papa Charles ließ diese Bemerkung erst einmal wirken und zog inzwischen an seiner Zigarre, die die Luft mit dickem, würzig riechendem Qualm versetzte. »Die Weißen werden bald das Interesse an unsern Spielen verlieren. Der Alkoholschmuggel hält sie genügend auf Trab. Wär vielleicht trotzdem ratsam, Augen und Ohren draußen schön weit offen zu halten. Das sag ich allen meinen Läufern. Wie geht es deiner Tante Octavia?«

»Gut, Sir.«

»Und was ist mit Isaiah? Kommt er klar?«

»Ja, Sir.«

»Gut, gut. Und wie läuft's auf der Straße?«

»Ruhig und reibungslos.«

Papa Charles lächelte. »Unser Geschäft lernt sich am besten auf der Straße. Und eines Tages arbeitest du dann hier bei mir, direkt an meiner Seite.«

Memphis hatte allerdings gar nicht die Absicht, an der Seite von Papa Charles zu arbeiten. Er wollte seine Gedichte bei einem der Salons von Miss A'Lelia Walker vortragen, Seite an Seite mit Countee Cullen, Zora Neale Hurston und Jean Toomer – vielleicht sogar mit Mr Hughes persönlich.

»Alles in Ordnung, mein Junge? Stimmt was nicht?«

Memphis besann sich auf sein Lächeln. »Sie kennen mich doch, Sir. Ich bin kein Trauerkloß.«

Ein kleines Lächeln breitete sich um Papa Charles' Zigarre aus. »Das ist mein Memphis.«

Guter alter Memphis. Zuverlässiger Memphis. Charmanter, unbeschwerter Memphis. Memphis, der sich um seinen kleinen Bruder kümmerte. Er war einmal ein Star gewesen. Der Wunderheiler war er gewesen. Aber wie leidvoll hatte das geendet. Das würde er nie mehr riskieren. Neuerdings beschränkte er sich darauf, seine Gefühle nur noch den Seiten seines Notizbuchs anzuvertrauen.

»Zeit, die Zuwendungen unserer dankbaren Freunde zu kassieren«, sagte Papa Charles. »Zuwendungen« – das war das Codewort für das Schutzgeld, das jedes Unternehmen, und sei es noch so klein, an den »Feinen Gentleman« bezahlen musste, wollte es weiterhin unter seinem Schutz und im Geschäft bleiben. Denn die

Stadt wurde gleichermaßen mit Korruption wie mit Elektrizität betrieben.

»Ja, Sir.«

»Memphis, ist auch wirklich alles in Ordnung?«

Memphis schenkte ihm ein weiteres Lächeln. »Ging mir nie besser, Sir.«

Als Memphis den Club verließ, nickte er noch schnell Papa Charles' Chauffeur zu, der neben einem fabrikneuen Chrysler Imperial Wache stand, bevor er sich unter die Menge mischte, die sich in der Lennox Avenue amüsieren wollte. Dann ging er kassieren: in den diversen Nachtclubs, die Papa Charles unterhielt – dem Yeah Man, dem Tomb of the Fallen Angels und dem The Whoopee –, sowie den kleineren Flüsterkneipen, die sich in baumbestandenen Seitenstraßen in den Souterrains der Stadthäuser befanden. Er folgte wuchtigen Männern durch Hinterzimmer, in denen schwer der graue Zigarettendunst hing und Leute an grün befilzten Tischen saßen, Karten spielten, beim Pool betrogen oder die Würfel rollen ließen. Frauen strichen ihm übers Kinn, schmeichelten ihm, was für ein hübscher Kerl er sei, und wollten mit ihm tanzen. Memphis redete sich dann heraus und versuchte, die Zurückweisung mit seinem Lächeln wiedergutzumachen. Manchmal boten ihm die Clubbesitzer einen Drink an und ließen ihn eine Weile beim Jazz zuhören oder beim Tanz der Revuemädchen zusehen. Aber es kam auch vor, dass man ihn in der oberen Etage in einem nur schwach beleuchteten Büro warten ließ, und dann war Memphis nie sicher, ob der Clubbesitzer mit Geld oder einer Maschinenpistole zurückkehren würde. Die Summen, die bezahlt wurden, trug er säuberlich in Spalten des Hauptbuchs ein, und wenn man ihn fragte, ob Papa Charles denn wisse, ob das Schmiergeld in diesen Boxkampf oder jenes Spiel fließe, wich er aus.

»Ich bin nichts weiter als ein Läufer«, sagte Memphis dann und lächelte wie üblich.

Draußen auf der Straße hielt er Ausschau nach Polizisten in

Zivil. Falls man ihn festnahm, würde Papa Charles ihn innerhalb weniger Stunden aus dem Knast rausholen, aber er wollte trotzdem nichts riskieren.

Es war schon weit nach elf, als Memphis ins Hotsy Totsy zurückkehrte und Gabe auf ihn zugerannt kam. »Wo warst du denn bloß, Chef?«

»Geschäftlich unterwegs. Warum?«

»Komm schnell. Jo ist gefallen und hat sich verletzt.«

»Dann ruft doch einen Arzt.«

»Sie verlangt aber nach dir, Memphis.«

Jo saß, umringt von den besorgten Tänzerinnen, am Fuß der Bühnentreppe und weinte. Durch den Spalt im Vorhang konnte Memphis sehen, wie das Publikum allmählich unruhig wurde. Es war Zeit für die nächste Nummer, aber Jos Knöchel schwoll bereits an. »Ich bin mit dem Absatz an der zweiten Stufe hängen geblieben und hab mir den Knöchel verrenkt«, murmelte sie unter Tränen. »Oh Gott, bitte lass ihn nicht gebrochen sein.«

»Du solltest lieber Francine Bescheid geben, dass sie jetzt auf die Bühne muss«, meinte eine der Revuetänzerinnen.

Jo schüttelte den Kopf. »Ich muss heut Abend selber weitermachen. Ich brauch das Geld!«

Hoffnungsvoll sah sie zu Memphis auf. »Mir ist vorhin wieder eingefallen, was du für Fähigkeiten hast. Bitte, kannst du mir helfen, Memphis?«

Memphis' Gesicht verkrampfte sich. »Ich kann das nicht mehr.«

Jo fing an zu schluchzen und Gabe legte Memphis die Hand auf den Arm. »Komm schon, Kumpel. Versuch es wenigstens …«

»Ich hab dir doch gesagt, ich kann es nicht mehr!« Memphis schüttelte Gabes Hand ab und stürmte die Treppe hinunter, während der Inspizient die unglückliche Jo auf seine Arme nahm und von der Bühnentreppe trug. Vorn auf der Bühne kündigte der Conférencier jetzt die nächste Nummer, einen Black Bottom, an, und die Mädchen, mitsamt Francine, trippelten herbei und zeigten ein

Lächeln und auch sonst allerlei. Memphis hinterlegte das Geld, das er auf seiner Runde eingesammelt hatte, bei den Sekretärinnen. Dann lief er wieder in die Nacht hinaus, aufgewühlt von den Erinnerungen an eine Zeit, als er noch ein anderer gewesen war; ein Goldjunge mit heilenden Händen: Memphis, der Wunderheiler, Heiler von Harlem.

Vierzehn Jahre alt war er gewesen, da war seine Heilkraft urplötzlich nach einer Erkrankung aufgetreten. Tagelang hatte er im Dämmerzustand dagelegen und die merkwürdigsten Bilder gesehen, während das Fieber durch seinen Körper raste. Seine Mutter war nicht von seiner Seite gewichen. Gleich nach seiner Gesundung waren sie alle zusammen in die Kirche gegangen, um Dank zu sagen. An jenem Sonntagmorgen hatte Memphis in der alten Kirche zum ersten Mal jemanden geheilt. Sein damals siebenjähriger Bruder Isaiah war von einem Baum im Kirchhof gefallen und hatte sich den Arm gebrochen. Der Knochen hatte in einem erschreckenden Winkel aus der Haut geragt. Als Memphis seinem schreienden Bruder die Hände auflegte, hatte er ihn eigentlich nur beruhigen wollen. Auf die intensive Wärme, die plötzlich zwischen Isaiahs Haut und seinen eigenen Händen entstand, war er keinesfalls gefasst gewesen. Der Trancezustand trat schnell und heftig ein. Seine Augen rollten nach hinten, und ihm war, als wäre er aus seinem eigenen Körper ausgetreten und in einem Wachtraum gefangen. In diesem seltsam leeren Raum, in dem er einige ihm lang erscheinende Sekunden verweilte, sah er Dinge, die er nicht deuten konnte:

Gesichter im Nebel, geisterhafte Schatten und einen seltsamen Mann mit hohem Hut, dessen Mantel aus der Landschaft selbst gemacht schien. Memphis sah auch ein helles Licht und hörte Flügel flattern, und als er, am ganzen Körper zitternd, wieder zu sich kam, hatte sich im Kirchhof bereits eine Menschenmenge um ihn geschart. Isaiah kroch unter Memphis' Händen hervor und ließ den erhobenen Arm in der Luft kreisen, als wäre nichts gewesen. »Du hast ihn wieder ganz gemacht, Memphis. Wie hast du das bloß angestellt?«

»Ich … ich weiß nicht.« Trotz der New Yorker Sommerhitze, die ihm den Kragen seines Sonntagsanzugs durchnässte, fröstelte Memphis.

»Ein Wunder ist geschehen«, sagte jemand. »Preiset den Herrn!«

Memphis sah seine Mutter, die am Rande der in Ehrfurcht erstarrten Menge stand und eine Hand vor den Mund gepresst hatte. Er befürchtete schon, sie würde ihn für das, was er getan hatte, schlagen, aber sie umarmte ihn nur fest, und als sie einen Schritt zurücktrat, sah er Tränen in ihren Augen. »Mein Sohn ist ein Heiler«, flüsterte sie und umfasste sein Gesicht mit beiden Händen.

»Habt ihr das gehört? Dieser Junge da ist ein Heiler«, rief einer von den Umstehenden. »Lasset uns beten.«

Sie senkten die Köpfe, streckten die Hände nach ihm aus und segneten ihn, während seine Mutter seine Hand fest umklammert hielt, und Memphis' Furcht verwandelte sich in ein Hochgefühl. *Das habe ich getan?*, dachte er voller Staunen. *Wie hab ich das bloß angestellt?*

Nur Tante Octavia hatte skeptisch reagiert. »Warum sollte unser gütiger Herr einem Jungen eine solche Gabe verleihen?«, hatte sie seine Mutter später in dem Haus an der 145th Street gefragt. Sie saßen im Vorderzimmer neben dem Radio und brachen Bohnen für das Mittagessen am folgenden Tag. Es war zu heiß zum Schlafen und Memphis war aufgestanden, um sich ein Glas Wasser zu holen. Als er hörte, dass sich die beiden über ihn unterhielten, versteckte er sich im dunklen Flur und lauschte. »Manchmal kann eine Gabe auch ein versteckter Fluch sein, Viola. Sie kann die Probe sein, auf die uns unser gütiger Gott stellt. Gut möglich, dass der Teufel selber in dem Jungen steckt.«

»Sei still, Octavia«, hatte seine Mutter darauf geantwortet. Sie widersetzte sich nur selten ihrer älteren Schwester, und Memphis war stolz auf sie gewesen, auch wenn Octavias Worte Zweifel in ihm geweckt hatten. »Mein Junge ist was Besonderes. Das wirst du schon noch sehen.«

»Na, ich hoffe, du hast recht, Vi«, hatte Octavia nach kurzem Schweigen geantwortet, und dann war nur noch das Schnipp, Schnipp der Bohnen beim Aufbrechen der Hülsen zu hören.

Die Neuigkeit von Memphis' übernatürlichen Kräften verbreitete sich rasch in Harlems Kirchen. Als Pastor Brown sich davor scheute, von Memphis' Gabe während der Gottesdienste Gebrauch zu machen – »unsere Religion hat mit solchen Dingen nichts zu tun, Viola« – , hatte seine Mutter ihn zu den diversen, in Ladenlokalen untergebrachten Pfingst- und anderen spiritualistischen Kirchen mitgenommen, allen Einwänden Octavias zum Trotz: »Das sind doch nur durchgedrehte Fanatiker – manche von denen reden sogar mit den Toten, Vi. Das führt zu nichts Gutem, glaub mir.«

In diesen Kirchen hatte Memphis acht Monate hintereinander an jedem vierten Sonntag neben der Kanzel gestanden und auf die Menschen vor ihm geblickt, die ihm voller Hoffnung und Zweifel entgegensahen. Und während der Chor *Wade in the Water* sang, die Kirchgänger beteten und zuweilen Gott auch lautstark anflehten, kamen Einzelne von ihnen mit ihren Leiden zu ihm nach vorne; dann legte Memphis ihnen die Hände auf und spürte jedes Mal die gleiche Wärme unter seinen Handflächen und erhielt Einblick in jenen fremden Ort in seinem Geist, den Ort der nebelhaften Gesichter. Memphis, der Wunderheiler. Aber dann, gerade als es am allermeisten darauf ankam, war das Wunder ausgeblieben. Nein, nicht einfach ausgeblieben – seine Gabe hatte sich gegen ihn gewendet.

Von Zeit zu Zeit hatte er Octavia dabei ertappt, wie sie ihn kritisch beäugte, mit einem Ausdruck im Gesicht, der zwischen Verachtung und Furcht schwankte. »Der Teufel fährt schneller in dich rein, als du gucken kannst, Memphis John. Denk an meine Worte.«

Normalerweise fand Memphis die Besessenheit seiner Tante hinsichtlich des Teufels lächerlich – aber was, wenn sie diesmal recht hatte? Was, wenn ein Schatten an seiner Seite nur auf den rechten Augenblick wartete? Diesen Gedanken empfand Memphis so wie seinen Traum – als verstörend und unverständlich.

Die Sache mit Jo im Club hatte Memphis verunsichert, und so sprang er, nachdem er das Geschäftliche hinter sich gebracht hatte, auf den Bus in Richtung Norden und stieg an der 155th Street aus. Von dort ging er erst mehrere Blocks weiter in nördlicher, dann in westlicher Richtung und auf den Fluss zu, wo sich die Häuser schon lichteten, bis er zu einem kleinen, an einem Steilhang gelegenen afrikanischen Friedhof kam: die letzte Ruhestätte befreiter Sklaven und Schwarzer Soldaten. In dieser stillen, friedvollen Atmosphäre potenzieller Vorfahren saß Memphis gern und schrieb. Er fand auch gleich die Laterne, die er in einem Astloch einer Schutz bietenden Eiche versteckt hatte, zündete ein Streichholz an und kurz darauf gab die Flamme in der Laterne ein behagliches Licht ab. Memphis hockte sich auf den kühlen Untergrund und schlug sein Notizbuch auf. In gewisser Weise verhielt es sich mit dem Schreiben wie mit dem Heilen: Beides war ein Mittel gegen die Einsamkeit, die er empfand. Manchmal half es ihm, manchmal auch nicht. Aber er gab nicht auf. Er beugte den Kopf über das Notizbuch und jagte im Schein der Laterne den Worten nach, als versuche er, Kometen an ihrem Schweif zu packen. Überall in Harlem wimmelte es von Schriftstellern, Musikern, Dichtern und Denkern. Sie veränderten die Welt. Und Memphis wollte Teil dieser Veränderung sein.

Das Krächzen einer Krähe, die auf einem Grabstein in der Nähe hockte, riss ihn aus seiner Konzentration. Memphis' Mutter hatte ihm erzählt, dass Vögel Vorboten waren. Unglücksboten. Natürlich war das albern – nichts weiter als das Überbleibsel irgendeines afrikanischen Aberglaubens. Vögel waren schlicht und einfach Vögel. Einen Moment lang fühlte er sich an die Krähen aus seinem Traum erinnert, aber dieser Gedanke verflog rasch wieder. Es war schon spät und Memphis' Augen brannten vor Erschöpfung. Heute Nacht fielen ihm keine Worte mehr ein. Er blies die Laterne aus, packte alles in seinen Rucksack und ging die unbelebte, nur von einer einzigen Gaslampe beleuchtete Straße hinunter. Der Mond hing voll und golden schimmernd über der Ruine des alten Hauses auf dem Hügel, der ehemaligen Knowles-Villa, die gegen die Wohnblöcke in der Ferne geradezu winzig wirkte. Seit Memphis zum Friedhof ging, hatte dort niemand mehr gewohnt. Das Haus machte ihm Angst und deshalb marschierte er meist weitab von ihm in der Mitte der Straße.

Fahles Licht überspülte die verbarrikadierten Fenster und die mit Müll übersäte Rasenfläche. Es bündelte sich auf den Marmorgliedmaßen einer zerbrochenen Engelstatue und schien den toten Bäumen wieder Leben einzuhauchen. Memphis warf einen kurzen Blick auf das Haus und blieb stehen. Aus dem Augenwinkel meinte er, eine Bewegung gesehen zu haben. Irgendetwas an dem Haus hatte sich verändert, obwohl er nicht sagen konnte, was es war.

Die aufdringliche Krähe flog jetzt so dicht an ihm vorbei, dass er zusammenfuhr und eilig seinen Weg fortsetzte. Sobald er in die überfüllten Straßen Harlems zurückgekehrt war, schüttelte er den Kopf und lachte leise in sich hinein, weil er so nervös gewesen war. Die Neonreklamen und die wilden Melodiefetzen des Jazz, die jedes Mal aus den Clubs hervorströmten, wenn eine neue Woge unbeschwerter Menschen im Sonntagsstaat durch ihre Türen drängte, taten ihm gut. Der blinde Bill Johnson kam die Straße heraufgeschlurft und tastete mit seinem Stock den Fußweg vor ihm ab. Memphis hatte keine Lust, sich mit dem Alten zu unterhalten, wich in eine Nebenstraße aus und rannte weiter. Es war ein schönes Gefühl, durch die warme Septembernacht zu laufen. Er hatte das Notizbuch mit seinen Gedichten bei sich, er hatte seine Bücher und die Tasche voller Geld. Weswegen sollte er sich also Sorgen machen? Es war Zeit, die Sorgen hinter sich zu lassen und zu leben. Mit seiner kleinen Welt auf dem Rücken ging Memphis den ganzen restlichen Weg durch Harlem zu Fuß weiter. Er kam an den eleganten Stadthäusern von Sugar Hill vorbei, spähte aus der Ferne in das warme bernsteinfarbene Licht der Fenster und des Lebens, das sich dahinter abspielte und hoffentlich eines Tages auch das seine sein würde, und machte sich auf den Heimweg.

Sein Bruder Isaiah schlief schon in dem schmalen Bett am Fenster des Hinterzimmers. Memphis zog die Schuhe aus, entkleidete sich und schlüpfte so leise wie möglich in sein eigenes Bett. Aber da richtete Isaiah sich auf, und Memphis hielt den Atem an, weil er hoffte, sein Bruder würde sich nur auf die andere Seite drehen und wieder einschlafen. Hoffentlich hatte er ihn nicht geweckt.

Isaiah saß da, rührte sich nicht und starrte in die Dunkelheit. »Ich bin der Drache. Die Bestie aus vergangenen Zeiten«, sagte er.

Memphis stützte sich auf seine Ellbogen. »Ice Man? Alles in Ordnung?«

Isaiah rührte sich nicht. »Ich stehe an der Tür und klopfe.«

Wenige Sekunden später fiel er zurück auf sein Kopfkissen und war bereits fest eingeschlafen. Memphis befühlte die Stirn seines Bruders, aber sie war kühl. Ein Albtraum, vermutete er, denn damit kannte Memphis sich nun wirklich aus. Er rollte sich auf die Seite und entspannte alle Muskeln. Die Lider wurden ihm schwer und der Schlaf übermannte ihn.

Im Traum stand Memphis auf einer staubigen Straße, die von Maisfeldern gesäumt war. Am Himmel über ihm verdichteten sich die Wolken zu dunklen, bedrohlichen Klumpen. In der Ferne sah er ein Bauernhaus, eine rote Scheune und einen knorrigen, entblätterten Baum. Eine Krähe saß krächzend auf einem Briefkasten, der auf einem Holzpfosten angebracht war. Sie spreizte die Flügel, flog auf die Felder zu und hockte sich dort auf die Schulter eines großen Mannes mit merkwürdigem Hut. Seine Haut war so grau wie der Himmel und seine schwarzen Augen glänzten. Seine Fingernägel waren schmutzverkrustet und an jedem seiner Finger steckte ein Ring. »Es ist an der Zeit«, sagte der Mann, ohne die Lippen zu bewegen.

Jetzt veränderte sich der Traum, und Memphis stand in einem

langen Flur, an dessen Ende sich eine eiserne Tür mit einem Symbol befand: wieder das Auge, umringt von den Strahlen der Sonne, und darunter ein Blitz, der zickzackförmig wie eine lang gezogene Träne verlief. Memphis hörte Flügel flattern, dann versank er in dichtem Nebel, und die Stimme seiner Mutter rief ihm zu: »Oh mein Sohn, mein Sohn, mein Sohn …«

Memphis spürte nicht die Tränen, die ihm die Wangen hinunterliefen. Er stöhnte nur leise im Schlaf, rollte sich auf die andere Seite und versank in einen neuen Traum, in dem hübsche Revuetänzerinnen mit Federfächern wedelten, ihm süße Küsse zuwarfen und die Welt versprachen.

Evies Traum

Evies Traum begann wie so oft in dem neblig verhangenen, verschneiten Wald, an dessen Rande James in seiner makellosen Khakiuniform stand, mit bleichem, finsterem Gesicht. Im Schlaf formten Evies Lippen seinen Namen, aber im Traum war kein Laut zu hören. James gab ihr mit der Hand ein Zeichen, ihm zu folgen.

Die Bäume wurden spärlicher, als sie sich einer Lichtung voller Soldaten näherten. Ein junger Unteroffizier begann, Befehle zu erteilen, und plötzlich brummte das Lager vor jäh einsetzenden Aktivitäten – Zigaretten wurden mit den Stiefeln ausgetreten, Blechbecher mit Kaffee stehen gelassen, Gasmasken angelegt, Positionen bezogen –, die Männer wachsam, auf der Hut. Dunkle Wolken wirbelten über den Himmel und Blitze zerrissen das Dunkel wie Explosionen – einer, zwei, drei! Jemand zog Evie in einen tiefen Schützengraben hinab, wo sie sich an gruftähnlichen Erdwällen entlangschob und sich vor einem Feind versteckte, den sie nicht sehen konnte. Quälendes Schweigen senkte sich über sie, als halte die Welt den Atem an, und sie musste voller Furcht mitansehen, wie eine glühende Welle vernichtenden Lichts den Himmel überrollte, nur Sekunden später gefolgt von einer brachialen Kraft, die sie zu Boden streckte wie der Faustschlag eines unsichtbaren Riesen.

Rauchschwaden und Asche wirbelten durch die Luft. Evie kletterte aus dem Graben und fiel über einen Soldaten, dessen Knochen sogleich zu Staub zerfielen, als wäre sein Körper hohl. Seine Augen saßen nicht mehr in ihren Höhlen und sein Mund hatte sich zu einem fratzenhaften Grinsen verzerrt. Blutige Tränen zeichneten seine verschrumpelten, eingefallenen Wangen. Evie schrie auf, kroch aber weiter über den versengten Boden, auf dem Soldatenleichen wie niedergetrampelte Wildblumen herumlagen. Von der Schönheit der Bäume war nichts mehr übrig als einige geschwärzte Stümpfe. Hier und da meinte Evie, am Rand des dunstigen Feldes schemenhaft vereinzelte Soldaten zu erkennen, aber sobald sie den Kopf wandte, waren sie auch schon verschwunden. Evie rief nach James und sah ihn auch tatsächlich weiter hinten auf dem Weg stehen – unversehrt! Sie rannte auf ihn zu, aber sein Blick warnte sie und er sagte etwas, das sie nicht verstehen konnte. Und seine Augen! Irgendetwas war mit seinen Augen. Dann zerriss ein weiterer greller Blitz den Himmel.

Evie wachte auf und konnte gerade noch den Schrei zurückhalten, der ihr entfahren wollte. Trotz des kleinen Ventilators, der neben ihrem Bett surrte, war sie in Schweiß gebadet. Mit zitternden Fingern tastete sie nach dem Schalter an der Lampe und blinzelte gegen den plötzlichen Lichteinfall an. Die Fremdheit des neuen Zimmers erfüllte sie mit Unruhe und sie musste dringend Luft schnappen. So kletterte sie über die wackelige Feuerleiter aufs Dach hinauf, wo es kühl und sie im Freien war. Jericho hatte recht gehabt – die Aussicht von hier oben war grandios. Manhattan breitete sich vor ihr aus wie die diamantengeschmückte Samtauslage eines Juweliers. Selbst um diese Stunde fuhren die Züge noch ratternd über die Schienen und die Stadt war ebenso rastlos wie Evie selbst. Auf dem Dachsims gurrte eine Taube und pickte an ein paar Brotkrumen.

»Du und ich, wir werden diese Stadt im Sturm erobern, meine Kleine«, sagte Evie scherzend, während sie sich noch die Tränen von den Augen wischte, die die Silhouette der Stadt zu diffusen Lichtschwaden verschwimmen ließen. »Jetzt sei nicht albern«, schalt sie sich. »Kopf hoch.«

Evie ließ ihre Wangen vom Wind liebkosen und breitete die Arme aus, als wolle sie ganz Manhattan umarmen. Von morgen an würde alles anders werden. Sie und Mabel würden einen Einkaufsbummel machen und sich eine Filmvorführung ansehen. Am Samstag konnten sie mit der Untergrundbahn raus nach Coney Island fahren, ihre Zehen in den Atlantik tauchen und eine Fahrt mit der Thunderbolt-Achterbahn machen. Und am Abend würde sie bestimmt irgendeine Party auftun und dort tanzen, als hätte es niemals tote Brüder oder Albträume gegeben. Sie würde Spaß haben.

Evie schlang die Arme eng um ihren Körper. Sie wischte sich die Nase am Ärmel ab und fing leise an zu summen: »*The city's bustle cannot destroy the dreams of a girl and boy. I'll turn Manhattan into an isle of joy.*«

Tief unter ihr fuhr rumpelnd ein Zug am Haus vorbei und scheuchte die Taube auf, die rasch davonflog.

In ihren neonleuchtenden Steinschluchten pulsierte die Stadt weiter. Menschen trafen sich und gingen wieder auseinander, eilten hierhin und schlenderten dorthin. Untergrundbahnen ratterten. Autohupen blökten. Verkehrslichter schalteten zyklisch von Grün auf Gelb und Rot und wieder zurück.

Im YMCA von Harlem lag der blinde Bill Johnson auf seiner Pritsche in einem langen Raum mit anderen Pritschen und wartete auf den Schlaf. Es war warm hier, so warm wie die Sonne, die ihm im Nacken brannte, als er noch auf den Baumwollfeldern in Mississippi gearbeitet hatte. Jetzt erinnerte er sich wieder daran, wie sie, einer hauchdünnen Scheibe gleich, durch die Regenwolken gebrochen war und sich glitzernd in dem dunklen Automobil gespiegelt hatte, in dem die Schattenmänner gesessen hatten.

Mabel Rose las Tolstoi im Schein ihrer Bettlampe und versuchte die Stimmen ihrer Eltern auszublenden, die sich im Nebenzimmer stritten. Schließlich rollte sie sich auf den Rücken, starrte hinauf an die Decke und stellte sich vor, dass nur ein paar Stockwerke über ihr Jericho in seinem Bett lag, schlaflos wie sie, und an sie dachte.

Auf dem afrikanischen Friedhof huschten die Blätter über seit Langem stille Gräber und weiter hinüber auf den Rasen der Villa auf dem Hügel. Die zerbrochene Engelstatue spürte den kühlen Hauch des langen Schattens nicht, der sich durch den Garten bewegte. Ihre blicklosen Augen schenkten auch dem Fremden keinerlei Beachtung, der sich das Blut von den Händen wischte, während er die Erhabenheit des Sternenhimmels in sich aufnahm. Und ihre tauben Ohren hörten nicht das schaurige Pfeifen der alten Melodie, die der Wind für eine kleine Weile mit sich trug, ehe sie sich im wilden und sehnsüchtigen Rhythmus der Stadt verlor.

Miss Addie stand an ihrem großen Erkerfenster mit Ausblick auf das Central Park Reservoir und das Belvedere Castle, das von dem zart orangefarbenen Licht des Mondes beschienen war. Sie wippte auf dem Absatz hin und her und sang dazu ein Lied, das sie seit ihrer Kindheit kannte.

»Der Tee ist gleich fertig«, sagte Miss Lillian und trat zu ihrer Schwester ans Fenster. »Oh! Sieh nur, wie der Mond auf das Belvedere scheint. Wunderschön.«

»In der Tat.« Miss Addie legte eine Hand auf die Fensterscheibe, als könne sie so das Schloss umfassen. »Spürst du auch die Veränderung, Schwester?«

Miss Lillian nickte feierlich. »Ja.«

»Sie kommen.« Miss Addies Blick wandte sich wieder dem Park zu und wachte dann über die Nacht, bis der Mond in der frühen Morgendämmerung am Himmel verblasste und der unberührte Tee eiskalt geworden war.

Die vier Reiter der Apokalypse

Evies erste Woche in New York City verlief so aufregend, wie sie es sich erhofft hatte. An den Nachmittagen nahmen Mabel und sie die Hochbahn zu einem der Filmpaläste, um sich Douglas Fairbanks, Buster Keaton und Charlie Chaplin anzusehen, und an einem besonders warmen Tag fuhren sie hinaus nach Coney Island. Dort tauchten sie die Zehen in die kalte Brandung des Atlantiks, schlenderten anschließend durch die Spiel- und anderen Vergnügungshallen und taten so, als hörten sie die Zurufe der vielen Verehrer gar nicht, die sich um ihre Aufmerksamkeit stritten. Hatte Mabel ihre Hausaufgaben erledigt und Evie das ihr von Will empfohlene Lektürepensum, machten sie einen Schaufensterbummel, schauten bei Gimbels hinein und probierten die pelzbesetzten Schalkragenmäntel und randlosen Glockenhüte an, in denen sie sich wie Leinwandstars vorkamen. Anschließend kauften sie sich geröstete Erdnüsse bei Chock Full O'Nuts oder kehrten auf ein Sandwich bei Horn&Hardart Automats ein, wo Evie sich voller Begeisterung ihren Imbiss aus einem der kleinen Glasgehäuse zog, nachdem sie eine Münze eingeworfen und auf einen Knopf gedrückt hatte.

Am Abend gingen sie und Mabel meist nach unten in das schäbige Speiselokal des Bennington, saßen unter seinen zischenden Lampen, tranken Egg Cream und planten ihre aufregenden Unternehmungen in Manhattan. Als Mabel ihren Eltern eines Abends bei einer Arbeiterkundgebung helfen musste, nutzte Evie die Gelegenheit und besuchte Theta und Henry in deren Wohnung. Henry empfing sie an der Tür in einem Morgenmantel, den er über einer weiten marokkanischen Hose und einem aufgeknöpften Smokinghemd trug. Auf den ersten Blick war offensichtlich, dass er und Theta nicht verwandt miteinander waren – sein sommersprossig heller Teint stand in scharfem Kontrast zu ihrem rauchig-dunklen Äußeren –, aber ebenso deutlich wurde auch an der Art, wie die beiden miteinander umgingen, dass sie kein Paar waren, sondern lediglich gute Freunde. Henry lehnte im Türrahmen, sah Evie mit hochgezogener Augenbraue an und sagte in seinem schleppenden Tonfall zu ihr: »Ich gehe nicht davon aus, dass Sie wegen der undichten Stelle unter unserem Spülbecken gekommen sind?« Evie lachte und versprach, genügend Doublemint-Kaugummis zu kauen, um die Stelle damit stopfen zu können, worauf Henry die Tür mit einem beeindruckenden *»Entrez, mademoiselle!«* aufriss. Theta lag in ihrem seidenen Herrenpyjama und einem theatralisch um den Kopf geschlungenen Schal mit Pfauenmuster auf einer verblichenen Samtcouch. »Oh. Tag, Evil. Was liegt an?« Und dann kippten sie alle drei Wodka in sich hinein, den Theta auf einer Party im Waldorf-Astoria Hotel hatte mitgehen lassen, trällerten alberne Lieder, die Henry auf seiner Ukulele begleitete, und keiner beschwerte sich, dass Evie gänzlich unmusikalisch war. Danach spielten sie bis tief in die Nacht Karten und Evie kam der aufgehenden Morgensonne nur knapp zuvor und schlich mit dem Gefühl in Wills Wohnung zurück, dass in Manhattan alles möglich war und vor ihr große Abenteuer lagen – sobald sie sich erst einmal ausgeschlafen hatte.

Mittlerweile überzog ein erster Hauch von Rot und Gold die Baumkronen im Central Park und eine Altweibersommer-Sonne schien leuchtend über Manhattan. Evie, Mabel und Theta – alle drei in ihrer mondänsten Aufmachung – stiegen am Nachmittag in die überfüllte Straßenbahn, um einen Ausflug in eines der Filmtheater zu machen. Sie zwängten sich zu dritt auf einen Doppelsitz ganz hinten und unterhielten sich angeregt.

»Evie, wie geht's eigentlich Jericho?«, fragte Mabel und biss sich auf die Lippe. Es sollte beiläufig klingen, aber sie hatte so gar kein Pokergesicht, und Evie wusste, dass sie vor Verlegenheit fast umkam.

»Wer ist denn Jericho?«, fragte Theta.

»Der Assistent meines Onkels«, erklärte Evie. »Der große blonde Kerl.«

»Er ist die Vollkommenheit in Person«, sagte Mabel und Thetas bleistiftdünne Augenbrauen schossen in die Höhe.

»Bist du verrückt nach ihm?«

»Und wie«, sagte Evie mit Nachdruck. »Und es ist meine heilige Mission, diese beiden Turteltäubchen zusammenzubringen. Wir haben es langsam angehen lassen, aber jetzt werden wir ein wenig Dampf machen bei der Operation Jericho.«

»So?« Theta musterte Mabel mit abschätzendem Blick. »Als Erstes wäre mal ein Friseurbesuch fällig, meine Kleine.«

Schützend hielt Mabel die Hand über ihren im Nacken aufgerollten geflochtenen Zopf. »Oh. Oh, ich glaube nicht, dass ich das will.«

»Na ja … wenn du dich davor fürchtest …« Theta zwinkerte Evie zu.

»Genau, nicht jeder hat die nötige Courage dazu«, spöttelte Evie und tätschelte Mabels Hand.

»Ich könnte meine Haare jederzeit zu einem Bob schneiden lassen, wenn ich es wollte.«

»Das musst du aber gar nicht, Schönheit.«

»Jedenfalls nicht, wenn du dich davor fürchtest«, stichelte Theta.

»Damit ihr es nur wisst: Auf den politischen Kundgebungen meiner Mutter bin ich schon wütenden Menschenmassen entgegengetreten und in Streikpostenketten hab ich auch schon gestanden. Ganz bestimmt fürchte ich mich nicht vor dem Friseur!«, empörte sich Mabel.

»Gut. Dann lass uns wetten. Einen Dollar, wenn du dir noch heute einen Bob schneiden lässt!«

»Zwei Dollar«, fiel Evie ein.

Mabel wurde blass. Doch dann reckte sie das Kinn wie ihre aus besten Kreisen stammende Mutter. »Gut!«, sagte sie und signalisierte dem Straßenbahnfahrer, er solle anhalten.

Nervös blickte Mabel zu einer Reklame im Schaufenster des Esquire Barbershops hinüber: SEHEN SIE AUS WIE DIE BÜHNEN- ODER FILMSTARS! WIR SCHNEIDEN IHNEN EINEN BOB stand da. Daneben war die Zeichnung eines attraktiven Flappermädchens mit einem Kopfschmuck aus Federn zu sehen.

»Mabesie, diese Frisur würde dir ganz wunderbar stehen«, sagte Evie. »Jericho würde dich vergöttern.«

»Jericho ist ein scharfsinniger Denker und Wissenschaftler. Er achtet nicht auf so was wie Frisuren«, sagte Mabel, aber ihre Stimme klang ängstlich.

Theta benützte ein Schaufenster als Spiegel und zog ihren Lippenstift nach. »Selbst Wissenschaftler haben Augen, Kleines.«

Evie wischte mit der Hand über eine imaginäre Leinwand. »Stell es dir nur mal vor: Eine ganz neue Mabel schwebt ins Museum – Mabel, die Verführerin! Mabel, der Flapper! Mabel, das Hot-Jazz-Baby!«

»Mabel, die sich lieber schnell entscheiden sollte, ehe wir noch den Film verpassen«, fügte Theta hinzu.

»Ich mach's«, sagte Mabel.

»Braves Mädchen!«, sagte Evie und schob Mabel auf den Friseursalon zu. Evie und Theta drückten sich die Nasen an der Scheibe platt, um zusehen zu können. Mabel sprach gerade mit dem Friseur, der sie zu einem Sessel führte. Nervös sah sie zu ihren Freundinnen hinüber. Evie winkte und lächelte ihr aufmunternd zu.

»Sie traut sich nicht«, sagte Theta.

»Ich sage, doch, sie traut sich.«

»Schön. Dann lass uns den Einsatz erhöhen. Zehn Dollar.«

Zehn Dollar waren eine fürstliche Summe, aber Evie wollte jetzt auf keinen Fall einen Rückzieher machen.

»Abgemacht!«

Sie bekräftigten die Wette mit einem Handschlag und richteten den Blick wieder auf das Schaufenster. Innen saß Mabel auf einem Frisiersessel und ließ sich vom Friseur einen Kittel umbinden.

»Ich werde mir die allerfeinsten Strümpfe von deinen zehn Dollar kaufen, Theta.«

Theta grinste. »Noch ist es nicht vollbracht, meine Kleine.«

Als der Friseur das Fußpedal des Sessels betätigte, um Mabel ein wenig höherzuhieven, klammerte die sich an die gepolsterten Armlehnen des Stuhls; und als er jetzt auch noch die Schere an ihrem Haar ansetzen wollte, weiteten sich ihre Augen vor Schreck, sie sprang vom Stuhl, riss sich den Kittel herunter und stürzte auf die Tür zu, deren Glocke augenblicklich zu bimmeln anfing wie Santa Claus' Schlitten.

»Ach, Mist!«, zischte Evie.

Theta streckte die Hand aus. »Ich werde meinen Spaß an den Strümpfen haben, Evil.«

»Es tut mir leid, aber ich … ich konnte einfach nicht«, stammelte Mabel, während die drei Mädchen auf den Times Square zugingen. »Als ich die Schere sah, hab ich gedacht, ich falle in Ohnmacht!«

»Ist doch in Ordnung, Mabesie. Nicht jeder kann eine Zelda Fitzgerald sein«, sagte Evie. Sie hakte Mabel unter.

»Sollte ich Jericho jemals für mich gewinnen, dann nur, wenn ich so bleibe, wie ich bin.«

»Und das wirst du!«, beruhigte sie Evie. »Auf irgendeine Weise.«

An der Ecke 42nd Street und Fifth Avenue winkten sie dem Polizisten zu, der in einem Glasgehäuse oben auf dem Verkehrskontrollturm mit seinen roten, grünen und gelben Signallichtern saß. Er tippte sich an die Mütze, und die Mädchen, die sich von der Menge mitreißen ließen, um die Straße zwischen Automobilen und Doppeldeckerbussen zu überqueren, lachten. Dampf quoll durch die Gullydeckel nach oben, als seien die Stadt und ihre geschäftigen Menschen nur Teil eines großen Mechanismus', der von einer unsichtbaren Maschine angetrieben wurde. Während sie auf grünes Licht warteten, hielt ihnen ein zerlumpt aussehender Mann in einem klapperigen Rollstuhl eine Blechdose entgegen, mit der er laut schepperte. Er trug eine verdreckte Uniform und seine Beine waren unterhalb der Knie amputiert. »Ein kleines Almosen für einen, der gedient hat«, begehrte er mit rauer Stimme.

Evie griff in ihre Geldbörse, holte einen Dollar heraus und steckte ihn in seine Büchse. »Hier, bitte sehr.«

»Danke«, sagte er. Er sah Evie an und murmelte leise: »Die Zeit ist gekommen … die Zeit ist gekommen. Sei auf der Hut …«

»Wenn du auf jede rührselige Geschichte reinfällst, die dir irgendeiner auf der Straße erzählt, dann bist du nächste Woche pleite, Evil«, warnte Theta, als sie die Straße überquerten.

»Mein Bruder ist auch Soldat gewesen. Und er ist nicht zurückgekommen.«

»Oh weh, Kleines. Das tut mir leid«, sagte Theta.

»Ist ja schon lange her«, entgegnete Evie. Sie wollte die neue Freundschaft nicht gleich mit einem so bitteren Thema belasten. »Oh, seht doch mal das Kleid, das die Frau da drüben trägt. Ist es nicht der Gipfel der Vollkommenheit?«

Als die drei Mädchen den *Strand Movie Palace* erreichten, kauften sie sich Eintrittskarten zu je 25 Cent, und ein weiß behandschuhter Platzanweiser in roter Livree begleitete sie zu ihren Plätzen auf dem Balkon, von dem man auf die riesige vergoldete Bühne mit ihrem ebenfalls goldenen Vorhang blickte. Evie hatte noch nie etwas so Prachtvolles gesehen. Die Kinosessel waren mit plüschigem Samt überzogen, Friese und Wandgemälde schmückten die Wände und Marmorsäulen reichten bis zu den reich verzierten Logen und Rängen hinauf. In einer Ecke spielte ein Mann auf einer Wurlitzer-Orgel und tief unten befand sich ein Graben für ein komplettes Orchester.

Dann wurde es dunkel im Saal und nur noch das Licht aus der Kabine des Filmvorführers strich über den langsam sich öffnenden

Vorhang. Evie konnte das ratternde Geräusch hören, mit dem der Film abgespult wurde, bis plötzlich Wörter über die Leinwand flimmerten: PATHÉ NEWS. GENF, SCHWEIZ. DIE 7. GENERALVERSAMMLUNG DES VÖLKERBUNDES TRITT ZUSAMMEN. Offiziell aussehende Männer standen vor einem imposanten Gebäude. DIE VERSAMMLUNG HEISST DEUTSCHLAND IM VÖLKERBUND WILLKOMMEN.

»Wir wollen endlich Rudy sehen!«, rief Evie der Leinwand zu. Mabel riss ängstlich die Augen auf, aber Theta schmunzelte, und Evie spürte einen leichten Kitzel, weil sie mal wieder ins Schwarze getroffen hatte. Ein Mann, der vier Plätze vor ihnen saß, gab ein deutliches Pst! von sich. »Dann geh doch beten, Opa«, murmelte sie und die Mädchen taten ihr Bestes, um einen Kicheranfall zu unterdrücken.

Auf der Leinwand inspizierte jetzt ein Mann mit dem Aussehen eines Filmstars eine Fabrik und schüttelte Arbeiterhände. Anschließend wurden weiße Buchstaben auf schwarzem Hintergrund eingeblendet: DER AMERIKANISCHE GESCHÄFTSMANN UND ERFINDER JAKE MARLOWE ERZIELT NEUE REKORDE AUF DEM GEBIET DER INDUSTRIELLEN PRODUKTION.

»Dieser Jake Marlowe ist wirklich heiß«, murmelte Evie anerkennend.

»Meine Eltern schätzen ihn gar nicht«, flüsterte Mabel ihr vom Nebensitz zu.

»Deine Eltern schätzen niemanden, der reich ist«, erwiderte Evie.

»Sie sagen, er lässt nicht zu, dass seine Arbeiter sich gewerkschaftlich organisieren.«

»Es ist doch sein Unternehmen. Warum sollte er es nicht so führen, wie er es für richtig hält?«, sagte Evie.

Der verärgerte Mann vor ihnen winkte jetzt einem Platzanweiser und die Mädchen waren auf der Stelle still und setzten einen unschuldigen Blick auf. Die Wochenschau war zu Ende, der Film begann und auf der Leinwand wurde der Vorspann eingeblendet:

Metro-Film zeigt Vincent Blasco Ibanez' literarisches Meisterwerk DIE VIER REITER DER APOKALYPSE *unter der Regie von Rex Ingram.* Die Mädchen waren jetzt ganz im Bann von Rudolph Valentinos Schönheit und der Kinoleinwand und gaben keinen Laut mehr von sich. Evie stellte sich vor, wie es wäre, wenn sie selbst jemanden wie Valentino auf der Leinwand küssen würde; ihr Foto würde dann in *Photoplay* erscheinen, sie selbst vielleicht in Hollywood Hills in einer Villa im maurischen Stil samt Tigerfellen leben. Das war es, was Evie an den Kinobesuchen am meisten liebte: die Möglichkeit, sich selbst in ein fremdes, ein glamouröseres Leben hineinzuträumen. Doch dann kamen die Kriegsszenen des Films. Evie starrte auf Soldaten in Schützengräben, auf junge Männer, die über das regendurchweichte Niemandsland des Schlachtfeldes krochen und Explosionen zum Opfer fielen. Ihr schwindelte, wenn sie an James und ihre schlimmen Träume dachte. Warum verfolgten sie sie immer wieder? Würden sie jemals aufhören? Und weshalb sprach James nie mit ihr im Traum? Sie würde alles darum geben, wenn sie nur einmal seine Stimme hören könnte.

Am Ende des Films hatten sie alle drei feuchte Augen – Mabel und Theta weinten um den toten Filmstar, Evie um ihren Bruder.

»So jemanden wie Rudy wird es nie wieder geben«, sagte Mabel und schnäuzte sich.

»Du sagst es, meine Liebe«, stimmte Theta ihr zu. Sie traten hinaus in die späte Nachmittagssonne, aber Theta blieb stehen, als sie Evies zorniges Gesicht sah. »Was ist denn los, Evil?«

»Sam. Lloyd«, knurrte Evie und marschierte in flottem Tempo auf eine Gruppe von Leuten zu, die bei einem verbotenen Glücksspiel zusahen.

»Wer ist denn Sam Lloyd?«, fragte Mabel Theta.

»Weiß ich nicht«, sagte Theta. »Aber ich bin mir fast sicher, dass er gleich ein toter Mann sein wird.«

»Achtet auf die Herzdame, Leute. Sie bringt Glück – und Geld.« Sam legte drei Karten auf einer Pappschachtel aus und bewegte sie dann so schnell, dass man sie kaum noch erkennen konnte. »So Sir, Sir – ja, Sie. Möchten Sie vielleicht eine Wette eingehen? In der ersten Runde kostet Sie das noch nichts. Nur um Ihnen zu beweisen, dass ich hier ein ehrliches Spiel spiele.«

Evie drehte die Schachtel um, sodass nicht nur die Karten, sondern auch das darunterliegende Geld heillos durcheinandergerieten. »Sie erinnern sich noch an mich, Casanova?«

Sam überlegte einen Moment, dann lächelte er. »Na, wenn das nicht meine Lieblingsnonne ist! Wie geht's denn der Mutter Oberin, Schwester?«

»Hören Sie auf, Schwester zu mir zu sagen. Sie haben mir mein Geld gestohlen.«

»Wer? Ich? Seh ich vielleicht wie ein Dieb aus?«

»Allerdings!«

Interessiert verfolgten die Umstehenden die Auseinandersetzung zwischen den beiden. Sam sah sich nervös um. Er zog sich seine Fischermütze tiefer in die Stirn. »Tut mir ja leid, dass man Sie geschröpft hat, Schätzchen, aber ich war's nicht.«

»Wenn Sie nicht wollen, dass ich auf der Stelle einen Polizisten rufe und ihm erzähle, dass Sie gerade versucht haben, mich zu übervorteilen, dann geben Sie mir jetzt meine zwanzig Dollar zurück.«

»Also, Schwester, das würden Sie doch nie …«

»Aber hundertprozentig würde ich das! Kennen Sie das Museum für Amerikanisches Volkstum, Aberglauben und Okkultes?«

»Ja, kenn ich, aber …«

»Dort können Sie mich finden. Und wenn Sie schlau sind, bringen Sie mir meine zwanzig Dollar mit.«

»Oder was?«, neckte Sam.

Da stach Evie plötzlich Sams Jacke, die über einem Hydranten hing, ins Auge. Sie schnappte sie sich und schlüpfte hinein.

»Geben Sie mir meine Jacke zurück!«, brummte Sam.

»Zwanzig Dollar und Sie haben sie wieder. Auf bald! Im Museum!« Lachend rannte Evie die Straße hinunter.

»Wer war denn das?«, fragte Mabel, als sie und Theta Evie eingeholt hatten und alle zusammen in einer Imbissstube untergetaucht waren.

»Sam Lloyd.« Evie spuckte den Namen geradezu aus. Sie erzählte den beiden von ihrer Begegnung mit ihm in der Pennsylvania Station und wie er sie erst geküsst und dann bestohlen hatte.

Theta trank ihren Kaffee in kleinen Schlucken und hinterließ einen vollkommenen roten Amorbogen auf der weißen Porzellantasse. »Der sieht so aus, als würde er sich gern mit mehr als deinen zwanzig Dollar aus dem Staub machen, wenn du verstehst, was ich meine. Den behalt besser im Auge, Evil.«

»So viele Augen, wie man für den braucht, besitze ich gar nicht«, brummte Evie.

»Sieh doch mal in seinen Taschen nach. Vielleicht findest du dein Geld da«, schlug Mabel vor.

»Mensch, Mabel. Tolle Idee! Lernt du sowas in deinem progressiven Little Red Schoolhouse?« Evie durchwühlte die vielen Taschen von Sams Jacke, aber außer einer Menge Flusen, einer halben Rolle Lifesavers und einer mit Buntstift kolorierten Postkarte mit Bergen und hohen Bäumen war nichts zu finden. Auf die Rückseite der Karte hatte jemand etwas auf Russisch gekritzelt. Sie wusste, sie konnte jetzt versuchen, jeden einzelnen Gegenstand zu »lesen«, um mehr über Sam Lloyd in Erfahrung zu bringen, aber es lohnte das Kopfweh nicht. Sie würde einfach darauf vertrauen, dass er kam und seine Jacke abholte. Es war September und das Wetter würde schon bald umschlagen.

Als Evie ins Museum zurückkehrte, saßen Onkel Will und Jericho am Tisch und unterhielten sich mit einem Mann mit muskulösem Oberkörper; er hatte die traurigen braunen Augen eines Welpen, den zu Weihnachten niemand als Geschenk ausgesucht hatte, und eine Nase, der man ansah, dass sie schon aus etlichen Kämpfen als Verlierer hervorgegangen war. An seinem Anzug steckte die Dienstmarke eines Kriminalbeamten.

»Onkel Will! Was hast du denn angestellt? Brauchst du eine Kaution?«

»Terrence, das ist meine Nichte Evie O'Neill. Evie, das ist Detective Malloy.«

Trotz seiner traurigen Augen war Detective Malloys Lächeln warm und herzlich. Er reichte Evie die Hand. »Ich bin ein alter Freund Ihres Onkels aus den Tagen, als er noch für die Regierung gearbeitet hat.«

»Ach ja? Wann war denn das, Onkel Willy?«, fragte Evie.

Will ignorierte ihre Frage. »Ich weiß, ich habe versprochen, mit euch in Chinatown Abendessen zu gehen, aber leider muss ich jetzt für eine Weile mit Detective Malloy in die Stadt fahren.«

»Dann brauchst du also doch eine Kaution«, sagte Evie.

»Nein, brauche ich nicht. Die Polizei bittet mich um meine Mithilfe in einem Mordfall.«

»In einem Mordfall! Du meine Güte! Lass mich nur schnell andere Schuhe anziehen«, sagte Evie aufgeregt. »Bin gleich so weit.«

»Du kannst nicht mitkommen, Evie«, sagte Onkel Will.

Evie hüpfte auf einem Bein herum, während sie sich die Schuhe abstreifte und ihre neuen Oxfords anzog. »Ich werde mir doch keinen richtigen Tatort entgehen lassen. Nie im Leben!«

»Es ist ein schlimmer Anblick, Miss. Nicht geeignet für eine Dame«, sagte Detective Malloy.

»Ich bin nicht so leicht einzuschüchtern, und ich verspreche Ihnen, ich werde so eisenhart wie Al Capone sein.« Evie war bereits dabei, sich den ersten Schuh zuzuschnüren.

»Du bleibst hier.« Will wandte ihr den Rücken zu.

»Aber Onkel Will, du hast mir und Jericho doch versprochen, mit uns zum Essen nach Chinatown zu fahren. Sinnlos, nur wegen mir wieder hierher zurückzukommen.«

»Evangeline …«

»Ich verspreche auch, euch nicht zur Last zu fallen. Ich bleibe einfach im Auto sitzen, bis ihr fertig seid.«

Will seufzte. »Geht das für dich in Ordnung, Terrence?«

»Für mich ja.« Der Detective hielt Evie die Tür auf. »Aber beschweren Sie sich nicht bei mir, wenn Sie nachher Albträume bekommen, Miss O'Neill.«

Evie musste sich ein bitteres Lachen verkneifen.

Die geschmückte Hure an den Gewässern

Die Manhattan Bridge wurde größer, als sie in die Pike Street einbogen, in der eine Horde Kinder vor den Wohnhäusern Baseball spielte. Mit misstrauisch zusammengekniffenen Augen beobachteten sie, wie der Polizeiwagen an ihnen vorüberrollte.

»Alles angehende Randalierer«, sagte Detective Malloy, als er den Wagen am Ende der Straße parkte. »Wenn einer von euch kleinen Schei ...« – er warf einen Blick auf Evie – »von euch kleinen Gören dieses Auto auch nur anfasst, dann könnt ihr den Fluss nach euern Zähnen absuchen, das versprech ich euch.«

Die Männer stiegen aus und Evie folgte ihnen.

»Du solltest doch im Auto warten«, sagte Will mahnend.

Evie hatte sich die Fahrt hierher erschlichen, und ganz bestimmt war sie nicht so weit vorgedrungen, damit sie jetzt den Tatort verpasste. Ein Mord in Manhattan! Schon jetzt malte sie sich aus, wie sie Dottie und Louise schreiben und von ihren Abenteuern erzählen würde: »Allerliebste Freundinnen, ihr ahnt nicht, was ich heute erlebt habe ... Selbstverständlich habe ich mich als modernes Mädchen davon nicht einschüchtern lassen ...« Es würde genauso sein wie in einem der Agatha-Christie-Romane, für die sie so schwärmte. Nur dafür musste sie näher ran.

»Aber Onkel Will, einem Mädchen, das ganz allein in einem Auto wartet, kann doch alles Mögliche zustoßen.« Evie sah vielsagend zu den Baseball spielenden Jugendlichen hinüber. »Was würde meine Mutter dazu sagen?« Sie setzte ein unschuldiges Gesicht auf.

»Dann kann ja Jericho hier mit dir warten.«

Evie warf einen schnellen Blick auf Jericho. »Mir wäre wohler, wenn ich in deiner Nähe bin, Onkel Will. Ich werde euch nicht im Weg sein, das verspreche ich. Und du musst dir auch keine Sorgen machen, dass ich eins von diesen Mädchen bin, die gleich durchdrehen oder gar in Ohnmacht fallen, wenn sie Blut sehen. Also letztes Jahr, als Betty Hornsby sich fast den Finger abgetrennt hätte, weil sie auf einer Party versucht hat, mit Steakmessern zu jonglieren, da war ich die Einzige, die nicht gleich schlappgemacht hat. Es war eine ganz schöne Ferkelei, aber ich bin hart wie Edelstahl geblieben, glaub mir!«

Evie gab sich alle Mühe, eine gelassene Miene aufzusetzen, als sei der Anblick von Leichen für sie eine Alltäglichkeit. Onkel Will wollte schon Einwände erheben, aber Detective Malloy zuckte nur mit den Achseln. »Solange sie verspricht, nicht in Ohnmacht zu fallen, habe ich nichts dagegen. Aber wir befinden uns hier nicht in einem Krimi, Miss O'Neill, darauf muss ich Sie aufmerksam machen.«

Am Kai hatte sich eine Menge Schaulustiger versammelt, und Polizisten in blauen Uniformen waren bereits damit beschäftigt, sie zu verscheuchen. Drei am Ende des Kais mit Tauen festgemachte Austernfangboote tanzten im Flusswasser auf und ab.

»Die Leiche liegt da drüben«, sagte Malloy. »Ein Fischer hat sie entdeckt. Soweit wir das jetzt schon sagen können, wurde sie gestern oder vorgestern hier abgelegt. Sie war unter einem ganzen Haufen Austernschalen versteckt, deshalb hat man sie nicht eher gefunden. Was ist, Fitz?«

Onkel Will war blass geworden. »Ich hasse den Geruch von Fisch.«

»Kopf hoch. Wenn du das hier gleich siehst, vergisst du den Fischgeruch sofort. Die Leiche ist übelst zugerichtet.« Malloy sah zu Evie hinüber, aber sie tat ihm nicht den Gefallen, auf seinen

Blick zu reagieren. »Außerdem ist allerlei Hokuspokus an ihr dran, deshalb hab ich dich auch gebeten, mitzukommen. Ich sag dir, Fitz, so was hab ich noch nie gesehen.«

Malloy führte sie zu einer Stelle, an der sich in der Abendsonne rosa-weißlich schimmernde Austernschalen zu einem hohen Haufen türmten. Ein Polizeifotograf hatte sein Dreibeinstativ davor aufgestellt, und als das Blitzlicht in seiner Hand unvermittelt losging, war Evie einen Moment lang vollständig geblendet. Das Magnesiumpulver in der Lampe versengte die Luft und hinterließ einen penetranten Geschmack auf ihrer Zunge. Sie traten jetzt näher an die Leiche heran und der Gestank nach Fisch, Urin und verwesendem Fleisch überwältigte sie fast. Ein heftiger Würgreiz überkam sie, doch sie zwang sich dazu, ihn abzuwehren und unauffällig nur noch durch den Mund zu atmen. Schwarze Fliegen umschwärmten die Stelle, an der die Leiche lag, und Evie scheuchte sie mit der Hand von ihrem Gesicht fort.

»Weiter nicht, Miss«, sagte Detective Malloy und es war klar: Dies war ein Befehl. Er nickte Jericho in einer Art stillschweigender männlicher Übereinkunft zu, er solle mit Evie zurückbleiben, was sie noch mehr erzürnte.

Detective Malloy führte Will um den Berg aus Austernschalen und Evie beobachtete, wie ihr Onkel noch blasser wurde als zuvor und sich die Hand vor den Mund schlug, wahrscheinlich, um nicht aufzuschreien oder sich gar übergeben zu müssen. Er drehte sich einen Moment zur Seite und beugte sich leicht vornüber, um tief durchzuatmen, und Evie sah ihre Chance gekommen.

»Onkel Will, ist alles in Ordnung mit dir?«, rief sie und stürzte auf ihn zu.

»Evie ...«, setzte er an, aber da war es bereits zu spät.

Soweit sie sich erinnern konnte, hatte es ihr nur ein einziges Mal so sehr den Atem verschlagen wie in diesem Moment: an dem Tag nämlich, an dem das Telegramm aus dem Kriegsministerium sie erreicht hatte.

Sie brauchte einen Moment, bis ihr Verstand erfasste, dass das, was da auf der alten Holzmole ausgestreckt lag, einmal ein menschliches Wesen gewesen war, und sie konnte seinen Anblick nur nach und nach in sich aufnehmen: den Schuh, der nur zur Hälfte noch auf dem Fuß steckte. Verdreckte und zerfetzte Strümpfe, die sich um die geschwollenen, schwärzlich verfärbten Knöchel rankten. Das zerrissene Kleid und die blutunterlaufenen Gliedmaßen. Die Haut an den Augenlidern, die schlaff und eingefallen um die leeren Augenhöhlen hing.

Die Augen! Der Mörder hatte dem Opfer die Augen entfernt!

Schwindel raste durch Evies Körper bis in den Kopf hinauf, so als habe jemand mit aller Kraft den Hammer auf den Lukas geschlagen, und sie grub die Fingernägel in die Handflächen, um bei Sinnen zu bleiben.

Der misshandelte Körper des Mädchens war mit weit ausgestreckten Armen und Beinen auf der Mole drapiert worden. Ihr Kopf war kahl geschoren bis auf einige wenige Haarbüschel, die die Schere nicht erwischt hatte. Falsche Perlen aus dem Billigwarenhaus lagen um ihren Hals und an sämtlichen Fingern steckten Spielzeugringe. Das blutleere Gesicht war auffallend grell geschminkt – eine dicke Schicht Puder und Rouge lag darüber und der rot verschmierte Lippenstift konnte das Blau der toten Lippen kaum übertünchen. Auf ihre Stirne hatte jemand das Wort HURE gekritzelt.

Inzwischen hatte ein Polizist dem etwas benommen dastehenden Will Riechsalz angeboten. Evie hatte sich keinen Zentimeter von der Stelle gerührt. Vorhin in der Wohnung war ihr das alles noch mehr als aufregend erschienen – ein Tatort, an dem ein richtiger Mord begangen worden war, das war etwas, wovon man seinen neuen Freunden erzählen konnte. Doch jetzt, wo sie den geschundenen Körper sah, bezweifelte sie, dass sie je ein Wort darüber würde verlieren wollen, ja, sie wünschte, sie hätte ihn nie gesehen. Eine Träne rann ihr die Wange hinunter, aber sie wischte sie schnell fort und starrte auf ihre Füße.

»Sie ist seit circa einer Woche tot – plus minus«, sagte Detective Malloy. Seine Stimme erreichte Evie wie durch einen Tunnel. »In der Handtasche befindet sich ein Etikett mit Name und Adresse drauf. Ruta Badowski aus Brooklyn. Neunzehn Jahre alt. Familie ist bereits benachrichtigt. Vor etwas mehr als einer Woche ist Ruta mit ihrem Freund Jacek Kowalski zu einem dieser wahnwitzigen Tanzmarathons gegangen. Wir haben den Mann aufs Revier kommen lassen und ihn verhört, hat aber nichts ergeben. Behauptet, er hätte nach der Veranstaltung auf einer Treppe geschlafen und sei am nächsten Morgen in die Ziegelei arbeiten gegangen. Sein Boss bestätigt das.«

Evie wagte einen zweiten verstohlenen Blick auf das entstellte Gesicht des Mädchens. Neunzehn war sie. Nur zwei Jahre älter als sie selbst. Sie war tanzen gegangen. Und jetzt war sie tot.

»Das hier wollte ich dir noch zeigen.« Malloy knöpfte das Kleid des Mädchens auf. Oberhalb des schäbigen Büstenhalters prangte ein großflächiges Brandzeichen: ein fünfzackiger Stern, umringt von einer Schlange, die ihren eigenen Schwanz auffraß.

»Was ist das, Fitz, irgendein Voodoozauber?«, fragte Malloy.

»Das hier hat mit Voodoo rein gar nichts zu tun. Außerdem handelt es sich bei Voudon schlicht und einfach um afrikanischen und karibischen Spiritismus, der ganz im Einklang mit der Natur ist«, erwiderte Will ungeduldig.

Malloy machte eine entschuldigende Geste. »Schon gut, schon gut. Jetzt werd nicht gleich sauer, Fitz. Was bedeutet das Brandzeichen denn dann?«

Will ging in die Hocke, um besser sehen zu können. Evie verstand nicht, wie er das tun konnte, ohne vor Entsetzen aufzuschreien. »Das ist ein Pentakel, ein Symbol für das Universum«, erläuterte Will. »Wir finden es bei den Heiden ganz genauso wie bei den Gnostikern, den östlichen Religionen, den Urchristen und den Freimaurern. Das Siegel Salomos ist das bekannteste Symbol in dieser Art. Oft hat es eine schützende Funktion.«

»Ihr hat es nicht grade geholfen«, bemerkte Malloy.

Onkel Will ging einmal um die Leiche herum. »In diesem Fall ist das Pentagramm allerdings auch umgedreht.« Will deutete auf zwei nach oben und einen nach unten ragenden Zacken. »Man sagt, dass das umgekehrte Pentagramm, auch Drudenfuß genannt, auf eine fehlende Balance hindeutet, auf den Triumph des Materiellen über das Spirituelle. Manche behaupten, dass so ein Drudenfuß bisweilen auch für düstere Zwecke eingesetzt wird, für Hexerei zum Beispiel oder für verbotene Magie – um Dämonen oder Engel herbeizurufen.« Will richtete sich auf, drehte das Gesicht zur Seite und atmete dreimal tief durch. »Dieser Fischgeruch. Wie ich ihn hasse.«

»Hier, Onkel Will«, sagte Evie. Sie reichte ihm eine winzige Dose mit einer parfümierten Creme aus ihrer Handtasche. Will schnupperte daran und gab sie ihr zurück und auch Evie hielt sie sich für einen Moment unter die Nase. Sie fühlte sich jetzt wieder schwach und zwang sich, zu dem prachtvollen stählernen Brückenbogen hinaufzusehen, der sich über den Fluss bis hinüber nach Brooklyn wölbte.

»Könnte es sein, dass der Mörder in einer Fabrik arbeitet oder mit Vieh zu tun hat?«, meldete sich Jericho jetzt erstmals zu Wort. Evie hatte nicht einmal bemerkt, dass er plötzlich neben ihr stand.

»Wir haben bereits in der ganzen Stadt überprüft, ob das Brandzeichen bekannt ist. Ohne Erfolg bis jetzt«, sagte Malloy. »Aber da ist noch was anderes.«

Malloy winkte einem der Polizisten. Er brachte Malloy einen vergilbten Zettel, den dieser an Will weiterreichte. Evie pirschte sich an ihren Onkel heran und las über seine Schulter mit.

»›Die Hure, die große Hure Babylon war geschmückt mit Gold und edlen Steinen und den Reichtümern dieser Welt, und sie blickte auf die ganze Pracht und Herrlichkeit der Bestie in ihrem Gewand und schrie auf, denn nun waren ihre Augen geöffnet und sie erkannte die Schlechtigkeit der Welt, die mit Blutopfern reingewaschen werden muss. Und die Bestie nahm ihr die Augen und stieß die geschmückte Hure hinaus auf das ewig währende Meer. Das war das fünfte Opfer.‹«

»Ist das aus der Bibel?«

»Zumindest aus keiner, die ich kenne.« Will zeichnete etwas in ein Büchlein und machte sich ein paar Notizen.

Evie zeigte auf eine Reihe von Symbolen am unteren Rand des Zettels. »Und was bedeuten diese Symbole?«, fragte sie mit einer Stimme, die ihr selber fremd vorkam.

Will drehte das Blatt auf die Seite und wieder zurück. »Bin mir da noch nicht sicher. Irgendwelche Sigillen, vermute ich. Terrence, ich würde dir gern ein paar Fragen stellen. Unter vier Augen, wenn es dir recht ist.«

Die beiden Männer gingen auf eine windige Stelle weiter hinten am Kai zu. Evie sah wieder auf das tote Mädchen hinunter und dieses Mal blieb ihr Blick an den Schuhen hängen. Sie waren verschlissen und vom Wasser beschädigt, aber Evie sah ihnen an, dass sie etwas Besonderes gewesen sein mussten; wahrscheinlich waren sie das beste Paar gewesen, das das Mädchen besessen hatte. Nur eine der Strassspangen war noch übrig und hing lose vom Riemen des Schuhs herab – eine letzte Demütigung, die Evie gutmachen wollte. Sie versuchte, sie wieder zu befestigen, aber sie wollte nicht halten.

»Oh bitte«, flüsterte sie, den Tränen nahe.

Entschlossen griff sie noch einmal fest zu, und ohne dass ihr auch nur eine Sekunde Zeit geblieben wäre, offenbarte die Spange ihre Geheimnisse. Wie ein Film, den man vorspult, rasten die Bilder an ihr vorbei: ein Streifen vergilbter Tapete. Ein Schmelzofen. Eine Schlachterschürze. Eine Tür, die ins Schloss fällt. Das Brandzeichen. Blaue, rot umränderte Augen. Grausame Augen wie Fenster zur Hölle. Das Pfeifen einer munteren kleinen Melodie, so entsetzlich fehl am Platze wie ein Wiegenlied, das einer auf dem Schlachtfeld singt. Danach nur noch angsterfüllte Schreie überall in ihrem Kopf.

Keuchend ließ Evie die Spange los. Sie taumelte auf den Rand des Kais zu und erbrach die Pastete, die sie mittags aus dem Automaten gezogen hatte. Hinter ihrem Rücken hörte sie die Polizisten lachen. »Kein passender Ort für ein junges Mädchen«, sagte einer. Jemand reichte ihr ein Taschentuch.

»Danke«, sagte sie beschämt.

»Gern«, sagte Jericho und ließ sie sich erst mal in aller Ruhe säubern.

Auf dem Fluss zerteilte eine Fähre das graue Wasser in aufwogende kleine Wellenkämme, die unter sanftem Gekräusel wieder verschwanden. Evie beobachtete, wie die Fähre weitertuckerte, und versuchte zu verstehen, was sie da eben gesehen hatte. Diese fürchterlichen Bilder in ihrem Kopf waren vermutlich Hinweise. Aber wie konnte sie irgendjemandem davon erzählen? Wie sollte sie ihr Wissen erklären? Was war, wenn man ihr nicht glaubte? Oder ihr zwar glaubte, aber von ihr verlangte, dass sie die Spange ein zweites Mal in die Hand nahm und wieder in diesen Albtraum eintauchte. Das würde sie nicht noch einmal verkraften. Niemand musste von dem, was sie gesehen hatte, erfahren. Onkel Will würde die Sache schon regeln. Sie brauchte nichts zu sagen.

»Evie. Wir brechen auf«, rief ihr Onkel Will zu.

»Ich komme«, antwortete Evie und zwang sich, ihrer Stimme einen festen Klang zu geben.

Ein kräftiger Wind wehte vom East River zu ihnen herüber. Er erfasste einen Zipfel des beigefarbenen Schals des toten Mädchens und riss ihn empor wie eine Hand, die sich, um Hilfe flehend, reckte. Evie wandte sich ab und machte einen großen Bogen um die Leiche, um ihren Anblick nicht noch einmal ertragen zu müssen.

Er hält die Geister fern

»Ich hatte dich ja gewarnt«, sagte Onkel Will. Sie saßen in einem Restaurant in Chinatown. Die Kopfschmerzen hatten bereits eingesetzt und Evie war gerade noch in der Lage, die glitschigen Klößchen in ihrer Suppenschüssel mit dem Löffel im Kreis herumzujagen.

»Wer tut so etwas?«, fragte sie schließlich.

»Wenn man den Gang der Menschheitsgeschichte verfolgt, müsste die zutreffendere Frage eigentlich lauten, warum nicht mehr Menschen Dinge dieser Art tun«, erwiderte Will. Gekonnt manövrierte er sich mit seinen Essstäbchen ein Stück Rindfleisch in den Mund.

»Es könnte auch ein Bandenmord sein. Vielleicht hat ihre Familie irgendjemandem Geld geschuldet«, brachte Jericho vor.

»Aber warum sich dann solche Mühe machen?«, grübelte Will. »Warum den Anschein erwecken, es handele es sich um eine okkulte Tat – um eine so eigenartige noch dazu?«

»Stammt das Zitat aus dem Buch der Offenbarung?«, fragte Jericho. »Die Hure – die Hure Babylon.«

»Ja, daran hab ich auch gedacht. In der Offenbarung kommt die Hure Babylon tatsächlich vor. Aber die *geschmückte Hure* … das ist schon eine sehr spezielle Wendung. Ich glaube nicht, dass ich sie schon einmal gehört habe.« Er schüttelte den Kopf und nahm noch einen Bissen. »Zumindest kann ich mich nicht daran erinnern.«

Evie starrte in ihre Schüssel und dachte an all das Grauenhafte, das sie gesehen hatte, als sie Ruta Badowskis Schuhspange in der

Hand gehalten hatte. Und wenn es nun von Bedeutung war?

»Kennst du … kennst du diese Melodie?«, fragte Evie. Sie pfiff das Lied, das sie gehört hatte, während sie in der anderen Sphäre gewesen war.

Will presste die Lippen aufeinander und dachte nach. »Was soll das sein, eine Melodie aus einer Radiosendung? Wenn man sie errät, gewinnt man einen Preis von Pears-Seife oder so was in der Art?«

Evie schüttelte den Kopf, was den Schmerz noch schlimmer machte. »Nein, irgendein albernes Lied, das ich kürzlich gehört habe. Ich habe nur überlegt, ob es da einen Zusammenhang geben könnte und …« Und was? Was konnte sie jetzt sagen, das halbwegs sinnvoll klang? »Ach nichts.«

»Wie du meinst. Möchtest du mal von der Ente kosten?«

Evie unterdrückte einen plötzlich auftretenden Brechreiz und schwenkte ihre Essstäbchen, um das Angebot abzuwehren. Aber sie fühlte sich auch erleichtert. Vielleicht hatten die beunruhigenden Bilder, die sie gesehen, und das Lied, das sie gehört hatte, ja gar nichts mit dem Mord an dem Mädchen zu tun. Sie konnten schließlich alles bedeuten. Wirklich alles.

Vorne im Restaurant erregte jetzt etwas Evies Aufmerksamkeit. Die Bedienung, ein Mädchen in einem roten Kleid und etwa in Evies Alter, schob einem jungen Mann ein Päckchen zu und sagte etwas auf Chinesisch. In ihrer Stimme schwang ein befehlender Tonfall mit, der keine Widerrede duldete. Unter ihrem durchdringenden Blick schlich sich der junge Mann schließlich davon, schlug die Tür zur Küche hinter sich zu und das Mädchen kam mit einem Silbertablett mit Glückskeksen zu ihnen an den Tisch. Evie fielen ihre blassgrünen Augen auf. »Wünschen Sie noch irgendetwas?«, fragte die Bedienung mit einem Anflug von unterdrücktem Ärger in der Stimme.

»Nein, danke.« Während Onkel Will die Rechnung bezahlte, zog Evie den kleinen Zettel aus dem Keks.

»Was steht bei dir drauf?«, fragte Jericho.

»Dein Leben wird sich bald verändern.« Evie schnippte den Zettel zur Seite. »Ich hatte ja eher gehofft, etwas wie ›Du wirst einem großen dunkelhaarigen Fremden begegnen‹ zu lesen. Und was steht bei dir, Jericho?«

»Wenn du Vertrauen gewinnen willst, musst du Geheimnisse lüften.«

»Interessant. Bei dir, Onkel Will?«

Will hatte seinen Keks unberührt auf dem Tablett liegen lassen. »Ich lese keine Zukunftsvorhersagen.«

Sie verließen das Lokal und traten hinaus auf das Kopfsteinpflaster der schmalen, sich windenden Doyer Street, die unter dem Namen »Bloody Angle« bekannt war, weil sie einen scharfen Knick machte, wo immer mal wieder Bandenmorde verübt wurden. Aber an diesem Abend herrschte eine friedliche Stimmung. Auf der gegenüberliegenden Straßenseite entzündete eine Gruppe Männer Kerzen in kleinen weißen Ballons und sah zu, wie sie in den dämmerigen Himmel emporschwebten. Weihrauchgeruch breitete sich aus.

»Das chinesische Herbstfest«, erklärte Onkel Will. »Eine ganz wichtige kulturelle Tradition, die das Nahen des Herbstes feiert.«

Weiter unten in der Straße schmückten im Abendwind flatternde Papierlampions einen Laden mit der Aufschrift: Mee Tung Co., Importeure. Daneben hatte jemand Zettel mit chinesischen Schriftzeichen an die Backsteinmauer geklebt. Die Männer, die daran vorbeigingen, warfen einen verstohlenen Blick darauf.

»Und was hat das zu bedeuten?«, flüsterte Evie.

»Das sind Listen, auf denen die Geschäfte aufgeführt sind, die nicht mit den Tongs verbündet sind.«

»Tongs sind doch diese Zangen, mit denen man Eis in sein Ginglas wirft.« Evie machte die Greifbewegung mit den Fingern nach. »Die finde ich schrecklich praktisch.«

»Tongs sind Bruderschaften oder organisierte Banden und von

ihnen gibt es zwei in Chinatown – die Hip Sing Tong und die On Laong Tong. Sie kontrollieren Chinatown schon seit Jahrzehnten und von Zeit zu Zeit liefern sie sich blutige Bandenkriege. Manche Geschäftsleute hängen diese Plakate zum Beweis ihrer Neutralität auf, damit sie von den Gewaltaktionen verschont bleiben.«

»Und was geschieht da drüben gerade?«, fragte Evie. Vor einem hell erleuchteten Schaufenster standen etliche Männer Schlange.

»Das sind wahrscheinlich Männer, die ihren Frauen Briefe schicken wollen.«

»Leben denn ihre Frauen nicht hier bei ihnen?«

»Der ›Chinese Exclusion Act‹ von 1882?« Onkel Will sah Evie auffordernd an und wartete auf eine Antwort. »Was bringt man euch heutzutage in der Schule eigentlich bei? Bald werden wir eine Nation voller Ignoranten sein, ohne jede Kenntnis von historischen Ereignissen.«

»Dann kann ich mich ja glücklich schätzen, dass ich von dir privaten Unterricht erhalte.«

»Ja. Nun …«, entgegnete Will ein wenig zögernd, ehe er in den Doziermodus überwechselte. »Das Gesetz zum Ausschluss der Chinesen wurde erlassen, um sie davon abzuhalten, auch nach Fertigstellung unserer Eisenbahn noch einzuwandern. Sie durften ihre Familien nicht mit hierherbringen, hatten keinerlei gesetzlichen Schutz und waren ganz auf sich gestellt.«

»Klingt aber nicht sehr amerikanisch.«

»Im Gegenteil, das ist ganz typisch amerikanisch«, sagte Onkel Will in bitterem Ton.

Sie gingen jetzt an der Rückseite des Teehauses vorbei und sahen dort den Jungen, den die Bedienung im Restaurant so eingeschüchtert hatte, vor einer kleinen Feuerschale knien, die er mit dünnen Papierbögen speiste.

»Was macht er denn da?«, fragte Evie.

»Er hält die Geister fern«, sagte Onkel Will. Weitere Erklärungen gab er nicht dazu ab.

Ein Platz in der Welt

Im Hinterzimmer von Sister Walkers Reihenhaus wartete Memphis auf dem Sofa, während Isaiah am Esszimmertisch saß und sich auf verdeckt vor ihm liegende Spielkarten konzentrierte. Sister Walker hielt eine der Karten so in der Hand, dass nur sie ihre Vorderseite sehen konnte. »Was für eine Karte habe ich hier, Isaiah?«

»Das Kreuzass«, sagte Isaiah.

Sister Walker lächelte. »Sehr gut. Du hast jetzt neunzehn von zwanzig Karten erraten. Wirklich sehr gut, Isaiah. Du darfst dir eine Süßigkeit aus der Schale nehmen.«

»Nächstes Mal errat ich alle zwanzig, Sister.« Isaiah griff in die Schale, die auf dem Spitzendeckchen in der Mitte von Sister Walkers frisch gewachstem Esstisch stand, fischte sich zwei Bit-O-Honey-Riegel heraus und riss das blau-rote Papier auf.

»Nun, warten wir's ab, aber heute hast du dich jedenfalls gut geschlagen. Und es geht dir auch gut, Isaiah, oder?«

»Chaa, Ma'am«, nuschelte Isaiah mit vollem Schokoladenmund.

»Du sollst nicht mit vollem Mund sprechen«, rügte ihn Memphis aus dem Hintergrund.

»Aber wie soll ich denn dann antworten? Ich hab nur einen Mund«, erwiderte Isaiah mit zornigem Blick.

Memphis wusste, dass nicht viel dazu gehörte, um seinen Bruder in Rage zu bringen.

»Danke, Sister«, sagte Memphis mit Nachdruck. Er sah Isaiah dabei an, aber der ignorierte ihn.

»Ist doch selbstverständlich. So, Isaiah, du weißt ja noch, was du deiner Tante Octavia sagen sollst, nicht wahr?«

»Dass Sie mir mit dem Rechnen geholfen haben.«

»Was ich ja auch getan habe, du musst also nicht lügen. Du weißt ja, es ist besser, deiner Tante nichts davon zu erzählen, dass wir hier auch mit Karten arbeiten.«

»Keine Sorge«, sagte Memphis. »Das wissen wir, oder, Kleiner?«

»Ich würd aber am liebsten allen davon erzählen, damit sie auch wissen, dass ich was Besonderes bin«, trumpfte Isaiah auf.

»Du bist etwas Besonderes, Isaiah«, sagte Sister Walker und gab ihm noch einen Bit-O-Honey-Riegel.

»Was ganz Besonderes«, neckte ihn Memphis. Er legte Isaiah die Hand auf den Kopf und drehte ihn leicht hin und her. »Hast einen Kopf wie ein Football. Und auch genauso verbeult.«

»Das ist mein Verstand.« Isaiah entwand sich Memphis' eisernem Griff.

»Ach, der sitzt da? Und ich hab gedacht, da oben hast du lauter Süßigkeiten versteckt.«

Isaiah holte gegen Memphis aus, aber der duckte sich und lachte. Isaiah griff ihn nochmals an und warf dabei fast eine Lampe um.

Sister Walker scheuchte die beiden in Richtung Tür. »So, meine Herren, jetzt nehmt eure Kindereien bitte mit nach draußen und lasst mein Haus schön unbeschädigt.«

»Tut mir leid, Sister«, sagte Memphis. Isaiah zog ihn bereits nach draußen auf die Treppe. »Bis nächste Woche dann.«

Als sie nach Hause kamen, wartete Tante Octavia schon in ihrem düsteren Wohnzimmer auf sie. Sie hatte ihre Schürze umgebunden und sah alles andere als fröhlich aus. »Wo wart ihr zwei? Ihr wisst doch, dass es um Viertel nach sechs Abendessen gibt und ihr nichts mehr kriegt, wenn ihr euch verspätet.«

»Entschuldige, Tantchen. Sister Walker wollte ganz sichergehen, dass Isaiah seine Rechenaufgaben auch wirklich verstanden hat«, sagte Memphis und warf einen warnenden Blick zu Isaiah hinüber.

»Margaret Walker«, brummte Octavia missbilligend. Sie richtete einen Servierlöffel auf die beiden Jungen. »Ich weiß wirklich nicht, ob ich es gutheißen kann, dass ihr weiter mit dieser Frau verkehrt. Hab in der letzten Zeit so einiges gehört, was mir nicht passt.«

»Was denn?«, wollte Isaiah wissen.

»Zum Beispiel, dass sie nicht in die Kirche geht.«

»Doch, das tut sie. Sie gehört zur Abessinischen Baptistenkirche.«

»Ha!«, schnaubte Octavia. »Selma Johnson geht in die Abessinische und die sagt, Margaret Walker übertritt kaum je die Schwelle. Der Herr würde sie bestimmt nicht erkennen, wenn man ihm ein Foto von ihr zeigen würde. Da sieht man ja den verrückten alten Bill Johnson noch öfter in der Kirche als Miss Margaret Walker.«

Memphis hoffte, dass er seine Tante davon abhalten konnte, ihr übliches Gejammer anzustimmen. Manchmal erging sie sich in Schimpftiraden über Menschen, von denen sie sich schlecht behandelt oder beleidigt fühlte. »Der Herr würde Miss Soundso nicht erkennen, wenn man ihm ein Foto von ihr zeigen würde.« – »Also, wenn Sie mich fragen, dieser Barnabas Damson hat nicht mal so viel Grips, wie unser Herr einer Salzbrezel mitgegeben hat.« – »Corinne Collins ist ganz und gar unfähig, in der Sonntagsschule zu unterrichten. Kommt ja nicht mal mit ihren eigenen Gören zurecht, die wie ein Haufen Verrückte in der Gegend rumlaufen.« – »Also kürzlich hab ich Swoosie Terell beim Lebensmittelhändler getroffen und da war sie so was von oben herab, und das, nachdem ich ihr einen Pflaumenkuchen gebacken hab, als ihre Mutter krank war.« Memphis fragte sich, welch schreckliche Sünde Sister Walker begangen hatte, dass sich Octavia wieder einmal so ereifern musste.

»Es heißt, dass Margaret Walker sich vor ein paar Jahren in Schwierigkeiten gebracht hat«, fuhr Octavia fort. »Angeblich saß sie im Gefängnis und dann ist sie hierhergezogen. Wollte ein neues

Leben beginnen. Wär sie nicht eine alte Freundin von eurer Mama, ich würd sie nich mal grüßen.«

»Sister Walker saß im Knast?« Isaiah hatte die Augen weit aufgerissen.

»Du weißt nicht, ob das wahr ist, also plapper es nicht weiter, Ice Man«, sagte Memphis warnend.

»Und du weißt auch nicht alles besser, Memphis John!« Tante Octavia baute sich vor ihm auf. »Ida Hampton hat's mir erzählt und die weiß ja wohl besser Bescheid wie du.«

Memphis fragte sich, ob Ida Hampton auch jedem so freigebig von ihrer kleinen Neigung zum Glücksspiel erzählte.

»Ich hab gehört, sie treibt so allerhand Unrechtes. Vielleicht sogar Voodoo.«

»Sister Walker praktiziert kein Voodoo. Sie hilft Isaiah nur bei seinen Rechenaufgaben.«

»Wie auch immer, ich weiß nicht, ob ihr mit der zu tun haben solltet.« Tante Octavia stemmte die Hände in die Hüften – ein Zeichen, wie ernst es ihr war – und wandte sich Isaiah zu. »Stellt sie komische Sachen mit dir an, Isaiah? Lässt sie dich Kartenmagie machen oder deine Hand auf eine Kristallkugel legen und mit Geistern reden? Verlangt sie, dass du so was machst?«

Memphis versuchte, seinen kleinen Bruder mit den Augen zu warnen: Sag jetzt bloß nichts …

»Nein, Ma'm.«

»Sieh mich an, wenn du das sagst. Sieh mir direkt in die Augen und sag's noch einmal.« Isaiah bewegte den Kopf ganz leicht, weil er versuchen wollte, an Tante Octavia vorbeizulinsen und Memphis anzusehen, aber seine Tante merkte es, tat einen Schritt zur Seite und versperrte ihm die Sicht. »Wag ja nicht, deinen Bruder anzugucken. Ich bin diejenige, die hier die Fragen stellt. Mich siehst du an.«

Memphis hielt den Atem an. Er konnte das Blut in seinem Kopf pochen hören.

»Sie hilft mir beim Rechnen«, sagte Isaiah.

Tante Octavia stand einen Moment still da. »Na schön, aber seid auf der Hut in ihrer Nähe.«

Memphis atmete kaum hörbar aus. »Jawohl, Ma'am«, sagten er und Memphis gleichzeitig.

»Memphis, ich weiß, du würdest es nicht zulassen, dass dein Bruder in irgendwelchen Teufelskram verwickelt wird«, sagte Tante Octavia und durchbohrte ihn mit ihrem Blick. »Nicht nach allem, was diese Familie durchgestanden hat.«

Memphis' Gesicht wurde starr. »Nein, Tantchen.«

Octavia fixierte ihn noch einen Moment, dann goss sie Eistee in die Gläser. »Ich hab's eurer Mama versprochen, dass ich auf euch aufpasse, und ich würd es mir nie verzeihen, wenn einem von euch was zustößt.« Sie umfasste Isaiahs Wangen mit ihren Händen und küsste ihn auf den Kopf. »Jetzt geh dich waschen fürs Abendessen. Und du, Memphis, du sprichst heut Abend das Tischgebet. Nach dem Essen könnt ihr die Bibel aus dem Geschirrschrank holen und mal ein bisschen darin lesen.« Als Memphis nicht reagierte, rief Octavia aus der Küche zu ihm hinüber: »Hast du gehört, Memphis John Campbell?«

»Ja, Ma'am«, brummte Memphis. Eines Tages würde er sich und Isaiah hier rausholen.

Als beide sich gewaschen hatten und Octavia zufrieden war, setzten sie sich um den alten Holztisch, den ihr Großvater, ein Schreiner, für seine Frau als Hochzeitsgeschenk gebaut hatte, und senkten die Köpfe.

»Gütiger Gott, wir danken dir für deine Gaben, die wir von dir empfangen haben …« Memphis sprach diese Worte ohne jede Inbrunst. Er empfand keine Dankbarkeit für das Essen vor ihm auf dem Tisch, sondern dachte nur an die Gabe, die er ganz persönlich zu empfangen hoffte. Er betete für den Platz, den er in dieser Welt einnehmen wollte: dafür, dass seine Worte irgendwann gedruckt in einem Buch stehen würden und er sie bei einem der Salons in der

Striver's Row vortragen durfte; für einen Platz an einem Tisch mit Dichtern wie Whitman, Cullen und Mr Hughes.

»… Amen.«

Octavia reichte eine Kasserolle mit gebackenen Süßkartoffeln herum.

»Ihr beiden müsst gut auf euch aufpassen da draußen. Habt ihr schon von der Sache unter der Brücke gehört?«

Die Jungen schüttelten den Kopf.

»Na, wie auch. Ich hab's von Bessie Watkins gehört, die es von Delilah Robinson weiß, und der ihr Mann arbeitet unten im Hafen. Grade vorhin hat er sie erst angerufen. Da hat so ein Verrückter eine Frau aufgeschlitzt.«

»Darüber spricht man aber nicht beim Essen!«, sagte Isaiah, den Mund voller Kartoffeln.

»Nimm die Ellbogen vom Tisch. Und red nicht mit vollem Mund. *Das* tut man nicht beim Essen.« Octavia schüttelte den Kopf, während sie eine Scheibe Brot mit Butter bestrich. »Ich weiß wirklich nicht, wo es mit dieser Welt noch enden soll. Mir kommt es so vor, wie wenn die Welt sich rasend schnell auf den Jüngsten Tag zudrehen würde.«

Memphis hasste es, wenn seine Tante solche Reden schwang. Sie ließ keine Gelegenheit aus, darüber zu klagen, dass das Ende nahte – und auch keine, um alle anderen mit ihren Befürchtungen in Angst und Schrecken zu versetzen.

»Na, wie auch immer, ich will, dass ihr zwei vorsichtig seid. Isaiah, du gehst nirgendwo alleine hin, wenn es dunkel wird, und du, Memphis, du sorgst ab jetzt dafür.«

Memphis schluckte die Kartoffel in seinem Mund hinunter. »Ich? Marvin hat uns in deine Obhut gegeben, oder etwa nicht?«

»Red nicht in diesem Ton mit mir. Und sag nicht Marvin zu deinem Vater.«

»So heißt er ja schließlich, oder?«

»Übrigens – erst heute hab ich einen Brief von ihm gekriegt.«

»Kommt er zurück?«, fragte Isaiah.

Octavia lächelte so mitfühlend, wie sie es immer tat, wenn sie die beiden enttäuschen musste, und Memphis wusste gleich, was in dem Brief stand, auch ohne dass er ihn gelesen hatte.

»Noch nicht, Schätzchen, noch nicht. Er muss sich da erst einleben.«

»Er lebt sich schon seit fast drei Jahren ein«, sagte Memphis. Er ließ einen Löffel Bohnen auf den Teller fallen.

»Der Mann arbeitet hart und schickt mir immer Geld mit für euch zwei. Du weißt auch nicht alles besser, Memphis John.«

»Was ist denn mit der Frau unter der Brücke passiert?«, fragte Isaiah und Memphis warf seiner Tante einen bösen Blick zu.

»Vergiss das mal. Iss deine Bohnen und trink deine Milch, sonst wächst du nicht.«

»Und dann müssen wir dich Däumling nennen. Däumling Campbell«, zog Memphis seinen Bruder auf, um ihn vom Thema abzulenken. »Er war so klein und mickrig, dass man ihn auf einer Scheibe Toast herumtragen musste. So winzig klein, dass er einen Hut trug, der aus einem Zahn gemacht war. So unglaublich verkümmert, dass selbst die Kaulquappen noch Mitleid mit ihm hatten …«

Isaiah lachte so sehr, dass er Milch aus seinem Mund prustete. Und Octavia wies die beiden zwar zurecht, konnte sich aber ein Kichern ebenfalls nicht verkneifen. Also fuhr Memphis mit der Geschichte fort und spann sie so wild weiter, als könne er sie alle drei darin verflechten und so den schönen Moment allein durch seine Worte festhalten.

Sister Walker saß in ihrer stillen Küche und schaltete das Radio ein. Erst brummte es und zischte, doch dann kam es in Schwung und eine Männerstimme pries die Vorteile von Zahnseide. Sister

Walker schaltete trotzdem nicht ab. Der quälende Husten war wieder da und sie angelte sich eine Hustenpastille aus der Blechbüchse neben der Zuckerdose und zündete dann mit einem Streichholz die Flamme unter dem Wasserkessel an, um sich Tee zu kochen. Die Arbeit mit Isaiah erwies sich als vielversprechend. Sehr vielversprechend sogar. So jemandem wie ihm war sie schon lang nicht mehr begegnet. Aber sie hütete sich vor allzu großer Euphorie, denn sie wusste nur zu gut, dass eine so verheißungsvolle Gabe aufflammen, schwächer werden und schließlich ganz verlöschen konnte, so wie es wohl bei Memphis geschehen war.

Sister Walker betrat ihr Wohnzimmer und drehte eine Lampe an. Die Glühbirne darin vertrieb die Schatten aus dem Raum. Sie nahm ein Bild von Paris von seinem Haken und lehnte es neben ihren Füßen an die Wand. Hinter dem Gemälde war ein kleines, kaum sichtbares Quadrat in den Putz eingelassen worden. Sie entfernte es und entnahm der Nische dahinter eine dicke Mappe. Dann setzte sie sich aufs Sofa und ging die Akten in der Mappe durch. Sie studierte sämtliche Unterlagen noch einmal ganz genau. Vielleicht war ihr irgendetwas entgangen. In der Küche pfiff der Kessel jetzt durchdringend und Sister Walker fuhr zusammen, musste dann aber über ihre eigene Nervosität lachen. Sie schloss die Unterlagen wieder weg und verhängte die verborgene Wandnische mit dem Bild. Der Tee war heiß und sie spürte, wie er das Rasseln in ihrer Brust linderte, während sie die Zeitungsausschnitte durchblätterte, die sie gesammelt hatte.

Wenn sie sich bei Isaiah Campbell nicht täuschte, dann kehrten die übernatürlichen Kräfte zurück. Aber was hatte das zu bedeuten? Wie viele andere wie ihn gab es noch? Wozu waren sie in der Lage und wie lange mochte es dauern, bis man sie entdeckte?

Die Herzen der Menschen

Es war schon spät, als Evie, Will und Jericho ins Museum zurückkehrten. Hoch oben auf der Galerie schob Onkel Will sich auf einer Rollleiter von Regal zu Regal, ließ den Finger über verwitterte Buchrücken gleiten und reichte Jericho das eine oder andere Buch hinab. Evie, die unten stand, rief er zu: »Sieh mal nach, ob du eine Bibel auftun kannst. Im Archiv sollte eigentlich eine zu finden sein.«

Evie fand es nicht sehr reizvoll, ausgerechnet diesen Raum allein betreten zu müssen, und dann auch noch bei Nacht. »Kann Jericho das denn nicht tun? Er kennt doch das Museum viel besser als ich.«

»Jericho hilft mir hier gerade, und soweit ich weiß, bist du durchaus in der Lage, von deinen Beinen Gebrauch zu machen. Du wolltest doch heute unbedingt gleich herkommen, oder?«

»Ja, aber ...«

»Dann mach dich nützlich.«

Evie ging mit schnellen Schritten durch die Museumsräume und schaltete unterwegs alle Lichter an. Es war ihr einerlei, ob die Stromrechnung gigantisch hoch ausfallen würde. Am Eingang zum Archiv blieb Evie stehen und hielt von hier aus Ausschau, in der Hoffnung, dass sie den höhlenartigen Raum mit seinen unheimlichen Gegenständen gar nicht erst betreten musste. Als sie merkte, dass ihr nichts anderes übrig bleiben würde, kurbelte sie den alten Fonografen an, damit sie sich nicht so verlassen fühlte. Und tatsächlich nahm ihr die schwungvolle Musik bei ihrer Suche ein wenig die Angst. In der Ecke neben dem Kamin stolperte sie über eine erhabene Stelle im Perserteppich. Sie hob eine Ecke des Teppichs an und entdeckte einen Eisenring im Boden, der als kleine Türöffnung diente und wohl zu einer Art Sturmkeller führte. Der Ring sah aus, als sei er jahrelang nicht angerührt worden, und er war zu schwer, als dass sie ihn hätte anheben können. Sie legte den Teppich wieder drüber und strich ihn glatt. Auf einem Beistelltisch entdeckte sie schließlich unter einem Farntopf eine Bibel. »Und Mutter behauptet, ich sei eine Heidin.«

Die Musik hatte jetzt aufgehört zu spielen. Die Schallplatte rauschte ein paar Sekunden, dann begann eine Männerstimme in schleppendem Tonfall zu sprechen. »Ich habe mein Leben lang die Toten sehen können. Manche von ihnen wollen nichts als Ruhe und Frieden. Doch nicht alle. Bei Weitem nicht alle. Das Böse lebt in dieser Welt und in den Herzen der Menschen, und es lebt weiter fort ...«

Evie riss die Nadel von der Platte und verließ fluchtartig das Zimmer, ohne die Lichter auszuschalten.

»Wieso hast du denn so lange gebraucht?«, fragte Onkel Will, als Evie heftig atmend hereinkam. Jericho und er hatten inzwischen einen Stapel Bücher zusammengestellt und waren gerade dabei, sie in Onkel Wills Aktentasche zu verstauen.

»Ich musste schließlich bis nach Jerusalem gehen, um eine Bibel aufzutun. Du wolltest ja sicherlich ein Original haben«, gab sie schnippisch zurück. »Wusstest du eigentlich, dass sich im Boden des Archivs eine Tür befindet?«

»Ja«, antwortete Will.

»Und wo führt sie hin?«, fragte Evie gereizt.

»Es gibt dort eine Treppe, die in einen verborgenen Keller und zu einem Tunnel führt. Sojourner Truth höchstpersönlich hat da unten ehemalige Sklaven versteckt«, erklärte Will. Er nahm die Bibel an sich und steckte sie ebenfalls in die Tasche. »Aber jetzt würde man da vermutlich nur noch Staub und Ratten finden. Gehen wir?«

Evie und Jericho warteten auf der breiten Eingangstreppe, während Will das Museum zusperrte. Die Straßenbeleuchtung war inzwischen angegangen und warf einen gespenstischen Schimmer über den Central Park. Und dann sah Evie plötzlich etwas aus dem Augenwinkel, das ihre Aufmerksamkeit erregte.

»Was gibt's?«, fragte Jericho. Er folgte Evies Blick hinüber zum Park.

»Ich dachte, ich hätte da drüben gerade jemanden bemerkt, der uns beobachtet«, sagte Evie. Sie ließ den Blick über den Park schweifen, sah aber jetzt niemanden mehr. »Ich muss mich geirrt haben.«

»Es war ein langer Tag«, erwiderte Jericho behutsam. »Es wäre kein Wunder, wenn deine Augen dich ein wenig getäuscht hätten.«

»Wahrscheinlich hast du recht«, sagte Evie, hatte aber das unbestimmte, quälende Gefühl, dass es ausgerechnet Sam Lloyd gewesen war, den sie eben da drüben im Park gesehen hatte – an einem Baum gelehnt mit dieser überzogen selbstbewussten Körperhaltung, die sie so irritierte. Aber Jericho hatte recht: Jetzt stand dort niemand mehr und sie sah nur noch einen Laternenpfahl und den Park.

Sam versteckte sich so lange hinter einem zerklüfteten Felsen, bis die drei gegangen waren. Sie hatte ihn gesehen. Nur eine Sekunde lang, aber das war ausreichend gewesen. Was hatte dieses Mädchen an sich, dass er all seine Durchtriebenheit verlor, sobald er ihr gegenüberstand? Er war zum Museum gekommen, um sie mit Schmeicheleien zu beschwatzen, ihm seine Jacke zurückzugeben; doch dann hatte er den Detective gesehen und beschlossen, erst wiederzukommen, wenn sich niemand mehr im Museum aufhielt, und sich die Jacke zurückzustibitzen – und was immer sonst er noch brauchen konnte.

Sam überbrückte die Zeit inmitten des geschäftigen Treibens auf dem Times Square. Als Opfer hatte er sich einen Seemann ausgespechtet, der unentschlossen an der Ecke Broadway und 43rd Street herumtrödelte. Auf den Straßen drängten sich die Menschen auf dem Heimweg von der Arbeit. Die meisten Taschendiebe hielten dies für einen guten Zeitpunkt, um ihrem Gewerbe nachzugehen, denn die Leute waren dann abgelenkt. Aber Sam hatte noch einen zusätzlichen Vorteil auf seiner Seite: die zugegeben etwas gespenstische Fähigkeit nämlich, sich unbemerkt unter den Passanten bewegen zu können. Nicht dass er unsichtbar gewesen wäre, aber er war in der Lage, die Gedanken anderer so umzulenken, dass sie ihn einfach nicht wahrnahmen. Er musste nur denken *Sieh mich nicht an!*, und die betreffende Person sah ihn tatsächlich nicht. Zudem war Sam sehr schnell, bewegte sich mit katzenhafter Geschwindigkeit. In den Momenten, in denen er eine Brieftasche aus einer Hosentasche zog, sich einen Geldbeutel von einem Restauranttisch schnappte oder ein Brot von einer Ladentheke stahl, hörte er nur seine eigenen gleichmäßigen Atemzüge. Er wusste nicht, warum es funktionierte oder wie – nur dass es funktionierte, wusste er. Auf diese Weise hatte er die beiden letzten Jahre auf sich gestellt durchgestanden.

Er konnte sich noch klar daran erinnern, wie es zum ersten Mal geschehen war. Er war damals noch jung gewesen – zehn Jahre oder elf vielleicht, und der Vorfall hatte sich ereignet, nachdem seine Mutter sie schon eine ganze Weile verlassen hatte. Sein Vater hatte eine Uhr besessen, die zuvor Sams Großvater gehört hatte. Sam war es nicht erlaubt, die Uhr anzurühren, aber genau dieses Verbot machte sie so reizvoll für ihn. Und eines Tages schmuggelte er diesen Schatz aus der Schublade seines Vaters in seine Manteltasche, um sie den anderen Jungen im Schulhof zu zeigen; er hoffte, sie würden ihren Wert erkennen und ihn nicht länger wegen seines Akzentes, seiner Kleidung und seiner geringen Körpergröße hänseln. Stattdessen hatten sie ihn nur verspottet. »Das Ding da? Das ist doch nur 'ne Billiguhr«, hatte der Anführer der Jungs gesagt und die Uhr auf den Boden geschleudert, wo sie zerbrach. Sam hatte Angst gehabt, nach Hause zu gehen und seinem Vater gegenüberzutreten. Und während er auf dem Sofa saß und auf ihn wartete, hatte er sich nur eines gewünscht: sich irgendwo verstecken zu können. Als sein Vater dann nach Hause kam, war seine Furcht so groß geworden, dass er sich wieder wie ein kleines Kind fühlte und vorstellte, er müsse nur, wie beim Versteckspielen, die Augen schließen, dann würde ihn der andere auch nicht sehen. Er hörte seinen Vater kommen und seinen Namen rufen. *Sieh mich nicht an,* hatte Sam nur gedacht. »Sieh mich nicht an«, hatte er immer wieder geflüstert, als würde er ein Gebet sprechen. Und sonderbarerweise hatte sein Vater ihn zwar direkt angesehen, war aber weitergegangen und hatte weiter seinen Namen gerufen, als wäre er ein Geist.

Sam konnte sich das Ganze selbst nicht erklären, aber er erinnerte sich an etwas Seltsames, das seine Mutter einmal zu ihm gesagt hatte. Sie waren im Badezimmer gewesen und sie hatte seine Schürfwunden gesäubert, die er sich nach dem Unterricht zugezogen hatte, als ihn die Rüpel der Schule bis nach Hause verfolgt und auf die Straße geschubst hatten. »Mach dir nichts draus, *ljubimij.* Du hast Talente, die die anderen nicht haben.« – »Was meinst du denn damit?«, hatte er seine Mutter gefragt und war zusammengezuckt, als sie ihm den feuchten Lappen auf sein verletztes Kinn drückte. »Das wirst du schon noch rechtzeitig erfahren.« Und so geschah es auch, aber Sam fragte sich, ob diese Fähigkeit letztendlich die war, die sie gemeint hatte, und wenn ja, wie sie bloß davon hatte wissen können.

Während Sam den Seemann beobachtete und versuchte, sich in der kühlen Luft halbwegs warm zu halten, dachte er an seine wollene Kapitänsjacke. Es ging ihm nicht um die Jacke an sich, sondern um die Postkarte, die in einer ihrer Taschen steckte. Jemand anders hätte nichts Besonderes daran gefunden – es war nur eine verblasste Zeichnung darauf zu sehen, mit majestätischen schneebedeckten Bergen und hohen Bäumen, und sie hatte auch nicht einmal einen Poststempel, der über ihre Herkunft hätte Aufschluss geben können. Auf der Rückseite standen in krakeliger Schrift lediglich drei russische Worte. Diese Postkarte war das Einzige, was Sam aus dem Haus seines Vaters in Chicago mitgenommen hatte, als er von dort weggelaufen war und Zuflucht bei einem Wanderzirkus gesucht hatte, der in den Osten des Landes unterwegs war. Seit er vor sechs Monaten in New York angekommen war, hatte er sich kaum über Wasser halten können. Aber das Schicksal konnte sich schnell wenden. Die Zeitungen waren voller Geschichten über Selfmademen wie Henry Ford und Jack Marlowe. Auch er würde sein Glück machen und den Ort auf der Postkarte ausfindig machen. Und sie.

Evie, ihr Onkel und der teutonische Riese hatten das Museum jetzt anscheinend endgültig verlassen, daher ließ Sam sein Schweizer Armeemesser aufschnappen und knackte mühelos das Schloss in der Museumstür. Für einen von diesen Studierten verhielt sich der Professor ziemlich gutgläubig, zumindest was die Sicherung seiner Schätze anbelangte. Das Licht von der Straße drang durch das farbige Glas der Museumsfenster und versetzte die Düsterkeit im Haus mit einem warmen bernsteinfarbenen Schein. Sam wartete kurz ab, bis seine Augen sich an die Lichtverhältnisse gewöhnt hatten, und schlich dann durch die stille alte Villa, um seine Jacke zu suchen. Das Ganze wäre zu vermeiden gewesen, wenn er sein Talent auch bei Evie O'Neill in der Penn Station zum Einsatz gebracht hätte. Aber aus irgendeinem Grund hatte er gewollt, dass sie ihn sah. Er hatte mit ihr ins Gespräch kommen wollen. Und als der Zeitpunkt da war, war er mindestens so sehr auf einen Kuss von ihr erpicht gewesen wie auf ihr Geld. Was sein Verderben gewesen war. Denn jetzt stand er hier, im Gruselkabinett, und suchte in dem schummerigen Licht nach seiner Jacke.

Mit dem Seemann war es sehr viel einfacher gewesen. Als er sich dann endlich entschloss, die Straße zu überqueren, war Sam von gegenüber auf ihn zugekommen. Sieh mich nicht an, hatte er gedacht, und selbst die Leute, die in seine Richtung schauten, taten es mit diffusem, unfokussiertem Blick. Problemlos bewegte Sam sich durch die Menge, lupfte die Brieftasche des Seemanns mit leichter Hand aus dessen Hosentasche und setzte seinen Weg fort, ohne dass jemand etwas bemerkt hätte.

Aber wo war seine Jacke? Sam ging das Wagnis ein, eine der Tischlampen anzuknipsen. Ihr Licht fiel auf einen gut fünf Zentimeter hohen Stapel mit Zeitungsausschnitten. Er überflog sie kurz und legte sie dann mit einem Grinsen zur Seite. Spukgeschichten. Gruselschichten, die Leute erfanden, die Angst vorm Leben hatten. Oder sich Aufmerksamkeit wünschten. Den Typus kannte er. Aber dann fiel sein Blick auf einen kurzen Artikel aus einer Zeitung aus Kansas; er berichtete von einem fünfzehnjährigen Mädchen, das an der Schlafkrankheit litt, und das Lächeln schwand aus Sams Gesicht. Denn kurz bevor sie gestorben war, hatte sie wieder und wieder denselben Satz von sich gegeben, der ihre Familie vor ein Rätsel stellte. Eigentlich waren es nur zwei Worte gewesen: *Project Buffalo.*

Mit zitternden Händen legte Sam den Artikel in den Stapel zurück. Wenn dieser Professor Fitzgerald etwas darüber wusste, musste Sam eine Möglichkeit finden, Kontakt mit ihm aufzunehmen, vielleicht, indem er sich bei seiner Nichte einschmeichelte, was ohnehin kein schlechter Einfall war. Es sei denn, sie brachte ihn in einem Anfall von plötzlicher Gereiztheit um. Sie wirkte wie eines der Mädchen, die dazu durchaus in der Lage waren. Sam musste lächeln; er mochte es, wenn er herausgefordert wurde. Und dieses Mädchen war definitiv eine Herausforderung. Er musste nur an sie herankommen.

Den Zeremoniendolch der Tempelritter mit Scheide, Besitz Cornelius T. Rathbone, gest. 1855, entdeckte Sam an der Wand des Archivs. *Der sollte es eigentlich tun,* dachte Sam und schob ihn sich unters Hemd. Danach verließ er das Museum genauso, wie er es vorgefunden hatte. Morgen um diese Zeit würde er seine Jacke zurückbekommen und obendrein vielleicht noch einen kleinen Finderlohn erhalten.

Unausgesprochenes

Evie begab sich auf direktem Weg zu Mabel und die beiden Mädchen liefen schnell an dem verqualmten Wohnraum vorbei, in dem Mabels Eltern zu einer politischen Versammlung eingeladen hatten. Als sie die Tür zur Mabels Zimmer hinter sich schlossen, hörten sie die Erwachsenen über die Rechte der Arbeiter diskutieren.

»Was ist los? Du siehst ja furchtbar aus«, sagte Mabel.

»Ich habe einen unsäglichen Tag hinter mir.« Evie erzählte Mabel von dem grausigen Mord an Ruta Badowski, ließ aber den Teil mit der Schuhspange weg. Sie kannte Mabel – sie war ein Wahrheitsapostel, genau wie ihre Eltern, und würde Evie vermutlich dazu überreden, zum nächsten Polizeirevier zu marschieren und Farbe zu bekennen. Aber Evie wollte nicht einen einzigen Moment der grauenhaften Geschehnisse, die sie gesehen hatte, wieder aufleben lassen.

»Wie entsetzlich! Glaubst du, Onkel Will kann dabei behilflich sein, den Mörder zu finden?«

»Wenn es jemand kann, dann Onkel Will. Er ist ein Genie.«

»Und wirst du ihm dabei helfen?«

Evie erschauerte. »Nie im Leben!«

Im Nebenraum kulminierte die Auseinandersetzung jetzt in einem lautstarken Streit. Jemand schlug mit der Faust auf den Tisch und schrie: »Wir müssen einfach mehr tun!«, woraufhin Mrs Rose versuchte, die anderen zu beschwichtigen und für Ruhe zu sorgen.

»Mabel, könnte ich heute Nacht hier schlafen?«

Mabel machte große Augen. »Du willst dir diesen Lärm antun?«

Evie nickte. Heute Nacht brauchte sie den Lärm. Vielleicht war er ja laut genug, um ihre fürchterlichen Albträume zu übertönen.

Mabel zuckte mit den Achseln. »Wie du willst. Hier hast du ein Nachthemd von mir.«

Evie hielt das züchtige, hochgeschlossene Hemd in die Höhe und begutachtete es missmutig. »Bitte zieh mir das aber wieder aus, falls ich heute Nacht sterben sollte.«

»Könntest du mir kurz in Erinnerung rufen, warum wir beiden eigentlich befreundet sind?«

»Weil du mich brauchst.«

»Das kann ich nur zurückgeben, Evie O'Neill.«

»Wahrscheinlich.« Evie gab Mabel einen Kuss auf die Wange. »Du bist eine ganz wunderbare Freundin, Mabesie.«

»Das solltest du dir mal hinter die Ohren schreiben.«

Sie krochen in Mabels Bett und sahen zu, wie das Licht, das von außen hereindrang, Schatten an die Zimmerdecke warf. Sie unterhielten sich über die Operation Jericho und den armen verstorbenen Rudolph Valentino und sprachen über ihre Zukunft, als könnten sie den glanzvollen Verlauf ihres Schicksals mit heimlichen Geständnissen lenken; Geständnisse, die sie der wohlwollenden Stille des Raumes anvertrauten, als seien es Gebete. Sie redeten, bis ihre Worte mit zunehmender Schläfrigkeit spärlicher wurden.

»Ist dir schon mal etwas geschehen, worüber du dich nicht zu sprechen trautest?«, fragte Evie. Sie spürte eine so große Müdigkeit wie noch nie.

»Was meinst du denn damit?«, lallte Mabel schlaftrunken.

»Ich weiß nicht«, murmelte Evie. Sie wollte noch etwas hinzufügen, wusste aber nicht, wie sie anfangen sollte, und Mabel war ohnehin schon eingeschlafen.

Unter der rostigen Dachrinne des alten Hauses wartete eine Spinne und beobachtete, wie sich eine glücklose Fliege in ihr Netz wagte. Als sicher war, dass sie sich hoffnungslos darin verfangen hatte, krabbelte die Spinne auf das Netz zu und begrub die Kreatur unter einem Leichenhemd aus Seide.

Wie die Spinne, so das Haus: Es beobachtete. Wartete ab. Seit vielen Jahren wartete es nun schon, hatte den Tod von Präsidenten und zahlreiche Kriege an sich vorbeiziehen sehen. Wartete, als das erste Automobil dröhnend einen Feldweg hinunterfuhr, das erste Flugzeug der Schwerkraft trotzte. Aber nun hatte das Warten ein Ende.

Tief unten in den Eingeweiden des alten Kellers erwachte die Flamme des Schmelzofens röchelnd zu neuem Leben. Hinter dem Ofen lag ein Geheimgang; er führte zu einem verborgenen Raum, an dessen Wänden kaum sichtbar Symbole schimmerten, die dort vor langer Zeit vorsorglich aufgemalt worden waren. Der Fremde setzte eine Kurbel in Bewegung, worauf sich hoch über ihm ein verrostetes Gitter quietschend öffnete und einen Nachthimmel enthüllte, der von den phosphoreszierenden Lichtern der Stadt unberührt dalag. Es war der perfekte Standort, um teilnahmslose Wolken vorbeiziehen zu sehen. Um die Sterne zu beobachten. Oder die ganze Herrlichkeit eines prophezeiten Kometen in sich aufzunehmen, der im Vorbeiflug verglühte. Nackt stand der Fremde unter diesem Himmel. Und seine schimmernde Haut glich gleichfalls einem Teppich mit Symbolen. Er richtete die Augen auf den Altar und senkte den Kopf. Er wartete, wie die Spinne, wie das Haus.

Erst leise, und dann immer lauter füllte sich der Raum mit Flüstern; es klang, als habe man tausend Teufel in einer Wüste freigelassen. Die Finsternis bewegte sich. Die Schatten schwollen an und drängten gegen den Fremden und das Opfer, das er darbrachte, während die kalten Sterne in der Ferne den Blick abwandten.

OMEN

In der Morgenausgabe der *Daily News* wurde die Geschichte von Ruta Badowskis Tod mit einer etwa sieben Zentimeter großen Schlagzeile – MORD IN MANHATTAN! – verkauft, die über einer unscharfen Fotografie ihrer trauernden Eltern stand. Evie las alle Artikel über den Mord in jeder einzelnen Zeitung, während sie auf Wills Rückkehr vom Polizeirevier wartete. Die Berichte erwähnten, dass es ein Ritualmord gewesen sei und der Mörder einen Zettel mit einem Bibelzitat und okkulten Symbolen am Tatort hinterlassen habe; sie gaben aber keine Auskunft darüber, um welche Symbole es sich dabei handelte. Detective Malloy hatte die Einzelheiten ganz offensichtlich zurückgehalten. Evie wünschte sich nach wie vor, auch sie würde keine Einzelheiten kennen. Am Morgen war sie nämlich von der grauenhaften Pfeifmelodie in ihrem Kopf erwacht.

Zu ihrem Bedauern erwähnte keine der Zeitungen, dass man Will zurate gezogen hatte. Es war schrecklich, das wusste sie, aber schlechte Publicity gab es nun einmal nicht, und eine Erwähnung von Onkel Will in Zusammenhang mit einer Mordermittlung konnte durchaus Besucher ins Museum locken. Es war jetzt fast ein Uhr. Sie hatten seit halb elf geöffnet und der bisher einzige Besucher war ein Mann aus Texas gewesen, der ihnen hartnäckig Grabstellen hatte verkaufen wollen. Evie hatte die Rechnungen gesehen, die sich auf Onkel Wills Schreibtisch türmten, nebst einem Brief vom Finanzamt und einem weiteren von einer Immobilienfirma. Wenn sie nicht bald einen regelmäßigen Besucherstrom verzeichnen konnten, würden sie alle in absehbarer Zeit auf der Straße sitzen und Evie wieder in Ohio landen.

»Ist es hier wirklich immer so?«, fragte Evie Jericho, der in irgendein religiöses, verstaubt riechendes Buch vertieft war.

Jericho sah verwundert auf. »Wie was?«

»So ausgestorben.«

»Es läuft ein wenig schleppend, ja«, räumte Jericho ein.

Evie konnte im Moment nicht viel für das Museum tun, sehr wohl aber für die Operation Jericho. Sie rutschte mit ihrem Stuhl näher an Jericho heran und setzte ihre nachdenklichste Miene auf.

»Weißt du, wer in dieser Sache absolut wunderbar wäre? Mabel.«

»Mabel?« In Jerichos Augen lag der verstörte Ausdruck eines Mannes, der sich vergeblich darum bemüht, etwas einzuordnen.

»Mabel Rose! Die unten im Bennington wohnt«, half Evie nach. Jericho sah immer noch ratlos aus. »Kommt oft hier zu Besuch, spricht laut und deutlich und in vollständigen Sätzen. Du hast ihre Stimme bestimmt schon mal gehört. Überleg doch mal.«

»Ach, die Mabel.«

»Genau. Und wie findest du sie, jetzt, wo wir unsere Mabels auseinandersortiert haben? Meiner Meinung nach ist sie ein großartiges Mädchen. Und so intelligent! Wusstest du, dass sie Lateinisch lesen kann? Und gleichzeitig konjugieren und reflektieren?« Evie lachte.

»Wer?«, fragte Jericho. Er blätterte um.

»Mabel!«, sagte Evie gereizt. »Und sie hat eine bezaubernde Figur. Zugegeben, sie versteckt sie unter den deprimierendsten Kleidern, aber Figur hat sie, das sage ich dir.«

»Meinst du die Mabel aus Sechzehn E?«

»Genau die meine ich.«

Jericho zuckte mit den Achseln. »Scheint ein ganz nettes Mädchen zu sein.«

Evies Stimmung hob sich sichtlich. »Ja, das ist sie, oder? Sehr, sehr nett sogar. Warum essen wir drei nicht mal zusammen zu Abend?«

»Gut«, sagte Jericho abwesend.

Evie lächelte. Zumindest ließ sich die Operation Jericho schwungvoll an. Und einen Plan für das Museum würde sie später aushecken.

»Was hast du jetzt vor, Dichter?«

Gabe stand mit ausgebreiteten Armen zwischen Memphis und dem Korb und streckte die Hände abwehrend in die Höhe. Ihre Schuhe quietschten laut auf dem Holzboden der Kirchenturnhalle. Über ihnen an der Decke surrten die Ventilatoren, aber sie konnten es mit dem Schweiß, den die beiden Jungen vergossen, nicht aufnehmen. Memphis wischte sich mit dem Unterarm über die Augen und plante sorgfältig seine nächste Aktion.

»Willste den ganzen Tag da stehen bleiben?«, stichelte Gabe.

Memphis machte eine Finte nach links. Gabe ging in die Falle und folgte ihm, was es Memphis ermöglichte, rechts an ihm vorbeizustürmen. Schnell und geschmeidig lief er das Spielfeld hinunter und warf mühelos einen Korb.

Gabe ging zu Boden. »Ich gebe auf.«

Memphis half ihm hoch. »Gutes Spiel.«

Gabe lachte, als sie das Spielfeld verließen. »Klar war es ein gutes Spiel für dich. Hast ja auch gewonnen.«

Sie zogen sich um und machten sich auf den Weg zu einer Imbissbude.

Gabe räusperte sich. »Ich hab gehört, dass Jo sich ihren Knöchel nur verstaucht hat.«

»Das ist gut«, sagte Memphis. Er wollte sich gar nicht erst auf dieses Thema einlassen.

»Trotzdem kann sie die nächsten zwei Wochen nicht arbeiten.«

»Das ist Pech.«

»Mehr hast du nicht dazu zu sagen?«

»Was soll ich denn sonst noch sagen?«

»Hast du je wieder versucht …?«

Memphis fiel ihm ins Wort. »Ich hab's dir doch gesagt. Ich kann es nicht mehr. Nicht seit meine Mutter …«

Gabe hob beide Hände. »Schon gut, schon gut. Reg dich nicht auf. Wenn du es nicht kannst, dann kannst du es eben nicht.«

Schweigend gingen sie bis zur nächsten Straßenkreuzung, und Memphis sah eine Krähe, die, mit ihnen Schritt haltend, von Pfosten zu Pfosten flog. »Ich schwör dir, diese Krähe da verfolgt mich«, sagte er.

Gabe lachte und ließ die Hasenpfote kreisen, die an einem Kettchen von seinem Finger baumelte. Er schwor darauf, dass sie sein Glücksbringer war, und er trat nie ohne sie auf. »Ich hab's dir doch gesagt, Casanova, hör endlich auf, die Vögelchen mit Süßigkeiten und mit Blumen zu verwöhnen. Sonst lassen sie dich nie in Ruhe.«

»Ich mein es ernst. Ich hab sie in den letzten beiden Wochen jeden Tag gesehen.«

Gabe hob die Augenbrauen und lächelte. »Und du weißt sicher, dass es immerzu dieselbe Krähe ist? Hat sie einen Namen? Alice vielleicht? Oder Berenice! Ja, die sieht mir sehr nach einer Berenice aus.«

Memphis war klar, dass dies Gabes Dauerwitz der kommenden Wochen sein würde.

»Memphis – es ist nur ein Vogel. Und Vögel fliegen nun mal in der Gegend rum. Das tun sie eben. Die Krähe da verfolgt dich nicht und sie ist auch kein Omen. Es sei denn, du hast ihr tatsächlich Blumen und Süßigkeiten geschenkt, dann allerdings hast du einen seltsamen Geschmack.«

Memphis lachte und schüttelte das unbehagliche Gefühl mit

einem Achselzucken ab wie einen Mantel, den man nicht mehr braucht. Gabe hatte recht – er ließ sich kopfscheu machen wegen nichts. Das lag an diesem wahnwitzigen Traum, der ihn unablässig heimsuchte. Kein Wunder, dass er an jeder Ecke Omen sah.

Sie ließen sich in einer Nische in Mr Reegie's Imbiss nieder und bestellten Sandwiches und Kaffee.

»Ich hab gestern Abend ein neues Gedicht geschrieben«, sagte Memphis.

»Und wann zeigst du deine Gedichte mal jemand anderm als immer nur den toten Herrschaften da oben auf dem Friedhof?«

»Sind noch nicht gut genug dafür.«

Gabe langte über den Tisch und schnappte sich die Essiggurke von Memphis' Teller. »Woher willste das wissen, wenn sie nie einer liest? Irgendwann musst du eben einfach mal zum Haus von dieser Miss A'Lelia stiefeln und sagen: ›Guten Tag, Ma'am. Ich bin Memphis Campbell und wär Ihnen sehr verbunden, wenn Sie mal meine Gedichte lesen würden.‹« Gabe aß den letzten Bissen von der Gurke und wischte sich danach die Hände an Memphis' Serviette ab. »Das Leben kommt nicht auf dich zu, Memphis. Du musst es dir schon selber holen. Wir müssen es uns selber holen. Weil es uns nämlich niemand vor die Füße legen wird. Verstehste? Und jetzt« – Gabe lehnte sich an die Rückwand der engen Nische und breitete die Arme aus – »frag mich doch mal, weshalb ich grinse.«

Memphis verdrehte die Augen. »Weshalb grinst du, Gabe?«

»Rat mal, wer die Trompete auf Mamie Smith's neuer Schallplatte spielt!«

»He, Kumpel!«

»Hab's gestern Abend im Club von Clarence Williams von Okeh Records erfahren. Die wollen, dass ich morgen schon bei ihnen vorbeikomme.« Gabe schüttelte den Kopf. »Ich … und für Mamie Smith spielen!«

»Was ist mit Mamie Smith?« Alma ließ sich auf den Stuhl neben Gabe fallen und bediente sich von seinem Kartoffelsalat.

»Hab ich dich etwa eingeladen?«, frotzelte Gabe.

»Ich hab mich selber eingeladen. Dachte, dieser Tisch könnte ein wenig Stil vertragen.«

»Mr Gabriel Rolly Johnson hier ist ab jetzt Musiker der Schallplattenfirma Okeh Records und bläst für niemand Geringeren ins Horn als für Miss Mamie Smith.«

Alma gab einen kleinen aufgeregten Schrei von sich und umarmte Gabe. »Weißt du, was das heißt, Baby?«

»Was denn?«

»Es heißt, dass du mich jetzt zum Lunch einladen kannst. He, Mr Reggie!«, rief sie. »Ich hätte gern einen Burger und setzen Sie es auf Gabes Rechnung. Ach ja, und machen Sie mir noch einen Milchshake!« Sie warf einen Blick auf Memphis. »Und welche Laus ist dir über die Leber gelaufen?«

»Hab zu wenig geschlafen, das ist alles.«

»Ach ja?« Alma schürzte scherzhaft die Lippen. »Wie heißt sie denn?«

»Sie heißt Berenice und ist ein ausgesprochen aufdringliches Vögelchen«, scherzte Gabe und brach in Gelächter aus. Er haute auf den Tisch, dass der Hasenfuß an seinem Finger zu hüpfen anfing.

»Ich hab niemanden«, sagte Memphis rasch.

»Das ist ja dein Problem, Kumpel«, sagte Gabe, wischte sich die Lachtränen aus den Augen und häufte sich so viele scharf gewürzte Pfeffergurken auf sein Sandwich, dass Memphis' Nase zu laufen anfing. »Klapp dein Notizbuch zu und komm am Samstag mit mir in den Club. Da suchen wir dir ein Mädchen.«

Alma verzog das Gesicht. »Wie kannst du nur dieses Zeug essen, Gabriel?«

Memphis verrührte das winzige Zuckerhäufchen am Boden seiner Tasse. »Ich will nicht irgendein Mädchen. Ich will ein ganz besonderes Mädchen.«

Alma streckte geziert ihren kleinen Finger in die Luft und reckte das Kinn. »Oh! Ein ganz besonderes Mädchen.«

Und Gabe fiel in Almas gezierten Ton ein: »Ach was! Na, wenn du so eine findest, dann grüße sie mal schön von mir.«

Alma und Gabriel schaukelten sich gegenseitig hoch und machten sich wie so oft über Memphis' vermeintliche Hochnäsigkeit lustig. Memphis hütete sich davor, sie spüren zu lassen, dass ihn ihre Frotzeleien ärgerten, setzte sein breites Lächeln auf und griff sich seinen Rucksack. »Ich muss jetzt los, ich hab noch was für Papa Charles zu erledigen. Ach ja, und danke für das Mittagessen, Gabriel«, sagte er und ließ ihn mit der Rechnung sitzen.

»He, warte mal …!«, hörte er hinter sich, als er schon in der Tür war.

»He, he – Mr Campbell! Sind Sie es?«, rief ihm Blind Bill von seinem Stuhl vor Floyd's Frisiersalon zu. Manchmal stellte ihm Floyd einen alten Stuhl vor die Tür und ließ ihn da für die Kunden spielen oder auch nur ein bisschen Sonne tanken. »Ich weiß, dass Sie es sind. Jetzt machen Sie mal keine Spielchen mit dem alten Bill. Was ist mit meiner Zahl – ist die heute gezogen worden?«

»Nein, Sir. Tut mir leid. Vielleicht haben Sie ja nächstes Mal mehr Glück.«

»Hab ja gehört, da gibt's jetzt welche, die setzen glatt auf Zahlen, die für den Mord da unter dieser Brücke stehn.«

»Ja, Sir. Das stimmt.«

»Pfff«, machte Blind Bill verächtlich. »Aus so was kann ja nix Gutes kommen. Man setzt nicht auf einen Mord, wenn Sie mich fragen.«

»Ich füll ja nur die Wettscheine aus.«

»Ich seh immer wieder die gleiche Zahl. Im Traum, Sie wissen schon. Ich seh ein Haus und dann die Zahl, aber erkennen tu ich sie nicht.«

Memphis hatte noch nie darüber nachgedacht, wie Blinde träumten. Wie konnte Blind Bill ein Haus und eine Zahl wahrnehmen, wenn er nicht sehen konnte? Aber über Blind Bill kursierten die verschiedensten Gerüchte: Er hatte sein Augenlicht verloren, weil er gepanschten Whiskey getrunken hatte. Er war wegen einer unbeglichenen Spielschuld zusammengeschlagen und halb tot auf der Straße seinem Schicksal überlassen worden. Er hatte einer Frau was angetan und sie hatte sich dafür mit einem Fluch an ihm gerächt. Manche Leute behaupteten sogar, er habe sein Sehvermögen bei einem Kartenspiel mit dem Teufel verloren und nun sei er ständig auf der Flucht vor ihm, um seine Seele zu retten. Die Leute erzählten sich so manches über Blind Bill.

In der Nähe krächzte wieder einmal die Krähe und Blind Bill drehte seinen Kopf in ihre Richtung. »Sieht so aus, wie wenn wir uns da so was wie einen Boten angelacht hätten. Fragt sich nur, wegen wem von uns der kommt. Wegen Ihnen oder mir?«

Bill lachte laut mit seiner rauen Stimme und sein Gelächter verschmolz mit dem beharrlichen Krächzen der Krähe zu einer disharmonischen Sinfonie.

Theta rauschte mit ihrem Leopardenmantel über der Schulter und einer Zigarette zwischen den geschminkten Lippen ins Globe Theatre. Sie trug noch ihre Sonnenbrille und tastete sich den Gang zwischen den Stuhlreihen hindurch nach vorne. Der Rest des Ensembles probte gerade für die Geisha-Nummer, die Theta für eine der dämlichsten und diffamierendsten hielt, die sie je gezeigt hatten – und dämliche, diffamierende Nummern hatte es schon viele gegeben.

Der Inspizient starrte sie wütend an. »Aaaah! Wenn das nicht Ihre Hoheit ist, die uns mit ihrer Anwesenheit beehrt. Sie kommen eine Stunde zu spät, Theta!«

»Nun machen Sie mal keine Pferde scheu, Wally. Jetzt bin ich ja da.« Theta wechselte verstohlen einen Blick mit Henry, der am Piano saß. Er schüttelte den Kopf und sie zuckte mit den Achseln.

»Sie hält sich für was ganz Besonderes«, stänkerte ein etwas beschränktes kleines Biest namens Daisy.

Theta ignorierte sie. Sie warf ihren Mantel über die vorderste Stuhlreihe, versenkte die Zigarette in der Kaffeetasse des Inspizienten und nahm ihren Platz auf der Bühne ein.

»Irgendwann, Theta«, sagte er wütend, »werden Sie sich etwas leisten, das selbst Flo Ziegfeld nicht tolerieren wird; und dann wird es mir ein persönliches Vergnügen sein, Sie hier rauszuwerfen ...«

»Wollen Sie den ganzen Tag verquatschen oder arbeiten wir jetzt?«, gab Theta schnippisch zurück.

Theta führte ihre Schritte perfekt aus. Sie beherrschte die Nummer im Schlaf. Aber um das Maß vollzumachen, rempelte sie Daisy an, einfach nur, um sie aus dem Konzept zu bringen. Daisy war beleidigt, weil Theta eine wohlwollende Zeitungskritik für eine Nummer eingeheimst hatte, die eigentlich Daisy hätte tanzen sollen. »Das war meine Glanznummer«, hatte Daisy am Abend darauf schäumend vor Wut in der Garderobe zu Theta gesagt. »Und du hast sie mir vor der Nase weggeschnappt.«

»Ich kann dir nichts wegschnappen, was dir nicht gehört«, hatte Theta erwidert, worauf Daisy einen Tiegel mit Coldcream nach ihr geworfen, sie aber um Längen verfehlt hatte – was nur bewies, dass ihr Zielvermögen ebenso zweifelhaft war wie ihre Tanzkünste. Wie üblich war Daisy daraufhin mit einer rührseligen Geschichte zu Flo gelaufen und der war weich geworden und hatte ihr die zentrale Rolle in der Nummer »Anbetung des Baal« gegeben, mit der die Revue endete. Theta war es leid, ständig im Schatten von jemand anderem zu stehen – insbesondere, wenn dieser Jemand eine nur halb so gute Tänzerin war wie sie selbst.

In der Fünfminutenpause setzte Theta sich neben Henry auf die Klavierbank. »Du siehst heute aus, als ob du einer Privatschule entlaufen wärst«, zog sie ihn auf. Henry trug eine Strickjacke und einen Strohhut.

»Alles eine Frage des Stils, Darling.«

»Wir beide sind zu Größerem berufen als zu dieser miesen Revue, Hen.«

Henry spielte leise, beinahe reflexartig vor sich hin. Am glücklichsten war er immer, wenn seine Finger auf den Tasten lagen und ein neues Lied aus ihm hervorsprudelte. »Stimmt, Darling! Aber trotzdem müssen wir unsere Miete bezahlen.«

Theta rückte die Naht an ihren Strümpfen zurecht. »Wie ist es denn mit Flo gelaufen, als du ihm deine neue Melodie vorgeführt hast?«

Henrys Dauergrinsen verschwand aus seinem Gesicht. Er runzelte die Stirn und klimperte einen unsauberen Schlussakkord. »So ungefähr, wie ich es mir vorgestellt hatte.«

Theta zupfte an der Krempe seines Strohhuts. »Der alte Ziegfeld mag nun mal stupide Melodien, die alle mitsummen können, Kleiner.«

»Die Leute zahlen dafür, dass wir sie unterhalten«, sagte Henry in exakter Nachahmung des großen Bühnenproduzenten. »Sie wollen heiter und mit einem Liedchen auf den Lippen heimgehen. Vor allem aber wollen sie nicht denken müssen!« Henry seufzte. »Ich schwör dir, ich könnte auch ein Lied zum Thema Darmträgheit schreiben und Mr Ziegfeld würde es gefallen, solange sich darin *Mädel* auf *edel* reimt.« Henry schlug eine muntere Melodie auf dem Piano an und sang dazu mit seiner weichen, schmelzenden Tenorstimme übertrieben romantisch: »Mein Liebling, ich wär gern dein Buhle, käm ich nur weg von diesem Stuhle, oh dieser Fluch der DARM-TRÄÄÄÄG-HEIT!«

Theta brach in Gelächter aus.

»Was ist denn hier so komisch?«, fragte Daisy, die sich vor ihnen aufgebaut hatte.

»Ich hab soeben einen Witz kapiert, den mir Henry letzten Mittwoch erzählt hat.« Theta zündete sich eine Zigarette an und blies den Rauch in Daisys Richtung, die aber nicht auf den Wink reagierte.

»Was liest du denn da?«, mokierte sie sich über Thetas Ausgabe von *The Weary Blues*, die oben auf ihrer Tasche lag. »Gedichte von Schwarzen?«

»Nix für dich, Daisy. Außer in *Photoplay* guckst du ja nie in was Gedrucktes rein – und selbst da muss man dir noch die Bilder erklären.«

Daisy stand der Mund offen vor Empörung. »Die guck ich nie an!«

»Ja, das kannst du deinen paar Fans erzählen, aber wir andern hier, wir kaufen es dir nicht ab. Und jetzt verzupf dich, Daisy. Husch, husch, mach die Fliege.« Theta schnippte herablassend mit den Fingern in Daisys Richtung, worauf Daisy davonstürmte und sich bei allen Tänzerinnen, die es hören wollten, darüber ausbreitete, wie hochnäsig diese Theta doch war.

Henrys Finger fanden sich wieder auf den Tasten ein. »Du weißt schon, wie man sich Freunde macht, kein Zweifel.«

»Hab kein Interesse an neuen Freunden. Ich habe ja schon einen besten Freund«, sagte Theta und tätschelte Henrys Knie. Sie griff sich ins Dekolleté, zog eine Fünfzigdollarnote hervor und steckte sie Henry in seine Hemdtasche. »Da. Für die Pianokasse.«

»Ich hab dir doch gesagt, das sollst du nicht.«

Thetas Stimme nahm jetzt einen weicheren Tonfall an. »Einen Gefallen vergess ich nicht so schnell. Das weißt du.«

»Wo hast du denn die Knete her?«

»Hab ich von so einem Börsenmakler von der Wall Street. Von einem, der mehr Geld hat als Verstand. Er hat mir einen Pelz gekauft, nur damit ich mich mit ihm bei irgendeinem Dinner zeige. Und mehr als meine Begleitung hat er auch nicht von mir gekriegt.«

»Die wollen dich doch alle heiraten.«

»Ich würd nur einmal gerne einen treffen, der nicht so scheinheilig tut. Jemand, der mir keinen Pelz kaufen muss, damit er mit mir vor seinen Kumpels angeben kann.«

»Wenn du den triffst, dann frag mal nach, ob er einen Bruder hat«, sagte Henry scherzhaft.

»Ich hab gedacht, du stehst auf diesen Lionel«, frotzelte Theta.

Henry zog eine Grimasse. »Der kichert immer nur, wenn ich ihn küsse.«

»Vielleicht küsst du ja komisch?« Theta grinste. Sie liebte die Spitzfindigkeit, mit der Henry immer wieder Gründe fand, um seine Liebhaber zum Teufel zu jagen.

»*I met you on the street in Ohio. We were married at the Kansas state fair. You left me lonely in Florida. Now I'm in a state of despair …*«, sang Henry.

»Eines Tages, Henry DuBois, wirst du einen Kerl treffen, der zur Abwechslung mal dich verlässt, und dann guckst du verdammt dumm aus der Wäsche«, neckte ihn Theta.

Der Bühneninspizient kam jetzt zurück auf die Bühne und klatschte in die Hände, um die Aufmerksamkeit der Tänzerinnen auf sich zu lenken. »Nun denn, allerseits. Die Baal-Nummer noch einmal ganz von vorne. Aufstellung bitte. Miss Knight, das gilt auch für Sie.«

»Würde um nichts in der Welt dabei fehlen wollen, Wally.« Sie lächelte so bezaubernd wie die von allen verehrten und so durch und durch amerikanischen Ziegfeld-Girls auf den Revueplakaten und versenkte Zigarette Nummer zwei in Wallys frischer Tasse Kaffee.

Ewige Wiederkehr

Evie und Jericho saßen an einem langen Tisch vor Stapeln von Büchern, Polizeiberichten, Skizzen und verschiedensten Papieren. Jericho hatte in dem wuchtigen Steinkamin ein Feuer angezündet und die Flammen fraßen sich knisternd und knacksend in das trockene Holz. Seit einer Stunde durchforsteten sie nun schon muffig riechende Bücher nach einem Hinweis, der ihnen vielleicht Aufschluss über den okkulten Hintergrund des Mordes geben konnte. Evie war müde und gereizt. Sie wollte nicht mehr daran denken, was sie am Tag zuvor gesehen hatte, geschweige denn, es auch noch auswalzen. Doch Will fand kein Ende. Während er sprach, umkreiste er den Raum und hinterließ eine Aschespur seiner Zigarette auf dem Boden.

»Schön. Fassen wir noch mal zusammen: Was wissen wir bis jetzt?«, fragte er.

»Das Okkulte und die Bibel üben eine besondere Faszination auf den Mörder aus, und hier möglicherweise vor allem die Offenbarung des Johannes«, antwortete Jericho von der Stirnseite des Tisches.

»Und woher wissen wir das?«

»Auf dem Papier, das man bei der Leiche gefunden hat, erwähnt er die Hure Babylon und die Bestie, was ein Verweis auf den Antichristen sein könnte.«

»Genauso ist es«, sagte Will. »Aber diese Stelle stammt nur teilweise aus der Bibel. Die Passagen entsprechen sich nicht exakt.«

»Aber fast«, sagte Jericho.

»Jeder Bibliothekar oder Gelehrte würde an dieser Stelle anmerken: Fast ist nicht dasselbe wie exakt. Und vergessen wir nicht – wir haben es außerdem auch noch mit Sigillen zu tun. Das weist eher auf Magie oder Mystizismus hin als auf einen christlichen Zusammenhang.« Will deutete auf die Kritzeleien, die rings um den Rand des Zettels zu sehen waren. Auf Evie wirkten sie tatsächlich nur wie Gekrakel – stilisierte Kreuze, Schnörkel, Buchstabenähnliches und geometrische Formen.

»Nun …« Will drückte seine Zigarette in einem überquellenden Aschenbecher aus und nahm sich gleich die nächste aus seinem silbernen Zigarettenetui, ohne beim Gehen innezuhalten. »Wir haben außerdem ein Symbol, richtig?«

»Ja, ein Pentagramm«, antwortete Evie.

»Genau. Ich verfüge leider über keinerlei zeichnerisches Geschick. Evie, könntest du vielleicht …?« Will reichte ihr ein Stück Kreide, das er aus einer alten Zigarrenkiste mit allerlei Kleinkram gefischt hatte. Es dauerte einen Moment, bis Evie begriff, dass sie das Symbol auf die Schiefertafel zeichnen sollte. »Nein, jetzt hast du es ja richtig herum gezeichnet. Umgedreht bitte.«

Evie seufzte, wischte ihren fünfzackigen Stern wieder von der Tafel und zeichnete ihn neu, diesmal mit zwei nach oben und einem nach unten weisenden Zacken. »Was macht das denn für einen Unterschied?«, grummelte sie.

»Das habe ich doch schon erklärt. Das umgekehrte Pentagramm bedeutet: Die Materie triumphiert über Gott. Der Geist ist Fleisch geworden statt umgekehrt. Und jetzt noch die Schlange, wenn ich bitten darf.«

Evie zeichnete eine Schlange und fand sie eigentlich ziemlich gut getroffen. Trotzdem kein Dankeschön von Onkel Will. Sie klopfte sich den Kreidestaub von den Händen. »Und wofür steht die Schlange?«

»Ah – die ist tatsächlich ein sehr altes Symbol. Die Schlange, die ihren eigenen Schwanz verschlingt – also keinen Anfang und kein

Ende hat. Man findet dieses Symbol zu allen Zeiten und in allen Kulturen. Bei den Germanen heißt sie Jormungand, bei den Griechen Ouroboros, aber wir finden sie auch bei den Gnostikern, den Aschanti und den Ägyptern. Sie verkörpert Zyklen und die Vorstellung, dass das Universum weder erschaffen wurde noch jemals zerstört werden wird, sondern vielmehr unendlich oft wiederkehrt, sich also wieder und wieder manifestiert.«

»›Die ewige Wiederkehr‹ nennt Nietzsche es«, sagte Jericho.

»Heißt das etwa, ich muss diesen Nachmittag irgendwann noch einmal durchleben?«, scherzte Evie, aber da keiner lachte, unterhielt sie sich damit, mit der Kreide einen modischen Hut auf den Schlangenkopf zu malen.

Will griff sich ein paar Pfefferminzpastillen aus einer Schale, schüttelte sie in der hohlen Hand, während er in der anderen noch immer seine Zigarette hielt, und setzte dann seinen Rundgang fort. »Wir können also davon ausgehen, dass unser Mörder eine zumindest flüchtige Kenntnis des Okkulten, der magischen und religiösen Symbolik und sehr wahrscheinlich auch der Offenbarung des Johannes hat. Allerdings ist die Hure Babylon bei ihm ›Die geschmückte Hure an den Gewässern‹.« Will zögerte einen Augenblick. »Seltsame Formulierung. Sehr rätselhaft. Möglicherweise hat sich der Mörder eine eigene Religion zusammengestrickt.«

»Wie erfindet man denn eine Religion?«, fragte Evie.

Will sah sie über den Rand seiner Brille an. »Man verkündet einfach: ›Gott hat mir das Folgende gesagt‹, und wartet dann auf Menschen, die sich um einen scharen.«

Evie hatte sich bisher nicht allzu viele Gedanken über Religion gemacht. Ihre Eltern waren Katholiken, die zur Episkopalkirche übergetreten waren und sonntags den Gottesdienst besuchten, aber doch eher im Sinne einer Routine, so wie man sich die Zähne putzte oder ein Bad nahm. Man tat es, weil es erwartet wurde. Nach James' Tod allerdings hatte Evie ein Jahr lang immer wieder seinen Anhänger mit der Halbdollarmünze zwischen ihre Handflächen gepresst und inbrünstig dafür gebetet, dass ein Wunder geschehen und ein Telegramm sie erreichen möge, in dem stand: GUTE NACHRICHTEN! ES HAT EINE FURCHTBARE VERWECHSLUNG GEGEBEN UND SOLDAT JAMES XAVIER O'NEILL WURDE UNVERSEHRT IN EINEM BAUERNHOF IN FRANKREICH AUFGEFUNDEN. Aber dieses Telegramm war nie gekommen, und wenn bei Evie damals ein wie immer gearteter religiöser Glaube erblüht war, so war er inzwischen längst wieder verdorrt und abgestorben. Die Religion betrachtete sie nur noch als eine Art Propaganda für die Lebensweise vergangener Generationen, für sie hatte sie keinerlei Bedeutung mehr.

»Aber die entscheidende Frage haben wir noch nicht beantwortet: Warum dieser Mord? Welchen Zweck erfüllt er?«, sagte Jericho und riss Evie mit seiner Frage aus ihren Gedanken.

»Der Mörder ist einfach ein Ungeheuer«, entgegnete Evie. »Oder etwa nicht?«

Will griff sich eine Handvoll schokoladeüberzogene Nüsse aus einer Schale und schüttelte auch sie wieder in der Hand, ohne davon zu essen. »Allerdings ist er das. Aber diese Feststellung beantwortet nicht das ›Warum‹. Nichts geschieht ohne Grund, wie abwegig der uns auch erscheinen mag.«

»Wieso hat er ihr wohl die Augen entfernt?«, fragte Evie.

»Vielleicht bewahrt er sie als Souvenir auf.«

Evie verzog das Gesicht. »Ein Windrädchen aus Coney Island ist ein Souvenir, Onkel Will.«

»Für uns, ja. Aber für einen Geisteskranken? Vielleicht nicht. Es könnte allerdings auch sein, dass er sie für sein Ritual benötigt. Manche Kulturen glauben, dass sie unsterblich werden, wenn sie sich das Fleisch ihrer Opfer einverleiben. Die Aghori in Indien essen das Fleisch ihrer Verstorbenen, weil sie meinen, dass auf diesem Wege übernatürliche Kräfte übertragen werden, während der Algonkinstamm glaubt, dass jeder, der Menschenfleisch zu sich nimmt, zu einem dämonischen Geist wird – einem Wendigo.«

Evie drehte sich der Magen um. »In der Bibel steht aber nichts von heiligem Kannibalismus.«

»Und was ist mit der Wandlung von Brot und Wein?«, sagte Jericho. »›Wer mein Fleisch isst und mein Blut trinkt …‹«

»Stimmt«, räumte Evie ein. »Ich werde die Kommunion ab jetzt bestimmt nie mehr betrachten wie bisher.«

»Ich sagte es ja schon – Amerika ist ein junges Land, das sich aus Menschen unterschiedlichster Herkunft zusammensetzt. Die einzelnen Glaubensrichtungen vermischen sich und es entsteht ständig etwas Neues aus ihnen.« Will hatte seine zweite Zigarette zu Ende geraucht und Evie beobachtete, wie seine Finger nach einer dritten gierten; glücklicherweise hielt er sich aber zurück. Die Luft war ohnehin schon schwer vom Rauch.

»Eines verstehe ich aber nicht. Dieser Zettel … Darauf heißt es: ›Und dies war das fünfte Opfer‹. Warum das fünfte? Warum nicht das erste?«

»Ja. Beunruhigend.« Will ging mit großen Schritten um den Tisch herum; sein Zigarettenetui hielt er dabei fest umklammert. »Jericho, kannst du Detective Malloy anrufen und ihn fragen, ob es ungelöste Fälle gibt, die Ähnlichkeit mit unserem Mord aufweisen?«

»Meinst du nicht, das hätte er erwähnt?«, wandte Evie ein.

»Mutmaßungen sind nicht sehr verlässlich«, sagte Onkel Will, und es war offensichtlich, dass dies sein letztes Wort in der Angelegenheit war.

»Es ist bald Zeit für deinen Vortrag bei der Frauenvereinigung des Ancient Order of the Phoenix«, erinnerte Jericho ihn.

Will sah mit zusammengekniffenen Augen auf die Uhr auf dem Kaminsims, als wolle er ihr vorwerfen, dass die Zeit so schnell verging, nickte aber dann zweimal kurz wie ein Schuldirektor, der endlich einem überzeugenden Argument eines seiner Schüler zustimmt. »So ist es. Dann gehe ich jetzt mal besser und hole meine Unterlagen für den Vortrag.«

»Du hast sie oben liegen lassen«, sagte Jericho.

»Ah! Gut, gut.« Will zögerte noch einen Moment und ließ die Augen durch den Raum wandern. »Ich werde das Gefühl nicht los, dass wir hier irgendetwas übersehen. Etwas Entscheidendes.«

Das Kaminfeuer warf Schatten über Wills Gesicht. Aber er schüttelte seine Bedenken ab und verließ den Raum.

An der Eingangstür des Museums war jetzt ein Klopfen zu hören. Na endlich, ein Besucher! Jericho sprang sofort auf und stürzte zur Tür; Evie war offenbar nicht die Einzige, die sich um das Museum Sorgen machte. Stimmen drangen von draußen zu ihr herein und kurz darauf kehrte Jericho mit niemand anderem als Sam Lloyd zurück.

Evies Augen wurden schmal. »So, so – ich gehe davon aus, dass Sie mir meine zwanzig Dollar bringen.«

Jericho sah von Evie zu Sam und wieder zurück. »Ihr kennt euch?«

»Eigentlich bin ich hier, um mit Mr William Fitzgerald zu sprechen. Ist er da?« Sam reckte den Kopf.

»Dr. Fitzgerald. Und in welcher Geschäftsbeziehung stehen Sie zu meinem Onkel?«

»Ihr ... Ihr Onkel?« Sam lächelte verwundert. »Was Sie nicht sagen! Wenn das kein Zufall ist.«

»Was ist kein Zufall?«, fragte Onkel Will, der gerade ins Zimmer trat. Er trug bereits seinen Hut und hatte die Aktentasche unter den rechten Arm geklemmt. Über seinem linken Arm hing ein Schirm, obwohl es ein sonniger Tag war.

Sam marschierte direkt auf ihn zu und schüttelte ihm herzhaft die Hand. »Guten Tag, Sir – Sam Lloyd. Ich hab hier was, das wohl Ihnen gehört.«

»Ach ja?«

»Nun ja, Sir, leider beklecker ich mich bei der Geschichte nicht grade mit Ruhm. Sehen Sie, gestern war ich beim Pfandleiher, weil ich hoffte, ein bisschen Bares für meine Armbanduhr zu kriegen – hab nämlich grade eine kleine Durststrecke. Und da hör ich so einen Kerl sagen, dass er was zu verkaufen hat. Eine seltene Kostbarkeit aus dem Gruselkabinett.« Sam zuckte entschuldigend mit den Achseln. »So sagen die Leute nun mal dazu, Professor.«

»Sprechen Sie weiter«, sagte Onkel Will. Falls er beleidigt war, ließ er es sich jedenfalls nicht anmerken.

Sam öffnete seine Tasche und nahm den Zeremoniendolch heraus. Will hielt ihn ans Licht und sah ihn sich genau an. »Der gehört uns, ganz recht.«

»Ich hab dem Mann meine letzten zwanzig Dollar dafür geboten und die hat er auch angenommen; hat ja gesehen, dass der Pfandleiher nicht wild drauf war, den Dolch für mehr als zehn zu kaufen. Dachte, vielleicht gibt's ja einen Finderlohn, wenn ich ihn heil zurückbringe.« Sam unterbrach sich, warf einen schnellen Blick auf Will und sah dann wieder auf seine Hände. »Hab mir gedacht, wenn man sich nimmt, was man braucht, um was zu essen zu haben, oder wenn man einen Pfandleiher betuppt, dann ist das eine Sache. Aber eine andere ist es, Museumsschätze mitgehen zu lassen. Und zwar, weil sich das einfach nicht gehört.«

Evie starrte Sam mit offenem Mund an. Sam zwinkerte ihr zu und sagte: »He, Schwester, Achtung – nicht dass Ihnen noch die Zunge rausfällt.«

Evie warf ihm einen wütenden Blick zu. »Sollte mir meine Zunge abhandenkommen, dann weiß ich, in wessen Taschen ich als Erstes suchen müsste! Was für eine absurde Geschichte! Onkel Will, du musst ihn hochkant rausschmeißen. Der Mann ist ein Betrüger, ein Lügner, ein Dieb, ein Lügner ...«

»Das sagten Sie bereits«, bemerkte Sam.

»Und ich wiederhole es noch einmal. Das ist der Mistkerl, der mir in Penn Station meine zwanzig Dollar gestohlen hat.«

»Evangeline, nicht jeder ist deinen Unterweltcharme gewohnt«, sagte Will nach kurzer Pause tadelnd. »Stimmt das, junger Mann?«

Sam lächelte beruhigend. »Sehen Sie, Professor, das Ganze ist eine einzige große Verwechslung.«

»Der Teufel soll Sie holen«, fauchte Evie.

Sams Gesicht nahm einen gequälten Ausdruck an. »Ich wollt ja nichts sagen, damit die junge Dame hier keinen Ärger kriegt, aber sie hat mir meine Jacke gestohlen.«

»Und die kriegen Sie auch nicht zurück, ehe ich nicht meine zwanzig Dollar habe.«

Jericho stellte sich jetzt neben Evie und baute sich drohend vor Sam auf.

»Oha, was für ein Riese! Sind Sie ihr Bruder?«, fragte Sam.

»Nein.«

Sam sah von Jericho zu Evie. »Seid ihr verheiratet?«

»Nein!«, sagten Evie und Jericho gleichzeitig, aber Sam hatte schon gesehen, wie Jericho die Röte in die Wangen stieg.

»Hören Sie, Schwester, ich weiß ja nicht, was da zwischen Ihnen beiden läuft … Bin nicht der wertende Typ. Ich freu mich aber, Sie hier gesund und munter mit Ihrem Onkel und mit Ihrem …« – er nickte in Jerichos Richtung – »großen Freund da anzutreffen. Hab nur versucht, eine gute Tat zu tun, aber ich seh schon, keine gute Tat bleibt ohne Strafe. Wenn Sie mir jetzt meine Jacke geben wollen, dann sind wir quitt und ich mach mich vom Acker. Und ich zeig Sie auch nicht an, weil Sie mein Eigentum gestohlen haben.«

Wutschnaubend lief Evie auf Sam zu, jagte ihn einmal um den ganzen langen Tisch herum und stieß dabei stapelweise Bücher um. »Ich bring ihn um. Wer will mir dabei zusehen?«

Jericho hob die Hand.

Will stellte sich Evie in den Weg und hielt sie auf. »Tut mir leid, aber ich bin ein wenig verwirrt und außerdem« – Will sah wieder prüfend auf seine Armbanduhr – »bin ich bereits sechseinhalb Minuten zu spät dran für meinen Vortrag. Gegen Diebe habe ich nichts, aber Lügner und Menschen, die mich an der erfolgreichen Durchführung meiner Angelegenheiten hindern, verabscheue ich. Also, haben Sie ihr tatsächlich zwanzig Dollar gestohlen? Antworten Sie mit Bedacht, junger Mann.«

Sam wirkte jetzt erstmals nervös; er fuhr sich mit der Hand durchs Haar und bewegte sich ein wenig näher auf die Tür zu. »Nun ja, Sir, ein bedeutender Mann hat mal gesagt: ›Die Subjektivität ist die Wahrheit; die Wahrheit ist subjektiv.‹«

»Kierkegaard«, sagte Will überrascht und sein Tonfall wurde milder. »Trotzdem. Tatsachen sind Tatsachen.«

Sam sah auf seine Schuhe hinunter. »Tut mir leid. Ich hatte ja vor, ihr das Geld zurückzuzahlen; aber dann hab ich diesen Kerl bei dem Pfandleiher getroffen und ihm meinen letzten Penny gegeben, um den Dolch zurückzubringen. Ich dachte, vielleicht ist das ja ein Friedensangebot.«

»Ach, halten Sie doch die Klappe«, murmelte Evie. »Wahrscheinlich hat er ihn noch selbst gestohlen.«

Sam zwang sich, nicht aufzusehen. »Ich bin so abgebrannt, dass ich über das Drehkreuz springen musste, um den Zug hierher zu nehmen. Sie können ja einen Polizisten rufen, wenn Sie wollen, ich würd es Ihnen nicht verübeln. Aber was Ihren gestohlenen Dolch angeht, da hab ich die reine Wahrheit gesagt. Ich hoffe, Sie geben was auf mein Wort.«

»Ich hab gehört, dass sie einen im Gefängnis durchfüttern«, murmelte Evie. »Drei Maultaschen gibt es da pro Tag.«

»Evangeline«, sagte Will mit einem Seufzer. »Nächstenliebe beginnt zu Hause.«

»Geistesgestörtheit auch.«

Will trommelte mit den Fingern auf eine Stuhllehne. »Es war unrecht, Evangelines Geld zu stehlen, ganz gleich, wie ernst Ihre Notlage zurzeit sein mag. Hingegen haben Sie recht nobel gehandelt, indem Sie das Eigentum des Museums zurückgebracht haben, obwohl Sie das nicht mussten. Ich habe bis jetzt noch nie über Sicherheitsvorkehrungen für das Museum nachgedacht.« Will kratzte sich am Kopf und ließ den Blick über die wertvollen Bücher schweifen.

»Heutzutage kann man nicht vorsichtig genug sein, Sir, wenn ich das mal so sagen darf.«

»So ist es.« Evie starrte Sam böse an.

Will nickte und dachte über Sams Bemerkung nach. »Na schön. Wie würde es Ihnen gefallen, wenn Sie hier im Museum einer redlichen Arbeit nachgingen? Es gibt hier jede Menge zu tun und nachts könnten Sie bleiben und Diebe abwehren.«

Evie wirbelte auf dem Absatz herum. »Onkel Will! Der Mann *ist* ein Dieb!«

»Jawohl. Das ist er. Sind Sie ein guter Dieb, Sam?«

Sam lächelte. »Der allerbeste, Sir.«

»Ein guter Dieb, der Arbeit sucht«, grübelte Will laut. »Sie können auf der Stelle anfangen.«

»Will, Evie hat recht. Du kennst ihn doch gar nicht und uns ist er nur im Weg«, sagte Jericho leise. »Ich könnte ja nachts Wache halten, wenn du willst.«

»Ich glaube nicht, dass das klug wäre, Jericho«, erwiderte Will ruhig. Evie wusste nicht, was er damit sagen wollte, aber Jerichos Gesicht wirkte plötzlich wie versteinert. »Zusätzliche Hilfe können wir immer gebrauchen, gerade jetzt, wo wir in einer Mordsache ermitteln.«

»In einer Mordsache?«, wiederholte Sam. »Klingt ja spannend.«

»Vielleicht wird man schon bald in Ihrem Fall ermitteln, Freundchen«, sagte Evie warnend.

»Wie auch immer, ich hoffe, Sie sind harter Arbeit gegenüber nicht abgeneigt«, meinte Will.

»Es gibt nichts Besseres wie einen anständigen Arbeitstag, sag ich immer, Sir.«

Will sah erneut auf seine Uhr. »Jetzt bin ich bereits neun Minuten verspätet. Evie, könntest du bitte Mr Lloyd seine Jacke zurückgeben, und du, Jericho, ihn anschließend ins Archiv begleiten?«

Evie holte Sams Jacke aus dem Wandschrank und drückte sie ihm ein wenig grob in die Hand. »Ich behalt Sie im Auge, Freundchen. Ein falscher Ton, und ich setz Sie eigenhändig und so schnell vor die Tür, dass Sie nicht mal mehr dazu kommen, nach Ihrem Hut zu greifen.«

»Also gut.« Sam nickte und zog schnell die Jacke über. »Meinen Hut mag ich nämlich recht gern. War nett, Sie wiederzusehen, Schwester.«

»Das Vergnügen war ganz auf Ihrer Seite«, sagte Evie und rannte los, um Onkel Will noch einzuholen. Hinter sich hörte sie Sam die Melodie von *Am I Wasting My Time on You?* pfeifen. Er traf alles andere als den richtigen Ton und Evie war mehr als überzeugt davon, dass er es mit Absicht tat.

»Onkel Will!«, rief Evie; sie erwischte ihn gerade noch an der Eingangstür.

»Evie, hat es Zeit bis später? Die Damen von der ... was-auch-immer-Vereinigung ...«

»Phoenix«, half Evie.

»Phoenix-Vereinigung erwarten mich, und wenn ich kein Taxi finde, dann komme ich nicht nur verzeihbar, sondern unerhört zu spät.«

»Onkel Will, du kannst Sam Lloyd nicht hier arbeiten lassen. Nicht mit all den wertvollen Kunstgegenständen! Er wird dich bis aufs Hemd ausziehen.«

»Genau diese Eigenschaften sind es aber, die sich als nützlich erweisen könnten.«

»Was willst du denn damit sagen?«

»Von Zeit zu Zeit muss das Museum ein ... gewisses Geschick dabei zeigen, Objekte, Hintergründe und Menschen aufzuspüren, bevor uns andere zuvorkommen. Das ist eine heikle Angelegenheit.«

»Du willst mir doch nicht etwa weismachen, dass es noch andere Leute gibt, die Interesse an diesen gruseligen Sachen haben?«

»Du würdest dich wundern.«

»Wie auch immer, Sam Lloyd ist ein Dieb.«

»Ein Dieb, der Kierkegaard liest, ist allerdings ein interessanter Dieb.«

»Aber Onkel …«

»Evangeline, nicht jeder wird in ein komfortables Haus in einer komfortablen Gegend in Ohio hineingeboren«, sagte Will scharf.

Diese Bemerkung saß. Warum verteidigte Will Sam Lloyd, einen gewöhnlichen Kriminellen, ihr gegenüber? Immerhin war Sam ein Fremder, sie aber gehörte schließlich zur Familie. War eine Familie nicht dazu da, sich gegenseitig zu schützen? Aber Will hatte Partei für den Gegner ergriffen, genauso wie ihr Vater und ihre Mutter Harold Brodies Partei ergriffen hatten, statt ihre eigene Tochter zu verteidigen. Wenn Onkel Will sich wie ein Trottel benehmen wollte – gut, das war seine Sache. Es war dumm von ihr gewesen, sich da einzumischen.

»Ich hoffe, du täuschst dich nicht in ihm«, sagte Evie, machte auf dem Absatz kehrt und ging zurück in die Bibliothek. Sicherheitshalber warf sie Sam noch einen finsteren Blick zu, bevor sie sich an dem langen Tisch niederließ und ganze Stapel von Zeitungsberichten und Büchern nach einem Hinweis durchsuchte, der Aufschluss über den seltsamen Mord an Ruta Badowski geben konnte.

Irgendwann wurde ihr die Sache langweilig und sie zog heimlich eine Ausgabe von *Photoplay* hervor.

»Na, brennt Clara Bow mit Charlie Chaplin durch?« Sam las über Evies Schulter mit.

Evie sah nicht einmal auf. »Warum schnappen Sie sich die Zeitschrift nicht einfach und lesen selber nach? Sie verstehen sich doch anscheinend so gut darauf, Dinge mitgehen zu lassen. Oder noch besser: Warum nehmen Sie die Zeitschrift nicht gleich mit und verlassen das Museum?«

Sam kicherte. »Wieso sollte ich mir eine so günstige Gelegenheit durch die Finger gleiten lassen? Und außerdem … ich könnte es nicht ertragen, wenn Sie mich vermissen, Schwester.«

»Die Liebe wächst mit der Entfernung. Lassen Sie uns diesen Satz doch mal in der Praxis überprüfen, was meinen Sie? Ich hol schnell Ihren Hut.«

»Keine Chance. Ihr Onkel braucht ja meine Hilfe. Sehn Sie sich doch mal das ganze Zeug hier an – wer hätte gedacht, dass es so viel abergläubischen Kram gibt? Das da zum Beispiel – ein Liebesamulett der Hopi. Oh, das fassen Sie mal besser nicht an, Schwester. Sie werden sonst noch ganz verrückt nach mir.«

»Den Tag möcht ich erleben.«

»Ich bau auf diesen Tag.«

»Na, hoffentlich haben Sie ein Fundament für Ihren Bau«, sagte Evie.

Sam beugte sich ein bisschen näher zu ihr hinüber, sodass Evie die bernsteinfarbenen Flecken in seinen Augen sehen konnte. »Geben Sie es doch zu – mein Kuss hat Ihnen gefallen.«

»Sie schulden mir noch zwanzig Dollar.«

»Bar oder Scheck?«, fragte er frech. Selbst das naivste Mädchen in Ohio wusste, was das bedeuten sollte: Jetzt oder später küssen?

»Die Bank hat zu, mein Freund.«

Sam nickte. »Dann also Scheck.« Pfeifend ging er auf die Bibliothekstür zu. Evie folgte ihm die breite, gewundene Treppe hinauf, die ins Obergeschoss des Museums führte.

»Kann ich Ihnen irgendwie behilflich sein, Schwester?«

»Ich vergewissere mich nur, dass Sie sich nicht mit dem halben Museum aus dem Staub machen.«

»Ich muss mal schnell für kleine Jungs«, sagte er und deutete mit dem Kinn auf die Herrentoilette am oberen Ende der Treppe. Als er dort angekommen war, stellte Evie sich vor der Tür in Position und verschränkte die Arme vor der Brust.

»Ganz ehrlich, ich würd Sie ja einladen, auch reinzukommen, aber bisher hab ich es vermeiden können, für Bagatelldiebstahl verhaftet zu werden, und es wär mir ein Gräuel, wenn ich jetzt wegen unsittlichen Benehmens in den Bau müsste.«

»Hauptsache, Sie verschwinden aus dem Museum meines Onkels«, versetzte Evie. »Ich warte hier.«

»Ganz wie Sie wollen, Süße.«

In dem muffigen Toilettenraum des Museums wusch Sam sich die Hände und ließ danach den Wasserhahn noch weiterlaufen. Pfeifend setzte er sich auf den rissigen Fliesenboden und beobachtete durch den Schlitz unter der Tür den auf- und abwandernden Schatten von Evies Füßen. Irgendwann würde es ihr zu langweilig werden. Sam öffnete den Geldbeutel, den er dem blonden Riesen Jericho geklaut hatte, während der an den Bibliotheksregalen beschäftigt gewesen war. So ein vertrauensseliger Kerl. War eine verhängnisvolle Gewohnheit – andern zu vertrauen. Sam entnahm dem Geldbeutel einen Fünfdollarschein und ersetzte ihn durch zwei Eindollarscheine. Es war der älteste Trick der Menschheit: Stahl man den ganzen Hundertdollarschein, kam einem der andere schnell auf die Schliche. Nahm man aber eine große Banknote und ließ ein paar kleinere zurück, dann dachte der Pechvogel, er habe die ganze Kohle ausgegeben und nur vergessen, dass er noch Rückgeld herausbekommen hatte.

Aus seinen Jackentaschen zog Sam zwei kleine silberne Aschenbecher, die er unbemerkt aus der Bibliothek hatte entwenden können. Er hoffte, später bei einem zwielichtigen Pfandleiher auf der Bowery ein paar Dollar dafür zu bekommen. Jetzt wickelte er sie erst einmal in eines der Handtücher aus dem Waschraum und versteckte sie hinter der Toilettenschüssel. Sam hatte große Pläne und große Pläne erforderten Zeit und Geld.

Evies Schatten war jetzt verschwunden. Sam öffnete die Tür einen Spaltbreit und sah, dass der Gang draußen leer war. Er schloss die Toilettentür wieder, stellte den Wasserhahn ab und starrte auf sein Spiegelbild in dem hohen holzgerahmten Spiegel. Zwei Strähnen seines dunklen Haars hingen ihm zu beiden Seiten seiner goldgefleckten Augen ins Gesicht. Der unbekümmerte Ausdruck darin war jetzt einer unnachgiebig entschlossenen Miene gewichen.

»Guten Tag. Ich bin Sam Lloyd. Sagen Sie mir, wo sie ist, oder ...«

Sam unterbrach sich. Obwohl er die Szene schon wiederholt in seinem Kopf durchgespielt hatte, war er sich nie ganz sicher, was er im entscheidenden Moment tatsächlich sagen würde. Er wusste nur, dass er ihn nicht unvorbereitet auf sich zukommen lassen würde. Sam zog ein Hosenbein hoch und nahm die Schusswaffe, die er an seinem Bein festgebunden hatte, in die Hand. Er drehte sie um, überprüfte ihren Lauf und spürte die Spannung am Abzugshahn. Dann öffnete er das Patronenlager und drehte es. Noch befanden sich keine Kugeln darin. Die Aschenbecher würden genug einbringen, damit er sie sich leisten konnte. Der Posten im Museum war ein wahrer Glückstreffer, bequemer vor allem, als faule Zaubertricks auf der Straße vorführen zu müssen. Nur noch eine kleine Weile musste er durchhalten – so lange, bis er rausgefunden hatte, wer dafür büßen musste, was seiner Familie angetan worden war. Und dieser Jemand *würde* büßen.

Sams Spiegelbild machte ein finsteres Gesicht. Sam sah älter aus als seine siebzehn Jahre. Er zog seinen Hemdkragen gerade, milderte den mürrischen Gesichtsausdruck etwas ab, indem er ein unnachgiebiges Lächeln aufsetzte, hob die Pistole an und zielte auf sein Spiegelbild.

»Freut mich, Sie kennenzulernen. Ich bin Sam Lloyd. Sagen Sie mir, wo sie ist, und ich lasse Sie vielleicht am Leben.«

Sam hörte Schritte und steckte die Waffe schnell wieder in das Halfter an seinem Bein. Die Tür ging auf und Jericho betrat den Toilettenraum, wo Sam jetzt so tat, als wasche er sich gerade die Hände. »Ist was?«

»Ich hab anscheinend meinen Geldbeutel verloren.«

»Na so was. So ein Pech, Kumpel«, sagte Sam. »Soll ich dir suchen helfen?«

Jericho sah Sam mit zusammengekniffenen Augen an und überlegte, was von dem Angebot zu halten war. »Gern, danke.«

Sam begleitete Jericho durchs ganze Haus, machte viel Wirbel um die Sucherei, zeigte hierhin und dorthin und an Plätze, an denen ein Geldbeutel womöglich liegen konnte. Als sie in die Bibliothek kamen, schüttelte Sam ihn oben auf der Galerie neben einem der vielen Bücherregale aus seinem Hosenbein. Es war nicht günstig, wenn er plötzlich das Portemonnaie fand, das musste Jericho selbst entdecken.

»Hast du hier oben schon mal nachgesehen, Riese?«

Jericho schaute etwas finster wegen des »Riesen«, stieg aber die Wendeltreppe zur Galerie hinauf und ging an den Regalen entlang, bis er den Geldbeutel schließlich auf dem Boden liegen sah. »Ich hab ihn«, rief er. Er öffnete ihn und runzelte die Stirn. »Ich hätte schwören können, dass da fünf Dollar drin waren. Jetzt sind es nur noch zwei.«

»Na so was, das ist ja gemein. Dann halt die beiden mal gut fest«, sagte Sam gelassen.

Evie überflog die Seiten eines Buches mit dem Titel *Religiöser Eifer und Fanatismus im New York des frühen 19. Jahrhunderts.* Der Autor schien das Buch in der erklärten Absicht geschrieben zu haben, seine Leserschaft einzuschläfern, und Evie hatte erhebliche Schwierigkeiten, sich zu merken, was sie da las. Deshalb las sie die Seiten quer, brach aber ab, als sie auf eine Abbildung am Ende des Buches stieß. Die Bildunterschrift lautete nämlich: DAS PENTAKEL DER BRETHEREN. NEW YORK, 1832.

Das Telefon läutete und schallte durchdringend durch das menschenleere Museum. Evie machte einen Knick in die untere Ecke der Buchseite, weil sie sie Will später zeigen wollte, und lief los, um den Anruf entgegenzunehmen.

»Bitte warten Sie einen Moment. Ich verbinde Sie«, sagte die Telefonistin. Es knackte und zischte und dann hörte Evie Thetas krächzende Stimme in der Leitung.

»Hallo, Evil. Hier ist Theta. Hör mal, willst du die Revue noch immer sehen?«

»Unbedingt!«

»Großartig. Dann hinterlege ich dir für heute Abend zwei Karten im Theater. Und nach der Vorstellung findet im Greenwich Village noch eine Party statt, falls du da noch nicht ins Bett musst.«

»Ich gehe nie vor Morgengrauen schlafen.«

»Braves Mädchen. Und Evil … mach dich so richtig schick.«

»Schicker, als du es je gesehen hast.«

Als Evie in Wills Arbeitszimmer zurückgekehrt war, machte sie Luftsprünge. Endlich! Heute Abend würden Mabel und sie mit Theta und ihrer Clique ausgehen. Tanzend kehrte Evie in die Bibliothek zurück und summte dazu eine jazzige Melodie.

»Was ist denn mit Ihnen los? Haben Sie den Miss-America-Wettbewerb gewonnen oder so was?«, fragte Sam. Er nahm Evies Buch vom Tisch und legte es auf den hohen Stapel von Büchern, die zurück in die Regale sollten.

»Nein, aber ich werde mir heute Abend als Gast von Miss Theta Knight die neueste Revue von Mr Ziegfeld ansehen und anschließend auf eine private Party gehen.«

»Nicht schlecht. Brauchen Sie noch einen Begleiter?«

»Privatparty!«, sang Evie aus voller Kehle. Sie streckte den Arm aus und griff nach Schal und Hut, die sie zuvor über die riesige Pranke des ausgestopften Bären gehängt hatte.

»Ach ja, weiß einer von euch zufällig, worum es in diesem Artikel hier geht?« Sam zeigte auf den Zeitungsausschnitt ganz oben auf dem Stapel, der von dem Mädchen mit der Schlafkrankheit handelte.

Evie warf einen Blick darauf, während sie sich den Schal locker um den Hals band. »Ach, das ist einer von Onkel Wills komischen Zeitungsausschnitten. Er sammelt diese seltsamen kleinen Spukgeschichten. Gehört wohl zu seiner Arbeit. Warum fragen Sie?«

Sam rang sich ein Lächeln ab. »Einfach so. Versuche nur mitzukommen.«

Evie tätschelte seine Wange. »Na, dann viel Glück, Lloyd.«

Sie verließ das Museum und ging die Central Park West Avenue hinunter. Zehn Straßen weiter konnte sie schon die gotischen Turmspitzen des Bennington sehen, die über den Dächern und Bäumen hervorlugten. Es war ein freundlicher Spätnachmittag und Evie wurde von einem plötzlichen Optimismus erfasst – von dem Gefühl, dass sie sich die Erfüllung ihrer innigsten Wünsche nur aus der Luft zu greifen brauchte wie der Zauberer die Münze.

An einem Zeitungsstand rief ein Junge die Schlagzeilen der Spätausgabe einer Tageszeitung aus, aber Evie war zu beschäftigt damit, sich den idealen Abend ausmalen, um auf ihn zu achten. Während sie davon träumte, was sie abends tragen würde, kam sie an gehetzten Müttern vorbei, die ihre Kinder am Rande des Parks einzufangen suchten, und an einem Leierkastenmann, an dessen Seite ein winziger, wie ein Hotelpage gekleideter Affe stand. Er klapperte mit den Zähnen und schimpfte kreischend auf die Passanten ein, bis sie ihm zur Belohnung Pennies in seine kleine Blechbüchse warfen. Zwei Mädchen, die identische Capes trugen und für einen Nachtclub warben, streckten ihr ein Flugblatt hin.

»Was ist das?«, fragte Evie.

»Wir werben für den Nighthawks Club. Da findet eine Salomons-Kometenparty statt.«

»Eine was?«, fragte Evie.

»Mensch, wissen Sie nich, der Komet?«, sagte das größere der beiden Mädchen mit breitem New Yorker Akzent. »Der kommt doch in zwei Wochen nach New York. Kommt einmal alle fuffzig Jahre oder so. Soll so was sein wie ein … wie heißt das noch mal, Bess?«

»Ereignis von himmlischer Bedeutung«, sagte das andere Mädchen, bemüht um eine deutliche Aussprache. »Das ist was Magisches oder so ähnlich. Die Magier und die Frömmler glauben doch, der ist ein Vorzeichen. Auf jeden Fall, der Club macht wegen ihm 'ne geniale Party. Da sollten Sie unbedingt kommen. Oh, und Ihr Mantel da, der ist ja wundervoll!«

»Danke«, sagte Evie erfreut und sah sich das Flugblatt genauer an. Es zeigte das Bild eines jungen Mädchens, das so wild in einem Sturm tanzte, dass der Inhalt seines Cocktailglases überschwappte. Und über der Silhouette von New York hing bogenförmig ein prächtiger Komet am Himmel. Der Künstler hatte ihm ein Gesicht verpasst, das auf das attraktive Mädchen hinunterlächelte, und sein Feuerschweif sprühte Funken über die ganze Stadt.

»Sie wollen ja wohl nicht die magischste Nacht vom ganzen Jahr verpassen, oder?«, sagte das größere Mädchen.

»Nie im Leben!«, sagte Evie.

Salomons Komet. Ein Ereignis von himmlischer Bedeutung. Vielleicht würde es ihr ja Glück bringen. In jedem Fall war es ein großartiger Grund für eine Party, und während Evie an die kommende Nacht und alle zukünftigen dachte, ging sie mit dem Flugblatt in der Hand beschwingt weiter. An der Kreuzung wartete sie, bis der Verkehrspolizist mit seinen weiß behandschuhten Händen freie Bahn signalisierte. Er pfiff, die Menge setzte sich wieder in Bewegung und Evie ihren Heimweg fort.

Hinter ihr hielt der Zeitungsjunge die Spätausgabe in die Höhe und rief jedem, der so aussah, als könne er ein Fünfcentstück in der Tasche haben, die Schlagzeile des Tages entgegen. »Extrablatt! Extrablatt! Geisteskranker droht mit weiterem Mord!«

Blendwerk

Vor dem Globe Theatre in der 42nd Street verkündeten die großen Leuchtbuchstaben: FLORENZ ZIEGFELD PRESENTS: NO FOOLIN – A MUSICAL REVUE GLORIFYING THE AMERICAN GIRL. Menschen in Abendgarderobe schlenderten auf das Theater zu – in gespannter Erwartung von Stars wie Fanny Brice, Will Rogers und W. C. Fields, den talentierten, singenden und tanzenden Chormädchen und den gefeierten und wunderschönen Ziegfeld-Girls, die mit aufwendigem Kopfputz und in eleganten, kaum vorhandenen Kostümen über die Bühne schwebten. Die Revue galt als der Inbegriff des Glamours, und Evie konnte es kaum fassen, dass sie jetzt tatsächlich ihre Plätze neben all den »hohen Tieren« mit ihren Pelzen und Juwelen auf dem geschwungenen Balkon einnahmen.

Sie stupste Mabel an. »Oh, sieh mal, da ist Gloria Swanson.« Sie deutete mit dem Kinn auf eine Loge, wo das verführerische Filmstarlet, gehüllt in Hermelin und Samt, die Blicke ihrer Bewunderer genoss. »Sie ist die absolute Krönung«, flüsterte Evie anerkennend. »Diese Juwelen! Wie ihr der Nacken wehtun muss.«

»Deshalb stellt Bayer Aspirin her«, flüsterte Mabel zurück und Evie lächelte, da sie wusste, dass nicht mal eine Sozialistin gegen den schillernden Glanz eines Filmstars immun war.

Die Lichter wurden jetzt abgedunkelt und die Mädchen hielten sich vor Aufregung fest an den Händen. Der Dirigent hob den Taktstock und eine mitreißende Eröffnungsmelodie drang aus dem Orchestergraben zu ihnen empor. Dann öffnete sich der Vorhang und gab den Blick auf eine Schar lächelnder Tänzerinnen in farbenfrohen Badeanzügen frei, die in perfekter Symmetrie in einer Reihe nebeneinander steppten, während ein Gentleman in Smoking von wunderschönen Mädchen sang. Evie war nie zuvor so aufgeregt gewesen. Alles an dieser Revue gefiel ihr, von der lustigen Jodelnummer in alpiner Kulisse bis zum orientalischen Wirbeltanz im Harem eines arabischen Scheichs. Sie wünschte, die Vorstellung würde niemals enden, aber aus dem Programmheft ließ sich ersehen, dass es nun auf das Finale zuging. Es hieß ja, dass sich Mr Ziegfeld die spektakulärste Nummer stets bis zum Schluss aufhob. Da flackerten auch schon die Lichter, wie um Blitze anzudeuten, und aus dem Orchestergraben hörte man die Becken zischend aneinanderstoßen, die Violinen in schrillen Tönen kreischen, gefolgt von einem gewaltigen Paukenschlag. Nebel stieg an den Rampenlichtern auf und drang dann bis zum Publikum vor. Auf der Bühne schlängelten sich barfüßige, spärlich bekleidete Mädchen mit hohem perlenbesetzten Kopfputz aufreizend um die Nachbildung eines Altars. Eine blonde, betörende Schönheit stand, ganz in goldene Seide gekleidet, oben auf dem Altar. Sie tanzte wie in Trance, während die Musik anschwoll und Blitze über die Bühne zuckten. Die Schöne sang mit zarter Stimme und bat in ihrem Lied die Geisterwelt, sie doch als Opfergabe für das Götzenbild zu verschonen. Wie Geister wandelten die eleganten Ziegfeld-Girls auf einem Laufsteg neben ihr. Die Szene faszinierte Evie und hingerissen beugte sie sich ganz nach vorne.

»Da ist Theta«, flüsterte Mabel. Diskret deutete sie mit der Hand, die auf ihrem Schoß lag, auf die zweite Tänzerin von rechts. Obwohl Theta genauso wie die anderen Mädchen neben ihr gekleidet und geschminkt war, umgab sie etwas ganz Besonderes, dachte Evie. Der unbeteiligte Ausdruck in den Gesichtern der übrigen Tänzerinnen ließ ahnen, dass sie an nichts Spannenderes dachten als daran, ihre Strümpfe nach der Vorstellung zu Hause auszuwaschen. Aber Theta machte einen glauben, dass sie sich vollkommen der Ekstase hingab – eine Anbeterin des Gottes Baal.

Gerade als die Nummer ihren Höhepunkt erreichte und der Priester sein Messer ins Herz des blonden Opfers stoßen wollte, stürzte der Held auf den Altar zu und schlug die Anbeter des Baal zurück. Er wehrte auch den Priester ab, zerschmetterte das Götzenbild, stieg dann mit dem Mädchen auf dem Arm die Altarstufen hinab und brachte sie in Sicherheit. Ein ganzer Schwarm Revuemädchen mit riesigen Federfächern in der Hand tanzte nun über die Bühne und plötzlich verwandelte sich die Szene in eine Hochzeitszeremonie. Die Mädchen streuten rote Rosenblätter, und das frisch vermählte Brautpaar, das ganz in keusches Weiß gekleidet war, schwor sich in einem Duett die ewige Liebe, bevor der Vorhang fiel und die Geschichte und die Revue endeten.

»Du warst wundervoll«, rief Evie, als sie kurz nach der Vorstellung zu viert – Evie, Mabel, Theta und Henry – die von Bäumen überschattete Biegung der schmalen Bedford Street in Greenwich Village entlanggingen, um die Party zu besuchen, die eine der Tänzerinnen ausrichtete.

»Oh ja. Zweites Mädchen von links ist meine Spezialität«, witzelte Theta, ohne zu lachen.

Henry hakte sie unter. »Immer schön weiterarbeiten, Liebling, dann wirst du vielleicht bald erstes Mädchen von links.«

»Nun ja, ich jedenfalls fand dich überwältigend«, sagte Evie. »Mabel und ich haben dich sofort entdeckt, stimmt's, Mabesie?«

»Und ob!«

»Süß von dir, Kleine. Das hier ist übrigens der Laden.«

Sie waren vor einem Backsteinbau stehen geblieben. Die Party hatte sich bereits auf die Haustreppe ausgeweitet, auf der ihnen ein betrunkenes Mädchen mit Federboa und Zigarettenspitze zwischen den Fingern und mit erhobenem Bein den Zugang zur Haustür versperrte. »Wie lautet die Parole?«

»Long Island«, sagte Henry.

»Ihr müsst es so aussprechen: Lawn Guy-land«, belehrte sie das Mädchen.

»Lawn Guy-land«, wiederholten alle vier.

»Entrez!« Der Fuß des Mädchens schlug dumpf auf dem Boden auf, und die vier drängten sich durch den Eingangsbereich des Hauses und über drei Treppen, auf denen sich die Gäste wie kleine Vogelschwärme verteilten, weiter nach oben, bis sie zu einer Wohnung kamen, deren Tür von einem Eiskübel offen gehalten wurde. Innen spielte ein Radio eine Jazzmelodie. Die Gastgeberin schwebte mit einem »Da seid ihr ja endlich!« an ihnen vorbei, ehe sie in einem anderen Zimmer verschwand. Auf dem Boden stand eine Lampe und in der winzigen Küche starrte den vieren eine Büste von Thomas Jefferson mit dem Glockenhut eines Gastes auf dem Kopf von einer der Kochplatten des noch viel winzigeren Herdes entgegen. Ein junger Mann gab mit schmachtender Stimme vor ein paar Tänzerinnen zu seinen Füßen *I'll Take Manhattan* zum Besten.

Mabel zupfte Evie am Ärmel. »Ich bin gar nicht passend für die Party angezogen.«

»Alles lässt sich mit ein bisschen Blendwerk beheben, meine Schöne«, sagte Evie. Seufzend nahm sie ihr strassbesetztes Stirnband mit den Pfauenfedern vom Kopf und zog es Mabel über. »Bitte sehr, Mabesie. Jetzt siehst du aus wie das Weihnachtsschaufenster von Gimbels. Und wem gefällt das nicht?«

»Danke, Evie.«

»Hoch die Gläser«, sagte Theta und reichte jedem von ihnen einen Drink.

Mabel starrte auf ihren. »Ich trinke eigentlich nicht.«

»Der erste Schluck ist der härteste«, belehrte sie Henry.

Mabel nahm einen Schluck und zuckte förmlich zusammen. »Das schmeckt ja grässlich.«

»Je betrunkener du bist, desto besser schmeckt es.«

Evie war so nervös, dass sie ihren Cocktail mit zwei großen Schlucken hinunterkippte und ihr Glas gleich wieder nachfüllte.

Henry hob eine Augenbraue. »Aha, ein Profi, ich verstehe.«

»Was soll man in Ohio sonst schon tun?«

Im Salon spitzte sich gerade ein Streit zu, jedenfalls war deutlich eine schrille Frauenstimme zu vernehmen. »Wenn du nicht gleich die Luft anhältst, dann werd ich höchstpersönlich diesen mysteriösen Mörder herzitieren und ihm sagen, er soll dich abmurksen, Freddie.«

Und schon setzte allgemeines Geschnatter über den Mord unter der Brücke und die aktuelle Warnung des Mörders ein.

»Ein Freund von mir, der einen Cousin hat, der bei der Polizei ist, hat mir erzählt, dass es ein Sexualmord war.«

»Ich hab gehört, es ging dabei um einen Streit zwischen den Italienern und den irischen Mafiosi und das Opfer soll die Braut von einem der Gangster und zu nett zu dem falschen Kerl gewesen sein.«

»Nein, nein, da geht's bestimmt um so ein altes Hoodoo aus der Zeit der Vorväter. Sie sollten diese ganzen Fremden nicht länger in unser Land reinlassen. Man sieht ja, was passiert.«

»Evils Onkel hilft der Polizei dabei, den Mörder zu finden«, teilte Theta den anderen mit.

Sofort drängte sich alles um Evie und setzte ihr mit Fragen zu: Gab es schon irgendwelche Verdächtigen? Hatte das Opfer tatsächlich beide Augen verloren, wie die Zeitungen berichteten? Stimmte es, dass das ermordete Mädchen eine Prostituierte gewesen war? Evie hatte kaum Gelegenheit, auch nur auf eine einzige der Fragen zu antworten, da rief ein Mädchen vom Türdurchgang: »He, Ronnie hat die Ukulele rausgeholt! Boop-boop-a-deet-deet-doh-doh-da!«

Und hast du nicht gesehen stand den Partygästen der Sinn schon wieder nach der nächsten Attraktion. Evie fühlte sich klein und unbedeutend angesichts dieser geballten Energie. Die anderen Gäste hier waren alle glamourös und aufregend, Theaterleute, die singen, tanzen und schauspielern konnten und mit Bankern und anderen hohen Tieren bekannt waren. Und was konnte sie? Welche besonderen Talente besaß sie denn schon?

Evie war vage bewusst, dass sie bereits einen über den Durst getrunken hatte, und eine winzige, aber drängende Stimme der Vernunft riet ihr, das Tempo zu drosseln und sich ruhig zu verhalten. Denn was ihr jetzt gerade vorschwebte, war vermutlich keine gute Idee. Aber war sie jemals ihrer Vernunft gefolgt? Das taten doch nur Schwächlinge und Presbyterianer. Evie stürzte den Rest ihres Martinis hinunter und glitt auf die smarte Clique zu, die mittlerweile zur Ukulele sang.

»Ihr erratet nie und nimmer, was ich kann«, sagte sie strahlend, als die anderen das Lied *If You Knew Susie* zu Ende gesungen hatten. »Ich geb euch aber einen Tipp: Es ist so was wie ein Zaubertrick, nur besser.« Ronnie unterbrach sein Ukulelespiel. Evie hatte jetzt die volle Aufmerksamkeit aller und es gefiel ihr. »Ich kann aus jedem x-beliebigen Gegenstand Geheimnisse herauslesen. Boop-boop-a-ding-dong…ding-dong.«

Theta griff sich heimlich Evies Glas und schnupperte daran.

»Ehrlich, ihr könnt mir glauben! Passt auf.« Sie streckte die Hand aus, griff nach dem Ohrring eines Mädchens, ohne auf dessen Protest zu achten, und presste ihn sich fest an die Stirn, um einen dramatischeren Effekt zu erzielen. Einen Moment lang zögerte sie – was, wenn sie wieder dieses grauenhafte Pfeifen hörte wie bei Ruta Badowski? Aber plötzlich war sie umso entschlossener, das Bild von der Szenerie unter der Brücke endlich aus ihrem Kopf zu verbannen, und es dauerte auch nicht lange und der Ohrring gab seine Geheimnisse preis. »Dein richtiger Name ist Bertha, aber du hast ihn gegen Billie ausgetauscht, ehe du hierhergezogen bist … aus Delaware?«

Das Mädchen riss den Mund auf. Dann klatschte sie begeistert in die Hände. »Mein Gott, ist das nicht einfach großartig?! Oh bitte, nimm doch als Nächstes irgendwas von Ronnie!«

Evie ging vom einen zum andern und wurde von Mal zu Mal besser mit ihren Offenbarungen. »Du hast am ersten Juni Geburtstag und deine Liebste heißt Mae.« – »Du warst bei Sardi's essen und hast Corned Beef bestellt.« – »Du besitzt einen Sittich namens Gladys.«

»Sag mal, das ist ja großartig – du solltest auf die Bühne gehen mit so einem Talent!«, sagte Ronnie, der Ukulelespieler.

»Das werde ich auch tun!«, erwiderte Evie etwas zu laut. Sie ließ den Gin jetzt für sie sprechen. »Ich werde in meinem Wohnzimmer einen Salon eröffnen und dann kommen jeden Abend Leute zu mir, denen ich sage, was sie gerade gegessen haben. Alle Zeitungen werden über mich berichten und ich werde der Sandwich-Swami sein.«

Alle lachten und ihr Gelächter legte sich um Evie wie eine herrlich wärmende Decke. Dies war die großartigste Stadt der Welt und sie selbst auf dem allerbesten Wege, ein Teil von ihr zu werden. Innerhalb einer Stunde hatten ihr über ein Dutzend Gegenstände Einblick in das Leben ihrer Besitzer gewährt und ihr war eindeutig ganz schwindelig davon. Es war schon spät – oder auch früh, je nachdem, wie man es betrachten wollte. Irgendein Junge hatte ihr seine Krawatte um den Kopf gewickelt und sie zu einer Art Schleife gebunden. Mabel war auf dem Sofa eingeschlafen. Die Gastgeberin hatte ein Tablett mit Häppchen auf Mabels Bauch abgestellt und von Zeit zu Zeit torkelte ein Partygast vorbei und stibitzte sich eines davon. Zu Mabels Füßen saß eng umschlungen ein leidenschaftliches Liebespaar, das in einen nicht enden wollenden Kuss versunken war.

Henry ließ sich neben Evie nieder. »Sag mal, Süße, das ist ja vielleicht ein Partytrick! Gib's zu: Du bist mal Assistentin von einem Zauberer gewesen.«

»Nein«, sagte Evie grinsend.

»Schön, aber wie hast du dir die Sache dann angeeignet?«, hakte Henry nach. »Konntest du immer schon …« Er legte ihr seine Finger auf die Stirn und gab eine so gekonnte Pantomime von jemanden ab, der Gedanken lesen konnte, dass Evie lachen musste. Sie war betrunken und kurz davor, die Wahrheit zu sagen, aber eine kleine innere Stimme riet ihr, es nicht zu tun. Alles an diesem Abend war wundervoll gewesen. Was, wenn die Stimmung plötzlich umschlug wie auf der letzten Party?

»Eine Dame genießt und schweigt«, lallte Evie. Henry sah aus, als sei er kurz davor, ihr die nächste Frage zu stellen, das spürte Evie. Aber dann erschien wieder das typische Grinsen in seinem Gesicht. »Natürlich.«

»Möchtest du denn, dass ich dir deine Geheimnisse verrate, Henry?«

»Nein danke, Liebling. Ich lebe gern im Ungewissen. Außerdem würde ich ja alles Rätselhafte verlieren, wenn ich mir meine tiefsten Geheimnisse verraten würde.« Er hob eine Augenbraue und warf die Lippen auf wie John Barrymore in Don Juan, und Evie wusste, sie hatte die richtige Entscheidung getroffen.

Sie kicherte. »Ich mag dich, Henry.«

»Ich dich auch, Evil.«

»Sind wir Kumpels?«

»Worauf du dich verlassen kannst.«

Theta kam und ließ sich neben ihnen auf das Zebrafell fallen. »Bin völlig benebelt.«

»Betrunken und zugedröhnt?«

»Voll bis zum Anschlag. Zeit, Gute Nacht zu sagen.«

»Was immer du wünschst, Baby Vamp.«

»Theta.« Evie wedelte mit dem Finger in Thetas Richtung. »Ich durfte dir ja gar nicht deine Geheimnisse verraten.«

Theta zögerte einen Moment, war aber zu betrunken, um abzulehnen. »Bitte sehr, Evil«, sagte sie. Sie reichte Evie ein Onyxarmband in Form eines Jaguars hinüber. »Mein Geburtstag ist übrigens am dreiundzwanzigsten Februar und zum Abendessen hab ich vor einer Million Stunden eins dieser labbrigen Brötchen gehabt.«

Evie drückte das Armband fest zwischen Fingern und Handfläche und sogleich überkam sie eine nahezu überwältigende Traurigkeit, in die sich ein Anflug von Angst mischte. Und dann sah sie

Theta mit völlig verstörtem Gesicht und zerrissenem Kleid mitten durch die Nacht laufen. Und Theta hatte Angst, große Angst.

Evie musste unterbrechen. Als sie die Augen wieder öffnete, blickte Theta sie mit einem merkwürdigen Gesichtsausdruck an, aber Evie hatte nur noch das Bild der anderen Theta vor Augen – des verängstigten Mädchens, das um sein Leben lief. »T-tut mir leid. Ich hab nichts sehen können«, log Evie.

»Auch gut!«, sagte Theta und nahm ihr Armband wieder entgegen. Aber sie warf Evie einen argwöhnischen Blick zu und Evie hoffte, dass sie nicht zu weit gegangen war. Vielleicht war es wirklich besser, mit diesem »Partytrick« für heute Schluss zu machen.

Im gleichen Moment flog eine Vase über ihre Köpfe und landete an einer Wand, wo sie scheppernd zerbrach. Geworfen hatte sie die Blondine aus der Baal-Nummer. Daisy Soundso. Und jetzt schrie sie auch noch herum: »Kein Mensch erkennt, was ich alles für die Revue tue! Flo nicht und auch sonst keiner! Ich bin ein Star und könnte jederzeit nach Hollywood zum Film!«

»Die gute alte Daisy«, sagte Henry vielsagend und Theta fügte hinzu: »Zeit, hier abzuhauen.«

Evie weckte Mabel und Henry holte ihre Mäntel. Evie versuchte mehrmals, mit dem linken Arm in den Ärmel ihres Mantels zu schlüpfen, scheiterte aber jedes Mal, sodass Henry ihr den Mantel schließlich überziehen musste. Evie tätschelte seine Wange. »Schick mir eine Rechnung für deine Dienste, Henry.«

»Die sind umsonst.«

Anschließend schoben die vier Arm in Arm durch die Straßen des Boheme-Viertels Greenwich Village, vorbei an winzigen Nachtclubs und Künstler-Dachwohnungen. Dabei sangen sie ein Lied, das Henry sich ausgedacht hatte, eine einfache kleine Melodie, über deren Text sich Theta immer wieder von Neuem ausschütten wollte: »Sie setzte sich mit ihrem Po auf einen Knaben namens Flo.« Monströse Kopfschmerzen streckten ihre Fühler nach Evie aus und krochen über ihren Nacken bis hinauf zum Schädel, wo sie so stark wurden, dass selbst ihre Augen schmerzten. Es gelang ihr nicht wirklich, abzuschütteln, was sie gesehen und gespürt hatte, als sie Thetas Armband in der Hand hielt. Vor welchem Grauen Theta davongelaufen war, wusste Evie nicht und wollte es auch gar nicht wissen, und deshalb sang sie einfach lauter, um die Stimmen in ihrem Kopf zu übertönen. Am Rand des Washington Square Park blieb Henry plötzlich stehen und sprang auf eine Parkbank.

»Wusstet ihr, dass wir hier auf einem ehemaligen Armenfriedhof stehen? Tausende von Toten liegen in diesem Boden begraben.«

»Gut möglich, dass ich bald eine von ihnen sein werde«, sagte Theta gähnend.

»Nun seht euch das mal an«, sagte Henry. Er starrte hinauf zu einem goldenen Mond, der mit seinem bleichen Licht den tiefschwarzen Himmel über dem Washington Square einfärbte. Alle legten sie die Köpfe in den Nacken, um die Schönheit dieses Anblicks zu genießen.

»Wunderhübsch«, sagte Evie schließlich.

»Du sagst es«, stimmte Theta zu.

»Oh Gott«, winselte Mabel plötzlich. Sie drehte sich abrupt zum Rinnstein um und übergab sich.

Wie ein Federkleid trägt sie den Schmerz

Memphis saß auf dem Friedhof in der Nähe eines Grabsteins mit der Inschrift: EZEKIEL TIMOTHY, GEBOREN 1821. ALS FREIER MANN GESTORBEN 1892. Er nahm die Laterne aus ihrem Versteck im Baum, entzündete sie und machte sich in ihrem hellen Schein daran, ein neues Gedicht zu schreiben. *Wie ein Federkleid trägt sie den Schmerz, zu schwer, um damit abzuheben.* Memphis strich das Wort *schwer* durch und schrieb stattdessen *bleiern* hin, fand dann aber, dass es zu hochtrabend klang, und fügte wieder *schwer* ein. Draußen auf dem Hudson River glitt ein Boot übers Wasser und zog Lichterschlangen hinter sich her. Memphis beobachtete es eine Weile, um sich von ihm inspirieren zu lassen, aber er war müde und legte schließlich den Kopf auf die Arme und schlief ein.

Im Traum stand er wie üblich an einer Kreuzung. Das Land um ihn herum war flach und goldbraun, aber auf der Straße vor ihm wirbelte Staub auf und bildete eine Wand, die den Tag zur Nacht machte. Ein Farmhaus stand da, eine Scheune, ein Baum und eine Windmühle, deren Flügel sich wild drehten, um gegen den wabernden Staub anzukommen. Die Krähe krächzte wieder vom Feld herüber und schlug direkt vor dem großen, zaundürren Mann, der den Weizen auf dem Felde mit jedem seiner Schritte in Asche verwandelte, verzweifelt mit den Flügeln.

Memphis erwachte mit einem Ruck. Die Kerze in seiner Laterne war bereits heruntergebrannt und es war stockfinster geworden. Er stellte die Laterne zurück in ihr Versteck, sammelte seine Sachen ein und machte sich auf den Heimweg, der wie immer an der Villa auf dem Hügel vorbeiführte. Nicht hinsehen, einfach weitergehen, dachte Memphis, als er ihr Tor erreichte. Doch wieso dachte er überhaupt an so was? Wieso bekam er plötzlich auf beiden Armen eine Gänsehaut? Reiner Aberglaube war das, bescheuerter, rückständiger Aberglaube. Damit wollte Memphis nichts zu tun haben, und als müsse er es sich beweisen und sich von einer langen Reihe furchtsamer Ahnen abgrenzen, ging er ganz bewusst durch das Tor und stand plötzlich auf dem unkrautübersäten Steinpfad, der hinauf zu der halb verfallenen Villa führte. Memphis zwang sich, weiter auf die verschrammte Eingangstür zuzugehen. Vielleicht würde er das Haus ja sogar betreten und seine dumme Furcht ein für alle Mal begraben. Er war fast da. Nur noch fünf Schritte. Vier. Drei …

Da schwang die Tür mit einem schauerlichen Ächzen auf. Er taumelte zurück, fiel hin, rappelte sich wieder auf und rannte dann davon, so schnell ihn seine Füße trugen; erst als er die hellen Lichter von Harlem erreichte, wurde er langsamer.

Das war der Wind, nichts weiter, überlegte Memphis, als er sich in Octavias Haus schlich. Von einem bloßen Windstoß hatte er sich Angst einjagen lassen. Er schüttelte den Kopf, weil er so empfindlich war, und konnte gerade noch einen Aufschrei unterdrücken, als er gegen Isaiah stieß, der auf der Schwelle zu ihrem gemeinsamen Zimmer stand. »Allmächtiger, Ice Man!«, flüsterte er. »Mir wär das Herz fast stehen geblieben. Warum bist du nicht in deinem Bett? Willst du ein Glas Wasser?«

Isaiah sah starr vor sich hin. »Salbe dein Fleisch und richte dein Haus. Der Herr wird keine Schwachheit bei seinen Auserwählten dulden.«

»Ice Man?«

»Und das sechste Opfer wird ein Opfer des Gehorsams sein.«

Memphis verstand nicht, was Isaiah da sagte, aber es jagte ihm einen Schauer über Arme und Nacken. Es war fast so, als ob Isaiah die Worte von irgendwoher empfangen würde. Memphis wusste nicht recht, wie er sich verhalten sollte. Ging er zu Tante Octavia, dann würde sie Isaiah und ihn auf der Stelle in die Kirche zerren, wo sie anschließend Tag und Nacht beten mussten.

Aber Sister Walker … vielleicht würde Sister Walker Rat wissen. Gleich morgen würde er sie fragen. Memphis nahm Isaiah an der Hand und führte ihn zurück zu seinem Bett. Der Junge starrte noch immer in die Ferne.

»Die Zeit ist da. Sie kommen«, sagte Isaiah, schon halb im Traum; und das letzte Wort, bevor er einschlief, flüsterte er nur noch: *»Diviner.«*

MONDSICHEL

Einige Häuserblocks und eintausend Lichtjahre von den noblen Nachtclubs und Theatern entfernt bemühte sich eine schmale Mondsichel nach Kräften, aber die düsteren Mietwohnungen in der Tenth Avenue in Hell's Kitchen erreichte ihr Licht trotzdem nicht; hier stolzierten Tommy Duffy und seine Freunde durchs Viertel und begrüßten die kühle Nachtluft. Sie nannten sich die »Street Kings«, waren sie doch die Herrscher der Schrotthalden und der Gleisgelände. Unruhestifter waren sie, Könige der gottverdammten Westside.

»Hab gehört, es gibt irgendwo einen Keller hier, da halten sie die Spitzel fest«, trumpfte einer der Jungs auf. »Hab gehört, der ganze Boden da ist voll mit Zähnen, da kannste dir das Gold rausbrechen und bei dem Pfandleiher drüben Ecke Eighth und Forty wieder loswerden.«

»Mann, hast die Birne schon genauso voll mit Schwachsinn wie dein Alter.«

»Du, nimm das sofort zurück, du, was du da über meinen Dad verzählst.«

»Genau! Das Einzige, was der noch inner Birne hat, ist Owneys Whiskey!«

Die beiden Jungen fielen mit Fäusten und Flüchen übereinander her, eher aus Gewohnheit allerdings denn aus Ehrgefühl, bis Paddy Holleran sie auseinanderriss.

»Spart euch das«, befahl er. »Gut möglich, dass wir unsere Fäuste später noch für was andres brauchen.«

Paddy war vierzehn und tätigte bereits das eine oder andere kleinere Geschäft für Owney Maddens Bande, weshalb die anderen Jungen ihm auch fraglos folgten. »Street Kings« schrien sie in der Gegend herum, kippten Mülltonnen um und zielten mit Steinen auf Fensterscheiben. Niemand konnte ihnen etwas anhaben. Genau deswegen war man ja in einer Bande. Ohne seine Jungs war man ein Nichts. Ein Trottel. Ein Niemand.

Als sie das menschenleere Lagergelände erreichten, auf dem die Hallen wie Wachposten standen, gab Paddy ihnen ein Zeichen, still zu sein. »Wir müssen uns in Acht nehmen, klar? Die haben da so einen Wachhund, einen Riesenschäferhund mit ellenlangen Zähnen, sag ich euch. Der frisst euch glatt die Fresse weg.«

»Was haben wir eigentlich vor, Paddy?«, fragte Tommy. Er war erst zwölf und blickte zu dem älteren Jungen auf.

»Siehste das Lagerhaus … dahinten das? Ich hab gehört, dass Lucianos Männer da ihren Whiskey drin verstecken, den aus Kanada. Und außerdem brennen die da drinnen Schnaps. Wir klauen denen ein bisschen Whiskey und hauen ihre Brennerei kaputt; ich wette, Owney freut sich. Da können wir mit Eindruck machen. Und diesen Lumpenkerlen, diesen italienischen, denen zeigen wir, wer hier zuerst da war.«

»Hat denn Kolumbus nicht Amerika zuerst entdeckt?«, fragte Tommy. Das hatte er in der Schule gelernt, bevor er in der fünften Klasse abgegangen war.

Paddy gab Tommy eins auf die Nase. »Was ist los mit dir, he? Biste jetzt auf der Italoseite, oder was?«

»N-nein.«

»He! Tommy Gun hier, der will lieber Italiener sein. Der denkt, er ist was Besseres wie wir!«

»Stimmt gar nicht!«, versuchte Tommy, die Beleidigungen der anderen Jungs zu überschreien.

»Ach nee! Na, dann beweis es uns.« In Paddys Augen glitzerte es böse. »Du gehst als Erster rein. Da bleibste fünf Minuten drin, dann bringste irgendwas von da nach draußen mit, und dann, dann glauben wir dir.«

Tommy blickte nach hinten in den im Schatten liegenden Bereich des Geländes, wo das Lagerhaus stand. Trunkenbolde schliefen da und Perverslinge. Manchmal patrouillierten dort auch rivalisierende Banden mit Bleirohren, und zudem drohte der Wachhund, von dem Paddy gesprochen hatte. Tommys Magen krampfte sich vor Angst zusammen.

»Tu's oder du bist kein Street King mehr.«

Ein schlimmeres Schicksal gab es nicht. Selbst der Gedanke, dass sich irgend so ein Kerl vor ihm entblößen könnte, war noch besser, als nicht mehr zur Bande zu gehören und ein Nichts zu sein.

»Okay, okay«, sagte Tommy. Mit zitternden Beinen ging er auf das bedrohlich ins Blickfeld rückende Lagerhaus am Fluss zu. Verwilderte Katzen, die wer weiß was zwischen ihren Zähnen schleppten, schlichen hier durchs Unkraut. Eine von ihnen, mit Augen, die in der Dunkelheit wie Glas funkelten, fauchte ihn sogar an. *King of the Streets, King of the Streets,* murmelte Tommy vor sich hin. Am großen Eingangstor der Lagerhalle zögerte er einen Moment. Es war nicht mit einem Vorhängeschloss gesichert, nur ein Holzbalken war quer durch die Türgriffe geschoben worden. Einer der Jungs heulte jetzt wie ein Hund und Tommys Herz fing wild an zu schlagen, als er sich vorstellte, was auf der anderen Seite der Tür sein mochte.

King of the Streets …

Schließlich schlüpfte er durch die Tür ins Innere der Halle und sah sofort, dass er sich keineswegs in einer Schnapsbrennerei befand, sondern in einem Schlachthaus. Es roch ganz grauenhaft nach Flusswasser und totem Tier. Jetzt hörte er, wie hinter ihm der Holzbalken wieder durch die Türgriffe geschoben wurde. Er warf sich gegen die Tür und bearbeitete sie mit den Fäusten. »Lasst mich hier raus! Ich bring euch um!«

»Schönen Gruß auch an die Italiener, Dummkopf«, schrie Paddy ihm von draußen zu und die anderen Jungen fielen mit weiteren Gemeinheiten ein. Dann hörte Tommy, wie sich ihr Lachen und ihre Schritte entfernten. Wieder warf er sich mit aller Kraft gegen die große Tür, doch vergeblich. Wenn er nicht einen anderen Ausgang fand, saß er hier fest, bis jemand ihn entdeckte. Und dieser Jemand war vielleicht einer von Lucky Lucianos Männern, ein Gedanke, der Tommy noch mehr ängstigte als der, die Nacht allein in der alten Lagerhalle verbringen zu müssen. Von der Flussseite drang gebrochenes Mondlicht durch die hohen, schmalen Fenster des Gebäudes und schien auf die Ketten und Haken, die an der Decke befestigt waren, und auf die bleichen Schweinekadaver, die in langen Reihen bis in den hintersten Teil der Halle hingen. Eine Ratte trippelte über Tommys Füße und ihm entfuhr ein Schrei.

»Ziemlich großer Bursche, was?«, hörte er eine Männerstimme sagen.

Tommy fuhr herum. »Wer ist da? Wer hat da was gesagt?«

Jetzt trat der Mann ins Licht. Er hatte die Statur eines Boxers, sah bedeutend aus und schien am völlig falschen Ort zu sein mit seinem Anzug und dem Zylinder auf dem Kopf. Tommy schluckte. Was, wenn dieser Mann einer von Lucky Lucianos Schlägern war?

»E-es war eine Wette. Meine Freunde, die haben mich hier eingesperrt«, brachte Tommy mit Mühe heraus. »Ich schwör's Ihnen, Mister, ich will keinen Ärger.«

»Wie heißt du?«, fragte der Mann.

»Tommy.«

»Tommy«, wiederholte der Mann; er ließ sich den Namen auf der Zunge zergehen. Irgendetwas stimmte nicht mit seinen Augen, fand Tommy, schob es aber auf die schlechten Lichtverhältnisse. »Thomas, der Jünger. Der ungläubige Thomas, der erst sehen musste, bevor er glauben konnte.«

»Wie?«

Der Fremde lächelte, und obwohl sein Lächeln etwas Beunruhigendes hatte, fühlte Tommy sich von ihm angezogen. »Da du in

Wettlaune zu sein scheinst, Thomas, schlage auch ich dir eine Wette vor. Heute ist die Nacht, in der aus Knaben kühne Männer werden können. Aber du wirst deine Zweifel ablegen müssen, Thomas.«

Der Mann holte einen noch ganz frischen Hundertdollarschein aus der Tasche und strich ihn mit seinen blauschwarz tätowierten Fingern glatt. Tommy sah ihn mit großen Augen an.

»W-was muss ich denn machen?«, fragte er misstrauisch.

»Du musst nur bis zum hinteren Ende der Halle gehen und mir meinen Stock holen. Er hat eine silberne Spitze.«

Der Mann winkte mit der Hand und Tommy sah den Silberknopf des Stocks hinter den Schweinen am anderen Ende der Halle aufblitzen.

»Und was ist der Haken an der Sache?«

»Ach, das würdest du wohl gern wissen, was? Für Männer, die etwas wagen, ist das Leben ein Glücksspiel, Thomas. Wenn man belohnt werden will, muss man bereit sein, etwas zu riskieren. Was sagst du dazu, Thomas?«

Tommy dachte nach. In seinem kurzen Leben hatte er die Erfahrung gemacht, dass man bei den meisten Geschäften über den Tisch gezogen wurde. Und der Gedanke, durch die langen Reihen mit diesen toten bleichen Schweinen laufen zu müssen, um dem Fremden seinen Stock zu holen, schreckte ihn. Dann aber fiel ihm ein, dass er nur hier war, weil seine sogenannten Freunde ihn zum Spaß eingesperrt hatten. Ganz sicher würde er sich erst dann wieder bei ihnen zeigen, wenn er ihnen die hundert Dollar unter die Nase reiben konnte.

»Okay, Mister. Ich mach's.«

Wieder erschien das Lächeln, das Tommy so ein Unbehagen verursachte, auf den Lippen des Fremden. »Du bist also doch ein wagemutiger Mann. Kann ich mal deine Hände sehen?«

Tommy runzelte die Stirn. »Wozu denn das?«

»Ein Mann in meiner Lage muss Vorsichtsmaßnahmen treffen. Deine Hände, bitte.«

Tommy streckte die Hände aus und drehte die Handflächen erst nach oben, dann nach unten. Die Augen des Fremden leuchteten.

»Du kannst sie jetzt wieder runternehmen.« Der Mann griff in seine Hosentasche, zog einen Lederbeutel heraus, schüttete daraus etwas auf seine Handfläche, das in Tommys Augen wie Staub aussah, und blies es ihm mitten ins Gesicht.

»Was soll das?«, stammelte Tommy und wischte sich Mund und Nase ab.

»Ich erhöhe den Einsatz«, sagte der Fremde. Wie eine Opfergabe hielt er die Hundertdollarnote zwischen Zeige- und Mittelfinger. »Ein Glücksspiel. Für Männer, die etwas wagen.«

Tommy schnappte sich den Geldschein aus der Hand des Mannes und stopfte ihn sich in die Tasche. Ein seltsames Feuer schien jetzt in den Augen des Mannes aufzuleuchten und Tommy sah schnell weg und konzentrierte seine ganze Aufmerksamkeit auf den Gehstock am Ende der Lagerhalle.

Er atmete einmal tief durch, dann betrat er den langen, dunklen Tunnel zwischen den Reihen geschlachteter Schweine. Ihm wurde ein wenig übel und schummerig von all den baumelnden Kadavern mit ihren starr glotzenden Augen und den zu einem letzten stillen Aufschrei geöffneten Mäulern, und es fiel ihm schwer, den Blick weiter auf die Silberspitze des Stocks zu richten, die ihm eine Million Meilen weit entfernt schien. *King of the Streets, King of the Streets, King of the Streets,* sagte er leise vor sich hin.

»So ist es gut, Thomas. Nur weiter. Das machst du sehr gut. Bald werden alle deine Zweifel verschwunden sein.«

Tommy ging weiter. Hundert Dollar waren eine Riesenmenge Geld. Wenn er bei Paddy mit neuen Kleidern, frisch geöltem Haar und ein bisschen Marihuana in der Tasche auftauchte, dann würden die andern schon sehen, wer hier der Dummkopf war. Und keiner von denen würde ihn noch mal in eine Lagerhalle sperren.

Der Fremde sang jetzt ein Lied, das Tommy augenblicklich nervös machte: »*Naughty John, Naughty John, does his work with his apron on …*«

Tommy brach der kalte Schweiß aus und die letzten Schritte legte er in schnellem Tempo zurück. Der Gehstock war wie ein Schwert in den Boden gerammt worden und neben ihm lag eine Broschüre, auf der so etwas wie *The Good …* stand. Das letzte Wort des Satzes begann mit einem *C*, aber Tommy war das Lesen immer schon schwergefallen. Er packte den Stock mit beiden Händen und riss daran, bekam ihn aber nicht frei, und das Lied des fremden Mannes zerrte an seinen Nerven. Es schien jetzt von allen Seiten auf ihn einzudrängen, und er hätte schwören können, dass die Melodie von einem leisen Fauchen und Knurren begleitet wurde, wie von Stimmen, die aus dem tiefsten Höllenschlund entlassen worden waren. Aber Tommy hatte das Geld in seiner Tasche. Und er war ein schneller Läufer. Trotzdem – irgendetwas sagte ihm, dass es besser war, die Sache zu Ende zu bringen. Er beugte sich über den Stock, wischte sich die Hände an seiner schmutzigen Hose ab und versuchte es noch einmal. Das Ding rührte sich nicht. Er machte einen dritten Versuch, und dieses Mal zog er so fest, dass er rückwärts auf die Holzspäne am Boden fiel. Sie waren feucht und irgendetwas tropfte ihm von oben auf die Wange – einmal, noch einmal. Er wischte mit der Hand darüber, und als er sie zurückzog, sah er, dass sie blutverschmiert war. Noch auf dem Rücken liegend blickte er nach oben an die Decke, an der ein Schäferhund an einem Haken baumelte. Er musste gerade erst getötet worden sein, da er noch zuckte. Man hatte ihm den Bauch aufgeschlitzt und die Eingeweide herausgerissen.

Eilig rappelte sich Tommy auf, erschrak aber sogleich aufs Neue, denn plötzlich stand der fremde Mann vor ihm und lachte. Entsetzt wich Tommy zurück und stieß dabei gegen eines der Schweine, das nun seinerseits die gesamte Reihe zum Schwingen brachte. Mit zitternden Händen versuchte er, das tote Tier festzuhalten, als könne er so Ordnung in die sich albtraumhaft entwickelnden Ereignisse bringen. Der Fremde stand direkt vor ihm. *Wie konnte das nur sein? Wie hatte er nur so schnell den ganzen Weg hierher ans andere Ende schaffen können?*

»Ich … ich krieg ihn nicht raus«, flüsterte Tommy. Er wich Schritt für Schritt zurück, ohne es selber zu bemerken.

»Schade. Vielleicht kann er dir ja dabei behilflich sein?« Der Mann deutete mit dem Kinn auf den toten Hund über ihnen. Dann runzelte er scherzhaft die Stirn. »Ach nein, vermutlich nicht«, sagte er und zog ohne jede Anstrengung den Stock aus dem Boden.

Tommy wurde schwindlig, er konnte kaum noch sehen. Die Schweinekadaver bewegten sich jetzt so ruckartig wie Marionetten, ja, wirklich, sie bewegten sich, sie krümmten sich an ihren Haken und fingen an zu kreischen, so lange und so durchdringend, bis Tommy selber schreien musste. Ein fürchterliches Feuer brannte in den Augen des Mannes und er kam Tommy noch größer vor als eben.

»Es ist ein Glücksspiel, mein Junge. Und du hast deinen Würfel schon geworfen.«

»Paddy! Liam!«, schrie Tommy. »Johnny! Ich bin hier!«

»Deine Freunde haben dich verlassen.«

Tommy sah verzweifelt zu der Tür am anderen Ende der Lagerhalle hinüber, die mit einem Mal einen Spaltbreit offen stand. Wie weit es wohl bis dorthin war? Hundertfünfzig Meter? Zweihundert?

»Ah, ein letztes Spiel, ich verstehe«, sagte der Fremde, als habe er in Tommys Gedanken gelesen. »Dann mach nur weiter, Thomas. Mach dein Spiel. Lass deinen Würfel rollen.« Seine Stimme schallte durch die riesige Halle. »Lauf!«

Tommy rannte los. Seine Knie bewegten sich wie Kolben, seine Ellbogen stießen starre Luft zur Seite und seine Augen waren auf die Öffnung in der Tür gerichtet. Jeder wusste, dass er der schnellste Junge in der Tenth Avenue war. Er war schon Polizisten, Priestern, ganzen Banden und nicht zuletzt seiner Mutter entkommen, die schnell den Riemen zur Hand hatte, wenn Tommy sie verärgerte, was ziemlich oft der Fall war. Eine herabhängende Kette traf ihn am Handgelenk, aber trotz des stechenden Schmerzes schleuderte er sie einfach zur Seite und verringerte sein Tempo nicht. Weit hinter ihm war jetzt durch das Klirren der Schlachthausketten hindurch die Stimme des fremden Mannes zu hören. »›Und das sechste Opfer war ein Opfer des Gehorsams …‹«

Tommy sah die Tür ganz deutlich vor sich. Sie war in etwa fünfzig Meter entfernt und noch war von dem Fremden nichts zu sehen. Als Tommy den letzten der Kadaver aus dem Weg schob, hämmerte ein rasender Chor in seinem Kopf: *King of the Streets, King of the Streets!* Noch vierzig Meter. Dreißig. Feinstes Mondlicht lugte durch den schmalen Türspalt. Tommy hielt sich nicht mit der Frage auf, wieso die Tür plötzlich offen stand, jetzt zählte nur noch, sich durch sie einen Weg in die Freiheit zu bahnen.

Noch zwanzig Meter. Zehn …

Doch jetzt sah er die Tür nicht mehr. Gerade war sie noch zum Greifen nah gewesen und nun war sie verschwunden. Stattdessen sah er den Fremden vor sich stehen. Es dauerte einen Moment, bis Tommy sein Tempo drosseln und sein Gehirn den Beinen signalisieren konnte, dass Gefahr im Anzug war – ein Abgrund in Gestalt eines Mannes mit feurigen Augen. Er war wohl in die falsche Richtung gelaufen. Aber wie konnte das sein? Wie hatte er sich so im Kreise drehen können? Nichts um ihn schien mehr zu sein wie vorher. Er wandte sich in die entgegengesetzte Richtung und sah fratzenhafte Schatten über die Wände und die Decke des Schlachthauses kriechen, als wollten sie es ganz und gar verschlingen. Den Schatten voran schritt der Fremde wie ein Paradeführer im Karneval.

Wie ist das alles denn nur möglich?, dachte Tommy. Er flitzte auf die rechte Hallenseite zu und kämpfte sich durch Schweine, die ihn fast erdrückten, bis er vor einer Backsteinmauer stand, die einen Augenblick zuvor ganz sicher noch nicht da gewesen war. Er lief nach rechts und wieder sah er eine Mauer. Als er erneut nach vorne blickte, da stand der Fremde vor ihm in einem Flecken kalten Mondlichts, mit bloßem Oberkörper. Tommy starrte auf seine glühende Haut. Tätowierungen, die wie Brandzeichen aussahen, bewegten sich kriechend auf, aber auch unter ihr, so als wäre die Haut gar nicht echt und das Wesen darunter warte nur darauf, zum Vorschein zu kommen.

»Du hast verloren, Thomas.«

Ein teuflisches Knurren erfüllte jetzt die ganze Halle. Dunkelheit wirbelte hinter dem Fremden auf und ließ die Wände und jede Hoffnung auf Entkommen schwinden.

»›Ich bin es, die Bestie, der Drache aus vergangenen Zeiten. Und es werden mich sehen alle Augen und zittern vor mir.‹«

Der Fremde sprach noch weiter, aber Tommy hörte längst nichts mehr. Er hatte den Blick auf die zum Leben erwachte Dunkelheit, all das Unsägliche, das sich in ihr bewegte, und die sich wandelnde Gestalt des Fremden geheftet, der sich bedrohlich vor ihm auftürmte.

»B-bitte …«, stieß er mit krächzender Stimme hervor.

Aber der Fremde lächelte nur.

»Was für vollkommene Hände«, sagte er und die Dunkelheit senkte sich über sie.

Aber der Tod wird vor ihnen fliehen

Evie lag mit zwei dicken Gurkenscheiben auf den geschwollenen Augen in der Badewanne und sang trotz ihres hämmernden Kopfwehs: »*We'll have Manhattan, the Bronx and Staten Island, too …* Na schön, Manhattan hab ich bereits ausgekostet«, murmelte sie. »Und Manhattan … mich.« Sie glitt unter Wasser und ließ sich von ihm umspülen, bis jemand heftig an die Tür klopfte.

»Ich nehme ein Bad«, brüllte sie.

»Brauchst du noch lange?«, rief Jericho zurück.

Evie spielte mit ihrem Zeh, der inzwischen wie eine Backpflaume aussah, am Warmwasserhahn. »Schwer zu sagen.«

»Ich müsste … äh … müsste mal …«

»Ach Mist«, sagte Evie seufzend. »Schon gut, schon gut. Ich will ja schließlich nicht, dass du an Bauchfellentzündung stirbst wie Valentino. Warte kurz.« Evie spülte die Gurkenscheiben unter dem Wasserhahn ab und schob sie sich in den Mund. Dann zog sie den Stöpsel aus der Badewanne und ließ das Wasser in den Abfluss laufen, während sie sich ihren Morgenrock überzog und die Tür mit Schwung öffnete.

»Das Bad gehört dir«, sagte sie, als Jericho sich an ihr vorbeidrängte.

In der Küche presste Evie sich eine Orange über einem Glas aus, fischte die Kerne heraus und stürzte den kostbaren Saft mit zwei Aspirin hinunter. »Oh Mann!«

Einen Augenblick später tauchte Jericho mit finsterem Blick aus dem Bad auf.

»Was hast du denn?«

»Nichts.«

Er setzte sich aufs Sofa und schnürte sich in aller Ruhe einen Schuh zu, aber seine Missbilligung schwebte genauso im Raum wie der Duft von Evies wohlriechenden Badesalzen. Evie machte es nichts aus, wenn man sie anschrie, konnte es aber nicht ertragen, wenn man schlecht von ihr dachte. Es ging ihr unter die Haut und gab ihr das Gefühl, klein, hässlich und ein hoffnungsloser Fall zu sein. Und so begann sie, Jericho und ihrem brummenden Kopf zum Trotz, fröhlich vor sich hin zu trällern: »*You're the berries, my bowl of cream, a dream come true, dear ...*«

»Ich frage mich nur, ob das jetzt zur Gewohnheit bei dir wird«, sagte Jericho schließlich.

»Zur Gewohnheit. Hm, na ja, ich könnte mir ja noch einen dressierten Affen zulegen. So was mag doch jeder.«

»Ist das alles hier denn nur eine einzige große Party für dich?«

Jetzt wurde Evie ärgerlich. Sie jedenfalls hatte keine Hemmungen, das Haus zu verlassen und zu leben. Jericho dagegen schien gar kein Leben jenseits der Seiten seiner verstaubten alten Bücher zu kennen und auch keinerlei Interesse daran zu haben.

»Es ist immer noch besser, als jeden Abend grübelnd dazuhocken wie Byrons verloren geglaubter Bruder. Jetzt schau nicht so beleidigt – du bist nun mal ein Grübler! Und was hast du davon? Du bist achtzehn, Junge, nicht achtzig. Leb endlich mal ein bisschen.«

Jericho erhob sich vom Sofa. »Leb endlich mal ein bisschen? Leb endlich mal ein bisschen?« Er gab ein bitteres *Ha!* von sich. »Wenn du nur wüsstest ...« Doch dann unterbrach er sich mitten im Satz und Evie sah, wie er sich dazu zwang, eine geradezu mechanisch wirkende Gelassenheit an den Tag zu legen.

»Egal. Du würdest es ohnehin nicht verstehen. Und ich muss ins

Museum.« Er griff nach seiner abgewetzten Nietzsche-Ausgabe und warf die Tür hinter sich ins Schloss.

Evie saß auf Mabels Bett. Das Aspirin hatte nicht viel bewirkt, aber wie alle modernen Mädchen hatte sie keinesfalls vor, deshalb den ganzen Tag im Bett zu verbringen wie die arme Mabel, die vor einem fürchterlichen Kater kapituliert hatte. Sie lag zusammengerollt in ihrem Bett und hielt mit beiden Händen eine Schüssel fest umklammert, nur für den Fall, dass sie sich übergeben musste.

»Brandaktuell ... die Schlagzeile von heute: Die Liebe deines Lebens billigt meine ausschweifenden Gewohnheiten ganz und gar nicht«, sagte Evie mit geheimnisvoller Stimme. »Im Ernst, Mabesie. Vielleicht solltest du noch einmal drüber nachdenken – er hat tatsächlich was von einem Spielverderber.«

»Mein Magen billigt unsere ausschweifenden Gewohnheiten aber auch nicht«, gab Mabel kläglich zurück, ohne den Kopf vom Kissen zu heben. »Ich trinke niemals wieder was.«

»Das sagen alle.«

Mabel stöhnte. »Ich mein es aber ernst. Ich fühle mich ganz grauenhaft. Hiermit kündige ich mein Verhältnis zu jeder Art von alkoholischen Getränken.« Sie hob die rechte Hand. »Und du, als mein Notar, bist Zeuge dieser öffentlichen Bekanntgabe ...«

»Notariell bezeugt und vermerkt.«

Mabel verzog das Gesicht erneut zu einer gequälten Grimasse und ließ die Hand sinken. Evie sprang vom Bett.

»Was ist? Musst du spucken?«

Mabel griff unters Bett und zog die Überreste von Evies Stirnband hervor. Offensichtlich war jemand draufgetreten, denn in der Mitte war es ganz verbogen. Außerdem fehlten etliche Strasssteine und die Pfauenfedern hingen so schlaff herab wie erschöpfte Revuemädchen. »Es tut mir leid.«

»Oh …« Evie verkniff sich gerade noch ein Schimpfwort. Um Mabels Mundwinkel zuckte es, und da Evie wusste, dass sogleich ein sagenhafter Tränenausbruch bevorstand, warf sie das Band auf die Seite, als gehöre es in den Müll. »Das alte Ding da? Das hatte ich sowieso schon satt. Du hast mir sogar einen Gefallen damit getan, dass du es aus seinem elenden Dasein erlöst hast.«

Mabel hob eine Augenbraue. »Das sagst du doch nur so, oder?«

»Ja.«

»Damit ich mich nicht so elend fühle?«

»Nein. Damit *ich* mich nicht so elend fühle. Sonst fange ich nämlich gleich an zu heulen.«

»Danke.« Mabel brachte ein zaghaftes Lächeln zustande und streckte Evie den kleinen Finger entgegen. »Freunde für immer und ewig?«

Evie hakte ihren kleinen Finger in Mabels. »Für immer und ewig.« Sie küsste Mabel auf die Stirn und schaltete die Nachttischlampe aus. »Schlaf jetzt ein bisschen, meine Kleine.«

Evie verließ das Bennington und ging den Broadway mit seinen zahlreichen Geschäften hinunter. Ein Radiogeschäft führte gerade sein neuestes Modell vor und ließ es bis auf die Straße hinaus schallen, um Kunden anzulocken. Evie blieb stehen, zog sich vor der Schaufensterscheibe die Lippen nach und hörte eine Weile zu.

»… Hier spricht Cedric Donaldson; ich berichte aus Roosevelt Field, Long Island, wo vor nur wenigen Augenblicken Jake Marlowe mit dem von ihm selbst konstruierten Flugzeug – dem American Flyer – gelandet ist. Sie hören die begeisterte Menge, die an diesem schönen Herbsttag zusammengekommen ist, um den bekannten Millionär, Erfinder und Industriellen als Helden zu feiern. Und nun spielt die Marschkapelle der Bayside High School *The Stars and Stripes Forever*«.

Der Mann im Laden starrte Evie durch die Fensterscheibe missbilligend an, worauf sie ihre Arme und Beine rhythmisch auf- und abbewegte, als gehöre sie zu der Marschkapelle, abschließend salutierte und dann weiter in Richtung Museum schlenderte. Am Zeitungskiosk blieb sie wie angewurzelt stehen, denn von der Titelseite des *Daily Mirror* schrie es ihr geradezu entgegen: *Geisteskranker von Manhattan schlägt wieder zu!* Sie griff nach der Zeitung, überblätterte eine Werbeanzeige für einen Fernstecher, mit dem man angeblich den Kometen besser sehen konnte, und blätterte weiter zu dem Bericht auf der nächsten Seite.

»He, Süße, zahlen Sie mir auch was dafür?« Der Zeitungsverkäufer streckte ihr die Hand entgegen.

Evie warf ihm ein Fünfcentstück zu und lief mit der Zeitung unterm Arm den ganzen restlichen Weg bis zum Museum.

Will saß mit Sam und Jericho in der Bibliothek. Er sah blass aus.

»Ich … ich hab es gerade gelesen«, sagte Evie atemlos. Sie hielt die Zeitung in die Höhe.

»Tommy Duffy. Zwölf Jahre alt«, sagte Will leise. »Der Mörder hat ihm beide Hände abgetrennt.«

Evie wurde übel vor Entsetzen. »Ist es derselbe Mörder?«

Will nickte. »Er hat den Zeitungen vorher eine Warnung zukommen lassen.«

Jericho schlug die Spätausgabe der *Daily News* vom vergangenen Tag auf.

»›Und in jenen Tagen werden die Menschen den Tod suchen, und nicht finden; werden begehren zu sterben, und der Tod wird vor ihnen fliehen. Denn die Bestie wird aus dem Meer steigen, wenn der Komet fliegt.‹«

»Diesem Kerl scheint es zu gefallen, wenn er Aufmerksamkeit erregt«, sagte Will. »Er hat auch wieder eine Mitteilung bei der Leiche hinterlassen.«

Evie rollte das dünne Pergamentpapier auf, das mit seinen eigentümlichen Sigillen am unteren Rand dem erstem glich.

»Sei vorsichtig damit – Detective Malloy hat es mir nur leihweise überlassen«, erklärte Will.

»›Und in jenen Tagen waren die Jungen untätig. Ihre Hände blieben dem Pflug fern und erhoben sich auch nicht zu Gebet und Lobpreis unseres Herrn. Und der Herr ward zornig und verlangte von der Bestie ein sechstes Opfer, ein Opfer des Gehorsams‹«, las Evie.

»Die Hände. Ruta hat er die Augen genommen und Tommy Duffy die Hände. Wieso?«

»Es ergibt keinerlei Sinn«, stimmte Will zu.

»Der Mord an einem Kind ergibt nie einen Sinn.«

»Ich hatte die Symbologie gemeint.« Will war aufgestanden und ging jetzt im Zimmer auf und ab. »Auch Tommy Duffy wurde in einer sehr speziellen Pose aufgefunden. Er hing kopfüber und mit angewinkeltem Bein an der Decke. Das ist kein christliches Symbol, sondern ein heidnisches. Der Gehängte – man kennt ihn ja von der Tarotkarte. Weist auf Magie oder Mystizismus hin. Ja, und das hier hat man auch noch in der Gesäßtasche des Jungen gefunden.«

Will knallte ein Heft auf den Tisch. Auf dem Deckblatt war ein Mann in weißer Robe und mit spitzer Kapuze abgebildet, die sein ganzes Gesicht bis auf die Augen verdeckte. Er stand unter einer aufgeschlagenen Bibel und einem Kreuz und läutete die Freiheitsglocke – dies alles unter dem beifälligen Blick des wie ein Geist aussehenden George Washington.

»*The Good Citizen*«, las Evie vor. »Was ist denn das?«

»Die Monatsschrift der Pillar of Fire Church«, sagte Will. »Außerdem ein ziemlich nachhaltiges Indiz für den Ku-Klux-Klan.«

»Glaubst du denn, der Ku-Klux-Klan hat diesen Jungen auf dem Gewissen?«

»Möglich. Aber die Zeitschrift kann sich natürlich auch schon vorher am Tatort befunden haben. Allerdings ist bemerkenswert, dass Tommy Duffy irischer Abstammung war. Und Ruta Badowski war Polin. Der Mörder könnte also ein Rassist sein.«

»Und etwas gegen Katholiken haben«, ergänzte Jericho.

»So einer braucht doch keine Gründe«, brummte Sam vor sich hin.

Evie wusste, dass es in Zenith Männer gab, die Mitglieder des Ku-Klux-Klans waren und von Leuten wie Harold Brodies Vater unterstützt wurden. Aber Evies Eltern waren früher einmal Katholiken gewesen – sie stammten von den irischen O'Neills ab. Und ihr Vater hatte wiederholt gegen den Klan und den blinden Fanatismus seiner Mitglieder gewettert.

»Wann brechen wir auf?«, fragte Evie.

»Wohin denn, Süße?«, fragte Sam.

»Na, wir fahren doch zu der Pillar of Fire Church und schnüffeln da ein bisschen rum, oder nicht?«

»Das kann ich nicht«, sagte Will. »Ich habe dort in der Gegend mal eine Anklage gegen den obersten Klanführer, den Grand Dragon, unterstützt. Man kennt mich da.«

»Und was ist mit Detective Malloy?«, fragte Jericho.

Will gab einen Seufzer von sich. »Der hat heute Morgen ein paar Männer hingeschickt, aber ich habe gehört, dass es umsonst war. Sobald auch nur das leiseste Wörtchen gegen ihre Kirche laut wird, droht Alma Bridwell White, die Bischöfin der Pillar of Fire Church, sofort mit einer Klage.«

Evie setzte sich aufrecht hin. »Und wenn Jericho und ich als frisch verheiratetes Paar auftreten und so tun, als ob wir ihrer Kirche beitreten wollen? Dann könnten wir ein bisschen rumschnüffeln und sehen, ob wir etwas entdecken.«

Jericho sah hoch. »Du … und ich?«

»Du machst wohl Witze!«, sagte Sam. »Die werden Friedrich den Großen bei lebendigem Leibe fressen.«

»Danke, ich weiß mir schon zu helfen.«

»Jetzt sei nicht gleich beleidigt, Freddy. Du bist ein feiner Kerl. Aber in dieser Sache braucht man jemanden, der sich mit krummen Touren auskennt. Einen Bluffer. Außerdem muss ja auch einer fahren.«

»Ich kann fahren«, sagte Evie.

»Evie kann fahren«, sagte Jericho. Es lag etwas Provozierendes in seinem Blick.

»Gut. Dann fahren wir eben alle«, sagte Sam. »Aber wenn ich uns ein Automobil besorge, dann sitze ich auch am Steuer.«

»Wie Sie wollen«, sagte Will. »Evie, kann ich dich bitte einen Moment allein in meinem Arbeitszimmer sprechen?«

»Nie lässt mich einer fahren. Dabei bin ich so eine gute Fahrerin«, brummte Evie, als sie Will in sein Arbeitszimmer folgte. Er holte einen silbernen Flachmann aus der Schublade seines Schreibtischs hervor und trank einen Schluck daraus. »Du hast also doch Fusel da«, sagte Evie.

»Da muss ich dich leider enttäuschen; das hier ist Philips Magnesiamilch. Mein Magen ist ein wenig gereizt – nicht weiter verwunderlich nach allem, was ich heute Morgen miterlebt habe. Du brauchst dich übrigens gar nicht erst zu setzen, ich werde mich kurz fassen. Evangeline, ich bin nicht deine Mutter, aber das heißt nicht, dass ich nicht weiß, was sich gehört. Ich werde nicht länger dulden, dass zu jeder Tages- und Nachtzeit betrunken nach Hause kommst.« Will sah sie durchdringend an. Evie fiel auf, dass noch niemals jemand sie mit einem so kritischen Blick angesehen hatte.

»Aber Onkel Will ...«

Will hob die Hand, um Evies Protest zu unterbinden, bevor sie in Fahrt kam. »Ich darf dich daran erinnern, dass die Züge zwischen New York und Ohio in beide Richtungen fahren, Evangeline. Haben wir uns verstanden?«

Evie schluckte schwer. »Kapiert.«

»Ich habe nichts dagegen, wenn du genießt, was New York zu bieten hat, aber du solltest es auf wohlüberlegte und vor allen Dingen vorsichtige Weise tun. Immerhin treibt sich ein Mörder in der Stadt herum.«

Evie fiel plötzlich die Seite ein, die sie am vergangenen Tag markiert hatte, um sie Onkel Will zu zeigen. »Ah, Mist! Das wollte ich dir noch erzählen – ich glaube, ich habe unser Symbol in einem der Bücher in der Bibliothek entdeckt. Es ging darin um irgendeinen religiösen Orden – irgendwas mit Brüdern oder so ...«

Wenig später durchwühlte Evie in der Bibliothek die Regale, die Jericho zuvor so sorgfältig eingeräumt hatte und die er jetzt, ihr folgend, wieder neu sortieren musste.

»Ich hab's!« Evie kam die Wendeltreppe heruntergerannt. »*Eifer und Fanatismus im New York des frühen 19. Jahrhunderts.* Das Buch ist eindeutig ein Mittel gegen Schlaflosigkeit, aber immerhin enthält es diese Zeichnung hier.« Sie schlug die Seite mit dem Pentakel-Schlangen-Symbol auf.

»Die *Brethren*! Das ist es! Kennst du die?«

»Nein, aber ich kenne jemanden, der etwas darüber wissen könnte: Dr. Georg Poblocki von der Columbia Universität. Er ist Professor für Religionswissenschaften und ein alter Freund von mir. Ich werde ihn gleich mal anrufen«, sagte Will. Er verließ eilig die Bibliothek.

Jericho räusperte sich. »Möchtest du die erste Schicht übernehmen oder soll ich es tun?«, fragte er, als ob jeden Moment ein gewaltiger Besucherstrom zu erwarten sei.

»Wo ist denn eigentlich Sam?«, fragte Evie.

»Er wollte einen Freund wegen eines Automobils anrufen.«

»Das glaub ich gern!«, bemerkte Evie spöttisch.

»Ich kann die erste Schicht übernehmen, wenn du willst«, bot Jericho an.

»Nein, lass nur«, sagte Evie. Sie war noch immer wegen Jerichos kleiner Standpauke am Morgen verschnupft und gönnte ihm auf keinen Fall die Märtyrerrolle.

Evie schlenderte durch die Räume des Museums und dachte an den Mord und die Party der vergangenen Nacht. Wahrscheinlich hätte sie ihre kleine Gabe niemals preisgeben dürfen. Was, wenn die anderen nun von ihr erwarteten, dass sie das jedes Mal für sie tat? Oder sie im nüchternen Zustand und bei Tageslicht für seltsam oder gar gefährlich hielten, für jemanden, der ihre sorgsam gehüteten Geheimnisse durchschaute? Sie schwor sich, in Zukunft vorsichtiger zu sein.

Aber sie war jetzt neugierig geworden, wollte mehr über die Wahrsager, die *Diviner* erfahren, die Will an ihrem ersten Tag im Museum schon erwähnt hatte; deshalb kramte sie das Buch über Liberty Anne Rathbone hervor und kauerte sich im Archivraum in einen Sessel vor dem Kamin, um darin zu lesen.

Die Prophezeiungen der Liberty Anne Rathbone aufgezeichnet von ihrem Bruder und treuen Diener Cornelius T. Rathbone

Heute befand sich meine süße, kleine Anne noch immer in dem gleichen Zustand, in den man sie seit ihrem Spaziergang durch Hexerei versetzt hat. Manches Mal spricht sie in stiller Ehrfurcht von den Wundern, die sie schaut; dann wieder ist sie unruhig und warnt flüsternd vor den Schrecken, die uns ereilen werden. Es ist, als blicke sie in den unermesslichen himmlischen Abgrund, den sonst nur Engel und das allwissende Auge der Vorsehung beschreiten dürfen. Ich habe ihre Worte umgehend aufgezeichnet.

»Wir sind *Diviner*. Es hat uns immer schon gegeben und wir werden immer sein. Es ist uns ein Vermögen zu eigen, das von der großen Kraft dieses Landes und seines Volkes rührt, ein Reich, das wir für eine Weile teilen, solange es vonnöten ist. Wir sehen die Toten. Wir sprechen zu den ruhelosen Geistern. Wir wandeln in Träumen. Wir lesen Sinn aus einem jedem Gegenstand, den wir in unseren Händen halten. Die Zukunft entfaltet sich vor uns wie die Karte des Steuermanns, die Meere aufzeigt, die wir noch bereisen müssen.«

Evie blätterte gespannt weiter.

»Auf Kosten der Freiheit kann es niemals Sicherheit geben. Das Herz der Union wird nicht bestehen bleiben ... Der Himmel wird von einem seltsamen Feuer erleuchtet werden. Das Tor zur Ewigkeit ist geöffnet. Der Mann mit dem Zylinder wird mit dem Sturm zurückkehren ... Das Auge kann nicht sehen.«

Am unteren Rand der Seite befand sich die Skizze eines von Sonnenstrahlen umgebenen Auges, darunter die eines Blitzes.

»Die *Diviner* müssen weiter bestehen oder wir alle werden untergehen.«

Evie klappte das Buch zu und legte es zur Seite. Cornelius Rathbone hatte seine Schwester ganz offensichtlich geliebt. Ob er auch nach ihrem Tod von ihr geträumt hatte, so wie sie von James? Evies Hand tastete nach dem tröstlichen Münzanhänger um ihren Hals. Sie fühlte sich erschöpft und müde nach der langen Partynacht. Die Nachmittagssonne schien unbarmherzig durch die Fenster und ihre Wärme und die des Kaminfeuers sorgten für stickige Luft im Raum. Evie legte den Kopf auf die Arme und schlief ein.

Sie träumte von der Stadt. Die schluchtartigen Straßen waren menschenleer und die untergehende Sonne tauchte die Fenster der Häuser in warmes Licht, aber in der Ferne dräuten düstere Wolken. Evie rief laut, doch es war niemand zu sehen. Zeitungen wehten über die Straße und wirbelten an den Wänden der stillen Häuser empor. Jetzt bemerkte sie etwas – kaum wahrnehmbare Schatten am Rande ihres Blickfeldes. Schattenmenschen. Sie wandte den Kopf und konnte gerade noch erkennen, wie sie sich in die wachsende Dunkelheit zurückzogen. Raunend. »Auch sie ist eine. Auch sie ist eine von ihnen. Ihr könnt uns nicht aufhalten. Nichts kann uns aufhalten.«

Evie bog um eine Straßenecke und sah zu ihrer Verwunderung auch Henry die Straße entlanggehen, als suche er nach jemandem.

Er riss die Augen auf, als er sie sah. »Evie, was machst du hier? Vergiss mich«, sagte er und war im nächsten Augenblick verschwunden. Doch jemand anders lief jetzt auf sie zu, und Evie merkte plötzlich, dass sie sich nicht mehr rühren konnte. Sie war gelähmt vor Angst. Und die Gestalt kam näher. Ein Mädchen mit glänzend schwarzem Haar und flaschengrünen Augen, das Evie irgendwie bekannt vorkam; sie hätte schwören können, dass sie ihr schon mal begegnet war. Und dann fiel es ihr ein – sie war die Bedienung aus dem Restaurant in Chinatown. Das Mädchen hielt einen merkwürdigen Dolch in der Hand und rief mit zornigem, doch auch erschrockenem Blick: »Du solltest nicht hier sein! Wach auf!«

»Wach auf, Evie!« Sam rüttelte sie an der Schulter. Evie blinzelte und fand sich im Museum wieder. Immer noch fiel helles Sonnenlicht durch die bunten Glasfenster des Archivraums. »Du hast geträumt.«

»Oh ja?« Evie streckte sich und spürte, wie stark ihr Herz noch klopfte.

»Muss ja ein ganz schön heftiger Traum gewesen sein. Du hast sogar geschrien.«

Evie nickte. »Es war ein richtiger Albtraum.«

»Kein Wunder, Süße, nach all dem Mordgequatsche. Erzähl nur deinem Freund Sam davon. Ich passe auf dich auf.« Sam setzte sich in den Sessel neben ihr. Er strich ihr sacht eine Strähne aus den Augen, aber sein Lächeln war noch genauso anzüglich wie bei ihrer ersten Begegnung in Penn Station.

Evie sah ihn aus großen, unschuldigen Augen an. »Nun, ich habe geträumt, ich war in New York und ganz allein …«

»Du armes Häschen.« Sam legte seinen Arm um ihre Schultern.

»Ich ging die Straßen entlang und hielt nach Menschen Ausschau … aber niemand war zu sehen …«

»Wie schrecklich …« Sam saß so dicht bei ihr, dass sie seinen Moschusduft riechen konnte.

»Dann plötzlich stand ich in Penn Station ...« Evie machte eine Pause. »Und dann geschah etwas ganz Fürchterliches.«

»Und was, Süße?«, fragte Sam mit schmeichelnder Stimme.

»Dann stahl mir irgendein verfluchter Lump meine zwanzig Dollar.« Sie stieß Sam so heftig gegen die Brust, dass er um ein Haar mitsamt seinem Sessel nach hinten gekippt wäre; er konnte sich gerade noch halten.

Sam grinste. »Na, das ist ja ein schöner Dank dafür, dass ich dich von deinem Albtraum befreit habe.«

Evie deutete eine kleine Verbeugung an.

»Ich war nämlich gerade gekommen, um dir zu sagen, dass wir einen richtigen Kunden aus Fleisch und Blut in unserm Laden haben, der eine Museumsführung möchte und auch noch dafür zahlen will.«

»Schick Jericho zu ihm«, sagte Evie. Sie streckte sich noch einmal.

»Der Mann hat eigentlich nach deinem Onkel gefragt, aber ich hab ihm gesagt, dass Ihr zuständig seid, Euer Hoheit.«

Sam erwiderte die Verbeugung.

Evie reagierte nur mit einem Augenrollen. »Glaubst du, du bringst es fertig, mal nichts zu stehlen, während ich weg bin?«

»Das Einzige, wonach ich trachte, ist, dein Herz zu stehlen, meine Süße.« Sam grinste wieder.

»So ein begnadeter Dieb bist du nun auch wieder nicht, Sam Lloyd.«

Als Evie in den Vorraum des Museums kam, stand an der Eingangstür ein junger Mann in zerknittertem Anzug, der seinen Hut zwischen den Fingern drehte. Aus seiner Brusttasche sah ein Notizbuch hervor.

»Kann ich Ihnen behilflich sein?«, fragte Evie mit ihrem zuvorkommendsten Lächeln.

Der Mann ließ von seinem Hut ab und streckte Evie wie ein Vertreter eine Hand entgegen. »Sehr erfreut! Harry Snyder. Ich komme aus Wisconsin und bin zu Besuch in New York. Habe schon viel von Ihrem Museum gehört und wollte es unbedingt mit eigenen Augen sehen. Ich kann es kaum erwarten, meinen Leuten daheim davon zu erzählen.«

Wenn Harry Snyder aus Wisconsin kam, fraß Evie einen Besen. Und wenn er wirklich Harry Snyder hieß, fraß sie noch einen zweiten.

»Na dann, willkommen im Museum für Amerikanisches Volkstum, Aberglauben und Okkultes, Mr Snyder«, sagte Evie mit deutlicher Betonung seines Nachnamens. »Hier entlang bitte.«

Evie führte den Mann von Raum zu Raum, erklärte ihm die Exponate und gab all das historische Geschwafel von sich, das sie bei Will so viele Male gehört hatte, wobei sie es auf ihre Weise noch eine Spur ausschmückte. Währenddessen machte sich der Mann Notizen und sah sich immer wieder um, als müsse sich jeden Moment ein Geist zeigen.

»Ein Freund hat mir erzählt, dass ihr Museumsleute der Polizei bei einer Morduntersuchung behilflich seid – in dieser Sache mit dem Geisteskranken von Manhattan. Klingt grauenhaft. Gibt es schon Hinweise?« Er griff nach einer seltenen Figur aus dem 17. Jahrhundert, als wäre sie ein Salzstreuer.

Evie nahm sie ihm ab und stellte sie auf den Tisch zurück.

»Hat Ihnen Ihr Onkel etwas darüber erzählt? Vollzieht der Mörder tatsächlich ein diabolisch-okkultes Ritual? Worauf will er hinaus?«

»Es tut mir leid, aber ich bin zu völliger Verschwiegenheit verpflichtet – eine Anweisung von Detective Malloy.«

Der Mann trat jetzt näher an Evie heran. »Der gute alte Wachtmeister Malloy ist aber gerade nirgendwo zu sehen. Sagen Sie mir doch nur, was hat der Mörder mit den Äuglein des armen Mädchens angestellt? Jemand meinte, er habe sie – samt einer Mitteilung – per Post an die Polizei geschickt. Ist das wahr?«

Evies Augen wurden schmal. »Wer sind Sie eigentlich wirklich?«

»Harry Snyder aus …«

»Ach, hören Sie doch auf!«, fuhr Evie ihn an.

Der Mann grinste und drohte ihr spielerisch mit dem Finger. »Erwischt.« Er schüttelte ihr ein zweites Mal die Hand und zerquetschte sie beinahe mit seinem festen Händedruck. »Ich bin T. S. Woodhouse, Reporter bei der *Daily News*. Ich habe versucht, Ihren Onkel dazu zu bringen, zu dem Fall Stellung zu nehmen, aber er ist noch knauseriger mit seinen Äußerungen als Präsident Calvin Coolidge. Na, aber vielleicht hab ich mich ja auch an das falsche Familienmitglied gewandt?« T. S. Woodhouses Stift schwebte erwartungsvoll über seinem Notizbuch.

»Gut, dass ich Ihnen Ihr Geld schon im Voraus abgeknöpft habe, Mr Woodhouse. Wenn ich Sie jetzt zum Ausgang begleiten darf.« Evie marschierte mit laut klappernden Absätzen in Richtung Tür und Mr Woodhouse lief neben ihr her.

»Sagen Sie doch bitte T. S. zu mir. Kommen Sie, würden Sie denn nicht gern Ihren Namen in der Zeitung sehen? Und sie zu Hause Ihren Freuden zeigen? Wir könnten auch ein Foto von Ihnen mit reinsetzen, Sie sind doch so ein hübsches Mädchen. Was sag ich da, der Star von Manhattan könnten Sie sein.«

Evie zögerte. Warum sollten sie eigentlich nicht für all die Arbeit, die sie sich hier machten, eine Anerkennung, ja, eine Belohnung erhalten? Warum nicht eine gewisse Berühmtheit erlangen? Allerdings würde Onkel Will wütend werden, wenn er davon erfuhr. Sie hatte ihm doch eben erst versprochen, sich nicht wieder in Schwierigkeiten zu bringen. Und dies hier provozierte ohne Frage neuerliche Schwierigkeiten.

»Tut mir leid, Mr Woodhouse, aber das ist ganz unmöglich.«

T. S. Woodhouse hielt sich den Hut vor die Brust. »Hören Sie, Miss O'Neill, ich will ganz offen mit Ihnen sein. Ich brauche diese Geschichte. Sie könnte meine Eintrittskarte zu einer großen Karriere sein. Haben Sie schon jemals etwas unbedingt gewollt?«

T. S. Woodhouse erinnerte Evie an einen zu groß geratenen,

eigensinnigen Schuljungen. Er war lang und schlaksig und steckte spürbar voller Energie; sein Gesicht war scharf geschnitten, aber übersät von Sommersprossen, und unter seinen widerspenstigen braunen Wuschelhaaren und den geraden Brauen saßen schmale blaue Augen, die unaufhörlich zu beobachten und abzuspeichern schienen. Aber es lag auch eine Entschlossenheit darin, die Evie nur allzu gut nachvollziehen konnte.

»Das geht mich nichts an.«

»Das könnte sich aber ändern.« Die blauen Augen richteten sich jetzt voll auf Evie. »Was wollen Sie? Sagen Sie's mir nur. Wollen Sie auf den Klatschseiten stehen? Möchten Sie, dass berichtet wird, dass Millionäre sich darum kloppen, Sie heiraten zu dürfen? Kann ich alles möglich machen.«

»Sie können ja nicht mal diese eine Geschichte möglich machen, Mr Woodhouse. Wie wollen Sie mir da helfen?«

»Wenn diese Story ein Knüller wird und ich der *Daily News* exklusive Informationen liefere, dann bin ich in der Position, Ihnen alles zu liefern, was Sie wollen. Eine Hand wäscht die andere. Ein fairer Deal.«

Er streckte Evie wieder die Hand entgegen, aber sie ignorierte ihn.

»Ziemlich ruhig, der Laden hier«, sagte Mr Woodhouse, und es war unmissverständlich, was er damit andeuten wollte.

»Das ist nur eine kleine Nachmittagsflaute.«

T. S. Woodhouse bearbeitete seinen Hut, als bestünde darin sein einziges Interesse. »Nach allem, was ich gehört habe, haben Sie aber ziemlich viele Flauten hier. Man erzählt sich sogar, dass die Stadt das Museum im kommenden Frühjahr schließen will. Es sei denn, es fängt an, Gewinn zu machen.«

Evie biss sich auf die Lippen und dachte nach. Sie hatte sich schon so oft den Kopf darüber zerbrochen, wie man das Museum attraktiver machen könnte, und nun fiel ihr die Gelegenheit geradezu in den Schoß. Will war ein Genie, aber leider nun mal kein guter Geschäftsmann. Wenn überhaupt einer den Laden noch retten konnte, dann Evie. Sie würde dem Museum helfen – und was war schon dabei, wenn sie sich nebenbei auch selbst ein wenig half?

»*Ich* werde einen Deal mit *Ihnen* machen, Mr Woodhouse. Was wir hier brauchen, sind Besucher. Ich werde Ihnen erzählen, was ich weiß – aus anonymer Quelle sozusagen –, und dafür schreiben Sie von Zeit zu Zeit, wie großartig das Museum ist und dass jeder es besucht, der nur irgendwie Rang und Namen hat. Selbstverständlich dürfen Sie auch gern erwähnen, dass mein Onkel Will bei den Ermittlungen zu diesen fürchterlichen Mordfällen von seiner Nichte Evie O'Neill unterstützt wird. Und wenn mein Foto dann rein zufällig in den Zeitungen landen sollte, kann ich es auch nicht ändern, oder?«

»Nein, natürlich nicht.« Mr Woodhouse grinste breit und schob sich den Hut auf den Hinterkopf. »Es ist ja allgemein bekannt, dass Zeitungen sich besser verkaufen, wenn hübsche Mädchen ihre Seiten schmücken.«

»Dann sind wir uns also einig?«

»Wir sind uns einig.« Evie und T. S. Woodhouse bekräftigten ihre Vereinbarung mit einem Handschlag. Gleich darauf schwebte Mr Woodhouses Stift schon wieder über seinem Notizbuch. »Ich bin bereit, wenn Sie es auch sind. Man weiß, dass der Mörder okkulte Symbole am Tatort hinterlässt. Was sind das für Symbole?«

»Es handelt sich dabei um ein Pentakel, um das sich eine Schlange ringelt, die ihren eigenen Schwanz verschlingt. Der Mörder brennt es seinen Opfern in die Haut. Außerdem hinterlässt er Botschaften religiösen Inhalts. Mein Onkel hält es für denkbar, dass sie aus dem Buch der Offenbarung stammen.«

T. S. Woodhouses Stift flog nur so über die Seite seines Notizblocks. »Das ist gut. Der Offenbarungsmörder. Das gefällt mir.«

»Wir wissen allerdings noch nicht, ob dem auch tatsächlich so ist …«

»Egal.« Auf T. S. Woodhouses Gesicht lag ein Ausdruck unerbittlicher Entschlossenheit. »Ich bin von der Presse. Ich sorge schon dafür, dass dem so ist. Was können Sie mir sonst noch sagen?«

»Das wär's fürs Erste. Ich rechne mit Ihrem Artikel, Mr Woodhouse.«

T. S. Woodhouse steckte sich den Stift hinters Ohr, schob den Notizblock in die Brusttasche seines Anzugs und schüttelte ihr wieder die Hand. »Sie waren großartig, Evie. Und keine Sorge – ich halte meine Versprechen.«

Evie hoffte, dass das stimmte. Wenn Will nicht in der Lage war, aus dem Museum einen attraktiven Ort zu machen, so würde sie es vielleicht schaffen. Und wenn sie nach Ablauf ihres dreimonatigen Aufenthalts weiter in Manhattan bleiben wollte, dann war es an der Zeit, sich eigenen Raum und einen Namen zu verschaffen. Jemanden wie T. S. Woodhouse zum Freund zu haben konnte dabei nur hilfreich sein.

Seltsam, wie sich die Dinge manchmal fügen

Henry erwachte schwer atmend aus einem Traum, in den er sich begeben hatte, weil er hoffte, Louis darin zu finden. Stattdessen hatte er Evie gesehen – und ganz offensichtlich hatte auch sie ihn gesehen. Das war seltsam und mit seltsamen Phänomenen kannte Henry sich eigentlich aus. Seit zwei Jahren wandelte er nun schon in Träumen, aber Derartiges war ihm bisher noch nie geschehen.

Henry ging zu dem gesprungenen Waschtisch hinüber, schüttete sich Wasser aus der Schüssel ins Gesicht und strich sich das Haar mit seinen nassen Händen zurück. Dann schob er sich den alten Strohhut wieder auf den Hinterkopf und starrte auf sein blasses Spiegelbild. Er lehnte die Stirn gegen das Glas und schloss die Augen.

»Louis, wo bist du?«, fragte er in den leeren Raum hinein; eine Antwort erwartete er nicht.

»Schwester«, sagte Memphis leise. »Könnte ich Sie mal etwas fragen? Unter vier Augen?«

»Geht es um mich?«, meldete sich Isaiah von Sister Walkers Esstisch aus zu Wort; dort saß er und löste Rechenaufgaben, nachdem er seine Arbeit mit Sister Walker und den Karten für heute hinter sich gebracht hatte. Memphis war immer wieder erstaunt über das

Talent seines kleinen Bruders, Dinge aufzuschnappen, die ihn nichts angingen.

»Warum sollte ich denn über dich reden wollen? Sister Walker und ich haben weiß Gott wichtigere Themen zu besprechen.«

Isaiah zog ein finsteres Gesicht. »Ich bin auch wichtig!«

»Aber natürlich bist du das«, bestärkte ihn Sister Walker. »Warum greifst du nicht noch mal bei den Süßigkeiten zu, Isaiah? Memphis, komm, wir gehen in die Küche.«

Memphis folgte Sister Walker ans hintere Ende ihrer Wohnung in eine kleine, freundlich wirkende Küche mit geblümten Vorhängen vor dem Fenster, das auf einen Gemeinschaftshof mit Wäscheleinen hinausging. Sie bot ihm einen Keks an und setzte sich ihm gegenüber an den Tisch. Memphis knabberte an dem Keks herum – Sister Walker war keine begnadete Bäckerin; ihre Plätzchen waren immer viel zu trocken und nicht süß genug und er aß sie aus reiner Höflichkeit.

»Hast du etwas auf dem Herzen, Memphis?«

»Ich mach mir Sorgen um Isaiah.«

»Ist irgendwas passiert?«

Memphis war sich nicht sicher, wie viel er ihr anvertrauen sollte. Was, wenn Sister Walker dann nicht mehr mit Isaiah arbeiten wollte? Das würde Isaiah niederschmettern. Trotzdem, wenn etwas nicht in Ordnung war, dann musste er es jemanden wissen lassen, und dieser Jemand war ganz sicher nicht Octavia.

»Er wacht nachts auf. Und ist dann wie in Trance. Und er sagt merkwürdige Dinge.«

Sister Walker runzelte die Stirn. »Was sagt er denn?«

»›Ich bin die Bestie, der Drache aus vergangenen Zeiten.‹ Und dann noch irgendetwas, das so klang, als ob es aus der Bibel wäre.«

»›Ich bin die Bestie, der Drache aus vergangenen Zeiten‹«, wiederholte Sister Walker. »Das ist aus dem Buch der Offenbarung, wenn ich mich recht an meine Zeit in der Sonntagsschule erinnere. Ich möchte keine falschen Anschuldigungen erheben, aber könnte

Octavia vielleicht dahinterstecken?«, schlug sie in freundlichem Ton vor.

Memphis runzelte die Stirn. Es wäre typisch für Octavia, wenn sie Isaiah mit Visionen von Gottes Jüngstem Gericht einzuschüchtern versuchte.

»Aber dann hat er noch etwas anderes Komisches gemurmelt. Immer und immer wieder das gleiche Wort: *Diviner.*«

Alles Blut wich aus Sister Walkers Gesicht und Memphis befürchtete schon, etwas Falsches gesagt zu haben.

»Was bedeutet es denn? Was Schlimmes?«

»Ich habe dieses Wort schon lange niemanden mehr sagen hören«, erwiderte sie, und Memphis fand, dass ihre Stimme ein bisschen traurig klang. »Es ist eine Bezeichnung für Menschen mit ganz besonderen Gaben.«

»So Gaben wie die von Isaiah?«

Sister Walker zuckte kaum merklich mit den Schultern. »Das hängt vermutlich davon ab, woran man glaubt. Aber doch, ja, manche Menschen würden wahrscheinlich sagen, dass Isaiah ein *Diviner* ist.«

Memphis zerkrümelte seinen Keks. »Aber wo sollte Isaiah dieses Wort denn aufgeschnappt haben?«

»Kinder hören doch alles Mögliche.« Sister Walker ließ das Eis in ihrem Wasserglas langsam kreisen. »Die Bezeichnung stammt aus den Berichten einer Seherin aus dem achtzehnten Jahrhundert namens Liberty Anne Rathbone. Eigentlich war sie noch fast ein Kind. Ihr Bruder Cornelius baute später drüben in der Nähe des Central Park eine große Villa, in der sich heute das Museum für Amerikanisches Volkstum, Aberglauben und Okkultes befindet. Manche Leute nennen es auch das Gruselkabinett.«

»Ah, davon habe ich gehört. Aber woher weiß Isaiah von diesen *Divinern*?«

Sister Walker ging ins Nebenzimmer, kehrte mit der Tageszeitung zurück und breitete sie auf dem Tisch aus. »Wegen der Morde,

Memphis. Dr. Fitzgerald, der Leiter des Museums, unterstützt die Polizei bei ihrer Suche nach dem Mörder. Ich möchte wetten, Isaiah hat jemanden darüber reden hören. Das hat ihn wahrscheinlich sehr erschreckt und diesen Schrecken hat er mit in den Schlaf genommen. Es ist nicht ungewöhnlich, dass Kinder schlafwandeln oder im Schlaf sprechen, wenn sie tagsüber etwas erlebt haben, was ihnen Angst macht. Und seine Gabe macht Isaiah noch sensibler. Er ist ja beinahe wie ein Radio, von überall fängt er Signale auf.«

In der Nachbarschaft hatte es viel Gerede über die Morde gegeben und selbst Tante Octavia hatte sie zur Sprache gebracht. Memphis hätte gern geglaubt, dass es das war, was hinter Isaiahs Verhalten steckte; aber was er gesagt und wie er sich bewegt hatte, war höchst eigenartig gewesen. Doch Memphis hatte ohnehin schon zu viel von Sister Walkers Zeit in Anspruch genommen und wollte sie jetzt nicht auch noch mit seinen vagen Ängsten belästigen.

»Das wird es sein, ganz sicher. Danke, Sister Walker.«

»Ich hab ja nicht viel tun können. Hast du noch etwas anderes auf dem Herzen?«

Memphis dachte an seinen eigenen wiederkehrenden Traum, aber er konnte sich nicht überwinden, Sister Walker davon zu erzählen. Er kam ihm so lächerlich vor; nichts, worüber man als erwachsener Mensch Fragen stellte.

»Nein, Ma'am. Sonst ist nichts.«

Sister Walker nickte bedächtig. »Nun gut. Memphis, wie alt bist du gleich wieder?«

»Siebzehn.«

»Siebzehn«, wiederholte Sister Walker, als habe diese Zahl eine ganz besondere Bedeutung. »Und kannst du auch Karten lesen wie Isaiah? Oder etwas anderes in der Art?«

Memphis war nicht sicher, ob Sister Walker von seiner Vergangenheit als Heiler wusste. Sie hatten nie darüber gesprochen, warum sollte er es ihr also jetzt erzählen? Seine Gabe war mit Isaiahs nicht zu vergleichen und außerdem besaß er sie ja ohnehin nicht mehr. »Nein, Ma'am. Diese Gaben sind wohl alle an Isaiah gegangen«, sagte er ohne jede Bitterkeit. »Und danke übrigens für den Keks.«

Sister Walker lachte. »Memphis, man muss kein *Diviner* sein, um zu wissen, dass dir der Keks kein bisschen geschmeckt hat.«

»Bin einfach nur nicht hungrig, Ma'am, das ist alles.«

Memphis schenkte ihr sein Lächeln, obwohl er ziemlich sicher war, dass sie auch das durchschaute.

Wieder im Esszimmer, strich Memphis Isaiah über den Kopf und sagte: »Zeit, dass wir uns auf die Socken machen, Däumling.«

»Isaiah«, sagte Sister Walker noch, »hast du in letzter Zeit eigentlich mal irgendwas Interessantes geträumt?« Sie zwinkerte Memphis verstohlen zu.

»Ja, Ma'am! Ich hab geträumt, ich hätte einen Frosch gefangen. Den größten Frosch, den je einer gesehen hat, und der hat mich auf seinem Rücken reiten lassen – nur mich und niemand sonst!«

Sister Walker warf Memphis einen Blick zu, als wolle sie sagen: Siehst du? Kein Grund zur Beunruhigung. »Na, das ist aber schade, dass der Frosch jetzt nicht hier ist, sonst könnte er dich auf seinem Rücken nach Hause tragen. Ach, lass aber nicht dein Buch hier liegen.«

Sie reichte Isaiah das Buch und drückte leicht seine schmalen Schultern. Isaiah nahm ihre Hände in seine und blickte besorgt zu ihr auf. »Geben Sie auf Ihren Stuhl acht, Sister.«

»Auf welchen Stuhl denn?«

»Den Küchenstuhl.«

»Isaiah, jetzt lass uns endlich gehen.« Memphis zupfte seinen Bruder am Ärmel.

»Also gut. Ich passe auf. Und nun macht euch auf den Heimweg, damit wir keinen Ärger mit eurer Tante bekommen.«

Sister Walker winkte den beiden zum Abschied zu und beobachtete, wie sie, über typische Belanglosigkeiten unter Brüdern streitend, davongingen. Memphis verbarg etwas vor ihr, das spürte sie.

Die alte Margaret hätte ohne große Mühe herausgefunden, um was es dabei ging. Aber das war Vergangenheit und sie machte sich jetzt eher Gedanken um die Zukunft. Als sie vor fünf Monaten nach Harlem gekommen war und nach Memphis Campbell gesucht hatte, da hatte sie noch gedacht, er verkörpere diese Zukunft. Aber jetzt hatte sie ja Isaiah. Schon seltsam, wie sich die Dinge manchmal fügten. Und wenn sie recht behielt mit ihrer Ahnung, dann musste sie ihn darauf vorbereiten.

Später am Abend benötigte sie eine Schüssel aus dem hohen Schrank in ihrer Küche und zog sich den Küchenstuhl herbei, um an sie heranzukommen. Als sie oben stand und sich nach der Schüssel reckte, knickte eines der Stuhlbeine ein und sie stürzte auf den Küchenboden und schlug mit Schulter und Knie auf. Ihr war nichts passiert – sie zitterte nur ein wenig und hatte ein paar blaue Flecken davongetragen –, aber der Stuhl war ruiniert. Und mit einem Schaudern erinnerte sie sich an das, was Isaiah zu ihr gesagt hatte: Geben Sie auf Ihren Stuhl acht, Sister.

The Good Citizen

Die Pillar of Fire Church befand sich auf einem Gelände von etwa achtzig Morgen ehemaligen Ackerlands in Zarephath, New Jersey. Dort hatte die Predigerin Alma Bridwell White am Ufer des Millstone Rivers und fernab all dessen, was sie als verderbliche Einflüsse dieser Welt ansah, eine Gemeinde gegründet. Ihre Anhänger besaßen alles, was sie brauchten – ein Leben in der Gemeinschaft, ein College und eine Kirche. Außenstehende hielt man sich vom Leib.

Sam fuhr eine lange, von gepflegt aussehenden Tannen gesäumte Schotterzufahrt hinauf, die schließlich an einem kleinen Komplex zweistöckiger Häuser auf einem hübschen, parkähnlichen Gelände endete. Männer und Frauen in schlichter Kleidung gingen dort umher und grüßten sich gegenseitig mit freundlichem Lächeln.

»Die sehen nicht aus wie Mörder«, bemerkte Evie.

»Das tun Mörder nie«, brummte Sam.

Im Verwaltungsgebäude nahm sie ein Mr Adkins in Empfang, ein stämmiger, kahl werdender Mann mit eckigem Kinn und sehr festem Händedruck.

»Herzlich willkommen in der Pillar of Fire Church.« Jericho und Evie stellten sich als Mr und Mrs Jones vor und Sam als Mr Smith, Jerichos Cousin, der sie freundlicherweise hergefahren hatte.

»Was für eine nette Familie«, sagte Mr Adkins. »Ganz so, wie wir es schätzen.«

Er führte sie kurz durch die Anlage und dann weiter in die Kirche mit ihrer riesigen Orgel. Anschließend gingen sie zurück in das

Verwaltungsgebäude und kamen durch einen Speisesaal, in dem mehrere Frauen in identischen blauen Röcken und weißen Blusen saßen und Broschüren zusammenhefteten. Sie lächelten und winkten, als wären Evie, Sam und Jericho bei ihnen zu einem ihrer Kirchenessen eingeladen. Evie konnte nicht anders, als sich ihre Gesichter von den Flammen eines brennenden Kreuzes erleuchtet vorzustellen, und spürte, wie ihr unter ihrem Kleid Schweißperlen den Rücken hinunterliefen.

Mr Adkins führte sie weiter in ein spartanisch eingerichtetes kleines Büro; dort hing ein schlichter Wandbehang, auf dem in Kreuzstickerei geschrieben stand: EWIGE WACHSAMKEIT IST DER PREIS DER FREIHEIT.

Evie setzte sich auf den äußersten Rand des ihr angebotenen Stuhls, Jericho nahm neben ihr Platz und Sam blieb, die Hände in den Hosentaschen, mit forschendem Blick hinter ihnen stehen.

»Was kann die Pillar of Fire Church denn nun für Sie tun, Mr und Mrs Jones?«

»Mr Jones und ich sind überaus beeindruckt von Ihrem … göttlichen Lebenswandel. Wir denken daran, von Manhattan fortzuziehen – wegen dieser grauenhaften Morde.« Evie schauderte, um die bestmögliche Wirkung zu erzielen. »Wir fühlen uns dort einfach nicht mehr sicher, nicht wahr, Mr Jones?«

»Ich … ähem …«

Evie tätschelte seine Hand. »Es ist so. Finden Sie die Situation nicht auch einfach entsetzlich, Mr Adkins?«

»In der Tat. Allerdings kann ich nicht behaupten, dass sie mich überrascht. Schuld daran ist dieses neue fremdländische Element, wissen Sie – es verunreinigt unsere weiße Rasse und unsere Lebensordnung. Die jüdischen Anarchisten. Die Bolschewisten. Die Italiener und die irischen Katholiken. Die Schwarzen mit ihrer Musik und ihren Tänzen. Sie haben nicht unseren Moralkodex, teilen nicht unsere amerikanischen Werte. Wir hier glauben an reinen Amerikanismus.«

»Als ob seine Vorfahren hier immer schon leben würden«, murmelte Sam leise.

Evie täuschte einen Hustenanfall vor und gab dabei Geräusche von sich, als wäre sie kurz davor, eine Lunge zu verlieren. »Mr Adkins, könnte ich bitte ein Glas Wasser haben?« Evie hustete noch mal, um den Effekt zu steigern.

»Aber sicher. Ich, ähem, ich muss dafür kurz in die Küche. Bin gleich wieder zurück. Bitte fühlen Sie sich ganz wie zu Hause.«

Kaum hatte er den Raum verlassen, sprang Evie auf. »Genau das habe ich vor. Ihr Jungs durchsucht den Raum hier. Und ich schnüffele draußen ein bisschen rum.«

Jericho schüttelte den Kopf. »Das halte ich für keine gute Idee, Evie. Was ist, wenn er zurückkommt?«

»Dann sagt ihr ihm, dass ich auf die Toilette gegangen bin«, erwiderte Evie. Sie verdrehte die Augen. »Erwähne Frauen auf der Toilette und jeder Mann ist wie paralysiert.«

Draußen schlich Evie sich den Gang hinunter, öffnete Türen und suchte nach irgendwelchen Hinweisen. Ein Bündel neuer *Good Citizen*-Ausgaben lag auf einem Tisch neben der Treppe. Auf ihrem Titelblatt war wieder ein Kapuze tragender Mann zu sehen, der einen Katholiken mit dem Kopf nach unten aufknüpfte, in der gleichen Stellung also, in der auch Tommy Duffys Körper gefunden worden war. Evie steckte die Zeitschrift in die Tasche, um sie später Will zeigen zu können.

»Psst!«, zischte Sam Evie von der Schwelle eines der Bürozimmer zu.

»Sam! Was tust du denn hier?«, gab Evie flüsternd zurück.

»Das Gleiche wie du. Rumschnüffeln.«

Evie lief zu ihm ans hintere Ende des Gangs. Da niemand zu sehen war, betrat sie schnell den Raum und schloss die Türe hinter sich. »Du solltest doch bei Jericho bleiben!«

»Langsam könntest du wissen, Süße, dass ich niemals tue, was man von mir erwartet.«

»Hast du wenigstens was entdeckt?«

»Noch nicht. Ich sehe hier mal nach und du vielleicht da drüben.«

Evie durchsuchte die Schubladen eines Beistelltisches und warf einen Blick auf ein Bücherregal, fand aber nichts von Interesse. Sie ging weiter zu einem Wandschrank. Innen hingen weiße Roben und Kapuzen, die wie Häute von Geistern aussahen. Rasch schloss Evie die Tür wieder und lief zu Sam hinüber, der gerade die Schubladen eines großen Eichenschreibtischs herauszog. »Sieh du in den unteren Schubladen nach«, sagte er. Sam öffnete die Schublade auf der rechten Seite, in der sich ein Sammelsurium von Papieren und Briefen befand, und hob die Ankündigung eines Treffens der Amerikanischen Eugenetischen Vereinigung an. Darunter lag die Fotografie eines in Nebel gehüllten großen Schlosses. Irgendetwas an dem Schloss kam Sam bekannt vor, obwohl er nicht sagen konnte, was es war. Gerade wollte er sich das Foto in die Tasche schieben, da ging die Tür mit einem Klacken auf und ein hochgewachsener Mann stand etwas zögernd auf der Türschwelle. Er trug einen dunklen Farmerhut und -overall und ein Hemd aus grobem Baumwollstoff. Um seinen Hals hing an einem Lederband ein flacher, runder Anhänger.

»Bin auf der Suche nach Missus White«, sagte der Mann kurz angebunden. »Haben Sie die vielleicht gesehen?«

Behutsam schob Evie die Schublade zu. »Wen darf ich denn melden?«, fragte sie.

»Bruder Jacob Call.« Der Mann machte jetzt zwei zögernde Schritte ins Zimmer hinein und Evies Blick fiel auf den Anhänger an seinem Hals: Es war ein fünfzackiger Stern, umringt von einer Schlange, die ihren eigenen Schwanz fraß. Evies Herz fing an zu rasen und sie gab Sam hinter ihrem Rücken mit der Hand ein Zeichen.

»Oh, das ist aber ein interessanter Anhänger, den Sie da tragen. Ist der alt?«

Der Mann legte eine Hand auf den Anhänger. »Das ist das Zeichen des Herrn. Es schützt sein Volk in Zeiten der Bestie.«

Ein kalter Schauer kroch Evie vom Nacken aus über beide Arme. Der Anhänger, die Erwähnung der Bestie – es war sehr wahrscheinlich, dass sie und Sam in einem Raum mit dem Pentakelmörder standen.

»Wie … sagten Sie, war noch Ihr Name?«, fragte Evie.

Der Mann sah plötzlich misstrauisch aus. Er wandte sich rasch ab und wäre beinahe mit einer grobknochigen Frau in schlichtem schwarzen Kleid zusammengestoßen, die in diesem Moment den Raum betrat und Sam und Evie durch ihre Drahtgestellbrille anstarrte.

»Was in aller Welt haben Sie hier verloren?«, fragte sie mit einer Stimme, die einer jeden Kanzel würdig war.

»Und wer möchte das wissen?«, fragte Sam in ähnlichem Tonfall zurück.

Die Augen der Frau wurden schmal. »Ich bin Mrs Alma Bridwell White, das Oberhaupt der Pillar of Fire Church. Und Sie befinden sich unaufgefordert in meinem Büro.«

Sie rief zwei stämmige Männer herbei, die Evie und Sam recht unsanft in Mr Adkins Büro zurückbeförderten, wo Jericho noch immer wartend saß. Er riss die Augen auf, als er sie sah, und Evie warf ihm einen warnenden Blick zu, damit er ja nichts sagte.

»Mr Adkins, können Sie mir erklären, was diese beiden Eindringlinge unaufgefordert und unbeaufsichtigt in meinem Büro zu suchen hatten?«

»Es tut mir leid, Mrs White. Sie waren bei mir, um sich nach einer Aufnahme in die Gemeinschaft zu erkundigen. Ich wollte nur ein Glas Wasser holen, und als ich zurückkam, erklärte mir Mr Jones, sie und Mr Smith hier seien beide zur Toilette gegangen.«

»Spione, Spione sind sie! Nun sagen Sie schon, was haben Sie in meinem Büro gesucht?«, drängte Mrs White. »Ich verlange eine Antwort von Ihnen.«

Einige kampflustig aussehende Männer stürzten jetzt ins Zimmer. Evie musste schlucken. Wenn sie sich nicht schleunigst etwas einfallen ließen, dann waren sie erledigt.

»Ich wollte es ja eigentlich nicht sagen, aber wir haben lang genug gelogen«, vernahm man Sam plötzlich, und Evie merkte daran, wie er mit dem Kleingeld in seiner Hosentasche klimperte, dass er nervös war.

»Lang ... genug?« Evie suchte in seinem Gesicht nach einem Hinweis darauf, welches Spiel sie gerade spielten.

»Ja, lang genug. Ich kann es einfach nicht länger geheim halten, Süße.« Sam legte seinen Arm um Evies Schulter, zog sie an sich und küsste sie auf die Wange. Jericho sah die beiden entgeistert an. »Tut mir leid, dass du es auf diese Weise erfahren musst, Vetter. Wir sind in das Büro gegangen, um einen Moment für uns allein zu sein. Ich bin ganz hin und weg von ihr und sie hat's auch erwischt. Stimmt's, Liebste? Wir fahren nach Reno, um eure Ehe annullieren zu lassen, und dann verbandeln wir zwei uns. Mann, ich könnt es dir wirklich nicht verübeln, wenn du mich hier an Ort und Stelle gleich verprügeln würdest, für das, was ich dir antu.«

Verblüfftes und abfälliges Gemurmel setzte unter den im Raum versammelten Mitgliedern der Pillar of Fire Church ein. Im Schutz von Jerichos großem Körper machte Sam eine kleine Bewegung mit der Faust, in der Hoffnung, dass dieser den Hinweis verstand. Und tatsächlich riss der die Augen weit auf, als begreife er endlich. »Nun, sie ist *meine* Frau und *du* kriegst sie auf keinen Fall«, verkündete er etwas unbeholfen. Dann trat er einen Schritt zurück und verpasste Sam einen Faustschlag ans Kinn. Sam schwankte und ging mit blutender Lippe in die Knie.

»Du Mistkerl«, gab Sam krächzend von sich.

»Oh Sam!« Evie kniete sich neben Sam und betupfte mit ihrem Taschentuch seinen Mund.

Mrs White hatte die Szene mit eisigem Blick beobachtet. »Ich denke, Sie verlassen dieses Haus jetzt besser. Wir sind eine ehrenwerte Gemeinschaft und wollen mit Ihren schmutzigen Stadtaffären nichts zu schaffen haben.«

»Ehrenwerte Gemeinschaft«, spöttelte Sam hinter dem Lenkrad, während sie die lange Auffahrt wieder zurückfuhren. Seine Wange schwoll bereits an und sein Hemd war blutverschmiert. Evie betupfte seine Wunde und Sam zuckte zusammen. »Au!«

»Tut mir leid wegen eben«, sagte Jericho vom Rücksitz, sah allerdings sehr zufrieden mit sich aus.

»Na ja, immerhin hat uns dein Fausthieb da rausgeholfen. Gute Arbeit, Freddie. Obwohl du nächstes Mal etwas nachsichtiger mit mir sein könntest, du schonungsloser Riese, du.«

Am Fuß der Auffahrt tauchte plötzlich eine Gruppe Männer auf, die die Straße und damit ihre Flucht blockierten. Evie packte den Türgriff, als sie sah, dass sie das Automobil umringten. Sam ließ die Hände unverändert auf dem Lenkrad liegen und Evie wünschte sich zum zweiten Mal, sie würde selber fahren.

Ein Mann mit breitem Oberkörper und Strohhut auf dem Kopf stützte sich mit beiden Händen in Evies offenes Fenster. »Wir wissen ganz genau, was ihr Leute aus der Stadt so alles treibt, und wollen nichts damit zu schaffen haben. Verstanden?«

Evie nickte. Das Herz schlug ihr bis zum Hals und sie hob den Blick nicht von der Straße.

»Kommt ja nicht wieder her. Leute wie euch können wir hier nicht gebrauchen.«

Einer der Männer rückte mit seinem Gesicht ganz nah an Jerichos heran und lächelte ihm fröhlich zu, als wären sie zwei alte Kumpel auf Angelausflug und gäben sich gegenseitig gute Ratschläge. »Junge, wenn ich Sie wär, dann würde ich den da in den Wald mitnehmen und ihm zeigen, was passiert, wenn er sich nimmt, was Ihnen zusteht.« Er zog ein Briefchen mit Streichhölzern aus der Hosentasche, zündete eins davon an und sah zu, wie es zu einem orangefarbenen Diamanten aufloderte; dann schnippte er es in Richtung Fahrersitz. Evie gab einen kleinen Schrei von sich, als das Streichholz auf Sams Hose landete, aber Sam klopfte es schnell aus. Allerdings sah er ziemlich erschrocken dabei aus, von dem üblichen Großmaul Sam keine Spur mehr. Der Mann trat jetzt vom Fenster zurück, und als auch der Mann, der vor dem Auto stand, die Hand von der Motorhaube nahm, fuhr Sam mit einem so heftigen Ruck an, dass kleine Kieselsteine unter den Hinterreifen wegstoben. Dann brauste er in einem solchen Tempo um die nächste Kurve, dass sie den Mann, der mitten auf der Straße stand, um ein Haar überfahren hätten.

»Sam, pass auf!«, schrie Evie.

Sam trat auf die Bremse, der Wagen kam schlingernd zum Stehen und der Motor erstarb. Vor ihnen stand mit erhobenen Händen Jacob Call, als habe er nur darauf gewartet, von dem Wagen erfasst zu werden. Er zeigte mit dem Finger auf sie.

»Was vor langer Zeit begann, wird ein Ende haben, wenn das Feuer am Himmel brennt«, sagte er. »Tut Buße, denn die Bestie ist gekommen.«

Damit drehte er sich um und ging mit großen, schnellen Schritten den Hügel hinauf.

Es war schon Nachmittag, als Evie, Jericho und Sam ins Museum zurückkehrten und Will von ihrem knappen Entkommen und ihrer seltsamen Begegnung mit Bruder Jacob Call berichten konnten.

»Glaubst du, der könnte unser Mörder sein?«, fragte Jericho.

»Jedenfalls werde ich die Angelegenheit gleich an Detective Malloy weitergeben«, erwiderte Will. »Ihr habt eure Sache sehr gut gemacht. Das könnte die Gelegenheit sein, auf die wir gewartet haben.«

»Jacob Call hat noch etwas anderes sehr Seltsames gesagt.« Evie hatte ihre Schuhe ausgezogen und legte die Füße auf einen Bücherstapel auf dem Boden. »Er sagte so was wie ›Was vor langer Zeit begann, wird nun ein Ende haben‹. Was hat vor langer Zeit begonnen? Und wann?«

Das Telefon läutete und Will erhob sich, um den Anruf entgegenzunehmen. »William Fitzgerald. Und mit wem spreche ich, bitte? Einen Moment mal.« Will hielt Evie den Hörer entgegen. »Für dich, Evie. Ein Mr Daily Newsenhauser?«

Evie nahm ihm den Hörer ab und sagte: »Ich brauche keinen Electrolux-Herd und bin bereits Colgatekundin; falls Sie also nicht zufällig einen Nerz zu verschenken haben, dann bedaure ich, Sie …«

»Hallo, Süße. Wie geht's dem Gruselkabinett?«, fragte T. S. Woodhouse am anderen Ende der Leitung.

Evie wandte Will und den beiden Jungen den Rücken zu. »Großartig. Mr Lincolns Geist hat mich soeben zum Tee gebeten. Zuvorkommende Geister weiß ich ganz außerordentlich zu schätzen. Cleveres Pseudonym übrigens.«

»Daily Newsenhauser? Fand ich auch.«

Evie legte ihre Hand über die Sprechmuschel. »Es geht um eine Bestellung, die ich bei einem der Verkäufer von B. Altmann aufgegeben habe. Dauert nicht lange.«

»Ich mag es nicht, wenn du das Museumstelefon mit persönlichen Gesprächen blockierst, Evangeline«, sagte Will, sah aber nicht einmal von dem Stapel mit Zeitungsausschnitten auf, der vor ihm auf dem Tisch lag.

»Gehe ich recht in der Annahme, dass Sie nicht frei sprechen können?«, fragte Woodhouse.

»Sie haben es erfasst.«

»Vielleicht können wir uns irgendwo treffen?«

»Höchst unwahrscheinlich.«

»Ach kommen Sie, Süße. Halten Sie doch Ihren alten Freund T. S. nicht so hin. Haben Sie Neuigkeiten für mich?«

»Kommt drauf an. Was haben Sie mir denn zu bieten?«

»Einen Bericht über das Museum in der Ausgabe von morgen. In dem auch eine gewisse Miss Evie O'Neill erwähnt wird. Eine sehr attraktive Miss O'Neill übrigens.«

Evie lächelte. »Warten Sie doch bitte einen Moment. Jericho«, rief sie. »Ich muss jetzt was bestellen, worüber man in der Öffentlichkeit nicht spricht. Sei doch so gut und leg den Hörer für mich auf, ich nehme das Gespräch in Wills Büro entgegen.« Evie lief eilig an Sam vorbei, der die Bemerkung ›worüber man in der Öffentlichkeit nicht spricht‹ mit einem Wackeln seiner Augenbrauen kommentierte. Evie konterte mit einem Augenrollen und lief in Wills Büro. »Hab abgenommen, danke, Jericho.« Sie wartete, bis sie den verräterischen Klickton in der Leitung hörte, und setzte dann ihr Gespräch mit gedämpfter Stimme fort. »Sie vermuten, dass der Mörder mit dem Klan zu tun hat. Man hat nämlich ein Exemplar von *The Good Citizen* bei Tommy Duffys Leiche gefunden.«

»Im Ernst? Das würd ich diesem Abschaum glatt zutrauen.«

»Ich weiß. Die sind noch schlimmer als Reporter.«

»Ich mag Sie richtig gerne, Süße.«

»Und ich mag, was Sie für mich bewirken können, Mr Woodhouse.«

»Was können Sie mir sonst noch sagen?«

»Nichts da. Erst will ich Ihren Artikel sehen.«

»Evie, würdest du jetzt bitte dein Gespräch beenden?«, forderte Will sie auf, der plötzlich auf der Türschwelle stand.

Evies Stimme klang jetzt laut und fröhlich. »Besorg dir ein Senfpflaster und bleib heute im Bett, Mabesie, mein Liebling; danach fühlst du dich wieder ganz wie neu! Jetzt muss ich aber Schluss machen. Auf bald!« Evie legte den Hörer auf die Gabel und drehte sich mit einem tiefen Seufzer zu Will um. »Die Arme wäre ohne mich verloren.«

Will sah sie verwundert an. »Ich habe gedacht, du hättest mit einem Verkäufer von B. Altman telefoniert.«

»Ich habe doch zwei Anrufe erhalten!«, log Evie und schenkte Will ein strahlendes Lächeln. »Ehrlich, Onkel Willy! Hast du es denn nicht noch mal läuten hören? Na ja, die Akustik in diesen alten Villen ist auch nicht mehr auf dem neuesten Stand. Wie auch immer, wenigstens habe *ich* es klingeln hören. Was wolltest du denn von mir?«

Will schlüpfte in seinen Trenchcoat und setzte seinen Hut auf. »Ich habe gerade von meinem Kollegen Dr. Poblocki von der Columbia Universität erfahren, dass sich die Buchseite, die du entdeckt hast, als hilfreich erwiesen hat. Er hat tatsächlich etwas Entscheidendes herausgefunden. Also?«

Und Evie griff nach ihrem Mantel.

Die Elf Opfer

Evie und Will gingen über die ausgedehnte Grünfläche der Columbia Universität auf die Low Memorial Library zu, einem Marmorbau von beträchtlicher Größe, dessen ionische Säulen ihn wie einen griechischen Tempel aussehen ließen. Zu ihrer Rechten hoben sich die schiefen Dächer der Wohnblöcke von Morningside Heights wie ein Relief gegen den grauen Herbsthimmel ab. Irgendwo läutete eine Kirchenglocke. Es war ein stürmischer Tag, aber trotzdem saßen einige Studenten draußen auf der Treppe, die zur Bibliothek führte. Als Evie an ihnen vorüberging, drehten sich etliche Köpfe nach ihr um, und ihr gefiel der Gedanke, es könne daran liegen, dass sie in ihrem rosafarbenen Seidenkleid und den Strümpfen mit Pfauenmuster hinreißend hübsch aussah, und nicht daran, dass sie eines der wenigen Mädchen auf dem Campus war.

Dr. Georg Poblockis Büro lag am Ende eines langen Flurs in einem Gebäude, in dem es nach alten Büchern und nach Sehnsucht roch. Er war ein großer Mann mit zerfurchten Wangen und leicht geschwollenen Augen; sie waren von wilden Brauen überschattet, die Evie nur allzu gern gestutzt hätte.

»Es war nicht ganz einfach, den vollständigen Hintergrund der Zeichnung aufzudecken, die Sie mir geschickt haben, William«, sagte Dr. Poblocki mit leichtem deutschen Akzent. »Aber ich *habe* ihn aufgedeckt.« Vor lauter Freude zeigte sich ein geradezu spitzbübisches Lächeln in seinem Gesicht.

Er zog ein Buch aus einem Stapel und öffnete es auf der Seite, die markiert und auf der das ihnen nun schon bekannte Symbol des

Sterns und der ihn umzingelnden Schlange abgebildet war. »Sehet: das Pentakel der Bestie.«

»Die Polizei hätte besser Sie konsultieren sollen, Georg, und nicht mich.«

Dr. Poblocki zuckte mit den Achseln. »Ich habe aber leider kein Museum.« Und zu Evie gewandt sagte er: »Ihr Onkel hat bei mir in Yale studiert, bevor er für die Regierung arbeitete.«

»Das ist lange her.« Will klopfte auf die Buchseite. »Erzählen Sie mir mehr über das Pentakel der Bestie. Was stellt es dar? Welche Bedeutung hat es?«

»Es ist das heilige Symbol der Brethren, einer heute nicht mehr existierenden religiösen Sekte im nördlichen Teil des Bundesstaates New York.«

»Ich vergesse immer, dass New York auch noch ein Hinterland hat. Alles jenseits von Manhattan kommt mir völlig überflüssig vor«, scherzte Evie.

»Reizend!« Dr. Poblocki lächelte. »Gefällt mir, diese junge Dame.«

»Das Symbol der Brethren also ... und weiter?«, fuhr Will ungeduldig fort.

»Die Sekte wurde im frühen neunzehnten Jahrhundert während der Zweiten Großen Erweckung gegründet.«

»Der zweiten was ...?«, fragte Evie.

»Die Zweite Große Erweckung ereignete sich zu einer Zeit, als unsere Nation von religiösem Fanatismus ergriffen wurde. Prediger zogen durchs ganze Land und hielten bei ihren Erweckungsveranstaltungen und Zelttreffen leidenschaftliche Predigten über Höllenfeuer und Verdammnis. Sie retteten Seelen und warnten die Menschen vor den Versuchungen des Teufels«, sagte Dr. Poblocki, der inzwischen einen Tonfall angenommen hatte, in dem er sonst vermutlich zu seinen Studenten sprach. »Daraus entstanden ganz neue Glaubensrichtungen wie die Kirche Jesu Christi der Heiligen der Letzten Tage, die Kirche Christi, die Siebenten-Tags-Adventisten und eben auch die hier.« Dr. Poblocki tippte mit dem Finger auf das Buch vor ihm. »Der Orden der Brethren wurde von einem jungen Prediger namens John Joseph Algoode gegründet. Reverend Algoode hütete gerade Schafe – ausgesprochen biblisch übrigens –, als er ein großes Feuer am Himmel sah. Es war Salomons Komet.«

Evie fielen plötzlich die beiden Mädchen wieder ein, die auf der Straße Handzettel verteilt hatten. »Und genau dieser Komet ...«

»Befindet sich wie alle fünfzig Jahre wieder auf dem Weg zu uns«, beendete Dr. Poblocki Evies Satz. Er ließ sich auf einem Stuhl nieder und zuckte zusammen. »Ah, dieses fürchterliche Knie. Das Alter bleibt leider keinem von uns erspart.«

»Und ich bin alt, bevor Sie endlich mit Ihrer Geschichte weiterkommen, Georg«, beschwerte sich Will, und Evie schämte sich ein bisschen für seine Unhöflichkeit.

»Ihr Onkel! Geduld war noch nie seine Stärke. Ich fürchte, eines Tages werden Sie dafür zahlen müssen, William«, sagte Dr. Poblocki. Er warf Will einen finsteren Blick zu, und Evie kam es vor, als sähe ihr Onkel plötzlich ein wenig bedrückt aus. »Reverend Algoode behauptete, eine Vision gehabt zu haben: dass nämlich die alten Kirchen Europas Gottes Wort beleidigt hätten. Es müsse eine neue amerikanische Religion entstehen, sagte er. Nur ein solches Unterfangen könne Gläubige hervorbringen, die rein und fromm genug seien, um sich gänzlich Gottes Wort und Urteil zu unterwerfen. Und diese neue Religion sollte natürlich die der Brethren sein. Sie würde das neue Amerika beherrschen. Das wahre Amerika. Sie würde seine große Verheißung erfüllen.« Dr. Poblocki nahm seine Brille ab, behauchte ihre Gläser, wischte dann mit einem Tuch so lange darüber, bis er mit dem Ergebnis zufrieden war, und schob sich ihre Bügel wieder über die Ohren. »Im Jahr 1832 zog Pastor Algoode mit seiner kleinen Gemeinde in die Catskill Mountains. Dort ließen sie sich auf fünfzehn Morgen Land nieder und errichteten in einer alten Scheune eine Kirche, in der sie sich allabendlich und sonntags auch den ganzen Tag bei Kerzenschein zum Gebet versammelten. Sie bemalten ihre Häuser und ihre Kirche mit religiösen Symbolen, die aus ihrem Heiligen Buch stammten, und bestellten ihr Land. Sie hatten sich einem seltsamen Glaubenssystem verschrieben, das aus Teilen der Bibel – besonders aus dem Buch der Offenbarung – und aus Okkultem zusammengewürfelt war. Das *Buch der Brethren* galt ihnen halb als religiöse Glaubenslehre, halb als Grimoire.«

»Als Grimoire?«, fragte Evie nach.

»Als Zauberbuch«, erläuterte Dr. Poblocki.

»Das erklärt vermutlich auch die Sigillen«, sagte Will nachdenklich.

Dr. Poblocki nickte. »So ist es. Wie immer in solchen Fällen kam das Gerücht auf, dass die Sekte allerlei praktiziere: von widerwärtigen Sexualpraktiken über Kannibalismus bis hin zum Menschenopfer. Was auch einer der Gründe ist, weshalb sie so isoliert hoch oben in den Bergen lebten – um der Verfolgung zu entgehen. Sie verfügten nämlich auch über ein umfassendes Wissen über Halluzinogene, das sie höchstwahrscheinlich von Eingeborenenstämmen übernommen hatten, die derlei in ihren religiösen Ritualen verwendeten, um einen erleuchteten Zustand zu erlangen. Ein frankokanadischer Pelzjäger, der sich in dieser Gegend aufhielt, berichtet von ›herrlichen Rauchwaren und süßem Wein, die – nach ihrem Genuss – den Geist dazu veranlassen, sich Engel und Teufel jedweder Art auszumalen‹. Das bedeutet, die Brethren waren eine eschatologische Sekte.«

»Ist das denn überhaupt legal?«, fragte Evie.

»Was sind Sie doch für eine charmante junge Dame!«, sagte Dr. Poblocki lachend. Er tätschelte Evies Hand. »Sind Sie sich sicher, dass Sie mit diesem Mädchen verwandt sind?« Er nickte Will zu, und Evie hatte Mühe, nicht in Kichern auszubrechen.

»Der Begriff Eschatologie«, fuhr Dr. Poblocki fort, »leitet sich von dem griechischen Wort *eschatos* her, was so viel wie das Letzte oder die letzten Dinge bedeutet, und befasst sich mit dem Ende der Welt und der Wiederkunft des Herrn. Und genau an dieser Stelle wird die Sache richtig interessant!«

Evie riss die Augen auf. »Interessanter noch als das Rauschgift und die Hexerei?«

»Unbedingt! Verstehen Sie, die Brethren glaubten nicht nur an das nahe Ende der Welt, sondern hielten es darüber hinaus für ihre gottgegebene Pflicht, es auch möglichst schnell herbeizuführen.«

»Und wie wollten sie das erreichen?«, fragte Will.

»Indem sie versuchten, den Antichristen wieder zum Leben zu erwecken. Die Bestie höchstpersönlich.« Dr. Poblocki unterbrach sich hier, um seinen Worten die nötige Resonanz zu verleihen, und Evie spürte, wie sie eine Gänsehaut bekam.

»Aber welches Interesse hatten sie daran, wenn sie doch Christen waren?«, fragte Evie.

»Die Grenze zwischen Glauben und Fanatismus verschiebt sich ständig«, sagte Dr. Poblocki. »Wann wird der Glaube zur Rechtfertigung? Wann wird das Recht zum Prinzip und der Kreuzzug ein Verbrechen?«

»Und wie gedachten sie, die Bestie zum Leben zu erwecken, Georg?«, fragte Will.

»Hiermit.« Dr. Poblocki zog einen schon etwas abgeschabten, in Leder gebundenen Band aus einem Bücherstapel. »Die elf Opfer. Es handelt sich um ein Ritual, durch das die Bestie in Erscheinung treten sollte und das sowohl magische als auch religiöse Ursprünge hat.«

Das Buch war sehr alt und das dünne, fein geäderte Papier fühlte sich lederartig zwischen Evies Fingern an. Es erinnerte sie stark an eine jener alten Bibeln, die noch mit makabrer Buchmalerei versehen waren. Auf jeder Seite war die farbige Darstellung eines Ritualmordes zu sehen, begleitet von einer bibelähnlichen Textpassage. Und an den Rändern der Buchseiten befanden sich die gleichen Sigillen wie auf den Mitteilungen des Mörders.

Evie las die einzelnen Opfer der Reihe nach laut vor. »Das Opfer der Gläubigen. Die Ehrerbietung der zehn Diener des Herrn. Der blasse Reiter, den Tod im Angesicht der Sterne reitend. Der Tod der Jungfrau. Die geschmückte Hure an den Gewässern …« Die letzte Abbildung zeigte eine blinde, mit Edelsteinen geschmückte Frau, die, von Perlen umgeben, auf der Wasseroberfläche trieb. Über ihrem Kopf schwebte das Symbol eines Auges. »Onkel Will«, sagte Evie schaudernd, »in genau dieser Pose hat man doch Ruta Badowskis Leiche gefunden.«

Will griff über Evies Schulter und blätterte auf die nächste Seite weiter. »Das sechste Opfer – die Hinrichtung des faulen Sohnes …« Die Illustration zeigte einen Jungen, der wie der Gehängte auf der Tarotkarte kopfüber und mit angewinkeltem Bein aufgehängt war. Die Hände des Jungen fehlten und das Symbol über der Zeichnung war ein zum Gebet gefaltetes Paar Hände. »Tommy Duffy!«

Evie las weiter. »Das siebente Opfer – die Vertreibung der trügerischen Ordensbrüder aus Salomons Tempel.« Sie sah auf und überlegte. »Dieses Buch ist eindeutig die Vorlage für die Morde.« Sie las weiter. »Das achte Opfer – die Verehrung des Engelsboten. Das neunte – die Zerstörung des Goldenen Idols. Das zehnte – das Wehklagen der Witwe. Das elfte – die Vermählung der Bestie mit der sonnenbekleideten Frau.«

Auf der letzten Seite war ein gehörnter Mann mit Ziegenfüßen, zwei ausladenden Flügeln und einem Schwanz abgebildet. Er saß mit feurigen Augen auf einem Thron und hielt ein tropfendes Herz in der Hand. Zu seinen Füßen lag eine Frau mit goldener Krone und goldenem Kleid, deren Brust aufgerissen war. Am Fuß der Seite befand sich das Symbol eines Kometen. Evie lief ein Schauer über den Rücken.

»Steht in dem Buch denn auch, auf welche Weise die Bestie in diese Welt gelangen sollte?«

»Das geht nicht klar hervor. Es heißt dort nur, dass sie einen Auserwählten dafür brauchten.«

»Einen Auserwählten, der die Morde begehen musste?«, fragte Evie nach.

Dr. Poblocki zuckte leicht mit den Schultern. »Was das betrifft, kann ich leider nur Vermutungen anstellen.«

»Und was ist das hier?« Evie zeigte auf eine Seite am Ende des Buches. Dort war ein Mann abgebildet, der vor einem anderen in dunkler Robe kniete, möglicherweise einem Geistlichen. Das Pentakel der Bestie hing über den beiden wie eine Sonne und um sie herum schwebten himmlische Geister. Außerdem waren Stöße mit Brennholz zu sehen. Der Geistliche legte gerade eine Kette mit einem Anhänger um den Hals des knienden Mannes.

»Der sieht genauso aus wie der Anhänger, den Jacob Call getragen hat«, sagte Evie. »Wozu dient er?«

»Möglicherweise soll er anderen zu erkennen geben, dass sie Anhänger desselben Glaubens sind, so wie es auch das Kreuz und der Davidstern tun«, sagte Dr. Poblocki. »Aber mit Sicherheit kann ich das nicht sagen.«

»Was ist das nächste Opfer?«, fragte Will.

Evie blätterte zurück. »›Das siebente Opfer – die Vertreibung der trügerischen Ordensbrüder aus dem Tempel Salomons.‹ Was immer das bedeutet.« Evie wandte sich an Dr. Poblocki. »Meinen Sie, unser Mörder hält den Kometen für ein Zeichen?«

»Früher hielt man alle Kometen für heilige Menetekel. Für Gottesboten. Als Luzifer, der Lichtbringer, vom Himmel fiel, da zuckte er wie ein Feuerschweif durch den Himmel, erzählt man sich.«

»Wann wird der Komet über Manhattan stehen?«

»Am achten Oktober, gegen Mitternacht«, sagte Will.

»Das ist ja schon in weniger als zwei Wochen.« Evie biss sich auf die Lippe und überlegte. »Sie sagten doch, die Brethren seien eine nicht mehr existierende Sekte. Was ist denn mit ihr geschehen?«

»Im Jahr 1848 verbrannten sämtliche Mitglieder der Sekte.« Dr. Poblocki öffnete einen knarzenden Aktenschrank, der vollgestopft war mit Papieren. »Die Pocken waren ausgebrochen und etliche Ordensmitglieder starben daran. Offenbar kam Reverend Algoode zu der Überzeugung, dass die Seuche Zeichen eines Gottesurteils war und sie sich darauf vorbereiten sollten, den Untergang der Welt herbeizuführen. Niemand weiß ganz genau, was damals geschehen ist, aber man geht davon aus, dass Algoode seine Anhänger um sich scharte und ihren Versammlungsort mit Petroleum übergoss – denn in der Brandruine fand man eine Kanne. Die Türen waren alle verriegelt. Ein Jäger, der sich in der Nähe aufhielt, muss wohl die Flammen und den Rauch gesehen haben. Laut seiner Aussage konnte man hören, wie die Gebete und Hymnen nach und nach in laute Schreie übergingen.«

Evie schauderte. »Wie furchtbar. Und es hat niemand überlebt?«

»Nicht eine Seele«, sagte Dr. Poblocki ernst. »In dem Tal unterhalb des ursprünglichen Dorfs, etwa fünf Meilen davon entfernt, wurde dann später die Stadt New Brethren errichtet. Die Leute dort behaupten, dass noch immer rastlose Geister durch die Wälder des ursprünglichen Ordens spuken. Angeblich haben sie in den Bäumen oben auf dem Berg entsetzliche Laute vernommen und auch Lichter gesehen. Keiner traut sich dort oben hin, nicht mal die Jäger.«

Evie versuchte sich vorzustellen, wie all diese Menschen, eingesperrt an ihrem Versammlungsort, singend und betend dasaßen und die Mütter ihre Kinder umklammert hielten, während die Flammen anfingen zu wüten. »Sie sind alle verbrannt. Warum tut man so etwas?«

»Warum tun Menschen, was sie tun? Weil sie daran glauben. Weil sie glauben, dass ihre Handlungsweisen richtig sind, gerecht. Abraham war bereit, seinen Sohn Isaac zu opfern, weil er glaubte, dass Gott es ihm befohlen hatte. Dabei ist es doch eigentlich unvorstellbar, den eigenen Sohn zu töten. Es ist ein Verbrechen. Wenn man aber in dem Glauben handelt, dass Gott es von einem verlangt, er, die oberste Gottheit, der man gehorchen muss, ist es dann auch ein Verbrechen?«

»Ja«, sagte Will.

Dr. Poblocki lächelte. »Ich weiß, dass Sie nicht gläubig sind, Will. Aber stellen sie sich einen Augenblick lang vor, Sie würden mit aller Inbrunst daran glauben, dass dies die Wahrheit ist. Dann wären Ihre Handlungen innerhalb dieses Bezugssystems gerechtfertigt. Richtig sogar. Sie wären inculpatus – ohne Fehl und Tadel. Wenn diese Situation auf unseren Mörder zutrifft, dann ist er in heiliger Mission unterwegs, und nichts wird ihn davon abhalten, seine Sache durchzuziehen.«

»Was ist denn hier passiert?«, fragte Evie. Sie hatte zur letzten Seite des Buches weiterblättern wollen ... aber jemand hatte sie herausgerissen.

Dr. Poblocki trat näher an Evie heran und sah blinzelnd über seinen Brillenrand. »Ach das. Ich kann Ihnen sagen, was das zu bedeuten hat. Berichten zufolge enthielt das Buch der Brethren eine Zauberformel, mit deren Hilfe man den Geist der Bestie in einem Gegenstand – irgendeiner heiligen Reliquie – einfangen konnte, um ihn anschließend zu zerstören und die Bestie wieder zurück in die Hölle zu stürzen, sobald die Mission der Gläubigen erfüllt war.«

»Das verstehe ich nicht«, sagte Evie.

»Es ist so ähnlich wie die Sache mit dem arabischen Dschinn. Ein Geist oder Dämon kann in einem Gegenstand festgehalten und dann vernichtet werden«, sagte Will. Er sah beunruhigt aus.

»Kaum zu glauben, dass das funktionieren soll«, sagte Evie. »Spielt aber auch keine Rolle, da die Seite ja ohnehin fehlt.«

»Sie fehlt aber nicht einfach so, jemand hat sie herausgerissen«, erinnerte sie Dr. Poblocki

»Aber wer tut so was und warum?«

»Es sieht ganz so aus, als ob jemand eben nicht will, dass die Bestie vernichtet wird.«

»Georg, kann ich es behalten?«, fragte Will. Er hielt das Buch hoch.

»Tun Sie sich keinen Zwang an. Versprechen Sie mir nur, dass Sie nicht plötzlich Ihren eigenen Endzeitkult entwickeln.«

Aber Will war so vertieft in die bebilderten Seiten des Buches, dass er nicht reagierte.

»So, und jetzt ist es höchste Zeit, dass ich mit Mrs Poblocki das gemeinsame Sonntagsessen einnehme.« Dr. Poblocki gab Evie einen galanten Handkuss. »Ich wünsche Ihnen viel Glück bei Ihren Ermittlungen. Und sorgen Sie dafür, dass Ihr Onkel auf dem rechten Weg bleibt.«

Draußen hatte es inzwischen angefangen zu regnen. Will schlug eine Zeitung auf und bot Evie die Hälfte davon an. Sie hielten sich die dünnen Zeitungsblätter über die Köpfe und gingen mit schnellem Schritt über die Grünfläche zurück in Richtung Broadway.

»Wenn unser Mörder sich tatsächlich an den elf Opfern der Brethrensekte orientiert, dann muss er ja irgendwie davon gehört haben. Könnte es nicht sein, dass er aus derselben Gegend wie der Orden stammt?« Evie starrte auf die sich vor ihnen ausbreitende, riesige Stadt. »Glaubst du nicht auch? Will? Onkel Willy, hörst du mir überhaupt zu?«

»Hm? Ja«, erwiderte er abwesend. Er hatte die Stirn in Falten gezogen und seine Augen sahen müde aus. Der Fall beschäftigte ihn offenbar mehr, als er zugeben wollte. »Eine stichhaltige Beobachtung, Evie.«

Evie konnte sich ein Lächeln nicht verkneifen. Für Will war das ein echtes Kompliment.

»Ich werde Detective Malloy wissen lassen, dass wir möglicherweise eine Spur haben und dass der Mörder vielleicht aus der Gegend von New Brethren stammt. Aber wir haben jetzt einen Vorteil.«

»Welchen denn?«, fragte Evie. Es regnete jetzt stärker. Die Zeitung hing bereits durch und Evies Nacken war schon nass.

»Wenn wir uns nicht täuschen und unser Mörder sich an das Buch der Brethren hält, dann wird sein nächstes Opfer das siebte sein – die Vertreibung der trügerischen Ordensbrüder aus dem Tempel Salomons.«

»Aber was heißt das überhaupt?«

»Das rechtzeitig herauszufinden ist unsere nächste Aufgabe«, sagte Will.

Ein Taxi machte einen Schwenk in ihre Richtung und Onkel Will drängte zwei Studenten zur Seite und winkte es heran. »Sie verzeihen, aber meine Nichte ist krank«, sagte er zu den beiden und Evie war entzückt über diese kleine Lüge. Sie hatten gerade ihre Plätze eingenommen, als ein wahrer Sturzregen vom Himmel niederging.

Evie lehnte den Kopf zurück und sah zu, wie der Regen herunterprasselte. »Onkel Will, was geschieht, wenn der Mörder alle elf Opfer vollzogen hat? Er befreit ja nicht wirklich irgendeinen pseudo-biblischen Dämon aus der Tiefe. Worauf ist er also aus?«

»Er glaubt aber, dass er ihn befreit. Ein so starker Glaube ist eine mächtige Antriebskraft.«

»Und was für einen Glauben braucht man, um jemandem wie ihm das Handwerk zu legen?«

»Bitte biegen Sie hier links ab und fahren Sie nicht über die Avenue«, wies Will den Taxifahrer an, der nach bester New Yorker Manier darüber zu diskutieren anfing, welche Strecke um diese Uhrzeit die beste sei. Und Evie bemerkte erst eine ganze Weile, nachdem sie ins Museum zurückgekehrt waren, dass Onkel Will ihre Frage gar nicht beantwortet hatte.

ÜBERMENSCH

Jericho saß in dem privaten Speiseraum des Hotels Waldorf-Astoria in der Fifth Avenue. Auf dem Weg hierher war ihm aufgefallen, dass sich das Laub an seinen Rändern schon in ein zartes Rot und Gold zu verfärben begann. Und das erinnerte ihn an die Farm und die Erntezeit; Gedanken, die ihn schwermütig machten, sodass er sich lieber darauf konzentrierte, die Milch in seinem Tee zu verrühren. Einen Augenblick später öffnete ein weißbehandschuhter Bediensteter die Tür und Jake Marlowe rauschte wie ein wohltätiger Prinz ins Zimmer.

»Bleib bitte sitzen«, sagte Marlowe und nahm am Tisch Platz. Er galt als gut aussehend und in den Zeitungen wurde ebenso viel Tinte über sein dunkles attraktives Äußeres, seine kräftige Kieferpartie und seine große, athletische Gestalt vergossen wie über seine jeweils neueste Erfindung für die Industrie oder einen wissenschaftlichen Durchbruch. »Wie geht es dir, Jericho?«

»Gut, Sir.«

»Schön. Das ist schön. Du siehst auch gut aus.«

»Ja, Sir.«

Marlowe deutete auf Jerichos zerlesene Ausgabe von *Also sprach Zarathustra.* »Taugt das was?«

»Es ist ein ganz netter Zeitvertreib.«

»Wie man hört, gibt es bei deiner Arbeit im Museum ja jede Menge Zeit zu vertreiben. Wie geht es unserem Freund Will?«

»Gut, Sir.«

»Das ist schön. Will und ich mögen vielleicht die eine oder andere Meinungsverschiedenheit gehabt haben, aber ich habe ihn immer bewundert. Und ich mache mir Sorgen um ihn und … seine fixen Ideen.«

Der schweigsame Bedienstete mit den weißen Handschuhen kehrte ins Zimmer zurück und schenkte Marlowe Kaffee ein. »Ich nehme den Waldorfsalat. Und du, Jericho?«

»Ich auch, bitte.«

Der Bedienstete nickte und entfernte sich.

»Wie laufen die Geschäfte, Sir?«, fragte Jericho ohne eine Spur aufrichtigen Interesses.

»Die Geschäfte laufen gut. Sie laufen sogar fantastisch. Wir entwickeln Spannendes bei Marlowe Industries. Und Kalifornien ist wunderschön – es würde dir dort gefallen.«

Jericho verkniff sich die Äußerung, dass Marlowe doch keine Ahnung hätte, was Jericho gefiel.

»Das Angebot steht immer noch – wenn du genug davon hast, Bücher über Magie und Geister in Regale zu räumen, dann kannst du jederzeit für mich arbeiten.«

Jericho musterte den Löffel, der auf seiner Untertasse lag. Er war aus echtem Gold und hatte den Prägestempel des Hotels auf dem Stiel. »Ich habe bereits Arbeit, Sir.«

»Ja. Du hast Arbeit. Ich spreche aber von einem Beruf. Von der Chance, an der Zukunft teilzuhaben, anstatt in einem verstaubten Museum zu vertrocknen.«

»Sie wissen selbst, dass Mr Fitzgerald ziemlich brillant ist.«

»Das war er mal«, sagte Marlowe und ließ sich das Wort »war« auf der Zunge zergehen. »Nach der Sache mit Rotke war er nie mehr ganz derselbe.« Marlowe schüttelte den Kopf. »All diese Brillanz, und nur um diesen Spukgeschichten nachzujagen. Was soll das?«

»Immerhin gehören sie zu unserer Geschichte.«

»Wir sind kein Land mit Vergangenheit, Jericho. Wir sind ein Land mit Zukunft.« Marlowe stützte die Ellbogen auf den Tisch, beugte sich nach vorne und blickte Jericho mit seinen blauen Augen ernst und durchdringend an. »Wie geht es dir wirklich, Jericho?«

»Das habe ich Ihnen doch schon gesagt, Sir. Es geht mir gut.«

Marlowe sprach jetzt mit gedämpfter Stimme. »Und du hast auch keinerlei Symptome feststellen können?«

»Nein, keine.«

Marlowe lehnte sich mit einem zufriedenen Lächeln zurück. »Gut. Das ist vielversprechend. Sehr vielversprechend.«

»Ja, Sir.« Aus dem Löffel sah Jericho sein eigenes verzerrtes Gesicht entgegen.

Marlowe stand auf und stellte sich neben eins der großen Fenster. »Sieh nur mal nach draußen. Was für eine Stadt! Wächst und wächst unaufhörlich. Wir leben hier im besten Land der Welt, Jericho. Ein Land, in dem ein Mann alles werden kann, wovon er träumt. Kannst du dir vorstellen, wie es wäre, wenn andere Länder dieselben demokratischen Ideale und Freiheiten hätten wie wir?«

»Idealismus ist doch nur eine Flucht vor der Realität. Es gibt keine perfekte Gesellschaft.«

Marlowe grinste. »Ist dem so, ja? Da bin ich völlig anderer Ansicht. Höre ich da Nietzsche sprechen? Ach ja, die Deutschen! Wir haben auch eine Fabrik in Deutschland, weißt du. Übrigens ist Deutschland ein ganz gutes Beispiel, also bleiben wir mal dabei: Es wurde im Weltkrieg vernichtend geschlagen. Seine Schulden waren schwindelerregend. Ein Pfund Brot kostete fast drei Billionen Mark! Die Reichsmark war praktisch nichts wert – man fuhr besser, wenn man sein Haus mit ihr tapezierte, als wenn man Waren dafür kaufte oder seine Rechnungen damit bezahlte. Aber Marlowe Industries wird Deutschland helfen, wieder auf die Beine zu kommen. Wir werden die Welt verändern.« Marlowe lächelte strahlend; es war genau dasselbe Lächeln, das die Zeitungen in Schwärmereien über Marlowes Anpackmentalität verfallen ließ. »Auch du könntest die Welt verändern, Jericho.«

»Das würde niemand wollen«, sagte Jericho bitter.

»Na, komm. So schlimm ist es doch auch wieder nicht, oder?« Marlowe kehrte an seinen Platz am Tisch zurück. »Sieh dich doch an, Jericho. Du bist ein wandelndes Wunder. Die ganz große Hoffnung.«

»Ich bin aber kein Traum.« Jericho schlug so heftig mit der Faust auf den Tisch, dass eine Untertasse zerbrach.

»Vorsicht«, sagte Marlowe.

»Es … es tut mir leid.« Jericho fing an die Scherben einzusammeln, aber auf ein Handzeichen von Marlowe kam der Bedienstete an ihren Tisch und kehrte sie rasch mit einem kleinen Handbesen auf.

»Du musst vorsichtig sein«, sagte Marlowe noch mal.

Jericho nickte. Unter dem Tisch ballte er eine Hand zur Faust, dann lockerte er sie wieder. Als er sich etwas beruhigt hatte, faltete er seine Serviette zusammen, legte sie auf den Tisch und stand auf. »Vielen Dank für den Tee, Sir. Ich muss jetzt leider zurück ins Museum.«

»Ach komm schon, fangen wir noch mal von vorne an …«

»Es – es wartet jede Menge Arbeit auf mich«, sagte Jericho. Wartend stand er da.

»Aber du hast ja noch gar nichts gegessen.«

»Ich muss los.«

»Gewiss«, sagte Marlowe nach einer kleinen Pause. Er ging zur anderen Seite des Raums, wo seine Aktentasche und sein Schirm lagen, und entnahm der Tasche einen kleinen braunen Beutel. »Und du bist dir ganz sicher, dass es dir gut geht?«

»Ja, Sir.«

Marlowe überreichte Jericho den Beutel.

»Danke«, murmelte Jericho mit zu Boden gewandtem Blick. Er hasste diese Szene. Hasste es, dass er sich einmal im Jahr diesem Ritual unterziehen musste. Vortäuschen musste, dass er dankbar dafür war, was Marlowe für ihn getan hatte. Ihm *an*getan hatte.

Marlowe klopfte ihm mit der Hand auf die Schulter. »Ich freue mich, dass du dich so wacker schlägst, Jericho.«

»Ja, Sir.« Er schüttelte Marlowes Hand ab und ließ ihn einfach stehen.

Als Jericho alleine draußen im Gang stand, ballte er die rechte Hand zur Faust, streckte die Finger wieder aus und spannte sie erneut an: auf, zu, auf, zu. Sie ließen sich einwandfrei bewegen. Dann brach er das Siegel an dem Beutel auf, den Marlowe ihm mitgegeben hatte. Innen befand sich ein braunes Pillendöschen, auf dem MARLOWE INDUSTRIES VITAMIN TONIC stand. Daneben lag ein silbernes Etui, das mit zehn Ampullen bestückt war, die ein leuchtend blaues Serum enthielten. Einen Moment lang stellte Jericho sich vor, wie er den Beutel in den nächsten Abfallkorb fallen ließ und einfach davonging. Dann aber schob er das silberne Etui in die Innentasche seiner Jacke, wo es sicher war, und steckte das Vitaminpräparat in die Außentasche. Er klemmte sich Nietzsches Zarathustra unter den Arm und ging hinaus in den kühlen Herbsttag.

Mabel hatte keine Zeit, auf den Zauber des Herbstlaubs zu achten, während sie sich durch die Menge drängte, die sich am Union Square versammelt hatte. Sie wusste, sie musste vorsichtig sein – denn häufig verkleideten sich die Detektive der Pinkertondetektei als Arbeiter und mischten eine an sich friedliche Protestveranstaltung auf, um der Polizei einen Vorwand zu liefern, anzurücken, die Veranstaltung aufzulösen und Teilnehmer festzunehmen.

Der Regen hatte mittlerweile aufgehört und Mabels Mutter stand auf einer behelfsmäßigen Bühne und beflügelte die Menge mit ihrem beeindruckenden Rednertalent und ihrer dunkelhaarigen Schönheit. Sie war eine geborene Virginia Newell, eine Tochter des berühmten Newell-Clans, einer von New Yorks Oberschichtsfamilien. Im Alter von zwanzig Jahren war sie mit dem hitzköpfigen Daniel Rose, einem jüdischen Journalisten und Sozialisten, durchgebrannt, woraufhin ihre Familie sie enterbt hatte. Der Glanz der Newells aber war ihr erhalten geblieben. Man nannte Mabels Mutter die »Elite-Rebellin«, und in gewisser Weise hatte sie die Tatsache, dass sie der Liebe wegen alles aufgegeben hatte, sogar noch berühmter gemacht, als sie es als Gattin eines in der Öffentlichkeit stehenden Mannes ohnehin geworden wäre. Das war auch der Grund, weshalb sie ins Bennington hatten ziehen können; denn eine Newell-Tochter wies man nicht ab – nicht einmal eine, die in Ungnade gefallen war.

Für Mabel aber war es nicht leicht, im Schatten ihrer Mutter zu leben. Nie wurde in den Zeitungen auch nur ein einziges Wort über sie verloren. Und um die Sache noch schlimmer zu machen, war Mabel äußerlich ganz nach ihrem Vater geraten – sie besaß das gleiche runde Gesicht wie er, seine kräftige Nase, die dunkelbraunen Augen und das lockige kastanienbraune Haar. »Du musst nach deinem Vater kommen«, sagten die Leute und meist folgte darauf beklommenes Schweigen. Aber wenn ihre Mutter sie anlächelte, in den Arm nahm und zu ihr »Mein liebes, mutiges Mädchen!« sagte, dann durchströmte Mabel ein unglaublich warmes Gefühl. Und war ihre Mutter wieder einmal notgedrungen in diese Angelegenheit oder jene gutzumachende Ungerechtigkeit verwickelt, dann stand Mabel an ihrer Seite, spielte die pflichtbewusste Tochter und bewies, wie unentbehrlich sie doch war. Und hilfsbereite, unentbehrliche Menschen wurden schließlich geliebt. Oder nicht?

Die Einzige, die Mabels Mutter nicht mit Ehrfurcht zu begegnen schien, war Evie. Mehr als einmal schon hatte sie sie perfekt nachgeahmt: »Mabel, Liiiebling, wie kannst du dich nur darüber beklagen, dass es heute kein Abendessen gab, wo die *unterdrückten Massen* noch nicht einmal frei atmen können?«

Aber sosehr sich Mabel auch veranlasst sah, Evie auszuschimpfen und ihre Mutter in Schutz zu nehmen, musste sie doch zugeben, dass genau dies eine der Eigenschaften war, die sie an ihrer langjährigen Freundin so liebte: Evie ergriff immer Mabels Partei, komme, was wolle. »Du bist der eigentliche Star der Familie Rose, Mabel«, behauptete Evie beharrlich. »Eines Tages wird jeder deinen Namen kennen.« Mabel hoffte nur, dass Evie auch Jericho dazu bringen konnte, sie in diesem Licht zu sehen.

Jericho. Es beschämte sie selbst, wie oft sie an ihn dachte. All diese romantischen Fantasien! Sie galt doch eigentlich als so vernünftig, aber wenn es um diesen Jungen ging, hatte sie die romanhaftesten Vorstellungen. Er war so klug und fleißig und gefühlvoll – nicht so ein Frauenheld wie dieser Sam Lloyd, der jedem Mädchen, das darauf hereinfiel, schöne Augen und Versprechungen machte. Nein – Jerichos Zuneigung besagte etwas. Das war ja auch die Herausforderung, oder nicht? Wenn man es schaffte, einen jungen Mann wie Jericho in sich verliebt zu machen, war das nicht ein Beweis dafür, wie begehrenswert man war?

An all dies dachte Mabel, als sie über den Union Square lief und die Zeitschrift *The Proletariat* unter den Arbeitern verteilte. Sie winkte den Leuten zu, die am Gewerkschaftlertisch saßen, aber die bemerkten sie gar nicht, und so ging sie weiter durch die Menge und fühlte sich verloren. Ob überhaupt jemand ihre Abwesenheit bemerken würde, falls sie sich entschloss, einfach zu verschwinden?

»Wer sind eure Anführer?«, rief ihre Mutter von der Rednerbühne.

»Wir alle sind Anführer!«, antwortete die Menge, als Mabel eine Hand auf ihrer Schulter spürte. Sie drehte sich um und sah eine junge Frau mit einem Baby auf dem Arm, die sich in Begleitung einer älteren Frau mit Kopftuch befand.

Die junge Frau sprach sie in gebrochenem Englisch an. »Sind Sie die Tochter der berühmten Mrs Rose?«

Ich habe einen Namen. Ich heiße Mabel. Mabel Rose. »Ja, die bin ich«, erwiderte sie gereizt.

»Bitte, können Sie uns helfen? Man hat meine Schwester aus der Fabrik geholt.«

»Wer hat sie da herausgeholt?«

Die Frau sagte etwas auf Italienisch zu ihrer großmütterlich wirkenden Begleitung und wandte sich dann wieder Mabel zu.

»Die Männer.«

»Was für Männer? Die Polizei?«

Die Frau sah sich um, um sich zu vergewissern, dass niemand sie belauschte, und sagte dann mit leiser Stimme: »Die Männer, die sich wie Schatten bewegen.«

Mabel wusste nicht, was sie damit meinte. Wahrscheinlich irgendeine sprachliche Eigenart, die sich nicht genau übersetzen ließ. »Warum sollte denn jemand Ihre Schwester aus der Fabrik herausholen wollen? Hat sie sich dort irgendwie gewerkschaftlich organisiert?«

Wieder sah die junge Frau die ältere an und diese nickte. »Sie ist eine ... *profeta.*« Das Mädchen schien nach den richtigen Worten zu suchen. »Sie ... spricht mit den Toten. Sie sagt, sie kommen bald.«

Mabel runzelte die Stirn. »Wer kommt bald?«

Doch jetzt war am Rande des Parks das durchdringende Trillern von Polizeipfeifen, Rufen und Geschrei zu hören. Ein Kanister mit Tränengas landete in der Menge und der ganze Park versank in einem chemischen Nebel, der in Augen und Kehlen brannte. Mabel hörte, wie ihre Mutter darum bat, Ruhe zu bewahren, doch dann wurde das Mikrofon plötzlich abgeschaltet. Die Menge schob und drängelte. Menschen liefen schreiend davon, denn jetzt brach die Polizei über die Arbeiter herein. Jemand stieß Mabel so heftig an, dass ihre Flugschriften zu Boden fielen, wo sie augenblicklich zertrampelt wurden. Ihre Eltern konnte sie durch die Gaswolke und die wogenden Menschenmassen jetzt auch nicht mehr sehen. Hustend und orientierungslos drängte sie sich durch die chaotische Menge, sah sich plötzlich einem Polizisten gegenüber und fing an zu laufen.

»Dich krieg ich!«, rief er ihr hinterher.

Von Panik getrieben rannte sie die 15th Street hinauf in Richtung Irving Place, während der Polizist in seine Trillerpfeife blies, um Verstärkung anzufordern. Inzwischen wurde sie bestimmt von fünf Beamten verfolgt. Gerade wollte sie das Eisentor des Gramercy Parks ansteuern, als ein Paar starke Hände sie in den Lieferanteneingang hinter einem Restaurant zogen. Sie fing an zu schreien, aber eine der Hände schloss ihr den Mund.

»Nicht da rüber, Miss. Da wimmelt es von Polizisten«, flüsterte ihr eine Männerstimme ins Ohr und Mabel beruhigte sich ein wenig. Nur einen Augenblick später liefen die Beamten auch schon mit gezogenen Knüppeln an ihnen vorbei. Von ihrem Versteck aus beobachtete Mabel, wie sie schließlich aufgaben und zum Union Square zurückkehrten.

»Danke«, sagte Mabel, die ihrem Retter erst jetzt ins Gesicht sah und feststellte, dass er noch jung war – nicht viel älter als sie selbst. Er begleitete sie ein Stück und fragte: »Sie sind die Tochter der Roses, stimmt's?«

Selbst hier gab es kein Entkommen. »Ich heiße Mabel«, sagte sie, als wolle sie seinen Widerspruch herausfordern.

»Mabel. Mabel Rose. Den Namen merke ich mir.« Er drückte ihr fest die Hand. »Na dann, Mabel Rose. Kommen Sie heil nach Hause.«

Irgendwo in der Nähe hörte man etwas explodieren. »Gehen Sie jetzt«, sagte ihr geheimnisvoller Retter, lief eilig die Straße hinunter, sprang eine Feuerleiter hinauf und verschwand über die Hausdächer.

Als Mabel ins Bennington zurückkehrte, nahm sie den Aufzug in den sechsten Stock. Dort funktionierte schon seit Längerem die Gangbeleuchtung nicht mehr, sodass der Korridor ständig im

Schatten lag, was Mabel immer etwas unheimlich fand. Jetzt hörte sie am anderen Ende des Ganges auch noch jemanden flüstern und erstarrte. Was, wenn ihr die Polizei doch noch gefolgt war?

Wider jede bessere Einsicht schlich sie weiter und sah Miss Addie im Nachthemd an dem schmalen Flurfenster stehen. Sie hielt eine Tüte mit Salz in der Hand und verstreute es in einer breiten Spur draußen auf dem Fensterbrett. Aus einem Loch in der Tüte rieselte Salz auf den Boden und bildete dort ein Häufchen.

»Miss Addie? Was machen Sie denn da?«

»Ich darf sie nicht hereinlassen«, sagte Miss Addie, ohne aufzusehen.

»Wen dürfen Sie nicht hereinlassen?«

»Schreckliche Dinge werden sich ereignen. Etwas Gottloses steht uns bevor.«

»Meinen Sie die Morde?«, fragte Mabel.

»Es hat bereits begonnen. Ich spüre es. In meinen Träumen sehe ich den Mann mit dem hohen Hut und dem Krähenmantel. Eine furchtbare Entscheidung steht uns bevor.« Miss Addies Hand flatterte wie ein verletzter kleiner Vogel vor ihrem Gesicht, und sie wirkte so verwirrt wie jemand, der aus einer Ätherbetäubung erwacht. »Wo ist bloß meine Tür? Ich finde sie nicht mehr.«

»Sie sind im sechsten Stock, Miss Adelaide. Sie müssen hoch in den zehnten fahren. Kommen Sie, ich begleite Sie.«

Mabel nahm der alten Frau die Salztüte ab, half ihr in den Aufzug und schob den sperrigen Riegel vor.

»Als die Magier der Hexerei beschuldigt wurden, als wäre es ein Spiel, und an den Galgen lauter Tote hingen, da war der Mann dabei. Und als man die Choctaw auf dem Pfad der Tränen in ihren Untergang marschieren ließ, da war der Mann ebenfalls dabei.«

Mabel zählte die Stockwerke und wünschte, der Aufzug würde schneller fahren.

»Man sagt, dass er auch Mr Lincoln am Abend vor dem Krieg zwischen den Staaten erschien. Es war, als wäre eine Hand von oben herabgekommen und hätte dem Land sein Herz entrissen; und all seine Flüsse bluteten und die Wunden des Landes heilten nicht mehr.« Miss Addie drehte sich plötzlich zu Mabel um und starrte ihr ins Gesicht. »Schrecklich, was Menschen einander antun können, nicht wahr?«

Mabel schob eilig die Fahrstuhltür auf, um Miss Addie herauszulassen. Sie wusste, dass sie sie eigentlich zu ihrer Tür hätte begleiten sollen, war aber zu verschreckt. »Ihre Wohnung liegt geradeaus den Flur entlang auf der linken Seite, Miss Adelaide.«

»Ja, danke.« Miss Adelaide nahm Mabel die Salztüte ab und trat hinaus auf den dämmerigen Flur. »Wir sind nicht in Sicherheit, wissen Sie. Ganz und gar nicht in Sicherheit.«

Aber Mabel hatte die Tür schon wieder zugeschoben und der Fahrstuhl setzte sich in Bewegung.

»Schrecklich, was Menschen tun können«, wiederholte Miss Addie.

Vom Aufzug aus konnte Mabel gerade noch beobachten, wie die alte Frau auf bloßen Füßen davonhumpelte. Die Salzspur, die sie hinterließ, und der Spitzensaum ihres Nachthemds sahen wie Gischt aus.

Operation Jericho

»Guten Abend, meine sehr verehrten Radiohörerinnen und -hörer, und willkommen zur *Gerard Whittington Hour*, die Ihnen heute von Marlowe Industries präsentiert wird. Marlowe Industries zeigt Ihnen heute schon die Welt von morgen. Von neuesten Innovationen im Bereich von Luftfahrt und Sicherheit bis hin zu praktischen Haushaltsgeräten für die moderne Frau bietet Ihnen Marlowe Industries ...«

»Ich verstehe es immer noch nicht«, übertönte Evie den leisen Singsang des Radiosprechers. Sie lag auf dem Sofa und hielt das Buch mit den Abbildungen in der Hand. »Wenn sich der Pentakelmörder tatsächlich an die Rituale aus dem Buch der Brethren hält, um einen Antichristen zum Leben zu erwecken und den Weltuntergang herbeizuführen, warum beginnt er dann mit dem fünften Opfer? Das ergibt doch gar keinen Sinn.«

»Detective Malloy hat aber von keinerlei Mordfällen berichtet, die zeitlich vor dem Fund von Ruta Badowskis Leiche liegen und ähnlich geartet sind«, sagte Jericho. Er saß mit seinen Notizen am Esstisch.

Will schritt wie üblich im Zimmer auf und ab. »Das ist tatsächlich rätselhaft. Aber immerhin wissen wir so viel: Wenn sich der Mörder nach dem Buch richtet – und es sieht ziemlich sicher danach aus, dann können wir vielleicht seinen nächsten Mordversuch verhindern ...«

Evie las das siebte Opfer laut vor.

»Was hat das zu bedeuten? Wer sind die ›trügerischen Ordensbrüder‹?« Will dachte nach. Er lief vom Erkerfenster zur Küchennische und wieder zurück, und das so oft, dass Evie dachte, bald werde er eine Spur in den Perserteppich gewetzt haben.

»Vielleicht gehen wir die Sache ja auch falsch an. Was, wenn es uns gelingen würde, den Tempel ausfindig machen, den er erwähnt? Dann könnte die Polizei schon vor ihm da sein und ihn aufhalten«, dachte Evie laut nach. Sie schnippte mit den Fingern. »Im Metropolitan Museum of Art steht ein ägyptischer Tempel.«

»Es könnte aber auch eine Synagoge damit gemeint sein, besonders, wenn die Sache irgendwie mit dem Klan zu tun hat«, regte Jericho an.

»Und was ist mit den Finanztempeln? Der Börse oder den Banken!«, rief Evie. Es war, als spielten sie ein seltsames scharadenähnliches Gesellschaftsspiel, nur dass die Spieleinsätze in diesem Fall todernst waren.

»Gut, sehr gut«, sagte Will. Sie diskutierten noch eine Weile und Jericho schrieb eine Liste mit weiteren denkbaren Bedeutungen des Tempels, der in dem siebten Opfer genannt war.

»Ich werde Terrence darauf aufmerksam machen, dass der Mörder an einem dieser Orte zuschlagen könnte. So, Evie, könntest du bitte in dem Buch von Hale nachsehen, ob dort etwas über religiöse Ikonografie steht?«, wies Will sie von seinem Standort neben dem Erkerfenster an.

Die elektrische Beleuchtung im Central Park war schon eingeschaltet worden. Es war kurz nach acht. Sie hatten lange über ihren Büchern gesessen und darüber ganz das Abendessen vergessen. Aber jetzt knurrte Evie der Magen.

»Onkel Will, ich bin am Verhungern. Können wir nicht später weitermachen?«, bat Evie.

Will sah auf die Uhr an der Wand, dann in die Dunkelheit hinaus und wirkte völlig überrascht. »Oje, kein Wunder! Geh doch mit Jericho hinunter ins Lokal. Ich mache mir hier oben ein Sandwich.«

»Ich auch«, sagte Jericho.

»Aber dann bin ich ja ganz allein«, sagte Evie. »Es wird uns guttun, hier mal rauszukommen, Jericho.«

»Da hat sie recht«, sagte Will. »Geht ein bisschen nach unten.«

Widerwillig klappte Jericho seine Bücher zu und folgte Evie zum Aufzug. Sie hielt ihn aber schon im sechsten Stockwerk an und öffnete schwungvoll die Tür.

»Was wollen wir denn hier?«

»Mir fiel gerade ein, dass Mabel eigentlich auch am Verhungern sein muss! Ihre Eltern sind heute Abend auf einer Kundgebung und die Arme ist ganz allein zu Hause.«

»Sie hat wahrscheinlich längst gegessen.«

»Oh nein! Ich kenn doch meine Mabel. Sie ist eine Nachteule und isst immer erst sehr spät – wie die Pariser. Dauert nur ein Sekündchen.«

Evie machte ihr spezielles Klopfzeichen an Mabels Wohnungstür. Mabel riss sofort die Tür auf, stand da in ihrem Morgenmantel und plapperte drauflos: »Ich hoffe, du hast den Mann meiner Träume mitgebracht ... oh!«

Evie räusperte sich. »Guten Abend, Mabel. Jericho und ich wollten gerade nach unten zum Essen gehen ... falls du Lust hast, mitzukommen?« Evie warf Jericho neben sich einen Blick zu.

»Oh. Oh!«, sagte Mabel und sah entsetzt an ihrem Morgenmantel herunter. »Ich ziehe mich nur schnell an.«

»Hallo, Evie«, rief Mr Rose aus der Küche zu ihnen herüber; er saß dort am Küchentisch und hämmerte einen Artikel in seine Schreibmaschine. Evie winkte zurück.

Jericho sah sie finster an. »Ich dachte, du hast gesagt, sie sind bei einer Kundgebung.«

»Hab ich das? Dann muss ich wohl die Tage verwechselt haben. Wie dumm von mir! Mabesie, beeil dich, ja?«

Ein paar Minuten später saßen all drei im Speiseraum auf einer gepolsterten Sitzbank unter einem Kronleuchter, der gelegentlich aufflackerte. Evie setzte Mabel über die Einzelheiten des Mordes und die Informationen, die sie von Dr. Poblocki erhalten hatten, ins Bild. »Dieser Kerl scheint ein merkwürdiges altes Ritual einer ausgestorbenen Sekte durchzuführen. Das ist doch absolut makaber. Was ist das nur für ein Ungeheuer!«

»So was geschieht, wenn die Gesellschaft ihre Kinder vernachlässigt und missbraucht«, sagte Mabel. Sie fuchtelte mit ihrem Besteck herum. »Dann wachsen sie zu Ungeheuern heran.«

»Das ist ja eine interessante Theorie, Mabel. Du bist so klug!«, sagte Evie. »Ist sie nicht clever, Jericho?«

Jericho sah nicht einmal von seinem Huhn mit Klößen auf. Auf der anderen Seite des Tisches formte Mabel lautlos mit den Lippen: *Was soll denn das?*

Operation Jericho antwortete Evie auf die gleiche Weise.

»Und woher weißt du, dass dem so ist?«, stellte Jericho ihre Behauptung infrage.

»Was meinst du?«, fragte Mabel.

»Woher willst du wissen, dass es die Gesellschaft ist, die Ungeheuer produziert?«

»Nun ja, meine Mutter sagt, dass, wenn …«

»Ich habe dich nicht danach gefragt, was deine Mutter denkt«, unterbrach sie Jericho. »Jeder, der Zeitung lesen kann, weiß, was deine Mutter denkt. Ich habe dich gefragt, woher *du* es weißt.«

Mabel trieb mit ihrem Löffel die Nudeln in ihrer Suppenschüssel herum. Sie hatte erst vor einer Stunde zu Abend gegessen und war kein bisschen hungrig. »Ich bin mit meiner Mutter und mit meinem Vater schon in Slums gewesen. Dort habe ich mit eigenen Augen gesehen, was Armut und Unwissenheit an Grauenhaftem anrichten können.«

»Und wie sollen dann arme, missbrauchte Seelen jemals in ihrem Leben Großes erreichen?«

»Ausnahmen gibt es immer.«

»Was ist, wenn das alles nicht stimmt? Wenn das Böse existiert? Was ist, wenn es immer schon existiert hat und es auch immer tun wird – ein ewiger Kampf zwischen Gut und Böse, jetzt und in alle Ewigkeit?«

»Du denkst an so was wie den Kampf zwischen Gott und dem Teufel?« Mabel schüttelte den Kopf. »Daran glaube ich nicht. Ich bin Atheistin. Religion ist das Opium für das Volk.«

»Karl Marx«, sagte Jericho. »Auch nicht von dir selbst. Glaubst du das wirklich oder hast du es nur von deinen Eltern so gehört?«

»Ich glaube wirklich daran«, antwortete Mabel. »Das Böse ist eine Erfindung des Menschen. Etwas, wofür er sich freiwillig entscheidet.«

»Jericho glaubt ja, dass wir dazu verdammt sind, unser Leben ein zweites Mal zu leben«, sagte Evie und wackelte mit den Augenbrauen, um zu demonstrieren, wie ernst sie diese Theorie nahm. »Nietzsche.«

»Ich glaube, ich bin hier nicht die Einzige, die sich von der Meinung anderer beeinflussen lässt.« Mabel rümpfte die Nase.

Evie bemühte sich, ihr aufsteigendes Lachen mit einem Huster zu kaschieren. Sie warf Mabel einen Blick zu und tippte sich verstohlen an die Wange – ihr gemeinsames Zeichen. »Ach, du jemine«, sagte sie mit gespielter Besorgnis. »Ich glaub, ich hab mein Armband verloren.«

»Hast du nicht!«, entfuhr es Mabel. Sie trat Evie unter dem Tisch gegens Bein, traf aber aus Versehen Jericho.

»Au!«, sagte der und sah Mabel dabei an.

»Tut mir leid.« Mabels Augen wurden groß vor Entsetzen und der Blick, den sie Evie zuwarf, sagte: *Bitte tu jetzt ganz schnell irgendwas.*

»Wisst ihr was? Ich finde, wir sollten uns ein Stück Torte genehmigen«, verkündete Evie und winkte dem Kellner.

Als der Kuchen serviert wurde, verstummte das Gespräch und am Tisch waren nur noch Kau- und Schluckgeräusche zu hören. Evie versuchte, sich mit Mabel zu unterhalten, aber jeder ihrer Sätze kam ihr steif und unbeholfen vor. Auch später im Aufzug herrschte noch peinliches Schweigen und alle drei beobachteten mit starrem Blick, wie der goldene Pfeil ein Stockwerk nach dem andern anzeigte.

Als sich die Tür auf Mabels Etage öffnete, sprang Mabel geradezu aus dem Aufzug, wünschte eine Gute Nacht, ohne sich noch einmal umzudrehen, und schon jetzt wusste Evie, dass sie sich später ihr Gejammer würde anhören müssen. Die erste Etappe der Operation Jericho war ohne jeden Zweifel ein völliger Reinfall gewesen.

Als Jericho und Evie in ihrem eigenen Stockwerk angekommen waren, fanden sie an der Wohnungstür eine Nachricht von Onkel Will vor: *Bin bei Malloy – WF.* Das war Onkel Will, wie er leibte und lebte, von der Knappheit der Mitteilung bis zu den Initialen. Evie zerknüllte die Nachricht und warf die Wohnungstür hinter sich ins Schloss. Wütend starrte sie Jericho an, der es sich schon mit seinem Buch in Wills Sessel bequem gemacht hatte. Sie ging zur Couch und warf ihm von dort aus finstere Blicke zu. »Du hättest wirklich nicht so unhöflich sein brauchen.«

»Ich weiß nicht, wovon du sprichst«, murmelte Jericho.

»Zu Mabel! Zumindest könntest du dich um ein bisschen Höflichkeit *bemühen.*«

»Höfliches Benehmen interessiert mich nicht. Es ist verlogen. Nietzsche sagt …«

»Lass Nietzsche bitte aus dem Spiel. Er lebt nicht mehr, und soweit ich weiß, ist er an Unhöflichkeit gestorben«, sagte Evie wütend. »Und Mabel ist sehr klug. Mindestens so klug wie du.«

Jericho ließ sich dazu herab, von seinem Buch aufzusehen. »Sie steht doch völlig unter der Fuchtel ihrer Eltern. Sie denkt genau wie sie. Was sie heute Abend über die Gesellschaft, die Ungeheuer hervorbringt, erzählt hat – das war doch eins zu eins ihre Mutter.«

»Dann hast du also doch zugehört.«

»Sie muss sich ihre eigene Meinung bilden. Muss lernen, selbst zu denken und nicht nur einfach nachzuplappern, was andere Leute sagen.«

»Du meinst, sie soll wie du an Onkel Wills und Nietzsches Lippen kleben?« Evie stibitzte Jericho das Buch aus der Hand.

»Das tue ich nicht«, erwiderte Jericho und schnappte sich sein Buch zurück. »Aber warum unterhalten wir uns überhaupt über Mabel? Warum ist dir das so wichtig?«

»Weil ...« Evie verstummte. Schließlich konnte sie nicht gut sagen: *Weil Mabel verrückt nach dir ist. Weil ich seit drei Jahren Briefe von ihr erhalte, die vor Sehnsucht nur so überquellen. Weil sie jedes Mal, wenn du den Raum betrittst, den Atem anhält.* »Weil sie meine Freundin ist. Und zu meinen Freunden ist man nicht unhöflich. Kapiert?«

Jericho stieß einen irritierten Seufzer aus. »Ab jetzt werde ich Mabel gegenüber ein Ausbund an Höflichkeit sein.«

»Danke vielmals«, sagte Evie und machte eine kleine Verbeugung. Aber Jericho ignorierte sie.

Leben und Tod

Memphis riss die Seite aus dem Notizbuch und zerknüllte sie voller Abscheu. Er hatte versucht, an seinem neuesten Gedicht weiterzuarbeiten, dem Gedicht über seine Mutter und ihr Federkleid aus Schmerz, aber es ging ihm so wenig von der Hand, dass er sich ernsthaft fragte, ob er dazu verdammt war, als Dichter ebenso zu scheitern wie als Heiler.

Der Wind pfiff durch das Herbstlaub. Als seine Mutter starb, war es April gewesen und die Bäume hatten Knospen getrieben wie junge Mädchen, die sich noch scheu zu Frauen entwickelten. Frühling war es gewesen, eine Jahreszeit, in der doch gar nichts sterben sollte. Sein Vater hatte ihn geweckt, mit tiefen Schatten um die Augen. »Es ist so weit, mein Sohn«, hatte er gesagt und den verschlafenen Memphis durch das dunkle Haus ins Zimmer seiner Mutter geführt, in dem nur eine einzige Kerze brannte. Seine Mutter hatte zitternd unter einer dünnen Decke gelegen.

»Bitte, Memphis, du musst es jetzt versuchen. Du musst sie uns erhalten.«

Sein Vater hatte ihn an ihr Bett geführt. Memphis' Mutter war nur noch Haut und Knochen gewesen und ihre Haare waren dünn geworden wie Zuckerwatte. Ganz still lag ihr Körper unter der Decke, sie starrte nach oben und ihre Augen spürten etwas nach, das außerhalb von Memphis' Sichtfeld lag.

»Nun mach, mein Sohn«, sagte sein Vater mit einer Stimme, die schon fast versagte. »Bitte.«

Memphis hatte Angst. Seine Mutter schien dem Tod so nah zu

sein, dass er nicht wusste, wie er ihn aufhalten sollte. Er hatte sie schon viel früher heilen wollen, aber das hatte sie nicht zugelassen. »Ich möchte nicht, dass mein Sohn dafür die Verantwortung übernimmt«, hatte sie mit Entschiedenheit gesagt. »Was geschehen soll, soll geschehen, ob es nun gut ist oder schlecht.« Aber Memphis wollte nicht, dass seine Mutter starb. Er legte ihr die Hände auf. Sie riss die Augen weit auf und bewegte den Kopf, um seinen Händen auszuweichen, war aber zu schwach dafür.

»Ich helf dir, Mama.«

Die aufgesprungenen Lippen seiner Mutter öffneten sich, als ob sie etwas sagen wollte, aber kein Laut drang durch sie hindurch. Memphis spürte, wie seine Heilkraft von ihm Besitz ergriff, und dann befand er sich auch schon in jenem anderen Zustand, wurde von Strömungen davongetragen, die er nicht steuern und auch nicht begreifen konnte und die ihn und seine Mutter in ein großes, unbekanntes Meer forttrugen. Normalerweise spürte er die stille Gegenwart der Geister um sich, wenn er sich in Heilungstrance befand, und sie beruhigte ihn, nahm ihm die Angst und gab ihm das Gefühl, beschützt zu sein. Doch diesmal war es anders. Denn diesmal fand er sich auf einem dunklen, ganz von Nebel eingehüllten Friedhof wieder. Und auch die Schatten, die sich an ihn drängten, empfand er nicht als wohlwollend wie sonst. Ein hagerer, bleich aussehender Mann mit hohem Hut saß mit geballten Fäusten auf einem Fels vor ihm.

»Was würdest du mir für sie geben, Heiler?«, fragte ihn der Mann, und Memphis kam es vor, als habe ihm der Wind persönlich diese Frage zugeflüstert. Der Mann deutete mit einer Kopfbewegung auf seine Hände. »In der einen Hand halte ich das Leben, in der anderen den Tod. Du hast die Wahl. Du hast die Wahl und vielleicht bekommst du deine Mutter ja zurück.«

Memphis machte einen Schritt nach vorne und seine Finger bewegten sich zögernd auf die Hände des Mannes zu. Rechte oder linke Hand?

Doch plötzlich sah er seine Mutter, die schwach und ausgemergelt auf dem Friedhof stand. »Du kannst mich nicht zurückholen, Memphis. Versuche nie, etwas zurückzuholen, das schon gegangen ist!«

Der Mann grinste sie an und entblößte seine Zähne, die wie winzige Dolche aussahen. »Es ist seine Wahl!«

Seine Mutter sah ängstlich aus, gab aber nicht nach. »Er ist doch noch ein Kind.«

»Es ist *seine* Wahl.«

Memphis besann sich jetzt wieder auf die Fäuste des Mannes und schließlich tippte er auf die rechte. Der Mann lächelte, öffnete sie und ein schwarz glänzendes Vogeljunges piepste ihm entgegen.

Memphis' Mutter schüttelte den Kopf. »Oh weh, mein Sohn, oh weh! Was hast du nur getan?«

Danach konnte sich Memphis an nichts mehr erinnern. Er bekam heftiges Fieber, erzählte ihm Octavia später, und sein Vater brachte ihn zu Bett. Als er am nächsten Morgen aufwachte, sah er, wie Octavia die Spiegel im Haus mit Betttüchern verhängte. Sein Vater saß mit schweißverklebtem Hemd in seinem Sessel. »Sie ist tot«, flüsterte er und in seinen Augen las Memphis den stillen Vorwurf: *Warum hast du sie nicht retten können? Eine solche Gabe – und den einzigen Menschen, der uns wichtig war, hast du nicht retten können?*

Memphis wischte sich die Friedhofserde von den Händen. Er strich die herausgerissene Seite wieder glatt und legte sie zurück in das Notizbuch. Dann machte er sich auf den Heimweg. Als er an dem alten Haus auf dem Hügel vorbeikam, glaubte er, ein Geräusch zu hören. Pfiff da nicht jemand? Ganz unmöglich. Und doch, da war das Pfeifen wieder, kaum hörbar durch den heulenden Wind. Oder war es gar der Wind selbst? Memphis öffnete die Eingangspforte zu dem Grundstück und machte ein paar Schritte auf das Haus zu. Wie oft schon hatte er Spukgeschichten gelesen und bei sich gedacht: *Geh nicht die Treppe da hinauf! Halt dich bloß fern von diesem alten Haus!* Und jetzt, jetzt stand er selbst im Garten des ältesten und furchterregendsten Hauses, das er kannte, und machte sich Gedanken, ob er es betreten sollte. Schlagartig wurde ihm bewusst, wie dumm es war, vor dem mit Brettern zugenagelten Fenster eines baufälligen Hauses herumzustehen; er wich zurück und musste augenblicklich an die Morde denken, die in der Stadt geschehen waren. Wieso fielen die ihm gerade jetzt ein, jetzt, hier, vor diesem Haus? Da klang erneut ein leises Pfeifen aus den verlassenen Zimmern. Er drehte sich um und rannte los, lief durch die Eingangspforte, die in den rostigen Angeln quietschte, und weiter Richtung Stadt.

Als er Harlem erreichte und die Lenox Avenue hinunterging, hatte er noch eine ganze Weile das Gefühl, als bewege er sich nicht im Gleichschritt mit den anderen Passanten. Er lief weiter, bis er plötzlich gegenüber von Miss A'Lelia Walkers herrschaftlichem Stadthaus in der 136th Street stand. Mehrere elegante Autos parkten davor und ein Butler stand an der Tür. Das ganze Haus war hell erleuchtet, und Memphis wusste, dass Miss Walker wahrscheinlich gerade einen ihrer berühmten Salons abhielt, der von Harlems größten Talenten besucht wurde – von Musikern, Künstlern, Schriftstellern und Gelehrten. Memphis stellte sich vor, wie er seine Gedichte auf einer ihrer Partys einem eleganten Publikum vortrug. Doch die Distanz zwischen dem Gehweg, auf dem er stand, und dem hell erleuchteten Salon auf der anderen Straßenseite schien Memphis unüberbrückbar, und so wandte er sich ab. Er überlegte, ob er sich ins Hotsy Totsy oder ins Tomb of the Fallen Angel aufmachen sollte, um zu schauen, was dort los war. Irgendwo wurde eigentlich immer gefeiert. Aber stattdessen machte er sich mit der noch lebendigen Erinnerung an seine Mutter auf den Heimweg und kam an Bill Johnson vorbei, der auf der Vordertreppe eines Hauses saß und leise auf der Gitarre vor sich hin klimperte, ohne dass ihm einer zuhörte. Memphis versuchte, sich an ihm vorbeizuschleichen.

»Wer is 'n da? Wer geht da an dem alten Blind Bill vorbei, ohne einen Ton zu sagen?«

»Ich bin das, Memphis Campbell, Sir.«

Bills Gesichtsausdruck entspannte sich und er grinste breit. »'n Abend, Mr Campbell. Da bin ich aber erleichtert, dass Sie's sind und kein Lou-Lou, der mich holen will.«

»Was ist ein Lou-Lou?«

»Ein altes Cajunwort. Wie sagt ihr gleich wieder dazu? Schwarzer Mann?«

»Nein, Sir, hier ist kein schwarzer Mann. Nur ich bin hier.«

Blind Bill spitzte die Lippen, als habe er gerade ein Gläschen gepanschten Gin getrunken, dem man etwas Spucke untergemischt hat. »Ist heute keine gute Nacht, um rumzustromern, Mr Campbell. Spüren Sie es nich auch im Nacken? Das *Fifolet*? Wenn das Sumpfgas aufsteigt, folgen einem die bösen Geister.«

Die Sache mit dem alten Haus und der Cajun-Aberglaube von Blind Bill hatten Memphis beunruhigt; er wollte jetzt nicht länger über Geister und Kobolde reden. »Meine Tante sagt, ich bin so dumm wie Bohnenstroh. Ich wär der Letzte, der was spüren würde, wenn sich die Geister rühren.«

Blind Bill richtete seine Augen auf Memphis, fast so, als könne er ihn vor sich sehen. »Da drüben in Floyds Laden, da hab ich heute was gehört, was mächtig Interessantes. Ich hab gehört, Sie waren mal Heiler.«

»Das ist schon lange her.«

»Steckt denn der heilende Geist noch immer drin in Ihnen? Dann könnten Sie ja dem alten Bill vielleicht die Hände auflegen und ihn wieder sehend machen?«

»Ich habe diese Gabe nicht mehr.« Memphis fühlte sich plötzlich sehr müde, zu müde, um seine Worte zurückhalten zu können, und so ergoss sich ein ganzer Schwall davon über den alten Mann. »Ich habe sie verloren, als meine Mutter … sie war sehr krank. Ich hatte ihr die Hände aufgelegt und …« Memphis tat die Kehle weh und er versuchte, gegen die Enge darin anzuschlucken. »Und dann ist sie gestorben. Gestorben unter meinen Händen. Und meine ganze Heilkraft, die ist mit ihr gestorben.«

»Das ist eine traurige Geschichte, Mr Campbell, sehr, sehr traurig«, sagte Blind Bill nach einer kleinen Weile.

Memphis' Nase lief mit seinen Tränen um die Wette, und er war froh, dass der alte Mann nicht sehen konnte, wie er weinte. Er sagte nichts auf Bills Bemerkung.

Blind Bill nickte, als führte er mit jemandem ein vertrauliches Gespräch. »Aber Sie haben Ihrer Mama doch nichts angetan; wollten ihr doch nur den Schmerz nehmen, hören Sie? Manchmal ist es auch eine Gnade«, sagte er leise und Memphis war dem alten Mann dankbar für seine Liebenswürdigkeit. »Hier, hier hab ich was für Sie.«

Bill wühlte in seiner Tasche und holte ein Karamellbonbon hervor. Er tastete nach Memphis' Hand und drückte ihm das Bonbon mit seinen trockenen, rauen Fingern auf ihre Innenseite. »Hier. Bewahren Sie das gut auf. Falls Sie mal Papa Legbas Schutz brauchen.«

»Papa wer?«

»Papa Legba. Der Torwächter von Vilokan – dem Reich der Geister. Er steht an der Kreuzung. Wenn Sie sich mal verirren, dann kann der Ihnen helfen. Sie brauchen ihm nur was kleines Süßes dazulassen.«

Tante Octavia würde Zustände kriegen, könnte sie Bill so reden hören. Einmal hatte sie mit Memphis und Isaiah die Straßenseite gewechselt, nur um einem winzigen, vollkommen unauffälligen Laden aus dem Weg zu gehen, dessen Schaufenster rot und schwarz drapiert und mit Kerzen und Heiligenfiguren mit afrikanischen Gesichtern geschmückt waren. Auf einem kleinen Schild hatte gestanden: *Wir heben Flüche auf und beseitigen alle Hindernisse, die Ihrem Glück im Wege stehen.* »Dass ihr mir ja nicht mit diesem Voodoo in Berührung kommt«, hatte sie gesagt, als Isaiah wissen wollte, warum sie denn einen solchen Umweg machen mussten. Anschließend hatte sie ein Vaterunser vor sich hin geflüstert.

Memphis hielt das Bonbon ein wenig zögernd in der Hand. Es fühlte sich so seltsam schwer an. »Meine Tante sagt, man soll nur zu Jesus beten.«

Blind Bill grunzte und spuckte aus. »Meinen Sie vielleicht, der Gott der weißen Leute hilft uns? Meinen Sie vielleicht, der ist auf unserer Seite?«

»Ich glaub, auf unserer Seite ist überhaupt kein Gott.«

Memphis machte sich auf einen Rüffel gefasst. Aber der alte Mann nickte nur wissend und ein bitteres, aber zustimmendes kleines Lächeln spielte um seine Mundwinkel. »Das ist vielleicht das Ehrlichste, was Sie je von sich gegeben haben, Mr Campbell. Zehnmal besser wie Ihr Charme und das ganze Haaröl, das Sie sich immer in die Haare schmieren.« Dann lachte er – ein keuchendes Lachen, das wie Husten klang –, schlug sich aufs Bein und die ganze Angelegenheit – ihre Unterhaltung, das Bonbon und der Vorfall vorhin bei dem alten Haus – kam Memphis so durch und durch lächerlich vor, dass er nur mitlachen konnte. Und so bogen sich die beiden vor Lachen, als wären sie nicht ganz richtig im Kopf.

»Oh la la«, sagte Blind Bill. Er klopfte sich auf die Brust. »Ist das nicht der Lauf der Welt heutzutage? Glück wird zu Unglück, Unglück zu Glück. Ist doch alles nur ein einziges großes Würfelspiel zwischen dieser und der nächsten Welt, und wir, wir sind die Würfel, die dabei hin und her geworfen werden. Jetzt gehen Sie aber mal nach Hause, Mr Campbell, und ruhen Sie sich ein bisschen aus. Und leben Sie, um morgen auch noch zu bestehen. Sie haben noch so viel Zeit, um zu bereuen. Gehen Sie ruhig aus und amüsieren Sie sich, solange Sie noch jung sind.«

»Das mach ich, Sir.« Er hatte es sich nämlich anders überlegt und würde nicht nach Hause gehen. Blind Bill hatte recht – Memphis war jung und die Nacht war es auch. Und so legte er seinen Kurs fest und steuerte auf das Hotsy Totsy zu.

Bill hörte, wie Memphis Campbells Schritte sich entfernten. Er hätte Memphis gerne noch gesagt, was für ein Glück er hatte, dass seine Gabe ihm zum rechten Zeitpunkt abhandengekommen war. Was das für eine Gnade war und wie dankbar er sein sollte, dass nicht die falschen Leute davon erfahren hatten. Bill tastete in seiner Tasche nach Geld, um sich etwas zu essen zu kaufen. Er rieb erst eine Zehn-, dann eine Fünfcentmünze zwischen seinen Fingern. Viel war es nicht gerade. Wenn er sich nur die Zockerei verkneifen könnte. Die war sein Fluch; er konnte sich nun einmal nicht zurückhalten, wenn es um Risiko und Zufall ging – ob es nun Kartenspiele, Zahlenlotto, Würfelspiele, Hahnenkämpfe oder Pferderennen waren. Aber im Traum sah er immer wieder das gleiche Haus mit den Wolken und der Kreuzung davor. Bisher war er noch nicht hinter die zugehörige Zahlenfolge gekommen, aber irgendwann würde er das. Auf einer Seite des Briefkastens, der an dem Haus angebracht war, stand nämlich eine Nummer. Wenn er die nur sehen könnte … denn ganz bestimmt war sie der Schlüssel zu einem Großgewinn, da war er sicher. Und wenn er erst sein Geld hatte, dann konnte er sich endlich rächen.

Das Haus auf dem Hügel

Das Haus stand wie ein Wachposten auf einem windumtosten Hügel. Efeu wucherte an seiner Außenfassade und breitete sich dort wie ein Fleck aus. Seine Fensterläden waren geschlossen und vernagelt, die braune Farbe der handgeschnitzten Kirschbaumtüren längst schon stumpf geworden. Und hätte jemand einen Blick ins Innere des Hauses werfen können, so wäre ihm aufgefallen, dass von den Türrahmen Spinnweben herabhingen und Spinnen ihre in Netze gewickelte Beute in Mauerrissen versteckten. An manchen Stellen senkten sich verzogene Holzdielen gefährlich.

Früher einmal war es ein prachtvolles Gebäude gewesen. Feiern und Bälle hatten darin stattgefunden und sonntags waren Kutschen an ihm vorbeigefahren, deren Insassen die eindrucksvolle Aura des Hauses bewunderten, das ein Symbol für alles darzustellen schien, was recht und gut und hoffnungsvoll in diesem Lande war. Jacob Knowles, der Mann, der es erbaut und einen Traum damit verwirklicht hatte, hatte sein Vermögen mit Stahl gemacht, demselben Stahl, aus dem die Stadt erbaut war. Seine Frau und er hatten nur ein noch lebendes Kind, eine Tochter namens Ida, die ihre größte Freude war. Ida war klein und erkältungsanfällig, weshalb ihre besorgten Eltern jeder ihrer Launen nachgaben. Sie erhielt Klavierstunden, durfte mit dem Pony ausreiten und besaß einen kleinen Hund, den sie Chester nannte. Wenn Ida auf dem Rasen vor dem Haus Teegesellschaft spielte, dann hielten sich in ihrer Nähe immer einige Dienstboten auf, die darauf warteten, Idas Puppen den Tee einschenken zu dürfen. Und nicht selten tat sie so, als sei sie eine arabische Prinzessin, die über ihr Königreich blickte. Dafür stieg sie die Treppen zu dem höchsten Raum des Hauses hinauf, einem Speicherraum mit kleiner Terrasse. Von dort oben sah sie im Jahre 1863 den Rauch der Feuer aufsteigen, die während der Einberufungskrawalle im Amerikanischen Bürgerkrieg gelegt wurden, und träumte vor sich hin: Sie blicke auf Drachenhöhlen anstatt auf die schwelenden Frustrationen eines Klassen- und Rassenkrieges, der sich in brutalen Gewaltaktionen entlud. Während der Bürgerkrieg weiter wütete, wuchs Ida zu einer jungen Frau heran und sehnte sich danach, einen gut aussehenden Offizier zu heiraten, der gemeinsam mit ihr als Herrin der neue Herr dieses stattlichen Hauses werden würde. Tatsächlich feierten Unionssoldaten hier einige Monate nach Ende des Bürgerkriegs eine Party mit General Grant höchstpersönlich; sie dehnte sich bis auf die Rasenfläche aus, wo ein Feuerwerk stattfand, das von einer Walzermelodie begleitet wurde. Ida aber lag mit einer Erkältung und einem Senfpflaster auf der Brust im Bett und schluchzte über ihr Missgeschick, getröstet von ihrer Mutter, die ihr die Wange streichelte und sie zu beschwichtigen suchte: Es würde wieder einen Ball geben und ganz bestimmt auch einen jungen Mann, der auf sie wartete; außerdem seien ihr Vater und sie ohnehin noch nicht bereit, ihre einzige Tochter, ihre geliebte Ida, jetzt schon von sich zu lassen.

Und dann war es Idas Mutter, die sie bald darauf verlassen sollte. Ein Jahr nach jenem Ball erkrankte Mrs Knowles an der Ruhr und wurde innerhalb einer Woche zu Grabe getragen. Wieder ein Jahr später verstarb Jacob Knowles an einer plötzlich auftretenden Gehirnblutung, und nun fiel es der zweiundzwanzigjährigen Ida zu, Knowles' End zu verwalten. Einen so großen Haushalt führen zu müssen hatte wenig mit ihrem einstigen Prinzessinnenspiel zu tun, und obwohl ein entfernter Cousin ihr riet, besonnen mit ihrem Geld umzugehen, hörte sie nicht auf ihn. Sie war so tief betrübt über den Tod ihrer Eltern, dass sie Trost bei den neuen Spiritisten suchte und in Knowles' End Anhänger der Theosophie, Kartenleger und Geistermedien empfing. Die talentierteste unter diesen Medien war eine wohlhabende Witwe namens Mary White, die die verblüffende Fähigkeit besaß, eine Verbindung zwischen Ida und ihren Verwandten im Jenseits herzustellen. Sie tat dies nicht etwa, indem sie Tische verrückte oder billige Levitationstricks anwendete, wie andere es versuchten. Nein, Mary White besaß eine echte Gabe und obendrein ein warmherziges Wesen; Ida und sie schlossen Freundschaft und Ida sagte sogar »Schwester« zu ihr. Wieder einmal war Knowles' End von lebendigem Treiben erfüllt und wurde zu einem Ort, an dem man Karten legte und Séancen und allerlei Arten von esoterischen und okkulten Versammlungen abhielt. Ida glaubte fest daran, dass es nur eine Frage der Zeit war, bis die alte Pracht und Herrlichkeit von Knowles' End wiederhergestellt sein würde, denn Mary hatte mehr oder weniger angedeutet, dass die Geister genau dies versprachen.

Mary hatte bei all ihren Unternehmungen einen Gefährten an der Seite, einen höchst charismatischen Mann mit stechenden Augen namens Mr Hobbes. Er war ein Prophet, wie sie versicherte, ein Heiliger. Sicher, er brachte viele Stunden allein und lesend in der Bibliothek zu, fiel auch gelegentlich während der Séancen in eine seltsame Trance und sprach in Worten, die Ida nicht verstand – laut Mary ein Beweis dafür, dass er in Verbindung mit dem Reich der Geister stand.

Aber Idas Ausgaben waren beträchtlich – Geistermedien kosteten – und das knowles'sche Vermögen schrumpfte schnell. Für Ida hätte es eine gesellschaftliche Schmach bedeutet, wären ihre Schulden bekannt geworden. Und so bot Mary ihr an, Knowles' End zu kaufen und Ida als Untermieterin bei sich wohnen zu lassen, damit ihr Ansehen nicht litt. Mary war auch einverstanden damit, Ida ihr Lieblingszimmer, den Speicherraum mit Blick über die ganze Stadt, zu überlassen, und meinte, sie solle sich keine Sorgen machen, denn sie selbst würde die Begleichung der Steuerrückstände und Mr Hobbes die gewiss nicht einfache Aufgabe übernehmen, Knowles' End, das allmählich verfiel, wieder zu seiner alten Schönheit zu verhelfen.

Und genau das tat er auch. Was für ein Lärm! Eine Gruppe Arbeiter entließ er kurz entschlossen schon nach einer Woche, nur um sie durch eine neue Gruppe zu ersetzen, die vielleicht fünf, sechs Tage blieb, bis er auch sie zum Teufel jagte. Schließlich machte er sich eigenhändig daran, einen Vorratsraum für Konserven und diverse andere Vorräte zu bauen – jedenfalls behauptete er das, denn Ida war der Zugang zu diesem Kellerraum verwehrt. »Zu gefährlich«, hatte Mr Hobbes mit einem Lächeln gesagt, das seine Augen – diese kalten, hypnotisierenden Augen – nicht erreichte. »Ich will ja nicht, dass Sie sich den Tod da unten holen.« Aber es wurden noch andere merkwürdige Veränderungen im Hause vorgenommen. Türen wurden gebaut, die ins Nichts führten, und Schmuckrosetten an den Wänden angebracht, die Löcher umrahmten, aus denen ein eigenartiger Rauch drang. Mr Hobbes behauptete, er sei gut für die Lunge und unentbehrlich für die fortgeschrittene spirituelle Arbeit. Außerdem wurde ein langer Wäscheschacht gebaut, der der armen Waschfrau die Arbeit erleichtern sollte, wie Mrs White versicherte. Inzwischen gab es nur noch drei Dienstboten im Haus – die Waschfrau, ein Hausmädchen und einen Stallburschen, der gleichzeitig als Chauffeur fungierte. Beschämende Umstände waren das, und Ida hoffte nur, dass niemand erfuhr, wie schlimm es wirklich um Knowles' End stand. Doch in solchen Momenten lächelte Mary bloß und erzählte Ida, sie sei vom Geist ihres Vaters heimgesucht worden, der Rosmarin in seiner Hand gehalten habe, damit man sich auch weiterhin an ihn erinnere – ein sicheres Zeichen dafür, dass er über sie alle wache. Und Ida war stets dankbar für diesen kleinen Trost. Um ihre Nerven zu beruhigen, bot Mary ihr süßen Wein an, der manchmal höchst eigenartige Träume bei Ida auslöste, in denen es um Feuer und Vernichtung ging und geisterhafte Antlitze von ernst blickenden Männern und Frauen auftauchten.

Aber dann begannen die Dinge einen unguten Verlauf zu nehmen. Bis tief in die Nacht hinein wurden mysteriöse Versammlungen abgehalten und ein- bis zweimal monatlich hörte Ida Musik und Sprechgesänge aus dem unteren Stockwerk. Menschen kamen und gingen.

»Was macht ihr eigentlich bei diesen Treffen?«, fragte Ida eines Abends ängstlich, als sie beim Essen saßen. Sie stocherte in ihrer Mahlzeit herum, denn das Roastbeef war für ihren Geschmack viel zu blutig geraten.

»Warum schließt du dich uns nicht einmal an, meine Liebe?«, schlug Mrs White vor.

»Babylon, die große Stadt, sie ist gefallen. Es ist Zeit für eine Säuberung. Für eine Wiedergeburt. Sind Sie nicht auch dieser Ansicht, Miss Knowles?«, fragte Mr Hobbes lächelnd. Seine Augen waren von einem so intensiven Blau, dass Ida sich ihm nahezu ausgeliefert fühlte. Einen Moment lang konnte sie den Blick nicht von ihm wenden und fragte sich, wie es wohl wäre, mit ihm zu tanzen. Seinen Kuss zu spüren. Seine Liebkosungen. Aber kaum hatte sie es gedacht, wurde sie von heftiger Abscheu überwältigt.

»Ich weiß wirklich nicht, was Sie meinen«, sagte sie. Ihre Hände zitterten. Das Blut aus dem Roastbeef bildete eine widerwärtige kleine Lache auf ihrem Teller. »Mir ist … nicht wohl. Wenn Sie mich entschuldigen würden, ich gehe zu Bett.«

In dieser Nacht hörte sie sonderbare Geräusche im Haus, schauderhafte, bestialische Laute und Gewisper. Sie fürchtete sich so sehr, dass sie sich nicht traute, ihr Schlafzimmer zu verlassen, und bis zum Morgen zitternd unter ihren Decken lag.

In einem Schrank im Salon des Hauses bewahrte Mr Hobbes ein großes, in Leder gebundenes Buch auf, das ähnlich aussah wie eine Bibel. Als Ida einmal versuchte, an dieses Buch heranzukommen, musste sie feststellen, dass der Schrank zugesperrt war. Ihr eigener Schrank in ihrem eigenen Haus war ihr nicht mehr zugänglich! Bebend vor Wut stellte sie Mrs White zur Rede (zu der sie jetzt nicht länger »Schwester« sagte). »In Zukunft verbitte ich mir das, Mrs White, ich verbitte es mir«, griff Ida sie an.

»Nun, dieses Haus befindet sich nicht mehr in Ihrem Besitz, meine Liebe«, entgegnete Mrs White mit einem grausamen Lächeln.

An einem Dienstag entdeckte Ida schließlich einen Haufen blutbefleckter Stofffetzen, die angeblich der Waschfrau gehörten und die, wie ihr Mr Hobbes so dezent wie angemessen mitteilte, auf deren monatliche Menstruation zurückzuführen waren. (»Das arme Ding, wie beschämend für sie. Selbstverständlich haben wir ihr frische Kleidung zur Verfügung gestellt und sie nach Hause geschickt, damit sie ein wenig ausruhen kann. Das arme Mädchen. Ich fürchte, sie ist zu überwältigt von ihren Schamgefühlen, um zu uns zurückkehren zu können.«)

Ida schrieb daraufhin einen verzweifelten Brief an ihren Cousin in Boston, der auch gleich die Behörden nach Knowles' End schickte. Doch als die Beamten dort eintrafen, war Ida von einer solchen Apathie befallen, dass Mrs White ihnen mitteilte, Ida fühle sich nicht wohl, man kümmere sich aber um das Mädchen. Die Beamten murmelten Entschuldigungen und zogen sich zurück.

Emily, die letzte noch verbliebene unter den Dienstboten, machte sich bei Nacht und Nebel davon, ohne sich zu verabschieden. Sie hielt sich nicht einmal mehr damit auf, ihren Lohn zu kassieren.

Jetzt hatte Ida endgültig genug. Sie trank inzwischen keinen Wein mehr, und wenn ihr Körper auch geschwächt war, so war er doch noch stark genug, die Treppe ins Untergeschoss zu bewältigen, denn Ida wollte endlich herausfinden, was in ihrem eigenen Haus geschah. Jawohl, in *ihrem eigenen Haus!* Ihr Vater hatte es erbaut – für *seine* Familie! Sie war eine Knowles, nicht eine dieser Emporkömmlinge mit neuem Geld und neuer Attitüde wie diese Scharlatanin Mrs White, die gerade aufgebrochen war, um eine Séance in dem Landhaus irgendeiner armen Seele mit mehr Geld als Verstand durchzuführen. Oder wie Mr Hobbes. Mr Hobbes mit seinen kalten Augen und seinem arroganten Auftreten, seinen Lügen und Geheimnissen. Was für ein bösartiger Mann! Ida musste herausfinden, was in ihrem Haus vor sich ging, und als Erstes würde sie in dem verbotenen Keller nachsehen.

Sie ging die lange, schmale Treppe in den nasskalten, dunklen Raum hinunter, wo es nach Erde und irgendetwas anderem, so Widerwärtigem, roch, dass Ida würgen musste. Sie würde sich nur kurz hier umsehen und hoffentlich auch etwas finden, womit sie sich an die Behörden wenden konnte, damit diese beiden fürchterlichen Menschen aus ihrem Haus geworfen wurden. Anschließend würde sie nach einem anständigen Pächter Ausschau halten oder gar – kaum wagte sie es zu denken – nach einem Ehemann. Nach einem Edelmann, der mit ihr sein Leben teilte. Gemeinsam würden sie dem Haus zu seiner alten Pracht zurückverhelfen. Sie würden Feste geben, die ehrbare Menschen, Menschen von Einfluss und Ansehen, besuchten. Und Knowles' End würde wieder seine alte Herrschaft antreten.

Idas Hand, mit der sie den Griff der Laterne hielt, zitterte. Da zuckte Licht über die Wände und die Ecken und Winkel des Raumes. Ida war gekommen, um etwas in Erfahrung zu bringen, und nun wusste sie Bescheid. Wusste ohne jeden Zweifel, dass sie etwas entsetzlich Bösem gegenüberstand. Kein Schrei entfuhr ihr, als die Kerze zu flackern begann und das Gewisper einsetzte. Doch im selben Moment, in dem Ida den Schrei, den sie zurückgehalten hatte, ausstieß, verlöschte ihre Kerze, und Dunkelheit senkte sich über sie.

Das Hotsy Totsy

Es war ein todlangweiliger Tag gewesen. Wegen des anhaltenden Regens hatte Evie ihn im Museum zubringen müssen, wo sie sich die Zeit damit vertrieb, die Bücher eines einzigen Regals nach Kriterien, die nur ihr verständlich waren, neu anzuordnen. Gerade als sie glaubte, sie würde den Verstand verlieren, wenn sie noch länger dem Geräusch des Regens lauschen und sich mit dieser nervtötenden Arbeit herumschlagen musste, heiterte sie der Gedanke auf, dass sie – falls sie den Nachmittag überlebte – ja einen vielversprechenden und aufregenden Ausgehabend mit ihren Freunden vor sich hatte. Und dann war es schließlich so weit. Evie nahm ein Bad, parfümierte sich und probierte danach jedes einzelne Kleidungsstück in ihrem Schrank an, bevor sie sich für ein silbernes Glasperlenkleid entschied, das an ihrem Körper schillerte, als sei es über und über mit Regentropfen bedeckt. Dazu trug sie eine lange Perlenkette, die sie zweimal um den Hals schlang, und graue Spangenschuhe mit geschwungenen schwarzen Absätzen und tellerförmigen Strassschnallen. Sie malte sich die Lippen in einem dunklen Rotton an, umrandete die Augen mit schwarzem Kajal und krönte das Ganze mit einem schwarzen Samtmantel mit Pelzkragen. Dann steckte sie zwanzig Dollar ihrer allmählich schrumpfenden Reserve in eine silberne Clutch, besprühte sich noch einmal mit dem Parfüm und schwebte ins Wohnzimmer. Jericho saß am Küchentisch und zeichnete Miniaturen für das Modell einer Kampfszene. Onkel Will saß an seinem unaufgeräumten Schreibtisch neben dem Erkerfenster, umgeben von Papier- und Bücherstapeln.

Als er Evie kommen hörte, hob er sekundenlang den Kopf, betrachtete sie und wandte sich wieder seiner Arbeit zu. »Du hast dich ja ordentlich herausgeputzt.«

Evie streifte sich die fingerlosen, ellenbogenlangen Spitzenhandschuhe über. »Ich gehe heute Abend mit Theta und Henry in einem wundervollen Nachtclub tanzen.«

»Nicht heute Abend, Evie, tut mir leid.«

Evie starrte Will entgeistert an. »Aber Onkel Will, Theta erwartet mich doch. Wenn ich nicht mitkomme, wird sie mich nie mehr einladen, etwas mit ihr zu unternehmen!«

»Falls es noch nicht bis zu dir vorgedrungen sein sollte: In Manhattans Straßen treibt sich ein brutaler Mörder herum.«

»Aber Onkel …«

»Es tut mir leid, Evie. Da draußen bist du nicht länger sicher. Ein andermal gerne. Athena wird das bestimmt verstehen.«

»Sie heißt Theta. Und nein, das wird sie nicht.« Evie spürte, wie ihr die Tränen in die Augen stiegen. Sie hatte Ewigkeiten damit zugebracht, sich die Augen zu schminken, und blinzelte jetzt heftigst, damit die Wimperntusche nicht zerlief. »Bitte, Onkel Will.«

»Es tut mir leid, aber mein Entschluss steht fest.« Will beugte sich wieder über sein Buch. Urteil gefällt, Verfahren eingestellt.

Im Radio pries der Sprecher die Vorzüge des Parker Dentalsystems, »denn die Gesundheit Ihrer Zähne ist zu wichtig, als dass Sie sie dem Zufall überlassen sollten«.

Jericho räusperte sich. »Wir können ja Karten spielen, wenn du magst. Oder Radio hören. Um neun bringen sie eine neue Show.«

»Na großartig«, sagte Evie in bitterem Ton und stürmte in ihr Zimmer. Dort warf sie die Tür hinter sich ins Schloss und sich selbst der Länge nach aufs Bett. Ihr neuer Kopfschmuck aus Kunstperlen rutschte ihr über die Augenbrauen und sie schob ihn wieder nach oben. Wieso musste Will sich ausgerechnet heute Abend wie ein … wie ein Vater aufführen? Sie konnten sich doch nicht vor lauter Angst hinter den Mauern des Bennington verschanzen. Evie lag auf dem Rücken und starrte durch das Fenster auf die Welt jenseits der Feuerleiter.

Die Feuerleiter!

Evie setzte sich aufrecht hin. Sie tupfte sich die Augen mit den Fingern trocken und streifte sich die Handschuhe wieder über. Dann öffnete sie die Tür einen Spaltbreit. »Für heute Abend ziehe ich mich zurück«, verkündete sie laut. Mit äußerster Vorsicht öffnete sie ihr Fenster und trat auf die Feuerleiter hinaus. Wenn Evie in ihrem kurzem Leben eins gelernt hatte, dann, dass es leichter war, um Verzeihung als um Erlaubnis zu bitten. Sie hatte weder das eine noch das andere vor.

Einige Stockwerke tiefer stieß Mabel einen Schrei aus, als Evie plötzlich durch ihr Zimmerfenster stieg und zu ihr sagte: »Beruhige dich. Ich bin es doch nur.«

»Und ich dachte schon, du bist der Pentakelmörder, der mir die Kehle aufschlitzen will.«

»Du und mein Onkel …! Da muss ich dich leider enttäuschen.« Evie strich ihr Kleid glatt.

»Mabel, Liebling, was ist denn los?«, rief Mrs Rose durch die geschlossene Zimmertür.

»Nichts, Mutter! Ich dachte nur, ich hätte eine Spinne gesehen, aber ich hab mich wohl getäuscht«, rief Mabel zurück und flüsterte Evie zu: »Wollten wir uns nicht oben treffen?«

»Planänderung. Mein Onkel hat mir verboten, auszugehen. Ich schwöre dir, er führt sich auf wie mein Vater!«

Evie musterte Mabels schlichtes weißes Organzakleid. »Menschenskind, hast du deine Deko verloren, Schönheit?«

»Stimmt was nicht mit meinem Kleid?«

»Du brauchst ein bisschen Lippenstift.«

»Ich brauche keinen Lippenstift.«

Evie zuckte mit den Achseln. »Wie du meinst, Mabesie. Ich kann heute Abend unmöglich noch einen Kampf ausfechten.«

Evie und Mabel gingen auf Zehenspitzen zur Tür. Die Roses hatten wieder einmal zu einer ihrer politischen Versammlungen eingeladen – es ging wohl um die Berufung, die die Anarchisten Sacco und Vanzetti eingelegt hatten. Aber Mrs Rose hörte die Mädchen kommen und rief: »Guten Tag, Evangeline.«

»Guten Tag, Mrs Rose.«

»Wie nett von deinem Onkel, euch zu einer Dichterlesung mitzunehmen. Es ist wichtig, dass ihr euch um eure Bildung kümmert, statt die Zeit mit bürgerlichen und unmoralischen Vergnügungen zu vertrödeln, wie Tanzabende in Nachtclubs beispielsweise.«

Evies Blick glitt in Mabels Richtung und es fiel ihr ungeheuer schwer, gegen das Zucken ihrer Mundwinkel anzukämpfen.

»Wir müssen jetzt los, Mutter. Wir wollen schließlich nicht zu spät zur Lesung kommen«, sagte Mabel und zog Evie mit sich fort.

»Ich glaube, ich bin heute Abend nicht die Einzige, die auf der Flucht ist«, sagte Evie, als sie zum Aufzug liefen.

Mabel grinste. »Sieht ganz so aus.«

»Und dann hab *ich* zu ihm gesagt: ›Das Vergnügen war rein auf Ihrer Seite.‹ Einfach so. Ich hatte jedenfalls das letzte Wort«, sagte Evie, als sie den anderen von Sam Lloyds erstem Besuch im Museum erzählte.

»Das glaub ich gern.« Theta lachte. »Diesen Knaben solltest du dir aber nicht zu sehr unter die Haut gehen lassen.«

»Tu ich doch gar nicht.«

»Nein, natürlich nicht«, entgegnete Theta und Henry grinste.

Die vier Freunde hatten gemeinsam ein Taxi nach Harlem genommen, das Theta freundlicherweise bezahlt hatte, um einen Nachtclub namens Hotsy Totsy zu besuchen, der angeblich total angesagt war.

»Es reicht jetzt. Kein Wort mehr über den Kerl«, sagte Evie und fegte mit der Hand die Luft zur Seite, um ihre Worte wirkungsvoll zu unterstreichen.

»Gut so, wir sind nämlich da. Und ich bin ziemlich sicher, dass das Kennwort hier nicht *Sam* oder *Lloyd* lautet.«

Henry klopfte schnell und rhythmisch an die Tür – *bum-da-BUM-bum* – und einen Augenblick später wurde die Tür einen Spalt weit geöffnet. Ein Mann in weißem Smoking und mit Fliege lächelte sie an. »Guten Abend, Leute. Das hier ist ein Privathaus.«

»Wir sind Freunde des Sultans von Siam«, sagte Henry.

»Welches ist die Lieblingsblume des Sultans?«

»Edelweiß ist doch eine sehr hübsche Blume.«

Gleich darauf wurde die Tür weit geöffnet. »Hier entlang.«

Der Mann im Smoking führte sie durch eine dampfgeschwängerte Küche, in der es hoch her ging, und weiter über eine Wendeltreppe ins Untergeschoss in einen unterirdischen Tunnel. »Der verbindet dieses Gebäude mit dem nebenan«, flüsterte Henry Evie und Mabel zu. »So ist der größte Teil des Alkohols hier in Sicherheit, wenn es drüben eine Razzia gibt.«

Der Mann öffnete eine Tür und führte sie in einen Raum, der wie der Palast eines Sultans dekoriert war. Gewaltige Farne ergossen sich über die vergoldeten Ränder riesiger Blumentöpfe. Die Decke war mit Stoffbahnen aus champagnerfarbener Seide abgehängt und die Wände leuchteten in einem tiefen Purpurrot. Weiße Damasttischtücher lagen auf den Tischen, obenauf standen kleine Laternen aus Bernstein. Auf der Bühne spielte die Band eine Jazznummer, zu der die Flapper auf dem Tanzparkett den Shimmy tanzten, während die Männer »Go, go, GO!« und »Gebt Gas« riefen. Wohlhabende Gäste tanzten mit einem Cocktail in der Hand von Tisch zu Tisch und winkten die Zigarettenverkäuferinnen zu sich heran, die die Runde machten, um ihre Lucky Strikes, Camels, Chesterfields und Old Golds auf silbernen Tabletts anzubieten. Auf einem großen Schild wurde eine ganz besondere Party zur Feier des Erscheinens von Salomons Kometen angekündigt, und Evie versuchte, nicht daran zu denken, welch entsetzliche Bedeutung das Erscheinen des Kometen für einen Geisteskranken haben mochte.

»Dieser Club ist einfach großartig«, sagte sie, nachdem sie seine Atmosphäre geradezu aufgesogen hatte. Auf so etwas hatte sie gewartet. Das gab es nirgendwo außerhalb Manhattans. »Und die Band ist umwerfend.«

Henry nickte. »Das ist die beste in Manhattan. Ich habe sie schon mal im Cotton Club gehört. Aber da geh ich nicht gern hin. Da machen sie Rassentrennung.« Henry sah Evies verwirrten Gesichtsausdruck und erklärte ihr: »Im Cotton Club dürfen die Schwarzen Jazzmusiker zwar für die weißen Gäste spielen, aber an ihren Tischen unten dürfen sie nicht sitzen; sie dürfen sich auch keinen Drink bestellen und sich nicht unter die Weißen mischen. Diesen Laden hier dagegen betreibt Papa Charles King und der schenkt jedem aus.«

In einer Ecke saßen eine weiße Frau und ein Schwarzer Mann und unterhielten sich miteinander. Das wäre in Ohio niemals möglich gewesen, und Evie fragte sich, was ihre Eltern wohl dazu sagen würden. Mit ziemlicher Gewissheit nichts besonders Schmeichelhaftes.

Theta stieß Henry mit dem Ellbogen an. »Da drüben ist Jimmy D'Angelo. Geh doch mal zu ihm rüber und beschwatz ihn, dass du an seinem Tisch sitzen darfst.«

Henry entschuldigte sich und schlenderte auf einen Tisch in unmittelbarer Nähe der Bühne zu, an dem ein Zigarre rauchender Mann mit Zylinder, Monokel und einem Papagei auf der Schulter seines Smokings saß.

»Henry ist so begabt, aber Flo – Mr Ziegfeld – erkennt das einfach nicht«, sagte Theta. »Henry hat ein paar seiner Lieder in der Tin Pan Alley verkauft, in der sich die meisten Musikverlage befinden – genug, um ihn über Wasser zu halten, aber mehr auch nicht.

Die Liedchen sind nett, aber seine wirklich guten Stücke kauft ihm keiner ab. Armer Junge.«

»Ich würde sie sehr gern mal hören«, sagte Mabel.

»Ich hoffe, das wirst du auch. Was der Junge braucht, ist ein echter Durchbruch.«

Theta raffte ihre Stola an der Schulter zusammen. »Die Show beginnt, meine Hübschen. Mir nach.«

Theta schlenderte an den Tischen vorbei, ohne irgendjemanden eines Blickes zu würdigen. Aber die Leute drehten sich nach Theta, Evie und Mabel um, als sie dem Wirt zwischen den überfüllten Tischen hindurch folgten. Sie waren drei attraktive, todschicke Mädchen und zogen beeindruckte Blicke auf sich. Einige Leute erkannten Theta sogar aus der Ziegfeld-Follies-Revue.

»Muss traumhaft sein, wenn man berühmt ist«, sagte Evie.

Theta zuckte mit den Achseln. »Die Leute glauben, sie kennen mich, aber das tun sie gar nicht.«

Der Ober wies ihnen Plätze an einem Tisch in der Ecke zu und reichte ihnen auch gleich die Speisekarten, die auf festem cremefarbenem Papier gedruckt waren. Mabel riss die Augen auf. »Ich kann nicht glauben, was sie hier für Preise haben!«

»Glaub es ruhig«, sagte Theta. »Und sorg dafür, dass dir auch schmeckt, was du bestellst, denn daran wirst du dich den ganzen Abend festhalten müssen.«

»Meine Mutter würde einen Anfall bekommen, wenn sie den Überfluss hier sehen würde«, sagte Mabel schuldbewusst.

»Deine Mutter ist aber nicht da.«

»Na, Gott sei Dank!«, murmelte Evie.

Ein Kellner trat mit einer Flasche Champagner in einem silbernen Eiskübel an ihren Tisch. »Tut mir leid, mein Freund. Wir haben keinen Schampus bestellt«, sagte Theta.

»Auf das Wohl der Ladys. Von einem Gentleman, der Sie zu schätzen weiß«, sagte der Ober.

»Und von welchem?«, fragte Theta.

»Von Mr Samson an Tisch fünfzehn«, erwiderte der Ober. Er nickte diskret in Richtung des besagten Herrn.

»Ach du meine Güte«, sagte Theta.

»Was ist?« Evie konnte in dem dämmerigen Lokal nicht allzu viel erkennen.

»Seht ihr den Burschen da schräg gegenüber? Schaut aber nicht so auffällig hin.«

Die Mädchen spähten über den Rand ihrer Speisekarten. Vier Tische von ihnen entfernt saß ein korpulenter Mann mit vollem Oberlippenbart und der selbstgefälligen Miene des erfolgreichen Wall-Street-Maklers. »Der, der wie ein Walross ohne Zoo aussieht?«, fragte Evie.

»Genau der. Er ist einer von diesen Blödmännern, die sich gern wieder jung und attraktiv fühlen würden. Hat wahrscheinlich Frau und drei Gören in Bedford und bildet sich ein, dass wir ihn heute Abend unterhalten werden. O weh, jetzt sieht er zu uns rüber. Lächelt, Mädchen.«

Evie ließ ihre Zähne blitzen und der Mann hob sein Glas. Die beiden anderen hoben ihre Gläser ebenfalls. Der Mann warf ihnen eine Kusshand zu und bedeutete ihnen, sich zu ihm an den Tisch zu setzen.

»Was nun?«, fragte Evie.

»Jetzt geht die Show erst richtig los.« Theta stürzte ihren Champagner hinunter und gab danach einen gewaltigen Rülpser von sich, der die angewiderten Blicke der um sie herum sitzenden Clubbesucher auf sie lenkte. »Es geht doch nichts über ein gutes Glas Schampus für das Innenleben eines Mädchens!«, sagte Theta laut und klopfte sich auf den Bauch.

Auf der anderen Seite der Tanzfläche schwebte das Glas des älteren Gentleman jetzt mitten in der Luft und er sah schnell zur Seite.

»Er ist schockiert!«, sagte Evie kichernd.

»Jetzt kann er nach Hause zu seiner Frau in Bedford fahren

und *wir* können uns in aller Ruhe seinen Traubenmost schmecken lassen.«

»Wo hast du so was denn gelernt?«

»In der harten Schule des Lebens«, sagte Theta. Evie und sie stießen mit ihren Gläsern an und nippten an dem Champagner ihres Gönners.

Mabel winkte den Ober zu sich heran. »Könnte ich bitte einen Sloe Gin Fizz ohne Gin haben?«

»Und wozu soll das gut sein, Miss?«, fragte der Ober.

»Für meinen Kopf – morgen früh«, antwortete Mabel.

»Wie Sie meinen, Miss.«

»Was treibt Henry eigentlich«, fragte Theta und reckte den Kopf nach ihm. Einige Tische entfernt fläzte Henry mit einem Ausdruck wundervoll gelangweilter Eleganz in einem Sessel und hörte dem Mann mit dem Papagei zu.

»Er ist gar nicht dein Bruder, oder?«, sagte Evie.

Theta schmunzelte. »Jetzt hast du es rausgekriegt. Die Leute werden sich das Maul zerreißen.«

Das sagte sie mit so unbewegtem Gesicht, dass Evie einen Moment brauchte, bis sie merkte, dass sie es nicht ernst meinte.

»Und woher kennt ihr zwei euch?«

»Von der Straße. Ich war dem Hungertod nah und er hat sein Sandwich mit mir geteilt. Er ist ein echter Kumpel.«

»Und warum habt ihr euch nicht … falls ich das fragen darf?«

Theta kniff die Augen zusammen und stieß eine kleine Rauchwolke aus. »Wir stehen einfach nicht aufeinander. Er ist vielleicht nicht mein richtiger Bruder, aber für mich ist es so, als ob er es wäre. Ich würde alles für ihn tun.«

Henry kam jetzt auf ihren Tisch zugeschlendert und Theta rückte zur Seite, um ihm Platz zu machen.

»Was hab ich verpasst?«, fragte er. »Und wo kommt der Champagner her?«

»Von dem einsamen Walross da drüben«, erklärte ihm Evie kichernd. Sie fühlte sich schon leicht beschwipst, was weniger an dem Champagner als an ihrer Aufregung und ihrer unbändigen Vorfreude lag. Und sie hatte Theta und Henry gern. Die beiden waren so mondän – ganz anders als die Leute, die sie von zu Hause kannte. Hoffentlich mochten sie sie auch.

»Du kommst noch rechtzeitig. Wir wollten gerade einen Toast ausbringen«, sagte Theta.

Henry hob sein Glas. »Worauf?«

»Auf uns. Und auf die Zukunft«, sagte Theta.

»Ja, auf die Zukunft«, wiederholten Henry, Evie und Mabel.

Die Band leitete jetzt zu einer eher gefühlsbetonten, sinnlichen Nummer über und Evie lehnte den Kopf an Thetas Schulter. »Spürst du nicht auch, dass heute Abend etwas ganz Besonderes geschehen könnte?«

»Das liegt an Manhattan. Da kann jederzeit alles passieren.«

»Aber was wäre, wenn du heute Nacht dem Mann deiner Träume begegnen würdest?«

Theta stieß eine weitere kleine Rauchwolke aus. »Kein Interesse. Die Liebe verursacht bloß Chaos, meine Kleine. Sollen doch die andern Mädchen schmachten und albern aus der Wäsche schauen. Ich? Ich hab Pläne.«

»Was denn für Pläne?«, fragte Mabel. Ein Ober hatte Toast mit Pastete serviert und Mabel ließ ihn sich mit Vergnügen schmecken.

»Kino. *Das* ist die Zukunft. Ich habe gehört, sie wollen demnächst Tonfilme machen.«

Evie lachte. »Tonfilme? Wie schrecklich.«

»Wieso, das wird grandios. Sobald mein Vertrag ausläuft, machen Henry und ich uns auf den Weg nach Kalifornien. Stimmt's, Henry?«

»Alles, was du willst, Schönheit.«

»Ich hab gehört, dort gibt es Zitronenbäume und du kannst dir die Zitronen direkt vom Baum pflücken und frische Limonade daraus machen. Wir kaufen uns ein Haus mit einem Zitronenbaum im Garten. Vielleicht sogar auch einen Hund. Ich wollte immer einen Hund.«

Fast hätte Evie gelacht, aber Theta wirkte so ernst, beinahe sogar ein wenig traurig, und so trank sie nur einen Schluck von ihrem Champagner. »Klingt entzückend.« Sie stieß mit Theta an. »Auf Zitronenbäume und Hunde!«

»Auf Zitronenbäume und Hunde«, wiederholte Mabel mit vollem Mund.

Evie beugte sich vor und stützte das Kinn auf die Hand. »Und du, Henry?«

»Ich? Ich will Filmmusik komponieren. Richtige Songs. Nicht dieses schnulzige Blabla, das einem Flo Ziegfeld gefällt«, sagte Henry in seiner leicht gedehnten Sprechweise.

»Dann auf die richtigen Songs!« Evie prostete Henry zu. »Und du, Mabesie? Was hast du vor?«

»Ich will den Armen helfen. Aber vorher esse ich noch diesen Toast hier bis auf den allerletzten Krümel auf«, sagte Mabel schwärmerisch. »Schmeckt göttlich.«

Theta legte den Kopf auf die Seite. »Und was ist mit dir selbst, Evie?«

Evie ließ ihr Glas langsam kreisen. Was konnte sie schon sagen? *Ich werde ab jetzt nicht mehr von meinem toten Bruder träumen. Ich werde dafür sorgen, dass mich die Vergangenheit nicht länger heimsucht wie ein rachsüchtiger Geist. Ich werde meinen Platz in der Welt finden und allen zeigen, wer ich wirklich bin.* Von dem Moment an, als sie in Penn Station aus dem Zug gestiegen war, hatte sie gespürt, dass sie hierhergehörte, dass Manhattan ihr eigentliches Zuhause war. »Seit ich hier in New York bin, habe ich das wahnwitzige Gefühl, dass überall das Schicksal auf mich wartet – dass alles, was mir geschehen und aus mir werden wird, schon hinter der nächsten Ecke auf mich wartet. Und dafür will ich bereit sein. Will mich Hals über Kopf hineinstürzen.« Evie erhob ihr Glas. »Auf alles, was hinter der nächsten Ecke auf uns wartet.«

»Dann kann ich nur hoffen, dass es kein Automobil ist, das auf uns zugerast kommt«, scherzte Mabel.

»Auf all das Gute, das noch nicht sichtbar für uns ist«, sagte Theta.

»Auf Evies Schicksal«, sagte Henry und stieß sein Glas an die der anderen.

Plötzlich stockte Evie mit noch erhobenem Glas.

»Das darf nicht wahr sein. Der hat mir gerade noch gefehlt!«

»Was ist denn?«, fragte Theta.

Evie setzte ihr Glas so heftig auf dem Tisch ab, dass Champagner auf das Tischtuch schwappte. »Theta, hier ist mein Portemonnaie. Da drin sind zwanzig Dollar. Die wirst du für die Kaution brauchen, falls du mich aus dem Gefängnis rausholen musst.«

»Zum allerletzten Mal: Was ist denn los?«

»*Sam Lloyd*«, fauchte Evie und marschierte geradewegs auf ihn zu. Er stand an eine Marmorsäule gelehnt und unterhielt sich mit einer blonden Schönheit mit rot geschminktem Schmollmund.

»Sie entschuldigen, Miss.« Evie drängte sich zwischen die beiden.

»He!«, protestierte das Mädchen, aber Evie blieb ungerührt.

»Was machst *du* denn hier?«, fragte sie in herausforderndem Ton.

»Was ich hier mache? Ich bin andauernd hier. Aber was machst *du* hier?«

»Wer ist denn das – deine Mutter?«, fragte die Blonde mit einer hohen Quietschstimme, die ohne Mühe Glas zum Bersten hätte bringen können.

Evie drehte sich zu ihr um. »Ich komme vom Gesundheitsamt. Schon mal von Typhoid Mary gehört? Dieser Bursche hier trägt genügend Typhusbakterien mit sich herum, um eine eigene Kolonie zu gründen.«

Das Mädchen riss die Augen auf. »Das darf doch nicht wahr sein!«

»Sie sagen es. Zu Ihrer Sicherheit sollten Sie Ihren schicken

Fummel vielleicht lieber verbrennen. Genau genommen sollten Sie das in jedem Fall.«

»Häh?«

Evie hob eine Augenbraue und sah Sam an. »Die ist aber wirklich charmant, Sam.«

Sie wandte sich wieder der Blondine zu, beugte sich näher zu ihr hin und flüsterte: »Sehen Sie den Mann mit dem Schnauzbart da drüben?« Evie deutete auf den Walrossmann. »Der ist so reich, dass er Wool und Worth's kaufen könnte und immer noch genug für ein dickes Steak übrig hätte. Warum lassen Sie sich von dem nicht einen Cocktail spendieren?«

»Ist das Ihr Ernst?«

»Und ob! Der ist ein richtig hohes Tier. Vertrauen Sie mir nur.«

Das Mädchen lächelte. »Nein, so was! Danke für den Tipp.«

»Wir Mädchen müssen doch zusammenhalten.«

Das Mädchen sah sie jetzt besorgt an. »Und Sie kommen mit seinem … mit seinem Typhus zurecht?«

»Das geht in Ordnung«, sagte Evie und sah Sam zornig an. »Gegen das, was der hat, bin ich immun.«

Sam sah zu, wie die verführerische Blonde auf den Walrossmann zuschlängelte, und schüttelte den Kopf. »Hat dir schon mal einer gesagt, dass du ein miserables Gespür für den richtigen Zeitpunkt hast, Schwester?«

»Woher hast du denn die Smokingjacke? Die sieht ja richtig teuer aus.«

Sam grinste. »Stuhllehne.«

»Du hast sie gestohlen?«

»Sagen wir einfach, ich habe sie mir für die Dauer meines Aufenthaltes hier geliehen.«

»Das sollte ich Onkel Will erzählen.«

»Nur zu. Natürlich müsstest du ihm dann auch erklären, was du um elf Uhr nachts in einer Kneipe in Harlem zu suchen hattest.«

Evie wollte Sam gerade zusammenzustauchen, als der ebenfalls in Smoking gekleidete Conférencier auf das Mikrofon zutrat. Sein weißes Hemd sah so steif aus, als wäre es kugelsicher. »Und nun präsentiert Ihnen das Hotsy Totsy die berühmten Hotsy Totsy Girls, die für Sie den verbotenen Black Bottom tanzen werden!«

Die Band setzte zu einer schnelleren Jazzmelodie an und mit einem lauten Jauchzer stolzierten die attraktiven Revuemädchen über die Bühne. Sie wiegten sich in den Hüften und stampften mit ihren silbernen Schuhen hart und rhythmisch auf dem Boden auf. Bei jedem Hüftschwung federten die Perlen auf ihren unerhört freizügigen Kostümen hin und her. Es war genau die Art von Vorstellung, die Evies Mutter abstoßend gefunden hätte – ein Beispiel für den moralischen Verfall der jungen Generation. Überaus erotisch, gewagt und prickelnd, und Evie konnte nicht genug davon bekommen.

Der Mann am Piano rief den Mädchen auf der Bühne etwas zu, worauf sie sich mit den Hüften voran zum Bühnenrand schoben. Sie lockten die Gäste mit gekrümmtem Zeigefinger herbei und der ganze Club kam auf der Tanzfläche unterhalb der Bühne zusammen und ließ sich in den Sog dieses Tanzes und der Nacht hineinziehen.

Theta saß allein am Tisch hinter einer schier undurchdringlichen Wolke aus Zigarettenrauch und sah dem Treiben um sie herum zu. Henry hatte eine Unterhaltung mit einem attraktiven Ober namens Billy begonnen, was sie zu der Überlegung führte, ob Henry heute Nacht wohl nach Hause kommen würde. Sie beobachtete die verwöhnten jungen Damen der Gesellschaft, die sich einen Spaß daraus machten, in den Norden der Stadt zu fahren und Jazz in verbotenen Clubs zu hören, nur um ihre Mütter zu verärgern. Beobachtete, wie die Barkeeper die Gläser füllten, ohne dabei die Türen des Clubs aus den Augen zu lassen. Wie einsame Mädchenherzen von jungen Burschen träumten, die sich, dessen völlig unbewusst, ihrerseits nach anderen Mädchen sehnten. Wie ein Streit zwischen einem Paar entbrannte, das anschließend unglücklich schweigend dasaß. Beobachtete die Zigarettenverkäuferinnen, die mit einem Lächeln im Gesicht von Tisch zu Tisch gingen und die gesundheitlichen Vorzüge von Lucky Strikes oder auch Chesterfield anpriesen, je nachdem, welches Unternehmen ihnen mehr dafür bezahlt hatte. Beobachtete die Mädchen, die oben auf der Bühne tanzten, und fragte sich, in welchem Alter sie wohl damit angefangen hatten. Ob man sie auch von Stadt zu Stadt und von Theater zu Theater geschleift hatte, seit sie vier Jahre alt gewesen waren? Ob auch sie auf den Fußböden billiger Absteigen wach gelegen und am nächsten Morgen halb tot vor Erschöpfung bei einem Agenten nach dem anderen vorgetanzt hatten? War unter ihnen eine, die eine waghalsige Flucht bei Nacht und Nebel aus einer Kleinstadt hinter sich hatte? Hatte auch sie ihren Namen und ihr Äußeres verändert, sodass sie zu einer völlig neuen Person geworden war, einer, die nicht mehr aufspürbar war? Und besaß eine von ihnen eine so beängstigende Gabe, dass man sie streng geheim halten musste?

Ein gut aussehender junger Mann mit einem Verbindungsabzeichen auf dem Revers trat vor Thetas Tisch und versperrte ihr die Sicht auf die Tanzfläche. »Haben Sie was dagegen, wenn ich mich zu Ihnen setze?«

Theta drückte ihre Zigarette aus. »Tut mir leid, mein Freund. Ich wollte gerade gehen.« Sie griff nach ihrer Stola und Evies Tasche und begab sich auf die Suche nach der Damentoilette.

Memphis hatte seine Abendrunde hinter sich gebracht. Auf dem Weg durch die Küche des Hotsy Totsy schob er sich ein paar Kekse für Isaiah in die Tasche und ging dann weiter in den Club, um zu sehen, was dort los war. Ein betrunkenes Mädchen mit vom Tanzen schweißverklebten Locken rief ihm im Vorübergehen zu: »Ach, Junge – hol mir doch eben meinen Mantel, ja?«, und steckte ihm ein 25-Cent-Stück zu.

»Seh ich vielleicht aus, als ob ich für dich arbeiten würde? Hol dir deinen Mantel gefälligst selber.«

Memphis warf die Münze zurück in ihre Richtung, wo sie zu Boden fiel.

»Ich hätte nie ...«

»Wirst du auch nie«, brummte Memphis. Auf der anderen Seite des Gangs befand sich ein Salon mit Clubsesseln und Perserteppichen, in den sich Paare begaben, wenn sie herumschmusen wollten. Memphis ging an solch einem knutschenden Pärchen vorbei und ließ sich in seinem Lieblingssessel nieder, um zu lesen.

»Es macht Ihnen doch nichts aus ...?«, rief der Mann ihm zu.

»Ehrlich gesagt, schon. Aber lassen Sie sich von mir nicht stören«, gab Memphis zurück, zeigte jedoch sein breitestes Lächeln und schlug sein Buch auf. Der Mann fluchte leise und bedachte ihn mit einem Schimpfwort. Da Memphis sich aber nicht vom Fleck rührte, verließen die beiden einen Moment später den Raum. Jetzt war Memphis allein und konnte sich ganz der Lektüre seines Buches widmen.

»Lass uns doch tanzen«, sagte Sam.

»Ich mit dir?«, empörte sich Evie. »Nur damit du Bescheid weißt, mein Geld habe ich Theta in Verwahrung gegeben.«

»Ach komm schon, Süße, ich werd mich auch so anständig benehmen wie ein Pfadfinder.« Er ließ seine Finger durch ihre gleiten. »Fühlst du den Rhythmus? Steckt er dich denn nicht auch an?«

Evie sah zur Tanzfläche hinüber. Eine Schar Flapper, ganz und gar den Cocktails und den Rhythmen hingegeben, feierte ausgelassen. Evie wollte sich unter sie mischen, wollte sich gehen lassen.

»Gut, einen Tanz«, sagte sie. Sie zog Sam hinter sich her und auf die wirbelnde Menge zu und er führte sie in einen Walzer hinein. Seine Hand lag warm auf ihrem Rücken.

»Was machst du denn da?«, fragte sie ihn, als sie sich langsam auf der Stelle drehten.

»Gegen den Strom tanzen«, antwortete Sam.

»Vielleicht bewege ich mich aber lieber *mit* dem Strom.«

»Du? Das wüsste ich.«

»Vielleicht kennst du mich ja nicht so gut, wie du meinst«, schrie Evie in sein Ohr. Es war schwierig, die Band und die anderen Tänzer zu übertönen.

»Daran können wir arbeiten«, sagte Sam und zog sie in eine schnelle Drehung hinein. Er war ein guter Tänzer. Er bewegte sich elegant und leichtfüßig und konnte führen, ohne dabei dominant zu wirken. Zumindest auf dem Tanzparkett passten sie nicht schlecht zusammen.

»Du riechst zum Fressen gut«, sagte Sam so nah an Evies Ohr, dass ein Schauer über ihre Wange lief.

»Du redest ja wie der böse Wolf«, murmelte sie.

»Sag mal, die ganze Sache mit den Geistern – glaubt dein Onkel wirklich daran oder macht er nur Geld damit?«

»Woher soll ich das wissen?«, fragte Evie. Sie wollte jetzt nicht über Will nachdenken. »Wieso? Glaubst du an Geister?«

Sam rang sich ein Lächeln ab. »An irgendetwas muss der Mensch ja glauben.«

Und dann wirbelte er Evie unter den Lichtern im Kreis herum, wieder und immer wieder.

Mabel war zur Toilette gegangen und an einen verlassenen Tisch zurückgekehrt. Nur einen Augenblick später hatte sie sich von einem Schnösel namens Scotty zu einem Tanz drängen lassen, der es geschafft hatte, ihr dreimal hintereinander auf die Füße zu treten und sie dabei unermüdlich mit dem falschen Namen anzureden. Jetzt saß sie mit ihm an dem Tisch, der von den anderen aufgegeben worden war, und hörte zu, wie er ohne Punkt und Komma über Aktien und Anleihen faselte und über das Mädchen, das gut genug war, um es seiner Mutter vorzustellen, das er aber erst noch finden musste. Die Tochter eines jüdischen Sozialisten und eines Mädchens aus der besseren Gesellschaft, das sich in eine Volksaufwieglerin verwandelt hatte, war da vermutlich nicht die Richtige.

»Sie sind eine wunderbare Zuhörerin, May Belle«, sagte Scotty mit vom Scotch schon schwerer Zunge.

»Mabel«, korrigierte sie ihn. Sie kniff die Augen zusammen und stellte sich in dem stimmungsvollen Schummerlicht des Clubs vor, dieser langweilige Idiot ihr gegenüber wäre Jericho. Drüben auf der Tanzfläche sah sie Evie mit Sam tanzen – und das, obwohl sie geschworen hatte, ihm eine zu verpassen.

»Sie sind wie …«

»Eine Schwester«, beendete Mabel den Satz für ihn.

»Genau!«

»Na großartig.« Sie seufzte. Scottyboy schwafelte weiter, bis Mabel sich noch kleiner, noch unscheinbarer fühlte. Sie war mit ihrem Kleid völlig falsch angezogen, sah aus, als wollte sie bei einem Weihnachtskrippenspiel vorsprechen. Sie hatte es satt, ständig übersehen, für die Schwester von irgendjemandem gehalten oder als süß, aber harmlos hingestellt zu werden. Wie war sie nur in diese quälende Situation hineingeraten? Bei Evie war es anders. Evie war die Rolle des unbeschwerten Flappers in die Wiege gelegt worden. Mabel nicht. In Nachtclubs oder bei Tanzveranstaltungen fühlte sie sich immer fehl am Platze, dabei wäre sie so gerne nur ein einziges Mal das Mädchen gewesen, das man aufregend fand, das man begehrte.

»Habe ich nicht recht, May Belle?«, sagte der Idiot jetzt, der bestimmt gerade eine quälend langweilige Überlegung zum Thema

Fischen oder Automobile von sich gegeben hatte. Er klopfte ihr ein wenig zu fest auf den Arm.

»Das war's«, sagte Mabel. Sie stand auf und warf die Serviette auf den Tisch. »Und nein. Sie haben nicht recht. Ich habe keine Ahnung, was Sie mir da gerade erzählt haben, aber ich bin ziemlich sicher, dass es der reine Blödsinn war. Ich will nicht tanzen. Und ich will mir auch nicht Ihre Pläne für ein Sommerhaus anhören. Ich bin nicht Ihre Schwester. Und wenn ich es wäre, dann müsste ich allen erzählen, dass Sie aus einem Akt der Nächstenliebe adoptiert wurden. Und bitte stehen Sie jetzt bloß nicht auf.«

»Das wollte ich auch gar nicht«, sagte Scotty.

Mabel marschierte schnurstracks auf Evie zu und tippte ihr auf die Schulter. »Evie, ich will nach Hause.«

»Oh, Mabel, nein! Warum denn, der Abend hat doch gerade erst begonnen!«

»Dein Abend hat gerade erst begonnen. Meiner ist zu Ende.«

Evie zog Mabel einen Schritt zur Seite. »Was ist denn los, Süße?«

»Niemand will mit mir tanzen.«

»Ich werde Sam sagen, dass er mit dir tanzen soll.«

»Ich will nicht, dass du jemanden dazu überredest, mit mir zu tanzen. Du weißt genau, was ich meine. Vielleicht wäre es anders für mich, wenn Jericho hier wäre.«

»Ich habe ja versucht, ihn zu überreden, ehrlich. Aber er ist absolut allergisch gegen jede Art von Spaß. Warum bestellst du dir nicht noch einen Orange-Juice-Jazz-Baby?«

»Weil er fünf Dollar kostet!«

»Ach komm, Mabesie. Leb doch mal ein bisschen. Es wird dich schon nicht umbringen. Oh, jetzt spielen sie mein Lieblingsstück!« Und ehe Mabel sie aufhalten konnte, stürzte Evie auch schon zurück auf die Tanzfläche. Wahrscheinlich war es gar nicht ihr Lieblingsstück; wahrscheinlich brauchte sie nur eine Ausrede, um von Mabel loszukommen. Evie konnte manchmal so selbstsüchtig sein.

Mabel sah, wie der betrunkene Scotty mit einem flapsigen »He, Maybeline, Schätzchen« auf sie zugetorkelt kam, wich ihm schnell aus und versteckte sich hinter einem gewaltigen Farn, wo sie sich überlegte, auf wie viele verschiedene Arten sie Evie umbringen würde, wenn dieser Abend endlich vorbei war.

Theta ging die Gänge des Clubs entlang und zog ihre Pelzstola hinter sich her. Einige Besucher erkannten sie und sprachen sie mit einem »Sind Sie nicht …?« an, worauf Theta jedes Mal erwiderte: »Tut mir leid. Sie müssen mich mit jemand anderem verwechseln.«

Hinter ihr rief ein Mann plötzlich: »Betty!«, und Theta drehte sich mit klopfendem Herzen auf dem Absatz um. Aber er hatte wohl eine Frau mit roten Haaren gemeint, die jetzt zurückrief: »Nun mal langsam! Ich muss erst mal für kleine Mädchen!«

Theta reichte es für heute. Sie hatte noch keine Lust, nach Hause zu gehen, aber bleiben wollte sie auch nicht. Eigentlich wusste sie gar nicht, was sie wollte, außer, dass es etwas anderes, Neues sein musste, etwas, das sie fest in ihrem Leben verankerte. Sie fühlte sich, als ob sie jeden Augenblick davontreiben könnte. Natürlich hatte sie Henry, den wundervollen Henry, der wie ein Bruder zu ihr war. Henry hatte ihr das Leben gerettet, als sie neu in der Stadt gewesen war, verzweifelt und hungrig. Später hatte er ihr noch ein zweites Mal das Leben gerettet. Sie beide würden immer zusammengehören. Aber in letzter Zeit spürte sie ein Verlangen nach mehr. Dieses Gefühl hatte etwas Schicksalhaftes an sich, allerdings konnte Theta es nicht konkreter fassen.

Ein Grüppchen Zechender torkelte ihr auf dem Gang entgegen und Theta wich in den erstbesten Raum aus. Er schien leer zu sein, aber als sie um einen grün bezogenen Ohrensessel herumging, sah sie, dass dort ein gut aussehender junger Mann mit einem Gedichtband in der Hand saß. Er war so sehr in seine Lektüre vertieft, dass er ihr Kommen nicht bemerkte.

»Muss ja ein spannendes Buch sein«, sagte sie und er fuhr zusammen.

Als er aufsah, stand vor ihm ein bemerkenswert apartes Mädchen mit pechschwarzem Haar, das eine Zigarette rauchte und ihn beobachtete.

»Walt Whitman.«

»Hm«, sagte Theta.

»Ich bin auch Dichter«, sagte Memphis. Er hielt sein kleines ledernes Notizbuch hoch. Theta nahm es in die Hand, blätterte ein wenig darin und schlug es schließlich auf der letzten Seite auf, auf der einige Ziffernfolgen notiert waren. Sie hob eine Augenbraue. »Sieht mir aber nicht nach Poesie aus. Eher nach einer Buchmachertabelle.«

Schnell schnappte Memphis sich sein Buch zurück und schenkte dem Mädchen sein blendendstes Lächeln, das bei Revuetänzerinnen und nervösen Gangstern immer gut ankam. »Das hebe ich nur für einen Freund auf.«

»Aha.«

»Ich heiße Memphis. Memphis Campbell. Und Sie sind?«

»Irgendein Mädchen in einem Nachtclub.« Theta stieß einen Schwall Rauch aus.

»Die sollten sie nicht rauchen. Sister sagt, es ist das pure Gift.«

»Deine Schwester ist wohl ein Spaßvogel.«

Memphis lachte. »Sie ist nicht meine Schwester. Wir nennen sie nur so – Sister Walker. Und sie ist eher ein Rohrspatz als ein Spaßvogel.« Für diese Bemerkung erntete er ein Grinsen von Theta. Mehr Ermutigung brauchte Memphis nicht. »Bist du Französin? Du hast so was Französisches an dir. Vielleicht sogar etwas Kreolisches.«

Theta zuckte mit den Achseln und klopfte die Asche ihrer Zigarette an einem hohen silbernen Aschenbecher ab. »Ich sehe aus wie alle anderen auch.«

»Na schön, ich werd auf jeden Fall kreolische Prinzessin zu dir sagen.«

»Du kannst mich nennen, wie du willst. Heißt nicht, dass ich darauf auch reagiere.«

»So schnell geb ich nicht auf.«

»Ganz schön hartnäckig, Memphis Campbell. Und was treibst du hier, außer Bücher aus der Bibliothek zu lesen?«

»Ach, du weißt schon. Dies und das.«

Theta hob eine ihrer dünn gezupften Augenbrauen. »Klingt mir sehr nach Scherereien.«

Memphis breitete die Arme aus, wie um seine Unschuld zu beteuern. »Scherereien? Ich? Nichts läge mir ferner.«

»Hm«, sagte Theta. Sie machte ein paar Schritte ins Zimmer hinein.

»Und wieso bist du nicht oben im Club?«

Theta zuckte mit den Achseln. »Da war mir langweilig.«

»Langweilig! Das hab ich ja noch nie gehört. Weißt du nicht, dass das Hotsy Totsy der heißeste Club der ganzen Stadt sein soll?«

Theta zuckte wieder mit den Achseln. »Ich bin schon in so vielen Clubs gewesen.«

»Ach wirklich?«

»Ja.« Theta zog an ihrer Zigarette. »Ein Dichter bist du also, ja? Warum liest du mir dann nicht etwas vor?«

»Dein Wunsch ist mir Befehl, kreolische Prinzessin.« Memphis schlug den Gedichtband auf und begann daraus vorzulesen, während Theta wieder beiläufig in seinem Notizbuch blätterte. Er hatte eine schöne Stimme, eine, die sich gut zum Vorlesen von Poesie eignete. »›Ich preise die Körper, die mich elektrisieren / Die ich liebe, umgürten mich und ich umgürte sie / Sie wollen mich nicht lassen, bis ich mit ihnen gehe, für sie einstehe …‹ Das ist Walt Whitman. Einer unserer besten Dichter.«

Theta hatte inzwischen eine Seite weitergeblättert und starrte jetzt wie gebannt auf das Augen-und-Blitz-Symbol, das jemand in eine Ecke der Seite gekritzelt hatte. Ihr Herzschlag wurde schneller. »Hast du das da gezeichnet?«, fragte sie, bemüht darum, gelassen zu klingen.

»Das? Ach, das hab ich mal in einem Traum gesehen, das ist nichts weiter.«

»In … einem Traum?«, wiederholte Theta. Ihr war plötzlich heiß und sie fühlte sich benommen. »Was ist das für ein Symbol? Was weißt du darüber?«

»Nichts. Wie ich schon sagte, ich hab es nur im Traum gesehen.«

Aus irgendeinem Grund schien die Zeichnung das Mädchen aus der Fassung gebracht zu haben. Memphis hätte sie gern nach dem Grund dafür gefragt, wollte sie aber nicht verschrecken. »Komm, ich führ dich ein bisschen im Club herum.« Er streckte die Hand nach seinem Notizbuch aus, aber Theta hielt es weiter fest. Sie sah ihm ins Gesicht, schien aber nicht ärgerlich zu sein; eher verblüfft, vielleicht sogar ein wenig ängstlich.

»Ich habe genau das gleiche Symbol in meinen Träumen gesehen«, sagte sie.

Memphis wusste nicht, was er zuerst fragen sollte. »Weißt *du* denn, was es bedeutet oder woher es stammt? Hast du es schon einmal woanders gesehen?«

Theta schüttelte den Kopf. »Nur in meinen Träumen.«

»Und wann hast du zum ersten Mal davon geträumt?«

»Ich weiß nicht. Vor sechs Monaten vielleicht? Und du?«

»Zur gleichen Zeit in etwa.«

»Wie oft träumst du davon?«, fragte sie.

»Zweimal die Woche, vielleicht auch öfter. Bislang nur ab und zu, aber in letzter Zeit kehrt der Traum häufiger wieder.«

Theta nickte. »Genauso ist es auch bei mir.«

Das Mädchen träumte von dem gleichen Symbol wie er. Memphis hatte tagtäglich mit Gewinnchancen zu tun und wusste, dass dieser Treffer hier überwältigend war. Das musste doch etwas zu bedeuten haben, oder? »Erzähl mir genau, was du träumst.«

Theta ließ sich in einen Sessel fallen. »Es ist immer das Gleiche. Ich bin irgendwo weit weg von New York, weiß aber nicht, wo. An keinem Ort, den ich kenne. Ich stehe auf einer Straße und am Himmel türmen sich hässliche Sturmwolken ...«

Memphis konnte sein Herz wild pochen hören. »Steht dort eine Farm? Eine altes weißes Farmhaus mit einer Veranda davor?«

Thetas Augen wurden groß. »Ja«, flüsterte sie. »Und Weizen- oder Roggenfelder drumherum. Irgendwelche Felder. Und in der Ferne steht ein Baum ...«

»Ein Baum ohne Blätter. Ein einziger großer, alter, knorriger Baum mit Ästen, die so dick sind wie die Arme eines Riesen.«

Theta kroch eine Gänsehaut über Rücken und Nacken. »Und irgendetwas kommt mir auf der Straße entgegen ...«

»Hinter einer Wand aus Staub«, beendete Memphis ihren Satz.

Theta nickte. Sie fröstelte jetzt am ganzen Körper. Was geschah da nur gerade? »Am schlimmsten ist das Gefühl, dass etwas Schreckliches auf mich zukommt«, sagte sie leise. »Etwas, das ich nicht sehen will.«

»Etwas, gegen das du etwas unternehmen musst«, sagte Memphis.

»Was hat das nur zu bedeuten?«

Plötzlich war aus dem oberen Stockwerk ein lautes Krachen zu hören, dann Schreie und das Geräusch von Trillerpfeifen. Wildes Getrampel über ihnen. Memphis lief zur Tür, streckte den Kopf hinaus und sah ein Trupp Polizisten in die Küche des Clubs stürzen.

Theta riss die Augen auf. »Ach du meine Güte! Eine Razzia.«

»Kann nicht sein«, sagte Memphis und warf sich seinen Rucksack über die Schulter. Den Gedichtband hielt er noch immer in der Hand. »Papa Charles hat doch die Bullen in der Tasche.«

»Die Tasche scheint aber ein Loch zu haben, Dichter.« Die Schrecken des Traums, den sie beide teilten, wurden jetzt verdrängt von der realen Furcht vor einer Verhaftung. »Wie komm ich hier bloß raus? Ich kann es mir nicht leisten, eingebuchtet zu werden.«

»Hier lang!« Memphis hielt ihr seine Hand hin. »Ich kenne dieses Haus wie meine eigene Westentasche. Ich bringe dich hier raus. Vertrau mir.«

Theta ergriff seine Hand und gemeinsam rannten sie den schmalen Korridor hinunter.

Mabel stockte der Atem, als sie sah, wie die Türen eingetreten wurden und zwei Polizeiriegen den Club stürmten. Einer der Beamten packte sie am Handgelenk. Sie versuchte sich loszureißen, aber sein Griff war eisern.

»Hier entlang, Miss. Draußen wartet schon mein Wagen auf Sie«, sagte er mit einem Lächeln.

»Meine Mutter bringt mich um«, jammerte Mabel, als er sie aus dem sich im Club verbreitenden Chaos mit sich zog.

Theta und Memphis liefen weiter. Hinter ihnen stürmte die Polizei das Gebäude, riss Wände ein, warf Stühle um. Zwei Flapper und ihre Verehrer schrien laut auf und torkelten betrunken in die Mauer der Polizisten hinein. Ein offenbar stark alkoholisierter Mann mit lippenstiftverschmiertem Gesicht zog einen Revolver und gab wahllos Schüsse in die Menge ab. Eine seiner Kugeln traf den Gedichtband in Memphis' Hand und bohrte sich durch ihn hindurch. Memphis steckte den Finger durch das Loch und sagte atemlos: »Das war ein Bibliotheksbuch.«

»Wir müssen weg hier, Dichter!«

Memphis lief mit Theta um eine Ecke und zog sie in eine Telefonkabine. Dort blickte sie durch ihre dichten Wimpern zu seinem hübschen Gesicht empor. Gut aussehende Burschen hatte sie schon viele kennengelernt, keinen aber, der Gedichte schrieb und mit ihr denselben merkwürdigen Albtraum teilte. Tief in sich spürte sie eine Regung, vor der sie sich seit der Sache mit Roy in Kansas immer in Acht genommen hatte.

»Hast du mich hier reingezogen, damit wir uns verstecken oder besser knutschen können?«, scherzte Theta und versuchte zu Atem zu kommen.

»Vertrau mir«, sagte Memphis. Er drehte dreimal an der Kurbel des Telefons und versetzte der Wand dahinter einen festen Stoß, worauf sie sich öffnete und den Blick auf einen Geheimgang freigab.

Sobald die Polizei das Gebäude stürmte, begann oben im Club ein heilloses Durcheinander. Die Barkeeper handelten schnell. Sie drehten die Theke um, ließen zwei Dutzend Flaschen besten Gins eine Rinne hinunterfließen und bereiteten ihnen so ein vorzeitiges Ende; dann zogen sie einen Hebel an der Bar, leerten alle Flaschen und Gläser, die dort standen, in eine zweite Rinne und wischten jeglichen Hinweis darauf mit einem Lappen weg. Die Clubbesucher schrien auf, kletterten über Tische und Stühle und stießen sich in ihrer Panik gegenseitig um. Einige Flapper tanzten einfach weiter, erregt von dem Gedanken, festgenommen zu werden und in den Zeitungen zu erscheinen. »Wie wär es mit einem Gläschen für die Herren?«, witzelte der Geschäftsführer des Clubs noch, als ihn die Polizisten abführten. Ungeachtet der allgemeinen Hysterie ging Henry seelenruhig hinüber zum Piano, setzte sich und fing an zu spielen.

»Mich brauchen Sie nicht anzusehen, Officer. Ich bin bloß der Klavierspieler«, sagte er, aber der Mann in Blau legte ihm trotzdem Handschellen an.

Sam und Evie wurden im Getümmel voneinander getrennt. Evie versuchte auszuweichen und schlängelte sich durch die Menge auf einen der Ausgänge zu, als ein neuer Schwung Polizisten in den Raum stürzte. Sie machte auf dem Absatz kehrt und lief an der beschränkten Blondine vorbei, die dem Beamten, der sie gerade festnehmen wollte, ihr Herz ausschüttete: »Diese Hohlköpfe sind doch alle gleich – erst wollen sie dich auf ihren Rücksitz schleppen und dann stecken sie dich mit Typhus an.«

Da Evie jetzt in der Falle saß, machte sie einen Satz unter einen der Tische, versteckte sich hinter dem weißen Tischtuch und beobachtete von dort das Treiben über ihr. Sie langte mit dem Arm so weit nach oben, bis sie eine offene Champagnerflasche zu fassen bekam, und zog sie zu sich herunter. Es war doch eine Schande, so guten Stoff einfach verkommen zu lassen, und wenn sie schon untergehen musste, dann wenigstens mit Stil. Nach einer Weile lugte sie hinter ihrem Tischtuch hervor und sah, wie Sam mit einer solchen Lässigkeit zur Tür hinausglitt, als beträfe ihn das ganze Chaos nicht. Zumindest bildete sich Evie ein, sie hätte ihn gesehen. Er hatte sich so schnell bewegt, dass sie nicht sicher war. Sicher war nur, dass sie sich wieder einmal über ihn empörte. Sie stürzte ihm hinterher und rief seinen Namen, aber da kam auch schon eine neue Welle Polizisten um die Ecke gelaufen. Evie rannte zurück in den Clubraum und versuchte sich im Hintergrund zu halten, als ihr plötzlich ein Speiseaufzug hinter der Theke auffiel. Sie lief hinüber und zwängte sich hinein. Dabei verhakte sich ihre lange Halskette und riss, sodass die Perlen in alle Richtungen flogen und einen Beamten zum Stolpern brachten, der gerade auf sie zusteuerte. Da keine Zeit blieb, dem Verlust des Schmuckstücks nachzutrauern, warf sie die Tür des Aufzugs zu und beförderte sich in die Freiheit.

»Hab ich dir nicht gesagt, du kannst mir vertrauen?«, fragte Memphis. Theta und er standen in dem feuchtkalten Weinkeller, der sich unterhalb des Clubs befand. Eine einzelne Glühbirne über der Tür warf trübes Licht auf den Boden und die Fässer, die in dem tief gelegenen Raum lagerten.

»Wo sind wir denn hier?«

»Hier wird der Alkohol gelagert, wenn er aus Kanada geliefert wird«, erklärte Memphis. »Komm weiter, aber sei vorsichtig – die Stufen haben es in sich.«

»Und wohin jetzt?«

Memphis blieb einen Moment stehen und versuchte sich zurechtzufinden. Er war nicht oft hier unten gewesen und kannte das Gewölbe nicht so genau. Er wusste nur, dass es irgendwo eine Tür geben musste. Oben an der Treppe rüttelte jetzt jemand am Türgriff. Dann waren Rufe zu hören.

»Die Polizei«, flüsterte Theta.

»Warte, warte einen Moment«, flüsterte Memphis zurück. »Vielleicht gehen sie ja wieder weg.«

Eine Weile blieb es ruhig und sie hörten nur ihre eigenen Atemzüge. Dann durchbrach ein lautes knackendes Geräusch die Stille und Theta schrie auf, als einer der Polizisten mit einer Axt einen Spalt in die große hölzerne Kellertür schlug.

»Bitte sag mir, dass du weißt, wie wir hier rauskommen!«, wisperte Theta.

»Hier lang!«, sagte Memphis und hoffte, dass er recht hatte. Während sie sich an Alkoholfässern vorbeischlängelten, gab die Tür oben plötzlich nach, jemand feuerte in die Luft und rief: »Keine Bewegung!«

»Sollen wir lieber …?«, hauchte Theta atemlos.

»Auf keinen Fall, Prinzessin«, sagte Memphis und zog sie weiter.

Schritte hallten in dem höhlenartigen Raum. Die Polizisten hatten es geschafft und waren ihnen auf den Fersen. Da Memphis einigen dieser Männer im Auftrag von Papa Charles Bestechungsgeld gezahlt hatte, würde der Großteil von ihnen wohl einfach wegschauen und ihn laufen lassen. Aber bei anderen saß der Knüppel locker, und wenn die einen Schwarzen mit einer weißen Frau in einem Keller voller Fusel fanden, dann sah die Sache nicht gut aus für Memphis. Wieder hörten sie die Männer »Stehen bleiben! Stehen bleiben!« rufen, diesmal durchbrochen von Schüssen. Wo war hier nur der Ausgang?

Aber an der gegenüberliegenden Wand bemerkte Memphis plötzlich die Umrisse einer Treppe. Er verfolgte sie mit den Augen bis nach oben und sah, dass es dort eine Tür gab, die zu einer Feuerleiter führen musste.

»Da entlang«, stieß er keuchend hervor, während er Theta die wackeligen Stufen mehr oder minder hinaufzog.

»Da oben sind sie!«, brüllte ein Polizist von unten.

Memphis versuchte, an dem Türgriff zu drehen, aber er ließ sich nicht einen Millimeter bewegen. Da warf er sich gegen die Tür, einmal, noch einmal, und endlich gab sie nach und schwang aus rostigen Angeln auf. Er schob Theta hinaus auf die Feuerleiter. Unter ihnen standen zwei Beamte und rauchten. »Steig nach oben«, flüsterte er.

Theta nickte und begann die Leiter zum Dach hinaufzuklettern. Memphis griff nach einem klapprigen Café-Stuhl, der an einem Geländer lehnte, klemmte ihn unter den Türgriff, und während die Polizisten schon gegen die Tür hämmerten, kletterte er Theta hinterher. Das harte, blendende Licht einer Leuchtreklame verwandelte das Dach in ein Meer aus weißem Dunst. Memphis und Theta liefen bis zu seinem Rand, kletterten über die halbhohe Mauer zum nächsten, danach zum übernächsten Dach und stiegen schließlich eine zweite Feuerleiter hinunter, die auf eine Gasse mündete. Memphis sprang als Erster ab, dann half er Theta und genoss eine kurze Sekunde lang das Gefühl, sie an seiner Brust zu spüren. Anschließend liefen sie gemeinsam auf die Straße hinaus und gesellten sich zu den Nachtschwärmern, die noch immer durch die Stadt zogen.

Der Speiseaufzug war jetzt oben angekommen. Ächzend stieß Evie erst mit den Fäusten, dann mit den Füßen gegen seine Tür, aber sie klemmte erbarmungslos.

»Hallo?«, flüsterte sie. »Hallo? Ist da draußen jemand?«

Einen Moment später wurde die Tür geöffnet. Eine Männerhand tauchte auf und Evie ergriff sie dankbar; langsam streckte sie Arme und Beine aus und stieg aus dem beengten Gehäuse, die Champagnerflasche noch immer in der Hand.

»Großartig! Danke, Baby!«

»Gern geschehen, Schätzchen«, sagte der Polizeibeamte, während er ihr Handschellen anlegte. »Sie sind trotzdem verhaftet.«

Sam glitt mühelos durch die Menge und lief den unterirdischen Gang zurück ins Nachbarhaus. Sobald einer der Polizisten in seine Richtung sah, dachte er wie immer: *Sieh mich nicht an*, und ehe der noch begreifen konnte, was da vor sich ging, war Sam schon an ihm vorbeigelaufen, und dem Beamten blieb nichts anderes übrig, als den Kopf zu schütteln und jemand anderem nachzujagen. Sam hoffte, dass Evie die Flucht gelungen war. Mumm genug hatte sie schließlich dafür. Sam mochte Mädchen, die Mumm hatten. Sie machten einem gerne Schwierigkeiten. Aber Schwierigkeiten hatte Sam noch lieber als Mumm.

»Haben wir sie abgehängt?«, fragte Theta keuchend. Ihre Beine zitterten und der weiße Pelz ihres Mantels starrte vor Schmutz.

»Ich glaube schon.« Memphis hielt das demolierte Buch hoch und seufzte.

»Mrs Andrew wird mich umbringen.«

»Immerhin hast du jetzt was, worüber du schreiben kannst«,

sagte Theta und lachte. Es war ein kraftvolles, geradezu wieherndes Lachen, das in völligem Widerspruch zu ihrem sonstigen Auftreten stand. Von der kalten Schulter, die sie erst gezeigt hatte, war nichts mehr zu spüren. Ihre abenteuerliche Flucht hatte sie beide ausgelassen gemacht und so standen sie an der Ecke der Seventh Avenue und lachten über ihr Glück wie Kinder am Weihnachtsmorgen. Theta legte den Kopf in den Nacken und atmete die frische Luft ein. In diesem Augenblick war sie so schön, dass Memphis am liebsten immer weiter mit ihr gerannt wäre.

»Alles in Ordnung, Dichter? Du siehst aus, als ob dir einer was in deinen Drink gemischt hätte«, sagte Theta.

Memphis zwang sich zu einem Lächeln und streckte die Arme weit aus. »Ich? Ich kenn doch keine Sorgen.«

»Komm, lass uns mal einen Blick riskieren.«

Sie schlichen sich die Straße hinunter und überquerten sie an einer Stelle, von der sie einen guten Überblick auf die Vorgänge im Club hatten. Sirenen heulten auf und eine lange Reihe Polizeiwagen säumte den Straßenrand. Unter den Augen der gesamten Nachbarschaft zerrten die Männer in den blauen Uniformen Gäste aus dem Club. Auch die Presse war schon da und ließ ihre Blitzlichter knallen; man konnte das verbrannte Magnesium in der Nachtluft riechen.

»Das wird Papa Charles aber gar nicht gefallen«, sagte Memphis. »Schließlich zahlt er der Polizei eine Menge, damit sie keine Razzien bei ihm macht. Ich hoffe, dass deine Freunde abhauen konnten.«

»Das hoffe ich auch«, sagte Theta. Sie hielt noch immer Evies Handtasche in der Hand. »Ich glaub, ich mach mich besser auf den Heimweg und überzeuge mich davon.«

Memphis wurde das Herz schwer. Er wollte nicht, dass der Abend schon zu Ende ging. »Ich könnte dich ja vorher noch auf eine Tasse Kaffee einladen, wenn du Lust hast. Ich jedenfalls könnte gut eine gebrauchen.«

Theta lächelte. Es war ein freundliches Lächeln, beinahe ein wenig scheu. »Danke, Dichter. Aber ich brauche jetzt meinen Schönheitsschlaf.«

Memphis wollte schon zu einer smarten Antwort ansetzen – »Wozu? Du bist doch ohnehin das bestaussehendste Mädchen der Stadt« –, aber er verkniff sie sich. Es würde auf sie wirken, als ob er nur seinen Charme spielen lassen wollte, und das hatte er bei diesem Mädchen nicht im Sinn. Theta wollte er kennenlernen. Und der Zauber ihrer gemeinsamen Flucht ließ sich eben nicht unbegrenzt ausdehnen.

»Vielleicht begegne ich dir ja heute Nacht im Traum«, sagte er stattdessen. »Auf dieser Straße.«

Thetas Lächeln wurde etwas schmaler. »Wahrscheinlich hätte ich weniger Angst, wenn du auch da wärest.«

Die Polizeibeamten klopften jetzt auf einen der Streifenwagen und schickten ihn auf den Weg. Die Straßen waren voller Menschen. Theta streckte Memphis die Hand entgegen. »Danke für diese mutige Flucht, Dichter.«

Memphis schüttelte Thetas Hand und staunte über ihre Zartheit. »Gern geschehen, Prinzessin.«

Theta machte sich auf den Weg zur Untergrundbahn. An der nächsten Straßenecke drehte sie sich um und sah, dass Memphis noch immer an derselben Stelle stand und ihr nachblickte. Nicht so wie ihr Publikum oder einer ihrer Fans, wenn sie ihr auf der Straße begegneten. Die Art, wie er sie beobachtete, rief bei ihr kein befremdliches Gefühl hervor und sie fühlte sich auch nicht so unwirklich wie sonst; im Gegenteil, sie hatte sich noch nie so lebendig gefühlt. »He, Dichter!«, rief sie ihm von Weitem zu. »Ich heiße Theta!«

»Wie?«, rief er zurück.

»Mein Name … ich heiße Theta.«

Gerade als die Menschenmenge zwischen ihnen dichter wurde, nahm jemand Memphis von hinten in den Schwitzkasten. Er fuhr herum, sofort bereit, sich zu verteidigen. Lachend hob Gabe beide Hände in die Luft und wich zurück. »He, he, entspann dich, Junge. Ich bin es doch nur. Unglaublich, oder, dass die eine Razzia im Club gemacht haben? Da setzt wohl jemand Papa Charles die Daumenschrauben an. Wär ich nicht hinten eine rauchen gegangen, ich säß jetzt auch in einem dieser Wagen. He, Memphis, hörst du mir überhaupt zu?«

Memphis hatte sich von Gabe abgewandt und reckte den Hals, um noch einen Blick auf Theta werfen zu können, aber sie war nicht mehr zu sehen. Wie sollte er sie nur wiederfinden? Neben ihm redete Gabe wie ein Wasserfall auf ihn ein, aber Memphis war nicht bei der Sache. Irgendetwas hatte sich im Kosmos verschoben. Es kam ihm so vor, als habe sich seine Zukunft auf einen schicksalhaften Punkt zugespitzt, und dieses Schicksal hatte einen Namen: Theta.

Als Memphis die Tür zu Octavias Wohnung aufschloss, sah er gleich Isaiah, der am Fuß seines Bettes in einer Lache bläulich fahlen Mondlichts stand und mit leicht zitterndem Kopf in das düstere Zimmer starrte.

»He, Ice Man. Wieso bist du noch auf?« Sein Bruder gab keine Antwort. »Isaiah? Was ist denn los?«

Isaiahs Augäpfel rollten so weit nach hinten, dass nur noch das Weiße zu sehen war. Seine Lider zuckten heftig.

»Das siebte Opfer ist das der Vergeltung. Vertreibt die Ketzer aus dem Tempel Salomons. Blut und Feuer sollen ihre Sünden läutern.«

»Isaiah?«, flüsterte Memphis. Die Worte seines Bruders ließen ihn frösteln.

»Salbet euer Fleisch mit Öl und richtet eure Häuser her, um ihn zu empfangen.« Isaiahs dünner kleiner Körper wurde von krampfartigen Zuckungen geschüttelt.

Memphis packte ihn an beiden Armen. Sollte er Octavia zu Hilfe rufen? Oder einen Arzt? Er wusste es nicht. »Isaiah, was redest du denn da?«, flüsterte er beschwörend.

»Sie kommen. Die Zeit ist da.«

»Isaiah, wach auf. Du hast einen Albtraum. Wach auf, sage ich!«

Isaiahs Körper wurde jetzt schlaff und willenlos unter Memphis' Händen. Seine Lider schlossen sich, als würde er gleich wieder einschlafen. Doch dann verkrampfte er sich plötzlich aufs Neue. Er riss die Augen weit auf, sah Memphis zitternd an und flüsterte mit fast erstickter Stimme: »Oh mein Sohn, mein Sohn. Was hast du getan?«

Er schwankte und Memphis konnte ihn gerade noch rechtzeitig auffangen und in sein Bett tragen, wo er sofort einschlief, als wäre nichts gewesen.

Danach saß Memphis zitternd auf seinem eigenen Bett. Er fand keine Ruhe und sah zu, wie sich die Brust seines Bruders hob und senkte, bis die Morgendämmerung das Zimmer mit ihrem schwachen, milchigen Licht füllte. Wie war es möglich, dass Isaiah davon erfahren hatte? Niemand außer Memphis wusste doch davon. Genau diese Szene hatte er am Sterbebett seiner Mutter während ihrer letzten Minuten gesehen, als er in Trance gefallen war. Als er sich an jenen anderen Ort, in dieses nebelhafte Land zwischen Leben und Tod, begeben hatte, da hatte er ihren Geist gesehen, trauernd und ängstlich; und kurz bevor unendliche Dunkelheit ihn schluckte, hatte sie ihre Hände nach ihm ausgestreckt und ihre letzten Worte waren Segen und Warnung zugleich gewesen:

Oh mein Sohn, mein Sohn. Was hast du getan?

Blut und Feuer

Eugene Meriwether schloss die Eingangstür des imposanten weißen Gebäudes der Freimaurerloge in der West 23rd Street unweit der Hochbahn mit ihrem ratternden Lärm auf und stieg die Treppe zu einem kleinen Büro im dritten Stock hoch. Er hatte gerade ein angenehmes Abendessen in einem Restaurant mit seinen Freimaurer-Brüdern hinter sich. Dem Essen war eine Versammlung zur Planung von Wohltätigkeitsaktivitäten vorausgegangen. Jetzt war er dabei, in dem gedämpften Licht seiner Schreibtischlampe einen Vorschlag für den Großmeister auszuarbeiten, den er ihm morgen zur Begutachtung vorlegen wollte.

In der Abgeschiedenheit seines Büros zog Eugene das Schmuckkästchen aus seiner Jackentasche, klappte es auf und strich mit dem Finger über die auf dunklen Samt gebetteten Manschettenknöpfe. Morgen war Edwards Geburtstag. Er lächelte, als er sich vorstellte, wie Edward sagen würde: »Was ist denn das?«, wenn er das Kästchen öffnete und die fein gearbeiteten Manschettenknöpfe mit dem verschnörkelten *E* sah, dem Anfangsbuchstaben ihrer beider Namen. Edwards süßen Kuss auf seinen Lippen spürte er schon jetzt. Edward, seine große Liebe; Edward, sein großes Geheimnis.

Plötzlich erregte ein Geräusch Eugenes Aufmerksamkeit – ein heiteres Pfeifen. Bestürzt überlegte er, ob es vielleicht der alte Mr Saunders war, der gerne einen trank und vielleicht hier hereingestolpert war.

Er rief: »Saunders, alter Junge, sind Sie es?«

Das Pfeifen hörte auf. Zufrieden machte sich Eugene wieder an die Arbeit. Doch kurz darauf war es erneut da – ein irritierendes kleines Lied, das durch die leere Loge hallte. Mehr als irritierend eigentlich … geradezu unangenehm. Auf Eugenes Schreibtisch stand ein Telefon und er überlegte hin und her, ob er die Polizei rufen sollte. Aber wie albern würde er sich vorkommen, wenn es am Ende doch der alte Saunders war. Wie beschämend auch für Saunders, einen engen Freund des Großmeisters höchstpersönlich. Sein eigenes Ansehen in der Bruderschaft konnte er ebenfalls ruinieren und in der Hierarchie niemals weiter aufsteigen als bis zum zweiten Aufseher, der er ja ohnehin schon war. Nein, nein, diese Schande konnte er einfach nicht riskieren, schließlich wollte er eines Tages selbst Großmeister werden. Es war besser, er regelte die Sache auf eigene Faust. Wenn er diskret damit umging, dann würde der Großmeister ihm das vielleicht positiv anrechnen. Es war genau die Chance – getarnt als Hindernis –, von der in den Inspirationsbüchern immer die Rede war! Und dieser Herausforderung würde er sich jetzt mit aller Entschiedenheit stellen. Wie stolz Edward auf ihn sein würde, wenn er ihm später davon erzählte.

So rief er noch mal: »Saunders? Hören Sie mich?«

Aber nichts kam zurück als das verfluchte Pfeifen.

Eugene Meriwether rückte seine Krawatte zurecht, verließ die Sicherheit seines Schreibtischs und streckte den Kopf aus der Tür. Am anderen Ende des finsteren Flurs fiel golden schimmerndes Licht durch die nur leicht geöffnete Tür des Gothic Room. Neugierig ging Eugene an den gerahmten Porträts bereits verstorbener Freimaurer vorbei und auf die Tür zu. Etwas in seinen Eingeweiden schlug stillschweigend Alarm. Etwas, das sich bis zu seinen primitiven Vorfahren rückverfolgen ließ und zu deren Bedürfnis, sich in Höhlen gemeinsam um ein Feuer zu kauern; eine Warnung, die keine noch so zivilisierte Welt je gänzlich ausmerzen konnte. Fast wünschte er, er hätte die Polizei gerufen, aber sein Ehrgeiz trieb ihn weiter auf den goldschimmernden Raum zu. Er griff nach der Türklinke und stieß die Tür auf.

Feuer – der goldene Schein kam von einem Feuer, das auf dem Altar in der Mitte des Raumes brannte. Und während Eugene noch versuchte, sich ein Bild davon zu machen, was hier gerade geschah – *Ein Feuer? Im Gothic Room? Wie das?* –, schlug die Tür hinter ihm zu. Er rüttelte an ihrer Klinke und alle möglichen Erklärungen schwirrten ihm durch den Kopf: *ein Streich. Randalierer, die mal eine tüchtige Lektion verdienten. Das würde denen noch leidtun. Einfach die Tür von außen zuzuhalten. Diese Jugend von heute – keinerlei Respekt. Alles Randalierer.*

Das Pfeifen hörte jetzt auf und eine tiefe, klangvolle Stimme hallte durch den Raum. »›Denn sie wandelten nicht auf dem Pfad der Tugendhaftigkeit und siehe, der Zorn des Herrn entbrannte wider sie.‹«

Ein dunkler Schatten glitt über eine der Wände. Auf den ersten Blick schien es der lang gestreckte Schatten eines Mannes zu sein, doch als er näher rückte, zeigte sich, dass das, was hinter Eugene Meriwether lauerte, keineswegs menschlich war.

»›Und das siebte Opfer gebietet: Vertreibet die Ketzer aus dem Tempel Salomons unter dem wachsamen Auge Gottes und läutert ihre Sünden mit Blut und Feuer. Denn ohne Blutvergießen gibt es keine Sühne …‹«

Eugene Meriwether legte eine Hand auf seine Brust und spürte unter dem Kästchen, das für Edward bestimmt war, seinen rasenden Herzschlag. Und während er mit aller Kraft an seine Liebe dachte, drehte er sich langsam um. Die Wände fingen an zu flüstern und Eugene stürzte unaufhaltsam in die Tiefen einer Hölle jenseits allen menschlichen Vorstellungsvermögens.

ZAHLTAG

Evie und Mabel brachten die ganze Nacht in einer Zelle des Tombs, des berüchtigten Gefängnisses im Süden der Stadt, zu, umgeben von trunkenen Flappern, Prostituierten und einer riesigen Frau, die wie ein Hund knurrte, sobald man sich ihr näherte. Mabels Mutter traf als Erste ein und rauschte mit der für sie typischen Hochnäsigkeit den Gefängnisgang entlang. »Ich hoffe, ihr Mädchen hattet ausreichend Zeit, um über euren nächtlichen Ausflug nachzudenken«, sagte sie und starrte dabei Evie so zornig an, dass eindeutig war, wen ihres Erachtens die Schuld traf.

»Mach's gut, Evie«, sagte Mabel, bevor sie an der Seite ihrer Mutter mit der Miene einer Gefangenen, die ohne Henkersmahl zum elektrischen Stuhl geführt wird, das Gefängnis verließ.

Will hinterlegte die Kaution für Evie erst kurz nach sieben, und als er und Evie auf die White Street traten, erwachte die Stadt soeben lautstark zum Leben – ein neuer Morgen in Manhattan.

»Ich hätte dich noch länger da drin schmoren lassen sollen«, herrschte Will sie an. Er ging so schnell, dass Evie ihm kaum folgen konnte. Bei jedem Schritt dröhnte ihr der Kopf.

»Es tut mir furchtbar leid, Onkel Will.«

»Wir beide hatten eine Vereinbarung: Ich wollte dir deine Freiheit lassen, du wolltest dich dafür anständig benehmen.«

»Ich weiß, und ich komme mir auch wie eine dumme Gans vor, dass ich mich so einfach habe schnappen lassen.«

Will drohte mit dem Finger. »Darum geht es nicht, Evangeline. Du hast mit voller Absicht meine begründete Anweisung, gestern

Abend das Haus nicht mehr zu verlassen, missachtet. Du hast mich angelogen.«

»So direkt gelogen habe ich eigentlich nicht …«

»Es ist auch eine Lüge, wenn man sich einfach davonschleicht.«

»Ja, aber … könntest du bitte ein bisschen langsamer gehen, Onkel Will? Mein Kopf bringt mich um.« Die Morgensonne blendete so stark, dass Evies Augen schmerzten.

Will blieb neben einem Zeitungsstand stehen und fuhr sich mit der Hand durchs Haar. Ein Gassenjunge wedelte mit einer Zeitung vor seinem Gesicht herum, aber er scheuchte den Jungen davon. »Das Ganze war eine fürchterlich dumme Idee. Ich bin Junggeselle, ich habe keine Ahnung, wie man sich als Vater oder Onkel verhält.«

»Das stimmt doch gar nicht. Du bist unglaublich onkelhaft. Ehrlich gesagt kenne ich niemanden, der so schön onkelhaft ist wie du.«

»Dein Charme zieht heute nicht, Evie. Ich habe dir gestern Abend aus gutem Grund verboten, auszugehen. Doch du hast es vorgezogen, meinen Wunsch zu missachten.«

»Ach, aber Onkel …«

»Und insbesondere hatte ich dich davor gewarnt, dich in Schwierigkeiten zu bringen, oder etwa nicht? Nun, ich glaube, es liegt auf der Hand, dass unser Arrangement nicht funktioniert.«

»W-was willst du damit sagen?« Evie wurde flau im Magen.

»Es ist das Beste, wenn du wieder nach Ohio zurückkehrst. Ich werde morgen deine Mutter anrufen« – er sah auf seine Armbanduhr – »nein, heute noch, und alle nötigen Vorkehrungen treffen.«

»Aber es war doch das erste Mal, dass ich in Schwierigkeiten geraten bin!« Im gleichen Moment, in dem sie dieses Argument vorbrachte, war ihr bewusst, wie lächerlich es klang – wie eine Ankündigung weiterer Schwierigkeiten –, und am liebsten hätte sie es zurückgenommen. »Bitte, Onkel Will. Es tut mir wirklich leid. Ich werde in Zukunft immer auf das hören, was du sagst.«

Will lehnte sich an einen Laternenpfahl. Ein wenig nachgiebiger wurde er schon, das spürte Evie, und so ließ sie nicht nach. »Ich tu auch alles … Böden kehren, Nippes abstauben, jeden Abend belegte Brote für euch zubereiten. Nur bitte, bitte schick mich nicht nach Hause.«

»Ich habe wirklich nicht die Absicht, eine solche Diskussion mitten auf der Straße und mit jemandem zu führen, der nach einer ganzen Schnapsbrennerei stinkt. Ich bringe dich jetzt ins Bennington, dort kannst du etwas Schlaf nachholen und anschließend ein Bad nehmen, wenn ich dir einen guten Rat geben darf.«

Evie schnupperte an ihrem Mantel und zog eine Grimasse.

»Und um drei Uhr heute Nachmittag erwarte ich dich im Museum. Dann werde ich dir meine Entscheidung mitteilen. Sei pünktlich.«

Ein ausgedehntes heißes Bad befreite sie von dem üblen Geruch des Tombs, aber trotz ihrer Erschöpfung war Evie zu nervös, um schlafen zu können. Stattdessen fuhr sie zu Mabels Wohnung hinunter und machte sich mit ihrem Klopfzeichen bemerkbar.

»Hallo, Mabesie – ich sitze in der Klemme. Onkel Will droht mir damit, mich wegen gestern Abend nach Ohio zurückzuschicken, und ich muss mir dringend etwas einfallen lassen, wie ich ihn davon abbringen kann. Ich glaube, er ist nicht mehr ganz so fest entschlossen, aber wenn du ihm sagen würdest, dass der ganze Abend *deine* Idee war, dann würde er vielleicht etwas nachgiebiger mir gegenüber sein, obwohl ich natürlich weiß, meine Schöne, dass das so nicht der Wahrheit entspricht, aber es handelt sich hier *absolument* um einen Notfall ersten Ranges und … willst du mich denn nicht hereinbitten, Mabesie?«

Mabel warf einen verstohlenen Blick hinter sich, schlüpfte hinaus in den Hausflur und zog die Wohnungstür zu.

»Oh-oh! *Das* Gesicht kenne ich doch. Was verheimlichst du vor mir? Ist jemand gestorben?«

»Meine Mutter gibt dir die Schuld an meiner Festnahme. Du hast Hausverbot bei uns«, sagte Mabel.

Empört riss Evie den Mund auf. »Deine Mutter ist schon wesentlich öfter verhaftet worden als ich!«

»Ja, aber da ging es immer um *die Sache.* In einem Nachtclub verhaftet zu werden, weil man getrunken hat, findet sie dagegen unmoralisch; sie betrachtet das als Zeichen kapitalistischer Habgier«, antwortete Mabel flüsternd. »Und sie meint, du hast einen schlechten Einfluss auf mich.«

»Na, das hoffe ich doch. Richte deiner Mutter aus, dass du noch immer schwarze Strümpfe tragen und düstere Romane über dem Untergang geweihte russische Aristokraten lesen würdest, wenn ich nicht wäre.«

Mabel reckte das Kinn. »Was spricht denn bitte gegen *Anna Karenina*?«

»Alles: von A bis *nina.* Ach komm, Mabesie, lass mich doch rein, ich werde deine Mutter schon bezirzen.«

»Evie, hör bitte …«

»Gib mir nur fünf Minuten, dann erzähle ich ihr irgendeine rührselige Geschichte, dass ich das Produkt bürgerlicher Mittelschichtswerte bin, die in der Maschinerie einer korrupten Welt verlustig gegangen sind, und du wirst sehen, sie organisiert eine Kundgebung zu meinen Gunsten …«

»Du weißt nie, wann die Grenze erreicht ist, oder?«, fuhr Mabel sie an. »Du kannst manchmal so egoistisch sein, Evie! Für dich ist alles nur ein Spiel – und immer willst du diejenige sein, die die Regeln bestimmt; scherst dich einen Dreck um die Wünsche anderer.«

»Das ist nicht wahr, Mabel!«

»Nicht? Ich wollte gestern Abend nach Hause …«

»Aber dann hättest du doch den ganzen Spaß verpasst. Und zu Hause hättest du gleich zu jammern angefangen, dass du lieber hättest bleiben sollen. Du hättest es bereut. Ich kenn dich doch, Mabesie …«

»Tatsächlich?«, gab Mabel schneidend zurück.

Evie fühlte sich, als ob Mabel sie geohrfeigt hätte. Sie hatte sie doch nur aus den Fängen ihrer Mutter befreien wollen, damit sie endlich mal so richtig feiern und sich austoben konnte.

»Für mich ist der Tag gelaufen, Evie. Ich bin müde und geh jetzt in mein Bett zurück.«

»Mabesie, ich … ich dachte nicht, dass …«

»Das tust du nie. Das ist ja das Problem.«

Von innen war jetzt durch die Tür Mrs Roses Stimme zu hören. »Mabel, Liebling, wo steckst du denn?«

»Ich komm schon«, rief Mabel. Sie ging zurück in die Wohnung und schloss die Tür hinter sich.

Evie starrte einen Moment darauf, versuchte es noch einmal mit ihrem Klopfzeichen, aber da Mabel nicht reagierte, zog sie schließlich los, um Onkel Will im Museum zu treffen. Auf dem Weg dorthin versuchte Evie den Streit mit Mabel abzuschütteln, aber es wollte ihr nicht gelingen. Mabel und sie hatten noch nie gestritten. Und Mabels Worte hatten ihr einen Stich versetzt. So etwas sagten andere Leute, all die beschränkten Normas dieser Welt, aber doch nicht Mabel. Nicht ihre beste Freundin.

Als sie das Museum betrat, schallten ihr sogleich Stimmen entgegen. Jericho machte eine Führung mit einem der äußerst raren Besucherpärchen und zeigte ihnen die Sammlung auf seine ruhige, gelehrte Art, als wäre er Wills Zwilling. Die beiden wirkten gelangweilt. »Suchen diese Dinger da einen heim, wenn man sie anfasst?«, fragte die Frau.

»Nein, nein. Die sind ganz harmlos«, hörte sie Jericho antworten. Was für eine vertane Chance! Wenn Evie das Pärchen geführt hätte, hätte sie sich eine Geschichte einfallen lassen, die die beiden ihr Leben lang nicht mehr vergessen hätten. Sie wären immer wiedergekommen.

Sam, der gerade auf dem Weg ins Archiv war, lief auf dem langen Flur an ihr vorbei und grinste breit. »Hallo, Schwester, was für eine Freude, dass dein Onkel dich aus dem Knast rausgeholt hat.«

Evie sah ihn böse an. »Du hast mich einfach im Club sitzen lassen, du Feigling. Nicht gerade ritterlich von dir.«

»Na, du hast ja auch nicht an mich gedacht, als du dich ganz allein in den Speiseaufzug reingequetscht hast. Tu bloß nicht so, als ob du besser wärst als ich, Süße. Du hast durchaus was von einer kleinen Ganovin.«

Evie warf Sam die Tür vor der Nase zu, setzte sich in Wills Arbeitszimmer und harrte dort ihres Schicksals. Was, wenn Will sie tatsächlich nach Hause schickte? Richtig nachgedacht hatte sie darüber noch nicht, sie war einfach davon ausgegangen, dass er sich erweichen ließ. Doch jetzt kroch ihr der Gedanke tief unter die Haut und beunruhigte sie.

Um exakt eine Minute vor drei betrat Will das Zimmer. Er hängte Mantel und Hut an die Garderobe und streifte wortlos und in aller Ruhe seine Handschuhe ab, während Evie nervös hin und her rutschte. Endlich ließ er sich in dem Lehnstuhl hinter seinem Schreibtisch nieder, legte die Finger an die Schläfen und fixierte sie mit ernstem Blick. Evie schluckte. Speichel sammelte sich in ihrer Kehle und sie musste ein Husten unterdrücken.

»Deine Mutter war gerade in ihrem Club beim Mittagessen, als ich sie vorhin anrief. Ich habe ihr eine Nachricht hinterlassen, dass sie mich zurückrufen soll. Morgen Abend geht ein Zug nach Zenith. Den wirst du nehmen.«

Evie rang nach Luft. »Ach, Onkel Will, bitte, du kannst mich doch nicht einfach so nach Hause schicken. Jetzt doch noch nicht.« Sie spürte, wie ihr die Tränen in die Augen stiegen.

»Was sein muss, muss sein.« Will rieb sich den Nasenrücken. »Es war dumm von mir zu glauben, dass ich mit einer solchen Situation umgehen könnte. Ich bin ein alter Junggeselle und festgefahren in meinen Gewohnheiten.«

»Nein, das bist du nicht«, sagte Evie schniefend. »Es tut mir leid. Ich mache alles wieder gut, du wirst schon sehen. Nur gib mir bitte eine Chance. Bitte!« Evies Stimme wurde dünner, bis sie zu einem flehenden Flüstern verebbte.

»Mein Entschluss steht fest, Evangeline«, sagte Will ein wenig milder, aber sein Mitleid traf Evie noch empfindlicher als sein Ärger. »Zu Hause bist du besser aufgehoben als hier.«

»Nein, bin ich nicht.« Evie wischte sich mit dem Handrücken über die Wangen, aber die Tränen flossen unaufhaltsam weiter.

Will hielt ihr einen Vortrag, in dem er etwas davon faselte, auch er sei einmal jung und leichtsinnig gewesen, Sprüche eben, die diese Generation gerne von sich gab, wenn sie einem den Todesstoß versetzte; er bildete sich ein, sein scheinheiliges, als Mitgefühl getarntes Gerede würde es besser machen, doch Evie hörte ohnehin nicht richtig zu. Ihr war gerade eingefallen, dass sie Will nie erzählt hatte, dass sie Gegenständen die Geheimnisse ihrer Besitzer entlocken konnte. Er wusste nichts davon. Er wusste nicht, wozu sie in der Lage war – dass sie ihre Kraft vielleicht dazu nutzen konnte, ihm bei der Suche nach dem Pentakelmörder behilflich zu sein. Immerhin hatte sie einen Blick hinter Ruta Badowskis Schuhschnalle werfen können. Vielleicht war das, was sie in ihrer Trance gesehen hatte, ja doch nicht so belanglos.

»Es gibt da etwas, das ich dir erzählen muss«, platzte Evie in Wills Monolog über verantwortungsbewusstes Handeln hinein. »Ich habe dir nie erzählt, was in Zenith wirklich geschehen ist. In welche Schwierigkeiten ich dort geraten bin.«

»Es ging da meines Wissens doch um ein Partyspiel und um Verleumdung«, sagte Will. »Deine Mutter hat erzählt …«

»Das war kein Partyspiel.«

»Also wirklich, Evie, es ist vollkommen überflüssig …«

»Nein, ist es nicht. Bitte!«

Will lenkte ein und Evie nahm ihren ganzen Mut zusammen.

»An dem Abend, an dem die Party stattfand, habe ich mir Ärger eingehandelt, weil ich eine Vision hatte. Ich glaube, dass ich ein *Diviner* bin, Onkel Will, so wie Liberty Anne Rathbone. Und wenn es stimmt, dann könnte ich meine Kräfte dazu nutzen, dir bei der Lösung unseres Falls behilflich zu sein.«

Will starrte sie mit offenem Mund an, aber noch gab Evie ihm keine Chance, sich zu äußern.

»Erinnerst du dich daran, wie schlecht es mir an dem ersten Tatort ging?«, sprudelte es aus Evie hervor. »Schuld daran war nicht der Anblick des Mädchens, obwohl er schaurig war. Von einem ihrer Schuhe hatte sich eine Schnalle gelöst, und ich wollte sie wieder befestigen, einfach, um etwas … ja, um etwas gutzumachen. Ich muss sie wohl sehr fest in meiner Hand gehalten haben – fester als beabsichtigt jedenfalls – und da …« Evie stieß einen Schwall Luft aus. »Da hab ich etwas gesehen. Nur, weil ich einen Gegenstand von ihr in der Hand hielt.«

Wills Lippen wurden schmal und unnachgiebig, sein Mitleid hatte sich in Abscheu verwandelt. »Ich habe mir ja schon gedacht, dass du diese Geschichte aus Ohio vorbringen wirst, damit du in New York bleiben kannst, aber ich hätte nie angenommen, dass du so tief sinken könntest und Kapital aus den Morden an zwei unschuldigen …«

»Ich versuche gerade, dir etwas sehr Wichtiges mitzuteilen!« Evie schrie jetzt fast und Will verstummte verblüfft. »Bitte schenk mir fünf Minuten deiner Zeit. Das ist alles, worum ich dich bitte.«

Will klappte seine Taschenuhr auf. »Na schön. Du bekommst fünf Minuten und die beginnen … jetzt.«

Jetzt also oder nie. Wenn es ihr nicht gelang, Onkel Will zu überzeugen, saß sie schon bald im nächsten Zug nach Ohio. Sie musste ihm beweisen, dass sie Gegenstände lesen konnte.

»Es geht schneller, wenn ich es dir demonstriere. Gib mir irgendetwas von dir – ein Taschentuch oder einen Hut. Und keinerlei Information dazu.«

»Evie«, sagte Will mit einem Seufzer, den Evie zur Genüge

kannte. Häufig verband er sich nämlich mit ihrem Namen und einer Enttäuschung. Sie musste gegen die aufkommenden Tränen ankämpfen. Warum sollte Will sie auch ernst nehmen? Sie, das Partymädchen, das immer eine witzige Bemerkung auf der Zunge und den Schrank voll Strass und bestickter Strümpfe hatte.

»Bitte, Onkel Will«, sagte sie leise. »Bitte.«

»Also gut.« Will sah sich im Zimmer um, bevor er sich für einen seiner Handschuhe entschied. »Hier. Du hast noch genau viereinhalb Minuten.«

Evie presste den Handschuh zwischen ihre beiden Handflächen und versuchte sich zu konzentrieren, aber das Ticken des Sekundenzeigers von Wills Taschenuhr lenkte sie ab. Sie versuchte, es auszublenden und sich ganz auf den Handschuh zu fokussieren, aber nichts geschah, und Panik streckte ihre kalten Finger nach ihr aus.

»Drei Minuten«, sagte Will.

Evie biss die Zähne zusammen. Sie verstand doch selbst nicht, wie oder warum ihre Gabe funktionierte, sie wusste nur, dass sie es tat – auf die ihr eigene Weise und zu der ihr eigenen Zeit.

»Noch zweieinhalb Minuten …«

Jetzt spulten sich allmählich Bilder vor ihrem inneren Auge ab. »Diese Handschuhe lagen in einem Behälter bei Woolworth's und waren auf achtundsiebzig Cent heruntergesetzt. Es war kalt an diesem Tag und du hattest einen Handschuh deines letzten Paares verloren. Von diesem Paar hier hast du auch schon wieder den rechten verloren. Du ziehst ihn dauernd an und aus und lässt ihn dann irgendwo liegen.«

Evie öffnete die Augen. Will sah immer noch auf seine Uhr. »Das könnte leicht ein Zufallstreffer sein. Oder du bist einfach pfiffig. Handschuhe bei Woolworth's zu diesem Preis sind ja nichts Ungewöhnliches. Und du hast schon des Öfteren beobachtet, wie ich meinen rechten Handschuh verlegt habe. Alles keine Beweise. Noch eine Minute.«

Evie war müde und verzweifelt und mehr als ärgerlich. Sie schloss die Augen wieder. Dieses Mal sah sie die Szene besonders deutlich vor sich: eine lachende Frau mit dunklem Haar und dunklen Augen, deren Hände in einem Muff steckten. »Typisch William. Immer fehlt dir ein Handschuh«, wiederholte Evie die Worte der Frau.

»Hör auf«, sagte William mit kalter Stimme, aber Evie befand sich bereits an jenem Ort. Fast konnte sie den Wind dort spüren. Ein wesentlich jüngerer Will stand unsicher auf Schlittschuhen und die hübsche junge Frau lachte. Auch Evie lächelte, ohne dass es ihr bewusst war.

»Ich kann sie sehen. Sie steht neben einer Eisbahn … in einem dunkelgrünen Mantel … im Schnee.«

»Hör auf, Evie.«

»Sie ist sehr hübsch und … sie ist glücklich … sehr, sehr glücklich … vielleicht ist es sogar der glücklichste Tag ihres Le …«

Will riss Evie den Handschuh mit einem so heftigen Ruck aus den Händen, dass sie zusammenfuhr. Drohend und mit ärgerlich geröteten Wangen stand er vor ihr. »Aufhören!«

Evie drehte sich auf dem Absatz um und rannte aus dem Museum; Sam, der ihr nachrief, schenkte sie keinerlei Beachtung.

Gott ist Tot

Evie lief durch die Straßen der Stadt, bis sie zu müde war, um weiterzugehen. Im Central Park setzte sie sich auf eine Bank neben einem der Teiche und beobachtete ein Ruderboot mit zwei unbeschwert lachenden Pärchen, die den sonnigen Tag genossen. Die vier wirkten so sorglos und unbekümmert und Evie hasste sie dafür. Sie hatte gehofft, dass gerade Onkel Will verstehen würde, was es mit ihrer Gabe auf sich hatte. Sie wischte sich die Tränen mit dem Handrücken aus dem Gesicht. Normalerweise hätte sie sich in einer solchen Situation von Mabel trösten lassen, aber das stand jetzt natürlich außer Frage, und sie fühlte sich einsam und verloren.

Sie schlurfte zurück ins Bennington und stieg die Stufen zum Dach hinauf, wo sie sich zu den Tauben gesellte. Auf ihrer Brust lastete ein Druck, als sei die Haut darüber viel zu eng. Als sei sie um eine uneinsehbare Kurve gegangen, hinter der schon all die Dämonen lauerten, die sie sich bisher noch vom Hals hatte halten können. Will hielt Vorlesungen über den Glauben an das Übernatürliche, aber die einzigen Geister, vor denen Evie sich tatsächlich fürchtete, waren jene, die sie selbst in sich trug. Manchmal wachte sie morgens auf und schwor sich feierlich: *Heute werde ich alles richtig machen. Werde mich nicht so launisch benehmen wie sonst. Werde nicht in Zorn geraten oder unfreundliche Kommentare von mir geben. Werde es mit meinen Späßen nicht zu bunt treiben, um dann zu spüren, wie alle im Raum missbilligend schweigen. Werde brav und liebenswert, vernünftig und duldsam sein. So wie die*

Mädchen, die bei allen beliebt sind. Doch am Abend waren ihre guten Vorsätze meist längst gebrochen. Da sagte sie dann etwas Unpassendes oder sprach zu laut. Oder ließ sich leichtsinnigerweise auf eine Mutprobe ein, nur damit man ihr Beachtung schenkte. Vielleicht hatte Mabel ja recht und sie war wirklich egoistisch. Aber was hatte es für einen Sinn, wenn man so still vor sich hin lebte, dass man überhaupt keinen Laut von sich gab? »Ach Evie, du überforderst uns«, sagten die Leute gern und als Kompliment war das nicht gemeint. Ja, sie war eine Herausforderung. Sogar sich selbst überforderte sie die ganze Zeit.

Evie starrte auf die langen Fensterreihen in dem Gebäude gegenüber. So viele Fenster. Wer wohl dahinter leben mochte? Ob die Bewohner glücklich waren? Oder saßen sie auch manchmal auf einem Häuserdach, geplagt von einer tiefen Einsamkeit, gegen die es kein Mittel zu geben schien?

Die Tür quietschte ein wenig und Jericho schob seine breiten Schultern durch die Öffnung. »Hab mir schon gedacht, dass ich dich hier oben finden würde. Was ist denn mit deinem Onkel los?«

Evie wandte das Gesicht ab und wischte sich die Tränen aus den Augen. »Ich hab den Tee falschrum gerührt.«

Jericho ließ sich an der Mauer herunter, hielt aber respektvollen Abstand. »Du musst es mir nicht sagen.«

Evie blieb stumm. Gegen Süden zu brach sich das Sonnenlicht glitzernd an der stählernen Spitze eines Gebäudes. Schornsteine stießen dicke rußige Rauchwolken aus. Eine Reklametafel warb in riesigen Eisenlettern für Wrigley's Spearmint Gum. Am Rand des Dachs reckten Tauben ihre Hälse auf der Suche nach etwas Essbarem.

»Du hast mich mal gefragt, wie es dazu kam, dass ich bei deinem Onkel Will lebe. Ich habe dir damals nicht gleich geantwortet«, begann Jericho das Gespräch erneut. Er zog einen Brotkanten aus der Tasche und wickelte ihn aus seinem Papier.

»Nein, hast du nicht«, sagte Evie. Vor nicht allzu langer Zeit hätte sie noch brennend gerne mehr darüber gewusst. Aber jetzt, wo ihr der Rauswurf drohend bevorstand, schien es ihr nicht mehr relevant zu sein. Trotzdem war sie Jericho dankbar, dass er ihr gefolgt war und versuchte, sie auf seine Weise zu trösten. Sie wollte einfach, dass er weiterredete. »Erzählst du es mir jetzt?«

Er blinzelte gegen die Sonne an. »Ich bin auf einer Farm in Pennsylvania aufgewachsen. Zwischen Kühen und Weiden, auf hügeligem Ackerland. Jeder Morgen kommt einem dort wie neugeboren vor. Und eine Ewigkeit entfernt von hier.«

»Klingt doch großartig«, sagte Evie. Sie hoffte, dass ihre Worte nicht so hohl klangen, wie sie selbst sie empfand.

Jericho machte eine Pause, als suchte er nach Worten. »Aber dann brach dort eine Epidemie aus – Kinderlähmung. Meine Schwester erwischte es als Erste. Dann wachte auch ich eines Morgens fiebernd auf. Als wir das Krankenhaus erreichten, hatte ich schon kein Gefühl in meinen Armen und Beinen mehr und das Atmen fiel mir schwer. Damals war ich neun Jahre alt.«

Während er sprach, brach Jericho das Brot in winzig kleine Brocken, die er den Vögeln auf das flache Teerdach warf und die sofort aufgepickt wurden.

»Sie steckten mich in den Prototyp einer Maschine, die sie gerade entwickelten und die man eiserne Lunge nennt. Sie nimmt dir das Atmen ab, aber natürlich bist du in ihr gefangen – wie in einem Metallsarg. Ganze Tage habe ich darin zugebracht, habe an die Decke gestarrt und das Licht beobachtet, das hinter mir durch die Fenster fiel und sich wie auf einer Sonnenuhr bewegte. Jeden Sonntag kam meine Mutter mit dem Pferdewagen aus Lancaster heraufgefahren, um für mich zu beten. Aber auf einer Farm gibt es alle Hände voll zu tun, sie hatte noch zwei weitere Kinder und ein drittes war unterwegs. Bald kam sie nur noch jeden zweiten Sonntag und irgendwann dann gar nicht mehr.« Jericho brach noch mehr Brotkrumen ab und warf sie zwischen die sich drängelnden, lärmenden Vögel. »Ich habe mir eingeredet, dass der Schnee daran schuld war – und sie unmöglich bis nach Philadelphia kommen konnte. Hunderte von Lügen hab ich mir selber eingeredet. Das tun Kinder eben. Erstaunlich, was man sich alles weismachen kann.«

Evie wusste nicht, was sie darauf sagen sollte, deshalb schwieg sie und sah den Vögeln zu, die sich um das Futter stritten und es sich gegenseitig abzujagen suchten.

»Dann hörte ich eines Tages einen Vogel vor meinem Fenster zwitschern und den Frühling ankündigen. Und ich wusste, wenn es der Vogel hierherschaffte, dann konnte sie es auch. Aber in der gleichen Sekunde, in der ich den Vogel auf meinem Fensterbrett hörte, wusste ich auch, dass sie nie mehr kommen würde. Ich wusste es bereits, bevor die Ärzte mir sagten, dass meine Eltern Papiere unterschrieben hätten, um mich in die Obhut des Staates zu geben.«

Jericho wischte sich die Hände an seinem Taschentuch ab.

»Wie konnten deine Eltern dich nur so im Stich lassen?«, fragte Evie nach einer Weile.

»Als Invalide kannst du nicht mit Pflügen und mit Dreschmaschinen umgehen, wenn du erwachsen bist. Und meine Eltern konnten mich nicht pflegen. Außerdem hatten sie noch mehr Münder zu füttern.«

»Wie schaffst du es nur, ihnen so einfach zu verzeihen?«

»Was hätte ich davon, wenn ich es nicht täte?«

»Aber jetzt bist du doch gesund und kräftig. Wie kam es denn ...?«

Kraftvoll wie ein Baseballspieler schleuderte Jericho einen kleinen Stein vom Dach. »Sie haben was Neues ausprobiert. Ich hatte Glück und es hat gewirkt. Nach einer Weile war ich wiederhergestellt.«

»Aber das klingt ja wie ein Wunder!«

»Es gibt keine Wunder«, sagte Jericho mit einer Miene, die

schwer zu deuten war. »Will hat sich einverstanden erklärt, mein Vormund zu sein. Er brauchte einen Assistenten und ich ein Zuhause. Er ist ein guter Mann. Besser als die meisten.«

»Aber er interessiert sich nur für seine Arbeit und dieses verdammte Museum«, sagte Evie, ohne sich darum zu scheren, dass sie fluchte.

»Das ist nicht wahr. Ich weiß ja nicht, was heute vorgefallen ist, aber es hat ihm fürchterlich zugesetzt. Sprich mit ihm, Evie.«

Evie hätte Jericho gern erzählt, was sich ereignet hatte, mochte sich aber nicht ein zweites Mal einem kritischen Kommentar aussetzen.

»Er ist bereits fest entschlossen, mich nach Ohio zurückzuschicken«, sagte Evie. »Vielleicht würde er eher auf mich hören, wenn ich ein Geist wäre.«

»Geister gibt es nicht. Aber das erzähl bloß nicht deinem Onkel«, sagte Jericho. Einen Moment lang musste Evie lächeln.

Sie wusste, dass sie eigentlich packen sollte, wollte das Unvermeidbare aber noch ein wenig hinausschieben, um sich die Skyline der Stadt für immer in ihr Gedächtnis einzuprägen. Die Wochen hier waren wunderbar gewesen. Wie schade, dass sie nun vorüber waren.

Jericho nahm sein abgewetztes Buch zur Hand und Evie wies mit dem Kinn darauf. »Darf ich mal?«

Jericho reichte es ihr und Evie las aus der markierten Seite vor: »›Gott ist tot. Gott bleibt tot. Und wir haben ihn getötet. Wie trösten wir uns, die Mörder aller Mörder?‹« Evie kniff die Augen zusammen und sah Jericho an. »Du weißt schon, wie du dir die Zeit vertreiben kannst, stimmt's?« Sie gab ihm das Buch zurück. »Liest du mir daraus vor?«

»Du willst, dass ich dir Nietzsche vorlese?«

»Das schadet auch nicht mehr, so wie ich mich gerade fühle.«

Jericho räusperte sich und fand die Stelle, die er lesen wollte, wieder. »›Das Heiligste und Mächtigste, was die Welt bisher besaß, es ist unter unseren Messern verblutet: Wer wischt dieses Blut von uns ab? Mit welchem Wasser könnten wir uns reinigen?‹«

Jerichos Stimme beruhigte Evie. Sie sah zu, wie sich das Sonnenlicht glitzernd an der Seitenfassade eines Wasserturms brach, der hoch oben auf dem Dach eines Gebäudes im Westen stand. In der Nähe hüpften Tauben herum, unermüdlich mit ihrer Futtersuche beschäftigt.

»›Welche Sühnefeiern, welche heiligen Spiele werden wir erfinden müssen? Ist nicht die Größe dieser Tat zu groß für uns? Müssen wir nicht selber zu Göttern werden, um nur ihrer würdig zu erscheinen?‹«

»Jericho, hat man deine Wunderbehandlung auch bei jemand anderem getestet?«

»Ich hab es dir doch gesagt«, erwiderte Jericho. »Es gibt keine Wunder.«

VOLLSTRECKUNGSAUFSCHUB

Abends kehrte Will zurück und zitierte Evie sogleich in sein Arbeitszimmer. Dort saß er steif in seinem Schreibtischstuhl und spielte mit einer unangezündeten Zigarette. Im Hintergrund war leise Radiomusik zu hören.

»Evangeline, ich hätte vorhin nicht die Beherrschung verlieren dürfen. Ich möchte mich dafür entschuldigen.«

Evie zuckte mit den Achseln. »Wir werden alle mal sauer.«

»Ich muss gestehen, du hast mich ziemlich überrumpelt mit deiner Neuigkeit ...« Will zündete die Chesterfield in seiner Hand an. Er zog daran und stieß dann eine kleine Rauchwolke aus. »Erzähl mir mehr von deiner Gabe.«

»Entdeckt habe ich sie vor zwei Jahren, etwa zur gleichen Zeit, als ich anfing, von James zu träumen.«

»Von deinem Bruder James?«

»Nein, von James, dem Portier«, versetzte Evie und bereute ihre Bemerkung im selben Moment. Das fehlte ihr gerade noch, dass sie Will erneut verärgerte.

»Davor hast du nie etwas davon bemerkt? Evie, ich bin Museumsdirektor und Wissenschaftler. Ich bin auf zuverlässige Quellen angewiesen«, sagte Will in sachlichem Ton. »Und wie hast du deine Gabe bemerkt?«

»Das erste Mal ist es passiert, als ich eine Brosche meiner Mutter in der Hand hielt. Ich wollte sie so gerne tragen, aber ich durfte nicht. Mama ließ sie auf ihrem Frisiertisch liegen und ich habe sie in die Hand genommen. Aber ich habe mich nicht getraut, sie an mein Kleid zu stecken. Ich habe sie immer wieder in meinen Händen gedreht und mich dabei ganz merkwürdig gefühlt. Sie war so warm, auch meine Hände wurden immer wärmer und meine Handflächen fingen an zu kribbeln.« Evie machte eine Pause. Sie hatte ja darüber sprechen wollen, dennoch kam sie sich plötzlich wie entblößt vor.

»Erzähl weiter. Was hast du gesehen? Wie weit hattest du Einblick in die Geheimnisse deiner Mutter? War es mehr ein Gefühl oder hast du den Augenblick selbst miterlebt?«

»Du … glaubst mir also?«

Will nickte. »Ja, ich glaube dir.«

Evie beugte sich hoffnungsvoll nach vorn. »Es war, als ob ich mir einen Kinofilm ansehen würde, einen Kinofilm allerdings, dessen Projektorenlicht nicht besonders stark ist. Und es dauerte auch nur einen Moment. Ich konnte Mutter an ihrem Frisiertisch sitzen sehen und nachempfinden, was sie empfunden hat, als sie die Brosche trug.«

»Und was war das?«

Evie sah ihrem Onkel in die Augen. »Sie wünschte sich, *ich* wäre gestorben anstelle von James.«

Will wandte den Blick ab. »Mütter lieben alle ihre Kinder gleichermaßen.«

»Nein, das ist nicht wahr. Das sagt man nur so.«

»Und das war das erste Mal?«

»Ja. Danach habe ich die Sache wiederholt getestet und immer, wenn ich mich auf ein Objekt konzentriert habe, konnte ich einen Teil seiner Geschichte erspüren. Es funktioniert allerdings nicht immer auf die gleiche Weise. Manchmal sind die Bilder, die ich sehe, schwach, zu anderen Zeiten stärker. Ich glaube, ich sehe und fühle mehr, wenn die damit verbundene Emotion besonders stark ist.«

»Würdest du denn sagen, dass deine Gabe stärker geworden ist? Oder eher schwächer?«

»Ich weiß es nicht. Ich hab die Sache schließlich nicht geübt. Kann man so was überhaupt üben?«

Will reagierte nicht auf ihre Frage. »Und bist du schon mal jemandem begegnet, der über die gleiche Gabe verfügt wie du?«, fragte Will.

»Gibt es denn noch mehr Leute wie mich?«

»Wenn ja, dann geben sie sich jedenfalls nicht zu erkennen. Hast du deinen Eltern davon erzählt?«

»Es ist mir schwer genug gefallen, dir davon zu erzählen, nach allem, was in Ohio passiert ist. Meine Eltern glauben doch, es hätte sich wieder einmal um einen meiner kleinen Streiche gehandelt.«

»Gut, gut«, sagte Will.

»Warum fragst du mich das eigentlich alles?«

»Ich versuche, mich in dich hineinzuversetzen«, sagte Will.

Noch nie hatte jemand so etwas zu Evie gesagt. Ihre Eltern waren lediglich darauf aus, Ratschläge, Anweisungen oder Befehle zu erteilen. Sie waren gute Menschen, wollten aber, dass sich die Welt nach ihnen richtete und sich an ihre Wertordnung anpasste. Evie war das nie ganz gelungen, und wann immer sie es versucht hatte, war sie sogleich wieder ausgebüchst wie eine Puppe, die man in eine zu kleine Schachtel zwängt.

»Dann weiß also niemand davon«, murmelte Will.

»Na ja, auf der Party, zu der Theta mich neulich mitgenommen hat, hab ich schon ein bisschen damit angegeben«, sagte Evie zögernd.

»Du hast es auf einer Party vorgeführt?« Will klang beunruhigt.

»Da ging es aber um nichts Wichtiges! Ich hab den Leuten nur erzählt, was sie zum Abendessen gegessen hatten oder wie die Hunde hießen, mit denen sie aufgewachsen sind. Die meisten waren sowieso schon beschwipst.« Evie hütete sich, ihren eigenen Alkoholkonsum an diesem Abend zu erwähnen. »Es war nur Spaß. Warum hätte ich es nicht tun sollen?«

»Schließlich hast du dich deswegen schon mal in Schwierigkeiten gebracht.«

»Aber das war doch in Ohio! Hier sind wir in New York. Wenn hier Mädchen halb nackt in Nachtclubs tanzen dürfen, sehe ich nicht ein, warum ich nicht ein bisschen wahrsagen sollte.«

»Vor halb bekleideten Mädchen in Nachtclubs fürchten sich die Menschen nicht.«

»Willst du damit sagen, die Leute würden sich vor mir fürchten?«

»Die Menschen haben vor allem Angst, was sie nicht verstehen, Evangeline. Die Geschichte lehrt uns das. Aber wenn die Leute da getrunken hatten ...« Will führte seinen Gedanken nicht weiter aus. »Du sagst, einer dieser ... Vorfälle hat sich auch mit Ruta Badowskis Schuhschnalle ereignet?«

Evie nickte. »Ja. Ich habe einen unheimlichen Raum gesehen und einen großen Schmelzofen und meine auch, die Umrisse eines Mannes erkannt zu haben. Es war nur eine Silhouette, ein Schatten eher. Ich kann es nicht sicher sagen.« Sie schüttelte den Kopf. »Glaubst du, dass es was mit den Morden zu tun haben könnte?«

Will sah sie düster an. »Ich weiß es nicht.«

»Findest du, ich sollte es der Polizei melden?«, fragte Evie.

»Ganz sicher nicht.«

»Aber warum denn nicht? Wenn es dazu beitragen könnte ...«

»Sie würden höchstwahrscheinlich denken, du bist eine Spinnerin. Oder schlimmer noch – dass du darauf aus bist, berühmt zu werden und deinen Namen in den Zeitungen zu lesen. Terrence und ich sind schon eine ganze Weile befreundet. Ich weiß, wie sie bei der Polizei denken.«

»Aber wenn ich einen weiteren Gegenstand, der mit den Morden zu tun hat, lesen könnte, einen Gegenstand, der Tommy Duffy gehört hat, zum Beispiel ...«

»Auf gar keinen Fall«, sagte Will in sehr bestimmtem Ton. »Ich bin absolut dagegen, dass du irgendetwas anrührst, das mit den

Morden zusammenhängt.« Will sprang von seinem Stuhl auf und begann, im Arbeitszimmer auf und ab zu gehen. Auf halber Strecke blieb er stehen, um seine Asche über einem hohen silbernen Aschenbecher abzustreifen, der neben einem blau gestreiften Lehnsessel stand. Er sah aus, als habe noch nie jemand in ihm gesessen, vielleicht, weil Wills geballte Energie ihm nicht gestattete, sich lange genug darin auszuruhen, um einen Abdruck auf dem Polster zu hinterlassen. »Wir werden unseren Mörder mit den Mitteln der guten alten Kriminalarbeit fassen, und wenn wir dafür jedes einzelne okkulte Buch in der Museumsbibliothek durchackern müssen.«

»Dann ... darf ich also bleiben?«, fragte Evie.

»Ja. Du kannst bleiben. Vorerst jedenfalls. Aber unter veränderten Bedingungen. Kein Herumtoben in Flüsterkneipen mehr. Und außerdem erwarte ich von dir, dass du ab jetzt im Museum mithilfst.«

»Natürlich.« Das waren immer noch bessere Aussichten, als mit dem nächsten Zug nach Ohio zurückzufahren. Und wenn sie Onkel Will erst bewiesen hatte, wie unverzichtbar sie war, dann musste er sie auch auf Dauer bei sich behalten. »Danke!« Evie schlang die Arme um Will, aber er machte sich gleich steif und wartete wohl nur darauf, dass sie wieder von ihm abließ.

Plötzlich stand Jericho in der Tür und räusperte sich. Er ließ die Spätausgabe einer Tageszeitung auf Wills Schreibtisch fallen. »Das hier dürfte euch interessieren.«

»›Exklusiv für die *New York Daily News* von T. S. Woodhouse. Museum macht Mordsgeschäft mit Pentakelmörder‹«, las Will laut vor. Er runzelte die Stirn und fuchtelte mit der Zeitung herum. »Was soll das denn heißen?«

Evie schnappte ihm die Zeitung weg und las weiter. »›In der umtriebigen Metropole New York City ist Gewalt längst keine Unbekannte mehr. Bugsy Siegel, Meyer Lasky und die übrigen Brownsville Boys der Murder Unlimited GmbH stapeln immer noch schneller Leichen, als unsere Polizei Bestechungsgelder annehmen kann, damit sie das Treiben dieser Männer ignoriert. Die Pentakelmorde aber sind auch hartgesottenen New Yorkern unheimlich. Mütter lassen ihre Kinder nach Einbruch der Dunkelheit nicht mehr auf der Straße spielen. Verkäuferinnen geben ihr hart verdientes Geld für ein Taxi aus, das sie auf direktem Weg in die Mietskasernen in Murray Hill und Orchard Street bringt. Selbst der *Sultan of Swing,* Mr Babe Ruth, hat eine Belohnung in Höhe von fünfhundert Dollar für Informationen ausgesetzt, die zur Festnahme dieses Teufels führen. Doch eine Institution macht ein Mordsgeschäft mit diesem ganzen Rummel: das Museum für Amerikanisches Volkstum, Aberglauben und Okkultes, den eingeweihten Lesern unter Ihnen auch als Gruselkabinett bekannt.‹ Onkel Will, das Museum ist in der Zeitung!«

Evie las weiter. »›Dort beschäftigt man sich mit allem, was schaurig ist, und alles, was schaurig ist, ist gut fürs Geschäft. Erst kürzlich – an einem Freitag – wurde der hier berichtende Reporter vor den Türen der alten Villa von Cornelius T. Rathbone unweit des Central Park Zeuge eines kleinen Volksauflaufs, der darauf zurückzuführen war, dass der Kurator des Museums, Professor William Fitzgerald‹ – oh, Onkel! Das bist ja du!«, rief Evie. »›... die New Yorker Polizei darin unterstützt zu verstehen, was diesen diabolischen Mörder antreibt – natürlich in der Hoffnung, ihn zu fassen, bevor er erneut zuschlagen kann. Bei seiner Arbeit assistiert ihm seine Nichte, Miss Evie O'Neill (aus Zenith, Ohio), eine attraktive Siebzehnjährige, die sich mit dem Gruselgewerbe bestens auskennt – egal, ob es sich dabei um Hexenhüte oder die Knochen chinesischer Zauberer handelt. Als der Reporter allerdings versuchte, Informationen über die Mordermittlungen von ihr zu erhalten, da zierte sich die junge Dame. ›Leider kann ich dazu keinen Kommentar abgeben‹, sagte sie und zwinkerte mit ihren blauen Augen. Jungs, stellt euch schon mal in der Schlange an, in dieser Stadt gibt es nicht nur *ein* mörderisches Wesen.‹«

Evie bemühte sich, ein Grinsen zu unterdrücken. T. S. Woodhouse hatte sich also tatsächlich für sie eingesetzt.

»Evangeline, hast du etwa mit diesem Woodhouse gesprochen?«, fragte Will.

Evie riss die Augen weit auf. »Ich hatte ja keine Ahnung, dass er Reporter ist. Er kam als zahlender Besucher und ich habe ihn herumgeführt. Als er dann anfing, mir Fragen zu stellen, hab ich ihn gleich abblitzen lassen. Er hat mich reingelegt, dieser fiese Kerl!«

»Du musst in Zukunft vorsichtiger sein, so misstrauisch wie die New Yorker.«

Will klopfte mit einer neuen Zigarette auf den Tisch, um den Tabak darin zusammenzudrücken, bevor er sie anzündete. »Was ist nur aus der objektiven Berichterstattung in unseren Zeitungen geworden?«

»Hast du das nicht mitgekriegt? So was verkauft sich leider nicht«, sagte Jericho.

»Du hast ja so recht, Onkel. Dieser Woodhouse ist eine Ratte. Aber immerhin hat er das Museum erwähnt«, sagte Evie. »Weißt du, was das bedeutet?«

Will ließ zwei kleine Rauchwolken aus seinen Nasenlöchern aufsteigen. »Ärger«, sagte er.

Das Telefon schrillte so durchdringend, dass alle im Raum zusammenfuhren. Will nahm den Anruf entgegen und seine Miene versteinerte plötzlich. »Wir sehen uns dort.«

»Was ist passiert?«, fragte Evie.

»Der Pentakelmörder hat wieder zugeschlagen.«

Der Schwarze Mann

Will und Evie wurden an der Eingangstür der Freimaurerloge von einem kleinen Mann mit dünnem Schnurrbart und runder schwarzer Brille empfangen, die seine Augen zu zwei blinzelnden blauen Kugeln vergrößerte und Evie an eine Eule erinnerten.

»Hier entlang«, sagte der Mann nervös. »Die Polizei ist selbstverständlich auch schon da.« Er begleitete sie durch einen holzgetäfelten Flur zu einer schlichten Tür mit einer kleinen Messingtafel, die den Raum dahinter als Gothic Room auswies. Der Mann öffnete die Tür und ging ihnen durch ein stickiges Vorzimmer zu einer zweiten Tür voraus; sie führte in einen großen Raum, der dem Altarraum einer Kirche ähnelte. Sogleich schlug Evie der heftige Geruch entgegen – ein ekelhaft süßlicher Gestank nach Rauch und geschmortem Fleisch, der umgehend einen Würgereiz bei ihr auslöste.

Zunächst nahm Evie nur die prächtige Ausstattung des Raumes wahr: die hohe Balkendecke und die großen Lüster, die von ihr herabhingen. An einem Ende des Raumes stand eine Orgel, auf die Wand an seinem anderen Ende war eine Sonne gemalt, in deren Zentrum sich der Buchstabe G befand. In der Mitte des Raumes umringten unzählige Polizisten sowie ein Gerichtsmediziner einen kleinen Altar. Jetzt traten sie zur Seite und Evie rang nach Luft. Auf dem Altar lag der stark verbrannte Körper des jüngsten Opfers des Pentakelmörders.

»Ein Mitglied unserer Bruderschaft hat die Leiche heute Morgen gegen zehn Uhr gefunden«, sagte der blinzelnde kleine Mann. Bei dem Wort »Leiche« verhaspelte er sich und sein Schnurrbart bewegte sich voller Abscheu. »Unser hochverehrter Großmeister wurde bereits telegrafisch benachrichtigt. Er ist mit seiner Familie fortgefahren.«

»Der Verstorbene ist Bruder Eugene Meriwether ...«, sagte Malloy.

»Er ist zweiter Aufseher«, unterbrach ihn der eulenhaft aussehende Mann.

»War«, sagte Malloy und ließ den Mann auf diese Weise wissen, bei wem die Zuständigkeiten lagen. »Er hat gestern Abend noch lange in seinem Büro gearbeitet. Um acht Uhr ist er zu einem Abendessen mit einigen Freimaurern in ein Restaurant drüben auf der Eighth Avenue aufgebrochen. Gegen zehn haben sich alle verabschiedet und Mr Meriwether kam noch mal allein hierher zurück. Dieses Mal hat der Mörder übrigens die Füße behalten.«

Reflexartig fiel Evies Blick auf die rundlichen Beinstumpen des Mannes und wie eine Welle überrollte sie heftiger Schwindel. Schnell griff sie nach einer Stuhllehne, um sich abzustützen, und schloss die Augen, aber das Bild blieb weiter in ihrem Kopf haften.

»Er hat wieder das gleiche Pentakelsymbol am Körper des Opfers hinterlassen. An der einzigen Stelle, die nicht verbrannt ist.« Er zeigte auf einen kreisförmigen Bereich am Oberkörper des Mannes.

»Möge der Herr ein wachsames Auge auf uns alle haben«, sagte der Eulenmann feierlich.

»Die Türen waren von innen zugesperrt.« Malloy rieb sich die Nase. Dann sah er den Eulenmann mit zusammengekniffenen Augen an. »Gibt es hier in der Bruderschaft jemanden, der noch eine Rechnung zu begleichen hatte? Oder vielleicht einen, der nicht ganz richtig im Kopf ist?«

»Ganz sicher nicht!« Die Augen hinter den Brillengläsern blinzelten jetzt nicht mehr. »George Washington, Benjamin Franklin,

John Jacob Astor, Henry Ford, Harry Houdini und Francis Bellamy – das sind unsere Mitbrüder, alles bedeutende Männer. Ohne die Freimaurer wäre dieses Land nicht, was es heute ist.«

Der Mann und Detective Malloy begannen jetzt mit erhobenen Stimmen in dem entweihten Raum zu debattieren.

»Wir alle sind fern unserer Heimat und müde vom Reisen«, sagte Will schließlich. Der Eulenmann unterbrach seine empörte Litanei und lächelte. »Ich wusste nicht, dass Sie ein Mitreisender sind, Sir. Verzeihen Sie mir bitte, Mister …?« Er kam auf ihn zu, um ihm die Hand zu schütteln, was Will unterlief, indem er seine Aufmerksamkeit weiter auf die Leiche richtete.

»Hatte der Verstorbene Feinde?«

»Mr Meriwether? Nein. Er war hoch angesehen.«

»Na, irgendjemand mochte ihn ja offensichtlich nicht«, meinte Malloy.

»Gut möglich, dass er eines Tages Großmeister geworden wäre. Seine Rede vor dem Kiwanis Club im letzten Jahr kam sehr gut an.«

»Wir haben nichts, aber auch gar nichts in der Hand, Will. Herrgott noch mal.« Malloy trat frustriert gegen einen Stuhl.

Trotz aller Bemühungen waren sie bei der Suche nach diesem Wahnsinnigen bislang keinen Schritt weitergekommen. Außer dem süßlichen Geruch hing jetzt ein Hauch von Verzweiflung im Raum.

Evie bewegte sich langsam näher auf den Toten zu. Die Haut an seinem Körper war bläulich schwarz verbrannt, nur an einigen Stellen sah schreiend rotes, rohes Fleisch darunter hervor. Die Hände waren gekrümmt und der Kopf nach hinten gebogen, als würde er gerade einen gequälten Schrei hervorstoßen. Unvorstellbar, welche Angst und welche Schmerzen er erlitten haben musste. Wenn Evie jetzt tat, was sie im Sinne hatte, war es gut möglich, dass sie erfuhr, wie grauenhaft sein Leid gewesen war. Ihr Herz fing an zu rasen, als der Gedanke sich zu einem Entschluss verfestigte.

Eugene Meriwethers Freimaurerring war mit seinem geschwärzten Finger nahezu verschmolzen, aber vielleicht würde er seine Geheimnisse trotzdem offenbaren.

Onkel Will unterhielt sich mit dem Eulenmann und Officer Malloy und die anderen Polizeibeamten verhängten den Raum und machten sich Notizen. Niemand nahm auch nur im Geringsten Notiz von Evie. Das bedeutete: jetzt oder nie. Evie atmete durch den Mund und legte ihre Hand um die der Leiche. Als sie den Finger des Freimaurers streifte, fing seine Haut unter ihrer Berührung an zu bröseln, und sie unterdrückte mit aller Macht den Schrei, der aus ihrer Kehle aufsteigen wollte. Tränen brannten in ihren Augen und ihr stockte der Atem.

Sie konnte nicht weitermachen, es war zu grauenvoll. Sie zog ihre Hand von der des Opfers zurück und suchte Trost bei ihrem Anhänger. Und dann stieg eine Erinnerung in ihr auf.

»Warum musst du denn fortgehen?«, hatte sie James an jenem Tag im Garten weinend gefragt.

»Weil man für das, was recht ist, einstehen muss, Schwesterchen«, hatte er geantwortet und ihr die Tränen aus dem Gesicht gewischt. »Man darf die Bösen nicht einfach gewinnen lassen.«

Evie atmete dreimal tief durch, schloss die Augen und legte die Finger um den halb geschmolzenen Ring und den Finger des Freimaurers. Dass sie mit den Zähnen knirschte, während die Bilder wie unregelmäßig fallende, aber immer stärker werdende Regentropfen über ihre geschlossenen Augenlider glitten, war ihr nur vage bewusst:

Eugene Meriwether, der seinen Ring mit einem Tuch reinigte. Sein Stolz auf diesen Ring. Ein Tag am Strand mit einem Freund. Die im Sand glitzernde Sonne. Eine Limonade – Evie spürte geradezu, wie erfrischend sie war. Aber keine dieser Erinnerungen würde dabei helfen, einen Mörder zu fassen. Evie drückte fester zu, sie wollte unbedingt, dass der Ring noch mehr preisgab, aber die Bilder blieben undeutlich und flimmernd wie Fotografien, die man dem Betrachter zu schnell zeigt, als dass er etwas von Bedeutung in ihnen entdecken könnte.

Ruhig atmen, sagte Evie sich. *Langsamer. Sieh ganz genau hin.* Aber der entsetzliche Zustand, in dem sich die Leiche befand, und ihre Nervosität schwächten ihre Konzentration. Sie verlor die Verbindung und musste sich anstrengen, um sie wiederherzustellen. Und dann hörte sie es, das Pfeifen. Es war genau dieselbe Melodie, die sie schon einmal gehört hatte, als sie Ruta Badowskis Schuhspange berührt hatte. Evie spürte, wie ihr Herzschlag sich beschleunigte. In dem traumähnlichen Zustand, in den sie nun geriet, ging sie plötzlich mit Eugene Meriwether den düsteren Flur entlang und auf das goldene Licht zu, das aus dem Gothic Room hervorströmte. Sah, wie er die Hand ausstreckte. Sah den schimmernden Messinggriff an der Tür. Sah, wie sich die Tür öffnete …

»Was machen Sie denn da?« Einer der Beamten packte Evies Hand und unterbrach die Verbindung. Angewidert starrte er sie an.

»Ich … ich …«, flüsterte Evie. »Ich habe gebetet«, gelang es ihr gerade noch hervorzustoßen. Sie war so nahe dran gewesen – einen Augenblick länger und sie hätte vielleicht das Gesicht des Mörders gesehen. Tränen der Enttäuschung liefen ihr über die Wangen und stimmten den Polizeibeamten etwas milder.

Er tätschelte ihre Schulter. »Na, jetzt kommen Sie da mal weg, junges Fräulein.«

Evie ließ sich von dem Beamten auf die Seite führen. Sie hatte etwas gehört, da täuschte sie sich nicht. Aber ob es von Bedeutung war? Stammte das Pfeifgeräusch von dem Mörder oder kam es woanders her? Und war es dieselbe Melodie gewesen wie beim letzten Mal? Ja, ganz bestimmt. Da war sie sich sicher.

Ein Grüppchen Reinigungsfrauen in gestärkten Schürzen betrat jetzt mit Wischlappen und Eimern voller Seifenlauge den Raum. »Nichts anfassen!«, schrien Malloy und Will gleichzeitig. Der Eulenmann verscheuchte die Frauen mit einem Schnipsen seiner

Finger, worauf sie sich in das dämmerige Vorzimmer zurückzogen, um dort weitere Anweisungen abzuwarten.

»Da haben wir uns einen üblen Burschen geangelt, Will«, sagte Malloy.

Als sie aus dem Gebäude traten und gegen das diesige Licht anblinzelten, stürmte eine Horde Reporter auf sie zu. Ein Blitzlicht ging los und Evie kniff die Augen zu, um nicht in die in der Luft tanzenden grellen Pünktchen sehen zu müssen.

»Ihr Aasgeier!«, brummte Malloy. »Verschwindet!«

T. S. Woodhouse kam mit Notizbuch und Stift in der Hand nach vorne gelaufen. Sein widerspenstiges braunes Haar war heute Morgen eindeutig mit Haaröl zurückgekämmt worden, aber jetzt hing eine breite Strähne wie ein Schleier vor seinem linken Auge. Evie hoffte, dass Woodhouse sie nicht auffliegen lassen würde.

»Verzeihung, die Herren! T. S. Woodhouse, *Daily News*. Ich höre, Sie haben da drin eine weitere Leiche gefunden? Diesmal aber keine Marathontänzerin aus Brooklyn oder einen Jungen von der West Side, was?«

»Verpissen Sie sich, Woody«, knurrte Malloy ihn an.

Dieser Affront schien keinerlei Eindruck bei Mr Woodhouse zu hinterlassen. Er warf einen Blick auf Evie und wandte sich dann an Will. »Und wen haben Sie im Visier, Professor? Die Sache scheint ja nicht gut auszusehen, wenn die Polizei jetzt schon Zivilpersonen mit hinzuzieht. Steckt da ein Krieg der Unterwelt dahinter? Ein Bandenkonflikt? Anarchisten? Rote? Gewerkschaftler?« Woodhouse grinste. »Oder etwa der schwarze Mann?«

»Warum nicht ein Reporter!«, spottete Malloy. »Notieren Sie sich das doch mal, Woody. Geben Sie uns einen Grund, euch Jungs nach Russland zu schippern.«

»Pressefreiheit, Detective.«

»Wohl eher Freiheit der Schakale. Ihr Jungs verdreht die Fakten so, dass wir bald nur noch Berichte von der Glaubwürdigkeit der Angelgeschichten meines Großvaters lesen werden.«

»Das Ziel der Anarchisten ist es, den Staat zu beseitigen«, sagte Will, als wolle er noch einen Beitrag zum vorherigen Gesprächsthema hinzufügen. »Sie wollen totales Chaos verursachen und jede Ordnung auf den Kopf stellen. Aber diese Sache hier hat Methode. Sie ist durch und durch ausgeklügelt.«

Der Stift des Reporters flog über die Seite seines Notizbuchs. »Dann also doch der schwarze Mann?«

»Hören Sie, Junge, sind Sie nicht ein bisschen zu jung für diesen Job?«, fragte Malloy.

»Es ist Zeit, ein paar von diesen alten Schwaflern mit ihren stinklangweiligen Fakten loszuwerden, Detective. Nachwuchs muss her, behaupte ich. Wir leben in einer modernen Welt. Die Leute wollen ein bisschen mehr Spannung in ihren Zeitungen. Etwas mehr Schwung. Würden Sie mir da nicht zustimmen, Miss O'Neill?«

Evie gab keine Antwort.

»Na dann, viel Glück«, sagte Malloy.

»Ich glaube nicht ans Glück. Ich glaube an Chancen, die man ergreifen muss. Sie und ich, Professor, wir beide könnten bei diesem Fall zusammenarbeiten. Und den Mörder in Bedrängnis bringen. Was meinen Sie?«

Will rückte seinen Hut zurecht und marschierte auf die Sixth Avenue zu. T. S. pirschte sich an Evie heran und tippte an seinen Hut. »Muss ja ein ganz fürchterlicher Anblick da drin gewesen sein. Sie armes Ding, Sie zittern ja. Lassen Sie sich von mir helfen. Verzeihung, Verzeihung, Leute, aber wir müssen hier mal durch.«

T. S. Woodhouse führte Evie hinter einen der Polizeiwagen. Er öffnete sein Jackett und zog einen Flachmann hervor. »Vielleicht wollen Sie sich ja ein bisschen Mut antrinken?«

Evie nahm einen Schluck und ließ gleich einen zweiten folgen. »Danke.«

»Nicht der Rede wert. Was allerdings durchaus erwähnenswert wäre, ist der Tatort da drin.«

Evie informierte ihn über ein paar ausgewählte Einzelheiten und ließ andere bewusst aus.

»Wenn Sie mal jemanden brauchen, der Ihnen einen Gefallen tut, dann lassen Sie es T. S. nur wissen.«

»Ich komm drauf zurück, Mr Woodhouse.«

Evie nahm einen letzten Schuck aus dem Flakon und zog dann ihren Schal zurecht. »Wie sehe ich aus?«

T. S. Woodhouse grinste. »Großartig, Süße.«

»Sorgen Sie dafür, dass Ihr Fotokünstler nur meine linke Seite ablichtet. Ist meine Schokoladenseite. Ach ja, und wir sollten so tun, als ob das nicht freiwillig wäre. Sie verstehen.«

T. S. Woodhouse setzte ein dünnes Lächeln auf. »Alles rein geschäftlich.«

»Es gibt keine üblere menschliche Gattung als kaltblütige Mörder. Wenn man mal von Reportern absieht«, gab Evie unüberhörbar von sich, als sie an der Polizeikette vorbeiging, die die Reporter zurückhielt. Sie machte eine winzige Rückwärtsdrehung und posierte gerade eben so lange, bis der Fotograf der *Daily News* ein Foto von ihr geschossen hatte. Dann warf sie sich den Schal über die Schulter und lief auf Will und das an der Straßenecke wartende Automobil zu.

Die Kopfschmerzen hatten bereits eingesetzt. Evie lehnte sich zurück und beobachtete aus dem Fenster des Polizeiwagens, wie die Sixth Avenue vorüberflog. In einer Seitenstraße spielten ein paar Jungen in seliger Unwissenheit Stickball und Evie hoffte, dass sie sich diese Unbeschwertheit noch lange bewahren konnten. Auf dem Vordersitz saß Malloy und machte sich Notizen. Das kratzende Geräusch seines Stiftes auf dem Papier verstärkte ihr Kopfweh noch. Sie schloss die Augen und merkte gar nicht, wie sie das Liedchen pfiff, das sie im Tempel gehört hatte, bis Malloy plötzlich sagte: »Dieses Lied hab ich schon lange nicht mehr gehört.«

Evie rutschte auf ihrem Sitz nach vorn. »Sie kennen das Lied? Wie geht es?«

»*Naughty John, Naughty John, does his work with his apron on*«, sang Malloy. »*Cuts your throat and takes your bones, sells them off for a couple of stones.* Das haben die Großen immer bei uns im Viertel gesungen, um uns Kleine einzuschüchtern. Sie haben uns weisgemacht, Naughty John würde kommen und uns holen, wenn wir nicht artig wären.«

»Wer?«

»Naughty John. John Hobbes. Ein Grabschänder, Betrüger und Mörder. Hatte menschliche Knochen in seinem Haus versteckt, einer alten Villa im Norden von Manhattan.«

»Meinen Sie, der könnte hinter den Morden stecken?«

Malloy lächelte gönnerhaft. »Nicht sehr wahrscheinlich, Miss O'Neill.«

»Und warum nicht?«

Malloy hörte auf zu schreiben und sah ihr in die Augen. »Weil John Hobbes tot ist, und das seit beinahe fünfzig Jahren.«

Naughty John

Evie folgte Will ins Museum und redete trotz ihrer Kopfschmerzen hastig auf ihn ein. »Ich habe dieses Lied gehört, als ich neulich Ruta Badowskis Schuhschnalle in der Hand hielt, und heute schon wieder, bei Eugene Meriwethers Ring.«

»Habe ich dich nicht ausdrücklich gebeten, besagte Sache zu unterlassen …«

»Aber wenn wir irgendwelche Zusammenhänge übersehen haben? Wenn sich der Mörder diesen Naughty John zum Vorbild genommen hat?«

»Deine Annahme gründet lediglich auf einem Lied …«

»Einem Lied, das bekanntermaßen von einem Mörder handelt!«

»Trotzdem ein recht fragwürdiger Anhaltspunkt …«

Jericho und Sam waren Zeugen der Szene, die sich wie ein missglückendes Tennismatch entwickelte.

»Worum geht es hier eigentlich?«, fragte Jericho im selben Augenblick, in dem Sam Evie fragte: »Warum fasst du überhaupt den Ring eines Toten an?«

Will und Evie ignorierten die beiden und stritten weiter.

»Onkel Will, das ist der einzige Hinweis, den wir haben.«

»Na schön«, sagte Will nach kurzem Schweigen. »Wenn du so sicher bist …«

»Das bin ich allerdings.«

»Dann tu doch das, was jeder Wissenschaftler in einem solchen Fall tut.«

»Und das wäre?«

»Such eine Bibliothek auf«, sagte Will. »Die New York Public Library sollte alles in ihrem Bestand haben, was du über diesen John Hobbes wissen musst.«

»Dann werde ich dort hingehen.« Evie hängte Hut und Schal an eine der Riesenpranken des ausgestopften Bären.

»Was wir faktisch wissen, ist, dass der Mörder sich an das Buch der Brethren hält«, sagte Will. »Der Tempel Salomons – auch die Freimaurer bezeichnen ihre Logen als Tempel und sehen sich als Nachkommen König Salomons.«

»Dann hatten wir zwar die richtige Idee, aber den falschen Laden im Visier?«, fragte Sam. »Und was ist das nächste Opfer?«

Jericho blätterte weiter. »Das achte Opfer, die Verehrung des Engelsboten«, las er vor und begann sogleich, verschiedene Möglichkeiten aufzuzählen. »Zu Engel fallen mir Kirche, Priester oder Nonne ein oder jemand, der Angelus oder Angelica heißt. Und bei Bote … also einem, der etwas übermittelt … Postbote, Rundfunksprecher, Reporter, Musiker …«

»Reporter«, wiederholte Evie. Sie rieb sich die Schläfen.

»Was ist?«, fragte Will.

»Nichts, nur Kopfschmerzen.«

»Kopfschmerzen? Seit wann hast du die?«, wollte Will wissen.

»Ach, das ist ein einziges Ärgernis. Mutter meint, ich bekomme sie so oft, weil ich eine Brille brauche, aber ich bin zu eitel, um eine zu tragen. Ich habe ihr gesagt, dass meine Augen gut sind. Aber im Ernst, zwei Aspirin und ich fühl mich wieder pudelwohl.«

Jericho stand auf und holte zwei Aspirin und ein Glas Wasser für Evie.

»Warum siehst du mich denn so komisch an, Onkel Will?«, fragte Evie. Will hatte sie die ganze Zeit über mit gerunzelter Stirn beobachtet. Jetzt räumte er wahllos Sachen auf seinem Schreibtisch herum. »Nimm dein Aspirin«, war alles, was er erwiderte.

GEHEIMNISSE

Memphis war nicht richtig bei der Sache. Den ganzen Tag über hatte er immer wieder seine Begegnung mit Theta, ihre gemeinsame abenteuerliche Flucht und ihr knappes Entkommen vor der Polizei durchgespielt. Daran gedacht, wie sie ihn dankbar und ein wenig scheu angesehen hatte, als klar war, dass sie es geschafft hatten. In diesem Moment hatte Memphis nichts lieber gewollt, als sie in seine Arme zu schließen und zu küssen. Genau genommen war es sogar der Gedanke an diesen Kuss gewesen, der ihn beinahe in Schwierigkeiten gebracht hätte. Als er nämlich morgens in Mrs Jordans Schönheitssalon gekommen war, um die Wettscheine für die Damen auszufüllen, hatte er Mrs Jordans übliche Zahlenfolge mit Mrs Robinsons vertauscht, weil er mit seinen Gedanken woanders gewesen war.

»Memphis, wo hast du nur deinen Kopf?«, hatte Mrs Jordan gutmütig gespöttelt, und Memphis hatte sich entschuldigt und war mit den Zahlen der Damen zu Lloyds Barbershop gerannt, kurz bevor die Lottogesellschaft die Gewinnzahlen bekannt gab.

Danach hatte Papa Charles eine Versammlung im Dee-Luxe, einem seiner Restaurants, einberufen, um die verheerende Razzia der vergangenen Nacht zu besprechen. Er versicherte allen Anwesenden, dass der Vorfall von nicht allzu großer Bedeutung sei, ein Missverständnis eigentlich, hinter das man gerade zu kommen suche, und dass das Vorhängeschloss an den Türen des Hotsy Totsy schon sehr bald wieder verschwinden werde. Aber Memphis sah, dass Papa Charles hinter seiner eleganten Fassade nervös war. Sein

Kiefer zuckte, was Memphis schon früher einige Male beobachtet hatte, wenn Papa Charles es mit einem angetrunkenen, aggressiven Kunden oder einem mit Drogen vollgepumpten Schwarzhändler zu tun gehabt hatte. Trotz allem war Memphis in Gedanken nur bei Theta.

Theta, Theta, Theta. Da war er dem Mädchen seiner Träume begegnet – einem Mädchen, das noch obendrein denselben Traum träumte wie er – und schon hatte er sie im Gedränge wieder verloren. Gerade als es aussah, als ob sein Schicksal Form annehmen wollte, war es schon wieder vorbei damit. Er wusste nicht, woher sie kam und wo sie wohnte – er kannte nicht mal ihren Familiennamen. Und dieser nervende Vogel war auch schon wieder da und klebte ihm auf Schritt und Tritt an den Fersen.

»Husch, husch!« Memphis fuchtelte mit den Händen in der Luft herum, um die Krähe zu verscheuchen. »Hau ab, Berenice! Du widerliches Biest!«

Jetzt kam er auch noch zu spät, um Isaiah von der Schule abzuholen. Er entschuldigte sich bei ihm, als er den Klassenraum betrat, aber Isaiah stellte sich taub. Und draußen auf der Straße war seine Stimmung mehr als mies: Er kickte einen Stein vor sich her, schoss ihn in die Gosse und kickte ihn von da aus weiter. »Um drei solltest du da sein!«

»Ich hatte was Geschäftliches zu tun, Ice Man.«

»Was denn?«

»Meine Sache, nicht deine.«

»Beim nächsten Mal, da geh ich ganz allein nach Haus.«

»Nächstes Mal bin ich pünktlich.«

»Warst bestimmt bei der kreolischen Prinzessin«, maulte Isaiah.

Memphis blieb stehen. »Wer hat dir denn davon erzählt?«

Isaiah kicherte. »Hab ich in deinem Buch gelesen. Memphis hat 'ne Freundin! Memphis hat 'ne Freundin!«

Memphis packte Isaiah am Arm. »Jetzt hör mir mal gut zu: Dieses Notizbuch ist privat. Es gehört mir. Verstanden?«

Trotzig schob Isaiah das Kinn vor. »Lass mich los!«

»Erst versprichst du es mir!«

»Lass mich!« Isaiah riss sich los und rannte auf der belebten Straße voraus. Er war unberechenbar, wenn er wütend war, und bestimmt würde er Octavia alles brühwarm weitererzählen.

Memphis beruhigte sich. Es gab keinen Grund, seinen Missmut an Isaiah auszulassen, egal, wie sehr er ihm gelegentlich auf die Nerven ging. Er beeilte sich, seinen Bruder einzuholen, und sagte: »Komm, sei nicht mehr sauer, Ice Man. Wir gehen rüber zu Mr Reggie's und essen da einen Hamburger. Kannst auch an der Theke sitzen, auf so einem Drehhocker. Darfst dich nur nicht zu oft drehen, damit du den Hamburger nicht gleich wieder ausspuckst.«

Isaiah blieb stehen. Seine Nase lief. »Ich will aber einen Schokoshake.«

»Dann kriegst du eben einen Schokoshake«, versprach ihm Memphis.

Er machte sich Sorgen um Isaiah. Es war Zufall gewesen, dass Sister Walker Isaiahs besonderes Talent aufgefallen war. Als sie vor etwa sechs Monaten nach Harlem gezogen war, hatte sie bei ihnen vorbeigeschaut, um Octavia einen Besuch abzustatten. Sie sagte, sie wäre eine alte Freundin der Mutter der beiden Jungen, und war betrübt, als sie erfuhr, dass diese nicht mehr lebte.

»Viola war eine gute Frau«, hatte Sister Walker gesagt.

Octavia hatte sie von Kopf bis Fuß gemustert und für ein wenig unterbelichtet befunden. »Komisch, dass sie mir nie von Ihnen erzählt hat. Wir hatten doch ein sehr enges Verhältnis.«

»Nun ja, vermutlich haben selbst Schwestern das eine oder andere Geheimnis voreinander«, hatte Sister Walker darauf geantwortet, was bei Octavia nicht gut angekommen war. Das war jedenfalls Memphis' Eindruck.

Aber als Miss Walker anbot, Isaiah Nachhilfeunterricht in Rechnen zu geben, einem Fach, das ihm ganz und gar nicht lag, und das auch noch gratis, hatte Octavia eingelenkt. Und eines Tages hatte

Isaiah ihr schon vorab zugerufen, welche Zahlenkarten sie als Nächstes auf den Tisch legen würde, um ihm das Malnehmen beizubringen; da hatte sie ihn gefragt, ob er noch anderes vorhersehen könne. Sie erklärte ihm, es handele sich dabei um ein Talent, das ihm im Leben einmal nützlich sein könnte, und hielt ihn an, daran zu arbeiten, als sei es eines seiner Schulfächer. Memphis leuchtete nicht ganz ein, wie Isaiahs Talent ihn in der Welt weiterbringen sollte, so wie es Gabes Begabung auf der Trompete vielleicht tat oder das Talent seiner Lehrerin, Mrs Ward, mathematische Gleichungen zu lösen. Sollte außerdem Octavia je davon erfahren, was in Sister Walkers Haus wirklich geschah, dann würde sie einen Wutanfall bekommen, der seinesgleichen suchte. Aber Isaiah war seine Gabe wichtig. Sie gab ihm das Gefühl, etwas Besonderes zu sein, und machte ihn genauso glücklich, wie Memphis es früher mal gewesen war, als ihre Mutter noch gelebt und mit ihnen Verstecken gespielt hatte, während sie die Wäsche in dem Garten aufhängte, den sie sich mit den Touissants hinter dem Haus an der 145th Street teilten. Memphis hörte seine Mutter immer noch sagen: »Na schön. Dann wollen wir mal sehen, ob ihr zwei die Bettlaken auch genauso geschickt zusammenlegen könnt, wie ihr euch darin versteckt.«

Das waren schöne Zeiten gewesen. Sein Vater kam abends von der Arbeit beim Gerard Lockhart Orchestra gut gelaunt nach Hause und fragte: »Na, und was haben die Campbell-Brüder heute wieder ausgefressen?« Memphis vermisste den Tabakgeruch seiner Pfeife, die er abends im Wohnzimmer immer geraucht hatte. Manchmal stellte er sich extra vor den Tabakladen in der Lenox Avenue, um seine Erinnerung daran aufzufrischen.

»Pass gut auf Isaiah auf«, hatte seine Mutter später zu ihm gesagt. Da war sie schon nur noch Haut und Knochen gewesen, hatte im Wohnzimmer gelegen und die Krankheit hatte ihr alles Spielerische geraubt, das Memphis so an ihr liebte. Mit hohlen Augen hatte sie ihn angesehen. »Versprich es mir.« Und er hatte es versprochen. Drei Tage später war sie auf dem Woodlawn Friedhof beigesetzt worden. Danach war das Gerard Lockhart Orchestra nach Chicago übergesiedelt und ihr Vater ohne seine Kinder mit ihm, bis er genügend Geld angespart haben würde, um Memphis und Isaiah nachzuholen. Aber das Geld schien dafür nie zu reichen und so blieben die beiden Jungen, wo sie waren: im Hinterzimmer von Octavias Wohnung. Einzig Isaiah war Memphis aus jener glücklicheren Zeit geblieben, als sie noch eine Familie waren und man nur durch die Haustür treten musste, um einen von ihnen lachen oder rufen zu hören: »Wer klopft denn da an meine Tür?« Deshalb hing Memphis auch so an seinem kleinen Bruder. Er glaubte nicht, dass er es überleben würde, wenn ihm etwas zustieße.

Aber Memphis wollte sich nicht länger mit der Vergangenheit aufhalten. Die letzte Nacht mit Theta hatte neue Hoffnungen in ihm geweckt. Irgendwo da draußen in der Stadt steckte sie und Memphis würde so lange nach ihr suchen, bis er sie gefunden hatte.

In Reggies Imbiss besetzten Isaiah und er zwei Hocker am Tresen und Mr Reggie machte sich daran, ihre Bestellung zuzubereiten. Er drückte mit einem Pfannenheber zwei Hamburger flach auf den Grill, wobei Fett und Hitze beruhigende Zischlaute von sich gaben. Er schob sie auf zwei Teller und servierte sie mit einer Limonade für Memphis und einem Schokomilchshake für Isaiah. Isaiah fing gleich an, sich die sahnige Eiscreme in den Mund zu schaufeln, wobei ihm die Hälfte am Kinn herunterlief.

»Da komme ich ja gerade rechtzeitig.« Gabe ließ sich auf den Hocker neben Memphis fallen. Er griff sich Memphis' Hamburger und biss kräftig hinein. »Mr Campbell. Sie sind genau der Mann, den ich treffen wollte. Alma gibt heute Abend eine Party. Da gehn wir hin. Ach ja, und besorg uns ein bisschen anständigen Fusel, ja?«

Gabe reichte ihm ein dickes Bündel Geldscheine.

»Nicht vor Isaiah«, flüsterte Memphis.

»Der weiß doch nicht, wovon wir reden. Der genießt gerade sein Eis«, sagte Gabe.

»Was weiß ich nicht?«, fragte Isaiah.

Memphis warf Gabe einen ›Siehst-du?‹-Blick zu.

Gabe schürzte die Lippen und verschränkte die Arme vor der Brust. »He, kleiner Mann, haste etwa Zauberohren?«

Isaiah grinste. »Nee, aber dafür hab ich andere Kräfte.«

»Isaiah!«, sagte Memphis warnend.

»Zauberkräfte ...«, foppte Gabe ihn.

»Wetten, dass ich weiß, wie viel Geld in deiner Tasche steckt?«, fragte Isaiah und drehte sich mit seinem Barhocker einmal im Kreis herum.

»Isaiah, Gabe hat jetzt keine Zeit für deine Spielchen«, sagte Memphis streng. »Iss deinen Hamburger.«

Isaiahs Augen wurden schmal. Memphis kannte diesen Blick gut genug, um zu wissen, dass in der Regel Ärger auf ihn folgte.

»Du hast einen Fünf- und einen Eindollarschein und zwei 25-Cent-Stücke. Und die Adresse von einer Dame, die Cymbelline heißt.«

Gabe leerte seine Taschen und seine Augenbrauen schossen in die Höhe. »Wie hast du das gewusst?«

»Hab ich dir doch gesagt. Ich hab diese Begabung. Ich kann auch wahrsagen.«

»Nichts kann er. Isaiah, hör auf, solche Märchen zu erzählen«, sagte Memphis und warf seinem Bruder erneut einen warnenden Blick zu.

»Ich kann sagen, was ich will«, schnauzte Isaiah zurück.

»Er kann sagen, was er will«, wiederholte Gabe grinsend. »Erzähl mir mehr, kleiner Mann.«

»Manchmal kann ich auch in die Zukunft von andern Leuten sehen.«

»Isaiah. Hör jetzt endlich auf. Wir müssen sowieso nach Hause ...«

»Wart noch, Kumpel. Der Junge hier ist drauf und dran, mir meine Zukunft vorherzusagen. Vielleicht weiß er ja was über die

Tonaufnahme. Also, Isaiah, sag schon, werde ich der neue Star von Okeh Records?«

»Kann ich nur sehen, wenn ich was von dir anfasse.«

»Mr Reggie! Entschuldigung, Mr Reggie!«, sagte Memphis hastig. »Was sind wir Ihnen schuldig?«

»Kleinen Moment, Memphis«, rief Mr Reggie ihm zu, der gerade zwei volle Teller in den Händen trug.

»Sag es mir«, flüsterte Gabe. Er streckte die Hand aus. Isaiah nahm sie in seine und konzentrierte sich. Nach einer Weile ließ er Gabes Hand plötzlich unvermittelt fallen und wich mit weit aufgerissenen Augen vor ihm zurück.

»Was haste denn gesehen? Sag bloß, sie ist hässlich«, sagte Gabe scherzhaft.

»Gar nichts hab ich gesehen«, antwortete Isaiah und dieses Mal wies Memphis ihn nicht zurecht. Isaiah blickte ihn mit riesigen Augen an und Memphis wusste: Was immer Isaiah gesehen hatte, es hatte ihn verschreckt.

»Hol jetzt deine Jacke, Ice Man.«

Aber Gabe konnte es nicht lassen. »Jetzt komm schon. Was ist mit der Zukunft von deinem alten Kumpel Gabriel?«

»Da unter der Brücke … geh nich unter die Brücke«, sagte Isaiah leise. »Da steht er.«

»Welche Brücke? Und wer ›er‹? Was passiert denn, wenn ich es tue?«

»Dann stirbst du!«

»Isaiah!«, brummte Memphis böse. »Er meint es nicht so, Kumpel. Er blödelt nur rum. Entschuldige dich, Isaiah.«

Mit großen Augen sah Isaiah von Gabe zu Memphis und wieder zurück. »Entschuldigung, Gabe«, sagte er leise.

»Hast du nur rumgeblödelt, Isaiah?«, fragte Gabe.

»Ja«, flüsterte Isaiah. Er zog den Kopf ein.

Gabes Gesicht entspannte sich und er grinste – halb erleichtert, halb verärgert. »Kleine Brüder …!«, sagte er kopfschüttelnd. Dann klopfte er Memphis auf den Rücken. »Vergiss die andere Sache nicht, Memphis.«

»Nein«, sagte der.

Blind Bill saß in einer Ecke des Imbisses bei einer Tasse Suppe, die Reggie ihm netterweise spendiert hatte. Die Suppe war dünn, aber sie wärmte ihn, und er hatte sich Zeit damit gelassen, während sich die kleine Szene am Tresen entfaltete. Jetzt war er fertig, hievte sich grunzend die Gitarre auf den Rücken und tastete sich mit seinem Stock nach draußen auf die Straßen von Harlem. Die Luft roch nach bevorstehendem Regen. Er mochte keinen Regen. Regen erinnerte ihn an Louisiana und an die Zeit, als er noch der Sohn eines Farmpächters mit zwei sehenden Augen gewesen war, der von morgens bis abends Baumwolle pflückte. An eine Zeit, in der die Wassermassen einen Mann, der darum bemüht war, sein tägliches Pensum zu erreichen, nahezu ertränkten. Er erinnerte ihn auch an den Tag, an dem Mr Smith, der Besitzer der Farm, ihn mit einem Riemen geschlagen hatte, weil er Gitarre gespielt hatte, statt Baumwolle zu pflücken; kurz darauf war dann aus der Hälfte der Stauden nichts geworden – sie waren zu Stroh verbrannt –, und man hatte Mr Smith' Körper im Fluss gefunden, aufgedunsen wie ein Sack verrotteter Reis. Man munkelte, dass Bill Johnson einer war, dem man nicht über den Weg trauen konnte, und dass er was von einer Mabouya-Eidechse an sich hatte. Dass er um Mitternacht an der Kreuzung gestanden und Papa Legba , den Voodoo-Heiligen, verflucht hatte. Dass er auf das Kreuz gespuckt und seine Seele an den Teufel verkauft hatte.

Es regnete auch an dem Tag, an dem die Männer in den dunklen Anzügen kamen. Denn die Sache mit der missratenen Ernte hatte ihre Aufmerksamkeit erregt. Zudem hatte sich das Gerücht verbreitet, dass Bill Johnson möglicherweise daran schuld war. Dass er einem alten Hund den Gnadenstoß versetzen oder, wenn er wütend war, einen Schmetterling in der Hand halten konnte, bis der tot zu Boden fiel. Die Männer in den dunklen Anzügen saßen seelenruhig und mit gelassener Höflichkeit in Mrs Tates Wohnzimmer und tranken milde lächelnd Limonade.

Man brachte Bill zu ihnen. Er war damals ein bärenstarker junger Mann von zwanzig Jahren, über einen Meter achtzig groß, mit ebenmäßiger dunkelbrauner Haut, die keine Brandzeichen aufwies, wie seine Vorfahren sie noch voll Scham tragen mussten. Bill saß, die Hände auf den Knien, in einem alten Rohrsessel und lauschte auf ihre Fragen: Ob Bill dabei helfen wollte, die Sicherheit des Landes aufrechtzuerhalten? Ob er gern mit ihnen eine Fahrt in ihrem Automobil machen und sich dabei mit ihnen unterhalten wollte?

Bill wollte nichts wie weg von den Feldern und nichts wie weg aus Louisiana, wo die Männer mit den weißen Kapuzen und den Kreuzen die Nacht in Brand setzten. Und so war er mit den Männern in den dunklen Anzügen mitgefahren, hatte hinten auf dem Rücksitz ihres Automobils gesessen, dessen Seitenfenster mit kleinen Gardinen verhängt waren. Alles hatte er getan, was sie von ihm verlangten. Später hatte er ihnen gesagt, welchen Preis sein Körper dafür zahlen musste, hatte ihnen gezeigt, wie sich sein Rückgrat krümmte und seine Haare grau wurden. Er war erst zwanzig, sah aber wie fünfzig aus. Die Männer hatten so milde gelächelt wie zuvor und geantwortet: »Nur noch ein einziges Mal, Bill.«

Aber als dann seine Augen nur noch winzige Pünktchen verschwommenen Lichts wahrnahmen, die schließlich auch noch schwarz wurden, da schickten sie ihn fort mit nichts als seiner Gitarre, einer leicht erhabenen Narbe auf der Haut und einem Händedruck, verbunden mit der Warnung, ja nichts zu verraten. Er hatte sein Augenlicht verloren und sein Körper war verbraucht und ausgelaugt. Auch seine Gabe – wenn man sie denn so nennen wollte – schien ihn verlassen zu haben. Wie oft hatte er den Himmel angeklagt und sich gewünscht, er würde sie zurückbekommen. Dann plötzlich, vor drei Monaten, begann er erstmals wieder Hoffnung zu schöpfen. Jetzt brauchte er nur den einen Funken, damit sie wieder in Gang kam.

Bill hörte, wie sich die Campbell-Brüder stritten, als sie aus der Tür des Imbisses stürmten und sich die kleine Glocke darüber in Bewegung setzte. Der jüngere Campbell-Bruder hatte die Gabe – keine Frage – und der ältere wollte, dass er sie geheim hielt. Schlau von ihm. Es war nicht gut, so ein Geheimnis auszuplaudern. Es konnte leicht an den Falschen geraten. An jemanden, dessen Gefährlichkeit einem gar nicht bewusst war.

Die ersten Regentropfen klatschten gegen Bills dunkle Brille und er runzelte die Stirn. Dieser verdammte Regen. Ohne weiter nachzudenken, rieb er über die Narbe an seiner linken Hand und tastete sich mit dem Stock hügelabwärts.

Himmelsstern

Theta schmollte. Jeder andere hätte sie wahrscheinlich für gelangweilt gehalten, aber Henry wusste alles über Theta, auch dass sie ohne Zweifel gerade schmollte. Sie saß am Bühnenrand in einem Shorts-Overall und schwarzen Strümpfen, die ihren geschmeidigen Körper zu voller Geltung brachten. Um die Stirn hatte sie nach Art der Bohemiens einen grünen Paisley-Schal gebunden und ihre Lippen waren rot geschminkt, ein leuchtender Kontrast zu den schlammfarbenen Augen und der modischen Bräune ihres Teints.

Henry saß am Probenpiano und sah zu, wie sie seufzte und schmollte, ein Bein nach vorne schlenkerte und wieder anzog, nach vorne schlenkerte und wieder anzog.

»Mr Ziegfeld wird gleich hier sein, Leute«, brüllte der Inspizient. »Er will im zweiten Akt an der Himmelsstern-Nummer arbeiten. Er findet sie inzwischen etwas angestaubt.«

»Sie war schon immer angestaubt. Die Witze waren schon alt, als meine Mutter noch nicht auf der Welt war. Und der Song ist auch miserabel«, stänkerte Theta und zündete sich eine Zigarette an.

»Wie immer sind wir Ihnen für Ihre unschätzbare Meinung tief verbunden, Theta«, gab der Inspizient in scharfem Ton zurück. »Aber wenn Sie mehr Zeit darauf verwenden würden, Ihre Schritte zu üben, anstatt sich ständig zu beschweren, dann hätten wir vielleicht eine prima Show. Und jetzt zehn Minuten Pause für alle.«

»*Die* Schritte könnt ich noch mit zwei gebrochenen Beinen tanzen«, maulte Theta und hockte sich neben Henry auf die Klavierbank.

»Da ist aber jemand richtig stinkig«, zog Henry sie mit so leiser Stimme auf, dass nur sie ihn hören konnte.

Sie legte ihren rabenschwarzen Kopf auf seine Schulter. »Danke für dein Mitgefühl.«

»Schmachtest du noch immer deinem geheimnisvollen Ritter hinterher?«

»Wenn du ihn kennenlernen würdest, könntest du mich verstehen.«

»Sieht er gut aus?« Henry spielte einen sexy klingenden Triller.

»Und ob.«

»Ist er ritterlich?« Er wechselte zu einem galoppierenden, heroischen Rhythmus über.

»Sehr.«

Henrys Melodie wurde jetzt weich und romantisch. »Charmant und trotzdem feinfühlig?«

»Oh ja.«

»Reich?«

Theta schüttelte den Kopf. »Nein, er ist Dichter.«

»Dichter?« Henry ließ beide Hände auf die Tasten fallen, was ein disharmonisches Klimpern erzeugte. »Noch nie gehört, Darling? Man heiratet des Geldes, nicht der Liebe wegen.«

»Er träumt genau denselben Traum wie ich, Hen. Sieht immer dieses wahnsinnige Auge mit dem Blitz und auch die Kreuzung sieht er. Wie stehen die Chancen für so was, bitte?«

»Ich gebe zu, das klingt ein bisschen gruselig.« Henry senkte die Stimme. »Glaubst du, er ist … speziell, wie du und ich?«

»Ich weiß nicht. Irgendwas an ihm gibt mir das Gefühl, ihn schon mein ganzes Leben lang zu kennen. Ich kann es dir nicht erklären.«

Henry spielte jetzt eine seiner eigenen, beschwingten Jazznummern. »Jetzt machst du mich aber langsam eifersüchtig.«

Theta küsste ihn auf die Wange. »Niemand kann dich je ersetzen, Hen. Das weißt du doch.«

»Wir könnten rauf nach Harlem fahren und ihn da suchen.«

»Vor der Tür des Hotsy Totsy hängt ein Schloss.«

»Es gibt jede Menge andere Clubs, die wir abklappern können. Dann kannst du auch gleich sehen, welche davon Tänzerinnen einstellen. Du weißt ja, was Flo davon halten wird, wenn du mit einem Schwarzen, noch dazu dichtenden Zahlenlottoläufer gehst.«

»Flo muss es ja nicht erfahren.«

»Flo erfährt alles.«

Wally kam den Mittelgang entlanggeeilt und klatschte in die Hände. »Jeder auf seine Position! Mr Ziegfeld ist eingetroffen!«

Die Probe dauerte lang und war entmutigend für alle. Mr Ziegfeld war mit nichts zufrieden. Er unterbrach bei jedem einzelnen Takt und rief: »Nein, nein, nein! So was mag vielleicht in der Scandals-Show ein Renner sein, aber das hier ist eine Ziegfeld-Show! Unser Name steht für Qualität!«

Sie hatten die Himmelsstern-Nummer nun schon fast eine Stunde lang geprobt, aber alles lief schief.

»Diese Stelle funktioniert so nicht«, brüllte Mr Ziegfeld von der hintersten Stuhlreihe des Theaters. Er war ein eleganter Mann mit zurückgekämmtem weißem Haar und säuberlich getrimmtem Schnauzbart. Seinen Anzügen – und er trug immer einen Anzug – sagte man nach, sie würden in der Savile Row in London für ihn maßgeschneidert. »Wir brauchen einen Gag, irgendwas, das die Leute zum Lachen bringt.«

»Nun, vielleicht könnte Mr Rogers helfen«, schlug Wally vor.

»Will Rogers ist nicht mein Problem. Will Rogers kann einfach nur gurgeln und es ist lustig! Nein, diese Nummer hier ist mein Problem!«

Das Ensemble war nervös. Wenn Mr Ziegfeld unzufrieden war, dann waren sie es alle. Gut möglich, dass er sie feuerte, eine neue

Tanzgruppe anheuerte und aus der ganzen Sache einen Publicity-Gag machte.

»Noch mal!«, blaffte der große Ziegfeld.

Henry fing an zu spielen. Der Star der Nummer, ein eingebildeter Schnulzensänger namens Don, stieg die breite Treppe hinunter und sang mit pathetischem Vibrato: *»Stars up in heaven, fall from the sky. So tell me, my darling, why can't I fall into your arms like a heavenly star, and live there forever just as you are …«*

Henry saß am Piano und verdrehte die Augen, als Theta in seine Richtung sah. *Daaaaarmträgheit,* formten seine Lippen lautlos, und Theta versuchte, sich das Lachen zu verkneifen. Mit seitlich ausgestreckten Armen begannen jetzt auch die Mädchen auf elegante Weise die Treppe hinabzusteigen. Doch Flo, der sie vom Zuschauerraum aus beobachtete, hatte eine Miene aufgesetzt, als hätte er gerade in eine saure Gurke gebissen. Es würde einen weiteren Probendurchlauf zur Folge haben, das wusste Theta jetzt schon. Aber sooft sie die Nummer auch probierten, sie würde niemals funktionieren. Sie war nun einmal miserabel – sentimental und billig. Während Thetas Füße Stufe für Stufe ertasteten, erinnerte sie sich an einen Ratschlag, den sie aus ihrer Zeit im Varieté mitgenommen hatte: *Wenn du die Lacher auf deiner Seite haben willst, tu etwas völlig Unerwartetes.*

Und so machte Theta, während sie gemeinsam mit den anderen Mädchen anmutig die lange Treppe hinunterstieg, plötzlich einige Schritte in die verkehrte Richtung, schwebte auf die linke Seite hinüber wie eine verwirrte Isadora Duncan und brachte die anderen Tänzerinnen aus dem Rhythmus.

»He, pass doch auf!«, raunzte Daisy sie an.

»Sorry, Mama«, sagte Theta, was bei einigen Mädchen ein Prusten hervorlockte.

»Theta! Was machen Sie denn da? Reihen Sie sich sofort wieder ein!«, rief Wally ihr zu.

Aber Theta ließ sich nicht beirren, sie ging weiter und stieß an einen von der Decke herabhängenden Glitzerstern. »Oh!«, sagte sie und streichelte ihn. »Ach, verzeihen Sie, Mr Rogers.«

Nervös sah das ganze Ensemble erst Theta zu, dann blickte es auf Mr Ziegfeld im Zuschauerraum. Don, der alte Spielverderber, sang jetzt weiter und starrte Theta dabei wütend und mit verkrampftem Lächeln an. Die stolperte die Stufen hinunter und summte laut dazu. »Nicht aufhören, Don, mein Bester. Sie machen das ganz wunderbar! Sogar Mr Rogers gefällt es«, rief sie und deutete auf den Glitzerstern. »Oh, Henry!« Jetzt rannte sie auf die Seite, wo Henry in der Nähe der Kulissen saß, fiel ihm um den Hals und küsste ihn leidenschaftlich. »Ach, das hat gar nichts zu bedeuten. Henry ist mein Bruder.«

»Erzähl das bloß nicht unseren Müttern«, scherzte Henry und jetzt lachten alle mit Ausnahme von Don, Daisy und Wally, dem das Blut in die Wangen geschossen war.

»Miss Knight, es reicht jetzt, wir haben genug von Ihrem ungehörigen Benehmen …!«

»Nanu, Wally, das klang gestern Abend aber noch ganz anders«, flachste Theta. Sie bewegte sich gefährlich nah am Bühnenrand entlang und hätte leicht herunterfallen können. Gut möglich, dass sie ohnehin in Kürze auf der Straße stand. Denn irgendwo da unten im dunkeln Zuschauerraum saß Flo Ziegfeld, sah ihr zu und würde gleich das Urteil über sie fällen.

»Mr Ziegfeld, unter derartigen Bedingungen kann ich nicht arbeiten«, murrte Don. Schweigen senkte sich über das Ensemble, als der große Florenz Ziegfeld den Mittelgang entlang und auf sie zumarschierte. »Nun, Don, das brauchen Sie auch nicht. Ich finde genauso gut jemand anderen.« Mr Ziegfeld sah Theta mit zusammengekniffenen Augen an. Dann breitete sich langsam ein Grinsen auf seinem Gesicht aus und er fing an, Beifall zu klatschen. »Na, *das* war ja mal unterhaltsam!«

Theta stieß den Atem aus, den sie angehalten hatte.

Ziegfeld deutete auf den Inspizienten und begann wie ein

Wasserfall auf ihn einzureden. »Wally, nehmen Sie die Szene auf. Bauen Sie eine Nummer drum herum. Und sorgen Sie dafür, dass ein Artikel in die Klatschspalten geschleust wird: ›Ziegfeld entdeckt neuen Star in …‹« Er lächelte Theta zu.

»Theta. Theta Knight.«

»Miss Theta Knight!«

»Und in ihrem Bruder Henry DuBois«, fügte Theta hinzu.

Alle Tänzerinnen bis auf Daisy, die auf Dons Seite war, mussten wieder kichern. Daisy warf Theta einen mörderischen Blick zu.

»Und in ihrem Bruder«, wiederholte Flo. »Dieses Mädchen gefällt mir. Woher kommen Sie denn, Kleine?«

»Aus Connecticut«, log Theta.

»Aus Connecticut? Wer kommt schon aus Connecticut?« Der große Ziegfeld zog ein Gesicht, als habe er einen Schluck saure Milch getrunken. Er marschierte neben dem Orchestergraben auf und ab und dachte nach. »Nein, nein, Sie sind eine über lange Zeit verloren geglaubte Angehörige der russischen Aristokratie, deren Eltern von Kommunisten umgebracht wurden – das erobert alle Herzen. Sie wurden von treu ergebenen Dienstboten in einer waghalsigen Flucht außer Landes geschmuggelt und auf einem Schiff nach Amerika, ins Land der Träume, gebracht. Wally, sehen Sie zu, dass wir ein paar Aufnahmen von ihr auf einem Schiff herkriegen. Und binden Sie ihr eine Schleife ins Haar. Eine große Schleife. Eine blaue. Nein, eine rote! Nein, blau. Süße, sehen Sie mich doch mal mit verlorenem Blick an, ja?«

Theta kehrte den Blick zum Himmel und faltete die Hände über der Brust. »Ist Ihnen das traurig genug?«, nuschelte sie aus einem Winkel ihres mitleiderregenden Schmollmundes.

»Perfekt! Ich brauche gleich ein Taschentuch. Also, aufgezogen wurden Sie von mitfühlenden Nonnen in Brooklyn – Wally, suchen Sie mir eine Klosterschule in Brooklyn, die eine Spende brauchen kann –, denen meine liebe Frau Billie einen Besuch abstattete – stellen Sie sicher, dass die Zeitungen genau das über Billie schreiben, mit einem Foto von ihr, wie sie ein kleines Mädchen im Arm hält – und Sie dabei singen hörte – und zwar ›Stille Nacht‹.« Ziegfeld verzog das Gesicht. »Oder ist ›Stille Nacht‹ vielleicht zu viel des Guten?«

Er sah Henry an, der mit den Schultern zuckte.

»Schön, also ›Stille Nacht‹«, fuhr der große Ziegfeld fort. »Und meine Frau brachte Sie dann zu mir, zu Ihrem Onkel Flo, der Schönheit und Talent auf den ersten Blick erkennt. So gefällt mir das. Sie sind dabei, berühmt zu werden, mein Kind.«

»Und Henry könnte eine grandiose Nummer für Sie komponieren, Mr Ziegfeld. Er ist sehr begabt.« Theta warf Henry einen auffordernden Blick zu.

»Das könnte ich.«

»Gut, gut. Hank …«

»Henry, Sir.«

»Hank, Sie komponieren mir diese Nummer. Und schreiben Sie sie so, dass man …«

»Sie mitsummen kann«, beendete Henry Ziegfelds Satz.

»Genau!«

Hab ich's dir nicht gesagt, las Theta in Henrys Gesicht und sie antwortete mit einem winzigen Achselzucken: *Was kann man da schon machen?*

»Wally, bringen Sie die Sache ins Rollen. Ich muss jetzt los und mich mit Billie treffen, um ein Landhaus zu besichtigen – die Frau weiß wirklich, wie man Geld ausgibt. Glücklicherweise mangelt es mir nicht daran.«

»Aber sicher, Mr Ziegfeld«, sagte Wally und folgte ihm nach draußen. Er blickte sich noch einmal nach Theta um und sie streckte ihm die Zunge heraus.

Die Mädchen drängten sich um sie und gratulierten ihr zu ihrem Glück, während Daisy fluchend von der Bühne stapfte.

»Es ist nicht gerade freundlich, andere an die Wand zu spielen«, griff Don sie an, als er an ihr vorbeistürmte.

»Wenn Sie was könnten, würde mir das gar nicht gelingen, Don«, rief Theta ihm nach. Sie umarmte Henry. »Weißt du eigentlich, was das für uns bedeutet?«

»Noch mehr Proben?«

»Nein, wir können uns endlich ein Piano leisten, Hen. Und alle Leute werden aus der Show kommen und deinen Song auf den Lippen haben.«

»Du meinst wohl, meinen Song vor sich hin summen?«

»Jetzt sei nicht so besserwisserisch. Es ist immerhin ein Anfang.«

»Ja, seh ich jetzt auch ein«, sagte Henry. Er machte eine ausladende Handbewegung. »Florenz Ziegfeld präsentiert Mr Henry DuBois' unvergesslichen Song, den ›Darmträgheits-Blues‹!«

Theta trommelte mit den Fäusten auf ihn ein.

Den Teufel zum Leben erwecken

Die New York Public Library, stattliches Beaux-Arts-Gebäude und Herrscherin über das Reich der Bücher, ragte über der Fifth Avenue zwischen 40th und 42nd Street mit einer majestätischen Erhabenheit empor, mit der es nur wenige Gebäude aufnehmen konnten. Schlag elf Uhr morgens traf Evie am Fuß der gewaltigen Marmortreppe mit der Zuversicht ein, dass sie hier finden würde, was sie brauchte, um den Fall des Pentakelmörders zu knacken, und dass ihr dieses Vorhaben in mehr oder minder einer halben Stunde gelingen würde. Zuvor hatte sie Detective Malloy gelöchert, um herauszufinden, was er über John Hobbes wusste. Es war nicht eben viel, aber immerhin erfuhr sie von ihm, dass der Mann, wie er glaubte, im Sommer 1876 gehängt worden war.

»*Ev'ry morning, ev'ry evening, ain't we got fun? Ba-da-bum-bum, la-la-la-la. Ain't we got fun?*«, trällerte sie vor sich hin, als sie an einem der beiden in Stein gehauenen Löwen vorbeiging, die den Aufgang zur Bibliothek bewachten. Sie tätschelte seine rechte Tatze, sagte: »Braves Kätzchen«, und betrat das Gebäude. Man wies sie an, drei Wendeltreppen hinaufzusteigen, die sie in einen geräumigen, holzgetäfelten Raum führten, der mit Bücherregalen vollgestellt war. Ein Bibliothekar, dessen Namensschild ihn als Mr J. Martin auswies, sah von einem Exemplar von Edith Whartons *House of Mirth* auf. »Kann ich Ihnen behilflich sein?«

»Absolut!«, sagte Evie strahlend. »Ich soll im Auftrag meines

Onkels Dr. William Fitzgerald vom Museum für Amerikanisches Volkstum, Aberglauben und Okkultes alle verfügbaren Informationen über einen bestimmten Mörder einholen. Vielleicht haben Sie schon einmal von uns gehört?«

Evie wartete ab, während Mr Martin die Stirn in Falten legte und nachdachte. »Nein, bedaure.«

»Oh«, sagte Evie leicht ernüchtert. »Nun gut. Was können Sie mir über einen Mann namens John Hobbes sagen, der 1876 wegen Mordes vor Gericht gestellt wurde? Ach ja, und wären Sie so gut und würden es mir schnell mitteilen? Bei B. Altman ist nämlich gerade Ausverkauf und ich wäre gern schon vor den Massen dort.«

»Ich bin Bibliothekar, kein Orakel«, sagte Mr Martin. Er schob ihr einen Zettel und einen Stift zu. »Können Sie mir den Namen bitte aufschreiben?«

Evie kritzelte *John Hobbes, Mörder* und *1876* auf den Zettel und schob ihn wieder zurück. Mr Martin verschwand für einige Zeit und kehrte dann mit zwei an Holzstäben festgemachten Zeitungskonvoluten zurück, die er vor Evie auf den Schreibtisch legte. Allein in diesen beiden Stapeln musste Arbeit für eine ganze Woche stecken. Heute würde sie jedenfalls nicht mehr einkaufen gehen können. Möglicherweise nie mehr.

»Das alles?«, fragte Evie.

»Oh nein«, sagte Mr Martin.

»Gott sei Dank.«

»Ich hole jetzt die anderen, bin gleich wieder da.«

»Die anderen?«

»Ja. Alle vierzehn.«

Um halb sieben wankte Evie ins Museum zurück. Sie schleppte sich in die Bibliothek und an dem Tisch vorbei, an dem Will, Jericho und Sam arbeiteten, warf ihren Schal zu Boden und ließ sich noch mit

Hut und einem schweren Seufzer auf das Samtsofa fallen. »Ich bin erschöpft.«

»Ich dachte, du warst in der Bibliothek«, sagte Onkel Will.

Evie warf Will einen Blick zu, aber der sah nicht mal von seinem Buch auf.

»Warum, meinst du wohl, bin ich so erschöpft? Falls jemand hier Interesse daran haben sollte, etwas über diese Stadt im Jahr 1876 zu erfahren, dann soll er bitte die Hand heben. Keine Handzeichen? Absolut empörend.« Evie knüllte ein Kissen in der Sofaecke zusammen und lehnte sich mit dem Kopf daran. »Es gibt eine grässliche Erfindung … man nennt sie Dewey-Dezimal-System. Damit kann man in allen möglichen Büchern und Zeitungen nach seinem Thema suchen und Seiten über Seiten durchforsten …«

Onkel Will runzelte die Stirn. »Hat man euch denn in der Schule nicht beigebracht, wie man recherchiert?«

»Nein. Aber dafür kann ich ›The Battle Hymn of the Republic‹ rezitieren und gleichzeitig Martinis mixen.«

»Ich weine um unsere Zukunft.«

»Und genau an dieser Stelle kommen die Martinis ins Spiel.« Evie gähnte und streckte sich. »Ich dachte immer, recherchieren sei viel spannender. Ich dachte, man nennt dem Bibliothekar ein geheimes Kennwort, er gibt einem im Gegenzug das Buch, das man benötigt, und flüstert einem die entsprechenden Seitenzahlen darin zu. Genauso wie in einer illegalen Kneipe. Nur eben mit Büchern.«

»Bücher sehe ich aber keine«, sagte Onkel Will argwöhnisch.

»Ist alles da oben drin.« Evie tippte sich an den Kopf. »Und hier«, sagte sie; sie klopfte auf ihre Handtasche.

»Du hast aus der New York Public Library Bücher gestohlen?« Wills Stimme wurde laut vor Entsetzen.

»Oh, du Kleingläubiger! Ich hab mir Notizen gemacht.« Evie zog einen Block aus ihrer prall gefüllten Handtasche.

Onkel Will streckte die Hand aus. »Kann ich die mal sehen?«

Evie presste die Tasche fest an ihre Brust. »Ausgeschlossen. Ich habe Stunden meiner kostbaren Jugend verschwendet, die mir niemand mehr zurückgibt, und habe es nicht geschafft, zu B. Altman zu gehen. Jetzt möchte ich wenigstens Radiosprecherin spielen.«

Evie lag auf dem Sofa, die Füße auf der Seitenlehne, und blätterte durch ihren Block, bis sie auf die Seite stieß, die sie suchte. »Naughty John, eigentlich John Hobbes, aufgewachsen in Brooklyn, New York, im Mother Nova Waisenhaus, wohin man ihn mit neun Jahren brachte. Er war ein schwieriger Junge und lief zweimal davon, wobei ihm die Flucht im Alter von fünfzehn Jahren schließlich gelang. Mit neunundzwanzig taucht er wieder in den Polizeiakten auf, weil ihn eine Frau beschuldigte, sie unter Drogen gesetzt und versucht zu haben, sie sich gefügig zu machen – was für ein schlimmer, schlimmer Junge!« Evie wackelte mit den Augenbrauen und Sam lachte. »Allerdings handelte es sich bei besagter Dame um eine Prostituierte und die Klage wurde abgewiesen. Das arme Ding!« Evie blätterte weiter. »Er arbeitete in einer Gießerei, wo man ihn zum Teufel jagte, als man ihn dabei erwischte, wie er für die Herstellung seiner eigenen Waren betriebseigenes Eisen verwendete. Dann taucht er 1865 wieder in den Akten auf, weil er Drogen an heimkehrende Unionssoldaten verkauft hatte. 1871 arbeitete er für einen Einbalsamierer – einen offiziellen Begräbnisunternehmer, keinen Schwarzhändler. Aber er baute sich ein profitables Nebengeschäft auf, indem er Leichen an medizinische Hochschulen verkaufte. Und irgendwann hielt er als Spiritist Séancen in Knowles' End ab, einem noblen Herrenhaus am oberen Hudson River. Ida Knowles, der der Kasten gehörte, gingen wohl die Moneten aus und sie musste ihn an eine Lady …« – Evie fuhr mit dem Finger an die Stelle, die sie vorlesen wollte – »namens Mary White verkaufen. Mary war eine wohlhabende Witwe, Medium und Naughty Johns Gefährtin und freundete sich ziemlich dick mit Ida an, nachdem deren Eltern gestorben waren. Aber diese Ida war ein blauäugiges junges Mädchen, das nicht bis drei zählen konnte …«

»Wie bitte?«, sagte Will.

»Sie war ziemlich gutgläubig«, erklärte Sam.

»Weil sie nämlich ihre ganzen Dollars für Séancen mit Mary und John ausgab. Jedenfalls wurde gemunkelt, dass John Hobbes jede Menge Drogen im Haus hatte; eigentlich hätten seine spiritistischen Sitzungen ›Spirituosensitzungen‹ heißen sollen, weil alle Teilnehmer von mit Betäubungsmittel versetztem Fusel beduselt waren; was sie in diesem Zustand trieben, wäre für jede Spießerin von hier bis Topeka Grund genug gewesen, nach ihrem Riechfläschchen zu greifen.«

Will streckte die Hand aus. »Darf ich jetzt mal sehen?«

»Ganz wie du willst.« Evie reichte ihm ihre Notizen und mehrere Zeitungsartikel, die Will argwöhnisch betrachtete.

»Wie hast du die denn aus der Bibliothek geschleust?«

Evie zuckte mit den Achseln. »Ich bringe sie morgen zurück und sage denen, dass es mir entsetzlich leidtut, ich aber dachte, es wäre meine eigene *Daily News*.«

»Weiß deine Mutter eigentlich, dass du eine aufkeimende kriminelle Ader hast?«

»Deswegen hat sie mich ja zu dir geschickt.«

Sam grinste. »Gut gemacht, Süße.«

»Keine Ursache.« Evie lehnte den Kopf an die Kissen und schloss die Augen. »Vielleicht bin ich sogar zu müde, um mir morgen einen Film anzusehen.«

Will ging auf und ab, während er vorlas. »... Mary White, eine recht schillernde Witwe, deren Gefährte John Hobbes war. Ida lebte auch weiterhin im Ostflügel des Hauses und sie und Mary schlossen enge Freundschaft. Von Hobbes war Ida allerdings nicht sehr angetan. In Briefen an ihren Cousin schrieb sie: ›Mary und Mr Hobbes veranstalteten gestern Abend wieder einmal eine ihrer spiritistischen Sitzungen im Salon, die sich länger als angemessen hinzog. Ich wohnte ihr auch eine Weile bei. Mr Hobbes bot süßen Wein an, nach dessen Genuss ich mich ganz sonderbar fühlte. Ich hatte so seltsame visuelle und akustische Erscheinungen, dass ich nicht mehr unterscheiden konnte, was Wirklichkeit war und was nicht. Ich entschuldigte mich und begab mich zur Ruhe, wo merkwürdige Träume meinen Schlaf aufwühlten.‹ Und an anderer Stelle schreibt sie: ›Das alte Buch, das Mr Hobbes mich nicht lesen lassen will, hält er in der Kuriositätenvitrine verschlossen. ›Es ist das Buch meiner Brüder, das mir mein guter Vater noch gab, bevor er verstarb und ich ins Waisenhaus kam‹, erzählte er mir lächelnd …‹«

»Das Buch meiner Brüder!«, rief Evie. »Genial!«

»›Aber ich glaube kein Wort von dem, was er erzählt‹«, fuhr Will fort zu lesen. »›Denn er scheint so leichtfertig mit der Lüge umzugehen wie andere mit dem Lachen. Er lügt, um Mitleid zu erregen, aber auch, um andere einzuschüchtern. Einmal erzählte er mir, dass er die Macht habe, den Teufel zum Leben zu erwecken, wenn er es wolle. Und überall im Haus stinkt es so widerlich, als faulten die Wände, und ich höre die furchterregendsten Geräusche. Leute kommen und gehen zu jeder Tages- und Nachtzeit. Beinahe alle Bediensteten haben uns schon verlassen. Ich habe die Befürchtung, dass hier im Haus etwas Böses im Gange ist, lieber Cousin. Oh bitte, schicke doch jemanden von den Behörden, der nach dem Rechten sieht, denn ich selber fühle mich zu schwach, um mich darum zu kümmern.‹«

Will verstummte, während er in den von Evie entwendeten Zeitungsberichten weiterlas.

»Und was wurde aus Naughty John?«, fragte Sam.

»Ida Knowles verschwand«, sagte Evie, die den fatalen Ausgang der Geschichte sichtlich genoss. »Und die Polizei kam, um zu ermitteln. Naughty John versuchte den Beamten vorzugaukeln, dass Ida mit irgendeinem Herzensbrecher davongelaufen wäre. Er sagte, er und Mary hätten die Sache nicht ausgeplaudert, weil sie Idas guten Ruf nicht ruinieren wollten, denn …« – Evie legte theatralisch eine Hand auf ihre Stirn – »schließlich liebten sie sie ja wie ihre eigene Schwester.«

»Was für ein bodenloser Schwachsinn«, sagte Sam.

»Du sagst es, mein Freund. Auch die Polizei glaubte kein Wort von der Geschichte. Sie durchsuchte das Haus und fand zehn Leichen; Mr Hobbes gab zu, dass sie mit seinem Nebengeschäft in Zusammenhang stünden, also der Lieferung von Leichen an medizinische Hochschulen. Aber auch daran hatte die Polizei ihre Zweifel.«

»Und so ist dann das Lied entstanden«, sagte Jericho.

»*Cuts your throat and takes your bones, sells them off for a couple of stones*«, sang Evie wie einen Saloonsong. »Die eigentliche Pointe aber ist …«

»›Als sie weitersuchten‹«, las Will jetzt wieder laut vor, »›fanden sie die Leiche einer Frau, die zufälligerweise eine Brosche trug, die Ida Knowles gehört hatte.‹«

Enttäuscht ließ Evie beide Hände sinken. »Du hast mir mein großes Finale geklaut, Onkel Willy.«

Will ignorierte sie. »Wenngleich John Hobbes seine Unschuld beteuerte, wurde er aufgrund von Idas Briefen, der Brosche und der zehn Leichen des Mordes für schuldig befunden und zum Tod durch den Strang verurteilt.«

»Ob sie wohl seine Leiche auch an eine medizinische Fakultät verkauft haben?«, scherzte Sam.

Will nahm sich eine Zigarette aus seinem Silberetui und suchte in seinen Taschen und auf dem mit Papieren übersäten Schreibtisch nach einem Feuerzeug. »Er wurde in einem Armengrab bestattet. Kein Beerdigungsinstitut wollte ihn aufnehmen, und er hatte auch keinen nahen Angehörigen, der Anspruch auf ihn hätte erheben können.«

»Glaubst du, es könnte da eine Verbindung zu unserem Mörder geben? Kennt er die Geschichte von Hobbes vielleicht? Kopiert er sie?«, fragte Evie.

Sam sah hinter einem Bücherstapel das silberne Feuerzeug mit Wills Initialen liegen, nahm es und reichte es ihm hinüber. Die Zigarette glomm auf und Will stieß eine kleine Rauchwolke aus.

»Ich glaube immer noch, dass du dich an einem Strohhalm festklammerst, Evangeline. Ich gebe allerdings zu, dass es gewisse Entsprechungen gibt ...«

Evie hakte sie an den Fingern ab. »Den Kometen. Das Buch der Brethren. Das Lied ...«

»Woher wusstest *du* überhaupt von diesem Lied?«, fragte Jericho.

Evie sah Will an, aber er warf ihr einen warnenden Blick zu. »Weibliche Intuition«, sagte sie.

»Das Buch *meiner* Brüder, so drückte Hobbes sich aus – das ist absolut nicht das Gleiche«, korrigierte Will sie.

»Na schön, aber dies hier sollte dich endgültig bekehren.« Evie beugte sich vor und genoss die allgemeine Aufmerksamkeit, obwohl Will eher ungeduldig als gespannt wirkte. »Es wurden einige vermisste Personen sowie ein ungelöster Mordfall erwähnt, der sich im Sommer des Jahres 1875 ereignete. Und man fand wohl auch eine Leiche mit sonderbaren Zeichen am Körper!«

»Das war vor *fünfzig* Jahren!«, sagte Will. »Und du weißt nicht, um welche Zeichen es sich damals handelte. Ich kann leider nicht erkennen, was diese Sache mit unserem Fall zu tun haben soll.«

Evie seufzte. »Ich auch nicht. Aber es ist interessant.« Evie trommelte mit den Fingern auf den Beistelltisch und versuchte, Verbindungen herzustellen, die sich aber im Nu wieder wie Rauch auflösten.

»Was wurde eigentlich aus Johns Gefährtin, Mary White?«, fragte Sam.

»Nach John Hobbes' Tod am Galgen heiratete sie 1879 einen Schausteller namens Herbert Blodgett und die beiden zogen von Knowles' End fort. Es gibt noch irgendwo einen Vermerk, dass sie vom Pferd fiel und anschließend kränkelte, aber danach wird sie nirgends mehr erwähnt.«

»Wahrscheinlich ist sie dann gestorben«, sagte Sam.

Plötzlich hörten sie, wie jemand heftig an die Tür des Museums klopfte. Evie lief zum Eingang, öffnete und sah sich einer Gruppe von etwa einem Dutzend Leuten gegenüber, die sich draußen in einer Schlange angestellt hatten. Der Mann ganz vorne hielt T. S. Woodhouses *Daily News*-Artikel in die Höhe. »Wir wollen wissen, um was es bei dem ganzen Wirbel eigentlich wirklich geht.«

Innerhalb weniger Tage nach Erscheinen von T. S. Woodhouses erstem Artikel, dem schon bald ein zweiter und ein dritter folgten, liefen die Geschäfte im Museum besser als seit Jahren. Will erhielt von allen Seiten Einladungen zu Vorträgen, angefangen von privaten Clubs bis hin zu Mittagessen, die von Damen aus der High Society organisiert wurden. Sosehr er sich dabei auch um einen wissenschaftlichen Ansatz bemühte, waren doch alle Anwesenden ausschließlich darauf erpicht, mehr über die Morde zu erfahren. In New Yorks angesagteren Vierteln organisierte die Schickeria sogenannte »Murder Clubs«, in denen man Cocktails mit Namen wie Pentakelgift, Voodoofirnis und Killershake in sich hineinkippte – ein gehaltvoller Mix aus Whiskey, Champagner, Orangensaft und zerdrückten Kirschen, von dem es hieß, am nächsten Morgen wünschte man sich, man wäre tot. Die Morde waren nur ein weiterer Anlass, um zu trinken und die Nächte durchzutanzen. Ein günstiger Zeitpunkt, um Geschäfte zu machen, denn jedermann schien vom Pentakelmörderfieber erfasst zu sein. Und Evie war wild entschlossen, daraus ebenfalls Profit zu schlagen.

So wurde bei ihren Museumsführungen aus einer einfachen Leinenmütze die Haube einer Salem-Hexe, die man beschuldigt hatte, in den Wäldern mit dem Teufel getanzt zu haben. Eine Schüssel, die Evie am Morgen mit Wasser gefüllt und neben zwei brennende Kerzen auf einen Tisch gestellt hatte, gab sie als »Geschenk von Mönchen« aus, »mit dem man den Raum vor verderblichen spirituellen Einflüssen bewahren konnte«. Sie baute auch einen kleinen Altar auf, platzierte darauf das Knochenfragment des chinesischen

Eisenbahnarbeiters neben einer in Massachusetts aufgenommenen Geisterfotografie und erzählte den gutgläubigen Museumsbesuchern, es handelte sich dabei um den Knochen des Mädchens auf dem Foto – ein Mädchen, das nach wie vor das Museum heimsuchen würde. Zu diesem Zeitpunkt der Führung trat Sam dann in einem verborgenen Winkel einen Blasebalg, sodass sich die Vorhänge im Raum bewegten und die weiblichen Besucher nebst ihren gut aussehenden Begleitern nach Luft rangen und erregt kicherten, weil sie um ein Haar einem Geist begegnet wären.

An einem dieser Nachmittage kehrte Will von einem Vortrag ins Museum zurück und stieß auf eine Menschenmenge, die gerade aus dem Ausstellungsraum strömte. Er versuchte, sich nach vorne durchzudrängen, wurde aber von einem jungen Mann mit den Worten: »Nun warten Sie mal schön ab, bis Sie an der Reihe sind, Väterchen«, in die Schranken gewiesen. Will spähte über die Köpfe von zwei Flappern hinweg und entdeckte Evie ganz vorne, die gerade große Reden schwang: »Selbstverständlich müssen Sie sich in der Nähe der Objekte vorsehen. Sie haben eine nicht unerhebliche Kraft. Und wohl keinem von Ihnen würde es behagen, wenn er nach dem Besuch des Museums von ihnen heimgesucht würde.«

»Ist das denn möglich?«, fragte eine Frau in vorderster Reihe. Sie sah beunruhigt aus.

»Oh ja!«, erwiderte Evie. »Aus diesem Grund verkaufen wir auch Talismane in unserem Souvenirladen. Es handelt sich dabei um Kopien uralter Spielsteine, die das Böse abwehren sollen.«

Evie hielt eine kleine silberne Scheibe in die Höhe. »Ich habe immer einige davon bei mir. Man kann sich heutzutage gar nicht genug schützen, besonders, wenn ein okkulter Mörder frei in der Stadt herumläuft.«

»Evie!«, rief Will ihr in barschem Ton vom Gang aus zu. »Kann ich dich einen Moment unter vier Augen sprechen?«

Evie rang sich ein Lächeln ab. »Selbstverständlich, Dr. Fitzgerald. Das ist Professor Fitzgerald, der Direktor des Museums und New

Yorks führender Wissenschaftler in allen Bereichen, die mit nächtlichen Poltergeisterscheinungen in Zusammenhang stehen. Wie Sie wissen, unterstützt Dr Fitzgerald die Polizei bei ihren Ermittlungen gegen den furchtbaren Mörder, der unsere Stadt terrorisiert. So wie ich übrigens auch.«

Die Menge vibrierte jetzt geradezu vor Aufregung und alle drehten sich gleichzeitig nach Will um. »Erzählen Sie uns doch mehr über die Verbrechen, Professor«, rief eine junge Frau. »Stimmt es, dass der Mörder das Blut der Opfer trinkt und ihre Kleidung trägt? Und begeht er diese grausamen Verbrechen tatsächlich aus Protest gegen die Prohibition?«

Will warf Evie, die sich eiligst an einem nicht vorhandenen Flecken an der Wand zu schaffen machte, einen grimmigen Blick zu.

»Evie, in mein Büro. Jetzt gleich, bitte.«

»Aber sicher, Onk … Dr. Fitzgerald. Bin in Kürze wieder bei Ihnen, meine Damen und Herren. Und bitte sehen Sie zu, dass Sie die Geister nicht stören. Sollten Sie sich aber eines unserer Schutzamulette gönnen wollen, wenden Sie sich an unseren Mitarbeiter im Museumsladen.«

»Evangeline! Jetzt aber!«

Evie schloss die Tür des kleinen Büros hinter sich, aber der Lärm der aufgeregten Museumsbesucher drang trotzdem wie ein Surren durch ihr Holz. »Ja, Onkel Will?«

»Was in aller Welt treibst du da eigentlich?«, fragte Will. Er hatte sich eine Zigarette angezündet und gleichzeitig nach einer Handvoll Nüsse gegriffen; jetzt wirkte er unschlüssig, was davon er sich als Erstes zukommen lassen sollte.

»Ich mache eine Führung.«

»Das ist nicht zu übersehen. Aber was für einen Unsinn erzählst du denn den Leuten da?«

»Ich schaffe Atmosphäre. Ach, Onkel Will, wir haben endlich Leute in der Bude. *Zahlende* Besucher. Wir könnten hier ein ziemlich gut gehendes Geschäft betreiben.«

»An Geschäftemacherei bin ich nicht interessiert. Ich bin Wissenschaftler.«

»Das ist ja auch in Ordnung. Das werfe ich dir auch gar nicht vor.«

»Und seit wann haben wir einen Souvenirladen?«

»Seit gestern Abend. Bitte krieg jetzt keinen Anfall – wertvolle Artefakte werden dort keine verkauft. Ich habe lediglich deinen Prägestempel und ein bisschen Siegellack auf Aluminiumfolie aufgetragen. Voilà! Fertig ist das Amulett.«

»Das ist unmoralisch!«

»Nein, so macht man Geschäfte«, entgegnete Evie. Will wollte fortfahren, aber Evie hob bittend die Hände und brachte ihn damit zum Schweigen. »Wenn Lucky Strike dir seine Zigaretten verkaufen will, sagen sie dann etwa: ›Hier bieten wir Ihnen ein Tabakprodukt in einer Schachtel an‹? Nein, natürlich nicht! Sie sagen: ›Ich rauche Lucky Strike!‹, und zeigen einem Bilder von wunderschönen Menschen an wunderschönen Orten, die das Rauchen so sehr genießen, als ob sie … als ob sie gerade Liebe machen würden!«

Will hustete und stieß einen Schwall Rauch dabei aus. »Wie bitte?«

»Sie bringen dich dazu, dass du die Zigaretten haben willst. Dass du sie unbedingt haben musst. Denn jeder, der was auf sich hält, raucht sie, weshalb du besser mitmachst, wenn du nicht außen vor bleiben willst. Genau das Gleiche tue ich mit unserem Museum.«

»Mit *unserem* Museum?« Will legte die Nüsse in die Schale zurück und zog wieder an seiner Zigarette. Dann deutete er mit seinem Finger auf Evie. »Du verkaufst keine ›Amulette‹ mehr. Und hältst dich an die Fakten. Habe ich mich klar genug ausgedrückt?«

»Ganz wie du willst«, sagte sie. Sie öffnete die Schiebetür und ging auf die Besucher zu. »Bitte hier entlang, meine Herrschaften. Wir begeben uns jetzt zum Speisesaal, in dem *möglicherweise* Séancen abgehalten wurden und *vielleicht* sogar Geisterbeschwörungen stattfanden«, sagte Evie und warf Will einen Blick über die

Schulter zu. »Sicher wissen wir es nicht, aber es geht das Gerücht, dass eventuell sogar Präsident Abe Lincoln an diesem Tisch gesessen und mit der anderen Seite Verbindung aufgenommen haben mag.«

Will drückte seine Zigarette aus und zündete sich sofort die nächste an.

»Fragt mich doch mal, wie viel wir heute eingenommen haben.« Evie sah Sam und Jericho strahlend an. Es war zehn vor sechs und der letzte Besucher war erst vor einigen Minuten hinauskomplimentiert worden.

»Wie viel denn?«

»Genug, damit wir die Stromrechnung bezahlen und uns noch eine Tasse Tee leisten können. Na schön, eine Tasse heißes Wasser.«

»Hast du gut gemacht«, sagte Sam.

»Wir alle«, korrigierte ihn Evie.

Das dumpfe Geräusch des Messingtürklopfers schallte durch das Museum. Evie warf einen Blick auf die Uhr. »Wir schließen gleich, verzieht euch«, sagte sie und seufzte erschöpft.

»Soll ich sie abwimmeln?«, fragte Sam.

»Nein, ich mach das schon. Jericho, pass auf, dass Sam der Kasse nicht zu nahe kommt«, stichelte Evie mit einem Augenzwinkern.

Draußen, auf der Vordertreppe des Museums, stand Memphis und starrte auf die schwere Eichentür. Seit Sister Walker ihm von den *Divinern* und von Cornelius Rathbones Schwester Liberty Anne erzählt hatte, war ihm das Haus nicht mehr aus dem Kopf gegangen. Und er hatte überlegt, ob dieser Dr. Fitzgerald ihm vielleicht bezüglich Isaiahs Gabe, aber auch dem merkwürdigen Symbol aus seinem eigenen Traum weiterhelfen konnte. Jetzt war er sich plötzlich nicht mehr sicher, ob er überhaupt hätte kommen sollen. Er kannte ihn doch gar nicht. Was konnte er schon sagen, das ihn nicht wie einen Dummkopf dastehen ließ? Wie wusste er, ob er ihm trauen konnte? Und soweit er gehört hatte, war Schwarzen Leuten der Zutritt zum Museum sowieso verboten. *Du führst dich auf, als ob du keinen Funken Verstand hättest,* schimpfte Memphis sich selbst, als stünde Tante Octavia neben ihm. Er wollte schon kehrtmachen und zur U-Bahn zurückgehen, als sich die schwere Eichentür öffnete und sich ein kleines, puppenhaft aussehendes weißes Mädchen mit blonden Locken und großen blauen Augen an den Türrahmen lehnte.

»Leider schließt das Museum in zehn Minuten«, sagte sie entschuldigend.

»Oh, verstehe. Dann komme ich wann anders wieder. Entschuldigen Sie die Störung.« Memphis verfluchte das vergeudete Fahrgeld.

»Ach, kommen Sie rein. Aber ich warne Sie, ich habe einen langen Tag hinter mir und muss mir vielleicht die Schuhe ausziehen.«

Memphis folgte ihr in die herrschaftliche, düstere Villa mit ihren holzgetäfelten Wänden und bunten Glasfenstern, wodurch das Haus eher wie eine Kathedrale wirkte.

»Evie O'Neill – zu Ihren Diensten.«

»Memphis Campbell.«

»Gut, Mr Campbell, da wir nur noch zehn Minuten haben, kann ich Sie leider nur einen kurzen Blick auf unsere Sammlung werfen lassen und Sie müssten sich vielleicht auf eine Sparte konzentrieren. Suchen Sie sich etwas aus – Hexen, Geister oder Voodoo?«

Memphis öffnete seinen Rucksack und holte sein Notizbuch heraus. »Um ehrlich zu sein, Miss, ich habe in der Zeitung von Ihnen gelesen und hätte gern gewusst, ob Sie mir vielleicht sagen können, was dieses Symbol zu bedeuten hat?«

Memphis zeigte ihr die Zeichnung von Auge und Blitz.

Evie betrachtete sie eingehend. Dann schüttelte sie den Kopf. »Ich habe nicht den blassesten Schimmer. Tut mir furchtbar leid, aber wenn Sie vielleicht ein andermal wiederkommen wollen, können Sie gerne in unserer Bibliothek nachsehen, ob Sie etwas dazu finden.«

»Danke. Dann mach ich das«, sagte Memphis. Er war enttäuscht, dass er mit leeren Händen nach Hause gehen musste. Er war schon halb an der Tür, da drehte er sich noch mal um.

»Kann ich sonst noch was für Sie tun, Mr Campbell?«, fragte Evie.

»Ja. Hm, nein. Das heißt, ich komme mir ein bisschen albern vor, wenn ich Sie danach frage. Aber wissen Sie, nördlich von da, wo ich wohne, da steht ein altes Haus. Ein halb verfallener Kasten, aber ich hab gehört, er soll mal eine richtige Sehenswürdigkeit gewesen sein.«

Das Mädchen lächelte ihm zu wie einer alten Oma, die nicht mehr ganz dicht war, und wieder dachte Memphis, wie lächerlich die ganze Sache scheinen musste. Aber irgendwem musste er davon erzählen, selbst wenn er sich alles nur einbildete und wie ein Trottel dastand, weil er sich den Kopf darüber zerbrach. Er spielte mit der Schnalle an seinem Rucksack.

»Sehen Sie, manchmal geh ich da vorbei und, na ja … in letzter Zeit ist irgendetwas seltsam an dem Haus. Als ob da wieder einer wohnen würde, und, hm …« *Du klingst wie ein Verrückter, Memphis.* »Ich wollte Sie nur fragen, ob Sie vielleicht Bücher über Knowles' End dahaben oder irgendwas darüber wissen. Es ist nur eine alte Ruine, aber …«

»Was sagen Sie da?« Das Mädchen hatte die Augen weit aufgerissen.

»Ich hab nur gesagt, es ist eine Ruine.«

»Davor. Haben Sie Knowles' End gesagt?«

»So heißt das Haus. So hieß es jedenfalls vor langer Zeit mal. Da ist jetzt nicht mehr viel zu sehen, nur Spinnen und verrottende Bretter.«

Das Mädchen warf Memphis einen Blick zu, der ihm äußerst unangenehm war, außerdem sah er, wie ihre Hände zitterten.

»Würden Sie bitte einen Augenblick hier warten, Mr Campbell? Bin im Handumdrehen wieder da.«

Eilig und mit klappernden Absätzen lief Evie über die schäbigen Marmorböden der Eingangshalle. Als Memphis allein in dem menschenleeren Foyer stand und sich an seinem Hut festhielt, dämmerte ihm plötzlich: Was, wenn ihn dieses Mädchen für den Pentakelmörder hielt?

Memphis wartete nicht ab, bis Evie zurückkehrte. Er schlich sich zur Eingangstür hinaus, rannte vier Häuserblocks hinunter und verlangsamte sein Tempo erst, als ihm bewusst wurde, dass die weißen Passanten ihm misstrauische Blicke zuwarfen. Er zwang sich dazu, wie ein Spaziergänger die Straße entlangzuschlendern, und setzte sein charmantes Lächeln auf, obwohl sein Herz heftig klopfte. Dann bog er um eine Straßenecke, lief direkt in ein Mädchen hinein und hielt sie fest, als sie strauchelte. »Bitte entschuldigen Sie, Miss.«

»Nur, wenn du noch ein bisschen weiterbettelst«, sagte das Mädchen mit einer rauchigen Stimme, die ihm bekannt vorkam.

Memphis grinste. »Na, wenn das nicht die kreolische Prinzessin ist!«

Zur gleichen Zeit kehrte Evie mit Will, Sam und Jericho im Schlepptau ins Foyer zurück, doch keine Spur von Memphis Campbell – auch nicht draußen auf der Straße.

Evie stieß einen Seufzer aus. »Genau da stand er gerade eben noch!«, sagte sie. »Und hat mir von Knowles' End erzählt. Findest du das nicht auch merkwürdig, Onkel Will?«

»Bist du sicher, dass er kein Reporter war?«, fragte Will.

»Ausgeschlossen ist das natürlich nicht«, räumte Evie ein. »Aber er kam mir so aufrichtig vor. Er hat mich auch nach einem Symbol gefragt – einem Auge mit … ach was, ich zeichne es euch auf.«

Evie machte eine Skizze von dem Auge mit dem Blitz darunter und hielt sie Will hin. Sam pirschte sich an Evie heran, warf einen Blick auf die Zeichnung und sagte: »Nach diesem Symbol hat er dich gefragt?«

»Wie war sein Name noch gleich?«, sagte Will.

»Memphis. Memphis Campbell«, erwiderte Evie.

»Und wissen Sie, was dieses Symbol bedeutet, Professor?«, fragte Sam. Er betrachtete die Zeichnung mit äußerstem Interesse.

Will warf einen kurzen Blick darauf. »Noch nie gesehen. Und jetzt bitte keine weiteren Störungen mehr. Ich habe zu arbeiten.« Er machte auf dem Absatz kehrt und ließ sie alle miteinander im Foyer stehen.

Memphis und Theta saßen im Mr Reggie's in Harlem, tranken Egg Cream und redeten ohne Punkt und Komma. Theta hatte das Gefühl, als hätte sie nicht mehr so viel gesprochen, seit sie Henry zum ersten Mal begegnet war. Sie brachte Memphis mit Geschichten über die belanglosen Eskapaden ihrer Kollegen aus dem Showgeschäft zum Lachen, und Memphis erzählte ihr vom Zahlenlotto, auf welche merkwürdige Art manche Kunden ihre Zahlen auswählten und wie lästig Isaiah manchmal sein konnte, obwohl Theta gleich spürte, wie sehr er seinen Bruder liebte. Sie unterhielten sich so lange, dass beide ihr Zeitgefühl ganz und gar verloren. Theta versäumte sogar ihren Probenbeginn, was sie mit einem Schulterzucken abtat.

»Ich erzähle denen, dass es in der U-Bahn gebrannt hat«, sagte sie.

»Bist du sicher, dass du nicht noch was essen möchtest? Ein Sandwich oder eine Suppe vielleicht?«, fragte Memphis.

»Zum letzten Mal, ich bin pappsatt«, sagte Theta. Ihr war bewusst, dass die Gäste des Imbisses Memphis und sie beobachteten.

Kaum sah sie auf und blickte um sich, drehten sie schnell den Kopf, machten sich an ihrem Besteck zu schaffen oder taten so, als würden sie Zeitung lesen.

Da war so vieles, was er sie noch fragen wollte. Woher sie kam. Ob sie noch immer von dem Auge träumte. Ob sie seit dieser Razzia neulich überhaupt an ihn gedacht hatte. Ob sie auch wach gelegen, an die Decke gestarrt und versucht hatte, sich sein Gesicht vorzustellen, so wie er sich das ihre.

»Ein Ziegfeld-Mädchen bist du also, ja?«, war aber alles, was er hervorbrachte.

»Ja, mir war zu Ohren gekommen, dass die Stelle als Dichter bereits besetzt wäre«, scherzte Theta. »Aber da wir gerade beim Thema sind: Hast du *The Weary Blues* von Langston Hughes gelesen?«

»Und er summte das Lied bis tief in die Nacht«, zitierte Memphis und grinste dabei über beide Ohren.

»Längst schon verloren Mond und Sterne an Pracht«, beendete Theta seinen Satz. »Ich habe nie etwas Schöneres gelesen.«

»Ich auch nicht.«

Der Imbiss mit all seinen Geräuschen – dem Tellerklirren, dem hellen Klingeln der Registrierkasse, der leise summenden Unterhaltung der Gäste – schien auf einmal in den Hintergrund zu treten und es gab nur noch Memphis, Theta und den Augenblick. Zaghaft glitt Thetas Hand auf Memphis' zu. Auch seine Hand schob sich näher an ihre heran und seine Fingerspitzen streiften ihre.

»Am Samstag gibt meine Freundin Alma eine Hausparty … falls du Lust hast?«, sagte er.

»Sehr gerne«, antwortete Theta.

Der Imbiss füllte sich jetzt wieder mit geräuschvollem Leben. Ein älterer Mann ging an ihnen vorbei und sah sie stirnrunzelnd an und Theta und Memphis zogen ihre Hände zurück und schwiegen.

Eine furchtbare Entscheidung

Evie und Jericho nahmen ein spätes Mittagessen in dem schmucklosen Speiselokal des Bennington zu sich. Jericho redete die ganze Zeit, Evie war in Gedanken versunken. Sie hatte das Kinn in die Hand gestützt und starrte mit leerem Blick auf den Kaffee, in dem sie seit zehn Minuten mit dem Löffel rührte.

»Und dann hab ich dem Kerl in den Rücken geschossen«, sagte Jericho, nur um zu testen, ob Evie ihm zuhörte.

»Interessant«, sagte sie, ohne aufzusehen.

»Anschließend hab ich ihm den Kopf abgetrennt und den bewahre ich jetzt unter meinem Bett auf.«

»Klar«, murmelte Evie.

»Evie. Evie!«

Endlich hob Evie den Kopf und warf ihm ein kleines Lächeln zu. »Ja?«

»Du hörst mir ja gar nicht zu.«

»Oh doch, ganz bestimmt, Jericho!«

»Was hab ich denn gerade gesagt?«

Evie starrte ihn mit ausdruckslosem Gesicht an. »Nun, was immer es auch war … bestimmt war es etwas sehr, sehr Kluges.«

»Ich sagte gerade, dass ich einem Mann in den Rücken geschossen und ihm danach den Kopf abgetrennt habe.«

»Das hatte er sicher verdient. Ach Jericho, es tut mir leid. Ich kann mir nicht helfen, aber ich glaube immer noch, dass es einen

Zusammenhang zwischen diesem John Hobbes und unseren Morden gibt.«

»Aber wieso denn?«

Evie durfte ihm nicht von dem Lied erzählen, aber ohne dieses Detail ließ sich nicht viel mehr sagen. »Findest du es denn nicht auch interessant, dass es vor fünfzig Jahren einige ungelöste Morde gegeben hat, die Ähnlichkeit mit unseren haben?«

»Interessant schon, nur etwas weit hergeholt. Aber wenn du mehr darüber wissen willst, könnten wir ja zusammen in die Bibliothek gehen …«

Evie stöhnte. »Bitte verlang nicht von mir, dass ich da noch mal hingehe. Ich geb jetzt auch Ruhe.«

Auf Jerichos Gesicht zeigte sich die leise Andeutung eines Lächelns. »Die Bibliothek ist dein Freund, Evie.«

»Die Bibliothek mag *dein* Freund sein, Jericho, aber mich hasst sie – definitiv.«

»Man muss nur wissen, wie man sie sich zunutze machen kann.« Jericho spielte mit seiner Gabel. Er räusperte sich. »Ich könnte dir das irgendwann mal zeigen.«

Evie setzte sich aufrecht hin. »Jericho!«, sagte sie und grinste.

Jericho lächelte zurück. »Wir könnten sogar …«

»Ich kenne jemanden, der etwas über die alten Morde für uns rauskriegen könnte!«

»Wer denn?«, fragte Jericho. Er hoffte, sie merkte ihm seine Enttäuschung nicht an.

»Jemand, der mir noch einen Gefallen schuldet.«

Evie lief zur Telefonzelle des Bennington und zog die Glastür hinter sich zu. »Algonquin vier, fünf, sieben, zwei bitte«, sprach sie in den Hörer und wartete darauf, dass die Telefonistin ihr Zauberwerk vollbrachte.

»T. S. Woodhouse, *Daily News.*«

»Mr Woodhouse, hier spricht Evie O'Neill. Ich rufe wegen des Gefallens an, den Sie mir noch schulden.«

»Na, dann schießen Sie mal los.«

»Könnten Sie Informationen über einen ungelösten Mord für mich ausgraben, der sich im Sommer 1875 in Manhattan ereignet hat?«

Sie hörte, wie der Reporter am anderen Ende der Leitung in sich hineinlachte.

»Müssen Sie einen Geschichtstest schreiben, Süße?«

»Bitte teilen Sie mir einfach mit, was Sie rausfinden. Es ist sehr wichtig für mich. Ach … und Mr Woodhouse – das bleibt unter uns, Sie verstehen?«

»Wie Sie wünschen.«

Äußerst zufrieden mit ihrem Schachzug trat Evie aus der Telefonzelle und wollte zum Speisesaal zurückkehren. Als sie am Aufzug vorbeiging, öffnete sich gerade seine Tür und eine leicht verwirrte Miss Lillian stand vor ihr. »Ach du liebe Zeit. Ich bin ja nach unten gefahren statt nach oben.« Sie plagte sich mit einer Einkaufstasche ab und Evie bot an, ihr die schwere Tasche in die Wohnung zu tragen.

»Kommen Sie herein, kommen Sie herein, meine Liebe«, sagte Miss Lillian. »Es ist so schön, Besuch zu haben. Ich setze gleich den Wasserkessel auf.«

»Oh, bitte machen Sie sich keine Umstände«, sagte Evie, aber die alte Dame stand bereits in der Küche. Evie hörte, wie sie ein Streichholz anzündete und wie das Gas zischte, als die Flamme auf dem Herd ansprang. Sie hatte eigentlich nicht vorgehabt, sich in ein Gespräch verwickeln zu lassen. Aber das war immer das Problem, wenn man alten Menschen Hilfe anbot. Fast wäre sie über eine getigerte Katze gestolpert, die ein überraschtes Miau von sich gab und davonflitzte. Eine zweite Katze, schwarz und mit gelben Augen, steckte die Nase unter einem Tisch hervor. Sie war in dem dämmerigen Licht kaum zu erkennen. Miss Lillian kam aus der Küche zurück und schaltete eine Lampe an.

»Was für ein reizendes Zuhause Sie haben«, brachte Evie hervor und hoffte, dass ihre Grimasse als Lächeln durchging. In der Wohnung herrschte fürchterliches Durcheinander; Papiere und Bücher stapelten sich in sämtlichen Ecken und die Tische und Regale waren übersät mit Krimskrams: verschnörkelte Uhren, deren Zeitangaben leicht voneinander abwichen, Messingleuchter mit dunklen Kerzen, die bis auf Stummel hinuntergebrannt waren, eine Büste von Thomas Jefferson, ein gerahmtes Bild mit ernst blickenden Pilgerinnen auf einem Hügel, Pflanzen, verblühte Blumen in einer Glasvase mit Kalkrändern, eine farbige Ferrotypie, die zwei kleine Mädchen – Lillian und Adelaide, wie Evie annahm – in gestärkten Trägerkleidchen zeigte. *Wenn es einen Preis für schlechten Geschmack gäbe, würden die beiden Procterschwestern ihn zweifellos gewinnen,* dachte Evie.

»Hier kommt Ihr Tee, meine Liebe. Bitte nehmen Sie doch Platz«, sagte Miss Lillian. Sie deutete auf einen Schaukelstuhl, der neben einem alten Harmonium stand.

»Vielen Dank«, sagte Evie, die bereits über Ausreden für einen schnellen Aufbruch nachdachte: ein kranker Onkel, ein Hausbrand, ein plötzlicher Fall von Wundbrand.

»Addie und ich wohnen hier im Bennington schon fast seit seinen Anfängen. Im Frühjahr 1875 sind wir eingezogen. Im April.« Sie runzelte die Stirn. »Oder war es Mai?«

»Frühjahr 1875«, sagte Evie. Sie überlegte. »Miss Lillian, erinnern Sie sich an die Geschichte eines Mannes namens John Hobbes, der 1876 wegen Mordes gehängt wurde?«

Miss Lillian kräuselte die Lippen und dachte nach. »Nicht, dass ich wüsste.«

»Er wurde wegen Mordes an einer Frau namens Ida Knowles angeklagt.«

»Oh, Ida Knowles! Ja, an die erinnere ich mich. Sie brannte mit einem Mitgiftjäger durch, erzählte man sich damals. Und dann, ja, ja, ich erinnere mich jetzt wieder! Und dieser Mann …«

»John Hobbes.«

»Gegen ihn wurde verhandelt. Oh, der schien ein übler Bursche zu sein. Ein Grabräuber, wenn ich mich recht erinnere. Ein Scharlatan.«

»Können Sie sich an Einzelheiten des Mordfalls erinnern oder an irgendetwas, das mit dem Mörder zu tun hatte?« Evie nippte an ihrem Tee. Er hatte einen eigentümlichen Geschmack.

»Nein, leider nicht, meine Liebe. Ich bin eine alte Frau. Ah, hier kommt ja auch unsere Addie.«

Miss Adelaide hielt die Katze mit den gelben Augen auf dem Arm und trug ein Kleid, das vermutlich seine besten Tage gesehen hatte, als Teddy Roosevelt Präsident gewesen war. »Ich habe Hawthorne dabei ertappt, wie er versucht hat, meine Begonien zu fressen, der kleine Teufel«, sagte sie und drückte die miauende Katze an sich.

»Miss O'Neill hat mich gerade nach dem Fall Ida Knowles gefragt – du erinnerst dich doch noch daran, Liebes? – und nach diesem schrecklichen Mann, der dafür hängen musste. Aber leider lässt mich mein Gedächtnis ein wenig im Stich. Hawthorne, komm und friss etwas.« Sie gab Geflügelsalat auf einen Teller zu ihren Füßen und die Katze sprang von Adelaides Arm herunter und lief darauf zu.

»Sie haben ihn in der Nacht gehängt, in der der Komet erschien«, sagte Miss Addie versonnen.

»Salomons Komet?«, fragte Evie vorsichtig.

»Ja, so ist es. Er bat darum. Es war sein einziger Wunsch.«

»John Hobbes bat darum, in derselben Nacht gehängt zu werden, in der Salomons Komet am Himmel erschien?«, fragte Evie noch einmal. Sie wollte sichergehen, dass sie richtig verstanden hatte. Es kam ihr bedeutsam vor, obwohl sie nicht wusste, wieso. »Aber warum lag ihm so sehr daran?«

»Kometen sind machtvolle Vorboten!«, raunte Miss Lillian. »In der Antike glaubten die Menschen, dass der Schleier zwischen dieser Welt und der nächsten zu solchen Zeiten am durchlässigsten war.«

»Das verstehe ich nicht.«

»Wollte man eine Tür öffnen, um in das große Reich der Geister zu gelangen, was gab es dann für einen besseren Zeitpunkt, um zu sterben?«

»Aber Miss Proctor, das ist doch wohl unmöglich«, widersprach Evie so zartfühlend, wie sie konnte.

»Wir leben in einer unmöglichen Welt«, sagte Miss Lillian lächelnd. »Trinken Sie Ihren Tee, meine Liebe.«

Evie leerte ihre Tasse, behielt aber etliche feine Teeblättchen auf der Zunge zurück.

»Das ist ja ein hübscher Talisman«, sagte Miss Addie. Sie starrte auf Evies Anhänger.

»Ach, den hat mir mein Bruder geschenkt«, erwiderte Evie, ohne näher darauf einzugehen. Wenn sie den beiden erzählte, dass James gefallen war, dann würden sie sicher weiterplaudern und ihr Mitleid bekunden oder die Unterhaltung auf andere Weise in die Länge ziehen; sie würden sich über jeden einzelnen ihrer bereits verstorbenen Verwandten auslassen und sie säße noch die nächsten 24 Stunden hier mit ihnen zusammen. Sie musste zusehen, dass sie fortkam.

Miss Addie streckte einen Finger aus, ließ ihn über die Oberfläche der Halbdollarmünze gleiten und wurde plötzlich blass. »Da haben Sie aber eine furchtbare Entscheidung zu treffen.«

»Was meinen Sie damit?«, fragte Evie.

»Addie kann in die unendliche Seele hineinsehen«, sagte Miss Lillian. »Addie, Liebes, dein Tee wird ganz kalt und wir haben noch viel zu tun.« Miss Lillian hatte es plötzlich eilig, aufzustehen. »Leider müssen wir Ihnen jetzt einen guten Tag wünschen, Miss O'Neill. Vielen Dank für Ihren Besuch.«

»Eine furchtbare Entscheidung«, sagte Miss Addie noch einmal und sah Evie so mitleidig an, dass es sie verunsicherte.

Als sie draußen im flackernden Licht des Hausflurs stand – warum schien man in diesem alten Kasten nur die Lampen nicht reparieren zu können? – , dachte Evie über John Hobbes' eigenartigen letzten Wunsch nach. Hatte er geglaubt, er könnte nach seinem Tod noch einmal ins Leben zurückkehren? Das war natürlich lächerlich, es war die Vorstellung eines Verrückten, der er ja zu sein schien. In zwei Wochen würde genau derselbe Komet an den Himmel von New York zurückkehren. Während sie auf den vor Altersschwäche keuchenden Aufzug wartete, lief ihr ein Schauer über den Rücken, ohne dass sie gewusst hätte, warum. Wenn sie nur mit Mabel darüber sprechen und gemeinsam mit ihr über die scheußliche Einrichtung der Proctor-Schwester hätte lachen können, aber sie und Mabel waren noch immer zerstritten. Sie hatten noch nie so lange kein Wort miteinander gewechselt und Evie schwankte in ihren Gefühlen Mabel gegenüber: Einerseits war sie noch immer sauer auf sie, andererseits vermisste sie sie schmerzlich. Als sich die Tür des Aufzugs öffnete, schwebten ihre Finger kurz über dem Knopf von Mabels Stockwerk, doch im allerletzten Moment drückte sie auf den des Foyers.

In der vollgestopften Wohnung der beiden Proctor-Schwestern streifte Hawthorne liebevoll Miss Adelaides Bein, während ihre Schwester im Zimmer nebenan muntere Selbstgespräche über die Ereignisse des Tages führte. Miss Addie spähte in den Bodensatz von Evies Tee, betrachtete das Muster, das die Teeblätter auf dem Grund der Tasse hinterlassen hatten, und runzelte die Stirn.

Das Tombs

Detective Malloy rauschte ins Museum, drängte sich ungestüm an den Schaulustigen vorbei und brachte jeden, der ihn über den Pentakelmörder ausfragen wollte, mit seiner finsteren Miene zum Schweigen. »Miss O'Neill«, sagte er. Er tippte kurz an seinen Hut.

»Mein Onkel ist gerade nicht da, Detective. Haben Sie Neuigkeiten?«

Mit einem Kopfnicken wies er auf die Bibliothek. Evie ließ sich von Sam vertreten, ging Malloy voran und schloss die Bibliothekstür hinter ihnen. Malloy warf seinen Hut auf die Messingstatue eines Adlers.

»Ich bin dem Hinweis, den uns Ihr Onkel bezüglich der Brethren gegeben hat, nachgegangen. Dabei hat sich rausgestellt, dass die Sekte seit ein paar Jahren wieder im Kommen ist. Die Leute in der Stadt haben sich schon über die Mitglieder beschwert. Und raten Sie mal, wer ihr Anführer ist?«

»Na, Will Rogers bestimmt nicht.«

»Bruder Jacob Call«, sagte Malloy.

Er nahm sich eine Handvoll Nüsse aus der Kristallschale auf Wills Schreibtisch. »Man hat mir erzählt, dass er über das Erscheinen von Salomons Kometen predigt, der angeblich die Bestie mit sich bringt.« Er machte eine Pause, damit Evie die Neuigkeit verdauen konnte. »Außerdem hat sich rausgestellt, dass er Vieh züchtet und alle paar Wochen nach New York reinkommt, um sein Fleisch hier an die Metzger zu verkaufen.«

»Er ist selbst ein Metzger!«

»So ist es. Außerdem war er zur Tatzeit jedes einzelnen der Morde hier in der Stadt. Ich hab ihn von meinen Jungs herbringen lassen. Aber bis jetzt weigert er sich, mit uns zu sprechen. Ich hab mir gedacht, Ihr Onkel könnte es vielleicht mal mit ihm probieren.«

Evie biss sich auf die Unterlippe. »Und wenn ich es versuche, Detective?«

Malloys Augenbrauen hoben sich. »*Sie* wollen einen potenziellen Killer verhören? Bedaure.«

»Aber vielleicht öffnet er sich einem Mädchen gegenüber leichter. Immerhin bin ich für ihn nicht so eine Bedrohung wie die Polizei.«

»Ich bewundere Ihren Mut, Miss O'Neill, aber das ist keine Aufgabe für Sie.« Er tippte an seinen Hut und wünschte ihr einen schönen Tag.

Sobald er gegangen war, lief Evie hinaus in die Eingangshalle. Das Museum war brechend voll und ausnahmsweise wünschte sie, es wäre anders. Sie hüpfte auf und nieder, um über die Köpfe der Besucher hinweg gesehen zu werden. »Sam!«, rief sie. »Sam Lloyd! Ich brauche dich!«

Sam kam auf sie zu und grinste. »Ich wusste doch, dass du es dir irgendwann noch anders überlegen würdest.«

Evie verdrehte die Augen. »Ich brauche deine Hilfe, um ins Tombs reinzukommen.«

»Ich dachte, du hättest deine Lektion gelernt …?«

»Ach, Jericho!«, rief Evie. »Könntest du bitte Sam vertreten? Ich brauche ihn für eine Aufgabe von größter Wichtigkeit.«

»Aber dabei könnte *ich* dir doch behilflich sein«, sagte Jericho.

»Das bist du doch bereits«, säuselte Evie. Sie hängte sich bei Sam ein und zog ihn mit zur Tür. »Alles, was du wissen musst, erzähle ich dir unterwegs.«

Sam und Evie liehen sich Onkel Wills altes Automobil aus, um von der Upper East Side zum Tombs, dem berüchtigten Gefängnis von Lower Manhattan, zu fahren. Es war eine lange Fahrt und Sam zeigte sich ausnehmend gesprächig. »Ist deine Freundin Mabel eigentlich immer noch so wild auf den Riesen?«

»Auf Jericho? Hm-hm«, sagte Evie, die bei den Worten *deine Freundin Mabel* fast zusammengezuckt wäre.

»Was findet sie bloß an dem Kerl?«

»Du magst ihn nur nicht, weil er dich nicht ausstehen kann.«

»Das ist nicht der einzige Grund«, sagte Sam.

»Bedeutet?«

»Egal. Du magst ihn aber, oder?«

»Jericho? Der ist doch ganz nett.«

»Dann magst du ihn also nicht«, sagte Sam mit einem Lächeln.

»Das habe ich nicht gesagt.«

Sie waren an den zahlreichen Musikverlagen der Tin Pan Alley in den West Twenties vorbeigefahren und näherten sich jetzt den eleganten Stadthäusern von Gramercy.

»Hast du eigentlich einen festen Freund?«, fragte Sam nach einer Weile.

»Kein Kerl kann mich sehr lange halten.«

Sam sah sie von der Seite an. »Soll das eine Herausforderung sein?«

»Nein, nur eine Feststellung.«

»Warten wir es ab.«

»Du schuldest mir noch immer zwanzig Dollar.«

»Du bist mir viel ähnlicher, als du glaubst, Evie O'Neill.«

»Ha!«

»Will sagen, du magst mich viel lieber, als du glaubst.«

»Fahr weiter, Lloyd.«

Das Auto überholte ein Grüppchen Geschäftsmänner in dunklen Anzügen, die ihre Melonen in dem kräftigen Wind, der vom East River zu ihnen herüberfegte, fest umklammert hielten.

»Ich hab da was Kleines für dich«, sagte Sam mit geheimnisvollem Lächeln.

Evie hob eine Augenbraue. »So? Und was heißt das? Ich habe dir schon mal gesagt, dass meine Bank geschlossen ist.«

»Was kleines Blitzendes.« Er zog eine Halskette aus seiner Jackentasche und reichte sie Evie.

Evie rang nach Luft. »Donnerwetter! Der sieht ja wie ein echter Diamant aus. Wo hast du denn die Kette her?«

»Würdest du mir die spendable Tante abnehmen?«

»Nein.«

»War ja klar. Da, wo ich sie herhabe, vermisst sie keiner. Die haben genug davon.«

Evie seufzte. »Sam …«

»Ich kenne diese Leute. Die scheren sich um niemand außer um sich selbst. Sie kaufen alles, was in den Zeitschriften und auf den Werbetafeln angepriesen wird, und denken nicht mehr dran, sobald was Neues auf dem Markt erscheint.«

»Und *mich* hält Onkel Will für zynisch!?« Evie schob die Kette wieder in Sams Jackentasche zurück. »Du kannst doch nicht einfach in der Gegend rumlaufen und dir nehmen, was dir nicht gehört, Sam.«

»Warum denn nicht? Wenn es die Großindustriellen tun, dann hält sie jeder für Helden. Tun aber wir, die kleinen Leute, es, sind wir gleich Kriminelle.«

»Jetzt klingst du aber wie ein Bolschewist. Du bist doch nicht etwa einer von diesen Anarchisten, oder?«

»Bomben und Revolutionen sind nicht meine Sache, ich habe meine eigene Mission«, sagte Sam; den zweiten Teil des Satzes stieß er ein wenig bitter hervor.

»Was für eine Mission denn? Mädchen mit Gold und Edelsteinen vom rechten Weg abzubringen?«

Sam sah sie von der Seite an. »Hast du schon mal von dem sogenannten Buffalo-Projekt gehört?«

»Nicht, dass ich wüsste.«

»Na ja, wenn man sich darüber informieren will, findet man auch nichts. Es war eine geheime staatliche Maßnahme während des Krieges.«

»Und woher weißt ausgerechnet du davon?«

»Meine Mutter hat damals an dem Projekt mitgearbeitet. Sie hat sich da so einem Test unterzogen und …«

»Einem Test? Was für einem …?«

»Keine Ahnung. Um was auch immer es dabei ging, meine Mutter hat einen hohen Preis dafür bezahlt. Mein Vater und sie hatten fürchterlichen Streit deswegen. Ich habe sie von nebenan gehört. Sie sagte, sie habe das Gefühl, sie müsse gehen. ›Was können wir schon dagegen tun?‹, hat sie gesagt. Aber mein Vater sagte Nein. Mein Vater liebt das Wörtchen *Nein.*« Sams Gesicht wurde düster. »Jedenfalls tauchten einen Monat später Männer von der Regierung bei uns auf. Sie hatten alle Akten über meinen Vater in der Hand. Sie könnten ihn nach Russland zurückschicken, wenn er nicht mit ihnen zusammenarbeiten wolle, meinten sie. Aber mein Vater wollte nicht zurück nach Russland, er wollte nicht verhungern oder umgebracht werden. Er besaß inzwischen ein hübsches Haus und einen Pelzwarenladen. Deshalb packte meine Mutter ihre Sachen noch in derselben Nacht und verließ uns. Sie schrieb uns nur einen einzigen Brief, in dem die meisten Sätze geschwärzt waren. Sie würden wertvolle Arbeit leisten, schrieb sie. Arbeit, die für unser Land entscheidend wäre und die ganze Menschheit verändern würde. Danach haben wir nie wieder etwas von ihr gehört. Als mein Vater einen Brief an die Leute von der Regierung schrieb, um sich nach ihr zu erkundigen, antworteten sie, dass meine Mutter an Grippe verstorben wäre. Damals war ich acht.«

»Das tut mir leid. Wie furchtbar.« Die Stadt flimmerte in der Nachmittagssonne wie eine Fata Morgana. »Sam Lloyd klingt aber nicht besonders russisch.«

»Sergej Lubowitch. Mein Vater änderte unseren Familiennamen in Lloyd um, als er und meine Mutter durch New York kamen. Und als ich geboren wurde, bestand er darauf, mich Sam zu nennen.«

»Wo ist dein Vater jetzt?«

»Immer noch in Chicago, glaub ich.«

»Du weißt es gar nicht?«

»Mein Vater und ich kommen nicht besonders miteinander aus. Er sagt eben gerne Nein und hat immer von mir erwartet, dass ich Ja sage. Es gefiel ihm ganz und gar nicht, als ich endlich so weit war, dass ich selbst Nein sagen konnte. Und als ich ihm erzählte, dass ich herausfinden wollte, was mit Mama geschehen ist, gefiel ihm das erst recht nicht.«

»Du sagtest doch, sie wäre gestorben.«

»Das hat man uns so erzählt. Aber vor zwei Jahren bekam ich die hier.« Er zog die abgegriffene Postkarte mit den Bäumen und den Bergen aus der Tasche, und Evie tat so, als sähe sie sie zum ersten Mal.

»Hübsch. Und wo ist das?«

»Ich weiß es nicht. Aber der Satz da auf der Rückseite, der ist auf Russisch.«

Evie sah prüfend auf die grazile, offensichtlich weibliche Handschrift.

»Übersetzt heißt es ›kleiner Fuchs‹. Das war der Spitzname, den meine Mutter mir gegeben hat. Sie war die Einzige, die mich so genannt hat. Und da wusste ich, dass sie noch lebt und ich sie suchen muss. Also bin ich abgehauen. War für kurze Zeit bei der Marine – bis sie da rausgekriegt haben, dass ich erst fünfzehn war. Danach hab ich mich einem Zirkus angeschlossen …«

»Das glaub ich nicht …!«

»Großes Pfadfinderehrenwort!«

»Du bist kein Pfadfinder«, sagte Evie. Sie erwischten eine Bodenwelle und Evie rutschte quer über die Sitzbank in Sam hinein. »Entschuldige.« Mit gerötetem Gesicht schob sie sich zurück auf ihren Platz.

Sam lächelte. »Brauchst dich nicht zu entschuldigen. Vielleicht sollte ich ja über noch so ein Ding fahren.«

Evie räusperte sich. »Also, was war mit dem Zirkus?«

»Ach ja, der Zirkus. Ich hab mich da zum Akrobaten ausbilden lassen. War auch gar nicht schlecht am Hochseil, ich habe schnelle

Füße. Schaufliegen hab ich auch gemacht und auf den Flugzeugflügeln alle möglichen akrobatischen Tricks vorgeführt.«

»Auf einem fliegenden Flugzeug?«

Sam grinste. »Solltest du auch mal ausprobieren. Aber wenn du mal jemanden sehen willst, der es so richtig kann, dann schau Belle Butler an, die ist die Meisterin der Luftakrobatik.«

»Wer ist denn das, bitte schön?«

»Eine alte Freundin von mir.«

Evie hob eine Augenbraue. »Was für eine Art Freundin?«

Sam lächelte, dachte aber nicht daran, ihre Neugier zufriedenzustellen. »Mit dem Zirkus bin ich dann nach Coney Island gekommen. Und als er weiter nach Florida zog, um dort zu überwintern, habe ich beschlossen, erst mal eine Weile hierzubleiben und genügend Geld zu verdienen, damit ich meine Mutter suchen kann.«

Evie sah sich die Postkarte nochmals an. Der blaue Himmel, die hohen Bäume und die Berge im Hintergrund sahen wirklich schön aus. Sie gab sie Sam zurück, der sie wieder in seine Jackentasche steckte. »Nicht eben viele Anhaltspunkte.«

»Aber ich finde sie«, sagte Sam entschlossen. »So, jetzt weißt du alles über mich. Und du? Wie bist denn du bei deinem Onkel gelandet?«

Ob sie ihm die Wahrheit verraten sollte? Dann würde sie vielleicht auch zugeben müssen, dass sie versucht hatte, der Postkarte seiner Mutter ihre Geheimnisse zu entlocken, aber nichts dabei erfahren hatte. Er würde vielleicht wütend werden. Oder sie bitten, es noch ein zweites Mal zu versuchen. Und wenn sie dann wieder nichts erfahren würde, würde er sicher denken, sie sei eine Lügnerin. »Ich habe einen Mann getötet, der meine Ehre beschmutzt hat«, sagte Evie deshalb unbekümmert.

»Na klar. Und weiter?«

»Dann … habe ich ein Billigwarenhaus geplündert. Ich kann gar nicht genug Strassarmbänder haben.«

»Wer kann das schon? Weiter?«

»Danach ... habe ich den Sunnyboy der Stadt beschuldigt, ein Zimmermädchen geschwängert zu haben.«

Sam pfiff leise durch die Zähne. »Einfach so?«

Evie sah auf. Die Sonne stand – zum Greifen nah – wie eine schimmernde Folienrequisite aus einer Broadwayshow am Himmel. »Ich war auf einer Party mit lauter ›wohlerzogenen jungen Damen‹, so welchen, die einem auf die Nerven gehen. Tja, und ich war eine von ihnen. Es war spät, ich war betrunken und ... wie auch immer, ich hatte da so ein Gerücht gehört«, log Evie. »Doch es erwies sich dann als wahr.«

»Versteh ich nicht. Wenn es stimmte, wieso hat man dich dann flussaufwärts geschickt?«

Evie hätte ihm gern die Wahrheit gesagt, aber sie hatte Will versprochen, darüber zu schweigen, und wollte nichts tun, das ihren weiteren Aufenthalt in New York gefährdete. »Ich habe tatsächlich einen Mann in Ohio umgebracht.«

»Hm. Und danach ereigneten sich dann die Morde in New York. Zufall?«

»Du bist mir auf die Schliche gekommen, Lloyd. Tut mir leid, aber dann muss ich jetzt wohl *dich* umbringen. Sei ein Schatz und sitz still, während ich dich erwürge.« Evie griff scherzhaft nach Sams Kehle, worauf der das Steuer derart herumriss, dass der Wagen ins Schlingern geriet und Evie aufschrie.

»Ich fahr jetzt wieder vorsichtig«, sagte Sam. »Provozier du aber bitte auch keinen Unfall mehr.«

Sie parkten Wills alten Model T einen Block vom Gefängnis entfernt und wichen auf dem Weg dorthin immer wieder der Straßenbahn aus, die über das Kopfsteinpflaster der Central Street ratterte. Das imposante, ellipsenförmige Gefängnis wurde an jedem seiner beiden Enden von einem Mauerturm begrenzt und war von einer hohen Steinmauer mit einer Eisenbrüstung umgeben, was ihm eher den Anstrich einer mittelalterlichen Festung als eines modernen Gebäudes in New York City gab.

»Wenn ich dieses Zeichen mache« – Sam legte seitlich einen Finger an die Nase –, »dann lenkst du den Wachmann ab, während ich mitgehen lasse, was wir brauchen. Verstanden?«

»Verstanden. Aber wie finden wir heraus, wo sie ihn festhalten?«, fragte Evie ein wenig verzagt. Sie betraten das Gebäude und gerieten sogleich in einen Tumult zwischen Polizeibeamten und ein paar Gaunern. Es war wie die Premiere einer Broadwayshow mit Kriminellen als Akteuren.

Sam ging auf den Beamten am Informationsschalter zu. »Entschuldigen Sie bitte, aber die Dame neben mir hat gehört, dass man hier ihren Bruder, Jacob Call, festhält.«

Der Beamte besprach sich am Telefon mit jemandem und kehrte kopfschüttelnd zurück.

»Der darf keine Besucher empfangen.«

»Verstehe. Wir wollten auch nur sicher sein, dass er nicht im Kellergeschoss untergebracht ist. Er hatte nämlich erst letzten Monat eine Lungenentzündung und diese moderige Luft da unten ist gar nicht gut für seine Lungen«, sagte Sam.

Der Beamte wandte sich Evie zu. »Er befindet sich momentan im Büro des Gefängnisdirektors hier auf diesem Stockwerk, Sie können also ganz beruhigt sein, Miss.«

Evie klimperte mit den Wimpern und versuchte, hilflos auszusehen. »Danke. Sehr freundlich von Ihnen, Sir.«

Sam legte – wie vereinbart – einen Finger an seine Nase, worauf Evie mit den Augenlidern zu flattern begann, ins Wanken geriet, ein »Oh, ohhhhh …« ausstieß und so anmutig wie möglich in Ohnmacht fiel. Der Polizeibeamte fing sie auf. Durch ihre Augenschlitze beobachtete sie, wie Sam ihm währenddessen heimlich die Schlüssel wegnahm.

»Oh, danke, Officer. Wenn ich mich irgendwo hinsetzen könnte, bis ich mich wieder etwas sicherer auf den Beinen fühle?«

Der Beamte führte Sam und Evie zu einer Bank. Evie zwinkerte Sam zu und er flüsterte so dicht an ihrem Ohr, dass sein Atem sie am Hals kitzelte: »Schwester, wir zwei wären ein verflucht gutes Gespann.«

Im Eingangsbereich brach jetzt erneuter Tumult aus, diesmal zwischen einigen Betrunkenen, und der Beamte ließ Evie und Sam allein, um einzugreifen. Evie griff nach Sams Hand und zog ihn mit sich in den hinteren Teil des Gebäudes.

»Nur damit das klar ist, Schwester, das hier verstehe ich nicht unter amüsantem Zeitvertreib«, flüsterte ihr Sam zu, während sie sich durch die labyrinthartigen Gänge des Gefängnisses schlichen.

»Wie sollen wir denn nur an den Wachen vorbeikommen?«, fragte Evie. Vor sich sah sie einen Polizisten hinter einem Tisch sitzen und Formulare ausfüllen.

»Das überlass nur mir.«

»Sam«, zischte Evie warnend, als sie sich dem Beamten näherten.

Der Beamte hob den Kopf, und Evie war sich beinahe sicher, dass er sie beide direkt ansah. Gleichzeitig hörte sie Sam gebetartig vor sich hin murmeln. Dann hob er eine Hand, als wollte er Evie und sich abschirmen, und der Beamte blickte wieder auf seine Papiere zurück, als hätte er sie gar nicht bemerkt. Evie kam es äußerst merkwürdig vor, aber anscheinend hatte der Polizist sie wirklich nicht gesehen.

»Das war mehr Glück als Verstand«, sagte sie und atmete tief aus.

»Geh bitte einfach weiter«, wies Sam sie an.

Jacob Call entdeckten sie schließlich in einem schäbigen Raum, in dem nur zwei Stühle und ein Tisch standen. Er trug genau denselben Arbeitsoverall und schwarzen Hut wie bei ihrer letzten Begegnung. Auch der Anhänger hing noch um seinen Hals. Da er die Ärmel des Overalls ein wenig hochgeschoben hatte, konnte Evie die primitiven Tätowierungen unter seinen Handschellen hervorlugen sehen.

»Tag«, sagte Evie. »Sie erinnern sich noch an mich, Mr Call?«

Jacob Call sah sie kaum an. »Ja.«

»Ich habe gehört, Sie schweigen sich der Polizei gegenüber aus. Wieso?«

»Ich sag denen nichts und Ihnen auch nicht.«

»Das ist aber schade. Dabei könnten wir zwei über so vieles sprechen. Hierüber, zum Beispiel.« Evie legte das Buch der Brethren auf den Tisch zwischen ihnen.

Jacob Calls Miene wurde finster. »Woher haben Sie das?«

Evie nahm das Buch jetzt in die Hand und blätterte darin, ließ Call aber keinen Blick hineinwerfen. »Faszinierende Lektüre. Viel besser als Moby Dick. Dieser Absatz hier zum Beispiel.«

Sie schlug die Seite auf, auf der das elfte Opfer dargestellt war: Die Vermählung der Bestie mit der sonnenbekleideten Frau. Sie legte das Buch wieder auf den Tisch zurück und beobachtete, wie Jacob Call es voller Respekt betrachtete.

»Das Opferritual. Es hat bereits begonnen, oder? Die Rückkehr der Bestie?«

Jacob Call beugte sich vor und legte ehrfürchtig eine Hand auf die Buchseite. »So wie es der Prophet vorhergesehen hat«, sagte er. »Wenn das Feuer am Himmel brennt, wird der Auserwählte das letzte Opfer darbringen. Die Bestie wird in ihm aufsteigen und Armageddon seinen Anfang nehmen.«

Evie überlief ein Schauer, und sie musste sich zusammennehmen, um die Fassung zu bewahren. »Und die Bestie kommt über die rituelle Tötung – ähem, das Opfer – in diese Welt. Ist das richtig?«

Jacob Call nickte schroff. »Die Welt ist in Sünde gefallen. Und der Herr wird sie durch seinen Auserwählten mit Blut läutern lassen.«

»Und Sie sind dieser Auserwählte«, versuchte Evie es weiter.

Der Mann schürzte verächtlich die Lippen. »Warum sollte ich Ihnen das sagen? Sie sind nicht das Gesetz und auch nicht gläubig. Sie sind nur irgendein Mädchen.«

»So ein Mädchen wie Ruta Badowski es war?«, fragte Evie in scharfem Ton. Sie konnte diesen Jacob Call nicht leiden. »Sagen Sie, haben Sie der Polizei tatsächlich Rutas Augen mit der Post geschickt – als Opfer für die Bestie, damit sie wusste, dass Sie die Prophezeiung auch erfüllen würden?«, bluffte sie.

»D-das hab ich. Möge es unserem Herrn gefallen.« *Einen sonderlich guten Pokerspieler würde Jacob Call nicht abgeben,* dachte Evie. In diesem einen kurzen, unbedachten Augenblick hatte er seine Karten aufgedeckt. Er kannte keine Einzelheiten des Mordes.

»Und Tommy Duffys Hände? Was haben Sie mit denen angestellt?«, drängte sie.

Jacob Call saß mit versteinertem Gesicht da. »Ich hab alles gesagt. Mehr sag ich nicht.«

»Na gut. Nur eins will ich noch wissen. Nur das noch, danach lasse ich Sie auch in Ruhe. Ihr Anhänger da – was für eine Bedeutung hat der?«

Jacob Call saß weiter schweigend da.

»Lass uns hier abhauen, Evie«, sagte Sam, »da kommt jemand den Gang hinunter.«

»Er ist so wunderhübsch!«, sagte Evie, die Call aus der Reserve locken wollte. »So einen muss ich unbedingt auch haben. Wo haben Sie ihn her?«

»Den Herrn verhöhnt man nicht«, sagte Jacob. Er starrte sie zornig an.

»Wer sagt denn, dass wir hier den Herrn verhöhnen wollen? Mich interessiert doch nur der Name Ihres Juweliers. Oder ... vielleicht kann ich Ihnen den Anhänger ja auch abkaufen ...?« Evie streckte einen Finger aus, als wolle sie den Anhänger berühren, aber Jacob Call ließ beide Fäuste auf den Tisch krachen und sie fuhr erschreckt zurück.

»Der ist für mich und nur für mich! Und der Herr sagte: ›Salbet euer Fleisch und richtet eure Häuser. Verbindet euren Geist mit dem Heiligen Zeichen und tragt es an euch und Schutz wird euch in diesem Leben und im Jenseits zuteilwerden. Doch nehmt euch in Acht, dass das Heilige Zeichen nicht zerstört wird, denn sonst werdet ihr die Verbindung zu eurem Geist durchtrennen.‹«

»Verstehe«, sagte Evie. Sie versuchte sich ein Lächeln zu verkneifen. Sie hatte jetzt alles erfahren, was sie wissen wollte, auch wenn ihr Herz noch immer raste. »Dann probier ich es eben mal bei Tiffany's. Trotzdem danke.«

»Was hat er da für einen Unsinn erzählt? Man soll sich mit dem heiligen Zeichen verbinden?«, fragte Sam, als sie sich aus dem Gefängnis geschlichen hatten und mit schnellen Schritten zu der Stelle zurückgingen, an der sie Wills Automobil zurückgelassen hatten.

»Er scheint zu glauben, dass er seinen Geist an seinen Anhänger binden kann und dass der eine Art magischer Gegenstand ist, in dem er weiterleben kann.«

Sam pfiff durch die Zähne. Er schüttelte den Kopf. »An was die Leute alles glauben. Du meinst also, er ist unser Mörder?«

Evie schüttelte langsam den Kopf. »Nein, ich glaube nicht. Der Mörder hat Ruta Badowskis Augen nicht mit der Post verschickt. Das habe ich nur erfunden, aber Jacob Call ist voll darauf eingestiegen.«

»Vielleicht tut er nur so, als wüsste er es nicht besser.«

»Vielleicht«, pflichtete Evie ihm bei, aber überzeugt war sie nicht.

Ein Zeitungsjunge verkaufte am Straßenrand die Spätausgabe der *Daily News*. »Extrablatt! Extrablatt! *Daily News!* Exklusivbericht über den Pentakelmörder. Lesen Sie jetzt alles darüber!«

Evie warf dem Jungen ein paar Münzen zu und starrte auf die Schlagzeile: TRITTBRETTMÖRDER! KOPIERT DER PENTAKELTEUFEL GRAUSIGE SEITEN AUS DEM GESCHICHTSBUCH?

»So ein Schmierfink«, rief Evie wütend. »Ich war es, die ihm diesen Tipp gegeben hat und jetzt nutzt er ihn, um sich selbst zu profilieren!«

»Vertraue niemals der Presse, Süße«, sagte Sam.

Evie blätterte zu dem Artikel weiter und Sam und sie lasen ihn mitten zwischen den vorbeiströmenden Fußgängern.

»›Im Sommer 1875 fand man am Belmont Track die schon halb verweste Leiche eines unbekannten Mannes. Der Körper wies Spuren von eigenartigen Tätowierungen auf, darunter ein fünfzackiger Stern, und am Hemd des Opfers war ein Zettel befestigt. Die Tinte war großteils verwittert, zwei Worte aber waren noch entzifferbar: *Reiter* und *Sterne.*‹« Evie rang nach Luft. »Der blasse Reiter, den Tod im Angesicht der Sterne reitend! Das dritte Opfer! Er kopiert tatsächlich aus der Geschichte.«

Sam und Evie sprangen in Wills Automobil und fuhren so schnell wie möglich in den Norden von Manhattan zurück. Während Sam noch parkte, stürzte Evie schon ins Museum und stürmte Wills Vorlesung.

Sie hielt die Zeitung in die Luft. »Ich hab das dritte Opfer entdeckt!«, rief sie, rannte wieder aus dem Raum und ließ Will und seine Studenten ratlos zurück.

Einen Moment später kam ihr Will in die Bibliothek nach. »Evie, was zum Teufel fällt dir ein, meine Vorlesung zu unterbrechen?«

»Onkel Will, hör dir das an!« Sie las ihm aus T. S. Woodhouses Artikel vor. »Vor fünfzig Jahren! Das dritte Opfer geschah vor fünfzig Jahren …«

»Evie«, sagte Will.

»Deshalb hat unser Mörder auch mit dem fünften Opfer begonnen – weil die anderen vier schon stattgefunden haben und er die Sache nur zu Ende bringt!«

»Evie, Evie!«, unterbrach sie Will. »Jacob Call hat ein Geständnis abgelegt!«

»Wie bitte?«

»Vor einer halben Stunde. Terrence hat mich angerufen. Jacob Call hat alles gestanden. Er hat zugegeben, dass er der Auserwählte ist, der dazu bestimmt ist, das Ende der Welt herbeizuführen.«

»Aber er ist nicht der Mörder. Er kann es gar nicht sein.«

»Er ist es aber, Evie. Die Polizei in New Brethren hat bestätigt, dass er während der vergangenen sechs Monate Predigten über das Erscheinen der Bestie und die Ankunft von Salomons Kometen gehalten hat. Er hat seine Verbrechen gestanden. Es ist vorbei«, sagte Will mit Entschiedenheit. »Warum machst du nicht mal einen Abend frei und gehst mit deinen Freunden tanzen? Du hast es dir verdient. Und jetzt muss ich zu meinen Studenten zurück.«

Evie saß auf der breiten Treppe in der Eingangshalle des Museums und hörte Wills Stimme aus dem Hörsaal dringen, die vom Wesen des Bösen sprach.

Jericho kam und setzte sich neben sie. »Im Palace zeigen sie heute Murnaus *Faust.*«

»Großartig«, sagte Evie, die sich die ganze Sache wieder und wieder durch den Kopf gehen ließ.

»Ich dachte, vielleicht hast du ja …«

Es klopfte an der Tür.

»Ich geh schon«, sagte Evie seufzend. »Wahrscheinlich wieder ein Reporter.«

»… Lust, ihn dir mit mir zusammen anzusehen«, beendete Jericho seinen Satz, als Evie längst auf dem Weg zur Tür war.

Die Schwarze Frau, die vor Evie auf der Treppe des Museums stand, war groß und breitschultrig und elegant gekleidet. Sie trug ein braun kariertes Kostüm und einen beigen Hut mit rotem Band. Sie wirkte nicht wie jemand von der Zeitung, benahm sich eher wie eine Königin.

»Kann ich etwas für Sie tun?«, fragte Evie.

Die Frau lächelte höflich, aber formell. »Ich hätte gerne Dr. William Fitzgerald gesprochen.«

»Tut mir leid, der unterrichtet gerade.«

»Verstehe.« Die Frau nickte und überlegte. »Darf ich Ihnen meine Karte dalassen?«

»Selbstverständlich.«

Die Frau entnahm ihrer Handtasche eine schlichte cremefarbene

Visitenkarte. Evie strich mit dem Finger über den Schriftzug darauf: *Miss Margaret Walker*, darunter eine Adresse im Norden der Stadt. »Arbeiten Sie für Mr Fitzgerald?«, fragte die Frau. Das Wort »arbeiten« betonte sie mit einem seltsamen Ausdruck des Misstrauens, der auch bei Evie eine gewisse Reserviertheit auslöste.

»Ich bin seine Nichte, Evie O'Neill.«

»Seine Nichte«, sagte Miss Walker erstaunt. »Nun, ist das etwa nichts?«

Evie wusste nicht recht, was sie von Margaret Walker halten sollte. Es geschah nicht oft, dass jemand sie derart verunsicherte. »Arbeiten *Sie* denn mit meinem Onkel zusammen, Miss Walker?«

Um Miss Walkers Mund zuckte es, als flirte er mit dem Anflug eines Lächelns, nahm dann aber einen sehr viel härteren Ausdruck an. »Nein.« Die Frau wollte schon die Treppe hinuntergehen, als sie sich noch einmal umdrehte. »Miss O'Neill, darf ich fragen, wie alt Sie sind?«

»Ich bin siebzehn.«

»Siebzehn.« Die Frau schien zu überlegen. »Dann noch einen schönen Tag, Miss O'Neill.«

Evie drehte die Karte um und wunderte sich, dass Margaret Walker eine Nachricht darauf geschrieben hatte, die ebenso kurz angebunden und präzise war, wie sie selbst es zu sein schien: *Es kommt zurück.*

Was kam zurück? Wer war Margaret Walker? Und in welcher Beziehung stand sie zu Will?

Bei ihrer Rückkehr in die Bibliothek war Evie überrascht, Will dort vorzufinden. »Ah, du bist ja schon fertig. Gerade hat jemand nach dir verlangt. Eine Frau. Sie hat dir ihre Karte dagelassen.«

Will starrte auf den Namen auf der Karte. Er drehte sie um und las die Rückseite.

»Wer ist denn das?«

»Niemand, den ich kenne jedenfalls«, antwortete Will und warf Margaret Walkers Visitenkarte in den Papierkorb.

Pack up your Troubles

Evie träumte.

Mit der verschlungenen, exotischen Logik, die unseren Träumen eigen ist, saß sie auf der alten Holzschaukel hinter dem Haus ihrer Familie in Ohio und ließ sich von James anstoßen. Sie hatte das dringende Bedürfnis, sich nach ihm umzudrehen und sich zu vergewissern, dass er auch wirklich dastand, weil sie ihm eine Warnung zuflüstern wollte, aber die Schaukel flog höher und höher, und sie konnte nichts tun, als sich festzuhalten. Beim vierten Anstoß flog sie so hoch in die Luft empor, dass sich die Kette mit dem Anhänger von ihrem Hals löste und ebenfalls davonzufliegen drohte. Sie streckte ihre Hand danach aus und fiel dabei selbst von der Schaukel, tief, tief und immer tiefer hinein in eine samtene Ewigkeit.

Eine Krähe schnappte sich den Anhänger aus ihren Händen und flog damit in einen aufgewühlten, düstergrauen Himmel über einem großen Weizenfeld. Blitze schossen aus den Wolken hervor und schlugen in der Erde ein. Der Weizen stand in Flammen und Evie hob den Arm, um sich vor der Hitze zu schützen.

Als sie ihn wieder sinken ließ, stand sie plötzlich auf dem menschenleeren Times Square. Nur der hohlwangige Kriegsveteran saß in seinem Rollstuhl unter einer monumentalen Plakatwand, die für Marlowe Industries warb, und klapperte mit seiner Blechbüchse. »Die Zeit ist gekommen«, sagte er.

Die hübsche Frau auf Onkel Wills Fotografie kam auf Schlittschuhen lachend vorbeigefahren. »Will, wie er leibt und lebt«, sagte sie. Dann hörte Evie auch hinter sich jemanden lachen, und als sie sich umdrehte, war es Will, der junge Will von den Familienfotos. Doch auf den zweiten Blick war es auf einmal James, den sie am Rand des nebeligen Waldes stehen sah. So bleich war er. So furchtbar bleich, und dunkle Schatten lagen unter seinen hohlen Augen. Er winkte Evie zu und sie folgte ihm durch den Wald bis zum Feldlager. Dort stand auf einer Tonne ein Grammofon und die sich unermüdlich drehende Schallplatte spielte: *Pack up your troubles in your old kit bag and smile, smile, smile …*

Sandsäcke bildeten einen Wall vor einem lang gestreckten Schützengraben. Ein Stacheldrahtzaun dehnte sich meilenweit aus. Und über der ganzen Szenerie hing schwer der Nebel.

Don't let your joy and laughter hear the snag. Smile, boys, that's the style …

Oberhalb der Baumkronen tauchte jetzt aus dem Nebel ein breites, gezacktes Dach auf, wie von einem verwunschenen Märchenschloss. Doch wo war James?

Die Platte drehte sich und drehte sich: *What's the use of worrying? It never was worthwhile …*

Die Soldaten standen herum, aßen aus Büchsen und tranken aus Feldflaschen. Evie blinzelte und für den Bruchteil einer Sekunde verwandelten sie sich in skelettartige Gespenster. Sie schrie auf und verbarg die Augen hinter ihren Händen, doch als sie wagte, wieder hinzusehen, hatten sie sich in gewöhnliche Soldaten zurückverwandelt. Einer prostete ihr sogar mit seiner Feldflasche zu, lächelte sie an und aus seinem Mund hüpften Heuschrecken.

»So, pack up your troubles in your old kit bag and smile, smile, s–«

Da erschütterte eine Explosion den Boden. Eine Säule weißglühenden Lichts spaltete den Himmel, breitete sich in rasendem Tempo wellenförmig aus, raffte Bäume und Soldaten dahin – Fleisch schälte sich von Knochen, Augenhöhlen verloren ihre Augäpfel, Gliedmaßen schmolzen, Münder erstarrten in ungehörten

Schreien, während das Grammofon nur noch einen Zischlaut von sich gab. Evie rannte und ihre bloßen Füße platschten durch die blutverschlammten Felder. Der Schlamm bespritzte ihr Nachthemd, ihr Gesicht und ihre Arme. Das Blut verwandelte sich in Mohnblumen, die neben den versengten Bäumen aus dem Boden sprossen. Und vor ihr, in der Ferne, sah sie James mit ihr zugewandtem Rücken stehen. Doch er lebte und war unversehrt!

James!, rief sie, aber in der Traumwelt war kein Laut zu hören. *James, James!* Sie hatte ihn schon fast erreicht. Gleich würde sie ihn einholen und gemeinsam würden sie von diesem grauenhaften Ort davonlaufen. Ja, davonlaufen würden sie. Sie würden es schaffen, sie –

Da drehte James sich langsam zu ihr um und zog die Gasmaske von seinem schönen Gesicht, das jetzt leichenblass war und wie ein Totenschädel aussah, aus dessen lippenlosem Mund ihr die Zähne entgegenklafften.

Dann schmolz er dahin, wie alle anderen auch.

Zitternd erwachte Evie. Sie setzte sich auf, zog die Knie an die Brust und wartete, bis sich ihre Atmung wieder beruhigte. Heute Nacht würde sie keinen Schlaf mehr finden, das wusste sie. Erschöpft ging sie in die Küche und trank ein Glas Wasser, dann setzte sie sich in Wills Schreibtischsessel in dessen Arbeitszimmer und versuchte sich abzulenken, indem sie Ordnung in das Durcheinander auf seinem Schreibtisch brachte. Sie nahm den kristallenen Briefbeschwerer in die Hand. Den Brieföffner. Das gerahmte Foto von der Frau, die sie gesehen hatte, als sie Wills Handschuh in der Hand gehalten hatte. Wenn ihr danach war, konnte sie all diese Gegenstände zwischen ihre Handflächen pressen, sich konzentrieren und Wills Geheimnisse lüften. Und die von Jericho. Oder auch die von Sam, Mabel und Theta. Die Liste war schier endlos. Aber in die Leben anderer ohne deren Zustimmung einzudringen war auch eine Form von Diebstahl. Außerdem war sie sich nicht sicher, ob sie die Verantwortung für ein solches Wissen übernehmen wollte.

Sie stellte das Foto an seinen Platz zurück und legte ihre Hand auf die Halbdollarmünze um ihren Hals, deren Nähe sie stets wärmte. Die Münze hatte sie noch nie lesen können, sie schien zu stark von ihren eigenen Erinnerungen durchdrungen zu sein. Aber sie spürte gern ihr Gewicht an ihrem Hals. Der Anhänger war die letzte noch verbliebene Verbindung zu James, und James war für sie die Verbindung zu allem gewesen, was gut war. Sie erinnerte sich noch an den Geburtstagsglückwunsch, den er seinem Geschenk beigefügt hatte:

Herzlichen Glückwunsch, meine Kleine!
Bist du jetzt wirklich schon neun Jahre alt? Ehe ich mich versehe, wirst du dir Blumen an dein Kleid stecken und mit einem jungen Mann auf der Veranda sitzen – unter dem wachsamen Auge deines lieben Bruders selbstverständlich. Frankreich ist leider eine einzige Schlammwüste. Dir würde es hier gefallen, weil du Schlammkuchen backen und die Deutschen damit bewerfen könntest. Morgen ist ein großer Tag, deshalb werde ich dir ein Weilchen nicht schreiben können. Ich habe eine Kleinigkeit beigelegt, die dich an deinen großen Bruder erinnern soll. Gib aber nicht alles in Hale's Candy Store aus.
In Liebe, dein James

Eine Woche später hatten sie das furchtbare Telegramm erhalten, in dem ihnen James' Tod mitgeteilt wurde, und ihre Familie war auseinandergerissen und dann notdürftig wieder zusammengeklebt worden wie eine Fotografie in einem zerbrochenen Rahmen.

Auf Wills Schreibtisch lag die *Daily News* mit dem neuesten Artikel über den Pentakelmörder von T. S. Woodhouse. Ihr Bruder war nun schon lange tot, aber irgendwo in dieser Stadt lebte ein Mörder, der die Herzen anderer Menschen brach. Evie drehte an dem Anhänger und dachte an die trauernden Familien von Ruta Badowski, Tommy Duffy und Eugene Meriwether. Sie wusste, was es bedeutete, wenn man auf jemanden wartete, der nie mehr heimkehren würde. Sie wusste, dass der Schmerz, wie eine Narbe, blasser wurde, aber niemals wieder ganz verging. Onkel Will hatte nicht gewollt, dass sie ihr Talent dazu nutzte, den Mörder zu fassen; er hatte es für zu gefährlich gehalten. Aber er täuschte sich. Gefährlich war es, es nicht zu nutzen. Nicht, dass das jetzt noch eine Rolle spielte, denn Jacob Call hatte ja gestanden. Aber warum nur erleichterte sie sein Geständnis dann nicht?

Jericho hatte vergessen, die Jalousie herunterzulassen, bevor er sich schlafen legte, und jetzt weckte ihn das müde Neonlicht der Stadt mit ihren vielen Nachtschwärmern. Er ging zum Spiegel, stellte sich mit bloßem Oberkörper davor und sah sich prüfend an. Er war groß – eins achtundachtzig – und hatte die breiten Schultern des Farmers, der er geworden wäre, hätte seine Krankheit ihn nicht daran gehindert. Lautlos zog er die Kommodenschublade auf, entnahm ihr das kleine Faltetui aus Leder, das er unter einem Stapel zusammengelegter Unterhemden versteckt hielt, wickelte es auf und strich mit dem Finger über die dunkelblauen Ampullen. Am liebsten hätte er sie allesamt mit der Faust zerschmettert. Stattdessen streckte er beide Hände vor seinem Körper aus und beobachtete sie einige ängstliche Sekunden lang, ehe er sie wieder sinken ließ. Seine Hände zitterten nicht, seine Augen waren klar und seine Haut war glatt. Sein Herz schlug in einem gleichmäßigen, beruhigenden Rhythmus. Nein, man sah es ihm nicht an. Nur jemand, der ihm sehr nahe kam, konnte sein Geheimnis aufdecken. Aber er hatte nicht die Absicht, einen Menschen so nah an sich heranzulassen.

Jetzt spürte er, dass sich etwas in der Wohnung rührte. Er öffnete seine Zimmertür einen Spaltbreit und sah, wie Evie aus Wills Arbeitszimmer trat und in ihr eigenes Zimmer zurückging. Das bläuliche Licht, das durch die Fenster drang, zeichnete die Silhouette ihres Körpers unter dem Nachthemd nach und Jericho spürte, wie sich tief in seinem Bauch etwas zu regen begann. Ihm war bewusst, dass er sie nicht so anstarren sollte, konnte aber den Blick nicht von ihr lassen. Als sie um die Ecke verschwand, schloss er leise seine Zimmertür, ging hinunter in die Liegestützposition und trieb sich zur Strafe zu zahlreichen Wiederholungen an, bei denen er leise mitzählte: *Dreißig … fünfzig … hundert.* Als er zum Ende kam, war sein ganzer Körper mit einer feinen glänzenden Schweißschicht bedeckt, deren Anblick ihn erleichterte. Schweiß war gut. Er war gesund. Normal. Jericho streckte noch einmal die Hände vor dem Körper aus. So ruhig wie ein Fels in der Brandung. Er versteckte das Lederetui wieder unter seinen Unterhemden und schob die Schublade zu.

In einer Gartenwohnung in Harlem lief Almas Hausparty auf Hochtouren. Gabes Trompete wimmerte und knurrte in den höchsten Tönen. Das kleine Apartment war voller Menschen, die tanzten und tranken, laut sangen und in die Nacht hinausriefen. Als Memphis mit Theta am Arm hereingekommen war, hatte der eine oder andere Partygast die Augenbrauen gehoben oder sie angestiert. Aber das hatte sich schnell gegeben, denn Almas Freundin Rita war auf Theta zugegangen und hatte sie mit lauter Stimme gefragt: »Hast du eine Zigarette da?« Theta hatte geantwortet: »Ich hab sogar zehn. Welche davon willst du?« Worauf Rita gelacht und gemeint hatte: »Die ist in Ordnung.« Danach war alles gut gewesen und sowieso amüsierten sich bald darauf alle bestens. Fast alle jedenfalls.

Plötzlich zog Gabe Memphis in eine Ecke. »Hör mal, Kumpel, als ich neulich zu dir sagte, du sollst dir ein Mädchen suchen, da hab ich kein weißes gemeint.«

Memphis wollte sich auf keinerlei Diskussionen mit Gabe einlassen, weshalb er nur entgegnete: »Wir leben hier in einem freien Land.« Dann ging er in die Küche, um für Theta und sich Getränke zu kaufen, aber Gabe kam ihm nach.

»Nein, tun wir nicht. Und du weißt das auch.«

»Schön, sollten wir aber.«

»*Sollten* und *tun* ist nicht dasselbe, Mann. Was ist, wenn sie irgendwann genug von dir hat oder, noch schlimmer, dir irgendwas anlastet? Erinnerst du dich noch an Rosewood?«

»Zwei Bier!«, sagte Memphis zu dem Mann, der den Alkohol ausschenkte. »Wieso bringst du jetzt diese Stadt ins Spiel, Gabriel?«

»Diese Stadt wurde niedergebrannt, nur weil eine weiße Frau behauptete ...«

»Gab-ri-el!«, rief Alma durch den Lärm zu ihnen hinüber. »Bläst du jetzt endlich wieder in deine Trompete oder willst du den ganzen Abend rumquatschen?«

»Nich sauer werden, Süße«, rief Gabe mit einem Lächeln zurück, das aber gleich verebbte, als er sich wieder Memphis zuwandte. »Reicht es denn nicht, dass sie unsere Viertel verslumen lassen, aber in unseren Clubs die besten Tische besetzen, während wir in ihren keine kriegen? Dass sie versuchen, unsere Geschäfte von innen auszuhöhlen, so wie das mit dem Hotsy Totsy? Und jetzt stolzierst du hier mit einer von denen rum?«

»Ich stolzier nicht rum, Gabriel.«

»Mann, da handelst du dir nichts wie Kummer ein. Tu uns allen einen Gefallen. Bring das Mädchen hier raus, setz sie in ein Taxi, das sie in die Stadt zurückfährt, und vergiss sie.«

»Sag du mir nicht, wie ich mein Leben führen soll, Gabe«, entgegnete Memphis in scharfem Ton.

Gabe packte ihn am Ärmel. »Ich will dir auch nicht sagen, wie du dein Leben führen sollst, ich will es retten. Du hängst dich an die falschen Leute, Memphis, aber was die dir antun werden, das kannst auch du nicht heilen.«

»Ich hab dir ja gesagt, ich kann es sowieso nicht mehr«, entgegnete Memphis zähneknirschend. Er wand sich aus Gabes Griff, zahlte sein Bier und schob sich durch die Tanzenden zurück zu Theta, die dasaß und ihre Beine im Rhythmus der aberwitzigen Pianoläufe des Count hin und her baumeln ließ.

»Alles in Ordnung, Dichter?«, fragte Theta.

»Bei mir? Alles bestens.«

»Gut«, sagte Theta, beobachtete ihn aber scharf. »Ziemlich verraucht hier drin, oder? Sollen wir mal etwas Luft schnappen?«

Almas Wohnung war randvoll mit Menschen. Es würde ewig dauern, bis sie sich zur Tür durchgeschlängelt hatten. Deshalb wies Memphis mit dem Kinn zum Fenster, und Theta und er kletterten hinaus in ein kleines Stück Garten, über das kreuz und quer Wäscheleinen mit sauberer Wäsche gespannt waren. Die Luft hier draußen war kühl, aber angenehm nach der stickigen Enge der Wohnung.

»Wo kommst du eigentlich her?«, fragte Memphis Theta.

»Von überall und nirgends.«

»Gut, aber woher stammen deine Leute?«

»In diesem Land will immer jeder wissen, woher man kommt und wer ›die eigenen Leute‹ sind«, frotzelte Theta. »Ehrlich gesagt, ich weiß es nicht. Mein Vater hat sich abgesetzt, da war ich noch nicht mal geboren. Und meine Mutter hat mich als Baby auf einer Kirchentreppe irgendwo in Kansas liegen lassen. Als ich drei war, wurde ich von einer Lady namens Bowers adoptiert. Der mütterliche Typ war sie nicht gerade. Und ab dem Zeitpunkt, als ich mir meine Steppschuhe selbst anziehen konnte, trat ich im Orpheum Circuit, einem Varietétheater, auf – in acht Shows die Woche.«

»Ich kann mir gar nicht vorstellen, wie man *dich* verlassen kann«, sagte Memphis mit einer solchen Offenheit, dass Theta der Atem stockte.

»Pass auf, Dichter. Sonst glaub ich dir das noch.«

»Ich bin auch einer, dem man glauben kann.«

»Ja? Dann beweis es. Verrat mir ein Geheimnis über dich.«

Memphis überlegte sehr genau, bevor er Theta eine Antwort gab. »Ich konnte früher mal Kranke heilen«, sagte er schließlich. »Die Leute haben mich den Heiler von Harlem genannt. Memphis, den Wunderheiler. Einmal im Monat stand ich vorn in der Kirche und habe den Leuten die Hand aufgelegt und sie von ihren Schmerzen und Krankheiten befreit.«

»Willst du mich veräppeln?« Theta sah ihn mit großem Ernst an.

Memphis schüttelte den Kopf. »Ich wünschte, es wäre so.« Er erzählte ihr vom Tod seiner Mutter und wie er noch in derselben Nacht seine Gabe verloren und sie danach nie mehr zurückerhalten hatte. »Ist sicher auch besser so.«

Theta hörte ihm genau zu. Sie spürte, dass er ihr keinen Quatsch erzählte. Und sie selbst hätte ihm am liebsten von Kansas erzählt. Was sie getan hatte und warum sie weglaufen musste. Aber wer würde nicht das Weite suchen, wenn er davon erfuhr?

»Komm mal hier rüber.« Theta lockte ihn mit gekrümmtem Zeigefinger und Memphis folgte ihr in den schmalen Bereich zwischen zwei Reihen Wäsche. Und während die Nacht rings um sie tobte, küssten die beiden sich, verborgen vor der Welt. Ihre Münder schmeckten süß nach Almas Kokosnusskuchen und selbst gebrautem Bier.

»Das geht alles ganz schön schnell, findest du nicht?«, fragte Memphis. Er konnte sich plötzlich an keine Zeit mehr erinnern, in der er Theta nicht gekannt und sie nicht seine Gedanken und Träume besetzt hatte.

»Das Leben geht auch schnell vorbei, Dichter.«

Memphis umfasste ihre Wange mit einer Hand und küsste sie.

So wie von ihm war sie noch nie geküsst worden. Sie hatte Jungen gekannt, die rumfummelten und vor nervöser Lust fast barsten. Varietébesitzer, ältere »Onkel«, die sie betatschten, wenn sie an ihnen vorbeiging, oder die ihr Kostüm »inspizierten«, angeblich um zu prüfen, ob es auch bis hin zur Unterwäsche richtig saß – Männer, denen sie gelegentlich einen Kuss gewährte, nur um Schlimmeres abzuwenden. Und dann war da natürlich Roy gewesen. Der schöne, grausame Roy, dessen Küsse besitzergreifend waren, als müsste er Theta bezwingen und sie mit seinem Mund brandmarken. All diese Männer hatten Theta nie gesehen, wie sie wirklich war. Aber Memphis' Kuss war nicht wie die Küsse dieser Männer. Er war leidenschaftlich und doch zart. Und beide waren sie eins in ihrem Verlangen. Es war ein Kuss, den beide wollten. Er küsste *sie*. Er war *bei ihr*.

Memphis löste sich von ihr. »Alles in Ordnung?«

»Nein«, sagte Theta.

»Was ist?«

Theta sah ihn durch ihre dichten dunklen Wimpern an. »Du küsst mich nicht mehr.«

Da zog er sie an sich. Sie griff nach der Wäscheleine, um nicht die Balance zu verlieren, doch dann stürzten beide lachend zu Boden, begraben unter einem Wäscheberg, der jetzt noch einmal neu gewaschen werden musste.

»Lass uns hier liegen bleiben«, sagte Memphis, und Theta schmiegte den Kopf an seine Brust und lauschte seinem regelmäßigen Herzschlag, während er sie fest in seinen Armen hielt.

Draußen regte sich die Stadt und seufzte im Schlaf. Wasserdampf stieg zischend durch die Gitter der Abwasserkanäle empor und wand sich um einen Laternenmast. Tief unten in den halb fertigen Tunneln der neuen Untergrundbahn huschten Ratten vor einem vermeintlichen Verfolger davon, einem Verfolger, der furchterregender war als der in ihren Rattenträumen. Eine umherziehende Wahrsagerin, deren Verbindung zu den Geistern einzig darin bestand, dass sie unter dem Tisch ein Klopfgeräusch produzierte, indem sie mit dem Zeh an einer Schnur zog, sah sich plötzlich veranlasst, ihre Kristallkugel mit einem Tuch zu verhängen und in einen Schrank zu schließen. In Chinatown verbeugte sich das Mädchen mit den dunklen Haaren und den grünen Augen ehrfurchtsvoll vor ihren Ahnen, sprach ihre Gebete und machte sich bereit, im Traum zwischen den Lebenden und den Toten hin- und herzuwandeln. In einer nördlicheren Region des Hudson River trug der Wind die entsetzlichen Todesschreie der geisterhaften Einwohner eines verlassenen und zerstörten Dorfes mit sich; gerade noch hörbar hallten sie in einem weiter unten gelegenen Dorf wider, sodass sich die beiden Männer, die hinten im Gemischtwarenladen über ein Damespiel gebeugt saßen, beunruhigte Blicke zuwarfen, ihr Spiel unterbrachen und einige Sekunden lang den Atem anhielten, bis der Wind und die Schreie weitergezogen waren. An anderen Orten im Lande wurden ähnliche Regungen wahrgenommen: Eine Mutter träumte von ihrer toten Tochter und erwachte – so schwor sie – von den sie tief erschütternden Worten: *Mama, ich bin wieder da.* Ein Mitglied des Ku-Klux-Klans, das sich nur kurz von einem Klantreffen im Wald entfernt hatte, um unter einem alten Baum zu pinkeln, schrak plötzlich zusammen, als er zu spüren meinte, wie zwei herabbaumelnde Füße seine Schultern streiften und sie beschmutzten. Nichts war zu sehen und dennoch klopfte er seine Schultern ab, als er zurück zum Feuer und zu seinen Brüdern in den weißen Kutten huschte. Ein junger Mann vom Ojibway-Stamm sah einen silbrig schimmernden Falken über sich am Himmel kreisen und wieder verschwinden. In einem alten Farmhaus rüttelte ein kleiner Junge seine Eltern wach. »Da draußen stehen zwei Mädchen, die rufen und wollen mit mir im Maisfeld Verstecken spielen«, flüsterte er. Sein Vater antwortete verschlafen, er solle wieder in sein Bett gehen, und als der Junge an einem Fenster im oberen Stockwerk vorbeikam, sah er, wie die beiden weiß glühenden Mädchen in den langen Röcken und den hochgeschlossenen Blusen mehr und mehr mit dem Feld verschmolzen und dabei jammernd klagten: »Komm, komm und spiel mit uns …«

Noch weiter fort von da, in den weiten Grasebenen, um die die amerikanische Seele ihre Mythen rankt, stand eine Schattenfigur in der Dunkelheit und wartete auf den rechten Augenblick – wie eine Vogelscheuche, die auf die Ernte wartete.

Der Engel Gabriel

Gabe spürte das Drängen der Geister nicht, als er in westlicher Richtung nach Hause ging. Der Kopf schwirrte ihm noch von dem Joint, den er auf Almas Party geraucht hatte. Die Nacht war kalt geworden und er hauchte in die Hände, um sie zu wärmen. Es war ein guter Tag gewesen, so gut wie jeder andere eigentlich auch, an den er sich erinnern konnte. Er war der großen Mamie Smith begegnet. Und obwohl er erst achtzehn war, behandelten ihn die anderen, als wäre er einer von ihnen, grinsten, wenn er seine Solos spielte, und beglückwünschten ihn zu seiner großen Lippenfertigkeit.

Der Streit mit Memphis war der einzige Schatten, der über den heutigen Tag gefallen war. Was er sich nur dabei gedacht hatte, dieses Mädchen auf Almas Party mitzunehmen? Gut, hübsch war sie ja. Aber schließlich gab es jede Menge hübsche Mädchen, die einem keinen Ärger machten – nicht mehr Ärger jedenfalls als die meisten anderen Frauen auch. Gabe gefiel es gar nicht, dass sie im Streit auseinandergegangen waren. Memphis und Theta waren einfach abgezogen und hatten sich nicht mal von ihm verabschiedet. Wenn Memphis so mit der Angelegenheit umgehen wollte, na schön. Aber wer würde sich dann wieder sein Gejammer anhören müssen, wenn dieses Mädchen ihn für irgend so einen weißen Bonzen fallen ließ? Gabe natürlich.

Ein Geräusch ließ ihn zusammenfahren. *Eins, zwei, drei, eins, zwei, drei.* Ein Rhythmus im Dreivierteltakt, wie bei einem langsamen Walzer. Aber als er sich umdrehte, war niemand zu sehen.

Er merkte, wie er sich in die Sache mit Memphis und seinem Mädchen hineinzusteigern begann, und das verdarb ihm seine gute Laune. Gabe schlug den Jackenkragen hoch, was ihn wenigstens notdürftig gegen den Wind schützte, der vom Hudson herüberpfiff, und ging weiter. Der Wind musste sich damit begnügen, eine auf der Straße liegende Blechbüchse vor sich herzutreiben. Hoch oben ächzten die Gleise in ihrer Einsamkeit. Gabe ließ die besten Augenblicke des Tages noch mal an sich vorüberziehen. Wie gut er sich mit den anderen Musikern verstanden hatte. Wie Clarence Williams, der ihm eine glänzende Zukunft bei Okeh Records prophezeite, und er sich die Hände geschüttelt hatten. »Bald wirst du für alle spielen«, hatte er gesagt und Gabe hatte sich wie ein gemachter Mann gefühlt.

Jetzt drang das Geräusch wieder in seine Ohren – *eins, zwei, drei, eins, zwei, drei, klick, Schritt, Schritt, klick, Schritt, Schritt.*

»Ist da jemand?«, rief Gabe in die Dunkelheit hinein. Etwas flitzte zwischen den breiten Reifen eines geparkten Fords hervor und Gabe schrie auf. Eine Katze machte sich auf leisen Pfoten in eine Gasse davon und Gabe musste lachen. »Herrgott noch mal, Katze. Kündige dich das nächste Mal gefälligst vorher an. Ich habe keine neun Leben.«

Kopfschüttelnd ging er weiter, improvisierte eine kleine Passage von Miss Mamies Song, während seine Hände an einer imaginären Trompete herumfingerten, ohne dass es ihm bewusst war. Die vergitterten Gleise der El Bridge warfen Lichtstreifen über die Straße und Memphis musste an Isaiahs Warnung denken: *Die Brücke. Geh nicht unter die Brücke.* Memphis gegenüber hätte Gabe es niemals erwähnt, aber mit Isaiah stimmte etwas nicht. Wie er Gabe seine Zukunft voraussagen wollte, war ein gutes Beispiel dafür. Isaiah hatte den Spaß eindeutig zu weit getrieben; Gabe hatte wirklich geglaubt, dass sich der Junge selber fürchtete. Zu viel Fantasie – das war Isaiahs Problem.

Eins, zwei, drei, eins, zwei, drei, klick, Schritt, Schritt.

Da, wieder dieses verfluchte Geräusch! Gabriel drehte sich um. Schlagartig war es nebelig geworden. Die Lichter des Whoopee Clubs waren nur noch durch einen Dunstschleier in der Ferne zu sehen.

Geh nicht unter die Brücke. Da steht er.

Gabe raffte seinen Kragen am Hals enger zusammen. Wieso ließ er zu, dass die albernen Worte des Jungen ihm derartig an die Nieren gingen? Das Geräusch von Schritten hallte jetzt wider. Sie schienen von überall her zu kommen. Und der Nebel wurde immer dichter. Wie war das möglich? Wie konnte er nur innerhalb weniger Sekunden so dicht geworden sein? Näherte er sich dem Fluss? Hatte er sich verlaufen? Gabe fühlte sich orientierungslos. In welche Richtung ging es zurück zu den Clubs? Jetzt hörte er ein Pfeifen durch den Nebel.

»Gabriel …«

Jemand rief seinen Namen, aber er kannte die Stimme nicht.

»Wer ist da?«

»Gabriel, der Engel. Der Bote …«

»Memphis, bist du das? Hör auf jetzt …« Gabe blickte sich nach etwas um, womit er – falls nötig – zuschlagen konnte, aber er konnte nichts erkennen. *Geh nicht unter die Brücke. Da steht er.*

Wenn das ein Scherz sein sollte, fand Gabe ihn ganz und gar nicht komisch. Schnell ging er weiter.

Da trat ein Mann aus dem Nebel, als wäre er daraus geboren worden. Seine Kleidung war altmodisch und er trug einen silbernen Gehstock bei sich. Er lächelte Gabe zu, aber es war ein kaltes, ein sehr kaltes Lächeln und Gabe fühlte sich plötzlich unsicher auf den Beinen.

»Gabriel, der Erzengel, dessen Trompete den Himmel zerriss.«

»Falls Sie einen Bläser suchen … ich spiele schon in der Truppe des Count«, sagte Gabe. Sein Herz pochte inzwischen wie wild. Aber der Kerl war sicher nur ein komischer Kauz mit Gehstock und wahrscheinlich betrunken. Gabe konnte ihn leicht überwältigen, wenn es darauf ankam. Doch weshalb hatte er dann plötzlich solche Angst?

Geh nicht unter die Brücke. Da steht er. Und du wirst sterben.

»Gabriel, der mit seiner Trompete die Geburt von Johannes dem Täufer verkündete. Und von Jesus Christus. Und deren Klang Zeugnis ablegen wird von dem Erscheinen der Bestie«, fuhr der fremde Mann fort. In seinen Augen schien Feuer zu lodern, und Gabe spürte, wie er den Blick nicht von ihnen wenden konnte. »›Und das achte Opfer war die Opferung des Himmelsboten, des großen Heralds, dessen himmlische Musik die Sphären vereinte und das Feuer im Himmel willkommen hieß. Und siehe, er spielte einen Ton auf seiner goldenen Trompete und verkündete die Geburt der Bestie.‹«

Der Mann schien über sich hinauszuwachsen. Seine Augen glichen jetzt zwei Flammen und seine Haut bewegte und veränderte sich ohne Unterlass.

»›Und der Herr sagte, lass alle Zungen den Drachen, die Bestie aus vergangenen Zeiten, willkommen heißen und preisen. Sein ist der Pfad der Gerechten.‹«

Aus dem Nebel drang jetzt dämonisches Gewisper, ein Hauch, direkt aus der Hölle.

»Willst du zu mir aufblicken, Gabriel? Willst du zu mir aufblicken und staunen?«

Doch Gabe brachte kein Wort heraus. Denn das Ungetüm vor ihm war mit Worten nicht zu fassen.

Knowles' End

Die Zeitungen berichteten mit reißerischen Schlagzeilen über die Verhaftung von Bruder Jacob Call: MÖRDER GEFASST! OH JACOB – DIESEN KAMPF HAST DU VERLOREN! EINE STADT ATMET AUF! Obwohl Detective Malloy vor der Presse darauf beharrte, dass Jacob Call lediglich befragt worden war, galt er in der Öffentlichkeit bereits als schuldig. Aber Evie hatte mit Jacob Call gesprochen und es war deutlich geworden, dass er nicht viel über den Mord an Ruta Badowski wusste. Fast schien es also, als wollte er, einmal festgenommen, um jeden Preis die öffentliche Aufmerksamkeit auf sich lenken.

Evie hatte Mabel ein Friedensangebot zukommen lassen: eine Fotografie von Jericho, die in der Wohnung herumgelegen hatte. Sie hatte sie einem Brief beigelegt, in dem lediglich stand: »Entschuldige, Mabesie. Kannst du deiner bösen Freundin noch einmal verzeihen? Evie.« Mabel war umgehend zu ihr heraufgekommen und hatte sie umarmt, und die beiden hatten sich gegenseitig versprochen, nie wieder miteinander zu streiten. Danach arrangierte Evie ein Mittagessen mit Jericho, in dessen Verlauf sie plötzlich verkündete, es täte ihr entsetzlich leid, aber sie müsste ein wichtiges Telefongespräch führen. Als sie eine Dreiviertelstunde später an den Tisch zurückkehrte, waren Mabel und Jericho in ein Gespräch über Tolstoi vertieft. Die beiden glühten nicht gerade vor Leidenschaft, stritten aber auch nicht, und Evie wertete das erst einmal als gutes Zeichen.

Jetzt saßen Mabel und sie, in Frisierumhänge gehüllt, in einem

Schönheitssalon in der 57th Street und ließen sich von zwei Friseurinnen die Haare waschen und legen.

»Hast du Lust auf ein kleines Abenteuer?«, rief Evie Mabel durch das Geräusch des laufenden Wassers zu.

»Kommt auf das Abenteuer an«, rief Mabel zurück.

»Du vertraust mir doch, oder?«

»Ha!«

Die Unterhaltung verstummte einen Moment lang, während die Friseurinnen ihnen die Haare abtrockneten und sie zu den Stühlen führten, wo sie sich daran machten, Evie Wasserwellen zu legen und Mabels lange Mähne auszukämmen.

»Es gibt Zeiten, da ist man darauf angewiesen, dass die Freundin einem blind vertraut, meine Süße. Und dieser Zeitpunkt ist jetzt da«, sagte Evie nach längerem Schweigen. »Wann hätte ich dich außerdem je in eine schwierige Lage gebracht?«

»Hättest du gern eine Liste?«

»Und wenn ich dir sagen würde, dass unser Ausflug mit den Morden des Pentakelmörders zu tun hat und wir eine unvermeidbare Untersuchung durchzuführen haben?« Der Kamm der Friseurin stockte über Mabels Kopf und Evie warf der Friseurin einen Blick von der Seite zu. »Ich wette, *Sie* würden mich sofort begleiten, stimmt's?«

»Absolut und hundertprozentig! Ich würde eine Pistole mitnehmen und diesen grauenhaften Kerl mit allen sechs Kugeln zur Strecke bringen. Danach würd ich ihn noch niederstechen, um ganz sicher zu sein, dass er auch wirklich tot ist.« Die Friseurin zuckte mit den Achseln und kämmte weiter Mabels Haare aus. »Da muss man sich doch sicher sein.«

»Aber ja!«, sagte Evie.

»Au!«, rief Mabel, als der Kamm auf einen Knoten in ihrem Haar stieß. Ihre Hand flog nach oben an die schmerzende Stelle am Kopf.

»Tut mir leid, Miss. Sie haben aber auch einen Haarschopf! Schon mal daran gedacht, ihn schneiden zu lassen?«

»Bemühen Sie sich erst gar nicht«, sagte Evie mit einem Seufzer. »Wir bearbeiten sie schon seit Ewigkeiten.«

»Also gut«, sagte Mabel plötzlich mit Entschiedenheit. »Ich mach es!«

Evie fiel Mabel um den Hals. »Mabel, endlich bist du im zwanzigsten Jahrhundert angekommen! Hip, hip, hurra!«

»Carpe diem!«, verkündete Mabel.

Die Friseurin schüttelte den Kopf. »Mit diesen ausländischen Filmstars, da kenn ich mich nicht aus, aber mit Clara Bows Haarschnitt würden Sie großartig aussehen«, sagte sie und griff zur Schere.

Die Sonne stand wie ein schöner runder Ball am Himmel, als Mabel und Evie an der 155th Street aus der Untergrundbahn stiegen, in nördlicher Richtung durch Straßen mit Mehrfamilienhäusern im Tudorstil und kleineren Stadthäusern gingen, vorbei an der Old Wolf Tavern und Johnson's Greengrocer, um eine Straßenecke bogen, an der sich ein Immobilienbüro befand, das Mietwohnungen anbot, und schließlich weiter auf den Fluss zuhielten, wo die Häuser spärlicher wurden. Zwei Jungen in verstaubten Overalls warfen einen Baseball hin und her und kommentierten sich selbst, als handele es sich um ein Yankee-Spiel: »Und am Schlagmal steht jetzt Babe Ruth, unser Great Bambino, der King of Swing, und schlägt den Ball für unsere Zuschauer auf der Tribüne ...« Die Jungen nickten den Mädchen zu und Evie machte eine Schlagbewegung mit dem Arm. »Schlagt zu wie der Caliph of Clout!«, rief sie. Schließlich gingen die beiden Mädchen weiter und auf Knowles' End zu, eine in Vergessenheit geratene Nebenstraße, die sich einen dem Wind ausgesetzten Hügel hinaufwand, von dem man über den Hudson River blicken konnte. Wie ein Wasserspeier stand das alte Haus dort oben.

»Bitte sag jetzt nicht, dass du da reingehen willst«, keuchte Mabel völlig außer Atem. Der Hügel hatte sich als ganz schön steil erwiesen. »Wahrscheinlich fressen uns da drin die Ratten auf oder Frankensteins Monster erwartet uns.«

»Wäre das nicht aufregend? Zumindest würdest du mit der nobelsten Frisur der ganzen Stadt in Ohnmacht fallen. Deine Haare sehen absolut sensationell aus! Ich bin so froh, dass du dich entschlossen hast, dir einen Bob schneiden zu lassen!«

Aber Mabel ließ sich nicht so einfach um den Finger wickeln. »Evie. Warum sind wir hier? Was hat das Haus hier mit den Mordermittlungen zu tun?«

»Ich glaube, es könnte der Schlupfwinkel des Pentakelmörders sein.«

Mabel starrte Evie entgeistert an. »Theta hat dir völlig zu Recht den Spitznamen Evil verpasst. Ich finde, du solltest dir von Dr. Sigmund Freud helfen lassen. Er ist der Einzige, der vielleicht nachvollziehen kann, wie dein morbider Verstand funktioniert.«

Evie hakte Mabel unter. »Ich erzähle dir jetzt ein paar vertrauliche Einzelheiten über den Fall. Aber du musst auf die King-James-Bibel schwören, dass …«

»Ich bin Atheistin.«

»Dann musst du eben auf die atheistische Bibel schwören, dass du niemandem etwas verraten wirst.«

»Es gibt keine atheistische Bibel.«

»Dann sollten wir eine verfassen. Schwöre auf das Grab des großen Scheichs!«

»Ich schwöre auf das Grab von Valentino«, sagte Mabel.

»Ich weiß aus verlässlicher Quelle, dass in dem Haus hier vielleicht Hinweise auf die Identität des Mörders zu finden sind.« Direkt gelogen war das nicht.

»Ich dachte, die Polizei hätte den Mörder – diesen Jacob Call – längst eingesperrt.« Mabel sah Evie einen Moment lang prüfend an. »Du glaubst nicht, dass er der Mörder ist, stimmt's?«

»Ich hab so eine Ahnung.«

»Oh nein«, sagte Mabel. »Nein, nein, nein!«

»Bitte, Mabesie. Ich muss das jetzt einfach weiterverfolgen.« Entgegen ihrem Vorsatz berichtete sie Mabel von sämtlichen Einzelheiten der Morduntersuchung, die diese noch nicht kannte – von Rutas Schuhspange und wie sie sie in der Hand gehalten hatte, von dem Pfeifen und Naughty Johns Verbindung zu Knowles' End und schließlich auch von Memphis Campbells kurzem und merkwürdigem Besuch im Museum, bei dem er ihr erzählt hatte, das Haus schiene wieder bewohnt zu sein.

»Meine Güte, Evie«, sagte Mabel schaudernd und fing an zu grübeln. Evie wusste genau, wie Mabel aussah, wenn sie nachdachte; das alte Mädchen war dabei, einen Plan zu schmieden. »Wir gehen da keinesfalls rein, ohne Vorsichtsmaßnahmen zu treffen.« Mabel gab Evie ein Zeichen, sie sollte ihr folgen, und marschierte den ganzen Hügel wieder hinunter, zurück zu den noch immer Baseball spielenden Jungen. »Kennt ihr zwei das alte Haus da oben auf dem Hügel?«

»Ja, Miss«, sagten die beiden.

»Wohnt da drin jemand? Habt ihr da Leute kommen oder gehen sehen?«

»Da rein, da traut sich keiner. Nich mal als Mutprobe«, sagte einer der Jungen entschieden.

Mabel blickte Evie an, als wollte sie sagen, *siehst du?*

»Aber *wir* gehen da jetzt rein. Es geht … tatsächlich um eine Mutprobe. Von unserer Studentinnenverbindung«, teilte Mabel den beiden mit.

Der andere Junge schüttelte den Kopf. »Keine gute Idee, Miss.«

»Wollt ihr zwei euch vielleicht zehn Cent verdienen?«

Die Jungen folgten ihnen bis zur nächsten Straßenecke; weiter durften sie nicht gehen, das würden ihre Mütter nicht erlauben, sagten sie.

»Wenn Miss O'Neill und ich in einer halben Stunde nicht zurück sind, dann ruft ihr die Polizei«, wies Mabel die beiden an.

»Die Polizei, die holen wir für niemand. Die sind genauso schlimm wie dieses Haus da.«

»Und wenn ihr euren Baseball so fest ihr könnt gegen das Fenster dort schmeißt, falls wir in einer halben Stunde nicht wieder zurück sind, und dann schnell eure Mütter holt? Würdet ihr das tun?«

»Ist aber unser einziger Baseball.«

»Fünfzig Cent«, sagte Evie.

»Für fünfzig Cent, Miss? Da werf ich wie Babe Ruth.«

»Großartig!« Evie steckte jedem der Jungen einen Vierteldollar zu. »Und jetzt vertrauen wir darauf, dass ihr so ehrlich seid, wie man das als anständiger Kerl ist, und dass ihr Schmiere steht. Ihr seid jetzt zwei Ritter auf Âventiure.«

»Häh?«

»Ach, behaltet einfach den alten Kasten da im Auge, und wehe, ihr haut ab«, sagte Evie. Sie ließ sie Tod und Teufel schwören und dann gingen sie und Mabel Arm in Arm auf die Ruine von Knowles' End zu, die sich bedrohlich vor ihnen auftürmte.

Das Haus war seinerzeit mit Sicherheit sehr eindrucksvoll gewesen mit seinen prächtigen Mauertürmchen, der Terrasse, zwei kleinen Kaminen und einem großen und mit seinen bogenförmigen Fenstern. Doch jetzt waren diese Fenster mit Brettern zugenagelt und die beiden einzigen verbliebenen Fensterläden hingen nur noch an einem Nagel und drohten jeden Augenblick hinunterzufallen. Die gewaltige Eingangstür war grau vor Alter. Metallkratzer machten die Stelle kenntlich, an der einmal ein großer Türklopfer gewesen, jetzt aber verschwunden war – verkauft wahrscheinlich oder gar gestohlen. Die Tür war verschlossen.

»Irgendwo muss es doch noch einen zweiten Eingang geben. Lass uns mal um das Haus herumgehen und nachsehen«, sagte Evie. Im Garten stolperte sie über etwas und stellte fest, dass es eine Puppe war. Ihr Porzellangesicht war gesprungen und an den narbenähnlichen Rissen hatte sich schon Schimmel festgesetzt.

Hinter dem Haus befand sich der Dienstboteneingang. Evie zog eine Haarnadel aus ihrem Haar, drehte sie in das simple Schloss hinein und es öffnete sich. Knarzend ging die Tür auf und sie standen in einem Vorratsraum mit hohen Schränken, in dem es nach Fäulnis und Staub roch. Durch die Ritzen der vernagelten Fenster fielen Streifen matten Sonnenlichts.

Evie nahm aus ihrer Handtasche eine Taschenlampe, in deren Lichtkegel eine rissige Decke und Staubflusen sichtbar wurden.

»Wonach zum Teufel suchst du eigentlich hier drin, Evie?«

Das wusste Evie selbst nicht so genau. Irgendetwas, das ihr einen Hinweis gab. »Halt doch mal nach einer Kette mit einem Pentakel als Anhänger Ausschau.«

»Pentakel – wie in Pentakelmörder?«, fragte Mabel argwöhnisch.

»Es geht doch nur um einen Anhänger«, schwindelte Evie. »Immer mit der Ruhe, Mabesie. Oh mein Gott ...«

Evie rauschte in einen Raum hinein, der einmal ein Ballsaal gewesen sein musste. Einige der Möbel darin waren mit Laken verhängt, sodass es hier eher nach Leichenschauhaus als nach einem Zuhause aussah. Neben einer großen Feuerstelle stand ein verschimmeltes Samtsofa, dessen Füllung bereits auf den Boden quoll. Die schmutzige Tapete hing in Streifen von den Wänden herab; an einigen Stellen war sie gar nicht mehr vorhanden und man konnte die verfaulenden Holzbalken darunter sehen. Sämtliche Wertgegenstände waren wohl schon vor langer Zeit entfernt worden. Es gab keine Bücher, kein Silber und kein Nippes mehr – nichts, was Evie hätte weiterhelfen können. Selbst die Lampen hatte man abmontiert. In einer Ecke stand ein mit Spinnweben übersätes Klavier, dem einige Tasten fehlten. Evie ließ eine anklingen und ein schriller Ton schallte durch den unbewohnten Raum. Eine kleine schwarze Spinne kroch zwischen zwei Tasten hervor und Evie riss erschreckt die Hand hoch. An der hinteren Wand hing ein gesprungener Spiegel, der den Saal wie ein zerbrochenes Gemälde reflektierte. Einen Moment lang meinte Evie zu sehen, wie sich etwas zwischen seinen gesplitterten Teilen bewegte, und fuhr zusammen.

»Was ist?«, fragte Mabel und Evie wurde erst jetzt bewusst, dass sie nur ihre sich nähernde Freundin darin gesehen hatte.

»Nichts.« Evie ließ ihren Blick durch den Raum schweifen. »Komisch«, sagte sie auf einmal.

»Was?«

»Von außen habe ich einen großen Schornstein gesehen, aber der Kamin hier ist eher klein.«

»Wir haben jetzt keine Zeit, die Architektur dieses Hauses zu erörtern, Evie. Die beiden Jungs werden jeden Moment ihre Mütter holen. Wenn sie nicht schon längst in den nächstbesten Laden gelaufen sind und sich Limonade gekauft haben. Du hättest ihnen das Geld nicht im Voraus geben sollen.«

»Bitte such weiter«, wies Evie sie an.

»Wonach denn?«, rief Mabel.

Ich weiß es doch auch nicht. »Ich seh mich mal im oberen Stockwerk um.«

Mabel hielt sie fest. »Evangeline Mary O'Neill! Du lässt mich hier unten keine Sekunde allein. Ich bleibe bei dir.«

»Könntest du jetzt bitte trotzdem weitergehen?«

Ein großer Treppenaufgang führte ins Obergeschoss. Die eleganten Schnitzereien an seinen Pfosten waren stellenweise schon verfault und die Treppenstufen knarzten und ächzten bei jedem Schritt, aber Evie hoffte, dass die Treppe Mabels und ihr Gewicht noch tragen würde. Sie ließ den Lichtkegel der Taschenlampe über die Ölporträts streng aussehender Männer und Frauen gleiten, die vor lauter Spinnweben silbrig schimmerten. Auf dem oberen Treppenabsatz ging nach beiden Seiten ein langer Gang mit etlichen Türen ab. Evie sah sich nach etwas um, das sie mitnehmen konnte, etwas möglichst Persönliches, dessen Geschichte sie lesen konnte.

»Hier entlang«, sagte sie und bog rechts in den Flur ein. Sie rüttelte an einigen Türklinken, aber alle Türen waren verschlossen. Im hinteren Teil des Hauses stießen sie schließlich auf eine weitere Treppe, die eng und auf beiden Seiten von Wänden eingefasst war und zu einem Speicherraum führte, dessen Dachfenster mit Brettern vernagelt waren. Schmale Scheibchen Sonnenlichts drangen durch die Ritzen, aber sie reichten nicht aus, um den Raum zu erhellen. Evie ließ die Taschenlampe kreisen und ihr Strahl landete nacheinander auf einem mit Vorhängen drapierten Himmelbett, einer Kommode mit dreiteiligem Spiegel und schließlich auf einem Schrank, der sich, von ein paar Hüten abgesehen, als leer erwies, nachdem Mabel behutsam seine knarzenden Türen geöffnet hatte. In der Kommode lagen ein blinder Handspiegel und eine Bürste.

Doch plötzlich gab Mabel einen markerschütternden Schrei von sich.

»Was ist? Was ist denn los?«, rief Evie mit klopfendem Herzen. Mabel schrie immer noch und deutete auf das Bett, auf dem der Strahl der Taschenlampe die Umrisse einer davontrippelnden Ratte erfasste, worauf die beiden Mädchen unter lautem Gekreische fast aneinander hochkletterten.

»Jetzt reicht's mir aber, Evie!«, sagte Mabel mit erstickter Stimme. »Können wir jetzt bitte gehen?«

»Gut«, sagte Evie. Sie hatte das Gefühl, versagt zu haben. Als sie sich zum Gehen wandte, strauchelte sie und stolperte in Mabel hinein.

»Evie! Du willst mich wohl zu Tode erschrecken!«

»Tut mir leid.« Evie leuchtete mit der Lampe auf den Fußboden. Eine der Holzdielen war schon ganz durchgefault und darunter ließ sich vage etwas erkennen, das dort versteckt zu sein schien. »Halt die mal eben«, sagte sie zu Mabel und reichte ihr die Taschenlampe. Ächzend hob sie das Brett ein wenig an.

»Erzähl mir nicht, du willst jetzt deine Finger in das Loch da unten stecken«, sagte Mabel.

»Na gut, dann erzähl ich es dir eben nicht.« Evie verkniff sich einen kleinen Schrei, bewegte ihre Finger Zentimeter für Zentimeter in das dunkle Loch unter dem verrotteten Brett und tastete behutsam nach dem dort liegenden Gegenstand. Als ihre Hand ihn zu fassen bekam, zog sie ihn mit einem Triumphschrei heraus. Sie zitterte am ganzen Körper. »Mein Gott! So etwas möchte ich nie wieder machen!«

Mabel drängte sich neben Evie. »Lass sehen, was ist es denn?«

Evie rieb erst mehrere Schichten Staub von dem Deckel einer alten Strumpfschachtel und nahm ihn dann ab. In der Schachtel lag ein kleines ledernes Buch. Mabel richtete den Strahl der Lampe darauf und Evie schlug es an einer beliebigen Seite auf. *22. März 1870* war dort am oberen Rand vermerkt. »›Heute Abend liegt Papa in seinem Totenhemd auf unserem Esstisch und wartet auf seine Bestattung. Nun bin ich die letzte noch lebende Knowles. Ach, ich bin verloren!‹«, las Evie laut vor. »Das ist Ida Knowles' Tagebuch«, sagte sie verwundert.

»Bist du jetzt zufrieden?«

»Und ob!«

»Na großartig. Dann lass uns jetzt verschwinden. Ich krieg hier nämlich Angstzustände.«

Gemeinsam rannten sie so schnell sie konnten die Treppe wieder hinunter, und Mabel lief bereits auf den Vorratsraum zu, durch den sie das Haus betreten hatten, als Evie plötzlich auf eine Tür aufmerksam wurde, die sich langsam und knarzend öffnete und ihr zuvor nicht aufgefallen war. Wenn sich dahinter nun ein entscheidender Hinweis verbarg?

»Evie! Lass uns jetzt endlich gehen!«, zischte ihr Mabel zu. Aber Evie stand bereits an der Tür und trat in ein kleines Zimmer ein, in dessen rückwärtiger Wand sich eine weitere Tür befand. Sie wollte gerade an ihrem Griff drehen, da gab im Boden unter ihr eine Klappe nach, und sie sauste einen Wäscheschacht hinunter. Sie schrie auf und versuchte vergeblich, an seinen glatten Wänden Halt zu finden, um ihren Fall zu bremsen. Als sie am unteren Ende des Schachts herausschoss, blieb ihr Mantel an einer scharfen Kante hängen, sodass sie jetzt ein Stück weit über dem Boden schwebte. Vorsichtig wand sie sich aus dem Mantel heraus, hielt sich aber weiter an ihm fest und versuchte, sich auf den Boden herabzulassen. Doch der Mantel riss und Evie landete unsanft auf dem lehmigen Boden. Gebrochen hatte sie sich nichts, aber die Taschenlampe war ihr abhandengekommen und ihr neuer goldschimmernder Brokatmantel war auch zerfetzt; ein glänzendes, rechteckiges Stück Stoff hing an der Öffnung des Wäscheschachts.

Mühsam richtete sich Evie auf. Sie wartete ab, bis ihre Augen sich an die Dunkelheit gewöhnt hatten und der Raum eine, wenn auch schattenhafte, Form annahm. Sie erkannte einen alten Schmelzofen. Einen Pflanztisch, voll mit Gartengeräten. Bettlaken, die verstaubt an einer Wäscheleine hingen, wo man sie wohl vergessen hatte. Eines davon bewegte sich kaum spürbar und Evie konnte das Blut in ihren Ohren rauschen hören. Es war niemand zu sehen, und doch hatte das Laken sich bewegt, da war sie sich ganz sicher. Sie hob die Hand und spürte den Hauch eines Luftzugs. Doch woher kam er? Fenster gab es keine in diesem dunklen Verlies.

»Evie! Alles in Ordnung mit dir?«, klang Mabels Stimme dumpf von oben durch den Wäscheschacht. »Evie!«

»Mabel, das solltest du mal sehen – ich steh hier unten in der großartigsten Flüsterkneipe, die du dir vorstellen kannst, und John Berrymore mixt mir gerade einen Champagnercocktail«, rief Evie scherzend zurück, um ihre Nerven zu beruhigen.

»Das ist kein bisschen lustig, Evie!«

»Alles bestens, Süße. Ich suche nur die Treppe. Gleich bin ich wieder bei dir oben.«

Mabel redete einfach weiter. Das tat sie immer, wenn sie nervös war, aber dieses Mal war ihr Evie, die in dem düsteren Keller herumstolperte und mit erhobener Hand dem winzigen Luftzug folgte, dankbar dafür.

»… kann nicht fassen, dass ich mich von dir habe überreden lassen …«

Der Luftzug führte Evie zu einer Wand. Aber das war doch unmöglich, Luft konnte schließlich nicht durch eine Mauer sickern.

»… werde dir nie, nie mehr ins Verderben folgen, Evil O'Neill …«

Es war so dunkel hier. Evie tastete die Wand nach einer Ritze ab und meinte in der Stille ein Flüstern zu hören, ein leises, stetiges Geräusch. Ein Schauer lief ihr über beide Arme und wanderte den Hals hinauf. Ja, doch, da wisperte etwas. Wie flatternde Flügel klang es. Wie brummende Insekten. Wie leise knurrende Hunde. Wie tausend verschiedene Stimmen, die alle auf einmal flüsterten.

»Ganz ruhig, Evie, ganz ruhig«, sagte sie laut zu sich selbst. Das hatte James damals zu ihr gesagt, als er ihr beibrachte, auf dem gefrorenen Teich Schlittschuh zu fahren, und sie an beiden Händen festhielt.

Aber jetzt zitterten ihre Hände und ihr Atem stockte. Und plötzlich trat sie mit dem Fuß auf etwas Hartes, was ein knirschendes Geräusch erzeugte. Sie bückte sich danach und tauchte mit den Bruchstücken einer Strassspange in der Hand wieder auf. Einer Schuhspange. Genauso einer wie der, die an Ruta Badowskis Schuh gefehlt hatte. Evie wurde schwindlig und sie ließ die Schnalle fallen, als hielte sie etwas Unreines in der Hand. Jetzt hörte sie es wieder flüstern. Ihr war, als ob sich in der Dunkelheit etwas bewegte. Der alte Ofen flammte plötzlich auf und Evie fuhr zurück. Aber im selben Moment erlosch er auch schon wieder.

Von oben war jetzt ein dumpfer Schlag zu hören und Mabel schrie auf.

»Mabel! Mabel!«, schrie Evie.

»Die beiden Schlingel haben endlich den Baseball ans Fenster geworfen!«, schrie Mabel durch den Wäscheschacht zurück. »Wir sollten uns besser aus dem Staub machen, bevor ihre Mütter kommen und uns wegen widerrechtlichen Betretens eines Grundstücks verhaften lassen.«

Evie stolperte weiter durch den Kellerraum, um einen Ausgang zu finden, und gab einen kleinen Freudenschrei von sich, als sie endlich auf eine Treppe stieß. Sie raste die wackeligen Stufen hinauf und hämmerte oben an die Tür, bis Mabel kam und sie befreite.

Arm in Arm rannten sie zur Tür hinaus und in den tröstlichen Sonnenschein, ohne den Türriegel wieder vorzulegen oder noch einmal stehen zu bleiben, bis sie den U-Bahnsteig erreicht hatten und den Zug die Gleise des langen metallenen Rückgrats der City auf sie zurattern sahen.

Evie wusste, dass Will sich entsetzlich aufregen würde, wenn sie ihm von den Heldentaten des heutigen Tages in Knowles' End erzählte, hoffte aber, ihn mit Idas Tagebuch besänftigen zu können; das hatte sie Mabel mit dem Versprechen abgetrotzt, sie beide würden es gemeinsam lesen, nachdem sie es Onkel Will gezeigt hatte. Jetzt ließ sie sich an einem Tisch im oberen Stock der Museumsbibliothek neben einer der grünen Leselampen nieder und las die wenigen Einträge am Ende des Tagebuchs.

7. September 1874
Heute habe ich einen Abend voller Wunder erlebt! Im abgedunkelten Salon hat meine liebe Mary mit den Geistern meiner Eltern Verbindung aufgenommen. Wir reichten uns die Hände und Mary und Mr Hobbes sprachen in fremden Zungen. Dann hörten wir ein Klopfgeräusch, die Flamme der Kerze flackerte und ging aus. Danach saßen wir drei in völliger Dunkelheit.

»Hab keine Angst, mein Liebling«, sagte Mary in ihrer Trance, und sogleich wusste ich, dass mein geliebter Papa durch sie zu mir sprach. Oh, dass ich seine Worte aus solch geheimnisvoller Ferne hören durfte, der Schleier für kostbarste Momente gelüftet wurde, war ein größerer Trost für mich als alles andere!

»Und wie gedeiht mein Flieder?«, fragte Mutter mich, so wie sie es auch zu Lebzeiten getan hatte. Ihr geliebter Flieder! Ich konnte kaum ein Wort hervorbringen vor lauter sehnsüchtigem Verlangen in meiner Brust.

»So wunderbar wie immer«, antwortete ich, und obgleich es sich nicht ziemte, konnte ich die Tränen nicht zurückhalten. Zu kurz war ihr Verweilen in dieser unserer Sphäre, und ich hoffe, dass wir es so bald wie möglich wieder versuchen.

3. Oktober
Mr Hobbes ist ein absonderlicher Mann. Er trägt einen höchst merkwürdigen Anhänger um den Hals, ein rundes Medaillon, auf dem seltsame Symbole angeordnet sind. Mary sagt, es handle sich dabei um die heilige Reliquie eines geheimen Ordens. Manchmal sehe ich Mr Hobbes in unserer kühlen Bibliothek sitzen, wo er eine uralte Schrift studiert, die er auf Anweisung des Herrn selbst in dem Astloch einer Zwillingseiche gefunden hat, behauptet er. Es sei eine mystische Schrift, reich an Hinweisen auf die nächste Welt, die Nichteingeweihten jedoch verschlossen bleiben müsse, sagte er entschuldigend, sperrte das Buch in die Vitrine und steckte den Schlüssel ein. Ich fand es ziemlich dreist von ihm, so einfach von meiner Vitrine Besitz zu ergreifen. Aber Mary sagt, Mr Hobbes sei ein spiritueller Mann, den alle weltlichen Belange und Besitztümer unangefochten lassen, obgleich er so gütig ist, die Reparaturen am Hause auf eigene Kosten durchzuführen, was mir ein großer Trost ist, da ich mir wünsche, dass die alte Pracht in Knowles' End wieder Einzug hält.

28. Oktober
Was für ein Lärm! Mr Hobbes' Gehämmer störet uns Tag und Nacht. Ich bin in den alten Speicherraum hinaufgezogen, um all dem Staub und gottlosen Lärm zu entgehen.

22. November
Mr Hobbes wollte mir nicht erlauben, meinen eigenen Keller zu betreten. Als ich daran Anstoß nahm, teilte er mir so freundlich wie möglich mit, dass sich dort unten ein furchtbares Unglück

ereignet hätte, der alte Ofen ausgetauscht werden müsste und alles, was sich dort sonst noch befunden hätte, ebenfalls. Er lächelte, als er dies sagte, und mir fiel auf, dass seine Augen, die von eisigem Blau sind, sein Lächeln nie wirklich widerspiegeln.

15. Januar
Es geht mir nicht gut und ich muss das Bett hüten. Mary meint, die Trauer, weil ich so häufig mit meinen lieben Eltern spreche, und die Briefe des Finanzamts, die mich auffordern, meine Steuern zu bezahlen, würden mich erschöpfen. Aber ich habe das Geld dafür nicht. »Verkaufe mir doch Knowles' End, meine Liebe, dann zahle ich die Steuern; du kannst hier weiterleben wie bisher und alles wird beim Alten bleiben, nur, dass du nicht mehr alleinige Besitzerin des Hauses sein wirst. Aber dein guter Ruf wird niemals in Zweifel gezogen werden«, sagte Mary zu mir. Ich kann den Kummer, Knowles' End verkaufen zu müssen, kaum ertragen, aber um wie viel schlimmer wäre es noch, das Haus auf dem Auktionstisch zu verlieren. Ich werde darüber nachdenken. Mary hat mir süßen Wein gebracht und darauf bestanden, dass ich ihn austrinke, um meine Nerven zu beruhigen.

20. Januar
Die fürchterlichsten Träume stören meinen Schlaf.

21. April
Ich habe ihn im dunklen Salon vorgefunden – nackt. »Sieh mich an und staune«, knurrte er. Und seine Augen glühten wie zwei Feuer in der Finsternis. Danach erinnere ich mich an nichts, als dass ich lang nach Mittag mit Kopfschmerzen in meinem Bett erwachte und Mary beteuerte, ich brauchte keinen Doktor, sollte mich nur ausruhen und von ihr pflegen lassen.

Mai
Ich weiß nicht, welchen Tag wir heute haben, denn die Tage zerrinnen wie Flüsse in einem großen Strom. Im Untergeschoss halten sie seltsame Séancen ab. Ich kann sie hören, bin aber zu schwach, um hinunterzugehen, und auch zu ängstlich.

August
Es ist entsetzlich heiß. Ein widerlicher Geruch zieht durch das ganze Haus. Der Untermieter ist verschwunden, und ich weiß nicht, wohin.

1. September
Die Bestie schleicht durch das ganze Haus und versetzt alle in Angst und Schrecken. Die wenigen Bediensteten, die uns noch geblieben sind, fürchten sich vor ihm. Und er erzählt die aberwitzigsten Geschichten. Einmal hat er behauptet, das letzte noch lebende Mitglied eines untergegangenen, auserwählten Stammes zu sein, wo ich doch weiß, dass er arm wie eine Kirchenmaus in einem Waisenhaus in Brooklyn aufgewachsen ist. Jedes Mal erzählt er uns eine andere Geschichte, bis man unmöglich auseinanderhalten kann, was Wahrheit ist und was Geschwätz.

20. September
Ich werde den süßen Wein dieser Frau nicht mehr anrühren.

28. September
Der Entzug des Weines hat mich entsetzlich krank gemacht. Seit einer Woche liege ich schon auf dem Bett, krümme und übergebe mich, an meiner Seite Emily, das liebe Mädchen, unsere letzte Bedienstete. Sie hat gestanden, dass sie sich ebenso fürchtet wie ich. Anscheinend ist sie auf einen sonst verschlossenen Raum gestoßen, der ausnahmsweise einmal nicht versperrt war, und wäre beinahe durch eine Falltür und einen Schacht, der nur in den Keller führen kann, in den Tod gestürzt.

3. Oktober
Letzte Nacht bin ich aufgewacht, weil jemand schrie, aber ich konnte nicht entscheiden, was Traum war und was nicht.

8. Oktober
Emily ist seit sechs Tagen nicht mehr da gewesen.

10. Oktober
Unter Auferbietung aller Kräfte habe ich mich von meinem Bett erhoben und bin nach unten gegangen. Alle Fensterläden waren verschlossen und das Haus fühlte sich an wie eine Gruft. »Wo ist denn Emily?«, fragte ich Mr Hobbes ganz ruhig, obwohl mir die Knie unter meinem Morgenrock zitterten.

»Sie ist recht unvermittelt zu ihrer Schwester, die im Kindbett liegt, gefahren«, antwortete mir die Bestie.

»Seltsam, dass sie es mir gegenüber nicht erwähnt und auch ihren Lohn nicht mitgenommen hat«, sagte ich.

»Sie wollte Sie wohl nicht mit derlei Belanglosigkeiten behelligen«, erwiderte er.

»Und warum ist sie ohne ihre Tasche fortgefahren?«, fragte ich, da ich zuvor in Emilys Zimmer gewesen war und die Tasche dort unberührt vorgefunden hatte. Plötzlich tauchte Mrs White neben Mr Hobbes auf; ohne Zweifel hatte sie der Tonfall meiner Stimme herbeigelockt.

»Wir werden uns darum kümmern, dass sie die Tasche erhält, das arme Mädchen. Sie war so besorgt um ihre Schwester.«

Aber welche Frau lässt schon ihre Handtasche zurück?

13. Oktober
Schon wieder hat mich Mr Hobbes daran gehindert, in den Keller zu gehen. »Es ist nicht sicher dort unten«, sagte er, und etwas an seinem Tonfall und der starre Blick seiner kalten blauen Augen veranlassten mich, schnell in mein Zimmer zurückzuhuschen.

15. Oktober
Ich höre es in den Wänden flüstern. Gewiss steht uns ein schreckliches Unheil bevor!

17. Oktober
Mrs White ist aufs Land gefahren, um als Medium zu wirken. Diese Scharlatanin! Jetzt bin ich allein mit ihm im Haus.

19. Oktober
Als ich heute Mr Hobbes' Kutsche auf die Straße hinausfahren sah, lief ich schnell nach unten und bearbeitete das Schloss der Vitrine so lange mit einer Haarnadel, bis ich spürte, wie es nachgab. Dann las ich in diesem fürchterlichen Buch. Gotteslästerlich! Obszön! Voller Erniedrigungen und Schmutz! Fast hätte ich es in den Ofen geworfen. Oh weh, ich bin in großer Gefahr!

Ich habe noch einmal an meinen lieben Vetter geschrieben und ihm alles erzählt. Warum, oh warum nur habe ich eingewilligt, mein Haus an diese schreckliche Frau zu verkaufen? Alles Lug und Trug! Lügen über Lügen! Ich werde es zurückgewinnen. Ich bin Ida Knowles, und dies hier ist mein Haus, erbaut von meinem Vater. Doch zuvor will ich herausfinden, was dort unten im Keller geschieht. Ich muss es mit meinen eigenen Augen sehen.

Ja, was war da unten im Keller geschehen?, fragte sich Evie.

Jericho steckte den Kopf durch die Tür der Bibliothek. Er war ganz außer Atem. »Evie, kannst du mir helfen? Wir haben einen ziemlichen Besucherandrang.«

»Komme«, sagte sie und legte das Tagebuch zur Seite.

Vorspiel

Memphis trat in einen Morgen hinaus, der schlecht gestimmt begonnen hatte – grau, nass und kalt. Der Regen der vergangenen Nacht hatte einen Blätterschauer auf den Gehweg geweht, wo er nun wie ein mattgoldener Teppich lag. Octavia hatte Memphis gebeten, das Laub noch schnell zusammenzurechen, bevor sie in die Kirche aufbrachen, und das tat er nun, schaufelte es auf ein Kehrblech und warf es anschließend in die Mülltonne. Eine Polizeilimousine fuhr mit heulender Sirene den Broadway hinauf, gefolgt von einer zweiten und einer dritten. Memphis beugte sich über das Gartentor, um besser sehen zu können, was vor sich ging. Er hielt einen vorbeieilenden Nachbarn auf und fragte ihn: »Was ist denn da oben los?«

»Hab gehört, sie haben eine Leiche auf dem Trinity Friedhof gefunden«, antwortete der Mann.

»Auf dem Trinity Friedhof liegen viele Leichen. Deswegen ist es ja ein Friedhof«, sagte Memphis trocken.

»Es heißt, der Pentakelmörder hat wieder zugeschlagen«, sagte der Mann; dann lief er eilig weiter, die Straße hinunter, um zu den anderen Neugierigen zu stoßen. Memphis ließ seinen Besen stehen und folgte ihm.

Vor dem schmiedeeisernen Tor des Friedhofs hatte sich ein Menschenauflauf gebildet, einige der Schaulustigen waren noch mit Morgenmänteln, Hausschuhen und Schlafhauben bekleidet. Mütter scheuchten ihre Kinder zurück und drohten ihnen, sie sollten ja dort bleiben, sofern sie nicht einen kräftigen Klaps auf ihren Popo wollten. Polizisten schwärmten über den hügeligen alten Friedhof aus, der im Bürgerkrieg einmal ein Schlachtfeld gewesen war. Memphis ging ein kleines Stück zurück und kletterte einen Laternenmast empor, um besser sehen zu können.

Plötzlich stieg ein Schrei von der Straße auf, gefolgt von einem Keuchen, das sich durch die ganze Menge fortsetzte, dann wieder Schreie, während gleichzeitig etwas von Mund zu Mund weitergegeben wurde wie eine alles unter sich begrabende Welle. Memphis entdeckte Floyd, den Friseur, in der Menge, sprang von seinem Mast herunter und lief auf ihn zu.

»Was ist hier los, Floyd? Was ist passiert?«

Floyd sah ihn mit traurigen Augen an und schüttelte den Kopf. »Nichts Gutes, Memphis.«

Memphis war, als hätte er ein Stück Eis verschluckt, das nach und nach in ihm zerschmolz und sich verteilte. »Wer ist es?«, fragte er, aber er hörte bereits seinen Herzschlag im Ohr hämmern – wie ein Unheil verkündendes Vorspiel.

»Gabriel Johnson, Memphis. Die Leute sagen, er hat ihm den Mund genommen und ihn aufgeknüpft wie einen gekreuzigten Engel.«

Der Tod hat keine Macht mehr über ihn

Memphis saß zwischen Tante Octavia und Isaiah in einer voll besetzten Kirchenbank der Mother AME Zion Church. Vorn schimmerte Gabes Sarg – Mamie Smith persönlich hatte ihn gestiftet – unter einem Lilienteppich hervor. Sämtliche Plätze in der Kirche waren belegt und selbst vor der Rückwand standen drei Reihen Männer. Es war schwül im Kirchenraum und die Frauen fächelten sich Luft mit den Holzfächern zu, die das Bestattungsinstitut zur Verfügung gestellt hatte.

Pastor Brown trat auf die Kanzel und senkte betrübt den Kopf. »Heute nehmen wir Abschied von einem jungen Mann, der in der Blüte seiner Jugend durch eine unsäglich grausame Gewalttat dahingerafft wurde. Ein Los, so schwer, dass wir es kaum ertragen können …«

Die Trauergemeinde schniefte und weinte, während Pastor Brown über Memphis' toten Freund und sein vielversprechendes Leben sprach, das ein so frühes Ende gefunden hatte. Memphis schluckte schwer, als er daran dachte, wie sie beide noch in der Nacht, in der Gabe getötet worden war, miteinander gestritten hatten. Hätte er Gabe doch nur davon abhalten können, die Party alleine zu verlassen! Ob er noch leben würde, wenn sie gemeinsam gegangen wären? Er zog die Hasenpfote, Gabes Glücksbringer, aus der Tasche. Mrs Johnson hatte sie ihm vor der Trauerfeier gegeben und gesagt: »Gabe hätte gewollt, dass du sie bekommst, Memphis.

Du warst wie ein Bruder für ihn.« Memphis drückte die Hasenpfote fest in seiner Hand.

»Der Tod hat jetzt keine Macht mehr über unseren Bruder«, donnerte Pastor Brown von seiner Kanzel herab.

»Amen«, rief eine Frau.

»Denn die Bibel versichert uns, dass ›gleichwie Christus auferweckt ist von den Toten durch die Herrlichkeit des Vaters, auch wir in einem neuen Leben wandeln sollen. Denn wenn wir mit ihm verbunden und ihm gleich geworden sind in seinem Tod, so werden wir ihm auch in der Auferstehung gleich sein.‹ So spricht der Herr.«

»Hallelujah«, riefen mehrere Gläubige. »Das Wort des Herrn.«

»Lasset uns jetzt beten für unseren Bruder, Gabriel Rolly Johnson, damit er an der Brust unseres Herrn Jesu Christi Geborgenheit und immerwährenden Frieden finden möge. Amen.«

»Amen«, antwortete die Trauergemeinde. Jetzt begann der Chor *»Wade in the water, wade in the water, wade in the water, the Lord's gonna trouble the water …«* zu singen.

Die traurige Melodie übermannte Memphis und zog ihn hinab in die Tiefe, als trüge er Steine in den Taschen. Tante Octavia schluchzte in ihr Taschentuch und betete leise vor sich hin. Ab und zu griff sie mit ihrer behandschuhten Hand nach Memphis' und drückte sie tröstend, aber Memphis' Augen blieben trocken, er selbst ganz starr, wie ungerührt. Er blickte zu Isaiah hinüber, der die ganze Zeit auf seine Schuhe stierte, und dachte daran, was Isaiah bei Mr Reggie's zu Gabe gesagt hatte: *Du wirst sterben.* Hatte Isaiah wirklich vorausgesehen, dass Gabe etwas zustoßen würde? Was, wenn zufällig jemand ihr Gespräch mitangehört, wenn jemand der Polizei etwas verraten hatte? Er musste Isaiah schützen, komme, was wolle.

Nach dem Gottesdienst bewegte sich der Leichenzug langsam und schwermütig den Broadway hinunter. Der Elks Club hatte auf einem angemessenen Abschied bestanden und das Begräbnis bezahlt. Seine mit Schärpen geschmückten Mitglieder gingen ganz vorn, allen voran Papa Charles, der den Hut an die Brust gedrückt hielt. Hinter ihnen spielten einige der besten Musiker Harlems einen Trauermarsch auf ihren Hörnern, begleitet von einem schwarz gekleideten Frauenchor. Ein Pritschenwagen fuhr Gabes Sarg durch die Straßen zu seiner vorläufigen Ruhestätte, dem Merrick Funeral Home. Später würde ihn seine Familie dann zu Grabe tragen. Am Straßenrand standen reihenweise Reporter, die sich Notizen machten und fotografierten und erst im letzten Moment, bevor der Sarg an ihnen vorbeikam, die Hüte lüfteten. Memphis folgte dem Sarg den ganzen Weg bis zum Bestattungsinstitut mit langsamen, pflichtschuldigen Schritten. Seit dem Tod seiner Mutter hatte er es nicht mehr betreten und konnte sich auch jetzt nicht dazu überwinden.

»Ich geh nur etwas Luft schnappen«, erklärte er Octavia. Sie tätschelte ihm die Wange, sagte: »Mein armer Junge«, und scheuchte ihn mit einer Handbewegung davon. Unbemerkt tauchte Memphis in der Menschenmenge unter, die versuchte, einen Blick auf das neueste Opfer des Pentakelmörders zu ergattern. Manche von ihnen waren nur neugierig und sensationslüstern. Andere aber waren wütend, schrien auf die Polizeieskorte ein und verlangten nach Antworten. Hatte die Polizei den Mörder etwa nicht gefangen? Saß er nicht hinter Gittern? Was geschah jetzt? Welche Maßnahmen würde man ergreifen, um die Bürger von New York zu schützen? Wann würde man sich wieder sicher fühlen können? Aber die Polizisten blieben die Antworten schuldig.

An einer Straßenecke sah Memphis das Mädchen vom Museum stehen. Hatten die Museumsleute die Polizei nicht auch bei der Suche nach dem Mörder unterstützen wollen? Wieso hatten *sie* ihn noch nicht erwischt? Von Wut übermannt marschierte Memphis auf Evie O'Neill zu und tippte ihr auf die Schulter. Es dauerte einen Moment, bis sie ihn erkannte.

»Ach, Sie sind es, Mr Campbell.«

»Wissen Sie schon, wer der Mörder ist?«

»Noch nicht.«

Memphis nickte verkrampft.

»Kannten Sie … kannten Sie den Verstorbenen?«, fragte sie.

»Er war mein bester Freund.«

»Das tut mir furchtbar leid«, sagte sie und Memphis fand, dass ihre Stimme aufrichtig klang. Nicht so wie die der Reporter, die »Beileid« sagten und dann gleich Fragen anschlossen, ob sein Freund drogensüchtig gewesen sei oder Memphis glaube, dass die Jazzmusik für den Mord verantwortlich zu machen sei.

»Memphis!«

Beim Klang von Thetas Stimme wandten sowohl Evie als auch Memphis den Kopf. Sie kam die Straße heruntergerannt, trug noch ihr Bühnen-Make-up und hatte nur schnell einen Mantel über ihr Kostüm geworfen. Evie sah die Pailletten darunter hervorblitzen. Theta umarmte Evie kurz und wandte sich dann Memphis zu.

»Ich bin gleich losgelaufen, als ich es gehört hab«, sagte sie.

»Ihr … ihr beide kennt euch?«, fragte Evie.

»Er ist tot«, sagte Memphis, aber beim letzten Wort versagte ihm die Stimme. »Gabe ist tot.«

Theta sprach leise und beruhigend auf ihn ein, und Evie fühlte sich unbehaglich, weil sie danebenstand, ohne ein Wort von sich zu geben.

»Es tut mir so leid mit Ihrem Freund«, äußerte sie noch einmal ihr Mitgefühl, auch wenn es hohl in ihren Ohren klang.

Memphis sah sie mit versteinertem Gesicht an. »Ich will dabei helfen, Gabes Mörder zu fassen.«

»Es gibt da schon was, was Sie tun könnten«, setzte Evie zögernd an. »Es würde uns bei unserer Untersuchung weiterhelfen, wenn wir etwas von dem Verstorbenen … ähem, von Gabriel in der Hand hätten. Am besten irgendeinen Gegenstand, den er in der Nacht, in der er starb, bei sich hatte.«

»Und was soll das bringen?«, fragte Memphis herausfordernd.

»Bitte«, sagte Evie eindringlich. »Bitte, vertrauen Sie mir. Wir wollen den Mörder doch genauso fassen wie Sie.«

Memphis griff in seine Hosentasche und zog die Hasenpfote heraus. »Das hier ist sein Glücksbringer gewesen. Ohne den ist er nirgendwohin gegangen.«

»Danke. Ich verspreche Ihnen, dass ich gut auf ihn achtgeben werde«, sagte Evie, aber Memphis hörte ihr schon nicht mehr zu. Theta hatte ihre Hand in seine geschoben und sie sahen nur noch einander an. Evie überließ die beiden ihrer privaten, stillen Zwiesprache und ging weiter.

Die Reporter rückten jetzt dicht an die Absperrung heran, verlangten nach Stellungnahmen und offiziellen Aussagen – ohne Erfolg. T. S. Woodhouse stand in vorderster Front ganz in der Mitte. Evie versuchte sich an ihm vorbeizuschleichen.

»Na, wenn das nicht unsere Schönheit vom Museum ist«, sagte er und verstellte ihr den Weg.

»Warum verschwinden Sie nicht einfach?«

»Sie sind doch nicht etwa sauer wegen des Artikels?«

»Und ob! Ich hatte Sie um einen Gefallen gebeten, und Sie haben sich revanchiert, indem Sie mir meinen Tipp geklaut und in die Zeitung gesetzt haben.«

T. S. Woodhouse breitete die Arme in einer versöhnlichen Geste aus. »Ich bin nun mal Reporter, Miss O'Neill. Aber lassen Sie es mich wiedergutmachen. Wenn Sie mir erzählen, was Sie über den Mord hier wissen, schreibe ich einen ganzen Artikel über Sie. Vielleicht überlasse ich Ihnen sogar ein paar eigene Kolumnenspalten, dann können Sie schreiben, was Sie wollen. Sie werden der berühmteste Flapper von Manhattan sein.«

»Tut mir leid – aber ich spreche mit keinem Reporter mehr.«

Evie ging weiter und Woodhouse beeilte sich, mit ihr Schritt zu halten. »Kommen Sie, Süße. Die Bullen liefern uns doch immer nur den gleichen Quark. Wir wissen jetzt, dass Jacob Call nicht der Pentakelmörder sein kann, es sei denn, er schafft es noch von seiner Gefängniszelle aus, jemanden um die Ecke zu bringen. Oder er hat einen Komplizen. Sagen wir … er hat einen Komplizen. Das gefällt mir.«

»Schönen Tag, Mr Woodhouse.«

T. S. Woodhouse packte Evie am Arm, aber sie warf ihm einen so finsteren Blick zu, dass er nicht anders konnte, als sie loszulassen. Er wies mit dem Kinn auf die übrigen Reporter. »Wenn mir diese Kerle da zuvorkommen, dann hab ich heute keine Story. Verstehen Sie?«

Evie verstand sehr wohl. Sie verstand auch, dass T. S. Woodhouse alles tun, alles sagen und jeden skrupellos ausnützen würde, um an diese Geschichte heranzukommen. Es war ein Fehler gewesen, sich mit ihm einzulassen. Und Zeit, dass T. S. Woodhouse seine Quittung erhielt.

»Na schön, Mr Woodhouse«, sagte Evie. »Wir glauben, dass der Mörder sich an eine uralte mystische Schrift, die *Ars Mysterium*, hält.«

»Ach ja?«, sagte Woodhouse, dem bei diesem Hinweis sichtlich das Wasser im Munde zusammenlief. »Klingt gut.«

»Verraten Sie aber ja kein Sterbenswörtchen von dem, was ich Ihnen jetzt erzähle, nicht mal Ihrem Chef« – Evie biss sich auf die Lippen und reckte den Kopf nach allen Seiten, wie um sicherzugehen, dass niemand sie belauschte – »aber wir glauben, dass sich der nächste Mord heute Abend auf der Hell Gate Bridge ereignen wird. Und da sollten Sie mit Ihrem Fotografen natürlich nicht fehlen.«

»Ist das Ihr Ernst?«

»Wie könnte ich einen so aufrichtigen Vertreter der Presse anlügen?«

T. S. Woodhouse wog seinen Ehrgeiz gegen Evies haarsträubende Geschichte ab, das sah sie an der Art, wie er den Mund verzog.

»Danke Ihnen«, sagte er schließlich.

»Doch nicht dafür, Mr Woodhouse.«

Es war ein durch und durch scheußlicher Tag gewesen, aber nachdem Evie sich von Woodhouse verabschiedet hatte, spürte sie trotz allem einen Hauch von Genugtuung, wenn sie sich vorstellte, wie er später frierend im bitterkalten Wind auf der Hell Gate Bridge stand und auf eine Story wartete, die sich nie ereignen würde.

Dasselbe Lied

»Verdammt noch mal!« Ungestüm drückte Will seine Zigarette im Aschenbecher aus. Die vier – Evie, Jericho, Sam und Will – saßen an einem der langen Tische der Bibliothek. Will hatte das Museum früher geschlossen, obwohl die Leute sich um »Führungen durch das Übernatürliche« von Manhattans maßgeblichem Fachmann für das Okkulte geradezu rissen. »Der Kerl wird einfach weitermorden und wir hinken ihm immer einen Schritt hinterher.«

»Nicht unbedingt«, sagte Evie. Sie hielt Wills Blick stand. »Ich könnte rauskriegen, was wir wissen müssen.«

»Und wie willst du das bitte anstellen?«, fragte Jericho.

»Mithilfe dieses Talismans.« Evie legte Gabes Hasenpfote auf den Tisch.

Sams Augenbrauen schossen in die Höhe. »Du willst einen Mörder mit einem Fetzen toten Fells überführen?«

»Diese Hasenpfote hat Gabriel Johnson gehört. Und er trug sie in der Nacht bei sich, in der er ermordet wurde.« Evie sah Will an. »Onkel, ich kann ihre Geschichte lesen. Ich weiß, dass ich es kann. Lass es mich einfach versuchen.«

»*Was* kannst du lesen?«, fragte Jericho.

Will sah sie finster an. »Woher hast du die überhaupt?«

»Von einem seiner Freunde.«

Will schüttelte den Kopf. »Das ist zu gefährlich, Evangeline.«

Evie sprang von ihrem Stuhl auf und haute mit der Faust auf den Tisch. Sie hatte endgültig genug von Wills Zögern. Bisher hatten sie es nach seiner Methode versucht und alles, was sie vorweisen konnten, war eine weitere Leiche. »Zu gefährlich ist es, wenn wir es nicht wenigstens versuchen!«

Jericho sah Sam an, aber der zuckte nur mit den Schultern. »Mich brauchst du nicht anzusehen. Ich weiß gar nichts«, sagte Sam.

»Da draußen läuft ein Mörder rum und wir müssen ihm das Handwerk legen, egal wie«, sagte Evie flehend. »Bitte!«

»Das ist doch Wahnsinn«, flüsterte Will. Er fuhr sich mit der Hand durchs Haar.

»Verrät mir hier bitte mal jemand, worum es eigentlich geht«, forderte Jericho.

»Ich bin ein *Diviner*«, antwortete Evie.

»Evangeline!«

»Die beiden können es ruhig wissen, Onkel Will! Ich habe keine Lust mehr, es geheim zu halten.« Sie wandte sich wieder an Jericho und Sam. »Ich kann Gegenständen die Geheimnisse ihrer Besitzer entlocken. Von einem Ring, einem Brieföffner, einem Handschuh – für mich sind sie mehr als nur Gegenstände. Gebt mir eure Uhren, dann kann ich euch vielleicht sagen, was ihr zu Mittag gegessen habt … oder euch eure tiefsten Geheimnisse verraten. Es kommt ganz darauf an.« Sie sah Will an. »Was meinst du, Onkel Will?«

Will ging, die Hände auf dem Rücken, einmal in der ganzen Bibliothek herum. Dann blieb er neben Evie stehen und musterte sie einen quälenden Augenblick lang. »Gut, wir versuchen es, aber nur unter meiner Anleitung. Verstanden?«

»Vollkommen.«

»Ich werde dich anleiten. Du darfst nicht zu tief in die Trance hineingehen, Evangeline. Und du musst unbeteiligt bleiben. Wie ein Zuschauer sozusagen.«

»Ich will nur sehen, ob ich was entdecken kann, danach lass ich es gut sein.«

»Wenn du dich nur im Mindesten bedroht fühlst, musst du die Hasenpfote sofort loslassen.«

»Schon kapiert.«

»Na dann bin ich ja froh, dass hier wenigstens eine was kapiert«, sagte Sam kopfschüttelnd.

»Die Sache wird gleich verständlicher werden«, antwortete Will. »Komm, Evie, setz dich.«

Evie ließ sich in einem der Clubsessel nieder.

»Sitzt du bequem?«, fragte Will.

»Ja.« Ihr Herz schlug schnell und ihr Mund war trocken. Hoffentlich war sie für diese Sache auch wirklich bereit.

»Denk daran, solltest du dich auch nur im Mindesten fürchten ...«

»Ich habe verstanden, Will!«, beteuerte Evie noch mal.

»Will, kann das gefährlich werden?«, fragte Jericho.

»Ich passe auf sie auf«, versicherte ihm Will. »Fang einfach an, wenn du so weit bist, Evie.«

Will legte ihr die Hasenpfote auf die ausgestreckten Hände. Evie schloss die Augen, befühlte die Ränder des Glücksbringers und wartete. *Komm schon,* dachte sie. *Bitte* ... Es dauerte ein paar Sekunden, bis sie die Verbindung herstellen konnte, doch dann stürmten in einem schwindelerregenden Wirrwarr Bilder von Gabriels letztem Lebenstag auf sie ein. Evie war, als wäre sie in einen kalten See gestürzt und versuchte nun strampelnd und spritzend, wieder an die Oberfläche zu gelangen. »Ich kann ... ich kann die Bilder nicht erkennen.«

»Lass dir Zeit. Atme ruhig und konzentriere dich«, wies Will sie an.

Ihre Atmung wurde ruhiger, das hörte sie, und sie spürte auch, wie ihr Blut gleichmäßig floss. Das Durcheinander von eben war verschwunden, jetzt ging sie mit Gabriel durch die nächtlich düsteren Straßen von Harlem. Über der Szenerie lag ein Schleier wie bei einer nicht vollständig entwickelten Fotografie, und doch konnte sie Gabriel unter den Gleisen der Hochbahn eindeutig erkennen, konnte fühlen, was er fühlte.

»Er ärgert sich über etwas …«, sagte Evie stockend.

»Geh nicht zu dicht dran«, warnte Will.

Evie holte tief Atem und konzentrierte sich. Jetzt sah die Straße weniger verschwommen aus. Die flimmernden Neonlichter in der Ferne, selbst der Geruch nach Rauch und Abfall wurden in ihrem Kopf lebendig. Sie hörte Schritte und ein merkwürdig dumpfes Klickgeräusch.

»Jemand folgt ihm.«

»Vorsicht, Evie.«

»Jetzt wird es plötzlich neblig, aber da ist jemand.«

Den Gehstock sah sie zuerst – einen silbernen Stab mit einem Wolfskopf obenauf. Aber der Mann, der ihn bei sich trug, war noch immer von Schatten und Nebel eingehüllt. Gabe rief etwas, aber da er kein Geräusch mehr hörte, ging er in dem Schatten, den die Hochbahngeleise warfen, weiter. Evie konnte nur sehen, was Gabriel sah, aber sie hörte die langsamen, bedächtigen Schritte. Spürte den ersten Anflug von Angst bei Gabe. Und dann hörte sie das Pfeifen.

Evie rang nach Luft. »Er pfeift wieder dasselbe Lied.«

»Evie! Zeit, aufzuhören!«, wies Will sie an, aber dazu war sie noch nicht bereit. Sie war doch so nah dran. So unglaublich nah.

Schritte. Ganz in der Nähe. *Eins, zwei, klick. Eins, zwei, klick.* Der Stock schimmerte durch den Nebel. »Er ist es. Er kommt …«

»Evie! Hör sofort auf!«, befahl Will.

Evie hielt die Hasenpfote fest umklammert. Der Mann trat aus dem Schatten hervor und Evies Puls wurde schneller. »Ich kann ihn sehen!«

»Evie! Aufhören!«, donnerte Will. Er klatschte mehrmals in die Hände und die Trance war durchbrochen. Evie ließ den Glücksbringer fallen und blinzelte, weil ihre Augen tränten.

»Ich kenne ihn! Ich habe ihn schon mal gesehen!«, rief Evie.

Sie lief zu dem unüberschaubaren Haufen Notizen und Akten auf einem der Tische und schob Papiere beiseite, bis sie gefunden hatte, wonach sie suchte. Ihr Magen flatterte vor Aufregung und Unverständnis. »Das ist er«, sagte sie. Sie warf ein Zeitungsfoto von John Hobbes auf den Tisch. »Der Mann unter der Brücke war John Hobbes. Gabriel Johnson wurde von einem Toten ermordet.«

Nichts als Geschichten

Will starrte ins Feuer. Sein Gesicht wirkte angespannt.

»Wie ist das nur möglich, Onkel Will? Wie ist es möglich, dass ein Mann, der seit fünfzig Jahren tot ist, all diese Menschen umgebracht hat?«

»Du hast jemanden gesehen, der diesem John Hobbes ähnelt, Süße. Das ist alles«, sagte Sam.

»Ich weiß, was ich gesehen habe!«

»Und ich sage dir, das ist die Kraft der Einbildung. Wir alle haben uns doch auf die Legende von John Hobbes gestürzt. Du hast sein Bild in den Zeitungen gesehen und hattest es schon längst im Kopf gespeichert, als du in Trance gegangen bist. Du hast den Mörder einfach mit dem erstbesten Gesicht versehen, das dir in den Sinn kam.«

»Könntest du bitte aufhören, mich so anzustarren!«, sagte Evie zu Jericho. Er errötete und blickte rasch zur Seite. Die winzigen Krallen eines neuerlichen Kopfschmerzes fuhren über Evies Schädel. »Onkel Will, du hast meine Frage nicht beantwortet. Wie kann John Hobbes Gabriel Johnson und möglicherweise auch die anderen Opfer getötet haben?«

Sam legte einen Arm um Evies Schulter. »Ich sag es dir, Kleine, er war es nicht.«

»Doch, er war es«, brach Will endlich sein Schweigen.

Bis auf das Prasseln des verbrennenden Holzes war kein Laut im Raum zu hören.

»Will«, sagte Jericho schließlich, »du willst doch nicht ernsthaft behaupten, dass diese Menschen von einem Geist getötet wurden, oder?«

»Doch«, sagte Will mit heiserer Stimme.

»Ich will Sie ja nicht beleidigen, Professor – Sie haben hier wirklich ein fantastisches Museum –, aber Geister gibt es nun mal nicht«, sagte Sam.

»Und da seid ihr euch ganz sicher, ja?«, wandte Will sich an die beiden. Der Schein des Feuers warf Schatten auf sein Gesicht. »Es gibt Pforten zwischen dieser Welt und der Welt des Übernatürlichen. Und es gibt Geister. Dämonische Wesen. Ungeklärtes und Undefiniertes. Mysteriöses. Ich habe Bücher hier, ja ganze Aktenarchive, die sich ausschließlich mit diesem Thema beschäftigen.«

»Aber das sind doch nur Geschichten, die man sich erzählt«, sagte Evie. Die Kopfschmerzen breiteten sich jetzt hinter ihren Augen aus.

»Nichts übt eine größere Macht auf dieser Welt aus als Geschichten.« Will ging im Zimmer auf und ab. »Die Menschen glauben, dass die Nationen sich über ihre Grenzen definieren. Unsinn – die Worte sind es, die das tun. Glaubensvorstellungen, Deklarationen, Staatsverfassungen – Worte eben. Geschichten. Mythen. Lügen. Versprechen. Historie.« Will griff nach einem Stapel Zeitungsausschnitte, der auf seinem Schreibtisch lag. »Dies hier und das da drüben auch« – er deutete auf die überquellenden Bücherregale – »sind Belege für die reiche Geschichte des Übernatürlichen in diesem Land.«

»Aber Will, dann behauptest du nicht nur, dass es Geister gibt, sondern außerdem, dass sie aus dem Jenseits zurückkehren und töten können«, sagte Jericho.

Will ließ sich auf seinem Schreibtischstuhl nieder, aber sein Fuß klopfte pausenlos auf den Boden. »Ich weiß. Es ist schwer vorstellbar. Sollte eigentlich unmöglich sein …«, sagte er mehr zu sich selbst als zu den anderen. »Aber ich habe die Sache verfolgt.«

»Was für eine Sache?«, fragte Jericho.

Will hielt es auf dem Stuhl nicht länger aus, er sprang auf und ging wieder auf und ab. Unterwegs griff er sich einen weiteren Stoß Zeitungsausschnitte von seinem Schreibtisch. »Das hier. Geistersichtungen. Übernatürliche Vorgänge. Im letzten Jahr sind sie sprunghaft angestiegen. Statt einiger Berichte hier und da hat es auf einmal Hunderte gegeben, jeden Tag stand eine neue Meldung in der Zeitung.«

»Und du glaubst, Naughty Johns Rückkehr aus dem Jenseits hat etwas mit unserem Fall zu tun?« Evie hob verstohlen die Hand an die Schläfe, um sie zu massieren.

»Ganz sicher«, sagte Will. »Die Frage ist nicht, *ob* John Hobbes aus dem Jenseits zurückgekehrt ist, sondern wie und warum.«

»Es gibt Geister. Es gibt sie wirklich«, flüsterte Evie wie ein Mantra vor sich hin. Sie blickte auf und sah, dass Jericho sie wieder anstarrte. »Was ist?«

»Nichts«, sagte er und wandte rasch den Blick ab.

Will wurde schwach, griff nach einer neuen Zigarette und zog mehrmals daran, ehe er das Wort ergriff. »Die Körperteile der Opfer«, sagte er und stieß eine kleine Rauchwolke aus. »Ich glaube, er muss sie zu sich nehmen, um an Stärke zu gewinnen. Um leibhaftiger zu werden. Der fleischgewordene Geist. Eine Umkehrung der Verwandlung von Brot und Wein in der katholischen Messe. Er wird mit jedem Mord stärker. Er ist jetzt schon sehr stark, aber bald wird er nicht mehr aufzuhalten sein.«

Evie schauderte bei dem bloßen Gedanken. »Und dann?«

»Armageddon. Die buchstäbliche Hölle auf Erden.«

»Aber er kann doch nicht wirklich zu einem Antichristen werden, oder?«, fragte Jericho.

»Er glaubt, dass er sich mithilfe seines Rituals in die Bestie verwandeln kann. Und nichts vermag so viel wie der Glaube. Wir können nicht nachvollziehen, wozu er in der Lage ist. Hier wird nicht nach den Regeln unserer Welt gespielt, Jericho, sondern nach *seinen* Regeln – den Regeln der übernatürlichen Welt.«

»Aber wie können wir ihn dann aufhalten?«, fragte Evie. »Wie hält man einen Geist auf?«

»Wir müssen ihn auf seine Art bekämpfen. Müssen mit seinen Glaubensvorstellungen arbeiten, um ihn zur Strecke zu bringen. Falls die letzte Seite des Buchs der Brethren eine Zauber- oder Beschwörungsformel enthielt, mit deren Hilfe man sich John Hobbes entledigen konnte, dann müssen wir herausfinden, was genau auf dieser Seite stand. Und müssen dahinterkommen, was ihn mit diesem Buch verbindet. Warum es Bedeutung für ihn hat.«

Evie öffnete das Buch der Brethren und fuhr mit dem Finger über die ausgefranste Stelle, an der die letzte Seite herausgerissen worden war. Drei Opfer standen noch aus: die Zerstörung des Goldenen Götzenbildes, das Wehklagen der Witwe und die Vermählung der Bestie mit der sonnenbekleideten Frau. Sie blätterte zurück zu den vorherigen Opfern. »Die Leiche, die man im Jahr 1875 in Belmont gefunden hat – die muss das dritte Opfer gewesen sein: der blasse Reiter, den Tod im Angesicht der Sterne reitend«, sagte Evie.

»Und abgesehen von Ida Knowles wurden damals genau zehn Leichen im Keller von Knowles' End gefunden«, sagte Jericho.

»Die zehn Diener des Herrn«, sagte Evie aufgeregt. »Damals verschwanden eine Waschfrau und ein Dienstmädchen, außerdem einige Untermieter. Man könnte sie alle als Diener betrachten. Das zweite Opfer. Oh, Onkel Will, es passt alles zusammen!«

»Aber wer war dann das erste Opfer?«, fragte Sam. Er hob die Hände. »Ich spiel nur euch zuliebe ein bisschen mit. Ich steh nicht auf Geister.«

Evie starrte auf das Bild, auf dem ein Haus oder eine Scheune abgebildet war. »Das erste Opfer – die Opferung der Gläubigen. Ida Knowles war gläubig. Eine Zeit lang jedenfalls.«

»Aber sie war nicht das erste Opfer«, sagte Jericho.

»Stimmt«, sagte Evie seufzend.

Will griff nach einer neuen Zigarette. »Mir gefällt es übrigens gar nicht, dass du in Knowles' End gewesen bist, Evie. Nicht nach allem, was wir inzwischen wissen.«

»Es ist doch nur ein Haus, Onkel Will.«

»Aber ein böses, böses Haus, in dem es viele Leichen gab«, sagte Sam vergnügt.

»Es ist *sein* Haus«, sagte Will. »Es ist sein Schlupfwinkel, und ich könnte mir vorstellen, dass er Eindringlinge nicht allzu wohlwollend empfängt. Evie, du und Mabel, ihr habt da doch nichts liegen lassen, oder?«

Evie dachte an das Stückchen Mantelstoff, das an dem Wäscheschacht hängen geblieben war. Aber es war doch so klein gewesen – zu klein, um aufzufallen, oder? »Nein, Onkel.«

»Warum ziehen wir nicht los und brennen den Kasten einfach nieder?«, fragte Sam.

»Weil wir nicht wissen, mit welcher Art Wesen wir es zu tun haben«, erklärte Will. »Was, wenn ihn das noch mehr stärkt? Nein. Solange wir die Frage, warum Naughty John das Ritual ausführt, nicht zufriedenstellend beantwortet und herausgefunden haben, was auf der herausgerissenen Seite stand, bleibt unsere einzige Hoffnung, ihn daran zu hindern, einen weiteren Mord zu begehen. Wir wissen ja, dass er die Morde abgeschlossen haben muss, bevor Salomons Komet erscheint.«

»Was in vier Tagen der Fall sein wird«, erinnerte Jericho alle Anwesenden.

»Wenn wir verhindern können, dass er seine Mission rechtzeitig vollendet, verliert er automatisch.«

Sam ließ eine Münze hochschnellen, um sie anschließend geschickt mit der linken Hand wieder aufzufangen. »Und Sie wollen Detective Malloy weismachen, dass Sie den Geist eines Mörders jagen, der vor fünfzig Jahren gehängt wurde? Egal, wie eng Sie beide miteinander sind, Professor – er wird uns alle ins Irrenhaus bringen lassen.«

»Da hat Sam recht«, sagte Jericho.

Will nickte. »Stimmt. Terrence darf nichts davon wissen. Wir sind auf uns gestellt. Evie, wie lautet das nächste Opfer?«

Evie blätterte auf die entsprechende Seite. »Die Zerstörung des goldenen Götzenbildes. ›Und siehe, sie glaubten nicht, sondern wurden verführt von dem Goldenen Kalb. Sie bezeugten falschen Götzenbildern Achtung und wurden dafür verdammt. Und die neunte Opfergabe entsprang der Lust und der Sünde. Das Goldene Kalb ward getötet, seine schändliche Haut vom Fleische gerissen und auf den Altar des Herrn gelegt. Und die Bestie fand Wohlgefallen daran.‹« Evie blickte hoch und bemerkte, dass Jericho sie noch immer so merkwürdig ansah. »Himmelherrgott, Jericho, was ist eigentlich los? Ist mir auf einmal ein zweiter Kopf gewachsen?«

»Entschuldige. Es ist nur ... du bist so anders, als ich dachte.« So hatte er es eigentlich nicht ausdrücken wollen.

Evie war müde und verstört und ihre Kopfschmerzen hatten sie inzwischen fest im Griff. Und nun hielt Jericho sie auch noch für verrückt. Er hatte Angst vor ihr. Eigentlich hatte sie Jericho anders eingeschätzt. Er war ein Philosoph, ein kluger Denker, doch jetzt stellte sich heraus, dass er sich nicht wesentlich von den Kleingeistern der Provinzstadt unterschied, aus der sie stammte. Verärgert griff sie nach seinem Arm und legte ihre Hand auf seine Armbanduhr.

»Stimmt, eigentlich gehöre ich in eine Freakshow«, sagte sie. Jericho wollte ihr seine Hand entziehen, aber ihre Finger gruben sich in die Haut unter seiner Uhr. »Wie wär's, Jericho? Soll ich dir deine Geheimnisse verraten? All die kleinen Lügen, die du vor der Welt verbirgst?«

»Nein!« Jericho zog seine Hand so ruckartig zurück, dass er fast das Gleichgewicht verloren hätte.

In Evies Augenwinkeln brannten Tränen und die Kehle schnürte sich ihr zu. Aber hier, vor allen, würde sie bestimmt nicht weinen, und so lief sie aus der Bibliothek und schloss sich im Badezimmer ein.

»Gut gemacht, Freddy«, brummte Sam. Dann lief er Evie nach.

Er setzte sich auf den Boden vor die Badtür und hoffte, dass sie ihn von dort hören konnte. »Süße, ist mir egal, ob du alle meine Geheimnisse lesen kannst. Ist mir sogar egal, wenn du mich hier draußen vor dem Klo die ganze Nacht hocken lässt. Na ja, meinen Beinen wär es vielleicht nicht so egal, aber lass dich von denen nicht stören – die jammern sowieso gern rum.«

Doch Evie reagierte nicht und Sam atmete erst einmal tief aus. Er war noch nie jemandem begegnet, der wie er eine außergewöhnliche Gabe besaß. Noch nie. Jetzt waren sie also zu zweit. Ein Paar. Und ein Paar war gut.

»Mit dir ist alles in Ordnung. Ich will nur, dass du das weißt.«

Schweigen.

»Lass dir Zeit, Süße. Du weißt ja, wo du mich findest. Ich halt dir deinen Platz frei.«

Im Badezimmer lehnte Evie ihren Kopf an die Tür. »Danke«, flüsterte sie, auch wenn Sam es nicht mehr hören konnte.

Der Fremde stand im dunklen Keller und lauschte darauf, was das Haus ihm zuflüsterte. Er spürte, dass etwas nicht stimmte. Das Haus kam ihm geschändet vor. Unrein. Er würde die Symbole neu malen müssen, um seine Reinheit wiederherzustellen. *Salbet euer Fleisch mit Öl und richtet die Mauern eurer Häuser her.* Der heilige Schwur musste gehalten werden.

Naughty John zupfte den Stofffetzen von Evies Mantel von der scharfen Kante des Wäscheschachts. Wieder flüsterte ihm das Haus etwas zu. Es war ein Mädchen gewesen. Ein Mädchen hatte dieses Vergehen begangen. Sie würde dafür bezahlen. Doch erst musste das Haus für das morgige Opfer vorbereitet werden.

Er pfiff die alte Melodie und tastete nach der geheimen Tür. Sie öffnete sich und auf der anderen Seite wurde er mit Seufzern und Gewisper willkommen geheißen.

Das neunte Opfer

Als Detective Malloy am nächsten Nachmittag im Museum vorbeikam, sah er nicht besonders glücklich aus. Er deutete auf den großen Besucherandrang. »Wie ich sehe, laufen die Geschäfte gut.«

»Innerhalb weniger Wochen sind wir vom Status eines in Vergessenheit versunkenen Museums zum Publikumsliebling avanciert«, sagte Will. Zwei kichernde Collegemädchen baten ihn gerade um ein Autogramm, das er zu ihrer großen Enttäuschung ablehnte.

Detective Malloy beobachtete den kurzen Wortwechsel. »Das ist ja das Problem.«

»Wie meinen Sie das?«, fragte Evie. Sie hatte den Detective noch nie so reserviert erlebt. Er fühlte sich nicht wohl in seiner Haut – das war eindeutig. Aber sie hatte keine Ahnung, wieso. Sollte er sich nicht ebenfalls darüber freuen, dass das Museum seines alten Freundes endlich schwarze Zahlen schrieb?

Der Inspektor senkte die Stimme und sagte: »Will, die Leute reden, dass du in die Morde verwickelt sein könntest.«

Will riss die Augen auf. »Wie bitte?«

»Das ist doch Quatsch!«, protestierte Evie.

»Ich weiß. Aber es sieht nun mal nicht gut aus – du bist derjenige, der alles über das Okkulte weiß, der uns den Tipp mit Jacob Call gegeben hat und dessen Museum, das mittlerweile in jeder Zeitung besprochen wird, gerade das große Ding in dieser Stadt ist …«

»Mit diesen Zeitungsartikeln habe ich nichts zu schaffen, das kann ich dir versichern«, fuhr Will ihn an, und Evie hoffte, dass keinem der beiden auffiel, wie sie errötete.

»Ich sag ja nur, vielleicht hältst du dich ab jetzt besser aus der Sache raus. Überlass sie der Polizei.«

»Aber wir sind doch so nah dran«, sagte Evie. »Wir finden den Mörder, ganz bestimmt!« Sie hätte Detective Malloy liebend gern erzählt, mit wem sie es in Wahrheit zu tun hatten, doch das war natürlich unmöglich. Wie konnten sie eingestehen, dass sie nach einem Geist suchten? Malloy würde sie für immer einsperren lassen.

»Will, ich sag es dir als Freund, du bist raus aus dem Fall. Kehr wieder zu deiner Lehrtätigkeit zurück. Von heute an wickele ich den Fall alleine ab.«

Onkel Will straffte die Schultern. »Und wenn ich mich weigere?«

»Dann bist du ganz auf dich gestellt. Meinen Schutz hast du dann nicht mehr.« Detective Malloy setzte seinen Hut auf. »Fitz, tu jetzt nichts Unüberlegtes. Man sollte immer wissen, wann man aussteigen muss.«

»Und steigen wir aus?«, fragte Evie, nachdem der Detective gegangen war.

»Auf gar keinen Fall.«

Am Abend saßen Evie, Jericho, Sam und Will wieder einmal um den Tisch in der Bibliothek versammelt.

»Das neunte Opfer – Die Zerstörung des Goldenen Götzenbildes«, sagte Evie. Sie fluchte leise vor sich hin. »Da draußen läuft er irgendwo herum und bereitet seinen nächsten Mord vor, und wir haben keine Ahnung, wo das sein wird.«

Sie vergrub das Gesicht in den Händen.

»Verfall nicht in Selbstmitleid, Evangeline. Denk lieber nach. Goldene Götzenbilder ...« Will drehte das Rädchen an seinem silbernen Feuerzeug so schnell, dass Funken sprühten, die er mit seinem Daumen gleich wieder erstickte.

»Gold. Geld, Gier – Wall Street, ein Banker oder ein Broker?«, mutmaßte Jericho.

»Der Golden Palace in Chinatown?«, schlug Sam vor. Evie hörte seiner Stimme an, wie erschöpft er war.

»In der Bibel kommt ein goldenes Kalb vor. Aber wir können nicht sicher sagen, ob sich das Opfer auf ein biblisches Motiv bezieht. Das Buch der Brethren ist ein Potpourri aus allem Möglichen, wie ihr euch vielleicht erinnert«, sagte Will.

»Wir sitzen hier wahrscheinlich noch die ganze Nacht«, sagte Evie seufzend.

»Ich glaube nicht, dass uns so viel Zeit bleibt«, entgegnete Jericho.

»Wir hatten alle noch nichts zu essen«, bemerkte Will plötzlich, und Evie wusste gleich, er selbst musste hungrig sein, sonst hätte er niemals ein Wort gesagt. »Ich laufe schnell rüber auf den Broadway zu Wolf's Delicatessen und hole uns da ein paar Pastrami-Sandwiches. Überlegt ihr nur weiter. Ich bin gleich wieder da.«

»Zeig noch mal«, sagte Evie, als Will die Bibliothek verlassen hatte. Sie nahm Jericho die Bibel aus der Hand. Seit er erfahren hatte, dass sie ein *Diviner* war, hatten sie nicht mehr als ein paar Worte miteinander gewechselt. Evie las die Bibelstelle wieder und wieder, suchte aber vergeblich nach einem Anhaltspunkt.

»Die Anbetung falscher Götzenbilder. Die Anbetung falscher Götzenbilder …« Irgendetwas wollte da in ihrem Kopf Gestalt annehmen. »Wie war sein Name doch gleich wieder …« Mitten im Satz brach sie ab und blätterte wild in der Bibel herum. Dann legte sie den Finger auf eine Stelle. »Baal«, sagte sie plötzlich. »Die Anbetung des Baal. Oh Gott …«

»Was ist denn?«, fragte Sam.

»Ich weiß jetzt, wo er als Nächstes zuschlagen wird«, sagte Evie. Sie griff bereits nach Hut und Mantel.

»Wohin gehen wir?«

»Ins Globe Theatre!«, rief Evie in höchster Aufregung.

»Was ist denn da im Globe?«, fragte Jericho.

»Die Ziegfeld Revue«, sagte Sam und rannte Evie hinterher.

Little Betty Sue Bowers

Theta saß vor ihrem Spiegel in der Künstlergarderobe und entfernte die letzten Reste ihres Make-ups. Alle Spiegel waren mit Schals und Federboas behängt, aber die Kostüme, die die Mädchen eilig abgelegt hatten, um sich so schnell wie möglich mit ihren vor dem Künstlereingang wartenden Verehrern oder Börsenmaklerfreunden treffen zu können, hatte die Garderobiere bereits fortgeräumt. Außer Theta war niemand mehr da, aber diese Stimmung in einem menschenleeren Theater hatte Theta schon immer gern gemocht.

Theta war erst sechs Jahre alt gewesen, als sie in dem Musikemporium von Peoria, Illinois, in einem rot-weiß-blauen Trägerkleidchen und im Licht der Scheinwerfer glitzernden, silbernen Steppschuhen ihr Debüt als Little Betty Sue Bowers gab. Sie sang und tanzte zu *God Bless America* und ihre strenge Pflegemutter stand in den Kulissen und formte jedes einzelne Wort mit den Lippen mit. Das Publikum war entzückt von Theta. »Lockenköpfchen« wurde sie genannt und »Betty Baby Doll«. Schon bald trat sie in allen Orpheum-Circuit-Varietés im Mittleren Westen auf. Theta hasste das Varieté, die langen Arbeitsstunden, die zugigen Garderoben und die anzüglich grinsenden »Onkels«, die immer wollten, dass sie sich auf ihren Schoß setzte. Sie hasste es, kreuz und quer durchs ganze Land mit all seinen kleinen Städtchen und schwindenden Varietétheatern zu fahren. Abend für Abend wickelte Mrs Bowers ihre Haare auf Lockenwickler, gab ihr mit der Haarbürste einen harten Klaps auf ihr Hinterteil und sagte: »Dass du mir ja nicht deine Frisur ruinierst.« Theta hatte so große Angst davor, ihre Locken zu verstrubbeln und sich am nächsten Morgen einen noch festeren Klaps zuzuziehen, dass sie nachts nicht schlafen konnte. Sie war nie zur Schule gegangen, hatte nie eine Geburtstagsparty gefeiert, nie eine richtige Freundin gehabt.

Mit vierzehn konnte sie nicht länger das kleine Lockenköpfchen sein. Ihr Körper und ihr Gesicht nahmen weibliche Formen und Züge an und sie bekam lange, wohlgestaltete Beine und einen Schmollmund. Sie war jetzt zu alt, um das bezaubernde kleine Mädchen zu geben, aber zu jung, um in freizügigeren Nummern aufzutreten. Ihre Zukunft war ungewiss. In Kansas City, wo ihre Pflegemutter sie gerade für einen Monat in einer Show im Palace untergebracht hatte, lernte Theta einen gut aussehenden jungen Mann namens Roy kennen, der als Barkeeper arbeitete. Nur zwei Wochen später brannte sie mit ihm durch, was sich als noch größerer Fehler erweisen sollte, als bei Mrs Bowers zu leben. Anfangs hatte Roy ihr noch das Gefühl gegeben, er wolle sie beschützen. Aber schon bald ergriff er vollständig Besitz von ihr – bestimmte, welche Kleider sie trug, wohin sie ging und mit wem sie sich traf. Einmal sperrte er sie sogar die ganze Nacht im Bad ein, während er mit seinen Kumpels unterwegs war. Da kletterte Theta aus einem Fenster im zweiten Stock, um vor ihm zu flüchten. Roy hatte das nicht gefallen. Es hatte ihm ganz und gar nicht gefallen.

Am nächsten Morgen wollte sie mit geschwollenem, blutunterlaufenem Auge und aufgeplatzter Lippe zu Mrs Bowers zurückkehren. Sie stand mit ihrem kleinen karierten Filzkoffer auf der Veranda und auf ihren wunden Lippen brannten die Tränen. »Bitte, Mama«, flehte sie ihre Pflegemutter an. »Es tut mir leid.«

»Wie man sich bettet, so liegt man, Betty Sue«, sagte Mrs Bowers nur und schlug ihr die Tür vor der Nase zu.

Danach bemühte sich Theta, dem zu entsprechen, was sie sich unter einer guten Ehefrau vorstellte, aber Roy geriet über die kleinsten Kleinigkeiten in Zorn: Einmal saßen ihre Strümpfe nicht gerade, dann wieder war ihr der Toast zu dunkel geraten. Ihr langes dickes Haar war nicht hochgesteckt wie das einer Dame, sondern sah aus »wie bei einer Ureinwohnerin«. Das Haus war ihm nicht ordentlich genug. Und bekam sie beim Metzger kein gutes Stück Fleisch, dann war sie eine schlechte Hausfrau. Erwischte sie aber mal ein ordentliches Steak, tja, dann musste sie wohl mit dem Metzger geflirtet haben. Der brennende Schmerz, den die Haarbürste ihrer Mutter verursacht hatte, war nichts gegen die Ohrfeigen, die Roy ihr verpasste. Am schlimmsten aber waren die Nächte. Da biss sie die Zähne zusammen, starrte an die Decke und wartete, bis es endlich vorüber war. Einmal bewarb sie sich um eine Rolle in einem kleinen Sketch im Palace, aber Roy verbot ihr, sie anzunehmen. Manchmal, wenn Roy arbeiten war und die heiße Luft aus der Imbissstube im Erdgeschoss durch das Linoleum zu ihr nach oben stieg und die ganze Wohnung aufheizte, zog sie sich bis auf den Slip aus, rollte die Teppiche zurück und fing an, zu Musik aus dem Radio zu tanzen. Dann stellte sie sich vor, sie wäre Josephine Baker im Folies Bergère in Paris. Aber es waren nicht die Liebe, die Verehrung und das kollektive Verlangen des Publikums, wovon sie träumte, sondern das Gefühl absoluter Freiheit: das Gefühl, zu tanzen, weil sie es konnte, zu tanzen, weil sie es liebte, und nicht, weil man es von ihr erwartete.

»*Why you gotta be such a mean old Daddy?*«, sang sie mit ihrer rauchigen Stimme mit, die gespreizten Finger der einen Hand über der sanften Wölbung ihres Bauches, die andere nach oben in die Luft gestreckt, höher und immer höher, als wollte sie jeden Moment einen Stern vom Himmel pflücken oder ein Loch in ihn hineinstoßen, durch das sie fliehen konnte. Während einer dieser schwülheißen, stickigen Nachmittage ging sie so sehr in dieser kleinsten aller Fluchten auf, sang mit dem Radio mit und genoss die Bewegungen ihres Körpers – ihre alleinige Macht über ihn –, dass sie Roys Schlüssel im Schloss überhörte.

»So, so, was für ein Anblick!«, brummte er böse, und Theta

schnappte nach Luft, drehte sich zu ihm um und sah, wie er dastand und den gesamten Türrahmen ausfüllte, den Brustkorb leicht nach vorn gebeugt, die muskulösen Unterarme gegen die Türpfosten gestemmt wie eingespannt in einer Schleuder, die nur darauf wartete, losgelassen zu werden. »So verbringst du also deine Zeit, während ich arbeiten bin?«

Betrunken und aggressiv stand er vor ihr. Ihr schwirrte der Kopf von lauter vorauseilenden Entschuldigungen, kleinen Schmeicheleien und hoffnungsvollen Friedensangeboten, die ihn von seiner Wut ablenken sollten und die sie stets parat haben musste, um keine Prügel zu beziehen.

»Soll ich dir dein Abendessen zubereiten, Roy? Du setzt dich hin und machst es dir bequem und ich bereite dir ein schönes Sandwich zu«, sagte sie und hoffte, dass ihre Stimme nicht verriet, wie verzweifelt sie war.

»Ein Sandwich? Stellst du dir das vielleicht unter einem vernünftigen Abendessen vor?«, rief Roy.

Sie hatte das Falsche gesagt. Und es machte auch keinen Unterschied, ob sie weinte oder schrie. Das hatte sie schon so oft getan und niemand war gekommen, um nach dem Rechten zu sehen. Man verschloss einfach die Rollläden und Fenster vor ihrem Elend. So waren die Leute in dieser Stadt nun mal. Sie hatte gelernt, Roys Prügel schweigend über sich ergehen zu lassen, hatte herausgefunden, dass es dann weniger lange dauerte.

Roy fuhr mit der Hand in ihr Haar, wie es auch ein liebender Ehemann hätte tun können, aber der harte Griff, der ihr die Tränen in die Augen trieb, ihren Kopf und ihren Hals nach unten und ihren Körper in die Krümmung zwang, sodass sie Roy nur folgen konnte wie der Hund dem Herrn, war alles andere als liebevoll. Die erste Ohrfeige war noch eine Warnung. Aber ihre Wange brannte schon.

»Tanzen willst du also, ja?« *Schlag.* »Tanzen tu ich gerne.« *Schlag.* »Dann lass uns beide tanzen. Ich will mit meinem Mädchen tanzen.«

Er stieß sie aufs Bett und drückte ihre Arme über ihrem Kopf mit einer seiner riesigen Hände nieder. Sie unterdrückte einen Schrei, als seine andere Hand den zarten Schutz ihrer Wäsche zerriss, und einen weiteren, als dieselbe Hand Schläge auf sie niederprasseln ließ, bis ihre Lippen bluteten und ihr die Ohren klangen. Dann presste er ihre Schenkel grob mit seinen auseinander, und ihr blieb nichts übrig, als ihre Angst zusammen mit dem metallisch schmeckenden Blut hinunterzuschlucken.

Aber dieses Mal entfachte die Panik ein neues, unbekanntes Gefühl in ihr, eines, das sie nicht mehr kontrollieren konnte. Sie erinnerte sich gut daran, wie ihre Hände plötzlich wärmer wurden und ihr Körper heiß. Auch daran, wie Roy sie angesehen hatte: Seine Augen hatten sich geweitet, sein Mund vor Verblüffung weit geöffnet, bevor der Schrei darin erstarb.

Theta kniff die Augen zu. An dieser Stelle verließ sie jedes Mal die Erinnerung, als fehle eine Filmrolle in einem Kinofilm. Alles, woran sie sich danach erinnern konnte, war der Zug, mit dem sie zu einem zweiten Zug gefahren war, dann an New York, wo sie verschmutzt und ohne Geld und halb verhungert angekommen war und trotzdem überlebte: Sie schlief auf Parkbänken, fand Zuflucht auf der Damentoilette im Grand Central Terminal und schlich sich heimlich in die Filmtheater, in denen sie den ganzen Tag verschlief und die sie nur verließ, wenn einer sie verjagte. Nachts, wenn sie niemand sah, stahl sie die Milchflaschen von den Treppenstufen, die dort schon für den nächsten Morgen ausgeliefert worden waren. Entging nur knapp gewalttätigen Männern, die sie von Seitengassen und von langsam fahrenden Autos aus ins Auge fassten. Wahrscheinlich hätte sie sich so noch länger durchgeschlagen, hätte sie nicht eines Tages Henry an einem Tisch am Fenster des *Horn & Hardart*-Automatenrestaurants auf der Sixth Avenue sitzen sehen, der ohne jedes Interesse an dem Essen, das vor ihm stand, etwas auf dünnes weißes Papier kritzelte. Theta war kurz davor, vor Hunger ohnmächtig zu werden. So wagte sie sich in das Lokal und trieb sich in der Nähe seines Tisches herum, in der Hoffnung, vielleicht stibitzen zu können, was er von seinem Essen übrig ließ, als Henry ihr plötzlich wortlos die eine Hälfte seines Sandwiches zuschob. Sie zögerte zunächst – denn Theta hatte gelernt, dass man nie etwas von einem Fremden annehmen durfte. Doch der Hunger, der sie quälte, war wie ein Tier, das sie von innen auffraß. Das hungrige Tier gewann die Oberhand und Theta aß so schnell, dass ihr das Sandwich beinahe wieder hochgekommen wäre. Henry ging, noch immer schweigend, zu den glänzenden, von innen beleuchteten Automaten hinüber, warf zwei Fünfcentstücke ein, wartete ab, bis das Tablett sich gedreht hatte, öffnete die kleine Glastür und zog einen Becher Milchreis und einen Karton Milch heraus. Beides trug er zu dem mit Krümeln übersäten Tisch, stellte es vor Theta ab und sah zu, wie sie den Reis mit maschinenhafter Präzision in sich hineinlöffelte und mit vier Schluck Milch hastig hinunterspülte, völlig unbekümmert darum, dass an ihrem Kinn zwei kleine weiße Rinnsale hinunterliefen. Anschließend saß sie mit gläsernem Blick und wie berauscht da; jetzt war sie satt und ihr war übel.

»Sehr erfreut! Ich heiße Henry Bartholomew DuBois IV«, sagte Henry. Er sprach langsam, dehnte die einzelnen Silben und hielt ihr seine Hand entgegen. Er besaß die längsten und elegantesten Finger, die Theta je gesehen hatte, und alles an ihm war hell: sein dickes, sandfarbenes Haar, das er recht lang trug. Die weichen Augenbrauen und die dichten Wimpern, die den Blick seiner nah zusammenstehenden haselnussbraunen Augen unter den schweren Lidern stets ein wenig schläfrig wirken ließen. Nur bei Sonnenschein wurden die blassen Sommersprossen auf seinen Armen, seinen Wangen und seiner Nase sichtbar. Und selbst sein Mund, um den stets ein amüsiertes Lächeln spielte, war nur eine Nuance dunkler als seine Haut. Man hätte ihn glatt übersehen können, wäre sein Kleidungsstil nicht so exzentrisch gewesen: Er trug Tweedhosen mit straff gespannten Hosenträgern über einem weißen, steif gestärkten Smokinghemd, darüber eine offene Weste und einen kessen Strohhut mit rot-blau gestreiftem Hutband, der absichtlich-unabsichtlich schief auf seinem Kopf saß.

»Betty«, stieß sie endlich hervor und reichte ihm flüchtig die Hand.

Henry neigte den Kopf und sah prüfend auf sie herab. »Das ist ja ein grauenhaft langweiliger Name für ein so interessantes Mädchen.«

Theta konnte nur noch mit Mühe die Augen offen halten.

»Brauchen Sie einen Platz zum Schlafen?«, fragte Henry sie in aller Gelassenheit.

Theta riss die Augen auf und ließ das vor ihr liegende Messer in ihrer Hand verschwinden. »Wenn du auch nur irgendwas bei mir versuchst, wird es dir leidtun, Freundchen.«

»Nun, nach allem, was ich hinter mir habe, fände ich es unerträglich, mithilfe eines schlichten Buttermessers umzukommen«, sagte Henry in einem Tonfall, als ob er Guten Tag sagen wollte. »Ich kann Ihnen versichern, Betty, ich bin ein Gentleman und stehe zu meinem Wort.«

Theta war so müde. Es war, als wäre der Hunger der Stöpsel gewesen, der ihre Gefühle unter Verschluss gehalten hatte. Jetzt war er entfernt worden und sie saß da und weinte leise vor sich hin.

»Ist doch alles gut, Liebes. Na, komm!« Später erzählte ihr Henry, dass er noch nie einen so schönen Menschen so hässlich habe weinen sehen.

Theta ging mit Henry in seine Einzimmerwohnung mit undichtem Dach am St. Mark's Place, wo er ihr Kissen und Wolldecke anbot. Noch immer argwöhnisch, hielt sie beides schützend vor sich. Währenddessen zog Henry einen alten Rohrsessel vor das ramponierte Piano neben dem schmalen Luftschachtfenster, summte leise vor sich hin und begann, sich auf denselben mit Kritzeleien und Tintenklecksen übersäten Papierbögen Notizen zu machen, über denen er schon im Imbiss gesessen hatte. »Du kannst gern hierbleiben«, sagte er schließlich, ohne den Blick dabei zu heben. »Ich habe keine Putzfrau. Die Rohre sind undicht. Das Bad ist draußen im Gang und ich teile es mir mit zehn äußerst exzentrischen Nachbarn. Im Winter ist es hier eiskalt und im Sommer heiß wie die Hölle. Alles in allem ist es nicht viel besser als auf der Straße. Aber du bist trotzdem willkommen.«

Sie vermutete, dass er eine Gegenleistung von ihr erwartete, aber er machte niemals auch nur einen Versuch.

Theta schlief bis lang in den nächsten Tag hinein. Als sie aufwachte, standen neben dem Bett ein angeschlagener Teller mit einem Donut und eine leere Milchflasche mit einem einzelnen Gänseblümchen darin, an der ein Zettel lehnte:

Hoffe, du hast gut geschlafen. Ich würde Dich ja darum bitten, nichts zu stehlen, aber es gibt hier nichts zu stehlen. Du kannst so lange bleiben, wie Du willst.

Beste Grüße, Henry DuBois IV

Theta wusste nicht, wohin sie sonst hätte gehen sollen, also aß sie den Donut und spülte den Teller ab. Dann wusch sie auch noch das übrige Geschirr und räumte es weg. Später kehrte Henry in ein Zimmer zurück, das so sauber war, dass er noch einmal hinausgehen und es ein zweites Mal betreten musste, um glauben zu können, dass er in der richtigen Wohnung stand. »Du heißt nicht zufällig Schneewittchen?«, fragte er trocken. Sie teilten sich eine Schüssel mit Nudeln aus einem Laden unten im Haus und unterhielten sich bis tief in die Nacht hinein.

Es war Henry gewesen, der sie davon überzeugt hatte, dass sie sich die Haare kurz schneiden lassen sollte. Arm in Arm gingen sie zu dem Friseur in der Bleecker Street, Theta in Kleidung von Henry. Mucksmäuschenstill und mit starr nach vorn gerichtetem Blick saß sie da, als sich die Schere durch ihre dicken Locken fraß und fedrige Haarbüschel rund um den Friseurstuhl zu Boden fielen. Theta spürte, wie viel leichter ihr Kopf sich plötzlich anfühlte, als seien mit den Haaren auch die Geister der Vergangenheit, die Last der Erinnerung von ihr abgefallen. Als der Friseur den Stuhl herumschwenkte, damit sie sich im Spiegel bewundern konnte, riss sie den Mund zu einem erstaunten »Oh« auf. Sie strich sich leicht über die weiche Haut an ihrem Hals und genoss die Stoppeln hoch oben im Nacken, wo ihr neuer Bubikopf ein aufreizendes ›V‹ bildete. Im Spiegel sah sie, wie Henry sich auf die Lippen biss.

»Was gaffst du denn so, Piano Man? Hast du noch nie einen Flapper gesehen?«, fragte sie augenzwinkernd.

»Du bist das schönste Mädchen der ganzen Straße«, sagte Henry und Theta war überzeugt, dass er sie gleich küssen würde. Als er es dann nicht tat, war sie halb enttäuscht, halb erleichtert.

Später stießen sie in einem Bohèmeclub um die Ecke der MacDougal Street mit Champagner auf die neue Frisur an. Hier tanzten, fern von allen kritischen Blicken, schöne junge Männer Brust an Brust auf elegante Weise miteinander, hielten sich im Arm oder tauschten sehnsüchtige Blicke über dekorativ geschmückte Tische hinweg, an denen ebenso dekorative Männer saßen. Theta hatte gehört, dass es solche Clubs gab, und auch Männer gekannt, die Männer bevorzugten – »Schwuchteln« hatte Mrs Bowers sie spöttisch genannt –, aber sie selbst war noch nie in einem dieser Nachtclubs gewesen. Sie fürchtete, dort nicht willkommen zu sein, stellte aber fest, dass das Gegenteil der Fall war.

Henry saß zurückgelehnt in dem nur schwach beleuchteten Raum und beobachtete die Szenerie; von Zeit zu Zeit blieb sein Blick an einem hübschen, dunkelhaarigen jungen Mann hängen, der ihn scheu erwiderte. Da begriff Theta endlich. Sie schlenderte mit dem Selbstbewusstsein der Künstlerin auf den jungen Mann zu, zog sich einen Stuhl an seinen Tisch und sagte: »Mein Kumpel Henry wird schon bald der neue George Gershwin sein. Sie sollten ihn fragen, ob er mit Ihnen tanzen will, bevor er reich und berühmt ist.«

Stunden später saßen sie eng gedrängt nebeneinander auf einem Samtsofa: Theta auf Henrys einer, der hübsche Junge auf seiner anderen Seite, daneben noch zwei Jungs aus einem College in New Jersey und ein Matrose, der aus Kentucky stammte; sie lachten, tranken, sangen Lieder und tauschten ihre Krawatten. Dann suchten sie nach einem neuen Namen für Theta, die, so Henry, einfach keine Betty war. Man ging alle möglichen Namen durch, glamouröse wie Gloria, Hedwig, Natalia oder Carlotta, aber auch absurde wie Mah Jong, Merry Christmas, Ruby Valentino oder Mary Pickaxe.

»Vielleicht würde ja Sigma Chi zu dir passen!«, sagte einer der Collegejungen und brachte mit seiner Bemerkung die ganze Runde erneut zum Lachen.

»Nein, das ist schrecklich«, sagte Henry zwischen zwei Lachanfällen. Ein Hauch von Röte lag auf seinen Wangen, was ihm den Anschein eines etwas schamlosen Ministranten verlieh.

»Alpha Beta! Delta Ypsilon! Phi Beta Kappa! Delta Theta!«

»Warte mal – wie war der letzte Vorschlag?«, fragte Theta.

»Theta«, sagte der Collegejunge und in ihrer ansteckenden, betrunkenen Ausgelassenheit wiederholten seine Kumpels ihn laut im Chor.

»Theta«, sagte sie; der Name zerging ihr auf der Zunge. »Theta, das ist es.«

Mit Nachnamen wollte sie unbedingt Knight heißen. Das war ein Name, bei dem sie sich stark und mutig fühlte. Ein Name wie ein Panzer. Denn in ihrem neuen Leben wollte sie sich selbst verteidigen.

»Auf Miss Theta Knight«, riefen die Jungen, hoben die Gläser und Theta stieß mit ihnen auf ihren neuen Namen an. Dann bildeten sie einen Kreis, tanzten alle zusammen und unter großem Gelächter unter einem Kronleuchter, der sie in gesprenkeltes Licht tauchte, und Theta wünschte, dass diese Nacht niemals zu Ende gehen würde.

Eine Woche später weckte Theta Henry so früh auf, dass das Tageslicht kaum mehr als eine blaustichige Ahnung war, die sie beide bleich erscheinen ließ. Thetas Augen waren gerötet und verquollen und ihre Wangen tränenverschmiert. Zwei Monate war es jetzt her, seit sie Kansas und Roy verlassen hatte und er ihr zum letzten Mal etwas zuleide getan hatte.

Henry stützte sich auf die Ellbogen und fragte mit schlaftrunkener Stimme: »Was ist denn, Liebes?«

Sie erzählte ihm, was damals in Kansas geschehen war, und brachte es tatsächlich fertig, nicht dabei zu weinen. Sie hatte sich in diesen letzten Wochen so leicht gefühlt, als sei sie aus der lebensgefährlichen Strömung eines vom Regen angeschwollenen Flusses gerettet worden und hätte sich an seinem Ufer in der heißen Sonne aufgewärmt und ausgeruht, nur um wenig später zu erwachen und zu sehen, dass sein Pegel über Nacht angestiegen war und der Fluss sie wieder mit sich und unter Wasser gerissen hatte.

Henry hörte ihr ruhig zu. Als sie mit ihrem Bericht zum Ende kam, zog er sie an sich und drückte sie an seine bloße, weiche Brust. »Wenn du willst, heirate ich dich«, sagte er.

Sie küsste die Innenseiten seiner Hände und legte sie auf ihr Gesicht. »Ich kann dieses Kind nicht bekommen, Hen.«

Henry nickte nachdenklich. »Ich kenne jemanden, der uns da helfen könnte.«

Uns – hatte er gesagt. Da wusste Theta, dass nichts sie jemals auseinanderbringen würde, dass sie für immer zwei Hälften eines gemeinsamen Ganzen, die besten Freunde bleiben würden.

Theta hielt den Zettel mit Namen und Adresse eines Mannes sorgsam in ihrer Hand verborgen. Es regnete, als sie einen schmalen Weg entlangliefen und an ein altes, heruntergekommenes Haus kamen, in dessen Eingangsbereich zwei ängstlich wirkende Männer rauchend auf und ab gingen. Theta und Henry stiegen fünf baufällige Treppen hoch, vorbei an verschlossenen Türen, hinter denen Kinder schrien und sogleich wieder zum Schweigen gebracht wurden. Der Geruch von Kochfisch zog so aufdringlich durch den langen, dunklen Flur, dass er Theta fast den Magen umdrehte. Dann endlich hatten sie den obersten Stock erreicht und klopften an die schlichte braune Tür einer Wohnung, aus der es intensiv nach Desinfektionsmittel roch. Ein drahtiger Mann mit runzligem Gesicht führte sie zu einer schmuddeligen Sitzecke mit drei nicht zueinanderpassenden Stühlen. Rechts davon stand eine Badewanne, die halb voll mit blutigem Wasser und etlichen Tranchiermessern war. Hinter einem Vorhang stöhnte eine Frau. Theta hielt Henrys Hand so fest umklammert, dass sie dachte, sie würde sie zerquetschen. Der Mann wies auf eine mit einem Laken bezogene Pritsche und bedeutete Theta, sich auszuziehen und hinzulegen. Im gleichen Moment schrie die Frau wieder auf. Fluchtartig rannte Theta aus der Wohnung, die Wendeltreppe hinunter und den ganzen vom Regen aufgeweichten Weg zurück; dass sie im Nu durchnässt war, bemerkte sie nicht einmal.

»Ist ja gut«, sagte Henry atemlos, als er sie eingeholt hatte. »Wir treiben das Geld schon irgendwie auf.«

Henry verkaufte sein Piano, und sie machten einen neuen Arzt ausfindig, der zwar teuer war, seine Praxis dafür aber sauber und gepflegt. Nach dem Eingriff lag Theta auf Henrys Bett; sie hatte Bauchkrämpfe und ihr war schwindelig von dem Betäubungsmittel, schwor aber, ihm ein neues Piano zu kaufen, komme, was wolle. Henry drückte ihre Hand und sie sank in tiefen Schlaf. Zwei Wochen später bekam sie die Stelle als Revuetänzerin bei den Follies. Sie musste zwar ihren wahren Namen, ihre Herkunft und ihr Alter verschweigen, aber das taten hier eigentlich alle. Das war es, was sie an dieser Stadt so liebte – hier konnte jeder sein, wer er wollte. Als der Klavierspieler, der die Proben begleitete, die Revue verließ, um in einem Nachtclub im Norden von Manhattan zu arbeiten, empfahl sie, Henry zu engagieren. Mit dem zusätzlichen Geld, das sie nun verdienten, mieteten sie eine größere Wohnung im Bennington an und gaben sich als Geschwisterpaar aus, was angesichts der Tatsache, dass ihr Äußeres so unterschiedlich war wie ihre Seelen verwandt, geradezu lachhaft schien. Und Woche für Woche legte Theta einen Dollar in eine alte Kaffeedose, auf die sie HENRYS PIANOKASSE geschrieben hatte.

Sie hatte gedacht, so würden sie nun immer weiterleben, Theta und Henry, die beide niemandem gehörten als sich selbst und dem andern. Dass sie Memphis kennenlernen würde, damit hatte sie nicht gerechnet. Es war nicht nur, dass sie beide von dem gleichen merkwürdigen Symbol träumten, was für sich gesehen bedeutsam genug war. Nein, es war Memphis selbst. Er war so nett und stark und sah gut aus. Wenn sie mit ihm zusammen war, fühlte sie sich leicht und voller Hoffnung, auch wenn die Vorstellung, dass aus ihnen ein Paar werden könnte, völlig aussichtslos schien. Und wenn Flo jemals davon erfuhr, würde er sie aus seiner Show ausschließen.

Daisy hatte ein Paar Rubinohrringe auf ihrem Toilettentisch liegen lassen, eines der vielen Geschenke von diesem Börsenmakler oder jenem Theaterkritiker, die sie verehrten. Theta hatte nicht übel Lust, sie zu verkaufen und den Erlös an ein Waisenhaus zu spenden, nur um dieser frivolen Zicke eine Lektion zu erteilen, damit sie demnächst besser auf ihre Siebensachen aufpasste. Aber dann ließ sie sie doch liegen, knipste die Lichter aus und ging durch das Theater, das jetzt nur noch von dem trüben Schein der Arbeitsbeleuchtung erhellt war. Sie hatte gerade die Kulissen erreicht, als sie aus dem Zuschauerraum ein schrilles Pfeifen hörte und unvermittelt stehen blieb.

»Wally? Sind Sie das?«, rief sie mit klopfendem Herzen.

Das Pfeifen hörte auf. Aber niemand antwortete.

Theta ging hastig weiter. Diesem Dummkopf, der sich so einen Scherz mit ihr erlaubte, würde sie gleich eins verpassen. Sie schwang die Beine über den Bühnenrand und wäre fast in der ersten Sitzreihe gelandet. Jetzt hörte sie es wieder – ein munteres Pfeifen, das irgendwo aus dem Zuschauerraum kam. Hätte sie nur alle Lichter angelassen!

»Wer ist da?«, rief sie. »Daisy, wenn du das bist, dann brech ich dir die Beine, dass du monatelang nicht arbeiten kannst, das schwör ich dir.«

Aber das Pfeifen hörte nicht auf und sie konnte seinen Ursprung nicht lokalisieren. Es schien jetzt von allen Seiten zu kommen. Theta rannte den Gang auf der rechten Seite hinunter und schlug sich im Dunkeln das Bein an der Armlehne eines Stuhles an, lief trotzdem weiter und warf sich gegen die Tür des Zuschauerraums, die aber zugesperrt war.

Woher nur kam dieses Pfeifen? Theta machte ein paar Schritte rückwärts und spähte zum Balkon hoch. Plötzlich flammte ein Scheinwerferlicht auf und blendete sie. Sie blinzelte, machte auf dem Absatz kehrt und rannte, unablässig verfolgt von dieser Melodie, wieder zurück und auf die Garderobenräume zu. Die Türen standen alle offen und Theta bewegte sich Zentimeter für Zentimeter den langen, schlecht beleuchteten Flur entlang, weil sie fürchtete, dass der Pfeifer plötzlich hinter einer dieser Türen hervorspringen könnte. Inzwischen hatte sie richtig Angst und die Haut ihrer Hände in den Handschuhen wurde heiß und fing an zu jucken.

»Nein«, flüsterte sie. »Nein.«

Jetzt wurde am Ende des Korridors ein Lichtschimmer sichtbar, der Künstlereingang war wohl nur angelehnt. Sie rannte darauf zu und ihre Finger brannten schier vor Hitze.

Das Pfeifen war jetzt noch lauter geworden und schien direkt hinter ihr zu sein. Als sie an den Arbeitsleuchten vorbeilief, flackerten sie noch einmal auf und gingen dann aus. Theta stolperte, fiel auf die Knie und zuckte vor Schmerz zusammen. Sie stützte sich an der Wand neben ihr ab und spürte, wie das Holz unter ihrer Hand heiß wurde. So schnell sie konnte, rannte sie auf die Tür zu. Die Tür, die Tür, die Tür. Der Künstlereingang, ihre einzige Fluchtmöglichkeit. Der Künstlereingang, dessen Tür im gleichen Moment zuschwang.

Der mit beiden Händen arbeitet

Memphis wachte mit dem Gefühl auf, dass irgendetwas nicht in Ordnung war. Als er sah, dass Isaiahs Bett leer war, sprang er auf und suchte mit wild klopfendem Herzen die ganze Wohnung nach ihm ab. Er sah im Bad, in der Küche und in Octavias Zimmer nach, aber dort lag nur sie selbst schnarchend in ihrem Bett, und Memphis gab sich alle Mühe, kein Geräusch zu machen, um sie nicht aufzuwecken. Als er einen Blick durch das Wohnzimmerfenster in den Garten warf, sah er seinen Bruder im Pyjama draußen in der Kälte stehen und lief sofort zu ihm hinaus.

»Isaiah, was machst du denn hier draußen?« Memphis schüttelte den Jungen. Er war eiskalt.

»Ich spreche mit Gabriel.« Isaiahs Zähne klapperten. Er sah Memphis mit dem leeren, starren Blick an, der für seine Trancen bezeichnend war. »Memphis, mein Bruder«, flüsterte Isaiah. »Der Sturm naht ... der Sturm naht ...«

»Isaiah! Isaiah!« Memphis schüttelte seinen Bruder kräftig.

»Was in Gottes Namen geht hier vor?« Plötzlich stand Octavia im Nachthemd neben ihnen. »Was macht ihr zwei hier draußen, mitten in der Nacht?«

»Isaiah hat einen Albtraum. Komm schon, Ice Man. Wach auf!«

»Und das neunte Opfer war das der Lust und der Sünde ...«, sagte Isaiah. Von seinen Augen war nur noch das Weiße zu sehen und sein Mund zuckte.

Bestürzt hielt sich Octavia die Hand vor den Mund. »Oh, mein Gott. Memphis, hilf mir, ihn ins Haus zu bringen.«

Zusammen trugen sie den zitternden Isaiah ins Haus und in sein Bett. Octavia fiel auf die Knie und legte die eine Hand auf seine Stirn, die andere auf ihr Herz. »Geh auf die Knie, Memphis John. Bete mit mir. Wir werden diesem Kind mit unseren Gebeten den Teufel austreiben.«

»In Isaiah steckt kein Teufel«, knurrte Memphis böse.

»Sie kommen, Bruder …«, flüsterte Isaiah. Er zitterte noch heftiger.

»Bete mit mir«, befahl Octavia. »Der Herr ist mein Hirte, mir wird nichts mangeln.«

Entsetzt beobachtete Memphis die Szene, die sich vor seinen Augen entfaltete. Sein bester Freund war tot. Sein Bruder litt unter Visionen. Seine Mutter lag in ihrem frühen Grab und suchte ihn im Schlaf heim und sein Vater hatte sie verlassen und würde sehr wahrscheinlich nie mehr zu ihnen zurückkehren. Memphis war es leid, er hatte genug von all dem hier. Er wollte nur noch Theta holen und mit ihr davonlaufen, weit fort von allem.

»Er weidet mich auf grüner Aue«, betete Octavia inbrünstig. »Er führet mich zum frischen Wasser. Er erquicket meine Seele – Memphis John, wo, bitte, willst du hin?!«

»Fort!«, rief Memphis. Er warf sich rasch einen Mantel über seinen Schlafanzug, stieg mit nackten Füßen in seine Schuhe und nahm Reißaus auf die Straße. Über Nacht war Nebel aufgekommen. Er legte einen Schleier um die Straßenlaternen und verwandelte Harlem in eine Geisterstadt. Die wenigen Menschen, die sich noch auf der Straße aufhielten, sahen aus wie lachende Schatten. Memphis wandte sich von ihnen ab und lenkte seine Schritte in nördliche Richtung.

Warum geschahen all diese Dinge? Was, wenn auch Isaiah krank war, so wie ihre Mutter? Sie hatten erst erfahren, wie schlecht es um sie stand, als es bereits zu spät gewesen war. War es eine Warnung? Ihm fiel ein, dass Sister Walker gesagt hatte, Isaiah sei wie ein Radio, das die unterschiedlichsten Signale auffing. Was für Signale empfing er und wie konnte Memphis sie stoppen?

Plötzlich stand Memphis vor dem Trinity Friedhof, dessen offenes Tor im Wind quietschte. Warum war es offen? Eine schwarze Katze schlich über die Straße, ein schlechtes Zeichen. »Hau ab, du widerliches Biest, du!«, zischte er sie an. Er zitterte. Es war auf einmal merklich kälter geworden. Am Wind lag es nicht. Tatsächlich rührte sich kein Lüftchen, nicht mal ein Säuseln war in den Büschen zu vernehmen. Eine Gänsehaut lief Memphis über Arme und Nacken. Jäh dachte er, dass er kehrtmachen, nach Hause gehen und sich die Decke über den Kopf ziehen sollte.

»Krächz!« In den oberen Ästen eines dürren Baumes saß eine Krähe und beobachtete ihn.

»Lass mich in Ruhe!«, brüllte er sie an.

Da sah er plötzlich durch den Nebel die Umrisse einer Gestalt auf dem Friedhof. Sie bewegte sich nicht. Sie stand einfach nur da.

»Memphis …«

Die Stimme klang raschelnd, wie dürres Laub, das durch den Rinnstein weht. Memphis' Knie zitterten, ansonsten stand er völlig unbeweglich da. Sein Atem ging stoßweise, wie ein angstgespeister Morsecode. Er wollte etwas sagen, doch seine Zunge war wie ausgetrocknet.

»Gabe?«

Die Gestalt winkte ihm zu. *»Bruder …«*

Die Krähe krächzte wieder und Memphis musste plötzlich lachen. Anscheinend war er nicht mehr Herr seiner Sinne – das musste die Erklärung sein. Bestimmt war er in einem Albtraum gefangen, aus dem er nicht erwachen konnte. So folgte er der Gestalt mit dem Gefühl, dass unabwendbar war, was hier geschah, tiefer in den nebligen Friedhof hinein bis zu dem Mausoleum, in dem Gabes Leiche wie ein zerstörter Engel gehangen hatte. Und jetzt stand Gabe in seinem Totenanzug mitten im Nebel. Seine Haut lag straff und leuchtend über seinem vollen Gesicht, und die Umrisse seiner Gestalt schimmerten, zerflossen, phosphoreszierten – ein Tiefseewesen, das nur für kurze Zeit durchs seichte Wasser schwimmt. Memphis hörte ein Geräusch, das dem unregelmäßigen hohen Ton einer Trompete ähnelte. Es drang auf seine Ohren ein und ließ sein Herz schneller schlagen. Seine Knie gaben nach und er sank zu Boden, als sei eine plötzliche Lähmung über ihn gekommen. Flimmernd stand Gabe über ihm und wie im Traum sah Memphis viele Gabes an sich vorüberziehen: den Freund mit den gefühlvollen Augen. Einen lachenden Dämon. Eine vermodernde Totenmaske, über die Fliegen krochen, ohne Zunge und mit zugenähten Augen.

Gabes Stimme klang wie ein schwerfälliges Flüstern, als gäbe er seine allerletzten Laute von sich. »An der Kreuzung musst du dich entscheiden, Bruder. Nimm dich in Acht vor dem, der mit beiden Händen arbeitet. Und verstecke dich vor dem Auge …«

Memphis zitterte am ganzen Körper. Die Trompete hatte jetzt eine so unerträgliche Tonlage angenommen, dass Memphis hätte schreien mögen. Der Nebel waberte um Gabe herum, und bevor Memphis das Bewusstsein verlor, hörte er noch seine leise Warnung: »Der Sturm naht … und alle werden gebraucht …«

Sister Walker saß im Morgenrock vor einer unberührten Tasse Kaffee an ihrem Küchentisch und hörte Memphis zu, der von seinem toten Freund erzählte. Sie sprach kein Wort, während Memphis seine aberwitzige Geschichte vor ihr ausbreitete, die mit Isaiahs Trance begann und auf dem Friedhof endete; sie rührte sich nicht einmal, als er ihr von Gabes Warnung erzählte – »Der Sturm naht« – , kurz bevor er sich in Nebel auflöste. Als Memphis zum Ende kam, war nur das gleichmäßige Ticken der Küchenuhr zu hören und das erste milchig blaue Licht der Morgendämmerung fiel durch das Fenster.

Schließlich aber fing Sister Walker an zu sprechen. »Memphis, hör mir jetzt bitte gut zu: Du hattest einen schlimmen Schock. Ich weiß nicht, was genau sich auf dem Friedhof zugetragen hat, aber bitte lass es für den Moment unser Geheimnis bleiben. Erzähle niemandem davon – niemandem, verstehst du?«

Memphis konnte nur nicken, so müde war er.

»Und was Isaiah betrifft, so werde ich so lange nicht mehr mit ihm arbeiten, bis es ihm wieder besser geht. Wenn er das nächste Mal zu mir kommt, üben wir zusammen rechnen und nichts weiter.«

»Das wird Isaiah aber nicht gefallen«, sagte Memphis mit hohler Stimme.

»Lass das nur meine Sorge sein.« Sister Walker hustete heftig und anhaltend und steckte sich eine Lutschtablette in den Mund. Dann legte sie Memphis mit mütterlicher Geste den Mantel um die Schultern, und er spürte, wie ein Schluchzen in seiner Kehle aufstieg. »Geh jetzt nach Hause, Memphis, und ruh dich aus.«

Sister Walker sah von der Tür aus zu, wie Memphis langsam heimwärts trottete. Ihr Husten war schlimm heute – zu wenig Schlaf vermutlich. Ein Schluck Hustensaft und etwas heißer Tee würden für den Augenblick genügen. Für das, was sie soeben gehört hatte, hatte sie allerdings kein Heilmittel – nur eine dunkle, bedrohliche Ahnung, dass bald schon das Grauen mit seinen schwarzen Schwingen über das Land streichen und sie alle in seinem Schatten untergehen würden.

GÖTZENBILDER

Der Wagen hielt mit quietschenden Reifen vor dem Globe Theatre. Evie sprang schon auf die Straße, bevor der knatternde Motor erstorben war, und rüttelte an der Eingangstür des Theaters. »Zugesperrt!«, rief sie.

»Zum Künstlereingang!«, sagte Jericho und lief auf eine Seitengasse zu, unmittelbar gefolgt von Evie und Sam. Die Tür des Bühneneingangs stand halb offen, ihr Griff war teilweise geschmolzen, der Türrahmen geschwärzt.

Evie bekam weiche Knie, als sie durch den düsteren Gang hinter der Bühne an Garderoben vorbeischlich, deren Spiegel im Dunkeln aufblitzten.

»Jericho?«, flüsterte sie eindringlich. »Sam?«

»Hier«, sagte Sam. Er tauchte so plötzlich aus einer der Garderoben auf, dass sie zusammenfuhr.

Licht schien von der Bühne zu ihnen herüber, und als Evie darauf zulief, sah sie, dass einer der Bühnenscheinwerfer eingeschaltet war. Die Treppe aus der Nummer ›Anbetung des Baal‹ war hell erleuchtet und Evies Herz klopfte schneller.

»Theta?«, rief sie. Niemand antwortete.

Da trat Evie weiter nach vorn auf die Bühne. Sie streckte eine Hand aus, um ihre Augen vor dem blendenden Scheinwerferlicht zu schützen, und verfolgte seinen Lichtkegel bis zu dem Altar am oberen Ende der Treppe. Dort glitzerte und funkelte das strassbesetzte Kostüm des toten Mädchens, das auf dem Altar lag.

»Sam! Jericho!«, schrie Evie auf. Trotz ihrer Angst lief sie die

Treppe hinauf. Beim Anblick der Toten streckte sie eine Hand nach dem Treppengeländer aus, um nicht zurückzutaumeln.

»Ist sie es?«, rief Sam und rannte ihr nach, die Treppe hinauf.

»Nein«, sagte Evie leise. Das Mädchen, das hier lag, hatte blonde Haare.

»Ihre Haut …!«, sagte Sam. Er legte eine Hand auf Evies Schulter und sie schreckte zusammen.

»Er hat sie gehäutet«, beendete Jericho Sams Satz.

Im selben Moment flogen die Türen auf und ein Schwarm Polizisten mit gezückten Pistolen stürmte durch die Stuhlreihen auf sie zu. Evie konnte die Handschellen, die sie bei sich trugen, im düsteren Zuschauerraum schimmern sehen. »Sie sind verhaftet«, sagte einer der Beamten zu ihr. Evie streckte ihm die Hände entgegen und ließ sich widerspruchslos abführen.

Detective Malloy war erbost. Evie saß mit Jericho und Sam im Gang vor Malloys Büro und hörte zu, wie er über Onkel Will herfiel. »… haben den Tatort verunreinigt … sich einfach Einlass verschafft … dachte, ich hätte dir gesagt, du sollst dich da raushalten …«

Wills Blick traf Evie nur ein einziges Mal durch die halb geöffnete Tür, aber der reichte ihr, und sie richtete die Augen schnellstens wieder nach vorne.

»Ich erklär ihm, dass es meine Idee war«, sagte Sam zu ihr.

»Sehr gut. Das sage ich ihm auch«, entgegnete Evie.

Im gleichen Augenblick zerrten einige Polizeibeamte den protestierenden T. S. Woodhouse ins Revier und setzten ihn kurzerhand auf einen Stuhl neben Evie und den beiden anderen.

»He! Ich habe Rechte, ist Ihnen das klar?«, brüllte Woodhouse.

»So?«, schnauzte einer der Beamten zurück. »Aber nicht mehr lange. He, Sarge … den Burschen hier hab ich im Theater dabei erwischt, wie er mit einer Kamera, die er sich ans Bein gebunden hatte, heimlich Fotos von der Leiche machen wollte. Da bleibt einem doch die Spucke weg, oder?«

»Die Kamera ist Eigentum der *Daily News,* Freundchen!«, schrie Woodhouse den Beamten an. Dann bemerkte er erst, dass Evie neben ihm saß: »Sieh an, sieh an, wenn das nicht meine Lieblingsinformantin ist.« Er grinste höhnisch. »Da haben Sie mich ja neulich nachts auf eine hübsche kleine Schnitzeljagd geschickt. *Ars Mysterium,* oder wie? Wohl eher Betty Plappermaul.«

»Sie haben bekommen, was Sie verdienen, Mr Woodhouse.«

T. S. Woodhouses Augen blitzen auf. »So? Was, glauben Sie, würde Ihr Onkel sagen, wenn er rausbekäme, dass Sie diejenige waren, die mich mit Informationen zu dem Fall versorgt hat?«

»Du warst das?«, fragte Sam mit hochgezogenen Augenbrauen.

»Und ob«, sagte Woodhouse, ohne den Blick von Evie zu wenden.

»Wollen Sie mich erpressen, Mr Woodhouse?«

Er zuckte mit den Achseln. »Schon möglich.«

»Schön. Sie wollen wissen, wer der Pentakelmörder ist? Es ist niemand Geringeres als Naughty John Hobbes, der von den Toten auferstanden ist, um das Ritual, mit dem er 1875 begonnen hat, zu Ende zu bringen. Und wenn er das geschafft hat, dann beschert er uns hier die Hölle auf Erden.«

»Evie«, warnte Jericho.

Evie versuchte, T. S. Woodhouse mit ihrem Blick einzuschüchtern, aber er reagierte nur mit einem zynischen Lachen. »Humor haben Sie ja, Süße. Das muss man Ihnen lassen. Aber an Ihrer Stelle würde ich ab jetzt nicht mehr mit wohlwollenden Artikeln über Ihr Museum rechnen – genauso wenig wie über Ihre eigene Person, wenn Sie wissen, was ich meine.«

Will trat jetzt zu ihnen auf den Gang hinaus. »Keiner von euch sagt auch nur ein Wort, bis wir zu Hause sind.«

»Bis dann, Miss O'Neill«, sagte T. S. Woodhouse. »War schön, Sie kennengelernt zu haben.«

Henry lag zusammengerollt mit dem Gesicht zur Wand und schlief. Theta kroch hinter ihm ins Bett, passte sich der Wölbung seines Körpers an und legte ihren Arm über seine Seite. Er regte sich und verschränkte seine Finger mit den ihren. Theta fing an zu weinen und Henry drehte sich zu ihr um.

»Theta, was ist denn los?«

»Ich war als Letzte im Theater. Und dann … dann hab ich plötzlich ein Geräusch gehört. Da ist jemand gewesen, Hen!«

Henry kämpfte gegen seine Schläfrigkeit an und versuchte aus dem, was Theta sagte, schlau zu werden. »Wer war da? Wovon redest du denn, Liebes?«

»Ich bin kurz darauf noch mal zurückgegangen und dann stand Wally mit mehreren Polizisten da. Er sah wie ein geprügelter Hund aus. Ich habe so getan, als ob ich in der Stadt gewesen und zufällig am Theater vorbeigekommen wäre, und habe ihn gefragt, was passiert ist.«

Theta vergrub das Gesicht in Henrys Seite. Henry spürte, wie sie zitterte.

»Es war Daisy«, stieß sie schließlich hervor. »Der Pentakelmörder hat Daisy getötet. Sie muss wohl noch mal zurückgekommen sein, um ihre Ohrringe zu holen und … es hätte auch mich erwischen können, Henry!«

Theta fing wieder an zu weinen und Henry zog sie eng an sich. Die Vorstellung, Theta zu verlieren, versetzte ihn in Panik. »Bist du verletzt?«

»Nein. Oh Henry, ich habe ein so schreckliches Pfeifen gehört; von allen Seiten kam es auf mich zu. Ich bin gerannt, so schnell ich konnte, aber ich habe die Tür nicht aufgekriegt und …« Ihre Stimme wurde leiser, bis schließlich nur noch ein Flüstern zu hören war. »Es ist wieder passiert, Hen. Genauso wie in Kansas.«

Henry wusste inzwischen, was damals in Kansas geschehen war. Er wusste auch, dass es seitdem nicht wieder aufgetreten war.

»Auf alle Fälle bist du jetzt in Sicherheit. Und ich bin bei dir.«

»Was geht nur vor, Hen?«

»Ich weiß es auch nicht, Liebes.«

Henry nahm Theta in die Arme, sie legte ihren Kopf auf seine Brust und so blieben sie bis zur Morgendämmerung liegen.

Jahrmarktattraktionen

Die Morgenzeitungen hatten ihren großen Tag, als sie die Nachricht über den Mord an Daisy Goodwin vermelden konnten. *Letzter Vorhang! Mord bei den Follies! Auftritt des Pentakels!*

Evie las gerade die Titelgeschichte der *Daily News*, als Sam in die Bibliothek stürzte und ein amtlich aussehendes Papier über seinem Kopf schwenkte. »Es gibt Neuigkeiten!« Eilig lief er die scheppernde Wendeltreppe aus Eisen nach oben auf die Empore, wo Evie zwischen den hohen Bücherregalen der Bibliothek stand, und reckte sich stolz wie eine Katze, die sich ihrer Portion Sahne gewiss ist.

»Schon gut. Ich bin ganz Ohr. Was für ein Wunder hast du denn vollbracht?«

»Ich hab die Steuerunterlagen von Knowles' End aufgetrieben.« Er schwang die Beine übers Geländer, sprang auf die Rollleiter hinab und stieß sich an der Regalwand ab.

»Seit wann weißt *du* denn, wie man recherchiert?«

»Nun ja, ich hab mich ganz auf meinen Charme verlassen«, gab Sam an. »Du glaubst ja nicht, wie hilfsbereit das Mädchen im Staatsarchiv sein kann.«

Evie lief, immer gleich zwei Stufen auf einmal nehmend, die Treppe nach unten und trabte neben Sam her, der auf seiner Leiter an den Regalen entlangfuhr. »Und? Hast du was Interessantes entdeckt?«

Sam stieß sich wieder an der Wand ab.

»Allerdings. In den letzten dreißig Jahren hat eine gewisse Miss

Eleanor Joan Ambrosio die Steuern gezahlt.« Er machte eine theatralische Pause.

Evie verdrehte die Augen. »Ja, und?«

»Der Name sagte mir gar nichts. Also habe ich ein bisschen nachgeforscht. Ambrosio ist ihr Ehe-, *Blodgett* ihr Mädchenname. Kommt der dir bekannt vor?«

»Nein.« Evie streckte die Hand nach der Leiter aus, aber Sam stieß sich schnell wieder ab, sodass sie in die Luft griff, was ihm ganz offensichtlich Vergnügen bereitete.

»Mary White heiratete einen Mann namens Blodgett. Und Eleanor war ihre gemeinsame Tochter.«

Evie lief jetzt wieder neben der Leiter her. »Dann hat also ihre Tochter die Steuern für Knowles' End weiterbezahlt? Aber warum?«

»Genau das hab ich mich auch gefragt. Siehst du? Wir beide denken gleich.«

»Kommst du jetzt endlich mal da oben runter? Mir wird schon ganz schwindlig von deinem Anblick.« Evie hielt die Leiter kurzerhand an und Sam sprang auf den Boden zurück.

»Ach, Süße. Du machst wirklich die nettesten Komplimente.«

»Sam, ich warne dich. Du könntest leicht das nächste Opfer sein.«

Sam setzte sich und legte die Füße auf den Tisch. Er verschränkte die Finger hinter dem Kopf, sodass seine Ellbogen wie zwei Flügel hervorstanden. »Es war schon ziemlich genial von mir, dass mir eingefallen ist, die Steuerunterlagen zu überprüfen, wenn ich das so von mir selbst sagen darf.«

»Könntest du das Ganze vielleicht etwas näher erläutern, wenn du dich ausreichend selbst gelobt hast?«

»Die Sache kam mir komisch vor. Wenn die Tochter den alten Kasten geerbt hat, warum hat sie ihn behalten? Warum hat sie ihn nicht einfach verkauft und ein bisschen Kohle eingefahren? Was will sie denn mit so einem Schandfleck?« Er machte wieder eine Pause.

»Willst du mich noch die ganze Nacht lang auf die Folter spannen?«

Sam grinste. »Die *ganze* Nacht?«

»Jetzt sag schon.«

Sam kippte mit dem Stuhl nach hinten und wippte leicht hin und her. »Ich hab dann noch ein bisschen weiterrecherchiert und ein Angebot von Milton-and-Sons-Immobilien gefunden, die das Haus kaufen wollten. Offenbar dachten sie, es eigne sich perfekt für irgendein schickes Wohnungsbauprojekt, und waren sogar gewillt, ordentlich Geld dafür hinzulegen. Aber ihr Angebot wurde abgelehnt und unterzeichnet hat die rechtmäßige Eigentümerin, Mary White Blodgett.«

Sam steckte sich eine Traube in den Mund und wartete die Wirkung seiner Worte ab.

»Unsere Mary White? Die frühere Geliebte von John Hobbes?«

»Jawohl. Genau die.«

Evies Herz klopfte jetzt schneller. »Und wann wurde dieses Angebot gemacht?«

»Vor drei Monaten.«

Evie riss die Augen auf. »Dann lebt Mary White noch?«, fragte sie.

»Ja. Sie wohnt in einer dieser Bruchbuden draußen in Coney und hält nach wie vor an dem Haus auf dem Hügel fest.«

»Ich frag mich nur, warum.«

»Genau das sollten wir herauskriegen.«

Mary White Blodgett wohnte in der Surf Avenue in einem von Wind und salziger Meeresluft übel zugerichteten Bungalow mit Blick auf die Thunderbolt-Achterbahn.

Eleanor, Mrs Whites Tochter, empfing Will und Evie an der Tür in Hauskleid und mit Lockenwicklern in den Haaren.

»Mrs Ambrosio?«, sagte Will.

»Und Sie sind?«

»Mein Name ist William Fitzgerald. Vom Museum. Wir haben telefoniert.«

Ein Erinnerungsfunke blitzte in den Augen der Frau auf. »Ah ja, stimmt. Meine Mutter ist eine alte Dame und sehr, sehr krank. Regen Sie sie also ja nicht auf.«

»Selbstverständlich nicht«, sagte Will. Er nahm seinen Hut ab.

Mrs Ambrosio führte sie durch einen Wohnraum, der mit leeren Whitman's Sampler Pralinenschachteln und einer Reihe Arzneimittelfläschchen übersät war, die den Weg zum Abfalleimer noch nicht geschafft hatten. Der ganze Raum roch nach abgestandenem Bier. »Die Putzfrau hat heute frei«, sagte sie, und es war nicht ganz ersichtlich, ob das nun Galgenhumor war oder eine Entschuldigung – oder aber beides. »Warten Sie hier in der Küche einen Moment auf mich.«

Evie hütete sich, etwas anzufassen. Sie hatte keine Lust, herumzustehen, mochte sich aber erst recht nicht setzen. In dem Chaos auf dem Küchentisch stand eine Flasche mit der Aufschrift MORPHIUM in gefährlicher Nähe zu einer anderen, auf der RATTENGIFT zu lesen war. Daneben lag eine benutzte Spritze auf einem blutbefleckten Wattebausch.

Mrs Ambrosio verschwand hinter einem Vorhang, aber ihre schrille, laute Stimme konnte man immer noch hören. »Ma! Hier sind Leute, die dich wegen Mr Hobbes sprechen wollen.«

Dann tauchte sie plötzlich wieder hinter dem Vorhang auf, räumte die Flaschen eilig in einen Schrank und schloss die Tür. »Wir haben hier manchmal Ratten«, erklärte sie. »Also, wie gesagt, meine Mutter ist sehr krank. Sie haben eine Viertelstunde. Danach ist es Zeit für ihren Mittagsschlaf.«

Mary Whites Schlafzimmer lag hinter dem Vorhang und besaß die Aura einer Gruft. Die Jalousien waren heruntergelassen, aber an ihren Rändern ergoss sich grelles Sonnenlicht vom Strand in den Raum, als wäre es Blut. Die alte Frau saß an ein Kissen gelehnt in ihrem Bett. Sie trug eine Schlafhaube und eine angeschmutzte pfirsichfarbene Seidenbettjacke. Unter der pergamentenen Haut an ihren Armen standen die graublauen Venen.

»Sie wollen etwas über meinen John wissen«, sagte sie mit schwacher Stimme.

»Ja, Mrs Blodgett. Gerne.« Onkel Will saß auf dem einzigen Stuhl im Raum, sodass Evie nichts anderes übrig blieb, als sich auf Mary Whites Bettkante zu hocken. Die alte Frau roch nach Menthol und einem anderen, ekelhaft süßlichen Aroma, das Evie an welkende Blumen erinnerte; am liebsten wäre sie nach draußen und in das grelle Sonnenlicht am Strand gelaufen.

»Haben Sie meinen John gekannt?«, fragte Mary White mit einem Lächeln, das ihre bräunlich grauen Zähne freilegte.

»Nein. Leider nicht«, sagte Onkel Will.

»So ein liebenswerter Mann. Er hat mir jede Woche eine Nelke geschenkt. Manchmal weiße und manchmal rote. Und zu besonderen Anlässen auch mal eine rosafarbene.«

Evie erschauderte. Soweit sie wusste, war John Hobbes alles andere als ein liebenswerter Mann gewesen. Er hatte zahlreiche Menschen umgebracht und Gliedmaßen oder andere Körperteile von ihrem Körper abgetrennt. Er hatte Ida Knowles terrorisiert und ziemlich sicher auch getötet. Und wenn sie mit ihrer Vermutung richtiglagen, war sein Geist zurückgekehrt, um sein makabres Ritual zu vollenden und die Welt aufs Fürchterlichste zu vernichten.

»Ja. Gut. Können Sie uns etwas über Johns Glaubensvorstellungen sagen?«, fragte Onkel Will. »Über die Sekte der *Brethren* und …«

»Es war keine Sekte!«, stieß die alte Frau hustend hervor. Evie half ihr dabei, einen Schluck Wasser aus einem verschmutzten Glas zu trinken. »Man hat immer versucht, unseren Glauben als Teufelswerk hinzustellen. Aber das war er nicht. Er war etwas ganz Wunderbares. Wir waren Suchende, die ein spirituelles Reich in dieser Sphäre errichten wollten. Jefferson, Washington und Franklin – alles erleuchtete Männer, die Gründer unserer großen Nation – kannten die Geheimnisse der Alten. Geheimnisse, die nicht mal den Freimaurern in ihren geheiligten Hallen bekannt sind. Wir wollten den Geist der Menschen befreien, sie von ihren Fesseln erlösen. Wollten, dass die Welt, die wir kennen, zugrunde geht und an ihrer Stelle eine neue Welt ersteht. Das war unser Auftrag – die Wiedergeburt. Und John wusste das.«

»Und was hat es mit dem spurlos verschwundenen Untermieter auf sich? Und dem Dienstmädchen?«, bohrte Will nach.

»Alles Lügen«, fauchte Mary. »Der Untermieter zog einfach aus, ohne seine Mietschuld gezahlt zu haben. Und das Dienstmädchen war dreist und unverschämt. Sie fuhr auf Besuch zu ihrer Schwester und hielt es nicht mal für nötig, sich von uns zu verabschieden.«

»Und Ida Knowles?«

»Ida?« Marys Hand legte sich zitternd auf ihren Mund und ihre Augen blickten Will und Evie forschend an. »Wer sind Sie? Was wollen Sie überhaupt von mir?«, fragte sie mit erhobener Stimme. »Ich habe nicht gesagt, dass ich Sie empfangen möchte!«

Evie nahm Mary Whites kalte, schmale Hände in die ihren. Dann sagte sie: »Ich verstehe genau, was Sie uns über Mr Hobbes sagen wollen. Die Spießbürger denken auch, wir Flapper wären unmoralisch. Dabei wollen wir nur das Leben in seiner ganzen Fülle ausschöpfen.« Evie warf einen Blick zu Will hinüber, der ihr mit einem kleinen Nicken seines Kopfes andeutete, sie solle fortfahren. »Und ich wette, wenn Mr Hobbes heute noch lebte, würde man ihn für durch und durch modern halten.«

Mrs White lächelte. Zwei ihrer Zähne waren bereits verfault. Sie legte Evie ihre feuchte Hand auf die Wange. »Sie hätte er gemocht. John hatte immer etwas übrig für ein hübsches Gesicht.«

Evie zwang sich, den Aufschrei in ihrer Kehle zu unterdrücken. »Falls Sie nichts dagegen haben, dass ich frage: Mich interessiert, warum Sie Knowles' End eigentlich behalten haben. Sie hätten doch mit seinem Verkauf bestimmt ein Vermögen machen können.«

»Das würde ich niemals tun.«

»Natürlich nicht«, stimmte ihr Evie eilig zu und nickte heftig. »Mich hätte nur interessiert, warum Sie es nicht getan haben.«

»Damit John ein Zuhause hat, in das er zurückkehren kann. Er sagte immer, das sei ihm sehr wichtig. ›Verkaufe nie das Haus, Mary, sonst kann ich nicht zu dir zurückkommen.‹«

Evie spürte, wie sich eine Gänsehaut auf ihrem Rücken ausbreitete. »Aber wie wollte er das anstellen?«

Mary White lehnte den Kopf an das verschlissene Satinkopfkissen und sah auf das Licht, das sich an den Rändern des Fensters ins Zimmer stahl. »John hat auch mir nicht alles gesagt. Nur er verstand den unendlichen Plan des Allmächtigen. Sein Körper war gesalbt, wissen Sie, er war wie ein Kunstwerk – wie Botticellis Venus oder Michelangelos David. Überall befanden sich Zeichen auf ihm. Sie waren seine zweite Haut.«

»Und wieso das?«

»Die Zeichen waren Teil seines Plans. Damit er zurückkehren konnte. Für seine Wiedergeburt. Und dann wollte er die Endzeit herbeiführen. Die Welt sollte im Feuer gereinigt werden. Er selbst wollte sie als ihr Gott regieren. Und wir sollten ihm dabei zur Seite stehen.« Sie lachte wie ein Schulmädchen, was in völligem Widerspruch zu der schlaffen Haut ihres Gesichts stand. »Mich nannte er seine Sonne. Ach, und er war ein Prinz! Sehen Sie nur.« Mit einiger Mühe öffnete Mary ihre Nachttischschublade und entnahm ihr ein kleines schwarzes Kästchen. »Öffnen Sie es.«

Auf schwarzem Samt lag ein breiter, vom Alter stumpf gewordener goldener Ring.

»Der ist wunderschön«, sagte Evie.

»Er hat ihm gehört«, flüsterte die alte Frau verschwörerisch. »Ich habe ihn John geschenkt. ›Mein Ehemann‹ nannte ich ihn, obwohl wir noch gar nicht verheiratet waren. Er hat ihn fast ganz bis zum Schluss getragen, mein Johnny.«

Evies Finger prickelten vor Begierde, den Ring an sich zu nehmen und seine Geheimnisse zu enthüllen. Er gehörte ihm. John Hobbes.

»Und jetzt legen Sie ihn zurück, wenn ich bitten darf«, verlangte Mrs Blodgett in herrischem Ton.

Widerwillig schloss Evie das Kästchen. »Ach, Mrs Blodgett, Sie sehen nicht so aus, als ob sie es bequem hätten. Dr Fitzgerald? Könnten Sie ihr nicht zu einer etwas angenehmeren Sitzposition verhelfen?«

Will sah Evie einen Moment lang verwirrt an, dann machte er sich daran, der alten Frau zu helfen, die sich vergebens dagegen wehrte. Während sie auf diese Weise abgelenkt war, ließ Evie rasch den Ring in ihrer Tasche verschwinden, legte das Kästchen zurück an seinen Ort und schob die Schublade zu. »So … das ist doch schon viel besser, oder?«

»Ja, danke«, sagte Mary in einem Tonfall, als wäre sie selbst auf die Idee gekommen. Dann fuhr sie mit ihrer Erzählung fort. »Aber zunächst musste er die Welt vorbereiten. Um sie von der Sünde zu reinigen. Um es mit ihr aufzunehmen, wie ein Erlöser. Um sich die Sünden der Welt einzuverleiben.« In Mary Whites Augen standen Tränen. »Sie haben ihn umgebracht, meinen Johnny. Er war so schön und sie haben ihn umgebracht. Diese Philister! Philister!« Sie hustete wieder und Evie flößte ihr erneut Wasser ein. »Er hat keiner Seele etwas zuleide getan! Die Menschen fühlten sich von ihm angezogen – insbesondere Frauen.« Sie lächelte und tätschelte Evies Arm. Schon die Vorstellung, John Hobbes zu berühren, drehte Evie den Magen um. »Ich habe Schmerzen. Wo steckt nur Eleanor mit meiner Medizin? Das dumme Ding. Immer ist sie zu spät dran.«

»Schon gut, schon gut«, beschwichtigte Evie sie. »Sie bekommen ja gleich Ihre Medizin. Aber eines würde ich noch allzu gerne vorher wissen: Hat Mr Hobbes Ihnen gegenüber mal ein Ritual erwähnt, mit dem er einen Geist an sich binden beziehungsweise ihn wieder in das andere Reich zurückschicken konnte, nachdem er seinen Dienst getan hatte?«

Mary White runzelte die Stirn. »Nein. Rufen Sie jetzt nach ihr, damit sie mir meine Medizin bringt?«

»Aber selbstverständlich! Mr Hobbes hat auch immer einen ganz besonderen Anhänger getragen, stimmt's?«

»Ja«, antwortete Mary White mit einer Stimme, die schon schwach vor Schmerzen war. »Immer.«

»Und wo befindet sich der Anhänger jetzt?«

»Der Anhänger?« Die alte Frau sah sie mit abwesendem Blick an, und Evie fürchtete schon, sie würden nicht mehr an ihre Information kommen.

»Hat er ihn Ihnen gegeben?«, half Evie ihr auf die Sprünge. »Als Beweis seiner Liebe vielleicht?«

»Ich hab Ihnen doch gesagt, er hat ihn immer getragen«, fuhr die alte Frau sie an. »Er trug ihn sogar noch, als er starb. Er wurde mit ihm begraben. Eleanor! Meine Medizin!«, rief Mrs White.

»Er wurde in einem Armengrab bestattet. Und das gibt es schon lange nicht mehr«, sagte Will leise zu Evie.

»Nein, nein, nein! Mein Johnny wurde ganz sicher in keinem Armengrab bestattet«, stellte Mary White richtig; offensichtlich war ihr Gehör um einiges besser als ihr Gedächtnis.

»Verzeihen Sie bitte. Ich dachte …«

»Wir haben dem Friedhofswärter Geld dafür bezahlt, dass er uns die Leiche überlässt. Und dann haben wir ihn, seinem Wunsch entsprechend, in seinem Zuhause begraben.«

»In Brooklyn oder in Knowles' End?«

»Nein, nein«, sagte die alte Frau gereizt. »In seinem richtigen Zuhause.«

»Und wo war das?«, fragte Evie.

»Na, in Brethren, meine Liebe. Oben auf dem alten Hügel, bei den Rechtgläubigen.«

Das Zimmer schien plötzlich zu schwanken und Evie hörte ihre eigene Stimme wie aus weiter Ferne. »Mr Hobbes stammte aus Brethren?«

»Ja. Natürlich.«

»Aber es gab doch gar keine Überlebenden bei dem Feuer dort«, sagte Evie.

»Nur einen einzigen. Würden Sie mir bitte die Hutschachtel von da drüben reichen, meine Liebe?«

Evie holte die Schachtel, die auf der Kommode lag. Mary White griff hinein, zog einen doppelten Boden heraus und ein in Leder gebundenes Gesangbuch kam zum Vorschein. Sie entnahm den hauchdünnen Seiten einen kleinen zusammengefalteten Zettel und reichte ihn Evie.

Es war eine Geburtsurkunde aus dem Bezirk, zu dem das Dorf Brethren gehörte, datiert auf den 6. Juni 1842: Yohanan Hobbeson Algoode, Sohn von Pastor John Joseph Algoode und Ruth Algoode (verstorben im Kindsbett).

»Sie haben ihm, dem Auserwählten, ein so großes Opfer gebracht.«

Der Vorhang wurde mit einem Ruck zur Seite gezogen und auf der Schwelle stand Mary Whites Tochter mit der Spritze in der einen und einem Röhrchen in der anderen Hand.

»Du lässt mich einfach warten«, blaffte Mary sie an. »Du willst, dass ich leide, stimmt's? Ach, was hatte ich doch früher für ein gutes Leben.«

»Ja, ja, ich weiß. Als du noch in der Villa auf dem Hügel gelebt hast. Und wenn du nicht die ganze Zeit diese verdammten Steuern für den alten Kasten gezahlt hättest, müssten wir nicht in diesem stinkenden Loch hausen. Hast du jemals darüber nachgedacht?«

Mary White stöhnte, als ihre Tochter die Spritze in ihrer schon blutunterlaufenen Armbeuge versenkte. Gleich darauf wirkte das Morphium und die Augen der alten Frau fingen an zu glänzen. »Er wird kommen, ganz bestimmt.« Ihre Stimme wurde rührselig. »Er hat gesagt, er kommt und holt mich ab, und darauf habe ich immer gewartet. Ich habe alles so für ihn gelassen, wie es war. Er hat gesagt, er wird kommen, und ich wusste, dass er …« Ihre Augen wurden glasig. »So ein schöner Mann.« Jetzt schloss das Morphium ihr die Augen und Evie und Will erhoben sich und verließen die Wohnung.

Zurück im hellen Sonnenschein drängten sich die beiden schnellen Schrittes an Familien vorbei, die hier ihren Spaziergang machten.

»Natürlich!«, sagte Will. Er war stehen geblieben.

Hinter ihnen fuhr die Achterbahn mit ihrem gleichmäßigen Klick-Klick-Klick-Geräusch langsam die Steigung hinauf, um dann jäh hinunter in die Tiefe und gleich um die nächste Kurve zu stürzen, während die Fahrgäste vor Angst und Vergnügen aufschrien. Es war die letzte Fahrt des Jahres, bevor die Uferpromenade ihre Jahrmarktattraktionen bis zum folgenden Sommer schloss.

»Natürlich!«, sagte Will und seine Stimme klang, als werfe er sich etwas vor. »Jetzt ergibt das Ganze auch einen Sinn.«

»Na, wunderbar. Könntest du es auch mir erklären?«

»Yohanan ist der hebräische Name für John. John Hobbeson Algoode. John Hobbes«, sagte Will. »Naughty John Hobbes war Pastor Algoodes Sohn – und der Auserwählte. Die prophezeite Bestie, die in Erscheinung treten sollte. Und er ist zurückgekehrt, um das Werk seines Vaters zu vollenden – um die Hölle auf Erden herbeizuführen.«

Sie gingen jetzt weiter und aus Will strömten die Worte ebenso schnell hervor, wie er lief. »Mary sagte, dass er sich die Sünden der Welt einverleiben, dass er sie auf sich nehmen musste. Deshalb trennt er, den jeweiligen Sigillen entsprechend, Körperteile seiner Opfer ab: Er nimmt sie zu sich. Bei der Vorstellung, dass es einem Kraft verleiht, wenn man Körperteile seines Feindes verzehrt, handelt es sich um eine uralte Magie. Er kann einen dann nicht mehr besiegen. Zweimal bitte – mit Würzsoße!« Will war vor *Nathans Hotdogs*-Stand stehen geblieben. Er fischte zwei Fünfcentmünzen aus der Tasche, gab sie dem Jungen hinter der Theke und nahm dafür zwei Hotdogs in Empfang. Einen davon reichte er Evie, die ihn skeptisch begutachtete.

»Igitt«, sagte sie und zog eine Grimasse. »Also ehrlich, Onkel Will.«

Will schlang seinen Hotdog hinunter, ohne seinen Redefluss zu unterbrechen. »John hilft diese Magie dabei, sich zu manifestieren. Sie verleiht ihm Stärke.«

Evie nahm testweise einen kleinen Bissen von ihrem Hotdog. Er schmeckte überraschend köstlich, und sie stellte fest, dass nicht einmal das Gerede über Kannibalismus sie davon abhalten konnte, ihn genauso gierig zu verschlingen wie ihr Onkel. »Wenn der Anhänger John Hobbes' Verbindung zu unserer Sphäre ist, dann müssten wir ihn doch nur zerstören, und schon zerstören wir auch sein Bindeglied zu dieser Welt. Richtig?«

»Das leuchtet ein.«

»Aber Mary White hat doch gesagt, dass der Anhänger zusammen mit John Hobbes begraben wurde.«

»Ja«, sagte Will. Er machte eine Pause, um nachzudenken. »Das wird eine ziemliche Sauerei.«

Evie hörte auf zu kauen. »Nein! Das ist nicht dein Ernst, Onkel Will.« Sie starrte Will an. »Ach du meine Güte, du meinst es tatsächlich ernst.«

Will warf die Serviette seines Hotdogs in einen Abfalleimer. »Wir fahren aufs Land, nach Brethren. Und dort werden wir eine Schaufel brauchen.«

Jericho kam aus dem städtischen Archiv zurück, in das Will ihn geschickt hatte, blieb aber nicht mal stehen, um seinen Mantel auszuziehen. »Ich hab sie gefunden! Die Unterlagen!«

Er reichte sie Will und nickte Sam, der mit Evie am Esstisch saß, finster zu. »Was machst du denn so spät noch hier?«

»Habe nur Evie etwas Gesellschaft geleistet«, gab Sam zurück. Er lächelte Jericho triumphierend zu.

Will las laut aus dem Dokument vor. »Yohanan Hobbeson Algoode wurde am 10. Oktober 1851 im Mother Nova Waisenhaus aufgenommen. Die Einträge des Direktors über ihn sind knapp, aber sie charakterisieren ihn als ruhigen, wenn auch übellaunigen Knaben, der zu kleinen Grausamkeiten neigte, und als Bettnässer. Als man ihn einmal vor den Direktor zitierte, um ihn zu maßregeln, sagte er lediglich: ›Ich bin der Drache aus vergangenen Zeiten, auserwählt von Gott, unserem Herrn.‹ Die anderen Kinder gingen ihm aus dem Weg. Sich selbst bezeichnete er als die Bestie. Nach zwei erfolglosen Versuchen gelang Yohanan im Sommer 1857 schließlich die Flucht. Danach ist nichts weiter dokumentiert.«

»Jetzt wissen wir also, dass er es ist, aber noch immer nicht, wie wir ihm das Handwerk legen können«, sagte Jericho. Er zog endlich seinen Mantel aus und hängte ihn an den Kleiderständer. »Die letzte Seite des Buchs der Brethren – die mit der Zauberformel, wie man die Bestie bindet und vernichtet – wurde ja herausgerissen. Du selbst hast mal gesagt, dass wir ihn seinen eigenen Glaubensvorstellungen entsprechend unschädlich machen müssen. Aber wie wollen wir an diese Information noch rechtzeitig herankommen? Der Komet erscheint ja schon in zwei Tagen.«

»Ich muss euch unbedingt was zeigen.« Evie zog das Papiertaschentuch hervor, in das sie John Hobbes' Ring gewickelt hatte.

»Ist da das drin, was ich vermute?«, fragte Will. Evie nickte. »Es wird allmählich zur Gewohnheit, Evangeline.«

»Will, falls ich John Hobbes sehen und verstehen kann, dann sind wir ihm vielleicht einen Schritt voraus.«

»Hältst du das wirklich für eine gute Idee, Süße?«, fragte Sam. »Der Kerl ist ein Mörder.«

»Und ein Geist«, fügte Jericho hinzu.

»Wozu soll diese Gabe denn gut sein, wenn ich sie nicht nütze?«

»Ich bewundere ja deinen Mut, aber an deiner Vernunft zweifle ich schon«, sagte Sam.

Will ging neben Evie in die Hocke. »Evie, das hier ist kein Partystreich. Dieser Ring gehört der Bestie höchstpersönlich.«

»Ich weiß.«

»Geh meinetwegen in die Trance hinein und beschaffe die Informationen, die wir brauchen; aber danach komm sofort wieder heraus«, sagte Will. »Ich werde dreimal in die Hände klatschen, um dir die Rückkehr zu erleichtern. Aber wenn du an irgendeinem Punkt das Gefühl hast, du bist in Gefahr, dann …«

»Das höre ich aber gar nicht gern. Hörst du das gern, Frederick?«, murmelte Sam.

»… dann sagst du ein Codewort. Überlegen wir uns schnell eins.«

»Wie wär es mit *Nein*?«, sagte Sam. »Oder *Quatsch*? Oder *Stopp*?«

»Nein, *James*«, sagte Evie. »Das Codewort ist *James*.«

Will nickte. »Sehr gut.«

»Evie, bist du auch wirklich sicher, dass du dir das antun willst?«, fragte Jericho.

»Ab-so-lut.« Evie versuchte zu lächeln. Ihre Hände zitterten vor Angst und Aufregung; in die Trance zu gehen war ein größerer Kick, als an einem Tisch in der vordersten Reihe eines exklusiven Nachtclubs zu sitzen. »Leg mir jetzt bitte den Ring auf die Hand.«

»Mir gefällt das nicht«, brummte Sam, legte ihr aber nichtsdestotrotz den Ring auf ihre Handfläche.

Evie umschloss ihn fest mit den Fingern und legte ihre andere Hand wie ein Siegel obenauf. Sie brauchte einen Augenblick, um ihren Rhythmus zu finden, dann fiel sie in Trance und im Geiste durch die Zeit.

»Ich sehe eine Stadt mit schlammigen Straßen …«, sagte sie. »Und Pferde und Wagen. Ich kann nicht … die Bilder ziehen zu schnell vorbei …«

»Konzentrier dich. Atme«, wies Will sie an.

Evie atmete dreimal tief ein und das Bild stabilisierte sich wieder.

»Da ist eine Menschenmenge und ein Prediger ...«

Ein großer bärtiger Mann in schwarzem Anzug stand am Rande einer kleinen Stadt auf einer umgedrehten Obstkiste und predigte. Um ihn herum hatte sich eine Menschenmenge versammelt, aber etliche Zuhörer machten sich über ihn lustig, und Evie fand, dass ihre lachenden Gesichter geradezu diabolisch aussahen. Doch der Prediger ließ sich von ihnen nicht in seiner Rede unterbrechen. Im Gegenteil, seine Stimme wurde noch kraftvoller. »Ihr müsst euch rüsten, damit auch ihr zu der Schar des Herrn zählt und verschont bleibt, wenn der Tag des Jüngsten Gerichts kommt und die Bestie Gottes Gerechtigkeit über die Sünder bringt. Verseht die Mauern eurer Häuser mit seinen Zeichen, um sein heiliges Kommen anzukündigen, und salbet euer Fleisch, um seine Herrlichkeit zu verbreiten!«, donnerte der Prediger von seiner Kiste herab. Ihm zur Seite stand ein kleiner Junge mit blassem Gesicht und faszinierend blauen Augen.

Der Junge hielt ein in Leder gebundenes Buch in die Höhe. »Dies ist das Wort Gottes! Die Heilsbotschaft der Brethren!«

Jemand warf eine Tomate nach ihnen. Sie zerplatzte auf dem Gesicht des Predigers in zwei Hälften, die an ihm herunterrutschten und seinen Anzug mit ihrem Fruchtfleisch beschmutzten. Die Menge lachte, doch der Prediger wischte sich mit einem Taschentuch das Gesicht ab, ohne seine feurige Predigt zu unterbrechen. Der Junge aber durchbohrte den Tomatenwerfer mit einem Blick, dass dem Mann schlagartig das Lachen verging.

»Evie?«, fragte Will, da sie jetzt nichts mehr sagte.

»Ja. Ich bin noch da«, antwortete sie. »Jetzt ändert sich etwas. Ich sehe Fuhrwerke an einem Fluss. Es ist kalt. Der Prediger stößt weiße Atemwölkchen aus. Sie beten ...«

Im Geiste sah sie Reverend Algoode die Hände zum Himmel erheben, während er sich an seine kleine Gemeinde wandte. »Ihr seid die Auserwählten, die Gläubigen, die Brethren ...«

»Der Engel des Herrn erschien mir am Himmel wie ein Feuerstrahl und bat mich, von der Verderbnis der alten Welt zu scheiden und einen neuen gottesfürchtigen Himmel in diesem Lande zu errichten …«, wiederholte Evie die Worte des Predigers. »Das Blut des Lammes fließt in unseren Adern und im Blute werden wir unsere Feinde besiegen und Gottes wahre Sendung auf Erden erfüllen.«

Die Verbindung wurde einen Moment lang schwächer, dann tauchte Evie wieder unter. Sie konzentrierte sich mit aller Macht, sah jetzt die Füße des Jungen, die durch Laub liefen, hörte das Keuchen seines Atems. Dann lag er am Flussufer und schaute den träge ziehenden Wolken über sich am Himmel nach, und einen Augenblick lang spürte Evie seine Einsamkeit und seinen Zweifel. Ein Hirsch wagte sich aus dem Wald hervor, auf der Suche nach Nahrung. Er hob den Kopf, aber der Junge warf einen Stein nach ihm und lachte, als das Tier aufschreckte und in den Wald zurückstürzte.

»Evie, wo bist du?«

»In der Kirche, glaube ich«, antwortete sie zögernd, als sich das Bild vor ihrem inneren Auge abermals veränderte.

Der Junge saß jetzt, bis zur Hüfte entkleidet, auf einem Stuhl, an den man ihn mit Gurten festgebunden hatte, und die Gläubigen standen um ihn herum. Er krümmte sich, die Augen auf den Prediger gerichtet, der gerade ein Brandeisen in der Ofenglut wendete. Insgesamt waren es zwölf Eisen mit Brandmalen – ein Pentakel und je eines für jede der elf Opferungen.

»Dein Fleisch muss stark sein. Der Herr duldet keine Schwachheit unter seinen Auserwählten«, sagte der Prediger. Er zog das rot glühende Eisen aus dem Feuer und ging auf den Jungen zu, der gellend aufschrie.

»Oh mein Gott«, stöhnte Evie. Sie merkte gar nicht, dass ihr Tränen über die Wangen liefen.

»Will, sag ihr, sie soll aufhören«, ermahnte ihn Jericho.

»Das finde ich auch«, sagte Sam.

Will zögerte. »Nur kurz noch. Wir sind schon so nah dran.«

Aber Sam wollte nicht abwarten. »He, Süße? Zeit, wieder aufzutauchen und Luft zu schnappen. Kannst du mich hören?«

»Ich sagte, noch einen Moment«, fuhr Will ihn an.

In ihrer Vision wirbelte Evie von dem Angstzustand des Jungen davon und einen Moment lang stürzte sie in rasendem Tempo durch eine Flut von Bildern. Sie zwang sich, gleichmäßig zu atmen, ruhig zu bleiben und nicht zu fliehen. Kurz darauf beruhigten sich die Bilder in ihrem Kopf wieder.

»Mir geht es gut«, sagte sie mit gelassener Stimme. »Mir geht es gut.«

Der Junge saß jetzt mit dem Buch der Brethren, dessen letzte Seite er aufgeschlagen hatte, am Fluss. Evies Herz schlug schneller, als sie versuchte, einen Blick daraufzuwerfen.

»Die fehlende Seite. Ich kann sie sehen«, sagte sie und Will griff hastig nach einem Stift. »In dieses Gefäß binde ich deinen Geist. Ins Feuer empfehle ich deinen Geist. In die Dunkelheit werfe ich dich, oh Bestie, auf dass du daraus nie mehr aufsteigen mögest.«

Der junge John Hobbes trennte die Seite aus dem Buch, zerriss sie in winzige Fetzen und warf sie ins Wasser, wo sie davontrieben.

»Wir haben, was wir brauchen, Evie. Du kannst jetzt aufhören«, sagte Will.

Evie war noch nie zuvor so weit in ihr Unterbewusstes vorgedrungen. Die Stimmen ihrer Freunde vernahm sie nur schwach, beinahe wie ein Gespräch, das im Nebenzimmer geführt wird, während man selbst versucht einzuschlafen. Dieses Gefühl war wie eine Droge, und sie war nicht bereit, es so schnell wieder aufzugeben.

»Jetzt bin ich an einem anderen Ort«, sagte sie traumverloren.

In einem bläulich grauen Wald ging sie durch schweres, von Regen aufgeweichtes Laub auf ein Lager zu. Ernst aussehende Männer und Frauen traten aus bescheidenen Blockhütten und gingen mit ihren Kindern auf eine weiße, schindelgedeckte Scheune zu, auf die die gleichen Sigillen gemalt waren, mit denen John Hobbes den Rand seiner Mitteilungen versehen hatte. Über der Scheunentür befand sich das fünfzackige Stern-Schlange-Symbol.

»Das Pentakel der Bestie«, murmelte Evie.

»Evie, ich klatsche jetzt in die Hände«, sagte Will. Das tat er, aber Evie presste die Hand über dem Ring noch fester zusammen. Jetzt war sie für ihn nicht mehr erreichbar.

In ihrer Trance folgte sie den Leuten bis in die Kirche hinein. Die Frauen ließen sich auf einfachen Stühlen zu einer Seite des Mittelgangs nieder, die Kinder kauerten sich auf den Boden zu ihren Füßen und die Männer setzten sich auf die andere Seite. Pastor Algoode stand mit grimmigem Gesicht im vorderen Bereich der Scheune, neben ihm sein Sohn. »Die Zeit ist gekommen. Ich hörte in der Stadt, dass genau in diesem Moment Beamte von den Behörden zu uns nach Brethren unterwegs sind, um uns einen Dämpfer zu verpassen. Vergib ihnen, Vater, denn sie wissen nicht, was sie tun. Ja, die Zeit ist gekommen, da der Auserwählte sich auf seine Reise begeben muss!«

»Halleluja!«, rief eine Frau und hob die Hände.

»Die Zeit ist gekommen, da das Ritual seinen Anfang nehmen muss! Da die Bestie aufsteigen und über die Sünder richten muss!«

»Halleluja!«, stimmten die anderen Gläubigen ein.

»Wir sind die Gläubigen. Wir müssen stark sein. Der Herr duldet keine Schwachheit unter seinen Auserwählten.« Pastor Algoode öffnete das Buch und fand sogleich die Seite, die er verlesen wollte. »Und ich hörte die Stimme des Engels gleich einem Donnerschlag sagen: ›Kein Gläubiger soll in das Reich Gottes eintreten, der nicht sein Fleisch mit Öl und den himmlischen Flammen gereinigt hat. Das Opfer der Gläubigen soll das erste sein und die Bestie wird das Buch von ihnen nehmen.‹ So wird das erste Opfer dargebracht werden und das Ritual seinen Anfang nehmen. Halleluja!«

Pastor Algoode reichte zwei Krüge herum, mit deren Inhalt sich die Gläubigen begossen. Evie nahm jetzt einen starken Kerosingeruch wahr und ihr Herz fing an, wie wild zu klopfen. Der Pastor legte seinen Anhänger um den Hals des Jungen und seine Hand auf dessen Stirn. »Nimm an unser Fleisch und mache es zu deinem. So spricht der Herr. Nun geh und tue, was getan werden muss. Suche dir eine Wohnstätte und weihe sie. Richte die Wände deines Hauses her. Und vergesse nicht, uns Anerkennung zuteilwerden zu lassen.«

Gefasst und ohne jedes Aufheben verließ der Junge die Scheune und schloss sie von außen ab. Auf der anderen Seite der Tür betete Pastor Algoode weiter, während die Gemeinde der Gläubigen ein Klagelied anstimmte. Evie roch Rauch. Schwarze, sich kräuselnde Rauchfahnen drangen durch die Ritzen in den Schindeln der Scheune. Flammen züngelten aus dem Dach hervor. Aber der Junge harrte dort aus, wo er stehen geblieben war, betete ebenfalls und wehrte sich nicht gegen den Rauch, der in seine Lungen drang. »Der Herr duldet keine Schwachheit unter seinen Auserwählten«, stimmte er wieder und wieder an.

Die Kinder in der Scheune husteten und fingen an zu schreien, die Frauen bemühten sich weiterzusingen. Pastor Algoodes Stimme klang bereits erstickt vor Schmerz und sein Beten wie ein einziger entsetzlicher Schrei. Evie wollte fort von hier, aber es war ihr unmöglich. Weder konnte sie ihrer Hand befehlen, den Ring fallen zu lassen, noch sich an das Codewort erinnern. Zu tief war sie in ihrer Trance versunken, wusste nicht, wie sie ihr entkommen oder um Hilfe rufen sollte. Die Schreie der Gläubigen waren inzwischen zu vereinzelten Stöhnlauten verebbt. Dann stürzte das Dach ein. Überall war Rauch. Evie musste husten, konnte kaum noch atmen. Plötzlich tönten Rufe aus dem Wald – und jemand kam den Hügel hinauf. Der Junge öffnete rasch die Augen, und eine Sekunde lang dachte Evie, sie könnte sehen, wie die Flammen sich in seinen kalten Pupillen spiegelten. Dann begann der Junge seelenruhig auf den Wald und die daraus erklingende Männerstimme zuzugehen. Plötzlich blieb er noch einmal stehen und drehte sich zu Evie um.

Der Ausdruck, der auf seinem Gesicht lag – gelassen, kalt und grausam –, brachte Evies Herz zum Rasen. Er sah sie direkt an!

»Ich sehe dich«, sagte er, aber seine Stimme klang nicht wie die eines Jungen; wie die einer Bestie klang sie, tierisch eher als menschlich. »Ich kann dich sehen.«

»J-James«, flüsterte Evie; das Codewort war ihr wieder eingefallen. »Hilfe! James!«

Dann spürte sie nur noch, wie Jericho sie schüttelte. Sie hatte die Finger noch immer fest zusammengepresst, aber der Ring lag nicht mehr in ihrer Hand, Sam hatte ihn ihr abgenommen. »Evie!«, rief Jericho. »Evie!«

Sie holte so tief Luft wie eine Ertrinkende, der es gelungen war, wieder an die Wasseroberfläche zu gelangen. »Oh Gott, oh Gott!«

»Wir hätten früher abbrechen sollen, Will!«, brummte Jericho unwillig.

»Alles ist gut«, entgegnete Will beinahe mechanisch.

»Ich habe sie gesehen! Ich habe die Bestie gesehen! Was für ein grauenhafter Anblick!« Evie musste würgen, übergab sich aber nicht. In ihrem Kopf hämmerte es und die Welt verschwamm vor ihren Augen.

»Ich hole schnell ein Glas Wasser für sie«, sagte Sam und lief in die Küche.

Evie musste sich an der Schreibtischkante festhalten, obwohl sie saß. Sie war bleich geworden und auf ihrer Stirn stand kalter Schweiß. Das ganze Zimmer drehte sich. »Er … er hat mich angesehen! Er hat mich direkt angesehen! Und hat gesagt: ›Ich sehe dich, ich sehe dich‹!«

»Was zum Teufel hat das zu bedeuten?«, fragte Sam. Er war mit einem Glas Wasser zurückgekehrt und versuchte vergeblich, Evie zum Trinken zu bewegen.

»Es ist alles in Ordnung«, sagte Will erschüttert.

»Nein, nichts ist in Ordnung! Das kannst du nicht mit ihr machen, Will. Sie ist doch kein Versuchskaninchen«, fuhr Jericho den verblüfften Will an. Jericho nahm Evie auf seine Arme, trug sie in ihr Zimmer und legte sie aufs Bett.

Evie hatte sich noch nie so elend gefühlt. Sie lag in dem abgedunkelten Raum auf schweißdurchtränkten Laken, ihr Kopf dröhnte und ihr Magen rebellierte. Jedes kleinste Geräusch hallte in ihrem Kopf nach. Ihr war vage bewusst, dass sie wieder von James träumte, aber die Traumbilder wechselten sich in bunter Folge mit denen ab, die sie aus John Hobbes' Ring gezogen hatte. Einmal sah sie Naughty John auf dem Schlachtfeld mit James Schach spielen, während gleichzeitig das Grammofon so schnell spielte, dass es wie eine Parodie auf die Melodie klang. Auch Henry sah sie; er lief durch einen Wald und rief nach jemandem mit Namen Louis. Eine Frau im Nachthemd und mit einer Gasmaske vor dem Gesicht stand am Waldrand. Als sie die Maske anhob, sah Evie, dass es Miss Addie war. »Was für eine grausame Entscheidung«, rief sie; da hellte sich der Himmel auf und die ersten Wellen einer Explosion drangen ihnen entgegen.

Um halb zehn abends wachte Evie mit unerträglichem Durst auf.

Auf unsicheren Beinen lief sie in die Küche, um sich ein Glas Wasser zu holen, dabei fiel ihr auf, dass in Onkel Wills Zimmer noch Licht brannte. Seine Tür stand einen Spalt offen, aber sie klopfte dennoch leise an.

»Und, fühlst du dich wieder besser?«, fragte er zur Begrüßung.

»Ja.« Evie setzte sich auf einen Stuhl, der so unbequem war, dass man meinen konnte, er sei absichtlich so konzipiert, damit sich ja kein Besucher länger in Wills Arbeitszimmer aufhalten mochte. »Was ist heute am Ende meiner Trance passiert, Onkel Will?«

»Du hast eine Verbindung mit John Hobbes aufgebaut. Du konntest ihn sehen, er dich aber auch. Das ist die Gefahr bei deiner Gabe: Es kann passieren, dass du dich der anderen Seite öffnest.« Will legte die Fingerspitzen zusammen und ließ sie leicht gegen sein Kinn federn. »Ist dir die Geschichte der Fox-Schwestern aus Hydesville bekannt?«

»Ist das ein Radioquartett?«

Kurz flackerte ein kleines Lächeln in Wills Gesicht auf. »Mitte des achtzehnten Jahrhunderts gab es noch kein Radio, Evangeline. Die Fox-Schwestern lebten in Hydesville in einem Haus, in dem es angeblich spukte, und die beiden jüngsten Schwestern, Maggie und Kate, behaupteten, mit der Geisterwelt in Verbindung zu stehen. Sie stellten Fragen an einen Geist, den sie ›Mr Splitfoot‹ nannten, und er antwortete ihnen mit Klopfzeichen.« Effekt heischend klopfte Will mit einem Finger auf die Tischplatte. »Während der Spiritismusbewegung wurden die beiden Schwestern zu einer Attraktion und führten Séancen für viele berühmte Leute durch.«

»So was passiert, wenn man kein Radio hat«, sagte Evie.

»Nun, ja, später machten die Mädchen dann einen Sinneswandel durch. Sie wurden religiös und bekannten, dass ihre Verbindung mit den Geistern nichts als ein ausgeklügelter Schwindel gewesen wäre und sie die Klopfgeräusche mit ihren Zehen ausgelöst hätten. Nach diesem Geständnis kamen schwere Zeiten auf die Schwestern zu. Sie wurden alkoholsüchtig und manche sagten, dass sie tranken, um die Erscheinungen, von denen sie heimgesucht wurden, verblassen zu lassen.«

Evie starrte auf ihren großen Zeh, mit dem sie an einem Fleck im Teppich herumrieb. »Hat die Geschichte auch eine Pointe?«

»Ein Jahr später zog Margaret Fox ihre Aussage zurück. Sie hatte einen erneuten Gesinnungswandel durchgemacht und gab öffentlich bekannt, dass sich alles so zugetragen hätte, wie sie zuvor behauptet hatten. Ich glaube ihr. Ich denke, die Schwestern hatten plötzlich Angst bekommen, deshalb mit den Séancen aufgehört und sich von allem distanziert. Es war, als hätten sie zu den rastlosen Geistern gesagt: ›Fort mit euch. Wir sind nicht länger für euch da.‹ Und lange nachdem die beiden Schwestern verstorben waren, fand man ein menschliches Skelett im Keller ihres Hauses in Hydesville.«

Will schob die Zeitungsausschnitte auf seinem Schreibtisch beiseite. Er hatte sie wahrscheinlich stundenlang studiert, vermutete Evie.

»Aber warum geschieht das alles gerade jetzt?«, fragte sie.

Will legte seine Fingerspitzen wieder aneinander. »Ich weiß es nicht. Irgendetwas lockt Kreaturen wie diesen John Hobbes an. Irgendeine Energie. Geister fühlen sich von seismischen Veränderungen, von Chaos und politischen Umwälzungen, von religiösen Bewegungen, Kriegen, Erfindungen, Industrie und Innovation magisch angezogen. Während der Revolution und während des Bürgerkriegs gab es Berichte über zahlreiche Geistersichtungen und unerklärliche Erscheinungen. Der Gründung dieser Nation liegt eine gewisse Spannungssituation zugrunde.« Will drückte beide Fäuste gegeneinander. »Dem demokratischen System wohnt immer auch ein Dualismus inne – Kräfte drängen gegeneinander. Kulturen prallen aufeinander. Unterschiedliche Glaubenssysteme. All diese Faktoren kamen zusammen, als unser Land gegründet wurde. Sie im Gleichgewicht zu halten nimmt eine ungeheure Energie in Anspruch – und Geister, wie ich ja schon sagte, fühlen sich von Energien angezogen.« Will legte beide Hände auf den Schreibtisch.

»Können wir John Hobbes aufhalten?«

»Ich glaube schon.« Der Anflug eines Lächelns zeigte sich auf Wills Gesicht. »Morgen früh fahren wir nach Brethren, exhumieren seine Leiche und rauben ihm die Quelle seiner Macht in unserer Welt – seinen Anhänger.«

»Und dann?«

»Dann nehmen wir ihn ins Museum mit, wo wir einen Schutzkreis errichten werden. Und mithilfe der Zauberformel schließen wir seinen Geist in dem Anhänger ein und zerstören ihn, bevor Salomons Komet erscheint.«

Evie fiel auf, dass Will sie mit ganz neuer Wertschätzung betrachtete.

»Du warst heute sehr mutig, Evangeline.«

»Ja, nicht?«

»Unglaublich mutig. Ein Wesenszug unserer Familie.«

Nach Wills bestätigenden Worten fühlte Evie sich um einiges besser. Ihr Magen hatte sich wieder beruhigt und auch ihr Kopf war nicht mehr ganz so schwer. Da fiel ihr Blick auf die einzige Fotografie, die auf Wills Schreibtisch stand – auf ihr war jene geheimnisvolle Frau abgelichtet, die Evie erst kürzlich gesehen hatte, als sie Wills Handschuh in der Hand gehalten hatte. War das wirklich erst eine Woche her? Es kam ihr vor wie Jahre.

»Wer ist das, Onkel Will?«

Ohne dass er sich dessen bewusst gewesen wäre, strich Will mit einem Finger über das Gesicht der Frau. »Das ist Rotke Wasserman. Ich war eine Zeit lang mit ihr verlobt.«

»Und warum hast du sie nicht geheiratet?«, fragte Evie und merkte sogleich, dass sie einen Fehler begangen hatte. Was, wenn die Frau Will am Traualtar den Laufpass gegeben hatte? Wenn sie ihn eines anderen Mannes wegen, einem mit mehr Geld und gehobenerer Position, verlassen hatte?

»Sie ist gestorben«, sagte Will leise.

»Oh.«

»Das ist schon lange her«, sagte Will, als ob dieser Umstand den Sachverhalt abschwächen könnte. »Aber bis heute ist es mir nicht gelungen, das mit den zweiten Handschuhen hinzubekommen. Sie gehen immer … verloren.«

Ausnahmsweise wusste Evie einmal nicht, was sie sagen sollte. Als einen Mann mit Gefühlen hatte sie ihren Onkel bisher nicht gekannt. Er kam ihr eher wie ein Lehrbuch vor, dem gelegentlich einfiel, dass es auch mal eine Krawatte tragen könnte. Aber nun war klar, dass er tatsächlich menschliche Regungen besaß und eine tiefe Wunde namens Rotke in sich trug.

»Das tut mir leid«, sagte sie nach einer Pause.

»Ja. Na ja. Wir haben ja wohl beide jemanden verloren.«

Will drehte die Fotografie mit dem Gesicht zur Wand.

Evies Hand suchte Trost bei ihrem Münztalisman. Es gab etwas, das sie Will fragen wollte, das sie ihn schon fragen wollte, seit sie entdeckt hatte, dass es tatsächlich Geister gab. Aber erst jetzt brachte sie den Mut dazu auf. »Onkel Will, diese Geschichten von Menschen, die mit dem Geist Verstorbener Verbindung aufnehmen können, Medien also … meinst du, das funktioniert wirklich?«

Wills Blick folgte Evies Hand, die den Anhänger an ihrem Hals umklammerte. »Die Toten sollte man am besten in Frieden ruhen lassen«, sagte er sanft.

»Aber was, wenn sie keinen Frieden gefunden haben? Wenn sie Hilfe zu suchen scheinen? Wenn sie immer und immer wieder in deinen Träumen auftauchen?« Evie stand schon wieder kurz vor einem Tränenausbruch. Sie war in letzter Zeit zu einer richtigen Heulsuse geworden. Aber jetzt wehrte sie sich dagegen. »Was, wenn sie versuchen, zu dir durchzudringen, und dir etwas sagen wollen, du aber einfach nicht kapierst, um was es geht.«

»Und was wäre, wenn sie versuchen würden, dir Schaden zuzufügen?«, sagte Will. »Hast du jemals darüber nachgedacht?«

Nein. Das hatte sie nicht. Aber James? James würde ihr doch niemals wehtun wollen. Oder?

»Die Leute meinen oft, dass der Hass die gefährlichste aller Emotionen ist. Aber die Liebe kann genauso gefährlich sein«, sagte Will. »Es gibt viele Berichte von Geistern, die Orte und Menschen heimsuchen, die ihnen am meisten bedeutet haben. Tatsächlich sind mir mehr solche Geschichten bekannt als welche, in denen es um Rache geht.«

»Aber Onkel Will, wenn du an Geister glaubst … warum findest du es dann so schwierig, an Gott zu glauben?«

»Was für ein Gott müsste das sein, der diese Welt zulassen würde?«, fragte er und hielt Evies Blick eine Sekunde lang stand, bevor er auf seine Taschenuhr sah. »Ich glaube, *Captain Nightfall and the Secret Brigade* fängt gleich an. Sollen wir es uns anhören?«

»Klingt großartig.«

Will drehte das Radio auf und sogleich schwoll Unheil verkündende Musik an. »Wo immer das Böse lauert und dunkle Schatten sind, da taucht auch Captain Nightfall auf mit seiner geheimen Brigade. Sie kämpfen gegen das Schlechte und schützen die Nation vor Niedertracht und Sünde, so lautet ihre Mission.«

Der von Schatten durchzogene Raum füllte sich jetzt mit Klängen, Musik und den artikulierten Stimmen der Sprecher, die so taten, als könnten sie die Bösewichter in ihre Schranken weisen.

Aber das reichte nicht aus, um die Geister zu vertreiben.

Regen klopfte sacht gegen die Fenster und die Bäume des Central Parks neigten sich im Wind. Als John Hobbes auf seinem Weg zum Museum für Amerikanisches Volkstum, Aberglauben und Okkultes an den regennassen Häuserreihen vorüberging, konnte man es in den finsteren Straßen pfeifen hören. Mühelos verschaffte er sich Einlass in die alte Villa mit ihrer Sammlung an Gris-Gris-Beuteln, Hexenbriefen und Geisterfotografien. Alles Nichtigkeiten. Kinderkram. Regenschirme, die man einem Taifun entgegenzuhalten suchte. In zwei Tagen würde ohnehin nichts mehr von alldem von Bedeutung sein. Doch zunächst gab es noch etwas zu tun. Pfeifend suchte John Hobbes die alte Bibliothek auf. Sie war eingehüllt in nächtliche Finsternis, aber den unordentlichen Schreibtisch erkannte er trotzdem ohne Mühe. Inzwischen sah er sehr gut im Dunkeln. Als Erstes zog er die Tischschublade auf und hinterließ dort ein kleines Präsent. Aber er wollte auch etwas mitnehmen. Da auf dem Schreibtisch sah er es unter einem Stapel Zeitungsausschnitte hervorlugen. Das genügte ihm. Er steckte es in die Hosentasche, verließ das Museum und sang dabei leise: »*Naughty John, Naughty John, does his work with his apron on …*«

Im Obergeschoss wachte Sam kurz auf, weil er meinte, er hätte jemanden singen hören, aber da alles still war, drehte er sich auf die andere Seite und schlief wieder ein.

Alles wird gut

Memphis ging die mit Blättern übersäten Straßen der Upper West Side entlang und schlug den Kragen seines Mantel hoch, um sich vor der frischen Brise zu schützen. Es war inzwischen richtig Herbst geworden und der Rauch aus den Kaminen versengte die Luft. Die Nächte waren jetzt länger als die Tage. *Alles wird gut, Memphis. Hör auf, dir ständig Sorgen zu machen.* Memphis ging schneller, er hatte es eilig, in das Museum für Amerikanisches Volkstum, Aberglauben und Okkultes zu kommen. Sister Walker hatte ihm zwar geraten, die Begegnung mit Gabes Geist für sich zu behalten, da Memphis sich die Sache vor lauter Kummer und Müdigkeit vielleicht nur eingebildet hatte. Doch zu vieles war passiert – Isaiahs Trancen, Gabes Erscheinung und der Traum, den Memphis mit Theta teilte –, als dass man es einfach ignorieren konnte, und Memphis hoffte auf eine Erklärung für all das.

In der Ferne sah er die gotischen Türme des Bennington zwischen den nur noch spärlich belaubten Bäumen hervorspitzen. Dort wohnte Theta und einen Moment lang wünschte er sich, er könnte einfach hinlaufen und sie besuchen und diese wahnwitzige Welt vergessen. Aber Thetas Welt war genauso rätselhaft wie alles andere, worüber er sich den Kopf zerbrach, und außerdem wollte er Antworten auf seine Fragen und so ging er weiter.

Etwa Ecke Central Park West, 88th Street spürte Memphis, dass er verfolgt wurde. Er blickte sich um und entdeckte tatsächlich zwei Männer, die ihn in respektvollem, aber konstant bleibendem Abstand beschatteten. Memphis erkannte auf den ersten Blick, dass es sich bei den beiden um Polizisten in Zivil handelte. Sein Herz fing an zu rasen und er musste sich selbst gut zureden, um Ruhe zu bewahren. Wettscheine hatte er zum Glück keine bei sich. Memphis beschleunigte den Schritt. Die Männer ebenfalls. Sie verfolgten ihn also definitiv. Memphis suchte mit den Augen nach einer Fluchtmöglichkeit. Entlang der Central Park West höhlten Bagger die Straße für die neue U-Bahnlinie aus. Ob er sich dort unten verstecken konnte? Nein, da würde er mit Sicherheit in der Falle sitzen und sich bei der Aktion womöglich noch ein Bein brechen. Aber vielleicht war er ja schneller als die beiden. Memphis wartete ab, bis ein Auto heranfuhr, flitzte direkt vor ihm auf die Straße, sodass der Fahrer einen Schlenker machen musste und kurzzeitig den gesamten Verkehr blockierte. Den Moment nutzte Memphis und rannte so schnell er konnte auf den Central Park zu. Seine Lunge brannte und seine Schuhe trommelten laut auf dem Pfad, der sich gemächlich an Bäumen und spitzen schwarzen Felsen vorbeiwand und von der Sonne mit winzig kleinen Lichttupfern besprenkelt wurde. Trotz seiner stoßweisen, lauten Atemzüge konnte er hören, wie die Polizisten hinter ihm herliefen und etwas riefen. Sie waren schneller, als Memphis erwartet hatte, aber er musste sie irgendwie abschütteln. Wieder sah er sich nach ihnen um; fast hatte er sie hinter sich gelassen, und jähe Freude stahl sich in seine Brust. Er drehte sich noch rechtzeitig nach vorn, um das Kindermädchen nebst Kinderwagen wahrzunehmen, das plötzlich mit entsetzter Miene und wie gelähmt vor ihm auf dem Weg stand. Da der Weg abschüssig war, hatte er zu viel Schwung, um noch abstoppen zu können, versuchte es dennoch, rutschte aus und rollte ins Gras, wo er leicht benommen liegen blieb. Seine Hose war am Knie zerrissen und blutbefleckt. Trotzdem kam er taumelnd auf die Beine, um weiterzulaufen. Doch zu spät: Die Polizisten hatten sich bereits auf ihn gestürzt, beförderten ihn unsanft in den Stand und drehten ihm beide Arme auf den Rücken.

»Na, wen haben wir denn hier?«, stieß einer der beiden keuchend hervor, und Memphis freute sich, dass sie seinetwegen immerhin außer Atem geraten waren. »Sieht ganz so aus, als hätten wir da einen Lottoläufer geschnappt.«

»Ich doch nicht«, sagte Memphis. »Bei mir werden Sie keinen Wettschein finden.«

»Ach nein? Und was steckt hier in deiner Hosentasche?«, fragte der andere Cop. Er zog ein Bündel Wettscheine aus seiner eigenen Tasche und schob sie in Memphis'. »Ich würde sagen, da hast du gut und gerne fünfundzwanzig Scheine drin – genügend jedenfalls, damit dich der Richter hinter Schloss und Riegel bringen kann, Junge.«

»Aber die gehören doch gar nicht mir!« Kaum hatte er es gesagt, merkte Memphis, wie albern sein Einspruch war, wie sinnlos seine Beteuerungen. Das Wort zweier weißer Polizisten gegen das eines Schwarzen Zahlenläufers? Eine von vornherein verlorene Schlacht.

»Rufen Sie Papa Charles an«, sagte Memphis. »Der gibt Ihnen, was Sie brauchen.«

»Wir arbeiten nicht für Papa Charles«, sagte einer der beiden. Er grinste spöttisch, und Memphis wusste sofort, dass der Polizist sich die Finger für Dutch Schultz schmutzig machte. »Und du wanderst hübsch in den Knast, Freundchen.«

Rabiat zerrten die beiden Polizisten Memphis zu einem am Straßenrand wartenden Auto. Aus dem Augenwinkel konnte er die hohen Spitzen des Bennington sehen, die wie eine Fata Morgana hinter einem Gespinst aus ziehenden Wolken schwebten.

Ausgezeichnete Erbanlagen

Es war fast vier Uhr und die Schatten des Tages dehnten sich weit über die sanft geschwungene Rückseite der Catskills aus, als Onkel Will kurz hinter dem verwitterten Hinweisschild nach Brethren abbog. Die Straße schlängelte sich an einer kleinen Farm vorbei, auf deren Scheune ein weißes Hexenzeichen zu sehen war, dann weiter auf das Tal zu. Das Grün der Blätter hatte sich in herbstliche Rot-, Gold- und Orangetöne verwandelt. Wie auf einer Postkarte entfaltete sich die kleine Stadt mit ihren Giebeldächern, der Gasbeleuchtung und den Kirchtürmen unter ihnen. Etwas so Malerisches haftete ihr an, als hätte man die Zeit dort um die Jahrhundertwende angehalten. Es war einer von den Orten, bei deren Erwähnung Politiker leicht in eine sentimentale Tonart verfielen und die sie gern als beispielhaft für all das hinstellten, was amerikanisch war und dem Land verloren zu gehen drohte.

Dann fuhren sie Richtung Norden. Die Straßen waren schlammig und sie kamen erheblich später an als beabsichtigt. In einem Motel am Stadtrand, einem rustikalen, blockhüttenähnlichen Gebäude mit großzügigem Parkplatz für Automobile und Fuhrwerke, meldeten sie sich an. Onkel Will läutete und der Besitzer, ein Mann mit altmodischem Zwirbelschnurrbart, doch durchaus moderner geschnittenem Anzug, begrüßte sie an der Tür. Will trug sich als Mr John Smith mit Familie aus Albany ein und reservierte zwei Zimmer – eines für Evie und eines für sich und Jericho.

»Sind Sie wegen des Jahrmarkts hier?«, fragte sie der Gastwirt.

»Aber ja! Wir haben gehört, er soll der beste im ganzen Staat sein«, erwiderte Will mit leicht angespanntem Lächeln. »Mein Sohn und meine Tochter können kaum erwarten, ihn zu besuchen.«

Evie blitzte Will überrascht an. Er lächelte immer noch, bedeutete ihr aber mit einem kaum wahrnehmbaren, warnenden Kopfschütteln: *Spiel mit!*

»Oh ja, das ist er«, sagte der Gastwirt stolz. »Ich empfehle Ihnen die Pfirsichmarmelade der Methodisten. Die ist wirklich was ganz Besonderes.«

»Evangeline liebt Pfirsichmarmelade über alles, stimmt's, Liebes?«

»Ich kann gar nicht genug davon bekommen«, antwortete Evie.

Will nahm die Schlüssel in Empfang und scheuchte die beiden auf ihre Zimmer.

»Warum sind wir bloß hier abgestiegen?«, fragte Evie entsetzt, als sie den düsteren, mit Zedernholz ausgekleideten Raum mit seinem plumpen Bett sah. Mitten in der Stadt hatte sie ein wunderhübsches altes Gasthaus gesehen. Dies hier besaß nicht einmal ein Telefon.

»Hier ziehen wir kein Interesse auf uns«, sagte Will. Er breitete eine Landkarte auf dem verkratzten Schreibtisch aus. »Also. Dieser Karte zufolge liegt das alte Lager oben auf dem Berg, ungefähr dort. Und John Hobbes' Grab müsste sich irgendwo im Wald oberhalb der Kirche befinden. Nach da oben führt nur eine einzige Straße – wenn man es überhaupt Straße nennen kann. Die Fahrt wird wahrscheinlich eine holprige Angelegenheit werden, besonders wenn das Wetter schlechter werden sollte. Und dummerweise können wir erst kurz vor Einbruch der Dunkelheit aufbrechen …«

»Laut Bauernkalender geht die Sonne um fünf vor halb sieben unter«, sagte Jericho.

»Dann sollten wir uns um spätestens Viertel vor sechs wieder hier treffen.«

»Wieso *wieder*? Was machen wir denn in der Zwischenzeit?«

»*Ihr*«, korrigierte sie Will. »Jericho und du, ihr werdet den Jahrmarkt besuchen.«

»Ach, Onkel Will, und ich dachte, das hättest du nur aus Höflichkeit gesagt!«

»Nein, es ist schon gut, wenn ihr auf den Jahrmarkt geht. Wir wirken dann wie harmlose Touristen. Und lenken von dem wahren Zweck unseres Besuchs ab.«

Evie hatte eine sehr spezielle Erinnerung an einen Besuch des Jahrmarkts in Ohio, auf dem ihr von dem Geruch der vielen Kühe und Schweine und dem Genuss von zu viel Zuckerwatte übel geworden war. Jahrmärkte konnten es nun mal nicht mit den Nachtclubs von Manhattan aufnehmen; sie und Jericho würden vermutlich schon vor Langeweile sterben, ehe sie auch nur einen Fuß auf das vormalige Gelände der Brethren-Sekte gesetzt hatten. Aber sie hörte an Wills Tonfall, dass er sich von seinem Plan keinesfalls abbringen lassen würde.

Evie seufzte tief. »Na gut. Dann geh ich eben Pfirsichmarmelade mit den Bauerntölpeln essen. Aber du schuldest mir was.«

Will setzte Evie und Jericho beim Jahrmarkt ab, bevor er in die Stadt fuhr, um sich nach zusätzlicher Ausrüstung für ihre Expedition umzusehen. Evie und Jericho kauften sich Eintrittskarten und drängten dann gemeinsam mit den anderen Besuchern auf den Rummelplatz. Dort hatte man mehrere lang gestreckte weiße Zelte aufgebaut, die dem Jahrmarkt die Atmosphäre eines mittelalterlichen Feldlagers verliehen. Innen erwartete den Besucher ein Eldorado aller nur erdenklichen Genüsse: Auf wackeligen Gemüseständen aus Holz stapelten sich dicke Kürbisse. Handgemalte Schilder versprachen DEN BESTEN APFELKUCHEN IM LANDKREIS, außerdem süße Würzsoße, Pflaumenkompott, kandierten Mais in Tüten aus Zeitungspapier und Nicht-Essbares wie so fein geklöppelte Spitzenzierdeckchen, dass man die Stiche kaum sehen konnte. Und über den ganzen Jahrmarkt klangen die Stimmen der Marktschreier: »Zu Ferbers Pferdezubehör – hier entlang!« – »Einmal Schach spielen, nur einen Penny!« – »Besuchen Sie die Automobilausstellung und bewundern Sie die Personenkraftwagen der Zukunft!«

Sie liefen durch den ausgedehnten Viehpavillon mit Pferchen, in denen es von auf Hochglanz geputzten Tieren wimmelte; daneben standen die Farmer mit verschränkten Armen und ernster Miene; sie erwarteten nervös das Urteil der Männer, die den Wert ihres Viehs zu beurteilen hatten.

Als Evie und Jericho wieder aus dem Pavillon traten, sahen sie, dass eine altmodische Blaskapelle auf einem Podium in der Mitte des Jahrmarkts Platz genommen hatte. Sie spielte *Abide with Me*, und grauhaarige Paare saßen davor und sangen das alte Kirchenlied mit. Kinder in Sonntagskleidung liefen lachend und mit staunenden Augen durch die Menge; in der Hand hielten sie Windrädchen, die sich heftig im Wind drehten. Ungeachtet ihres Unwillens von vorher war Evie entzückt. Eine, wenn auch kurze, Weile lang konnte sie vergessen, dass sie eigentlich aus einem schrecklichen Grund hier waren. Jericho und sie stellten sich für eine der Heuwagenfahrten an, lachten, als die Räder ihres Wagens über die Furchen des Felds holperten, und dann wieder, als sie sich die kratzigen Strohhalme aus Haaren und Kleidern schüttelten wie Hunde das Wasser aus dem Fell. An einer kleinen Holztheke träufelten sie sich Honig auf dicke, in geschmolzener Butter getränkte Brotscheiben und verschlangen sie gierig. Evie musste lachen, als ein dicker Tropfen Honig seitlich an Jerichos Brot herunterlief, und er versuchte, ihn mit der Zunge aufzufangen.

»Da ist noch was«, sagte sie. Ohne groß nachzudenken, wischte sie mit dem Daumen über Jerichos Lippen, und er öffnete sie leicht, als wollte er ihn ablecken. Doch dann wich er zurück und wischte sich mit seiner eigenen Hand noch einmal über den Mund.

»Danke, Evie.«

»Gern geschehen«, sagte Evie scheu. Jericho sah sie mit einem Blick an, den sie nicht deuten konnte. »Oh, sieh mal! Lass uns Riesenrad fahren«, bat sie und ging mit schnellen Schritten darauf zu.

Sie kauften sich für je einen Penny Fahrkarten und setzten sich in eine Gondel. Als die Fahrt aufwärtsging, fing der Sitz sanft an zu schaukeln und Evie kreischte und packte Jericho am Arm. Er reagierte auch sofort und nahm ihre Hand in seine, und während sie höher und höher in die Luft getragen wurden, begann Evies Magen zu flattern, was nicht nur an der Höhe lag.

»Sieh mal da drüben! Da kann man unseren Gasthof erkennen«, sagte Evie und entzog Jericho ihre Hand, um darauf zu deuten.

»Wo?« Jericho beugte sich ein wenig über sie, um besser sehen zu können, und wieder flatterten die Schmetterlinge in Evies Bauch.

»Oh, ich … ich glaube, jetzt sieht man ihn nicht mehr.« Sie lehnte sich zurück und legte beide Hände starr auf die Verriegelung der Gondel. Als sie nach Ende der Fahrt aus dem Riesenrad stiegen, war es spürbar kühler geworden. Wolkenfetzen trieben an dem dunstigen Himmel vorbei, der über den rotgoldenen Hügeln hing.

»Ist dir kalt?«, fragte Jericho.

»Ein bisschen«, erwiderte Evie. Ihre Zähne klapperten. Sie deutete mit dem Kinn auf einen schindelgedeckten Pavillon, der etwas abseits lag.

Auf dem Schild über dem Eingang stand: GESÜNDERE FAMILIEN FÜR DIE ZUKUNFT UNSERES LANDES. Ein blonder Junge rannte aus der Tür und die Treppe hinunter und zeigte stolz eine Medaille vor, die an einem Band befestigt war. »Ich hab gewonnen!«

»Gut gemacht! Worin hast du denn gewonnen?«, fragte Evie und er ließ sie einen Blick auf die Aufschrift auf der Medaille werfen. »Hurra, ich habe ausgezeichnete Erbanlagen«, las Evie. »Na, das ist ja schön für dich.«

Im Innern des Pavillons waren lange Tische aufgebaut, daneben gab es kleinere, durch Vorhänge abgetrennte Bereiche; UNTERSUCHUNG stand darüber. Zahlreiche Familien saßen davor und warteten, bis sie an der Reihe waren, während Krankenschwestern mit gestärkten Schürzen und steifen weißen Hauben umhergingen, Daten notierten und die Wartenden nacheinander in die Untersuchungsbereiche führten. Die Väter füllten Fragebögen aus, während die Mütter ihre unruhigen Babys auf den Knien auf und nieder hopsen ließen und ihren größeren Kindern gut zuredeten, sich gerade hinzusetzen; jeder der hier Anwesenden hatte die Hoffnung, mit einer der Medaillen, auf die der Junge draußen so stolz gewesen war, nach Hause zurückzukehren. Es gab heißen Kakao und Jericho zog los, um welchen zu holen, während Evie auf ihn wartete.

An einem der Tische in ihrer Nähe befragte ein großer, dünner Mann mit grauen Haaren gerade ein junges Paar. »Hat jemand in Ihrer Familie schon einmal Herzprobleme gehabt? Kinderlähmung? Skoliose? Oder Rachitis?« Die beiden schüttelten den Kopf und der grauhaarige Mann lächelte. »Gut, gut. Liegen denn nervliche Probleme bei Ihnen in der Familie? Haben Sie oder einer Ihrer Angehörigen jemals außergewöhnliche Fähigkeiten bei sich festgestellt? Wenn ich beispielsweise eine Spielkarte in die Hand nehmen würde, könnten Sie dann … nun, sagen wir, könnten Sie dann spüren, um welche Karte es sich handelt? Würden Sie gerne testen lassen, ob Sie eine derartige Fähigkeit besitzen?«

Evie lauschte dem Gespräch nur mit halbem Ohr. Sie zog es zu der Wand am anderen Ende des Pavillons, an der eine große Tafel hing, mit blinkenden Glühbirnen darauf; die Tafel war in zwei Hälften unterteilt. Links zeigte ein Pfeil auf ein schnell blinkendes Licht, über dem stand: ALLE ACHTUNDVIERZIG SEKUNDEN WIRD IN DEN VEREINIGTEN STAATEN EIN MENSCH GEBOREN, DER DER GESELLSCHAFT ZUR LAST FALLEN WIRD. AMERIKA BRAUCHT WENIGER VON DIESER SORTE MENSCHEN, MEHR HINGEGEN VON JENEN … Ein Pfeil auf der rechten Tafelhälfte zeigte auf eine Glühbirne, die nur selten aufleuchtete. Hier stand: ALLE SIEBENEINHALB MINUTEN WIRD IN DEN VEREINIGTEN STAATEN EIN HOCHWERTIGER

MENSCH GEBOREN, DER DIE FÄHIGKEIT ENTWICKELN WIRD, HERAUSRAGENDE ARBEIT ZU LEISTEN UND ANDERE ZU FÜHREN. NUR VIER PROZENT ALLER AMERIKANER GEHÖREN ZU DIESER GRUPPE. ERFAHREN SIE ETWAS ÜBER DIE VERERBUNGSLEHRE. SIE KÖNNEN DAZU BEITRAGEN, DASS DIESER ZUSTAND KORRIGIERT WIRD. – THE HUMAN BETTERMENT FOUNDATION: WIR MACHEN AMERIKA STARK – MITHILFE DER EUGENIK.

Jericho kehrte mit dem Kakao zurück und warf einen missbilligenden Blick auf die Tafel. Schon kam eine lächelnde Krankenschwester mit einem Klemmbrett in der Hand auf sie zu. »Möchten Sie sich gern testen lassen?«

»Wozu?«, fragte Evie.

»Wir brauchen keine Medaille«, sagte Jericho schroff.

»Wissen Sie etwas über Eugenik?«, fragte die Schwester, als hätte sie ihn gar nicht gehört. »Es handelt sich dabei um eine grandiose wissenschaftliche Bewegung, mit deren Hilfe Amerika sein volles Potenzial ausschöpfen soll. Um die Steuerung der menschlichen Evolution. Jeder Farmer weiß, dass der Grundstein für den bestmöglichen Viehbestand die Züchtung ist«, erklärte die Schwester, als unterrichte sie Kinder in einer Sonntagsschule. »Züchtet man minderwertige Tiere heran, hat man anschließend einen minderwertigen Viehbestand. Legt man aber Wert darauf, hochwertiges Vieh zu züchten, muss die Qualität der Stammbäume erhalten werden. Gleiches gilt auch für den Menschen. Welche Kosten entstehen für Amerika, wenn hier Menschen mit Defekten geboren werden! Es gibt nun einmal bedauernswerte Kreaturen. Degenerierte Menschen. Untüchtige, geisteskranke, verkrüppelte und schwachsinnige Menschen. Kriminelle, die sich häufig in den unteren Schichten finden. Defekte, die ganz bestimmten Rassen eigen sind. Viele der Rebellen, die in unserer Gesellschaft für Unruhe sorgen, stehen beispielhaft für das minderwertige Element, das zu einer Bastardisierung unserer großartigen Zivilisation führt. Die

Eugenik arbeitet Vorschläge aus, wie man das, was in unserer Gesellschaft krank ist, korrigieren kann.«

»Gehen wir«, flüsterte Jericho Evie drängend ins Ohr, aber die Schwester fand kein Ende.

»Stellen Sie sich mal ein Amerika vor, in dem die physischen und sozialen Übel durch Züchtung ausgemerzt sind. In einem solchen Amerika würde es keine Krankheiten geben. Keinen Krieg. Keine Armut und kein Verbrechen. Es würde Frieden herrschen, da Menschen mit überlegenen, einander ähnelnden Geistesgaben ihre Differenzen zivilisiert klären könnten. Eine wahrhafte Demokratie würde entstehen! Nicht alle Menschen sind gleich, aber sie könnten es werden. Die Menschheit war immer dazu bestimmt, vorwärtszustreben, nach Höherem zu streben, weiterzustreben«, ereiferte sich die Schwester. »Sind Sie sicher, dass Sie sich nicht testen lassen möchten? Es würde nicht mehr als ein paar Minuten Ihrer Zeit in Anspruch nehmen und es gibt auch ein paar leckere Kekse.«

»Wir sind nicht interessiert«, sagte Jericho in scharfem Ton und stürmte aus dem Pavillon.

»Jericho! Jericho, warte doch«, schnaubte Evie wütend. Sie war ihm aus dem Pavillon gefolgt, aber er lief so schnell, dass sie Mühe hatte, nachzukommen. »Was ist denn? Stimmt was nicht?«

»Es ist nichts«, sagte Jericho, auch wenn das Gegenteil der Fall zu sein schien. So wütend hatte Evie ihn noch nie erlebt. Er war sonst immer so gelassen und so ruhig. »Das ist keine Wissenschaft. Das ist verlogen. Und … und außerdem mag ich keine Experimente.« Er atmete tief ein, wie um sich selbst zu beruhigen. »Wir müssen in den Gasthof zurück, wir sind schon spät dran.«

Sie begaben sich zum hinteren Ende des Jahrmarkts und gingen auf den Pendelbus zu, der die Jahrmarktbesucher in die Stadt zurückfuhr. Kurz vor der Umzäunung stand ein halbes Dutzend Männer auf einem kleinen provisorischen Podest. Sie trugen Overalls, schlichte schwarze Jacken und schwarze Hüte. Plötzlich stutzte Evie.

»Sieh doch mal, da ist Jacob Call.«

Bruder Jacob Call hielt sein heiliges Buch in die Höhe und wetterte auf die Zuhörer hinab. »Pastor Algoode sprach die Wahrheit und wies uns den Weg. Seht ihr denn nicht, was in diesem Lande geschieht? Die Sünde hat in unseren Häusern Wurzeln geschlagen. Gier und Neid lassen ihr Fundament verrotten. Wir haben den rechten Weg verloren. Tut Buße, ihr Sünder, denn das Ende ist nahe! Hört das Wort Gottes, unseres Herrn, wie es sich seinem Propheten, dem Pastor Algoode, offenbart hat, amen.«

»Die Brethren«, flüsterte Evie.

»Und der Herr sprach mit den Zungen von tausend Schlangen und sagte: ›Salbet euer Fleisch und richtet die Mauern eurer Häuser her, denn das Ende wird kommen.‹ Der Herr, unser Gott, hat die Bestie gesandt, damit sie aus dem Abgrund aufsteigen möge!«

»Die Bestie wird aufsteigen«, wiederholten die Männer. Einer von ihnen fing an zu zittern und seine Augen rollten in ihren Höhlen nach hinten. Er murmelte Unverständliches und zuckte am ganzen Körper.

»Salomons Komet naht! Der Drache aus vergangenen Zeiten wird aus dem Abgrund aufsteigen und nur die Gläubigen werden gerettet werden, um Gottes heiligen Krieg zu führen; die Sünder aber werden zugrunde gehen!«

Um den Pendelbus zu erreichen, mussten Evie und Jericho direkt an den Männern vorbei.

»Das kann ich nicht«, sagte Evie.

»Keine Angst! Ich bin doch bei dir«, sagte Jericho und schob sich zwischen die Männer und sie. Evie spürte ihren Blick. Unwillkürlich raffte sie ihren Mantel zusammen und wünschte, sie würde heute keine gemusterten Strümpfe und keinen Lippenstift tragen, obwohl sie wütend war, dass die Verachtung dieser Fanatiker sie so sehr traf. Ein Junge, wahrscheinlich nicht älter als vierzehn, beobachtete sie ganz genau; auf seinem Gesicht lag ein Ausdruck, der zwischen Begierde und Abscheu schwankte.

»Die Sünde der Welt war die Sünde der Frau«, rief er. Er hatte den Stimmbruch noch nicht hinter sich, war wohl doch jünger, als Evie vermutet hatte.

»Geh einfach weiter«, flüsterte Jericho ihr zu und nahm sie an der Hand.

Evie versuchte, den Blick nach vorne zu richten, doch dann hörte sie, wie der Junge etwas sagte. Es war ein Wort, das ihre Aufmerksamkeit sofort erregte. Kein schönes Wort. Sie warf einen Blick in seine Richtung. Sein Gesicht war wutverzerrt.

»Hure«, zischte der Junge. Er streckte den Arm weit nach hinten aus, als wollte er einen Ball werfen, und Evie verschlug es den Atem, als eine Ladung Schlamm sie traf, die sich über die Vorderseite ihres Mantels verteilte. Sie war außer sich.

»Hure!«, schrie der Junge noch mal.

Die Leute starrten sie jetzt alle an – als hätte sie sich schuldig gemacht. Am liebsten hätte sie die Männer angeschrien. Und den Jungen verprügelt. Aber gleichzeitig war ihr nach Weinen zumute.

»Hure«, rief jetzt auch Jacob Call und die Männer fielen im Chor ein. »Hure!«

Jericho hielt Evies Hand noch fester umklammert und lief rasch mit ihr auf das Jahrmarkttor zu. Trotzdem konnte sie hören, wie sie ihr nachriefen:

Hure, Hure, Hure, Hure!

Pfadfinderehrenwort

Memphis war wieder einmal zu spät. Isaiah hatte er gesagt, er werde ihn um fünf bei Sister Walker abholen, doch inzwischen ging es schon auf sechs Uhr zu, und Isaiah hatte Hunger. Bei Tante Octavia gab es Punkt Viertel nach sechs Abendessen, und wenn Memphis und Isaiah bis dahin nicht mit gewaschenen Händen am Tisch saßen, mussten sie hungrig zu Bett gehen.

Isaiah war ohnehin schon wütend, weil Sister Walker ihn diesmal keine Karten hatte raten lassen. Den ganzen Nachmittag hatten sie nichts als Additionen und Multiplikationen geübt.

Jedenfalls hatte er nicht vor, sich wegen Memphis die ganze lange Nacht mit leerem Magen hin und her zu wälzen. Weil er aber wusste, dass Sister Walker ihn nur in Begleitung eines Erwachsenen nach Hause gehen ließ, wartete er ab, bis sie in der Küche war, um sich ihren Tee zu holen, rief dann laut: »Ich glaub, ich seh ihn, Sister«, und war mit einem Satz zur Tür hinaus, ehe sie ihn einholen konnte.

Er war noch nie von Sister Walker aus allein nach Hause gegangen. Das war so aufregend, als würde er eine geheime Welt erkunden. Er wünschte nur, es würde nicht schon dunkel werden, denn Isaiah mochte die Dunkelheit nicht. Sein Weg führte am Begräbnisinstitut vorbei, und er musste an seine Mama denken und wie sie in ihrem weißen Sonntagskleid im Sarg gelegen hatte; auch an Gabe dachte er, und beides machte ihn traurig und auch ein wenig ängstlich. Obendrein musste er im Dunkeln am Trinity Friedhof vorbei, wo doch jeder wusste, dass um diese Uhrzeit die Geister der

Toten umgingen. Sein Magen knurrte, und jetzt dachte er daran, dass er vielleicht kein Abendbrot bekommen würde.

Während er an der hohen Mauer entlang durch das erste gefallene Laub marschierte, hielt er den Atem an – das musste man, wenn man an einem Friedhof vorbeikam, auch das wusste jeder. Hoffentlich würde seine Lunge das aushalten. Es war nämlich gar nicht so leicht, gleichzeitig zu laufen und die Luft anzuhalten. Als er das Ende der Mauer erreicht hatte, war ihm so schwindlig, dass er versehentlich in Blind Bill Johnson hineinrumpelte und aufschrie.

»Sie haben mich aber erschreckt!«

Bill lächelte. »Isaiah Campbell! Haste geglaubt, ich bin ein Geist, oder was?«

»Nee nee, aber ich geh nich gern am Friedhof vorbei; nur, wenn ich nich pünktlich zu Hause bin, krieg ich kein Abendessen mehr.«

»Dann sollten wir uns mal lieber sputen. Komm, ich kenn da eine Abkürzung.«

Klackernd tastete sich Bill mit seinem Blindenstock den Gehweg entlang. An der Straßenecke blieben sie stehen. »Sag mal, magste Zaubertricks?«

»Glaub schon.«

»Du glaubst schon? Was ist denn das für ne Antwort?«, sagte Bill und tat so, als wäre er entrüstet. »Mach dich auf ganz was Besonderes gefasst. Hab ihn geübt, meinen Trick. Willste den sehen?«

»Klar«, sagte Isaiah. Er ließ mehrmals hintereinander einen Ball auf dem Boden aufprallen und fing ihn jedes Mal geschickt wieder auf.

»Sieh her! In dieser Hand liegt eine Rose.« Bill öffnete seine rechte Hand, um den Jungen die Rose sehen zu lassen, dann schloss er sie wieder. »Abrakadabra!« Er öffnete die Hand. »Und was siehste jetzt?«

Isaiah schaute mit zusammengekniffenen Augen auf die leicht zerdrückte Rose. »Da ist nix passiert.«

»Nichts?«

»Nö.«

»Dann probier ich es eben noch mal. Oh, große Geister in diesem Land, legt mir einen Frosch in meine Hand!« Blind Bill öffnete seine Hand noch einmal. Aber die Rose war noch immer eine Rose.

Isaiah lachte. »Ist immer noch kein Frosch«, sagte er.

»Verflixt!«, sagte Blind Bill. »Dabei hab ich ein ganzes Buch gelesen über Zauberei. Na, dann hab ich wohl keine magischen Kräfte.«

Isaiah hätte dem alten Mann gern erzählt, was er für Kräfte hatte. Memphis sagte zwar immer, Isaiah solle nicht darüber sprechen, aber Memphis war ja jetzt nicht da. Er steckte sonst wo und hatte seinen Bruder ganz vergessen. Plötzlich war Isaiah den Tränen nahe, aber Jungen durften nicht weinen. Es gab da wohl ganze Listen von Dingen, die er nicht tun sollte, und er hatte es jetzt satt. »*Ich* kann aber zaubern«, platzte er heraus.

»Sag bloß!«

»Doch, doch. Sister Walker sagt, ich bin was ganz Besonderes.« Wenn Memphis Geheimnisse vor Isaiah hatte, dann konnte Isaiah auch Geheimnisse vor Memphis haben. Und sie sogar jemandem verraten.

»Tatsächlich? Was ist denn so Besondres an dir?«

»Sister Walker sagt, ich soll nich drüber sprechen.«

»Na, aber dem alten Blind Bill kannste es ja wohl erzählen, oder? Wem sollte ich es schon weitersagen?«

»Sister meint aber, ich soll nicht.«

»Hm hm. Verstehe. Lässt dich von einer Frau bestimmen, was, kleiner Mann?« Flink wie ein Wiesel schnappte er sich Isaiahs Ball und hielt ihn hoch in die Luft.

»He!«

»Wenn du was so Besonderes bist, dann hol dir doch den Ball. Oder biste vielleicht doch nich so besonders?«

»Doch, bin ich!«

»Macht ja nix, Junge. Können ja nich alle was Besondres sein.«

»Ich bin aber was Besonderes!«, sagte Isaiah. Er ärgerte sich jetzt so sehr, dass ihm die Tränen kamen.

Blind Bill gab ihm den Ball zurück und tätschelte ihm den Kopf. »Na, na, kleiner Mann, war ja nich böse gemeint. Natürlich biste was Besonderes. Das merk ich doch. Blind Bill merkt so was.«

»Wirklich?«

»Sicher doch, sicher doch.«

Die Worte des alten Mannes legten sich wie Balsam auf Isaiahs Seele. Wenigstens einer interessierte sich dafür, was ihn bewegte. Isaiah hatte es satt, klein zu sein und einfach immer weggeschickt zu werden. Er hatte alle satt – die Sister, Memphis, Octavia, seine Lehrer und die Leute von der Kirche –, alle, die ihm ständig sagten, was er tun und was er lassen sollte. Was nützte es schon, wenn man was Besonderes konnte, aber niemand davon wissen durfte?

»Na gut. Ich sag es Ihnen. Aber Sie müssen mir versprechen, dass Sie es niemandem verraten.«

Der alte Mann legte einen seiner langen Finger quer über sein Herz. »Großes Pfadfinderehrenwort.«

Es war das feierlichste Versprechen, das Isaiah kannte.

»Ich kann Sachen sehen. In meinem Kopf. Wenn Sister Walker eine Karte in der Hand hält, dann kann ich sagen, was für eine das ist, auch wenn ich sie vorher nicht gesehen hab.«

Um Bills Mundwinkel zuckt es. »Sag bloß! Da würdest du ja beim Pokern ganz schön abräumen.«

»Das erlaubt die Sister aber nicht.«

»Nein, nein, das glaub ich dir gerne.«

»Und manchmal ...« Isaiah machte eine Pause.

»Ja?«

»Und manchmal kann ich auch was sehen, das noch nicht passiert ist.«

Bill spürte ein Kribbeln in seinem Bauch, das sich wie ein Hungergefühl ausbreitete. Mit zitternder Hand strich er dem Jungen erneut über den Kopf.

Der griff nach der großen Pranke des blinden Mannes und drehte sie um. »Da haben Sie ja eine Narbe.«

»Eine alte Schnittwunde; hab ich aus der Zeit, als ich noch Baumwolle gepflückt hab. Die Halme greifen nach dir und dann KRIEGEN SIE DICH!«, sagte Bill mit schauriger Stimme und Isaiah schrie auf und lachte. Er mochte Bill und ließ sich gerne von ihm necken. Er musste dann an seinen Daddy denken und wie er Isaiah immer an beiden Armen gefasst und in die Luft geschleudert hatte und an seine Mutter, die geschimpft und gesagt hatte: »Marvin, du wirst ihm noch die Arme ausreißen.« Es machte ihn traurig, wenn er an seine Mama und an seinen Daddy dachte.

Sie hatten jetzt die kleine Gasse erreicht, nach der Isaiah Ausschau halten sollte. »Da ist die Abkürzung«, sagte er.

»Danke.« Bill verlangsamte seinen Schritt. »Alles in Ordnung, kleiner Mann? Du klingst so traurig.«

»Hab nur grad an meine Mama gedacht. Sie ist gestorben.«

»Na ja, das *ist* aber auch traurig.« Bill ging noch ein bisschen langsamer. Die Gasse, wusste er, war eine Sackgasse, an deren Ende eine Backsteinmauer stand. Er hatte dort schon einige Male die Nacht verbracht. »Ich kann dir die Traurigkeit aus deinem Kopf rausholen, wenn du das willst.«

»Wie wollen Sie das denn anstellen?«

»Komm mal hier rüber, dann zeig ich es dir.«

Isaiah war skeptisch. Nicht nur, dass seine Tante ihm gesagt hatte, er solle sich vor Fremden in Acht nehmen – wobei Blind Bill ja eigentlich kein Fremder war. Einen Augenblick lang spürte er auch etwas tief in sich, etwas, das ihn misstrauisch machte. Aber er folgte Bill trotzdem.

»Das ist aber gar keine Abkürzung, Mr Johnson. Da ist eine Ziegelmauer am Ende.«

»Dann hab ich mich geirrt. Hab wohl eine andere Straße im Kopf gehabt. Nich ganz einfach für einen Blinden, weißt du. Jetzt komm aber mal hierher. Komm schon.«

Isaiah blickte durch die Gasse auf die menschenleere Straße zurück.

»Hast doch wohl nich die Hosen voll, oder? So ein besondrer Junge wie du?«

»Nee. Hab nich die Hosen voll«, sagte Isaiah. *Ich habe keine Angst, heißt das,* hätte Memphis jetzt gesagt. Aber Memphis war nicht da. Isaiah ging zu dem alten Mann hinüber.

»Ich muss dir nur die Hände auf den Kopf legen – so. Kitzelt das?«

Das tat es tatsächlich und Isaiah lachte.

»Das wert ich mal als Ja. Und wie sieht es hier aus?«

Bills Hand rutschte weiter nach vorn, bis seine Fingerspitzen fest auf Isaiahs Stirn lagen.

»Da kitzelt es nicht.«

»Gut, na dann. Das drückt jetzt gleich ein bisschen, aber danach biste auch nich mehr traurig.«

Plötzlich überkam Isaiah eine Vorahnung, ein immer stärker werdendes Gefühl, dass sein Bruder in Schwierigkeiten steckte, dass etwas nicht in Ordnung war.

»Ich muss nach Hause, Mr Johnson.«

»Halt nur kurz still, Junge.«

»Ich muss jetzt aber gehen.«

»Nu zappel nich so rum. Nicht zappeln!«

Panik ergriff Isaiah und seine Angst steigerte sich zu einer Schreckensvision: Er sah seinen Bruder an einer Kreuzung unter einem sich schwarz färbenden Himmel stehen.

»Lassen Sie mich los!«, rief Isaiah und versuchte vergeblich, sich aus Bills erbarmungslosem Griff zu befreien. »Loslassen, loslassen!«

Bill grunzte, hielt Isaiah weiter fest und wurde dafür mit einem elektrischen Schlag belohnt.

Isaiah zuckte und bebte unter seinen Händen, und wenn es auch nur annähernd so war wie seinerzeit, als Bill noch sehen konnte, dann mussten die Augen des Jungen jetzt in ihre Höhlen zurückgerollt sein. Vielleicht schäumte auch ein klein wenig Spucke aus seinen Mundwinkeln. Bill selbst reagierte mit schnellerem Herzschlag, und sekundenlang erinnerte er sich daran, wie er barfuß unter einem Himmel, der sich in alle Richtungen erstreckte, durch Tabakfelder gelaufen war.

Jetzt sah er eine Zahl vor seinem inneren Auge schweben – eins, vier, vier. Eine Zahl. Er hatte obendrein noch eine Zahl erhalten! Wieder erschütterte ein elektrischer Schlag Bills Körper, stärker diesmal als der erste. Seine Zunge rollte sich im Mund zusammen und er schmeckte Metall. Dann sah er eine Straßenkreuzung, eine wie vor einem Sturm sich aufblähende Staubwolke und einen großen grauen Mann, dürr wie ein Streichholz, mit einem Zylinder auf dem Kopf. Der Junge unter seinen Händen war jetzt ruhig geworden. Er sackte vor Bills Füßen zu Boden und der alte Mann kauerte sich neben ihn und lauschte auf das Geräusch seines Atems.

»He! He!«, rief da jemand von der Straße zu ihnen hinüber.

Bill fluchte leise und zog seine Hand von dem Jungen zurück. »Hier! Hierher, wir brauchen Hilfe!«

Die Stimme kam jetzt auf sie zu und Bill nahm die verschwommenen Umrisse eines Mannes wahr. Einen Schatten. Ach, hätte er nur wenige Momente länger Zeit gehabt! Wie viel mehr hätte er sehen, wie viel mehr Macht hätte er spüren können?

»Was ist denn hier passiert?« Die Stimme des Mannes klang hart und anklagend.

»Ich weiß es nicht. Der kleine Mann hier hatte sich verlaufen. Ich wollte ihm helfen, aber dann hat er plötzlich eine Art Anfall bekommen. Ich konnt es nicht genau erkennen.« Bill hob die Hand mit seinem Blindenstock. »Ich hab um Hilfe gerufen – haben Sie mich denn nich gehört?«

»Ich denke schon«, antwortete der Mann. »Sonst wäre ich ja nicht hier. Ein Glück, dass Sie bei ihm gewesen sind.«

»Da muss wohl unser Herr sein Auge drauf gehabt haben.«

Die Menschen waren so beeinflussbar.

Octavia schrie auf, als sie sah, wie ein Mann Isaiahs schlaffen Körper hereintrug, direkt gefolgt von Bill Johnson. Der Junge wurde zu Bett gebracht und sie rief einen Arzt.

Dann reichte Octavia Maisfladen und Bill hielt seinen Teller fest auf dem Schoß und schlang das Brot in sich hinein. Er hatte schon lange nichts Hausgemachtes mehr gegessen und Octavia war eine gute Köchin.

»Was ist denn nur passiert?«, fragte sie.

»Nun ja, Madam, der kleine Mann hatte sich verlaufen und ich wollte ihm den Weg zeigen und ...« Bill erzählte Octavia die gleiche Version der Geschehnisse wie zuvor. Er kam gerade zum Ende, da stürmte der ältere Campbell-Junge durch die Haustür, als wollte er sie einbrechen.

»Wo ist er? Wo ist Isaiah?« Panik in seiner Stimme.

»Er ruht sich aus.« Stahl in Octavias.

»Es tut mir leid, ich ...«

»Spar dir deine Worte für ein Gebet, Memphis John. Hab schon von Mrs Robinson gehört, dass du verhaftet worden bist und Papa Charles eine Kaution für dich zahlen musste«, sagte sie bitter.

»Kann ich Isaiah sehen?«

Bill hörte keine Antwort und konnte nur vermuten, dass die weitere Unterhaltung mittels Gesten geführt wurde – mit einem Nicken oder einer Handbewegung. Wie viele solcher stummen Konversationen er über die Jahre wohl versäumt hatte? Er hörte, wie Memphis sich in ein anderes Zimmer schlich – an die Seite seines Bruders, ohne Zweifel. Die zwei waren eng verbunden miteinander – eine Verbindung, die auf einem tragischen Ereignis beruhte. Das gab Bill für den Bruchteil einer Sekunde zu denken, aber dann schob er seine Zweifel rasch zur Seite. Schließlich war es nicht seine Aufgabe, Gerechtigkeit in die Welt zu bringen.

»Sein Sie nich zu hart mit dem Jungen«, sagte er zu Octavia. Er stand auf, um zu gehen, und Octavia reichte ihm seinen Stock und ein weiteres Stück Fladenbrot in Wachspapier.

»Danke, Mr Johnson.«

»Bill.«

»Danke, Bill.« Er hörte, wie ihre Stimme stockte. »Oh Jesus, mein gütiger Herr Jesus. Was wäre geschehen, wenn Sie nicht bei ihm gewesen wären? Wenn er allein gewesen wäre?«

»Die Wege des Herrn sind unergründlich, Miss.«

»Sie sind hier jederzeit willkommen«, rief Octavia ihm nach. Er stand schon an dem kleinen Tor zur Straße.

»Danke. Das nehm ich gerne an.«

Bill Johnson ging in die Nacht hinein, die nicht so dunkel war wie der Ort, an dem er sich vorhin in seiner Vision aufgehalten hatte. Er nahm die Rose aus der Tasche und zerquetschte sie in seiner linken Hand. »Tut mir leid, kleiner Mann. Tut mir wirklich leid«, flüsterte Blind Bill. Als er die Hand wieder öffnete, war die Rose zu Asche geworden.

In der Stille des Hinterzimmers sah Memphis seinem Bruder dabei zu, wie er ein- und ausatmete. Jeder Atemzug schien eine einzige Anklage zu sein: *Wo … warst … du … Bruder?* Memphis musste schlucken, so erschrocken war er. Was, wenn er Isaiah das angetan hatte? Wenn ein Fluch, der eigentlich ihm galt, die Hände nach seinem kleinen Bruder ausgestreckt und über ihn gekommen war? Memphis war übel und auf seiner Stirn standen Schweißtropfen.

»Nur keine Angst, Ice Man«, flüsterte er. »Ich mache alles wieder gut. Ich gehe es gleich an.«

Memphis legte die Hände auf Isaiahs kleinen Körper, schloss fest die Augen und wartete auf die Wärme und die Trance und die seltsamen Träume, die das Heilen begleiteten. Doch nichts geschah. Keine Wärme entfaltete sich in seinen Händen. Sein Bruder schlief weiter wie der verzauberte Bewohner eines verwunschenen Märchenreichs, und Memphis, der Drachentöter, stand jenseits seiner unbezwingbaren Mauern.

Da sank er neben Isaiahs Bett zu Boden und vergrub den Kopf in seinen nutzlosen Händen.

Brethren

Die Ruinen des alten Dorfes Brethren befanden sich hoch oben in den dichten Wäldern des Berges Yotahala, ein Name, den die Menschen vom Oneida-Stamm ihm gegeben hatten und der »Sonne« bedeutet. Davon war allerdings wenig zu sehen, als Wills Ford auf dem schmalen Schotterweg durch dichtes, von dem dämmerigen Spätnachmittaglicht kaum erhelltes Gehölz die stete Steigung hinauffuhr. Ein leichter frühherbstlicher Schneefall hatte eingesetzt und feine Flocken tanzten im Scheinwerferlicht des Wagens. Drinnen war es nicht sonderlich warm und Evie saß zitternd auf dem Rücksitz und versuchte, das Holpern des unebenen Wegs einigermaßen abzufangen.

»Jetzt ist es nicht mehr weit«, verkündete Will durch das gleichmäßig heulende Geräusch des Motors. »Haltet mal nach einer Zwillingseiche Ausschau. Da ist die Abzweigung.«

»Ich bin doch nur an ihnen vorbeigegangen«, knüpfte Evie an das vorausgehende Gespräch an. Sie war immer noch aufgewühlt von der Begegnung mit den Sektenanhängern auf dem Jahrmarktsgelände. »Ich habe ihnen überhaupt nichts getan.«

»Du kannst auch nichts dafür. Es gibt nun mal nichts Grauenhafteres als den Absolutheitsanspruch derer, die meinen, sie seien im Recht«, sagte Will. Er saß über das Lenkrad gebeugt und reckte den Kopf in alle Richtungen, da er Evie und Jericho offenbar nicht zutraute, den Baum zu finden.

»Die Archivarin im Staatsarchiv hat mir erzählt, dass der Brethren-Kult in den letzten Jahren wieder auflebt.«

»Aber warum, um Himmels willen?«

»Wenn sich die Welt nach Überzeugung mancher Menschen zu schnell voranbewegt, versuchen sie sie mit ihrer Angst aufzuhalten«, erklärte Will. »Hoffen wir also, dass die Brethren noch ein Weilchen auf dem Jahrmarkt bleiben werden. Ich möchte mir nämlich nicht vorstellen, was geschieht, wenn sie uns dabei erwischen, wie wir die Leiche des Sohnes ihres Propheten ausbuddeln.«

Am rechten Straßenrand, wo Bäume Wache standen, deren Rinde wie aufgeschürfte Knie aussahen, stach Evie plötzlich ein Tierhautamulett ins Auge, das an einem Ast hing und mit dem bekannten Pentakel versehen war. Automatisch zog sie den Aufschlag ihres Mantels über ihren bloßen Hals. »Ich glaube, wir sind gleich da.«

»Da drüben steht auch die Zwillingseiche.« Jericho zeigte auf einen mächtigen Baum, dessen knorrige Äste sich zu einem seltsamen Tanz verschlungen hatten.

Will lenkte das Automobil von der Straße hinunter auf eine Lichtung, parkte es hinter einem noch üppig grünen Gestrüpp und sagte: »Hoffentlich geben die Büsche uns lange genug Deckung.«

Er holte eine Petroleumlampe aus dem Kofferraum, deren Docht er anzündete, eine Taschenlampe für Evie und zwei Schaufeln, von denen er eine Jericho reichte. Unversehens wurde Evie an ihr grausiges Vorhaben erinnert. Will schulterte seine Schaufel und hielt die Laterne in Richtung des mächtigen bewaldeten Berghangs vor ihnen. »Hier entlang«, sagte er und führte sie auf einem ausgetretenen Pfad hügelaufwärts. Das diesige, sterbende Tageslicht verlieh dem Wald um sie herum eine tiefe Trostlosigkeit. Evie versuchte sich vorzustellen, wie der junge John Hobbes in einer solchen Isolation gelebt haben mochte, fernab der einladenden Kaminfeuer der Gasthäuser, des nachbarschaftlichen Schwätzchens am Gartenzaun und mit dem Wald als einzigem Gefährten.

Es ging steil bergauf und Evies Beine rebellierten. Sie war froh, dass sie feste Schuhe trug. Die Luft wurde jetzt dünner, was jeden

Atemzug beschwerlich machte. Evie warf einen Blick zurück, konnte den Ford in seinem Versteck aber nicht mehr sehen.

»Wie … weit … noch?«, stieß sie keuchend hervor. Ihre Muskeln schrien bereits auf.

»Wir sind fast da«, antwortete Will ebenso atemlos.

Fast wie von Zauberhand wurde der Pfad nun flach und eben. Er wand sich noch um die vorspringende Wand eines kleineren Hügels, dann stockte Evie der wenige Atem, der ihr noch geblieben war.

»Meine Damen und Herren, Sie stehen vor Old Brethren«, sagte Will mit gedämpfter Stimme.

Sie waren auf die verlassenen Ruinen des alten Lagers gestoßen. Eine Handvoll zerfallener Blockhütten stand verstreut auf der Lichtung. Eine gesplitterte Holztür hing lose an ihren verrosteten Angeln; die leeren, dunklen Fenster der Hütte gaben ihr den Anschein eines Totenschädels. Unkraut schoss rund um die steinernen Überreste eines Brunnens aus dem Boden und unter einer Schicht Blätter und Klee war abschnittsweise noch ein Steinpfad sichtbar. Er wand sich zwischen den nebelverhangenen Bäumen hindurch. Zu ihrer Linken mischte sich das Plätschern des Bachs mit dem Zirpen der Grillen und dem Zwitschern der Vögel. Evie erschrak, als sich der Schein ihrer Taschenlampe plötzlich in den Augen eines Fuchses spiegelte. Das Tier brachte sich fluchtartig in Sicherheit, aber die Taschenlampe zitterte weiter in Evies Hand.

»Da, die alte Kirche«, sagte Will und steuerte mit schnellem Schritt auf ein großes Rechteck in der Mitte der Lichtung zu, wo wild verstreut verkohlte Holzbalken stilles Zeugnis ablegten. Vorsichtig stieg Evie über die geborstene Türschwelle, aus der hoch das Unkraut wucherte und sie an den Beinen kitzelte, und in die Trümmer der einstigen Kirche. Die vielen nächtlichen Diskussionen über das Wesen des Bösen hatten sie nicht annähernd darauf vorbereitet, wie sich das Böse wirklich anfühlte. Selbst den zerfallenen Mauern der alten Kirche haftete noch unverkennbar die Kraft und die Beständigkeit des Bösen an. Durch den Wind meinte Evie sogar das

Lachen eines Kindes, ein Aufschwellen von Seufzern, ein bedrohliches Wispern zu hören. Am liebsten wäre sie davongelaufen. Doch wohin hätte sie schon laufen sollen? Welcher Ort lag außerhalb der Reichweite des Bösen?

In einer Ecke formten aufeinandergestapelte, bröckelnde Ziegelsteine einen Halbkreis und Evie erkannte darin die Feuerstelle wieder, die sie gesehen hatte, als sie John Hobbes' Ring in der Hand hielt. Jetzt war nicht mehr davon übrig als eine geschwärzte Mulde und die Ziegel waren grau geworden und mit glitschigem Moos bewachsen. Gleich dahinter lag ein Brandeisen im Gras. Vorsichtig hob Evie es auf. Das Pentakel der Bestie. Rasch ließ sie es wieder fallen und schreckte eine winzige Ringelnatter auf, die unter einem Steinhaufen hervorgekrochen war. Evie spähte in die alte Feuerstelle und sah frisches Anmachholz und halb heruntergebrannte Kerzen darin liegen. Jemand hatte die Feuerstelle erst kürzlich benutzt. Evies Herz klopfte schneller bei dem Gedanken, wer oder was sich dort draußen in den Wäldern herumtreiben mochte.

»Sie treffen sich immer noch hier«, sagte Will, als läse er in ihren Gedanken. Er deutete auf eine Reihe flacher Steine, die kreisförmig um ein Blechschild herum angeordnet waren. Er drehte es mit dem Fuß um und auf seiner Rückseite wurde das Pentakel sichtbar.

Will sah nach oben in das nachlassende Tageslicht. »Wir sollten jetzt nach dem Grab suchen.«

Es wurde rasch dunkel und der Wald war in tiefblaue Schatten gehüllt. Ein hauchdünner Halbmond erschien am Himmel, als sie jenseits der abgebrannten Kirche wieder hügelabwärts gingen. Dann tauchte die niedrige Friedhofsmauer im Schein von Wills Laterne auf. Hinter ihr neigten sich verwitterte Grabsteine wie schiefe Zähne in einem faulenden Mund. Evie richtete ihre Taschenlampe auf einen Grabstein nach dem anderen und versuchte, die Namen darauf zu entziffern. Jedidiah Blake. Richard Jean. Mary Schultz. Auf jedem Stein fand sich die Inschrift ER WIRD AUFERSTEHEN.

»Seht euch nach allem um, was euch ungewöhnlich vorkommt –

Tierknochen also, ein Pentagramm, Amulette oder andere Opfergaben. Die Brethren werden Hobbes' Grab bestimmt in Ehren halten«, wies Will sie an.

Evie blieb dicht bei Jericho. Die Absätze ihrer Schuhe versanken im weichen Boden, und sie vermied es, sich vorzustellen, was darunter begraben liegen mochte. Hätte sie heute Morgen nur ihre wollenen Strümpfe angezogen, denn hier oben war es viel kälter als unten im Tal. Kleine graue Wölkchen stiegen wie Luftgeister aus ihrer Nase. Auch das letzte Tageslicht war jetzt vom Himmel gewichen. Vereinzelt blitzten erste Sterne auf. Der Schein von Evies Taschenlampe sprang von Grabstein zu Grabstein und ihr grelles Licht ließ sie schaurig aussehen.

»Und wenn wir sein Grab nicht finden?«, sagte sie.

»Dann graben wir jedes einzelne Grab auf, so lange, bis wir ihn gefunden haben«, antwortete Will.

Der Wind pfiff jetzt wieder über den Bergkamm und Evie war, als ob jemand mit den Fingerspitzen ihre Haut streifen und sie wie in dem Spiel »Blinde Kuh« mit verbundenen Augen im Kreis herumdrehen würde.

»Hier!«, rief Jericho. Will eilte zu ihm und hielt die Lampe über eine Stelle, an der ein einfaches, mit Amuletten behängtes Holzkreuz angebracht war. An seinen Fuß hatte jemand den Schädel eines kleinen Tieres gelegt.

»Glaubst du, das ist es?«, fragte Evie.

Will wischte den Schmutz vom Kreuz und drei ins Holz geschnitzte Initialen wurden sichtbar: YHA. »Yohanan Hobbeson Algoode«, sagte Will. »Fangen wir an zu graben!«

Will stellte die Laterne neben dem Kreuz ab. Jericho und er zogen die Jacken aus, rollten die Ärmel hoch und begannen mit der Arbeit. Evies Aufgabe war es, die Taschenlampe auf die Grabstelle zu richten und die Ohren offen zu halten, aber schon beim geringsten Geräusch zuckte sie so zusammen, dass die Lampe wild hin und her schwenkte.

»Könntest du sie bitte auf uns gerichtet halten«, mahnte Will.

Evie brauchte etwas, das sie ablenkte. Deshalb konzentrierte sie sich darauf, wie Jerichos Unterarme die Schaufel hochwuchteten, beobachtete das Spiel seiner Muskeln und seinen festen Griff. Sie dachte daran, dass sich seine Hand wie ein Schutzschild angefühlt hatte, als er sie auf ihre gelegt hatte. Jericho war ihr in vielerlei Hinsicht ein Rätsel und sie hätte nur allzu gern seine Geheimnisse erfahren, allerdings, ohne sie ihm mithilfe seiner Brieftasche oder seines Lieblingsstiftes zu entreißen; nein, sie wollte, dass er ihr seine Geheimnisse anvertraute, freiwillig, wie ein Geschenk. Wollte beweisen, dass sie vertrauenswürdig und seiner wert war. Aber irgendetwas an Jericho verunsicherte sie. Er hatte etwas Düsteres an sich, so wie sie selbst auch. Niemals würde sie mit einem Mann zusammen sein können, der diesen Wesenszug an ihr, das Dunkle hinter ihrer unbekümmerten Fassade, nicht nachvollziehen konnte, einem Mann, der zwar mit dieser Seite flirten wollte, aber verschreckt davonlief, wenn er mit dem Sturm in ihrem Innern konfrontiert wurde. Sie sah Jerichos starken Händen bei der Arbeit zu und stellte sich vor, wie sie ihre bloße Haut streichelten, stellte sich vor, wie sein Mund schmeckte, wie sein Körper sich auf ihren presste.

Doch ebenso schnell versuchte sie sich von diesen Bildern wieder zu lösen. Jericho gehörte Mabel. Evie dachte an die zahlreichen Briefe ihrer Freundin zu diesem Thema. Aber das waren romantische Schulmädchenfantasien gewesen. Jericho und Mabel waren nicht füreinander bestimmt, sonst hätten sie doch längst zusammen gefunden, oder nicht? Evie konnte Mabel doch nichts nehmen, was sie nie besessen hatte.

Im Stillen schalt sich Evie, derlei auch nur anzudenken. Denn wahrscheinlich brauchte Jericho tatsächlich eine Frau wie Mabel. Die gute, unerschütterliche, vernünftige Mabel, die nie vergessen würde, die Lampen auszuschalten und die Milch hereinzuholen. Ein Mädchen, das sich um alles kümmerte. Evie beschlich das äußerst unangenehme Gefühl, dass sie selbst eher von der nachlässigen Sorte war: Bei ihr lag Kleidung ungefaltet auf dem Bett herum. Hatten Bücher Kaffeeflecken. Wurden Jungen geküsst und innerhalb einer Woche wieder vergessen. Evie wusste das alles, aber das Wissen darum machte es nicht besser.

Ein dumpfes Geräusch war aus dem Grab zu hören, als Jerichos Schaufel auf Holz stieß. Trotz der Kälte waren er und Will in Schweiß gebadet. Jericho sprang in das Grab hinunter, hebelte mit der Vorderkante der Schaufel die Ränder des Sargdeckels auf. Dann stemmte er mit einem Ächzen den Deckel hoch und vor ihnen lag der verweste Leichnam John Hobbes'.

Als James gestorben war, hatte es keine Leiche gegeben, die sie hätten begraben können. Er erhielt zwar ein Grab, das sie jedes Jahr an seinem Geburtstag besuchten, aber es lagen keine Gebeine darin.

Das Skelett von John Hobbes lag friedlich in seinem hölzernen Sarg; es war mit einem schlichten Wollanzug bekleidet und das Pentakel der Bestie hing schimmernd um seinen Hals. Seine Lippen waren mit einem Faden zugenäht worden, der an den Mundwinkeln gerissen war und lange, gelbliche Zähne enthüllte. Sein Körper war eine leblose Hülle, ebenso zerfallen und zerstört wie die verlassenen Hütten der Brethren. Er war nur noch ein Ding. Reglos. Wie ein Stein. Eine Erinnerung. So also sah der Tod aus. Unumstößlich. Und plötzlich verspürte Evie eine merkwürdige Erleichterung darüber, dass sie James' Leiche nicht gesehen hatte, als ließe sich so vortäuschen, er wäre nie gestorben.

Jericho griff in den Sarg hinunter, löste den Anhänger vom Hals der Leiche und reichte ihn Evie nach oben; sie hielt ihn zwischen ihren Fingern wie eine Eidechse am Schwanz. Jericho stieg aus dem Grab und wischte seine Hände an der Hose ab – ein nutzloses Unterfangen, da seine Hose ebenso schmutzig war wie seine Hände.

Evie starrte auf den Anhänger in ihrer Hand. Am liebsten hätte sie ihn weit von sich geworfen und gleich hier und jetzt verbrannt.

»Ich glaube nicht, dass ich ihn länger in der Hand halten sollte«, sagte sie. »Könnte ich mal dein Taschentuch haben, Onkel Will?«

Sorgfältig wickelte sie die schützende Hülle um den Anhänger. Sie wollte ihn gerade an Will weiterreichen, als rechter Hand von ihnen ein hohes Trillern erklang. Evie schwenkte die Taschenlampe in die Richtung, aus der der Ton kam. Zitternd fiel ihr Licht über einige herbstlich aussehende Äste, die aneinanderschabten. Trockenes Laub wehte über den Erdboden zwischen den Grabsteinen. Alles war ruhig, doch dann war wieder der gleiche Ton zu hören, und diesmal kam er von links. Schneller als beim ersten Mal schwenkte Evie die Taschenlampe und ihr Strahl erfasste eine flüchtige Bewegung. Evies Hände zitterten. Ein weiterer trillernder Vogelruf, diesmal von vorn. Dann einer von hinten. Von rechts, von links. Evie kauerte am Rand des Grabes und schwenkte die Lampe wild hin und her.

Dann traten die Männer vom Jahrmarkt ins Licht. Evie zählte fünf, plus den Jungen, der sie mit Schlamm beworfen hatte. Sie trugen Seile und Messer bei sich. Der Junge hielt ein Jagdgewehr fest an sich gedrückt. Es war viel zu groß für ihn.

»Das hier ist Privatgelände. Heiliger Boden«, sagte er.

Hastig verbarg Evie den in das Taschentuch gewickelten Anhänger in ihrer Hand und schob sie hinter ihren Rücken.

»Ja, ja. Natürlich«, sagte Will. Er klang eingeschüchtert, ratlos, und das erschreckte Evie mehr, als es die Männer taten.

»Was treibt ihr hier?«, fragte einer der Männer drohend.

»Wir hatten gehört, dass hier Gold vergraben ist«, sagte Jericho überraschend. »Wir hätten nicht danach suchen dürfen. Das sehen wir jetzt ein. Wir verlassen diesen Ort gleich wieder. Verzeihen Sie, dass wir Sie belästigt haben.« Er bückte sich, um seine Schaufel aufzuheben, doch da durchbrach ein Schuss die Stille des Friedhofs. Jericho erschrak und ließ die Schaufel fallen.

Von hinten kam Jacob Call mit noch rauchendem Gewehr auf sie zu. »Unsere Feinde täuschen uns. Der Herr hat gesagt, in den Zeiten der Drangsal vor dem Jüngsten Gericht wird die Zahl eurer Feinde größer sein als die Sünden der Menschheit. Und sie werden euch täuschen«, predigte er. »Das ist das Wort des Boten des Herrn hier auf Erden, des Seligen Pastor Algoode. Amen.«

»Amen«, sprachen die anderen im Chor.

»Die Rechtgläubigen haben Algoodes Schwur gehalten. Wir harren des Willens und der Absicht des Herrn. Der Komet bestätigt dies: ›Wenn das Licht den Himmel verbrennt wie der Schwanz eines Drachen‹, wird die Bestie erscheinen.‹«

»Sie wird erscheinen! Halleluja!«, riefen die Männer.

»Der Jüngste Tag wird kommen. Gesegnet sind wir. Halleluja!«

»Halleluja«, wiederholten die anderen.

»Bitte! Hören Sie mir zu.« Will streckte eine Hand aus, um die Männer zu beschwichtigen. »John Hobbes ist nicht die Bestie, wie es sein Vater prophezeit hat. Er beabsichtigt nicht, in die spirituelle Welt zurückzukehren. Er vollzieht das Ritual der Opfergaben nur, um anschließend herrschen zu können …«

Unvermittelt versetzte Jacob Call Will einen harten Schlag. »Die Bestie wird die Frevler töten. Sie wird Seuchen und Pest über ihr Sodom und Gomorrha bringen. Die Gläubigen aber werden gesalbt werden.« Er öffnete sein Hemd am Hals, um ihnen zwei Brandmale zu zeigen, und Evie konnte sich gut vorstellen, dass er noch weitere auf seiner Haut trug. »Wir werden an unseren Malen erkannt und verschont werden. Unser großes Heer wird sich erheben und die Bestie in die Höllenfeuer zurückschlagen, wo der Auserwählte auferstehen und verherrlicht werden wird. Er wird in die himmlischen Höhen aufsteigen und mit Pastor Algoode im himmlischen Rat sitzen und dieses Land wird ein gottesfürchtiges sein. Halleluja!«

»Halleluja!«, wiederholten die Gläubigen.

»Und wie wollt ihr die Bestie loswerden, sobald ihre Aufgabe erfüllt ist? Was, wenn sie sich nicht bezwingen lässt? Habt ihr schon einmal darüber nachgedacht? Was, wenn sie nicht auf die Herrschaft verzichten will, nachdem sie sich die ganze Welt untertan gemacht hat?«

»Das ist von Gott vorherbestimmt. Der Weg ist im Buch der Brethren verheißen worden. Er ist Gottes Wille. Was Gott in die Wege geleitet hat, soll kein Mensch durchkreuzen.«

»Halleluja!«

Mit diesen Leuten war nicht vernünftig zu reden. Evie spürte den Hass der Männer. Ihre Überzeugung. Es mochte Will, Jericho und ihr vielleicht gelingen, den Anhänger und den Geist John Hobbes' zu zerstören, aber was danach weiterlebte, konnten sie nicht vernichten. Die Welt war grausam.

Der Junge flüsterte Jacob etwas zu, der Evie daraufhin mit zusammengekniffenen Augen ansah.

»Was verbirgst du, Evastochter?«

»Nichts.« Evie hielt die Hand mit dem Anhänger weiter hinter dem Rücken versteckt.

»Die Hure lügt«, sagte der Junge. Er nahm sein Gewehr von der Schulter.

»Ich glaube dir nicht.«

Evie sah Will an und er nickte ihr zu. Langsam brachte sie die Hand wieder vor den Körper und zeigte ihnen den Anhänger.

»Diebe! Götzendiener! Hurensöhne! Sünder! Was ist die Strafe für die Feinde Gottes?«, wetterte Jacob.

»Sie sollen verbrennen!«, rief einer der Brethren laut. Eine Fackel wurde von Hand zu Hand weitergereicht, bis sie bei einem hochgewachsenen Mann landete, der sie anzündete. Die Flamme warf schaurige Schatten auf die von bleichem Mondlicht beschienenen Baumstämme.

»Das ist nicht euer Ernst«, sagte Will, als eine zweite Fackel entzündet wurde. »Es wird nur die Polizei herbeilocken.«

Einer der Männer begann sich jetzt mit nach oben gewandten Handflächen hin und her zu wiegen und Kauderwelsch zu reden. Speichel schäumte aus seinen Mundwinkeln.

»Ihr werdet Aufmerksamkeit auf euch ziehen, noch ehe die Bestie in Erscheinung treten kann! Und sie wird zornig auf euch sein!«, fuhr Will verzweifelt fort. Inzwischen waren alle Fackeln angezündet worden. Zwei der Männer kamen mit einem Seil auf sie zu und Jericho griff kampfbereit nach seiner Schaufel.

»Bringt die Schwindler zum Schweigen!«, befahl Jacob Call. Die Männer wollten Jericho ergreifen, aber er holte aus und hielt sie mit seiner Schaufel in Schach.

»Lasst uns gehen, wir kommen auch nie wieder zurück«, bat Will. Aber die Männer machten einen erneuten Vorstoß. Jericho holte wieder mit der Schaufel gegen sie aus, worauf der Junge sein Gewehr lud. Sie saßen in der Falle. Hilflos. Den ganzen Weg hierher waren sie umsonst gekommen. Die Grausamkeit der Welt gewann wieder einmal die Oberhand, so wie an dem Tag, an dem ihr Bruder in der Luft zerfetzt worden und nichts von ihm zurückgeblieben war, das sie hätten begraben können, nur unendliche Trauer. Sie waren so gut wie tot.

»Der Herr duldet keine Schwachheit unter seinen Auserwählten«, rief der Junge. Da zerbrach etwas in Evie. Sie starrte den selbstgefälligen, triumphierenden jungen Kerl, der die ganze Welt in Brand setzen würde, um recht zu behalten, wutentbrannt an und spuckte ihm ins Gesicht.

»Dann wird dieser Mistkerl jetzt Gefallen an mir finden«, knurrte sie. Und mit einer einzigen schnellen Bewegung schleuderte sie die Laterne in das Grab, wo ihre Flamme John Hobbes' wollenen Anzug erfasste und seine Leiche in Brand setzte.

»Lauft!«, schrie sie und rannte im Eiltempo auf den Wald zu.

Evies tollkühne Aktion und die plötzliche Hitze des Feuers überraschten und lähmten die Brethren. Sie mussten entscheiden, was nun wichtiger war: die Leiche ihres geliebten Kirchenältesten zu retten oder die Verfolgung aufzunehmen.

Währenddessen stürmte Evie in Richtung des Autos – das hoffte sie jedenfalls, denn inzwischen war es dunkler geworden und alles sah irgendwie gleich aus.

»Will! Jericho!«, rief sie.

»Hier!«, rief Jericho zurück und dann sah sie zu ihrer Rechten sein Hemd durch die Dunkelheit leuchten.

Jetzt liefen alle drei dicht beieinander. Evie hielt den Anhänger noch immer fest umklammert in der Hand. Der Wind nahm zu, fuhr in sie hinein und tönte wie ein Chor zorniger Stimmen. Evie stemmte sich dagegen. Dann hörten sie auf dem Bergkamm über ihnen ein Gewehr knallen. Ein Warnschuss.

»Wo ... steht ... das Auto?«, stieß Evie keuchend hervor.

»Hier entlang!« Jericho zog Evie an der Hand hinter sich her. Dann, endlich, sah sie es zwischen den Bäumen stehen und rannte darauf zu wie auf ein Rettungsboot.

Will riss die Fahrertür auf und schob sich hinter das Lenkrad, während seine Finger schon nach der Kupplung tasteten. »Warum springt das dumme Ding bloß nicht an?«, knurrte er.

»Der Motor ist zu kalt. Wir müssen ihn mit der Handkurbel starten«, sagte Evie.

»Jericho ... du kurbelst«, brachte Will keuchend hervor.

»Ich kaufe dir ein neues Auto, das schwöre ich«, gelobte Evie.

Jericho rannte auf die Vorderseite des Wagens und legte eine Hand auf die Motorhaube, um sich abzustützen. Mit der anderen Hand griff er nach der Kurbel. Wieder war ein Schuss zu hören.

»Jericho! Zieh den Daumen ein, falls die Kurbel zurückschlägt!«, rief Evie. »Sonst brichst du dir den Arm!«

Jericho nickte. Dann kurbelte er – einmal, zweimal.

Der Motor spuckte und hustete, dann erstarb er wieder. Fackeln blitzten in den schattigen Bäumen über ihnen auf. Die Flammen auf dem Bergrücken wurden kleiner, flackerten einen Moment lang nur noch an einer einzigen Stelle auf, fast so, als seien sie verwirrt und unsicher, ob sie den Wäldern ringsumher Licht schenken oder sie zerstören sollten. Jericho drehte noch einmal die Kurbel, doch wie Evie vorausgesehen hatte, schlug die Metallstange zurück und Jericho konnte gerade noch einen Satz nach hinten machen und eine Verletzung vermeiden. Der Motor aber kam zitternd in Schwung – *ta-tacketa, tacketa, tacketa.*

Vom Berg her ertönten jetzt Rufe. Die Fackeln schlängelten sich nun zielgerichtet den Abhang hinunter und ließen eine grimmige Spur von Rauch und Flammen hinter sich. Der Motor stotterte wieder, drohte abzusterben.

»Nein!«, rief Evie laut, als könne ihr Befehl die alte Blechkiste am Laufen halten.

Mit unerbittlicher Entschlossenheit bearbeitete Will die Kupplung, und dieses Mal sprang der Motor tatsächlich an, signalisierte wummernd seine Bereitschaft. Im gleichen Moment, in dem Jericho um den alten Ford herumgelaufen kam, konnte Evie die Umrisse der Männerhorde erkennen.

Dann knallte ein Schuss. Jericho prallte zurück und taumelte in einem furchtbar anzusehenden Tanz rücklings gegen den Wagen.

»Jericho!«, schrie Evie auf.

Jericho stöhnte und sackte in die Knie.

»Will, ich glaube, er ist getroffen worden!«

»Halt den Motor in Gang!«, rief Will. Er eilte Jericho zu Hilfe und Evie rutschte auf den Fahrersitz hinüber. Ihr Herz dröhnte im Takt mit dem Motor des Fords und beinahe reflexartig fing sie an zu weinen, als könnte sie ihre Angst mit ihren Tränen und flacher Atmung vertreiben. Die Männer kamen noch näher.

Will zog Jericho auf den Rücksitz, während Evie aufs Gaspedal trat, ängstlich darauf bedacht, den Motor nicht absaufen zu lassen.

»Was machst du da?«, fragte Will.

»Ich fahre!« Der Wagen setzte sich so ruckartig in Bewegung, dass seine Reifen Kieselsteine und Blätter hochschleuderten, während er rumpelnd auf den unbefestigten Waldweg fuhr. Gewehrschüsse folgten ihnen, aber Evie war zu schnell. Als sie die Schotterstraße erreichten, lag bereits ein Abstand von mehreren Wagenlängen zwischen ihnen.

Jericho hatte den Kopf an den Rücksitz gelehnt und stöhnte.

Evies gab Vollgas und nahm die nächste Kurve in so schwindelerregendem Tempo, dass die Hinterräder seitlich wegrutschten. Will starrte über den Abhang nach unten auf die Lichter im Tal. »Guter Gott!«, stieß er keuchend hervor.

»Mein Vater ist Autohändler«, rief sie. »Ich bin mit allem gefahren, was du dir vorstellen kannst.«

»Wenn du uns nur heil zurückbringst!«

Evie schnitt jede Kurve und geriet einmal ins Schlingern, als sie nur knapp einem entgegenkommenden Fahrzeug ausweichen konnte. Der Ford fuhr wankend auf zwei Rädern weiter, bevor alle vier wieder auf die Straße zurückgeschleudert wurden. Vom Rücksitz hörte sie Will fluchen. Endlich wurden die Lichter der kleinen Stadt vor ihnen sichtbar.

»Wo gibt es denn ein Krankenhaus in dieser Einöde?«, brüllte Evie nach hinten, als sie auf die Hauptstraße des Ortes fuhren.

»Fahr uns zu unserem Gasthof«, wies Will sie an.

»Verdammt, er ist angeschossen worden, Will! Er braucht einen Arzt!«

»Wir können ihn nicht in ein Krankenhaus bringen.«

»Warum denn nicht?« Sie drehte sich zu Will um.

Will sah sie ernst an. »Das erkläre ich dir später. Vertrau mir einfach. Wir kümmern uns um ihn. Und jetzt gib auf die Straße acht!«

Am liebsten hätte Evie laut geschrien, Will angeschrien – wegen der gesamten Situation, wegen der Brüdersekte und wegen Jericho. Das Ganze war der blanke Wahnsinn und es reichte jetzt.

»Ich hoffe, du täuschst dich nicht, Onkel Will.« Sie riss das Steuer herum und fuhr den Wagen vom Stadtzentrum zu ihrem Gasthof.

»Was immer ich jetzt tun werde, hilf mir einfach dabei«, sagte Will, als sie ankamen. Sie zogen Jericho den Mantel über und knöpften ihn bis oben zu. Dann verschwand Will im Haus und kehrte mit zwei Männern zurück, die ihm behilflich waren, Jericho aus dem Wagen zu wuchten und in den Empfangsraum zu schleppen. Die finster blickende Gattin des Gastwirts stand hinter ihrem Tresen und sah dem Trio mit schmallippiger Missbilligung dabei zu, wie sie einen völlig verdreckten jungen Mann, der kaum noch bei Besinnung war, in ihren Gasthof trugen.

»Ich habe dir doch immer vom Lohn der Sünde erzählt«, sagte Onkel Will so laut, dass auch die Gastwirtin es hören konnte.

»Mein Bruder«, fügte Evie hinzu und tat ihr Bestes, zerknirscht und sorgenvoll auszusehen. Sie zitterte noch immer von der eben erst überstandenen Tortur. »Vater bemüht sich so sehr.«

»Diese jungen Leute aber auch heutzutage«, gackerte die Wirtin.

Sobald sie auf ihrem Zimmer waren, legte Will den benommenen Jericho auf eines der Betten und bedankte sich bei den Männern mit einem Trinkgeld. Evie schloss die Tür hinter ihnen und verriegelte sie, während Will sich die Friedhofserde von den Händen wusch und Jericho den Mantel auszog. Evie konnte nicht genau erkennen, wo die Kugel Jericho getroffen hatte. Nirgendwo war Blut zu sehen, obwohl sein mit Schmutz- und Grasflecken übersätes Hemd klatschnass war.

»Evie, ich brauche dich jetzt mal«, sagte Will. »Mach bitte meine Tasche auf und nimm den kleinen Lederbeutel mit dem Reißverschluss heraus.«

Evie fand den Beutel und gab ihn Will. Darin lagen vier kleine Phiolen mit einer sämigen blauen Flüssigkeit und eine ungewöhnlich aussehende Spritze.

»Was ist denn das?«

»Nicht der richtige Zeitpunkt für Erklärungen. Schnell, bevor seine Körperfunktionen versagen. Setz bitte die Phiole in die Spritzenkammer ein.«

Evie tat, was Will befahl, und, ratsch, riss er Jerichos Hemd auf. Evie hatte Mühe zu begreifen, was sie darunter sah. Für einen Augenblick bewegte sich die Welt langsamer. Die Gewehrkugel hatte ein großes Loch unterhalb von Jerichos Herz hinterlassen. Und in dem Loch befand sich ein Mechanismus, ein kompliziertes System aus Messingröhrchen und Drähten.

»Evie!« Wills schneidender Tonfall lenkte ihre Aufmerksamkeit auf das zurück, was jetzt zu tun war. Will nahm ihr ungeduldig die Spritze aus der Hand und klopfte an das Glasgewölbe der Phiole, um die Luftblasen aus der blauen Flüssigkeit zu entfernen.

»Uns bleibt keine Zeit, ihn zu sichern. Er wird aber gleich erst einmal sehr erregt sein.«

»Ich verstehe nicht …«, setzte Evie an, beobachtete aber dann voller Entsetzen, wie Will die Nadel in Jerichos Brust versenkte und den Kolben herunterdrückte.

»Noch eine!«

Evie legte eine zweite Phiole in die Spritze ein, die Will Jericho zügig verabreichte. Jericho rührte sich nicht.

»Noch eine!«

»Nein! Wir brauchen einen Arzt!«

»Ich sagte, noch eine!«

»Verflucht, Will«, murmelte Evie und legte die dritte Phiole ein.

Will wollte die Spritze gerade ansetzen, als Jericho anfing, wie ein Besessener um sich zu schlagen, und vom Bett aufsprang. Mit wilden Augen blickte er suchend um sich, als wüsste er nicht, wo er sich befand und wer sie beide waren. Er holte mit dem linken Arm weit aus und schlug gegen die Lampe, die scheppernd zu Boden fiel. Sein rechter Arm erwischte Will am Kinn, der ganz benommen ebenfalls zu Boden sackte.

»Evie! Du musst ihm die Spritze verabreichen. Sofort!«

Evie bückte sich nach der Spritze, die Will aus der Hand gefallen war, versenkte sie in Jerichos Bein und flüchtete in eine Ecke, da Jericho wild im Zimmer herumtaumelte.

»Jericho …«, flüsterte sie.

Wankend kam er auf sie zu, schwankte einen Moment lang hin und her, dann fiel er bewusstlos auf sein Bett.

Evie stand immer noch geduckt in ihrer Ecke. »Ist er …?«

Will rappelte sich auf, griff sich an seinen anschwellenden Kiefer, zuckte zusammen und sank ebenfalls erschöpft aufs Bett. »Es geht ihm gut jetzt. Lass ihn schlafen.«

Beide schraken hoch, als jemand laut an ihre Zimmertüre klopfte. Will deckte Jericho mit einer Decke zu und Evie lief zur Tür und öffnete sie einen Spalt. Draußen auf dem Gang stand die Frau des Gastwirts und versuchte vergeblich, einen Blick an Evie vorbei ins Zimmer zu werfen. »Was zum Teufel geht denn hier bei Ihnen vor?«

»Mein Bruder ist gestürzt und hat dabei eine Lampe zerstört«, sagte Evie atemlos. »Selbstverständlich wird mein Vater für den Schaden aufkommen.«

»Bei uns verkehren nur anständige Leute. Abschaum will ich hier nicht haben.« Die Frau reckte sich, um über Evies Kopf hinweg ins Zimmer spähen zu können.

»Nein. Natürlich nicht.«

Evie schloss die Tür wieder, setzte sich auf Wills Bett und sah zu, wie er die zerfetzte Haut an Jerichos Brust fachgerecht zunähte. Jericho schlief friedlich wie ein Engel.

»Was war das für eine Flüssigkeit, Will?«

»Ein ganz spezielles Serum. Viel mehr kann ich dir nicht sagen.«

Evies Nerven waren zum Zerreißen gespannt, während ihr Mund versuchte, Worte zu formen. »Was ... was ist Jericho?«

»Ein Experiment«, sagte Will mit äußerster Bestimmtheit wie ein Lehrer, der seine Klasse mit einem Schlusswort entlässt. Er zwickte den hauchdünnen Metallfaden ab und verstaute alle Utensilien in dem Beutel, der auch die Spritze und die Phiolen enthielt. »Wo hast du eigentlich den Anhänger?«

Über dem ganzen Durcheinander hatte Evie ihn völlig vergessen. Sie ging zu ihrem Mantel, nahm den Anhänger aus einer der Taschen und reichte ihn, verschmutzt wie er war, an Will weiter. »Was fangen wir jetzt damit an?«

»Wenn wir wieder im Museum sind, errichten wir einen Schutzkreis. Mithilfe dessen, was du auf der fehlenden Seite gelesen hast, binden wir John Hobbes' Geist an den Anhänger und zerstören ihn danach.«

»Glaubst du, das wird klappen?«

»Ich muss es glauben«, sagte Will.

»Ich möchte, dass du mir von Jericho erzählst«, verlangte Evie.

Will nahm sich eine Zigarette aus der Schachtel und klopfte auf seine Brusttasche. »Wo zum Teufel ist mein Feuerzeug schon wieder?«

»Das verlierst du doch andauernd.« Evie reichte ihm ein Streichholzbriefchen. »Jericho?«

Will zündete die Zigarette an und stieß eine Rauchwolke aus. »Ich denke, es ist das Beste, wenn er dir selbst von sich erzählt. Es ist seine Geschichte, nicht meine.« Er machte eine Pause. »Evie, du hast deine Sache heute Abend sehr gut gemacht«, sagte er dann und wollte ihr die Hand reichen. Aber Evie ignorierte seine Geste. Falls sich Will darüber ärgerte, ließ er es sich jedenfalls nicht anmerken. »Ich glaube, angesichts unserer Besucher von heute Abend sollten wir noch vor Sonnenaufgang aufbrechen«, sagte Will. »Aber jetzt musst du dich ein wenig ausruhen.«

Evie schüttelte den Kopf. »Ich werde bei Jericho Wache halten.«

»Das ist nicht nötig. Es geht ihm jetzt gut.«

»Ich will aber Wache halten.«

»Es ist wirklich nicht nötig …«

»Will! Jemand muss ein Auge auf ihn haben!« Evies Stimme klang gleichermaßen ärgerlich und flehend; die Schrecken des Abends mündeten in ihrer Weigerung, sich von Jerichos Seite zu entfernen.

Will nickte. »Also gut. Dann schlafe ich heute Nacht in deinem Zimmer.«

Kurz darauf hörte Evie seine Schritte durch die dünne Wand; wahrscheinlich ging er rauchend im Zimmer auf und ab. Sie befeuchtete ein Handtuch und wischte sanft den Schmutz und das

Serum von Jerichos Wunde. Dann kroch sie in Wills Bett, legte sich auf die Seite und sah zu, wie sich Jerichos Brust hob und senkte. Sie wachte, solange sie konnte. Doch dann übermannte sie ihre eigene Erschöpfung und sie glitt in einen unruhigen Schlaf voller Träume.

Das Wehklagen der Witwe

Dauerregen prasselte auf die verlassenen Stände und verstummten Karussells der Strandpromenade von Coney Island, als Mary White Blodgett mit rasendem Herzen und dem Gefühl aus ihrem Morphiumnebel erwachte, dass die Welt sich zu schnell um ihre Achse drehte. Sie wollte gerade nach ihrer Tochter rufen, da fiel ihr ein, dass Eleanor ja ins Casino gegangen war.

Heftiger Schmerz wanderte ihren Arm empor. Oh, wie sie wünschte, man würde ihr mehr Morphium geben! Wenn sie die Stunden durchstehen wollte, bis ihre undankbare, bösartige Tochter nach Hause kam, musste sie ihren Geist beschäftigt halten. Sie schloss die Augen und dachte an die Zeit, als sie noch eine bedeutende Frau gewesen war.

Oh ja, Ballkönigin war sie gewesen, ehe sie geheiratet hatte, und für ein Mädchen mit so bescheidenen Mitteln hatte es Verehrer in Hülle und Fülle gegeben. Aber ganz besonders angetan hatte es ihr Ethan White. Älter als sie, gehörte er zu der herrischen, peniblen Sorte Mann, die zwar alles andere als romantisch war, dafür aber ein Händchen für Geschäfte hatte, was ihr ein komfortables Leben bescherte. Über ihre Hochzeit wurde sogar in den Zeitungen von Poughkeepsie berichtet. Ethan verdiente sein Geld mit Ölspekulationen. Irgendein verstaubtes Nest in Texas hatte das schwarze Gold ausgespuckt und die Gewinne flossen auf das Bankkonto der Whites.

Bei ihnen aß man Kaviar, sie besaßen ein Haus im Norden der Stadt und hatten Logenplätze in der Oper, für die Mary an sich nicht viel übrighatte, die sie aber trotzdem besuchte, damit das Publikum sie in ihren Pelzen und Juwelen bewundern konnten, sie, die große Mrs Ethan White.

Von dem Mädchen in Lubbock hatte sie gewusst. Sie hätte auch keine Einwände erhoben, wenn Ethan sich das Mädchen weiter als Geliebte gehalten und diskret mit der Angelegenheit umgegangen wäre. Aber dieses Mädchen war in anderen Umständen und Ethan entwickelte plötzlich romantische Vorstellungen von ritterlichem Verhalten. Er hatte tatsächlich die Absicht, Mary zu verlassen. Mary war schockiert. Nie wieder würde sie in den vornehmen Rängen des Opernhauses sitzen und auf all die kleinen Leute hinabblicken können, die ihrerseits zu ihr aufsahen und sie um ihr Leben beneideten. Mitleidig würden sie sie jetzt betrachten. Mitleid aber konnte Mary White nicht ertragen. Sie lieferte sich Kämpfe mit Ethan, flehte ihn sogar an – dabei flehte Mary niemals, und selbst jetzt noch, da sie schweißnass von ihrem Morphiumrausch im Bett lag, presste sie angesichts dieser unangenehmen Erinnerungen die Lippen fest aufeinander –, aber Ethan hatte sich entschieden. Gleich morgen wollte er zu seinen Anwälten gehen und die notwendigen Papiere aufsetzen lassen. Für sie würde gut gesorgt sein, solange sie den Mund hielt und keinen Wirbel darum machte.

Mary hatte nicht vor, zur Zielscheibe von Klatsch und Tratsch zu werden.

Ethan nahm jeden Abend ein Glas Sherry zu sich, um seine Nerven zu beruhigen. Auch an diesem Abend ließ Mary das Dienstmädchen ein Glas davon bringen und mischte Arsen darunter, das sie für die Feldmäuse bereithielten, die versuchten, sich im Rübenkeller häuslich einzurichten. Danach saß sie im abgedunkelten Schlafzimmer in ihrem Schaukelstuhl und las in einem Gedichtband von John Donne, während ihr Mann sich auf dem Bett krümmte und eine zur Klaue verkrampfte Hand nach ihr, seiner

Ehefrau, ausstreckte, die seelenruhig Seite für Seite umblätterte. So wurde Mary mit nur vierundzwanzig Jahren eine sehr vermögende Witwe. Sie packte ihren Trauerschleier und alles, was von Wert war, ein und zog ins Plaza-Hotel nach Manhattan.

Ein knarzendes Geräusch riss Mary aus ihren Erinnerungen und sie lag da und lauschte alarmiert, bis sie überzeugt war, dass es wohl nur der Wind gewesen war, der gegen den Bungalow peitschte.

Auch die Nacht, in der sie Johnny zum ersten Mal begegnet war, war stürmisch gewesen, sechs Monate etwa, nachdem sie in der Cooper Union die große Theosophin Madame Blavatsky gehört hatte. Mary war fasziniert von der russischen Dame und ihren Anschauungen über die sich stetig fortentwickelnde Menschheit, ihre Verbindung zum Göttlichen und zum Reich der Geister. Sie traf sich im Privaten mit der bedeutenden Frau und bat sie, ihr esoterisches Wissen an sie weiterzugeben, im Austausch gegen finanzielle Mittel. »Sie werden einem Mann begegnen, der Ihnen die Tür zu einer anderen Welt öffnet«, sagte Madame Blavatsky. Schon am folgenden Tag bot ihr während eines Platzregens, in den Mary geraten war, ein Mann mit fesselnden blauen Augen an, sie in seinem Wagen heimzufahren. Sein Name war John Hobbes und er teilte ihre Faszination für das Mystische. Er gestand ihr, dass er der Nachfahre einer heiligen Bruderschaft wäre, die sich die Brethren nannte, und auserwählt sei, ihre Mission auf Erden zu erfüllen. Er zeigte Mary allerhand Wundersames, das sie sich nicht erklären konnte, und gab Wissen an sie weiter, dessen Existenz sie niemals für möglich gehalten hätte. Er bekehrte sie auch zu seinem Glauben und versprach ihr, dass ein strahlender Weg vor ihr läge, denn sie würde seine Sonne sein.

Es waren der Glaube an das Schicksal und die Selbstgefälligkeit, die Mary und John miteinander verbanden. Die beiden waren über alle Regeln und Gesetze erhaben. Sie existierten auf einer höheren Ebene und zu einem höheren Zweck. Vor ihren Abenteuern in der Welt der Geister war Mary von gelegentlichen Zweifeln heimgesucht worden, ob das, was sie Ethan angetan hatte, rechtens gewesen war. Doch mit Johns Hilfe erkannte sie, dass sie nach einem vorbestimmten Plan gehandelt hatte: Hätte sie Ethans Frevel nicht bestraft und sein Geld nicht geerbt, wäre sie niemals in der Lage gewesen, John in seiner Mission zu unterstützen. Und deshalb war es gut und richtig, dass sie ihren Mann in jener Nacht in seinem Bett getötet hatte. Es hatte so sein sollen.

Eine Bodendiele knarrte im Haus, aber Mary nahm das Geräusch nur flüchtig war; zu sehr war sie in ihren Tagträumen gefangen. Sie dachte daran zurück, wie John ihr das alte Buch mit den elf Opfergaben gezeigt und erklärt hatte, was seine Absicht und zu welchem Zweck er auserwählt worden war. Zugegeben, anfangs hatte sie noch Vorbehalte gehabt. Hatte sich sogar gefürchtet. Aber John hatte sie erst sanft geküsst, dann stürmisch, hatte sie auf eine Weise überwältigt, die sie liebte und nach der sie sich sehnte, und sie war ganz und gar sein gewesen. Er war ihr Gott. Und sie, Mary White, war seine heilige Gefährtin. Die Bestie würde aufsteigen. Die Welt würde in Flammen aufgehen und eine neue Gesellschaft würde sich aus ihrer Asche entfalten. Und sie beide würden wie König und Königin regieren. Sie, die kleine Mary, die aus dem Nichts kam. Und als John später wusste, dass man ihn verurteilen würde – ein Opfer größer noch als jenes vor bald zweitausend Jahren –, hatte Mary seine Anweisungen befolgt und die Friedhofswärter und einen Fahrer bestochen, seine Leiche heimlich des Nachts durch New Yorks holprige Straßen zu fahren. Sie hatte ihn oben in den Hügeln hinter den Ruinen des alten Dorfes begraben und, wie versprochen, Knowles' End vor dem Abriss oder neuen Eigentümern bewahrt, indem sie jeden Monat ihre Steuern zahlte, obgleich dies ihr Vermögen fraß und sie dafür in einer Baracke leben musste. Zu diesem Punkt hatte John sich sehr bestimmt geäußert, und als sie ihn nach dem Grund dafür fragte, hatte er ihr keine Antwort gegeben. Es war das einzige Geheimnis, das er nicht mit ihr teilte.

Die Dielenbretter ächzten laut.

»Wer ist da? Wer ist denn da?« Mary zog die Decke bis zum Hals hoch. »Ich bin nur eine alte Frau! Was wollen Sie von mir?«

Wieder knarzte es. Aber es war nicht der Wind, der wütend an einem Fensterladen rüttelte. Das Geräusch kam zweifellos von drinnen, kam ganz bestimmt von einem Dielenbrett. Ach, warum nur hatte sie zu Eleanor gesagt, sie könnte heute Abend ausgehen?

Das Knarzen kam jetzt von der anderen Seite des Vorhangs und hörte dann auf. Marys Blut pochte in ihren Ohren.

»Wer … wer?«, stieß sie krächzend hervor.

Da öffnete sich der Vorhang nach und nach und das ganze Zimmer wurde von goldenem Glanz erfüllt. Mary White gab einen kleinen Freudenschrei von sich.

»Ich wusste, dass du kommen würdest!«

John Hobbes näherte sich langsam dem Fußende von Marys Bett. Er trug kein Hemd und Mary starrte staunend auf die schwarzen Symbole, die sich auf seiner schimmernden Haut kräuselten. Aber warum eilte er nicht auf sie zu und umarmte sie? War sie denn so gealtert, dass er sich abgestoßen fühlte? Ihre Gestalt und ihr Gesicht waren ja nur eine Hülle; sie beide waren doch im Geist verbunden. Bald würde er sie zu seiner Königin machen, zu seiner Sonne! Er war zu ihr zurückgekehrt, so wie er es gesagt hatte.

»Ich bin dir treu geblieben, wie versprochen, John, und habe das alte Haus behalten.«

John schwieg. Nur das Geräusch des Regens war zu hören, das gespenstische Heulen des Windes. Blitze zuckten gleißend hell am Himmel vor ihrem Fenster und erleuchteten sein Gesicht von der Seite. Seine Augen … etwas stimmte nicht mit seinen Augen.

»Johnny. Johnny, mein Liebster …« Tränen sammelten sich in ihren Augenwinkeln. »Du bist so lange fort gewesen. Lass mich dich ansehen.«

Doch er sprach immer noch nicht. Da wurde Mary ärgerlich. Hatte sie nicht ihren Teil der Abmachung all die Jahre über eingehalten?

»›Siehe, und die Bestie war Gestalt geworden und sprach in Feuerzungen und die Himmel bebten bei seinem Klang.‹«

Wieder stieß Mary White einen kleinen erstickten Freudenruf aus. Seine Stimme! Nach all den Jahren immer noch so klangvoll. Immer noch so überwältigend.

»Ja, ja, mein Liebling … Sprich zu mir, deiner demütigen Dienerin …«

»Du musst etwas für mich aufschreiben, Mary.«

»Ja, Liebster. Alles, was du willst.«

Ein Zettel tauchte wie durch Zauberei in ihren Händen auf, ebenso wie ein Stift. Er sagte ihr, was sie notieren und dass sie den Zettel in ihre Jackentasche stecken sollte, damit man ihn dort finden konnte.

»Ihn dort finden? Ich verstehe nicht, Johnny …«

»›Als aber die Witwe anhob zu klagen, schwiegen alle Zungen und die Himmel öffneten sich auf ihre Schreie hin …‹«

Nein! Da stimmte etwas nicht! Doch nicht das zehnte Opfer! Das elfte meinte er: die Vermählung der Bestie mit der sonnenbekleideten Frau. Sie war doch seine Sonne. Sie würden miteinander verbunden werden. Und sie würde unsterblich werden, genauso wie er. Sie würden …

»Und so wurde das zehnte Opfer dargebracht.«

»John. John!«

»Blicke auf meine neue Gestalt und staune!«

All die Liebe, die Mary für John empfunden hatte, verwandelte sich in nackte Angst. Denn im zuckenden Rhythmus der Blitze draußen kam die Bestie zum Vorschein: zuerst ein Flügel. Dann eine Klaue. Zahnspitzen, scharf wie Rasiermesser. Schließlich die Augen. Stechende, unergründliche Augen, die Fenster zur Seele, doch in diesen beiden Flammenteichen fand sich keine Seele. Wie in einem aufgeschlagenen Buch las Mary darin die Heucheleien ihres Lebens, erkannte den törichten Glauben, dass sie, dass irgendwer den Gesetzen dieser Welt entkommen, dem Tod entgehen könnte. Das war die eigentliche Täuschung. Die wahre Schlange im Garten des Paradieses. *»Und Erde sollst du essen dein Leben lang …«*

»Sieh mich an.«

Und Mary White sah ihn und staunte und konnte den Blick nicht wenden von seinem Anblick, konnte das Stocken des Atems in ihrer Kehle, in der der Schrei erstarb, noch ehe er ihre Zunge erreichte, nicht verhindern.

An der Küste wirbelte der Wind den Sand zu kleinen Hügeln auf, baute sie wieder ab und trug die Körner weiter mit sich. Die Männer, die in den Schaubuden arbeiteten, packten Karten und Würfel zusammen. Ein Hund bellte und wurde mit Hotdog-Resten belohnt. Die bärtige Dame seufzte an ihrem Fenster; ihr Liebster hatte sich verspätet. Der Erdball drehte sich und schwankte, von einem unsichtbaren Finger angestoßen. Ein feiner grauer Nebelschleier zog am Nachthimmel vorbei; der Mond duckte sich hinter ihn und verbarg sein Gesicht vor Kummer und Gram.

Sergeant Leonard

Jericho hievte sich in die Sitzposition und stöhnte vor Schmerzen. Seine Brust fühlte sich wund an und er trug kein Hemd. Ein Teil der verblassten Narbe, die sich über seinen breiten Brustkorb zum Bauch hin schlängelte, war unter einer weichen Daunendecke verborgen. Doch jetzt war dort noch eine neue Wunde – ein zugenähtes Loch über seinem linken Brustmuskel –, und plötzlich erinnerte Jericho sich daran, wie die Männer sie im Wald umzingelt hatten, wie ein Schuss losgegangen war, und auch an den Einschlag der Kugel konnte er sich wieder erinnern. Er fügte zusammen, was sich abgespielt haben musste, und mit zunehmendem Entsetzen wurde ihm klar, dass Evie inzwischen Bescheid wissen musste. Und dennoch lag sie da, im Bett neben seinem, und schlief in ihren Kleidern und in ihren Schuhen. Sie war also bei ihm geblieben, so viel verstand er. Sie hatte die Wahrheit herausgefunden und sich trotzdem entschieden, bei ihm zu bleiben.

Jericho legte sich auf die Seite und sah zu, wie sie nur eine Armlänge von ihm entfernt atmete. Sie sah im Schlaf nicht eben schön aus; ihr Mund stand offen und sie schnarchte leise, aber er musste, trotz allem, was geschehen war, darüber lächeln. Im Traum rührte und streckte sie sich und er sah rasch zur Seite. Der erste Schimmer der Morgendämmerung fiel durchs Fenster. Die winzige Blechuhr auf dem Nachttisch zeigte zehn nach fünf. Evie schlug die Augen auf und Jericho zog schnell die Decke hoch, um seine Narben zu bedecken.

»Jericho?«, fragte Evie noch schlaftrunken.

»Was ist passiert, Evie?«

»Sie haben dich angeschossen. Und Onkel Will und ich haben dich hierher zurückgefahren«, sagte sie behutsam. »Jericho, was ist in diesen blauen Ampullen drin?«

»Wie viele habt ihr mir gegeben?«

»Drei.«

»Hab ich … hab ich dich oder Will verletzt?«

»Nein«, log sie. »Jericho, bitte.«

»Du würdest es nicht verstehen«, sagte er sanft.

»Bitte sag das nicht andauernd.«

»Aber es ist so.«

»Wenn du es mir nicht sagst, kann ich es auch nicht verstehen.«

»Die Kinderlähmung. Es gab da gar kein Wunder. Sie hat in mir gewütet, genauso wie in meiner Schwester. Erst hat sie meine Beine, dann meine Arme und schließlich meine Lunge lahmgelegt. Da haben sie mich in die eiserne Lunge gesteckt und mir gesagt, dass ich für den Rest meines Lebens dort drin bleiben müsste. Gefangen. Dass ich nie wieder selber würde atmen können. Nie wieder gehen oder reiten. Nie andere berühren.« Sein Blick flog über Evies Körper. »Dass ich bis an mein Lebensende nie wieder etwas anderes würde tun können, als an die Decke über mir zu starren. Nach dem Krieg kehrten Soldaten heim, denen Arme und Beine fehlten. Männer, die Gewehrkugeln zerfetzt hatten. Und es gab da so eine neue Erfindung, an der sie im Geheimen herumexperimentierten – das Dädalus-Programm – und mit der sie den Heimkehrern helfen wollten.«

»Was denn für eine Erfindung?«

Jericho holte tief Luft. »Eine Mischung aus Mensch und Maschine. Eine Mensch-Roboter-Kreuzung«, sagte Jericho. »Alles, was im Krieg oder durch eine Krankheit unwiederbringlich zerstört war, sollte durch Stahl, Drähte und Zahnräder ersetzt werden. Wir sollten *das* Wunder des Industriezeitalters werden. Humanoide. Du starrst mich so an …«

Evie sah schnell zur Seite. »Es … es tut mir leid. Aber es klingt so fantastisch. Ich verstehe nur nicht …« Sie sah ihn wieder an. »Bitte.«

»Wir waren die Testpersonen«, fuhr Jericho fort. »Sie haben uns lediglich gesagt, dass der Mechanismus unsere defekten Teile ersetzen und sich mit der Zeit mit unserem menschlichen Organismus verbinden würde. Und erreicht wurde das mithilfe eines neuen Wunderserums – der blauen Flüssigkeit – und einem Vitamintonikum. Es sollte das Gleichgewicht zwischen unseren beiden Identitäten aufrechterhalten. Wir würden die Menschheit verändern, versprachen sie uns.«

»Das ist wirklich erstaunlich. Aber warum stand es nicht in allen Zeitungen? Warum ist das nicht *die Story*, seit Moses die Zehn Gebote vom Berg Sinai mitgebracht hat?«

»Weil das Experiment fehlgeschlagen ist«, sagte Jericho bitter.

»Aber … ich verstehe nicht.«

»Ich habe dir ja gesagt, es gab noch andere Testpersonen.« Jericho rollte mit dem Finger eine leere Ampulle auf seiner Handfläche hin und her. »Ihre Körper vertrugen entweder die Rezeptur oder den Mechanismus oder auch beides nicht. Ein paar Tage, manchmal auch ein paar Wochen lang schien es ganz gut zu funktionieren, doch dann fingen die Testpersonen meist an zu fiebern, weil eine Infektion in ihren ohnehin zerstörten Körpern wütete, was bewies, wie menschlich sie im Grunde waren. Aber die, die daran starben, hatten noch Glück.«

»Glück?«, fragte Evie ungläubig.

Jerichos Miene wurde finster. »Ja, denn manche wurden auch wahnsinnig. Sie sahen Dinge, die nicht existierten, und redeten mit dem Nichts. Sie wüteten und stießen Prophezeiungen aus. Oder sie gerieten völlig außer sich, bis die Pfleger kommen und sie fixieren mussten; allein, um sie auf dem Bett festzuhalten, bedurfte es jede Menge Männer. Die Ärzte setzten sie unter Drogen, während sie sich die Köpfe darüber zerbrachen, was zu tun sei. Ich habe mitangesehen, wie sich die Kranken mehr und mehr in sich zurückzogen – und schließlich nur noch Hülsen waren, die man zum Sterben in die Irrenanstalten brachte.«

Jericho legte die Ampulle auf den Nachttisch neben sich. Das Glas schimmerte immer noch bläulich. »In dem Bett neben mir lag damals ein Soldat. Sergeant Barry Leonard aus Topeka. Ich weiß noch, wie er zu mir sagte, wenn ich wissen wollte, wie es in Topeka wäre, dann solle ich mir einfach die Hölle mit einem Laden für Nähzubehör vorstellen. Einem Laden, in dem es außerdem nichts gab, was man kaufen wollte. Er war ein ziemlich lustiger Bursche.«

Jericho grinste, da er sich offenbar an etwas Persönliches erinnerte, dann wurde seine Miene wieder ernst.

»Er war ohne Beine und mit nur einem Arm aus dem Krieg heimgekehrt. In seinem Bett lag weniger als ein halber Mann. Die Leute liefen einfach an ihm vorbei, sie warfen nicht mal einen Blick auf ihn. Es war, als ob sie fürchteten, sein Pech könnte auf sie abfärben. Sein Schmerz flößte ihnen mehr Furcht ein als der Tod.«

Evie beugte den Arm und stützte ihren Kopf mit einer Hand ab. Jericho setzte sich aufrecht hin und hüllte schnell das Leintuch um sich, aber vorher gelang es Evie, noch einen verstohlenen Blick auf seine Brust zu werfen – auf das weiche, goldschimmernde Brusthaar, den wohlgeformten Muskel, die lange, ältere Narbe neben der neuen. Am liebsten hätte sie ihn berührt, ihn mitten auf die Brust geküsst.

»Man hat den Sergeant und mich in das Dädalus-Programm aufgenommen und gesagt, wir wären beide gute Kandidaten. Sie haben uns gemeinsam in unseren Rollstühlen in den OP geschoben. Kurz bevor sie mich mit Äther betäubten, sah ich noch, wie Sergeant Leonard mich angrinste. ›Lass dich ja nicht für dumm verkaufen, Junge.‹ Das war sein Standardspruch.« Jericho lächelte traurig. »Ich kann mich gut daran erinnern, wie es war, zum ersten Mal nach Monaten wieder mit den Zehen zu wackeln. Nicht zu glauben, wie wunderbar so ein großer Zeh sein kann. Oder wie ich zum ersten Mal wieder nach draußen gehen und die Sonne auf meinem Gesicht spüren konnte …«

Er schüttelte den Kopf. »Ich wollte nichts als die Arme ausstrecken und die Sonne zu mir herunterholen, sie wie einen Ball festhalten, den man als Kind zum Geburtstag bekommen hat und nicht mehr loslassen möchte. Innerhalb einer Woche konnte ich wieder laufen. Meilenweit, ohne zu ermüden. Sergeant Leonhard lief neben mir und ermunterte mich, durchzuhalten. Als wir aufhörten, klopfte er mir wie einem Bruder auf die Schulter und meinte, wir beide wären eine neue Art, wir beide wären die Zukunft. Und wie er das sagte – voller Staunen und Hoffnung …« Jericho schüttelte die Erinnerung mit einem Schulterzucken ab. »Wir saßen immer zusammen auf der Bank im Hof, sahen zu, wie die Sonne unterging, und erfreuten uns an ihrer Beständigkeit.«

Evie hätte gern etwas dazu gesagt, aber es fiel ihr nichts ein, das nicht schal geklungen hätte. Außerdem erzählte Jericho ihr endlich die Geschichte, die sie schon immer hatte hören wollen, und sie wollte keinesfalls den Zauber brechen.

»Mit seiner Hand fing es an.« Jericho machte eine Pause, trank einen Schluck von Evies Wasser und erzählte weiter. »Eines Tages konnte er keine Faust mehr machen. Ich kann mich noch ganz genau an diesen Augenblick erinnern. Er wandte sich zu mir und sagte: ›Es ist fast so, als wäre diese gottverdammte Hand betrunken. Junge, du hast sie dir doch nicht geschnappt und schnell ein Bierchen damit gehoben, während ich geschlafen habe?‹ Das klang wie ein Witz. Aber ich wusste, dass er Angst hatte. Er hat den Ärzten nichts davon gesagt. Hat nach wie vor behauptet, er wäre so gesund und munter wie ein Fisch im Wasser.«

Jericho nestelte am Saum seines Lakens herum, zog es straff, dann ließ er wieder locker.

»Er wurde oft entsetzlich launisch. War aufgewühlt. Einmal warf er so heftig einen Teller mit Kartoffeln an die Wand, dass ein Loch darin zurückblieb. Der Blick in seinen Augen war gequält. Er bat mich, wieder einmal mit ihm laufen zu gehen. Da rannte er mich in Grund und Boden. Er konnte oder wollte nicht mehr aufhören. Ich ließ ihn einfach weiterlaufen, konnte nicht mehr mithalten. Später sah ich ihn draußen im Regen stehen. Er stand nur da und ließ sich nass regnen. Ich lief hinaus, um ihn hereinzuholen, und da sagte er: ›Es ist, als ob mein Inneres überquellen würde. Es drängt und stößt und kann nirgendwohin.‹ Ich konnte ihn überreden, ins Haus zurückzukehren und sich ein wenig hinzulegen. Da hörte ich ihn im Dunkeln flüstern: ›Bitte … bitte … bitte.‹ Und eines Nachts ist er dann ziemlich durchgedreht. Er riss sich die Kleider vom Leib, rannte wie ein Affe durchs ganze Krankenhaus, hängte sich an die Rohre und zerschmetterte Fenster. ›Ich bin die Zukunft‹, brüllte er. Vier Pfleger schafften es schließlich, ihn einzufangen und an sein Bett zu schnallen. Der Arzt kam hinzu und erklärte seinen Zustand für nicht mehr stabil. Sie müssten das Experiment beenden, zu seinem eigenen Besten.«

Jericho vergrub einen Moment lang den Kopf in seinen beiden Händen, bevor er fortfuhr.

»Er brüllte sie an und schrie immer wieder: ›Das könnt ihr mir nicht antun. Ich bin ein Mann! Seht mich doch an – ich bin ein Mann!‹ Sie verabreichten ihm eine Spritze mit irgendeinem Mittel, um ihn ruhigzustellen, aber er schlug weiter wild um sich und schrie, er sei ein Mann, er hätte Rechte, sie müssten ihm nur eine Chance geben, nur eine gottverdammte Chance. Dann entfaltete das Mittel seine Wirkung und er konnte sich nicht länger wehren. Als sie ihn in seinem Rollstuhl hinausschoben, weinte, bettelte und flehte er Gott und die Pfleger an, ihm zu helfen.« Jericho schüttelte den Kopf, weil er wohl an etwas dachte, das nicht in Worte zu fassen war. »Sie machten den gesamten Vorgang rückgängig, hörte ich. Und was noch schlimmer war, sie mussten ihm auch noch den anderen Arm abnehmen. Die Infektion hatte sich im ganzen Körper ausgebreitet.«

Jericho verstummte. Draußen versuchte jemand in der kalten Luft, ein Auto zu starten. Aber der Motor stotterte nur.

»Er hat sich mit seinem Gürtel in der Dusche aufgehängt.«

»Oh Gott«, sagte Evie. »Wie grauenhaft.«

Jericho nickte mechanisch. »Sie haben nie herausgefunden, wie er das geschafft hat – ohne Arme und Beine.«

Der Motor des Wagens kam jetzt in Gang und Evie und Jericho lauschten seinem tröstlich surrenden Geräusch, bis er plötzlich aufheulte und der Wagen davonfuhr. Jerichos Stimme wurde immer leiser.

»Es war spät und ich hatte schon geschlafen. Ich wachte auf, weil er neben mir weinte. Im Schlafsaal war es dunkel bis auf das Licht, das von der Schwesternstation hereinschien. ›Junge‹, sagte er zu mir, und seine Stimme … seine Stimme klang schon geisterhaft. Als wäre dieser Teil seines Körpers bereits gestorben und nur zurückgekehrt, um noch den Rest zu holen. ›Junge, das hier ist schlimmer als Topeka.‹ Er erzählte mir, dass er während des Krieges einmal auf einen deutschen Soldaten gestoßen war, der mit hervorquellenden Eingeweiden im Gras lag; er lag da und rang mit dem Tod. Der Soldat sah zu Sergeant Leonard auf, und obwohl die beiden nicht die gleiche Sprache sprachen, verstanden sie sich mit einem Blick. Der Deutsche, der dort unten auf dem Boden lag, und der Amerikaner, der über ihm stand. Er schoss dem Deutschen eine Kugel in den Kopf. Nicht aus Wut und nicht als Feind, sondern als Mitmensch, als Soldat, der einem anderen hilft. ›Ein Soldat, der einem anderen hilft.‹ So hat es Sergeant Leonard ausgedrückt.« Wieder schwieg Jericho einen Moment lang. »Dann hat er mir gesagt, was ich für ihn tun sollte. Dass ich es nicht tun müsste. Dass er aber, sollte ich es doch tun, dafür sorgen würde, dass Gott mir vergeben würde, falls ich mir deswegen Sorgen machte. Ein Soldat, der dem anderen helfe.«

Jericho schwieg. Evie hielt so still, dass sie dachte, es würde sie zerreißen.

»Ich fand Leonards Gürtel in der Kommode und hob ihn in den Rollstuhl. Auf dem Weg zum Duschraum war alles ruhig im Gang. Ich weiß noch, wie sauber der Boden war, fast wie ein Spiegel. Ich musste ein neues Loch in den Gürtel hineinbohren, um ihn an seinem Hals befestigen zu können. Selbst ohne Arme und Beine hatte er noch ein ziemliches Gewicht, aber ich war stark. Kurz vorher sah er mich noch einmal an und den Ausdruck in seinem Gesicht werde ich mein Leben lang nicht vergessen – als hätte er soeben ein großes Geheimnis durchschaut, gegen das er sich aber nicht mehr verwehren konnte. ›Ein mieses Spiel ist dieses Leben, Junge. Ergib dich bloß nicht kampflos‹, sagte er.«

Schweigen. Ein Hund bellte in der Ferne. Ein Windstoß fuhr gegen das Fenster, wollte eingelassen werden.

»Danach brachte ich den Rollstuhl zurück und stellte ihn an seinen Platz. Dann schlüpfte ich unter meine Decke und tat so, als ob ich schlafen würde, bis der Morgen kam und sie ihn fanden. Erst dann schlief ich ein. Zwölf Stunden schlief ich durch.«

Evies Kehle war trocken, aber sie wollte nicht nach ihrem Wasserglas greifen. Sie schluckte, um das Kratzen in ihrem Hals zu lindern, und versuchte es so leise wie möglich zu tun; einen Moment später fuhr Jericho fort.

»Ich weiß nicht, ob sich die Geschichte mit dem deutschen Soldaten wirklich zugetragen oder ob er sie nur erfunden hat, damit ich ihm helfe. Tut auch nichts zur Sache. Genauso wenig wie die Vergebung Gottes. Nach dem Tod von Sergeant Leonard wurde das Dädalus-Programm jedenfalls beendet. Es war zu riskant. Die Ärzte und Wissenschaftler wollten die Behandlung auch bei mir einstellen. Sie fürchteten sich vor dem, was noch passieren könnte, und hätten mich wohl auch sofort wieder in die eiserne Lunge gesteckt, wo ich verrottet wäre, aber dein Onkel griff ein. Er sagte, er wolle mich zu sich nach Hause holen, damit ich dort in Würde sterben könne. Dann lud er einen ganzen Kasten mit Serum voll. Für die anderen Wissenschaftler existiere ich schon seit zehn Jahren nicht mehr. Und hätte Will mich nicht bei sich aufgenommen, ich würde immer noch in diesem Sarg stecken und an die Decke starren, ohne dass mir irgendein Soldat zu Hilfe käme.«

Evie setzte sich auf. »Aber du bist doch geheilt. Du könntest der Beweis eines unglaublichen medizinischen Fortschritts sein.«

»Geheilt?«, sagte Jericho spöttisch. »Ich lebe Tag für Tag mit dem Wissen, dass etwas schiefgehen kann und ich wieder in dem Eisensarg lande. Ich bin inzwischen der Einzige meiner Art. Halb Mensch, halb Maschine. Ein Monster.«

»Du bist kein Monster.«

»Ich weiß gar nicht mehr, was ich bin«, sagte Jericho. Er sah Evie an. »Aber auch du bist anders.«

»Es scheint so.«

»Darin sind wir uns ähnlich.« Jericho streckte die Hände aus und griff nach Evies. Er drehte ihre Handflächen nach oben und strich sanft mit den Daumen über die Innenseite ihrer Handgelenke. Wie wunderbar weich sich ihre Haut anfühlte. Jericho wusste nicht, ob er wie ein normaler Mann funktionierte. Er wusste nur, dass er wie einer fühlte. Und er begehrte Evie. Begehrte sie unendlich. Und während seine Hände auf den ihren lagen, stellte er sich vor, wie er sie küsste, wie sie sich lieben würden. Sie war verwöhnt und oft auch etwas eigensüchtig, eine Partymaus mit einem erstaunlich großen Herz. Sie lief mit ungebremster Kraft aufs Leben zu, während er sich stets zurückhielt, nichts riskierte. Sie schenkte ihm Lebendigkeit und davon wollte er mehr.

Es klopfte laut an der Tür und Evie fuhr zusammen. Sie befürchtete schon, es wäre der Gastwirt, der sie hinauswerfen wollte, aber es war Will, der mit Hut auf dem Kopf und aufgeklappter Taschenuhr draußen vor der Tür stand. Der Himmel graute schon und kündigte den Tagesanbruch an.

»Ah, gut. Ihr seid wach. Es dämmert nämlich schon. Zeit abzufahren, bevor die Brethren kommen und uns suchen.«

Salomons Komet

Wills verschmutzter Ford fuhr von der South Bronx hinüber nach Upper Manhattan. Wie ein Fantasiegebilde – heraufbeschworen von Dreck und Stahl – lag die Stadt unter einem Schleier aus Wolken und Rauch vor ihnen. Evie war erschöpft von der Tortur in Brethren, von der schlaflosen Nacht, die sie neben Jericho gewacht hatte, und nicht zuletzt von seinem herzzerreißenden Geständnis. Aber sie war auch verunsichert von den Gefühlen, die sie für ihn entwickelt hatte.

Manhattans endlose Häuserzeilen flogen an den Fenstern ihres Wagens vorbei, und sie dachte daran, wie knapp es in Brethren gewesen war. Aber am Ende hatten sie doch Erfolg gehabt, hatten den Anhänger an sich genommen. Heute Abend würden sie das Ritual durchführen und John Hobbes für alle Zeiten aus dieser Welt verbannen. Später wollte sie Will bitten, ihr zu erklären, was das alles zu bedeuten hatte. Wollte ihn bitten, ihr haarklein zu erzählen, was es mit ihrer Gabe auf sich hatte und wie sie damit umgehen sollte. Später. Sie legte die Hand auf ihren eigenen Talisman und schlief ein.

Evies Nerven lagen den ganzen Tag über blank. Das Museum war nie voller gewesen, schien es, die Besucherzahl wegen der nahenden Ankunft des Kometen doppelt so hoch wie sonst. Die ganze Stadt war in Aufruhr. Bürgermeister Walker hatte die New Yorker Bürger aufgefordert, ihre Lichter kurz vor Mitternacht zu dämpfen, sodass man das einmalige Erlebnis ohne einen Schleier beobachten konnte. Viele New Yorker hatten bereits Stühle und Kissen – ja sogar Matratzen – auf ihre Hausdächer oder Terrassen geschleppt. Nachtclubs kündigten Tombolas um Mitternacht an und warben mit Drinks wie ›Salomons Sensation‹ oder ›Sinkender Stern‹. Sogar ein Schönheitswettbewerb würde stattfinden, bei dem eine Miss Komet gekürt werden sollte. Es war, als würde jemand eine Party geben und ganz Manhattan dazu einladen. Aber Evie war nicht in Feierlaune; wenn sie heute Abend nicht genau das Richtige taten, bedeutete es das Ende. John Hobbes würde für immer bleiben und mit ihm die Hölle auf Erden.

Als der letzte Besucher das Museum verlassen hatte, sperrte Evie zu, und Sam, Jericho und sie versammelten sich in der Bibliothek. Es war sieben Uhr. Der Komet sollte um eine Minute vor Mitternacht über den Himmel von New York wandern. Jericho saß auf dem Sofa und ruhte sich aus. Er fühlte sich noch immer erschöpft von den Strapazen der letzten Nacht.

»Geht es dir auch gut, Jericho?«, fragte Evie ein wenig scheu. »Brauchst du irgendwas?«

»Nein, mir geht es … großartig, danke«, sagte er und musste lächeln, weil sich dieses Wort so fremd anfühlte.

Sam beobachtete die beiden wie ein unbeteiligter Außenstehender. Irgendetwas war in Brethren geschehen, das über die Tatsache hinausging, dass sie den Anhänger gefunden hatten und den Sektenmitgliedern entkommen waren. Und es gefiel Sam gar nicht.

»Menschenskind, bin ich ein Nervenbündel heute«, sagte Evie. Sie schaltete das Radio an. Das Paul Whiteman Orchester spielte eine Extrastunde Hot Jazz, der dem »Old King Solomon« gewidmet war. Die heiteren Melodien fühlten sich in Anbetracht ihres Vorhabens heute Abend deplatziert an.

»Eins verstehe ich nicht«, sagte Sam. »Wieso hat er das zehnte Opfer noch nicht vollzogen? Glaubt ihr, er hat vor, die beiden letzten Opfer auf eine Nacht zu legen?«

Evie knabberte an einem Fingernagel. Es war tatsächlich seltsam. »Ich weiß es nicht. Ich weiß nur, dass wir uns von John Hobbes für alle Zeiten befreien werden, wenn wir heute Abend den Anhänger verbrennen und dabei die Zauberformel nachsprechen.«

Will platzte mit einer Tüte in die Bibliothek. »Hier hab ich alles, was wir brauchen.«

Evie reichte er ein Stück Kreide, Sam eine Büchse Salz. »Evie, bitte zeichne du auf den Boden einen großen Kreis mit einem Pentagramm in der Mitte. Sam, und Sie gehen einmal um die ganze Bibliothek herum und streuen Salz.«

Es klopfte an der Eingangstür des Museums, sehr laut und sehr, sehr hartnäckig.

»Was nun?«, fragte Evie. »Keine Sorge – ich geh schon und sage denen, dass das Museum heute Abend geschlossen ist.«

Als sie Detective Malloy vor der Tür stehen sah, war sie bestürzt. Sein üblicher Galgenhumor schien ihm heute Abend gänzlich abhandengekommen zu sein. Genau genommen war sein Gesichtsausdruck mehr als grimmig. Evie sank das Herz. Flankiert von mehreren Polizeibeamten ging Malloy an ihr vorüber und auf die Bibliothek zu. Will wurde blass, als er die Gruppe erblickte.

»Es hat einen weiteren Mord gegeben«, sagte Malloy. »Mary White Blodgett wurde im Tunnel of Love draußen in Coney Island tot aufgefunden. Die gleichen Brandmale wie bei den andern auch. Und ihre Zunge ist herausgeschnitten worden.«

»Beim Anblick der Bestie brach die Witwe in Wehklagen aus, bis ihre Zunge zum Schweigen gebracht war …«, sagte Evie leise.

»Die Wehklagen der Witwe. Das zehnte Opfer«, sagte Sam.

Will sah bleich und angegriffen aus.

»Mrs Blodgetts Tochter hat uns gesagt, du hättest sie vor zwei Tagen zusammen mit einer jungen Dame besucht. Ihr hättet ihr allerhand seltsame Fragen über John Hobbes gestellt«, fuhr Malloy fort.

»Das stimmt«, sagte Will.

»Aber dass du mich hättest informieren können, ist dir wohl nicht in den Sinn gekommen, was, Fitz?« Der Detective klang verletzt und verärgert.

»Ich dachte nicht … Es war nicht wirklich von Bedeutung. Ich bin nur einer Intuition gefolgt.«

»Ich werde dafür bezahlt, dass ich Intuitionen folge«, sagte Malloy. »Außerdem hatte ich dir gesagt, du sollst dich von dem Fall fernhalten. Und wenn ich dich jetzt fragen würde, ob du Ruta Badowskis zweite Schuhspange hier bei dir im Museum hast, was würdest du dann sagen?«

»Ich würde sagen, dass es absurd ist«, gab Will zur Antwort.

Malloy nickte bedächtig. »Ich hoffe, dass du recht behältst. Was dagegen, wenn wir uns hier etwas umsehen, Professor?«

Aber die Polizisten waren bereits ausgeschwärmt, leerten Schubladen und öffneten Schränke. Ein Beamter hätte beinahe eine Statuette fallen lassen und Will rief: »Wenn Sie sich mit denen bitte vorsehen könnten … das sind unbezahlbare Kunstgegenstände.«

Ein anderer Beamter griff in Wills Schreibtischschublade und zog plötzlich Ruta Badowskis Schuhspange hervor. »Da ist sie ja. Genau wie es auf dem Zettel stand.«

»Wie kommt denn die …?« Will blieb zur Abwechslung einmal auf der Stelle stehen, als hätte man ihn dort festgenagelt. »Moment mal – was für ein Zettel denn? Wovon reden Sie überhaupt?«

»Kannst du mir sagen, wie dieses Beweisstück in einem Mordfall in dein Museum kommt?«, fragte Malloy, ohne mit der Wimper zu zucken.

»Ich weiß es nicht«, sagte Will leise. »Ich schwöre dir, ich weiß es wirklich nicht, Terrence.«

»Dann weißt du wahrscheinlich auch nicht, wie dein Feuerzeug an den Tatort gelangen konnte, oder?« Detective Malloy hielt Wills verloren geglaubtes Feuerzeug in die Luft.

Wills Hand fuhr augenblicklich in seine leere Brusttasche. »Ich … ich habe es erst kürzlich verloren und …«

»Man hat es in Mary White Blodgetts Haus gefunden.«

»*Ich* habe die Schuhspange mitgehen lassen«, platzte Sam heraus. »Hab sie draußen am Hafen gefunden und gedacht, ich könnte ein bisschen schnelles Geld damit machen. Gibt ja so gruselige Typen, die für so Sachen was bezahlen.«

»Sam!«, sagte Evie warnend.

Er lächelte sie müde an. »Ist schon in Ordnung, Süße. Damit wären deine zwanzig Dollar jetzt ausgeglichen.«

»Reizende kleine Mannschaft hast du da, Fitz«, sagte Malloy. Er blickte sich im Raum um und nahm das mit Kreide auf den Boden gemalte Pentakel in Augenschein, das erst zur Hälfte verstreute Salz, den Anhänger. »Was hat das alles zu bedeuten, Will?«

»Wenn ich dir das hier erkläre, dann wirst du glauben, ich bin verrückt geworden.«

»Wenn du es mir hier nicht erzählst, dann eben auf dem Revier!«, wetterte Malloy. »Ich glaube, du hast noch nicht begriffen, in was für Schwierigkeiten du steckst, Fitz!«

»Detective Malloy … bitte, was ist denn das für ein Zettel, den Sie am Tatort gefunden haben?«, bedrängte Evie den Detective.

»Mrs Blodgett hat ihn kurz vor ihrem Tod geschrieben und in die Tasche ihres Morgenrocks gesteckt. Ihre Tochter bestätigt, dass es ihre Handschrift ist. Und er beschuldigt Will als Mörder.«

Will schwankte leicht. »Wie bitte?!«

»Das ist kompletter Unsinn!«, rief Sam.

»Und weiter schreibt sie, dass man den Beweis dafür im Museum finden würde. Dass du sie ziemlich lange über die Morde ausgefragt hättest, einzig und allein, um Interesse für dein Museum zu wecken.« Malloy ließ seine kräftigen Schultern sinken. Er schien in den wenigen Minuten, in denen er Ruta Badowskis zerbrochene Schuhspange in der Hand gehalten hatte, um zehn Jahre gealtert zu sein. »Mr Fitzgerald, Sie werden uns in die Stadt begleiten und einige Fragen beantworten müssen. Jungs, den kleinen Dieb hier nehmen wir zur Sicherheit auch gleich mit.«

»Oh, er ist gerissen. Sehr, sehr gerissen«, sagte Will mehr zu sich selbst als zu den anderen. »Versteht ihr nicht? Er wusste, dass wir ihm dicht auf den Fersen waren. Er wusste es! Und hat sie irgendwie dazu gebracht, den Zettel zu schreiben. Er hat uns eine Falle gestellt und wir sind reingetappt.«

»Oh, Onkel Will!«, sagte Evie. »Was machen wir denn jetzt?«

»Wovon sprecht ihr eigentlich?«, fragte Malloy.

»Terrence, das wird jetzt klingen, als ob ich den Verstand verloren hätte, aber ich kann dir versichern, dass ich noch klar denken kann. Ich bin ganz sicher nicht der Pentakelmörder und der Pentakelmörder ist auch kein Nachahmungstäter. Der Pentakelmörder ist John Hobbes.«

Malloys Miene blieb versteinert. »John Hobbes, der vor fünfzig Jahren gestorben ist, ja? Du willst mir weismachen, dass ein Toter diese Morde begangen hat?«

»Mithilfe irgendeiner Art von Hexerei hat sich sein Geist in dieser Sphäre manifestiert, ja. Ich weiß, es klingt vollkommen wahnsinnig ...«!

»Aber es ist wahr!«, unterbrach ihn Evie. »Deshalb mussten wir ja auch nach Brethren fahren, zu seinem geheimen Grab und seine Leiche ausgraben. Und deshalb müssen wir seinen Anhänger zerstören – um seinen Geist aus dieser Welt zu verbannen. Wenn uns das nicht gelingt, bevor der Komet heute Nacht erscheint, dann sind wir alle dran.«

Evie merkte selbst, wie lächerlich sie und Will klangen. Alle Polizeibeamten kicherten, mit Ausnahme von Malloy. Im Gegenteil, Malloy sah wütend aus.

»Weißt du, Fitz, ich hätte nie gedacht, dass du an diesen Krempel, den du in deinem Museum hier verkaufst, tatsächlich glaubst. Und für einen Mörder hätte ich dich erst recht niemals gehalten.« Er wandte sich an seine Beamten und sagte: »Nehmt ihn fest.«

Die Männer umringten Will und Sam und führten sie ab.

»Mord. Grabraub. Zerstörung von Eigentum. Diebstahl. Und verderblicher Einfluss auf die Jugend ...« Malloys Stimme wurde leiser, aber Evie konnte noch den ganzen Überdruss und Abscheu in ihr hören. »Wahrscheinlich kennt man die Menschen niemals wirklich, oder?«

Evie lief dem Grüppchen mit klappernden Absätzen nach. »Bitte, Detective Malloy, Sie dürfen ihn nicht mitnehmen! Wir müssen heute Nacht John Hobbes aufhalten. Sonst wird er zuschlagen, wenn Salomons Komet erscheint, und sich in die Bestie verwandeln. Das ist unsere letzte Chance!«

»Evie, ich weiß ja nicht, was er Ihnen erzählt hat, aber Geistermörder gibt es nicht. Geister auch nicht, Punktum! Und auch niemanden, der irgendeine Bestie zum Leben erweckt, die darauf aus ist, das Ende der Welt herbeizuführen. Das sind alles nur Märchen. Weiter nichts. Tut mir leid.« Malloys Hängebackengesicht sah mitleidig aus.

»Terrence, bitte hör mich an – du musst ihm das Handwerk legen, bevor er heute Nacht sein letztes Opferritual vollzieht«, sagte Will in bittendem Ton, als die Beamten ihn auf die Rückbank eines wartenden Polizeiautos bugsierten.

»Wenn er heute Nacht zuschlägt, sind Sie aus der Patsche, Professor«, knurrte einer der Polizisten, der neben dem Wagen stand, bevor er die Tür zuwarf.

Evie ging in die Bibliothek zurück. Dort marschierte sie mit großen Schritten einmal um den ganzen Raum herum. Jericho sah ihr dabei zu. »Wie können wir ihn nur aufhalten? Denk nach, Evie, denk nach.«

»Sie haben den Anhänger mitgenommen.«

»Es muss doch noch eine andere Möglichkeit geben.« Evie schlug das Buch der Brethren auf und blätterte es Seite für Seite aufmerksam durch.

Als sie zur letzten Seite mit dem elften Opfer kam, betrachtete sie es lange. Die Bestie stand über der ausgestreckt am Boden liegenden Frau und ihre Hände waren ineinander verschlungen. Auch ein kleiner Altar war auf der Seite abgebildet. Über der Szene brannte der Himmel von dem Feuer des Kometen.

»Warum hat er Mary White nur gebeten, das Haus zu behalten?«, fragte Evie nachdenklich.

»Er brauchte ein Zuhause, in das er zurückkehren konnte«, sagte Jericho. »Irgendeinen sicheren Ort.«

»Aber die Leichen hat er an öffentlichen Orten zurückgelassen. Da hätte er auch ein anderes Haus auswählen können. Warum aber Knowles' End? Was braucht er von dort?«

Evie hatte sich wieder in Bewegung gesetzt und wanderte im Zimmer umher.

»Du erinnerst mich allmählich an deinen Onkel«, sagte Jericho. »Mir wird ganz schwindlig, wenn ich dir zusehe.«

»Verzeih.« Evie setzte sich an den langen Tisch mit den bedrohlich hohen Bücherstapeln und dachte nach. Dann nahm sie Ida Knowles' Tagebuch zur Hand. »Ida Knowles hat vermutlich kurz bevor sie in den Keller ging ihren letzten Eintrag gemacht. Was hat sie da unten entdeckt?«

»Die Polizei hat nur haufenweise Knochen vorgefunden.«

»›Salbet euer Fleisch und richtet eure Häuser her …‹«, rezitierte Evie. Sie dachte an den Tag, an dem sie mit Mabel nach Knowles' End gegangen war. Damals war ihr von außen ein gewaltiger Kamin aufgefallen, aber innen im Haus hatte sie keine dazugehörige Feuerstelle finden können. Und später dann, im Keller, hatte sie einen Luftzug wahrgenommen.

Unvermittelt sprang Evie auf, lief eilig durch die Bibliothek, stopfte sich die Taschen mit Streichholzbriefchen voll und raffte Taschenlampen zusammen.

»Was machst du denn da?«

»Ich glaube, dass es in Knowles' End eine Art verborgenen Raum geben muss, einen Ort, der ihm etwas bedeutet und wo er das versteckt, was ihn am Leben erhält.« Evie warf einen Blick auf die Uhr.

Es war halb elf. »Wir müssen uns beeilen, wenn wir es noch rechtzeitig schaffen wollen.«

Jericho stand auf und zuckte zusammen, weil seine Wunde schmerzte. »Wohin gehen wir?«

»Wir werden nicht hier herumsitzen und abwarten, bis John Hobbes sein letztes Opfer getötet hat. Wir nehmen den Kampf mit ihm auf. Wir fahren nach Knowles' End.«

Der Leib der Bestie

Wie legt man einem Geist das Handwerk? Wie durchtrennt man den Faden des Bösen, hat er sich erst einmal in die Welt hineingewunden? Diese Fragen schwirrten durch Evies Kopf, während sie mit Jericho in Wills Wagen durch die Straßen fuhr, in denen sich Feiernde in Erwartung des Kometen drängten.

Torkelnde junge Frauen auf dem Weg zur nächsten Party legten spontan ein Tänzchen hin. Direkt vor ihrem Auto lief schwankend ein Stelzenläufer über die Straße und versperrte ihnen den Weg. Ein betrunkener Mann mit Harlekinhut blies Evie durch das Seitenfenster eine Papiertröte ins Gesicht und entlockte ihr einen Schrei. »Erwischt!«, rief er gackernd und torkelte mit teuflischem Lachen weiter. Wütend hupte Evie den Stelzenläufer an, bis er schließlich Platz machte. Jetzt gab es wieder eine Fahrspur und Evie hupte noch einmal, zur Warnung für alle übrigen Fußgänger.

Weiter nördlich lichtete sich die Menge. Die Schatten des großflächigen Metallgitters, das die Hochbahngleise über ihnen bildeten, glitten in einem Wechselspiel von Hell und Dunkel über die Motorhaube des Fords. Kurz darauf fuhren sie das verlassene Ufer des Hudson River entlang, das nur von den Scheinwerfern ihres Wagens beleuchtet wurde, und erreichten schließlich die alte Knowles-Villa. Wie ein vergessener Gott sah sie von ihrem Hügel auf die Straße hinab, der Mond dahinter fett und bleich.

Evie schlich um das Haus bis zu der aufgebrochenen Tür des Dienstboteneingangs, durch die sie sich schon einmal Einlass verschafft hatte. Mit einem lauten Knarzen öffnete sie sich. Zuletzt war Evie bei vollem Tageslicht und strahlendem Sonnenschein hier gewesen. Dieses Mal war es sehr dunkel und jeder Schatten erschien ihr bedrohlich. Evie schaltete ihre Taschenlampe an. Der blasse Lichtstrahl fiel auf einen beschädigten Geschirrschrank, eine Küchenanrichte und ein eingebautes Spülbecken und beleuchtete eine bucklige Ratte auf einer der Arbeitsflächen. Sie drehte ihre spitze Nase dem Licht zu, bevor sie in die beruhigende Dunkelheit zurückhuschte.

»Hier entlang«, sagte Evie. Sie führte Jericho zur Speisekammer und versuchte nicht daran zu denken, wie John Hobbes in einem der hohen Wandschränke auf sie warten mochte und heraussprang, sobald sie daran vorbeiging. Eilig lief sie in den Flur, der die Küche mit dem übrigen Haus verband. »Pass auf«, flüsterte Evie. »Hier sind überall Falltüren.«

Zahlreiche Türen gingen von dem Flur ab, aber sie war sich nicht sicher, welche davon in den Keller hinunterführte. Auf gar keinen Fall wollte sie auf demselben Weg dorthin gelangen wie beim letzten Mal.

»Was kann es nur sein, das ihn am Leben erhält? Was für eine Verbindung hat er zu unserer Welt?«, fragte Jericho.

»Ich weiß es nicht, aber irgendwo in diesem Haus muss sich ein Hinweis darauf verbergen. Wenn nötig, reiße ich jede Wand hier ein, um ihn zu finden«, sagte Evie. »Wie viel Uhr ist es denn?«

Jericho setzte die Flaschen mit Petroleum ab, die er mitgenommen hatte, und hielt seine Armbanduhr unter Evies Taschenlampe. »Zwanzig nach elf.«

»Dann haben wir nicht mehr lange Zeit.«

Das Haus kam ihr verändert vor. Sie versuchte zu verstehen, was genau sich seit ihrem letzten Besuch verändert hatte. *Lebendig. Wachsam. Bereit.* Das waren Eigenschaften, die ihr in den Sinn kamen, als wäre das Haus ein lebender Organismus, ein großer Mutterleib, der kurz davor war, etwas Fürchterliches zu gebären. Der Strahl ihrer Taschenlampe flog über verschimmelte Tapeten.

Die Wände waren feucht von Kondenswasser und auch über Evies Rücken rann der Schweiß. Statt der Kälte, die das Haus bei ihrem letzten Besuch ausgestrahlt hatte, herrschte nun eine nahezu erstickende Hitze. Evie öffnete eine der Türen, hinter der sich aber lediglich ein nicht sehr tiefer Wandschrank befand. Die Innenseite der Schranktür fühlte sich feucht an. Sie sah auch hinter anderen Türen nach und entdeckte ein Schlafzimmer, ein Arbeitszimmer und ein Klosett.

»Warum finden wir die Kellertür bloß nicht?«, fragte Evie. »Ich verstehe das nicht. Letztes Mal war sie noch da. Es ist fast so …« *Es ist fast so, als ob das Haus sie vor uns verstecken würde,* hatte sie sagen wollen. »Wir müssen weitersuchen. Bestimmt erinnere ich mich nur nicht mehr richtig. Da drüben auf der rechten Seite muss ein Salon liegen.«

Als sie dort ankamen, war die Schiebetür geschlossen.

Beim letzten Mal stand sie noch offen.

Es gelang ihnen nur mit äußerster Kraftanstrengung, sie aufzuziehen. Jericho bewegte seine Taschenlampe langsam durch den Raum. Auch er hatte sich verändert, inzwischen hatte jemand die Laken von den Möbeln entfernt.

»So hat es hier beim letzten Mal nicht ausgesehen«, flüsterte Evie.

»Es ist, als ob es uns erwartet hätte«, sagte Jericho leise.

»Warum sagst du ›es‹?«, fragte Evie. Jericho gab keine Antwort, aber sie spürten es beide. Das Haus. Das Haus erwartete sie.

Evies Licht kroch über Wände, die sich leicht nach außen zu wölben schienen. *Wie atmende Lungen,* dachte sie, verscheuchte den Gedanken aber gleich wieder. Es war nicht leicht, im Dunkeln etwas zu erkennen. Das Licht bewegte sich auf den zerbrochenen Spiegel zu und seine Reflexion blendete sie. Sie musste blinzeln und hätte schwören können, im Nachbild darin düstere, geisterhafte Gesichter zu erkennen. Ihr stockte der Atem und ruckartig schwenkte sie die Taschenlampe herum, doch hinter ihr war nichts zu sehen. Das Haus ächzte und knarzte.

»Mir gefällt das nicht«, sagte Jericho.

»Aber was haben wir denn für eine Wahl? Wenn wir ihn heute Nacht nicht aufhalten, dann wird er zu seiner ganzen Stärke finden. Dann kommen wir nicht mehr gegen ihn an.«

»Aber wir haben den Anhänger nicht mehr. Wie sollen wir …« Er senkte die Stimme, als ob das Haus ihn belauschen könnte. »Wie sollen wir seinen Geist dann binden?«

»Wir finden etwas anderes«, flüsterte Evie zurück. »Oder brennen das Haus nieder, wenn es sein muss.«

Jericho drehte seine Hand, auf die ein seltsames Licht fiel. »Siehst du das?« Er folgte dem schwachen Lichtstrahl bis zu einer Rosette, die in die Rückwand des Kamins gemeißelt war. »Ich glaube, dahinter ist irgendwas.« Er bewegte den Kopf näher an die Stelle heran, um besser sehen zu können.

»Jericho, nicht!«, rief Evie plötzlich.

Doch da wehte ihm auch schon eine feine Staubwolke ins Gesicht, er musste husten, spucken, wedelte sie mit der Hand beiseite. Ein ekelhaft süßlicher Geruch nach welken Blumen breitete sich aus.

Jericho blinzelte und schüttelte den Kopf.

»Alles in Ordnung?«

»Ja, alles gut«, sagte er, aber seine Stimme zitterte.

Im gleichen Moment flammte ein Feuer im Kamin auf und Evie und Jericho fuhren zusammen.

»Er weiß, dass wir hier sind«, flüsterte Evie.

»Wie kann er das wissen?«

»Ich denke … ich glaube, das Haus sagt es ihm. Wir müssen uns beeilen. Wie viel Uhr ist es?«

Jericho sah erneut auf seine Uhr. »Zwanzig nach elf.«

»Das hast du letztes Mal auch schon gesagt.«

Wieder hielt Jericho die Uhr unter den Strahl von Evies Lampe. Der kleine Zeiger bewegte sich nicht. »Sie läuft nicht mehr. Das hat sie aber, bevor wir …«

Das Haus betreten haben. Er brauchte es gar nicht auszusprechen.

»Das gefällt mir alles nicht«, flüsterte Jericho und wischte sich die Schweißperlen von der Stirn. Seine Augen sahen etwas glasig aus und Evie hoffte, dass er noch im Vollbesitz seiner Kräfte war. »Du glaubst also, dass das, was seinen Geist am Leben erhält, irgendwo in diesem Haus verborgen ist?«

Evie nickte.

»Dann lass uns keine Zeit vergeuden. Wir brennen das Haus einfach nieder. Wir brennen es nieder und hauen ab.«

Eine Windböe fuhr gegen das Haus und es stöhnte auf. Will hatte sehr deutlich geäußert, dass sie John Hobbes' Geist zu seinen eigenen Bedingungen zurück ins Jenseits befördern mussten: Sie sollten ihn an den Anhänger binden und verbrennen. Aber die Polizei hatte den Anhänger in ihrer Obhut und Will saß in Haft. Jetzt war Evies und Jerichos Scharfsinn gefragt.

»Niederbrennen und abhauen«, stimmte Evie ihm zu. Sie griff nach einer der Petroleumflaschen. »Wir müssen das Haus bis auf den allerletzten Stein zerstören. Ich übernehme das obere Stockwerk. Du gehst hier unten ans Werk.«

Jericho schüttelte den Kopf. »Ich lasse dich auf keinen Fall aus den Augen.«

»Jericho, sei doch vernünftig.«

»Nein. Wir bleiben zusammen.«

»Dann lass uns an die Arbeit gehen.«

Sie liefen rasch von einem Raum zum nächsten und verteilten Petroleum auf allem, was ihnen brennbar schien. Evie schlich sich sogar nach oben auf den Dachboden, der einst Ida Knowles gehört hatte. Durch einen Spalt in den Brettern, mit denen die Fenster vernagelt waren, konnte sie in der Ferne die Stadt sehen. Da draußen tummelten sich ausgelassene Menschen, Menschen, die tanzten und die Wiederkehr des Kometen feierten, ohne jede Vorstellung, welche Bedeutung er für sie alle hatte. Aus dem unteren Stockwerk drangen plötzlich kaum hörbar dumpfe Musikklänge zu ihnen hinauf. Sie klangen entfernt wie Stimmen, die ein Kirchenlied sangen. Evie gab Jericho ein Zeichen, damit er einen Moment still stehen blieb, aber jetzt war nichts mehr zu hören.

»Beeilen wir uns«, sagte sie. Als sie die Treppe wieder hinunterliefen, gab eine der Stufen nach und Jericho wäre um ein Haar nach unten durchgebrochen. Evie musste seinen Fuß aus dem Spalt herausziehen. Sie gingen noch einmal in den Salon und Evie verschlug es den Atem. Die Stühle waren jetzt kreisförmig aufgestellt, so wie in Brethren.

»Jericho«, flüsterte Evie und wich langsam zurück.

»*Naughty John, Naughty John does his work with his apron on*«, sang Jericho und lachte.

»Jericho, das ist nicht lustig.«

Das sonderbarste Lächeln zeigte sich auf Jerichos Gesicht. »Hörst du die Musik?«

Evie neigte den Kopf und lauschte, aber dieses Mal hörte sie nichts als das Ächzen und Knarzen des alten Hauses. »Nein.«

»Es klingt, als ob hier jemand eine Party feiern würde!« Jericho lächelte beseelt. »Komm, tanzen wir. Du tanzt doch so gerne, Evie, oder?« Er riss sie in seine Arme und wirbelte sie so schnell herum, dass ihr schwindelte.

»Jericho, was ist denn los mit dir?«, fragte Evie und dann fiel ihr die kleine Staubwolke, die aus der Rosette herausgetreten war, wieder ein: die Pflanzen, die die Brethren zur Herstellung ihres Weins und ihres Tabaks verwendeten! Unter ihrer Wirkung stand Jericho jetzt.

»Ich wollte immer schon mal mit dir tanzen«, murmelte er und drückte sein Gesicht an ihren Hals. »Ich habe dich beobachtet. Als du dachtest, dass niemand dich sieht.« Sein Mund berührte ihr Ohr und sie spürte seinen warmen Atem. Ein Schauer lief über ihre Haut. »Nachts habe ich immer an dich gedacht. In so vielen Nächten …«

Sie musste ihn aus dem Haus schaffen. Sie hatte dieses Haus unterschätzt. Es war ein Mitverschwörer, mindestens so furchterregend wie John Hobbes, und würde alles tun, um ihn zu schützen. »Natürlich werden wir zusammen tanzen«, sagte Evie und schob Jericho von sich weg. »Aber nicht hier.«

»Doch. Hier«, sagte er und zog sie wieder eng zu sich heran. Die Wände seufzten, das konnte sie beschwören, und aus irgendeinem Winkel kam ein fürchterlich meckerndes Lachen.

»Ich weiß aber einen besseren Ort! Komm, hier entlang.« Evie zog Jericho mit sich in die Küche. Sie musste ihn hinausbugsieren, nach draußen in die frische Luft. Dann konnte sie ein brennendes Streichholz ins Haus werfen und mit Jericho so weit weglaufen wie möglich.

»Wohin führst du mich?«, fragte Jericho verträumt.

»Wir sind fast da«, sagte Evie. Ihr Stimme zitterte, obwohl sie sich bemühte, gelassen zu klingen. Und als könnte sie ihren Plan erspüren, schlug die Küchentür im gleichen Augenblick vor ihnen zu.

»Nein!« Evie riss am Türgriff, drehte ihn wild hin und her, aber nichts rührte sich, nicht einmal, als sie sich wieder und wieder gegen die Tür warf. Sie saßen in der Falle. Das Haus ließ sie nicht gehen.

Jericho streckte die Hand nach ihr aus. »Tanz mit mir«, sagte er heiser.

»Jericho, wir müssen weg von hier. Jetzt gleich. Verstehst du?«

»Ich weiß nur, dass ich dich will.«

Der Geruch von Petroleum hing jetzt überall in der Luft. Es brauchte nicht viel, um den ganzen Kasten mit ihnen beiden darin in die Luft zu jagen. Also: Wenn sie durch diese Tür nicht ins Freie gelangten, musste sie eben nach einem anderen Ausweg suchen – einen Fensterladen aufbrechen, ein Schloss knacken, was immer auch notwendig war, um aus dem Haus zu kommen.

Evie packte Jericho an seiner ausgestreckten Hand und zog ihn hinter sich her. Er gab ein kicherndes Geräusch von sich, das ihr einen Schauer über den Rücken und sie in die Flucht jagte; sie wollte alles – am liebsten auch Jericho – stehen und liegen lassen. Gerade hatten sie die Eingangstür erreicht, als sie von draußen ein Geräusch hörte. Kam da jemand die Straße herauf? Würde man sie hören, wenn sie rief? Sie rannte zu den Fenstern neben der Tür, bereit, die Holzbretter davor, falls nötig, mit ihren bloßen Händen wegzubrechen.

Da! Ein Pfeifen! Die Person, die die Straße heraufkam, pfiff die altbekannte Melodie. Gänsehaut bildete sich auf Evies Armen.

»Er kommt! Wir müssen uns verstecken!«

Evies Augen huschten wild hin und her, während sie auf der Suche nach einem Versteck kreuz und quer durch den Raum lief. Aber wo? Wo konnten sie sich verstecken? Was war, wenn Naughty John gerade jetzt, in diesem Moment, hereinkam und sein letztes Opfer mit ihm? Würde sie sich ein Herz fassen und ihm auflauern, würde sie ihn unschädlich machen können, bevor er seine grausige Tat vollbrachte? Alles, was sie tun musste, war, ihn abzupassen und zuzuschlagen, bevor der Komet am Himmel vorbeizog. Dann würde es aus sein mit John Hobbes. Ja, sie würde ihm auflauern. Sie musste es tun. Aber wo sollte sie sich verstecken? Der Strahl ihrer Taschenlampe bewegte sich über feucht glänzende Wände, an denen eine schleimige Flüssigkeit herunterlief.

Das Pfeifen näherte sich jetzt.

»Hörst du sie nicht?«, murmelte Jericho. »Sie sind hier. Sie warten.«

Jericho. Sie musste ihn zum Schweigen bringen. Links von ihnen befand sich ein kleines Zimmer, dorthin schob sie ihn. »Da, schnell, geh da rein«, befahl sie. Jericho drehte am Türgriff, der Boden unter ihm gab nach und er verschwand in der Dunkelheit.

»Jericho! Jericho!«, schrie Evie in das dunkle Loch im Boden. Aber niemand antwortete. Führte diese Falltür auch in den Keller, so wie der Wäscheschacht? War es möglich, dass Jericho dort unten auf dem dreckigen Boden lag, mit gebrochenem Bein oder zerschmettertem Schädel? Wo war der Zugang zum Keller? Evie rannte wieder in die große Diele zurück, blieb stehen und lauschte. Das Pfeifen hatte jetzt aufgehört. Ihr Herz schlug so heftig gegen ihre Rippen, dass sie dachte, sie würden zerbrechen, und ihre Kehle war so trocken, dass sie nicht mehr schlucken konnte. *Beweg dich, Evie,* befahl sie sich, stand aber vor Angst wie gelähmt da. Wie konnte sie etwas so unsäglich Böses besiegen? Doch wenn sie jetzt aufgab, würde all dies ein schnelles Ende finden und sie selbst nicht mehr da sein, wenn die ganze Welt brannte. Das Haus seufzte und summte, als würde es dem zustimmen.

Und dann sah sie es plötzlich: Unter der Treppe befand sich eine Tür, die vorher noch nicht dort gewesen war. Sie sah glitschig aus und glänzte in der Dunkelheit, als wäre sie aus Gebeinen gemacht.

»Jericho!«, rief sie noch einmal. »Ich komme und hole dich. Beweg dich nicht.«

Das Haus holte Atem und hielt ihn an. Ein Schatten glitt so schnell wie der Flügel eines Vogels an den vorderen Fenstern vorbei. Er war zu Hause angekommen. Er näherte sich. Keuchend vor Angst rannte Evie auf die Kellertür zu. Ihr Griff ließ sich problemlos drehen und die Tür sprang auf. Jetzt gab es nur noch den Weg nach unten, in die Tiefen von Naughty Johns Mördergrube.

Auf der Treppe war es stockdunkel. Evies Handflächen glitten über die Wände, während sie jede einzelne Stufe mit ihren Füßen ertastete. Der Putz fühlte sich warm an, feucht und klebrig. Ihr Herz schlug so schnell wie das eines Vogels; ihr Kopf dröhnte von ihrem pulsierenden Blut. Im Haus war es jetzt wieder still geworden, was ihr mehr Angst einflößte als das Pfeifen zuvor. Sie hoffte so sehr, dass Jericho nicht verletzt war, und zwang sich weiterzugehen, bis sie unten angelangt war. Hier war es unerträglich heiß und der Boden fühlte sich weich und feucht unter ihren Füßen an. Sie machte kleine, tastende Schritte, aber in welche Richtung sollte sie sich wenden? Wo war John Hobbes? Sollte sie ihre Taschenlampe anschalten? Oder war sie sicherer, wenn die Finsternis sie verbarg? Was erwartete sie in dieser unüberschaubaren, tiefen Dunkelheit?

Die Wände atmeten – *Oh Gott* –, sie konnte sie hören! Diese Finsternis hielt sie nicht länger aus. Zitternd knipste sie die Taschenlampe an.

Da hörte sie hoch über sich, wie jemand leise ein Kinderlied vor sich hin pfiff. Doch dieses Lied gehörte in kein Kinderzimmer.

Und dann war die Stimme von John Hobbes auf einmal deutlich zu vernehmen: »›Und der Herr sprach mit den Zungen von tausend Engeln. Alles was blieb, war das elfte Opfer, die Vermählung der Bestie mit der sonnenbekleideten Frau …‹ Ich weiß, dass du hier bist, Sonnenfrau. Ich kann dich spüren.«

Evies Geist hatte Mühe zu begreifen. Er hatte *sie* Sonnenfrau genannt. *Sie. Sonnenfrau.* Die sonnenbekleidete Frau. Naughty John war heimgekehrt. Er war heimgekehrt und bereit, seine Verwandlung zu vollenden. Und er suchte nach ihr – nach *ihr!* Evie zwang sich, weiterzugehen, und ließ ihre Taschenlampe durch den Raum schweifen, um Jericho zu finden. Sie wünschte sich, sie wäre weit weg – in einem Nachtclub, im Bennington, ja, sogar die langweilige Bibliothek des Museums wäre willkommen gewesen. Wie töricht von ihr zu meinen, sie könnte es mit einem Mörder aufnehmen, mit einem Geist, mit der Bestie selbst.

Über ihr hörte das Pfeifen jetzt auf und das Lied setzte ein: *»Naughty John, Naughty John, does his work with his apron on. Cuts your throat and takes your bones. Sells them off for a coupla stones …«*

Die Angst brachte Evie fast um den Verstand. Sie musste weg von hier. Musste fliehen. Sie rannte auf die wackelige Kellertreppe zu. Sie würde jetzt ins obere Stockwerk und hinaus ins Freie rennen. Würde Hilfe holen. Würde sich die Lunge aus dem Hals schreien, so lange, bis ganz New York sie hörte und herbeieilte. Aber nein – Jericho! Sie musste doch erst Jericho finden. Vielleicht hatte er ja irgendwo einen Ausgang gefunden. All das sagte sie sich, während sie ihre Beine dazu zwang, weiterzugehen. Wahrscheinlich holte er tatsächlich schon Hilfe und die Tür würde jeden Augenblick eingerannt werden, weil die Polizei längst zu diesem gottverfluchten Schlupfwinkel ausgeschwärmt war. Ja, jeden Augenblick würde sie Jericho ihren Namen rufen hören: »Evie! Evie! Du bist in Sicherheit. Komm raus!« Evie war so verloren in ihrer Angst, dass sie anfing zu kichern und sich rasch eine Hand vor den Mund schlug.

Über ihrem Kopf knarzten die Dielenbretter. Ihr Herz klopfte doppelt so schnell wie zuvor, und obwohl es hier unten feucht war, fühlte sich ihre Kehle trocken an wie Kreide und sie musste würgen. Die Schritte über ihr dröhnten dumpf und verbanden sich mit dem Pulsieren ihres Bluts zu einer bedrohlichen Disharmonie. *Rums. Rums. Rums. Rums.* Jetzt tauchten die Schatten zweier Schuhe in dem schmalen Spalt unter der Tür am oberen Treppenabsatz auf.

Evie verfiel in den Panikmodus: *Er. Hier. Versteck dich. Wo? Los. Jetzt. Wohin? Er kommt. Kommt. Nach unten. Versteck dich. Wo?*

Da fiel ihr der Luftzug ein, den sie gespürt hatte, als sie mit Mabel hier gewesen war, und sie rannte zurück in den dunklen Keller und hielt die Hand in die Höhe, in der Hoffnung, ihn auch dieses Mal wieder zu spüren. Und tatsächlich wurde ihre Handfläche von einem kühlen Lüftchen geküsst. Sie folgte ihm bis zu der Wand hinter dem Schmelzofen. Die dort verborgene Tür hätte sie vielleicht gar nicht bemerkt, hätte sie nicht eine Hand ausgestreckt und einen Spalt gespürt. Sie tastete an den Rändern der Tür entlang und musste einen Schluchzer unterdrücken, als sie weder Schloss noch Türgriff und also keine Öffnungsmöglichkeit finden konnte.

Oben ging ächzend die Kellertür auf. Dann ertönten Schritte auf der Treppe.

In diesem Moment gab die Tür vor ihr von selbst nach. Licht fiel herein. Mondlicht wohl. Dann war hier ein Weg ins Freie. Es musste ein Weg ins Freie sein. Evie lief durch einen schmalen Vorraum, der zu einer größeren Kammer führte. Das Licht, merkte sie jetzt, schien durch eine Öffnung hoch oben in der Decke, ein kleines Fenster nur, das Ausblick auf den Nachthimmel bot. *Der fehlende Kamin,* dachte sie und schauderte. Der Raum selbst besaß keine Fenster und außer dem Eingang auch keine weitere Tür. Er war seltsam geschnitten, wie ein Stern. In einer Ecke stand eine alte gusseiserne Feuerschale und über den gesamten Fußboden erstreckte sich ein aufgemaltes Pentakel. Ein prächtiger Altar, in den ein Komet gemeißelt war, stand im Zentrum des Pentakels. Evie drehte sich langsam um und ließ den gesamten Raum auf sich wirken. An den Wänden waren Symbole – eines für jedes der elf Opfer, für jeden der Morde.

Eine entsetzliche Kälte kam über Evie. Wie hatte sie nur so dumm sein können? Wie oft hatte sie den Satz gehört und sich nichts dabei gedacht? Er stand im Buch der Brethren und in Ida Knowles' Tagebuch. Sie hatte ihn Pastor Algoode sagen hören, als sie in Trance gewesen war. Er war in der Predigt der Brethren vor den Toren des Jahrmarkts ausgesprochen worden. Und auf den verfallenen Häusern des alten Lagers auf dem Hügel befanden sich die gleichen Symbole wie hier.

Richtet die Mauern eurer Häuser her …

Es war kein Anhänger, kein Buch und auch sonst kein Gegenstand, der John Hobbes am Leben erhielt. Es war ein Ort. Ein Raum. Es war *dieser* Raum.

Das Buch der Brethren lag auf dem Altar, und jemand hatte die Seite aufgeschlagen, auf der das elfte Opfer dargestellt war. Evie starrte auf die Zeichnung des schönen Mädchens, das ein golden schimmerndes Gewand trug; auf ihre Stirn war ein allsehendes Auge gemalt und sie lag mit ausgestreckten Händen da. In ihrer Brust klaffte ein großes Loch und die Bestie hielt ihr Herz in seinen Klauen.

Dann war dies also sein Schlupfwinkel. Deshalb hatte er gewollt, dass Mary White das Haus für ihn bereithielt. Und sie, Evie, war mitten hineingelaufen, mitten hinein in den Leib der Bestie. Sie musste auf der Stelle fort von hier. Und dann würde sie ein Streichholz werfen und Naughty John in jedwede Hölle zurückbefördern, die bereit war, ihn aufzunehmen.

Aus der Tiefe des Kellers hörte sie ihn singen: *»Naughty John, Naughty John, does his work with his apron on.«*

Evies Finger tasteten nach den Streichhölzern in ihrer Tasche. Ja, sie würde ein Streichholz anzünden und wegrennen. Aber die Panik trübte ihre Gedanken. Es war aussichtslos. Sie sank zu Boden wie ein Tier, das weiß, dass der Wolf es in die Enge getrieben hat.

Nicht ohnmächtig werden, nicht ohnmächtig werden, nicht ohnmächtig werden, egal, was du tust, nicht ohnmächtig werden, altes Mädchen …

Der Wolf stand vor der Tür. Sein Schatten ergoss sich in den Raum und nahm ihn in Besitz. Mit zitternden Fingern zündete Evie ein Streichholz an, schleuderte es hoch und sah, wie das Flämmchen zischend in Rauch aufging. Sie entzündete noch eines und noch eines, jetzt ohne Sinn und Verstand, bis in dem Heftchen nur noch die hölzernen Enden übrig waren. Trotz ihrer eigenen Warnung stand ihr Geist ihr nicht bei. Ihre Augen rollten in die Höhlen zurück und sie glitt bewusstlos zu Boden.

Die Sonnenbekleidete Frau

Sterne. Als Erstes sah sie Sterne. Über ihr am tiefschwarzen Himmel strahlte der trügerische Hoffnungsschimmer, den die Sterne uns senden. Ihr Kopf schmerzte dort, wo er auf dem Boden aufgeschlagen war, und ihr Mund schmeckte nach Blut.

»Ah, du bist wach«, sagte die Stimme. »Gut.«

Sekundenlang trübte sich Evies Blick, dann erkannte sie John Hobbes. Er war ein großer Mann mit mächtigem Schnauzbart. Sein Oberkörper war entblößt und sie sah die Brandmale auf seiner Brust, auf seinem Rücken und seinen Armen – sein Körper glich einem albtraumhaften Gobelin. *Salbe dein Fleisch …*

Seine Augen sahen genauso aus, wie Evie sie in Erinnerung hatte: kalt und blau.

»Sehr freundlich von dir, zu mir zu kommen. Das hat mir die Mühe erspart, dich hierherzubringen.« Er schimmerte wie Kerzenwachs vor ihren Augen, unbeständig, aber brennbar.

»Jericho!«, rief Evie. »Jericho!«

Naughty John lächelte. »Deinem Gefährten geht es derzeit nicht sehr gut«, sagte er, und Evie scheute sich, ihn zu fragen, was genau er damit meinte.

Sie setzte sich aufrecht hin, überrascht, dass er es zuließ.

»Wieso sollte ich dich daran hindern?«, fragte er, als könnte er ihre Gedanken lesen.

Evie war starr vor Furcht. »Warum? Warum das Ganze?«, fragte sie. Mehr brachte sie nicht hervor; der Schrecken hatte ihr die Worte geraubt.

»Warum?«, wiederholte John Hobbes, als wäre sie ein ungezogenes Kind und er der irritierte, aber tolerante Lehrer. »Wieso sollte ich zulassen, dass diese Welt weiterhin existiert? Sie ist voller Sünde, Laster und Verderbtheit. Sie braucht einen neuen Gott, der sie lenkt, Sonnenfrau.«

»Ich ... ich bin nicht Ihre Sonnenfrau«, flüsterte sie.

John Hobbes zog das kleine Stück Stoff ihres goldschimmernden Brokatmantels hervor. »Die sonnenbekleidete Frau.«

Er lächelte auf eine Weise, dass Evie augenblicklich das Blut in ihrem Kopf pochen hörte. Ihre Augen huschten durch den Raum, suchten nach einem Fluchtweg, nach irgendetwas, das sie zu ihrem Vorteil nutzen konnte. Ihr Herz begann erneut zu rasen, als sie entdeckte, dass die Tür nur angelehnt war. Sie stürzte darauf zu, aber bevor sie sie erreichen konnte, fiel sie auch schon wieder zu, als habe sie Evies Absicht erraten. Evie trommelte mit den Fäusten dagegen.

»›Und der Herr sprach, lasse die Bestie und die Sonnenbekleidete Frau sich vereinen. Salbe ihr Fleisch wie das deine.‹«

In Seelenruhe ging John Hobbes auf die inzwischen angeheizte Feuerschale zu. Mehrere Brandeisen ragten jetzt daraus hervor, deren Symbole über den Kohlen erhitzt wurden.

»Ich ... ich ...« Die Angst erstickte jedes Wort in ihrer Kehle.

Denk nach, Evie, altes Mädchen. Sie hatte das Haus samt Naughty John niederbrennen wollen, aber dieser Plan war jetzt dahin. Sie brauchte einen neuen Plan. Will hatte ihnen gesagt, sie müssten John Hobbes' Geist an einen heiligen Gegenstand wie den Anhänger binden, danach die Zauberformel sprechen und anschließend den Gegenstand zerstören. Doch woran sollte sie ihn binden? Verzweifelt schossen ihre Blicke wieder durch den Raum, suchten nach einem brauchbaren Gegenstand.

»Dieser Raum ist es, der Ihnen Ihre Stärke gibt, oder? ›Richtet die Mauern eurer Häuser her.‹ Heißt es nicht so? Was würde geschehen, wenn ich diese Wände zerstören würde? Wie würden

Sie sich dann manifestieren können?«, fragte sie, um Zeit zu gewinnen.

»Zu spät. Der Komet steht fast schon über uns am Himmel. In drei Minuten wird er uns erreichen. Du wirst meine Braut werden und dein Herz wird mir zur Unsterblichkeit verhelfen. Auch du wirst weiterleben wie die Gläubigen. Die Zeit ist gekommen, *meine Brüder.*«

Die gleißenden Wände neben Evie begannen zu atmen. Sie zogen sich zurück wie eine Membran, und Evie sah, wie Gesichter und Hände von außen dagegendrückten. Evie taumelte rückwärts auf den Altar zu, als die zugehörigen Körper durch die Wände drängten und der Raum sich mit den Toten von Brethren füllte – lebendige Leichen mit schreiend roter Haut, die an manchen Stellen bis auf die Knochen verbrannt war. Skelettartige Gesichter ohne Augen. Weggerissene Münder. Die Gläubigen. Die Verdammten. Bereit zur letzten Opferhandlung, zur letzten Opfergabe. Sie würden nicht Ruhe geben, bevor Evies Herz aus ihrer Brust gerissen und die Bestie in ihrem vollen Glanz erschienen war.

»Sie sind mit mir hier. Die Auserwählten von Brethren, geopfert für das erste der elf Rituale. Möge es dem Herrn gefallen!«

Und als die Gläubigen erwiderten: »Amen, Amen, Amen ...«, da klang es wie der Wind, der über Brethren peitschte.

»Sie fordern Anerkennung für ihr Opfer. Und sie sollen sie erhalten.«

Die Toten von Brethren drängten jetzt auf sie zu. Kamen, um sie holen. Evie rannte an John Hobbes vorbei und griff nach einem der Eisen im Feuer. Sie verbrannte sich die Hand daran und ließ es mit einem Schmerzensschrei fallen. Sie wickelte den Saum ihres Rocks um den glühend heißen Griff, hob das Eisen wieder auf und hielt es mit zitternder Hand vor ihren Körper.

»In dieses Gefäß binde ich deinen Geist. Ins F...feuer ...«

Auf die restlichen Worte der Formel konnte sie sich nicht besinnen.

John Hobbes' Lachen sprudelte mit der ganzen Grausamkeit eines Kindes empor, das sich über die Macht freut, mit der es ein Insekt zertreten kann.

»Es muss eine heilige Reliquie sein! Nur ein gesegneter Gegenstand kann den Geist aufnehmen.«

»Jericho!«, schrie Evie noch einmal, obwohl sie wusste, dass es sinnlos war. Sie schleuderte das Brandeisen gegen die Wand und es rutschte über den Boden.

»Egal. Ich kann dein Fleisch auch salben, wenn du tot bist.«

Evie legte eine Hand über ihren Brustkorb, als würde das ausreichen, um die Bestie und seine Getreuen davon abzuhalten, ihr das Herz aus dem Leib zu reißen. Dabei streiften ihre Finger den Rand ihres Münzanhängers und sie griff nach ihm und hielt ihn fest umklammert wie ein verängstigtes Kind.

Die Toten von Brethren rissen ihre Münder auf zu einem kollektiven Höllenlärm, der Evie Schauer über den Rücken jagte. Ihre Kiefer lösten sich aus den Gelenken und sie erbrachen eine ölig schwarze Flüssigkeit. Sie rann über den Boden und kroch an John Hobbes' Beinen empor, wo sie mit den Brandmalen auf seiner Haut verschmolz. Wie ein Panzer legte sie sich über ihn und wurde dann in ihn hineingesogen.

»Sehet meine Gestalt und staunet!« John Hobbes streckte seine Arme aus, warf den Kopf in den Nacken und gab einen Schrei von sich, der gleichermaßen Todesqual oder Ekstase bedeuten mochte. Seine Haut kräuselte sich, als suchte etwas aus seinem Innern hervorzubrechen.

Entsetzt sah Evie zu, wie sich John Hobbes' Gesicht verzerrte. Sein Mund verzog sich zu einem grausamen Hohngelächter. Seine Zähne wurden lang und messerscharf und aus seinen Fingernägeln wuchsen Krallen. Aus seinem Rücken drangen zwei gewaltige Flügel, weiß wie das Fell eines Lamms. Der Raum war nun von Licht erfüllt. John Hobbes entfaltete sich zu einem Wesen von so furchterregender Schönheit, dass Evies Augen bei seinem Anblick schmerzten. Zur äußersten Vollkommenheit bedurfte es jetzt nur noch ihres Herzens.

»Der Herr wird keine Schwachheit unter seinen Auserwählten dulden!«, sang die Bestie. Ihre Stimme klang wie ein Chor aus tausend Stimmen, wie eine dämonische Sinfonie.

Für einen Augenblick verließ Evie jeder Kampfeswille. Das Aufbegehren gegen ein Böses von solcher Gewalt und Vollkommenheit war sinnlos. Alles, was sie tun konnte, war, sich ihm zu fügen. Es geschehen zu lassen und aus. Der Nachthimmel, der durch die kleine Öffnung über ihnen sichtbar war, wurde nun heller: Salomons Komet befand sich, wie prophezeit, auf der Rückkehr an den Himmel von New York.

»Der Komet steht schon fast über uns«, verkündete John Hobbes.

Seine Hand war zu einer Klaue geworden, scharf genug, um Evie aufzuschlitzen. Sie würde wie die anderen enden – wie Ruta Badowski mit ihren zerstörten Tanzschuhen. Wie Tommy Duffy, der noch den Schmutz seines letzten Baseballspiels unter den Nägeln gehabt hatte. Wie Gabriel Johnson, den John Hobbes am schönsten Tag seines Lebens in seine Gewalt gebracht hatte. Oder auch wie Mary White, die um einer Zukunft willen ausgeharrt hatte, die niemals eingetreten war. Wie all die strahlenden, hübschen Jungen würde sie sein, die mit Gewehren an der Seite in den Krieg marschiert waren und ihren Liebsten versprochen hatten, rechtzeitig zu Weihnachten zurück zu sein. Als Männer wollten sie nach Hause wiederkehren, als Helden, die von Abenteuern zu berichten hatten, wie sie den Feind verprügelt, die Welt ins rechte Lot gerückt hatten. Stattdessen waren sie in Stacheldrähten umgekommen, in denen sie sich verheddert hatten, durch Influenza an der Westfront ausgelöscht, im Niemandsland zerfetzt worden und hatten sich, noch immer mit demselben Lächeln im Gesicht, dank Phosgen, Chlor und Senfgas in Schützengräben schmerzverzerrt gekrümmt. Manche von ihnen waren verstört und blinzelnd heimgekehrt. Ihre Hände zitterten, sie murmelten vor sich hin und befolgten Befehle in irgendeinem ganz privaten Krieg, der immer noch in ihrem Kopf stattfand. Oder sie waren verschollen, so wie James, verbannt in Geschichtsbücher, die zu lesen niemand für nötig erachtete, geehrt mit Orden, die man in Schränken gut verschlossen hielt. Nichts als ein paar Schachfiguren, von unsichtbaren Händen in einem Universum hin und her geschoben, das von sich selbst gelangweilt war.

Und nun stand sie hier, ein weiterer Bauer im Spiel. Am liebsten hätte sie geweint. Vor Angst. Auch vor Erschöpfung, ja. Vor allem aber wegen der grausamen Sinnlosigkeit, der verfluchten Beliebigkeit all dessen, was geschah.

»›Und es erschien ein großes Zeichen im Himmel: ein Weib, mit der Sonne bekleidet und auf ihrem Haupt eine Krone mit Sternen. Und ihr Herz war eine Gabe für die Bestie, das Herz der Welt, die es verschlingen und damit ein Ganzes werden würde und auf der Erde wandeln tausend Jahre …‹«

Die Halbdollarmünze rieb an Evies Hand, sie dachte an James und plötzlich nahm ein schrecklicher, verzweifelter Gedanke Gestalt an. Nein. Das konnte sie nicht tun. Es musste etwas anderes geben.

Die Toten kamen jetzt noch näher. Sie kamen, um sie zu holen.

Mit zitternden Händen löste Evie den Anhänger von ihrem Hals und hielt ihn vor sich hin. »In dieses Gefäß, b-binde ich deinen G-geist …«

Sie zitterte jetzt so stark, dass sie fürchtete, die Worte nicht mehr aussprechen zu können.

Die Toten kamen immer näher. Sie sah nur ihre leeren Augenhöhlen in überschatteten, skelettartigen Gesichtern. Leblose, dünne Finger, die sich nach ihr ausstreckten. Geschwärzte Münder, aus denen schwarzer Saft hervorquoll und an fleckigen Kinnen herabtroff.

»Ins Feuer empfehle ich deinen Geist«, sagte Evie jetzt lauter.

Hände griffen nach ihr. Totenfinger spreizten sich über ihre Zehen; sie trat nach ihnen, schrie sie an und achtete doch darauf, nicht das Gleichgewicht zu verlieren, nicht in die gottlose Schar hineinzustürzen. Im Raum wurde es jetzt heller. Wie lange noch, bis der Komet erschien? Eine Minute? Dreißig Sekunden?

Das Heulen und Fauchen der Brethren war jetzt ohrenbetäubend geworden. Sie sprachen in tausend Zungen. Doch inmitten des Lärms konnte sie vereinzeltes Stöhnen hören. Hinter der Wut die Furcht der Gläubigen spüren. Der Raum vibrierte von ihrem bösartigen, vielstimmigen Knurren. »Töte sie, töte sie, töte sie. Du bist die Bestie, die Bestie, die Bestie, die Bestie muss auferstehen …«

»Die Münze da ist keine heilige Reliquie, Sonnenfrau«, spottete John Hobbes.

Evies Hand klammerte sich fest um die Halbdollarmünze. Sie spürte die Rillen darin an ihrer Handfläche, die ihr halb Trost, halb Strafe waren. Ihre einzige physische Verbindung mit ihrem Bruder.

»Für mich ist sie es aber«, stieß sie krächzend hervor und rief dann mit lauter Stimme durch den Lärm: »In die Dunkelheit werfe ich dich, oh Bestie, auf dass du nie mehr daraus aufsteigen mögest!«

Die Seelen der Brethren schrien auf. Feuer züngelte an den Wänden empor. Es war, als erwachte ein makabres Gemälde zum Leben. Die Brethren schrien, weil sie erneut in Flammen standen. Evie schloss die Augen, voller Hoffnung. Der Anhänger in ihrer Hand zitterte heftig. Das Zischen hatte aufgehört, aber statt seiner ertönte jetzt eine ohrenbetäubende Sinfonie aus schreienden und kreischenden Lauten, aus kehligem Knurren und Bellen, aus Geräuschen, die sie nicht ausmachen konnte und wollte. Sie roch Rauch. Als sie die Augen wieder öffnete, sah sie, wie die kreischenden Seelen der Brethren zurückgerissen und hineingesogen wurden in die Wände, die in Flammen standen, in Flammen aus vergangenen Zeiten.

Nur Naughty John blieb zurück. Sein Geist war mit jeder der zehn Opfer stärker geworden. Zu stark vielleicht, um ihn zu binden, fürchtete Evie.

»Ich reiße dich in Stücke«, knurrte er und stürzte sich auf sie.

Evie hielt die Münze in die Höhe *»In dieses Gefäß …«*, rief sie, mit mehr Nachdruck dieses Mal.

Seine Gestalt fing an zu zucken, krümmte und wand sich wie unter den schlimmsten Schmerzen. Schwarzes Blut tröpfelte aus seinen Mundwinkeln. Seine Zähne lockerten sich und fielen aus. Die mächtigen Krallen zogen sich wieder zurück.

»B-b…binde ich …« Ehrfürchtige Scheu überfiel sie, die stärker war als ihr Gedächtnis.

»Zerstör mich nur, und du wirst nie erfahren, was sich zugetragen hat. Noch, was die Zukunft bringen wird«, fauchte er mit schon verlöschendem Atem.

Er wollte sie verwirren. Alles Täuschung. Nur eine List. *»In dieses Gefäß, binde ich deinen Geist …«*

John Hobbes stieß einen Schrei aus. Er fiel auf die Knie. Seine Haut kräuselte sich wieder, als wühlten Ratten unter ihrer Oberfläche. »Und du wirst nie erfahren … was mit deinem Bruder geschah«, rief er.

Evie erstarrte. »Was ist mit ihm geschehen?«

Ein schrilles Lachen stieg aus der Tiefe seiner Brust auf und ging in Husten über. Schwarze Bluttröpfchen spritzten auf Evies Gesicht und nur mit Mühe widerstand sie dem Drang, laut aufzuschreien.

»Was ist mit meinem Bruder geschehen?«, rief sie.

»Du ahnst nicht … was entfesselt worden ist.«

»Was soll das heißen?«

John Hobbes grinste. Blut befleckte seine noch verbliebenen Zähne. »Frag … James.«

Er schlug um sich und seine Flügel hätten Evie fast zu Boden gerissen. Erschreckt ließ sie den Anhänger fallen und stürzte mit einem Aufschrei auf die Münze zu, aber John Hobbes tat es ihr gleich und seine Hand war schneller. Sie rangen miteinander, doch die Bestie war überlegen. Jetzt stand sie über ihr; und der Komet war nah. Eine Kralle spitzte durch die Haut seines rechten Zeigefingers, dann eine zweite durch den mittleren – scharf genug, um sie aufzuschlitzen, um ihr das Herz zu rauben.

Aber Evie presste ihre Hand von der anderen Seite gegen den Anhänger, wobei ihre Finger die der Bestie berührten. »In dieses Gefäß binde ich deinen Geist. Ins Feuer empfehle ich deinen Geist. In die Dunkelheit …«

»Du verlierst …«

»… werfe ich dich, oh Bestie, auf dass du nie mehr daraus aufsteigen mögest«, fuhr Evie fort.

Als der Komet jetzt leuchtend über ihnen am Himmel stand, sah sie zum ersten Mal die nackte Angst in John Hobbes' Augen. Dann wurde seine Gestalt in den Münzanhänger hineingesogen, der in Evies Hand bebte und rot glühte, bis sie ihn fallen lassen musste. Eine riesige, grell leuchtende Feuersäule schoss explosionsartig aus der Münze in den Himmel empor und verschmolz mit dem Kometen. Dann verschwand der Komet genauso schnell, wie er gekommen war, und mit ihm der Anhänger, von dem nur ein Häuflein Asche zurückblieb. Am nächtlichen Himmel wurde es wieder dunkel und still. Vereinzelt nur sah man ein paar Sterne im Dunst.

Erneut hörte Evie ein zischendes Geräusch und rappelte sich hoch. Flammen barsten aus den schon rußgeschwärzten Wänden, aber dieses Mal stammten sie nicht aus einer lang zurückliegenden Erinnerung. Hier brannte ein echtes Feuer. Die Hitze reizte ihre Augen und machte es ihr fast unmöglich zu atmen, ohne dabei zu husten. Wieder spürte Evie, wie Panik in ihr hochstieg. Wie sollte sie hier herauskommen? Was sollte sie tun? Einen Moment lang stand sie still da, betäubt von ihrer Furcht und den Schrecken der Nacht. Sie blickte in den Himmel hinauf, als erwartete sie, dass er die Entscheidung für sie traf. Dicker schwarzer Rauch waberte nach oben auf die Öffnung in der Decke zu und nahm die Sicht auf die Sterne. Nein. So weit war sie nicht gekommen, hatte nicht geopfert, was ihr am allermeisten bedeutete, um jetzt aufzugeben. Die Decke wölbte sich und Putz regnete auf sie herab. Mit einem fast schon tierischen Aufheulen sprang sie auf die Tür zu, die Hände schützend erhoben, um glühende Trümmerteile abzuwehren, rannte durch den Keller, dann die Treppe hinauf ins Erdgeschoss und schrie nach Jericho.

»Evie? Evie!«

Als sie Jerichos Stimme hörte, schöpfte sie neue Hoffnung. »Jericho! Ruf weiter!«

Sie folgte Jerichos Rufen bis in den Raum, aus dem er nach unten gestürzt war. Sie griff nach der Taschenlampe und leuchtete damit in das Loch. Es war nicht tief – das sah sie jetzt. Er musste sich bei seinem Sturz den Kopf angeschlagen haben. Sie streckte ihm den Arm entgegen, damit Jericho sich daran hochziehen konnte.

»Wir müssen hier verschwinden und zwar schnell«, stieß sie ächzend hervor.

»Was ist mit …?« Jericho rieb sich die Augen.

»Fort«, sagte sie. »Erledigt.«

Bretter splitterten. Fenster zersprangen und überschütteten sie mit hauchdünnen Glasscherben. Das Haus bebte in seinen Grundmauern und senkte sich mit dem Feuer, als wollte es alles und jeden mit sich in die Tiefe reißen. Evie und Jericho rannten auf die Küche zu.

»Warum hast du das Streichholz angezündet?«, brüllte Evie.

»Das habe ich nicht!«, beteuerte Jericho.

Die Küchentür ließ sich nicht bewegen. Fieberhaft zerrte Evie an ihrer Klinke. Jericho kam ihr zu Hilfe, aber er konnte den Griff genauso wenig lockern wie sie. Evie schrie auf, als das Dach einstürzte und die Tür durch den Druck aufgesprengt wurde. Sie zögerte nicht lange, packte Jericho an der Hand und zog ihn nach draußen, und als das Haus in die Luft flog, rannten die beiden längst die Auffahrt hinunter und auf die Straße.

Die Feuerwehr richtete ihre Schläuche auf die rauchenden Überreste von Knowles' End, das mit einer letzten Verbeugung in sich zusammensackte. Zu retten war nichts mehr. Das Petroleum hatte schon vor Naughty Johns letztem Gefecht dafür gesorgt.

Evie saß mit einer Decke über den Schultern auf der Bordsteinkante und sah zu, wie es herunterbrannte. Jericho hatte abgelehnt, sich von einem Arzt untersuchen zu lassen, und behauptet, er habe lediglich eine Beule am Kopf. Er kam zu ihr und setzte sich neben sie, seine Augen immer noch ein wenig glasig. Eine neugierige Menge war weiter unten auf der Straße zusammengelaufen und sah dem Geschehen zu. Mehrere Kinder, die von den Flammen und dem spannenden Treiben fasziniert waren, versuchten, sich näher heranzupirschen, wurden aber von ihren Müttern ermahnt, in sicherem Abstand stehen zu bleiben.

An einen sicheren Abstand würde Evie niemals mehr glauben.

»Du weinst ja«, sagte Jericho

»Wirklich?«, erwiderte Evie leise. »Was bin ich doch für ein Dummkopf.«

Dann fasste sie an die leere Stelle an ihrem Hals und weinte.

Die Leute glauben doch alles

Will saß in dem kleinen, feuchtkalten Vernehmungszimmer und hatte den Kopf auf die Arme gelegt. Die Wanduhr zeigte fünf Uhr nachmittags. Die Tür ging auf und Malloy schob seinen massigen Körper in den Stuhl gegenüber von Will. »Wir haben deine Nichte und deinen Assistenten an der alten Knowles-Villa abgeholt.«

»Ist sie …?«

»Ihr geht es gut. Das Haus ist komplett abgebrannt, aber ihr geht es gut.« Malloy schwieg einen Moment zu lang. »Sie schwört, dass sie sich einen Kampf mit dem Mörder geliefert hat – mit dem ins Diesseits zurückgekehrten Geist von John Hobbes.«

Will starrte auf seine verschränkten Hände und sagte nichts.

»Es ist vollkommen verrückt, aber du erinnerst dich an den Anhänger, den ihr ausgegraben habt? Nun, sieht ganz so aus, als ob von dem nichts weiter als ein Häufchen Asche übrig war, als meine Jungs ihn jetzt wieder hervorholen wollten. So was Merkwürdiges haben die noch nie erlebt. Darüber weißt du aber auch nichts, oder?«

Will blieb stumm.

»Und von den Einheimischen in Brethren habe ich gehört, dass es letzte Nacht da oben auch gebrannt hat – das Feuer ist ausgebrochen, als der Komet hier durchkam; zur gleichen Zeit wie das Feuer in Knowles' End. War überhaupt nicht trocken in den Wäldern da – im Gegenteil, es hat den ganzen Tag geregnet. Brandstiftung war es aber auch nicht. Nein, nein, scheint so, als ob das alte Lager oben im

Wald – und auch nur das alte Lager – in Sekundenschnelle abgebrannt wäre. Ist nichts mehr davon übrig.« Malloy beugte sich nach vorn. Die Tränensäcke unter seinen Augen waren noch geschwollener als sonst. »Fitz, was geht hier vor?«

Endlich sah Will auf. »Was willst du von mir hören?«

Malloy schien über Wills Frage eine ganze Weile nachzudenken; dann stieß er einen tiefen Seufzer aus. »Nichts«, sagte er schließlich. »Ich weiß nichts und ich will auch nichts wissen, Fitz. In zehn Jahren würde ich ganz gern meine Pension kassieren, und deshalb sage *ich* dir jetzt, was passiert ist. Für die Einwohner von New York ist der Mörder erst erschossen worden und dann in der Villa verbrannt; Identität unbekannt. Einer unserer Beamten hat ihn getötet. Officer Lyga steht zur Beförderung an. Er ist ein guter Mann. Und jetzt ist er ein Held. Helden sind immer gut. Helden lassen die Leute nachts besser schlafen. Das ist die offizielle Story. Du verstehst?«

»Und du meinst, die Leute glauben das?«

»Die Leute glauben doch alles, wenn sie danach in Ruhe weiterleben können und sich nicht den Kopf zerbrechen müssen.« Malloy stand langsam auf und öffnete die Tür. »Du bist ein freier Mann.«

An der Tür legte er eine Hand auf Wills Arm. Sein Ton klang drängend. »Will, was geht vor?«

»Ruh dich mal etwas aus, Terrence.«

»Mach mich nicht zu deinem Feind, Will«, rief Malloy ihm nach.

Will lief durch die labyrinthartigen Gänge des Polizeipräsidiums. Er kam an einem Raum mit mehreren Fenstern vorbei, deren Rouleaus zur Hälfte herabgelassen waren. Dort saßen zwei Männer in dunklen Anzügen, die auf eine Unterredung mit dem Polizeichef warteten. Beide saßen ruhig und gelassen da, als ob es keinerlei Grund zur Eile gäbe. Sie sahen aus, als seien sie daran gewöhnt, ihren Willen durchzusetzen, und hätten keinerlei Zweifel daran, dass es auch heute so sein würde.

Will wurde blass, eilte an ihnen vorbei nach draußen in den neblig grauen Morgen. Er warf einem Zeitungsverkäufer zwei Cent zu und las die neueste Schlagzeile zum Tod des Pentakelmörders, unter der ein gestelltes Foto von Officer Lyga zu sehen war; er stand neben der amerikanischen Flagge, darunter die Bildunterschrift: HELDENHAFTER POLIZIST MACHT STADT WIEDER SICHER. Sie hatten schnelle Arbeit geleistet. Will oder das Museum wurden nicht erwähnt. Will ließ die Zeitung auf einer Bank in der Nähe liegen und schob die Hände tief in seine Hosentaschen, um ihr Zittern zu verbergen.

Memphis wartete ab, bis Octavia fest eingeschlafen war, schloss dann die Tür des Zimmers, in dem Isaiah schlief, und kroch neben ihm ins Bett. Er starrte seine Hände an. Drei Jahre war es jetzt schon her, seit er versucht hatte, seine Mutter zu heilen und das letzte Mal die Geisterschar mitten unter all den flatternden Flügeln gespürt hatte. Vielleicht war seine Gabe ja für immer verloren. Aber er wollte nicht länger Angst davor haben, es herauszufinden.

Memphis kniete sich neben Isaiahs Bett. Er überlegte, ob er beten sollte, aber für was? Sollte er Gott um Hilfe oder um Vergebung bitten? Er war sich nicht mal sicher, ob er an das eine oder an das andere glaubte, also sagte er nichts, als er die Hände auf den Körper seines Bruders legte und sich auf die Heilung konzentrierte. Doch er spürte nichts. Nicht mal die geringste Wärme. Roch keinen Blumenduft wie sonst immer, bevor er in die Welt der Geister und der sonderbaren Bilder eingetaucht war.

»Aber ich gebe nicht auf, verflucht noch mal«, sagte er mit zusammengebissenen Zähnen. »Hörst du? Ich gebe nicht auf!«

Memphis holte tief Luft. Mit einem Zucken in den Fingern begann es. Dann sickerte die ihm vertraute Wärme durch seine Adern, als wäre plötzlich ein Hahn geöffnet worden. Und ehe er noch darüber nachdenken konnte, wurde er auch schon in das Schattenreich zwischen den Welten gezogen. Um sich herum spürte er die

Schar der Geister, die ihm ihre Hände leicht auf Schultern und Arme legten und eine wunderbar heilende Kette bildeten. Dann hörte er die sanfte, leise Stimme seiner Mutter.

»Memphis.«

Sie trug einen Umhang, so schillernd wie ein mondbeschienener See. Sie war auch nicht mehr krank und ausgezehrt wie damals, als er sie zum letzten Mal gesehen hatte; schön sah sie aus, wenn auch ein bisschen traurig. Es war tatsächlich seine Mutter, der er an diesem Ort begegnete, und er wollte zu ihr.

»Wir haben nicht viel Zeit, mein Sohn.«

»Mama, bist du es?«

»Ich muss dir etwas sagen, solange ich es kann. Du wirst dazu berufen werden, wichtige Entscheidungen zu treffen und große Opfer zu bringen«, sagte sie und klang dabei ein wenig bekümmert. »Alle werden gebraucht, aber nur du kannst entscheiden, welcher Weg der richtige ist. Ein Sturm wird aufziehen und du musst auf ihn vorbereitet sein.«

»Was ist mit Isaiah?«

Seine Mutter gab ihm darauf keine Antwort. »Es gibt etwas, das ich dir nie erzählt habe. Etwas, das ich dir hätte erzählen sollen …«

Die sanften, Trost spendenden Geister lösten sich jetzt auf. Seine Mutter und er standen an der Kreuzung aus seinen Träumen. In der Ferne sah man das Farmhaus und den knorrigen Baum. Am Himmel wirbelten dunkle Wolken, dazwischen das grelle Licht von Blitzen. Memphis' Mutter blickte voller Angst nach oben. Ein heftiger Wind wehte und wirbelte eine Staubwolke auf.

»Du kannst nichts zurückholen, was einmal gegangen ist, Memphis. Was weg ist, kommt nicht wieder. Versprich mir, dass du dich danach verhältst!«

Die Staubwolke hatte sie fast eingeholt.

»Mama, lauf weg!«

»Versprich es mir!«, schrie sie, doch schon hatte die Staubwolke sie verschluckt.

Memphis stolperte weiter die Straße entlang und versuchte, dem Staub, der ihm den Atem nahm, zu entkommen. Zu seiner Rechten sah er ein Feld, dessen Weizen zu schwarzen Stoppeln zerfiel, als ein Mann in dunklem Mantel und mit hohem Hut hindurchging. Die Krähe flog quer über Memphis' Weg.

Da wurde die Trance durchbrochen, Memphis fiel nach hinten und kam dumpf auf dem Boden auf. Er war schweißgebadet und zitterte am ganzen Körper, aber er war am Ort des Heilens gewesen. Und er hatte seine Mutter dort gesehen.

»Memphis. Was machst du denn da unten auf dem Boden?«

Isaiah war aufgewacht und sah ihn schläfrig an, als wäre es ein x-beliebiger Morgen.

»Isaiah?«, sagte Memphis mit erstickter Stimme.

»Ja, so heiß ich. Du benimmst dich aber wirklich komisch«, sagte Isaiah und streckte sich. »Ich habe Durst.«

Sein Bruder war geheilt. Er war geheilt und es war Memphis' Werk gewesen. Seine Handflächen prickelten noch vom Handauflegen. Er hatte seine Gabe also nicht verloren, er hatte sie zurückerhalten. Memphis schloss Isaiah in seine Arme und weinte.

»Was ist denn los?«

»Nichts. Nichts, kleiner Mann. Alles ist wieder gut.«

»Ich hab aber immer noch Durst.«

»Ich hol dir was zu trinken. Bleib du hier liegen. Geh nicht irgendwohin.«

»Nirgendwohin«, verbesserte Isaiah ihn schläfrig.

»*Das* auch nicht.«

Memphis lief in die Küche, stellte ein Glas unter den Wasserhahn und konnte kaum erwarten, bis es vollgelaufen war. »Danke«, sagte er, obgleich er nicht wusste, zu wem er es sagte oder warum. Er drehte den Wasserhahn zu und lief eilig zu Isaiah zurück.

Draußen vor dem Küchenfenster hörte man hoch in den Wolken Blitze knistern. Die Krähe sah schweigend zu.

Aufziehender Sturm

Evie, Theta und Mabel gingen hinaus in den frischen, klaren Nachmittag. Der Himmel war heiter und wolkenlos, die Luft fühlte sich an wie neugeboren und Evie hatte den dringenden Wunsch nach einem neuen Hut. Vier Tage war es nun schon her, seit sie die Bestie, John Hobbes, in dem kleinen Kellerraum der Knowles-Villa besiegt hatte. Vier Tage, seit sie seine Seele an den Gegenstand, der ihr am heiligsten gewesen war, gebunden und ihren Talisman geopfert hatte, um sie alle zu retten. Auch jetzt noch griff sie immer wieder an ihren bloßen Hals unter dem Schal und sehnte sich nach dem vertrauten Anhänger. Seit diesem Tag hatte sie keinen einzigen Traum mehr gehabt, vermied es aber, sich darüber Gedanken zu machen. Wie sie es überhaupt vermied, an das Geschehene zurückzudenken. Onkel Will und sie hatten über die Nacht in der Knowles-Villa so gut wie nicht gesprochen. Er kam ihr unnahbarer vor denn je und verschanzte sich hinter seinen Büchern und Zeitungsausschnitten, sodass er schon selbst fast wie ein Geist aussah. Über die *Diviner* würde sie ihn später einmal befragen. Sie würde ihn dann fragen, wie sie in Erfahrung bringen konnte, ob es noch andere wie sie gab und wie sie lernen konnte, ihre Gabe zu kontrollieren. Da war so vieles, was Evie gern noch wissen wollte. Doch das konnte warten. Jetzt saßen Mabel, Theta und sie erst einmal in der Straßenbahn auf dem Weg zu einem Hutladen, den Theta kannte und in dem Evie sich einen neuen Glockenhut mit kunstvoll geschlungener Schleife kaufen wollte, um der Welt zu signalisieren, dass sie ungebunden und durchaus noch zu haben war. Dies hier war ihre Stadt! Sie hatte Mabel einmal versprochen, dass sie sie in vollen Zügen genießen würden, und dieses Versprechen wollte sie nun endlich auch erfüllen.

Die Straßenbahn hielt vor einer Ampel, und kurz bevor sie wieder anfuhr, sprang Sam aufs Trittbrett und hielt sich an den Streben neben Evies Schulter fest.

»Hallo, meine Damen«, rief er.

»Sam! Spring sofort wieder ab!«, schimpfte Evie los.

Sam sah hinter sich auf die vorüberfliegende Straße. »Keine so gute Idee, glaube ich.«

»Ich kann ja immer noch nicht fassen, dass sie dich wieder freigelassen haben.«

»Schreib es einfach meinem Charme zu, Schwester. Ich habe aber ein paar Handschellen behalten.« Sein Lächeln deutete etwas Unanständiges an und Evie verdrehte die Augen.

»Wollte dich nur wissen lassen, dass ich jetzt für ein paar Tage weg bin«, sagte er.

»Oh, dann werd ich einen schwarzen Schleier tragen und die Nächte durchweinen.«

Theta und Mabel kicherten und sahen rasch zur Seite.

»Ich werde dir fehlen. Das weiß ich ganz genau, Schwester.« Er grinste sie mit seinem anzüglichen Lächeln an.

»He!«, rief ihm der Schaffner zu. »Runter da mit Ihnen!«

»Sam, gleich kriegst du Ärger!«

Sam grinste. »Nanu, Baby, und ich dachte, du liebst ein bisschen Ärger.«

»Spring runter, bevor du dich noch selber umbringst.«

»Besorgt wegen meines Wohlergehens?«

»Spring. Runter.«

Sam hüpfte von der Straßenbahn und hätte dabei beinahe eine Frau mit Kinderwagen umgestoßen. »Verzeihung, Madam.« Er klopfte sich die Hände ab und rief Evie nach: »Eines Tages wirst du dich noch Hals über Kopf in mich verlieben, Evie O'Neill!«

»Warte lieber nicht darauf«, rief Evie zurück.

Sam mimte einen durch sein Herz dringenden Pfeil und ging zu Boden. Evie musste wider Willen lachen. »Idiot.«

Theta zog langsam die Augenbrauen hoch. »Der Junge ist in dich verschossen, Evil.«

Evie verdrehte die Augen. »Mit mir hat das nichts zu tun. Der will nur haben, was er nicht kriegen kann.«

Theta blickte auf die hellen Lichter des Broadway, die nach und nach in der Abenddämmerung zu leuchten begannen. »Wollen wir das nicht alle?«

Als Evie ins Museum zurückkam, war es schon dunkel und die letzten Besucher des Tages waren gegangen. Sie summte eine Melodie, die sie im Radio gehört hatte, ließ Mantel, Schal und Handtasche auf einen Stuhl fallen und ging in die Bibliothek. Die Tür war nur angelehnt und durch den Spalt hörte Evie eine ihr unbekannte Frauenstimme.

»Der Sturm kommt auf uns zu, Will. Ob du nun bereit dafür bist oder nicht.«

»Und wenn du dich täuschst?« Will klang angespannt und Evie verharrte lautlos.

»Glaubst du denn wirklich, dass es sich hier um einen Einzelfall handelt? Du liest genau wie ich die Zeitungen. Und hast die Zeichen gesehen.«

Die Unterhaltung wurde leiser und Evie schob sich näher an die Tür heran, um besser hören zu können.

»Ich habe dir damals schon gesagt, dass es zu keinem guten Ende führen würde.«

»Ich habe mich bemüht, Margaret. Das weißt du.«

Sie mussten ihren Standort gewechselt haben, denn ihre Stimmen klangen jetzt noch gedämpfter und Evie konnte sie nur bruchstückhaft verstehen: »Sicherer Zufluchtsort.« – »*Diviner*.« – »Werden wir brauchen.«

Sie trat noch einen Schritt näher an die Tür heran.

»Was ist mit deiner Nichte? Du weißt, wozu sie in der Lage ist. Du musst sie darauf vorbereiten.«

Evies Herz schlug schneller.

»Nein. Auf keinen Fall.«

»Wenn du es ihr nicht sagst, muss ich es eben tun.«

Evie hielt es nicht länger aus und stürmte ins Zimmer. »Was sollst du mir sagen?«

»Evie!« Will ließ seine Zigaretten fallen. »Das hier ist ein vertrauliches Gespräch …«

»Ich habe gehört, wie ihr über mich gesprochen habt.« Evie wandte sich der großen, eindrucksvoll aussehenden Frau zu, die neben Wills Schreibtisch stand. Es war dieselbe Frau, die sie vor etwa zwei Wochen im Museum aufgesucht und ihre Karte dagelassen hatte. Die Frau, die Will angeblich nicht kannte. »Was will er mir nicht sagen?«

»Miss Walker wollte gerade gehen.« Will warf der Frau einen warnenden Blick zu. Sie reagierte darauf mit Kopfschütteln – resigniert oder missbilligend, da war Evie sich nicht sicher.

»In der Tat.« Die Frau rückte ihren Hut zurecht. »Ich finde selbst den Weg hinaus, danke. Der Sturm kommt auf uns zu, Will, ob du nun bereit dafür bist oder nicht«, wiederholte sie noch einmal und marschierte mit derselben majestätischen Haltung aus der Bibliothek wie beim letzten Mal.

Evie wartete ab, bis sie das schnelle Klacken ihrer Absätze auf dem Weg draußen hörte, und drehte sich dann zu Will um. »Wer ist diese Frau?«

»Das geht dich nichts an.«

Will zündete sich eine Zigarette an, aber Evie schnappte sie ihm wütend aus den Fingern und drückte sie in einem Aschenbecher aus.

»Sie hat aber von mir gesprochen! Und ich will wissen, warum«, sagte Evie bestimmt. »Außerdem hast du neulich behauptet, du würdest sie nicht kennen!«

Einen Moment lang stand Will zögernd an seinem Schreibtisch und sah unendlich verloren aus. Dann aber kam die akademische Kälte über ihn und er war wieder der alte unantastbare Will. Er tat so, als würde er die Gegenstände auf seinem Schreibtisch zu etwas arrangieren, das den Anschein von Ordnung erweckte. »Evie, ich habe nachgedacht. Es wäre vielleicht am besten, wenn du wieder nach Ohio zurückgehen würdest.«

Evie taumelte, als hätte sie ein Schlag getroffen. »Was? Aber Onkel Will, du hattest mir versprochen …«

»Dass du noch eine Weile länger bleiben könntest, ja. Evie, ich bin ein alter Junggeselle und festgefahren in meinen Gewohnheiten. Ich eigne mich nicht dafür, ein junges Mädchen zu betreuen …«

»Ich bin siebzehn!«, schrie Evie ihn an.

»Trotzdem.«

»Und du hättest diesen Fall nicht ohne mich lösen können.«

»Das weiß ich. Und ich versuche gerade, mir selber zu verzeihen, dass ich dich da mit hineingezogen habe.« Will ließ sich auf einen Stuhl fallen. Er war es nicht gewohnt, still zu sitzen, und schien ratlos zu sein, was er mit seinen Händen anfangen sollte. Schließlich legte er sie auf die Armlehnen des Stuhls wie der für sein eigenes Denkmal posierende Lincoln.

»Aber … warum denn?«, fragte Evie. Sie stand so Mitleid heischend vor ihm wie ein Schulmädchen, das den Direktor um eine zweite Chance anfleht, und sie hasste sich selbst dafür.

»Weil …«, begann Will seinen Satz. »Weil du hier nicht sicher bist.«

Evie spürte, dass sie kurz davor war, vor lauter Wut in Tränen auszubrechen. »Warum sagst du mir nicht, was vor sich geht?«

»Das musst du mir einfach glauben, Evie: Je weniger du weißt, umso besser. Es ist nur zu deinem Besten.«

»Ich habe es satt, dass mir ständig jemand sagt, was zu meinem Besten ist.«

»Es gibt Menschen auf dieser Welt, die zu Dingen fähig sind, von denen du nicht einmal ahnst.«

Jetzt perlten Tränen auf Evies schwarz getuschten Wimpern. »Du hast mir aber versprochen, dass ich bleiben kann.«

»Und ich habe mein Versprechen auch gehalten. Der Fall ist abgeschlossen. Jetzt ist es an der Zeit, wieder nach Hause zurückzukehren«, sagte Will so behutsam wie möglich.

Sie hatte geholfen, den Fall aufzuklären. Sie hatte ihre Kopfschmerzattacken, den Kampf gegen John Hobbes und die Geister der Brethren in diesem dreckigen Kellerloch tapfer ertragen. Hatte den Gegenstand, der ihr am meisten bedeutete – den Münztalisman und damit die Chance, zu erfahren, was mit James geschehen war, ihr Andenken an James –, geopfert, um die Sache zu einem guten Ende zu führen. Und jetzt wurde sie zur Belohnung einfach nach Hause geschickt? Das war nicht fair. Ganz und gar nicht fair.

»Dafür hasse ich dich. Jetzt und für alle Zeiten«, flüsterte sie und gab den Kampf gegen die Tränen endgültig auf.

»Ich weiß«, sagte Will leise.

Jericho streckte den Kopf zur Bibliothek herein und sagte in drängendem Ton: »Will. Das musst du sehen.«

Leute von der Presse hatten sich mit gezückten Notizblöcken auf der Museumstreppe versammelt. Sie sahen aggressiv und gelangweilt aus, erwarteten eine blutige Story. Der Pentakelmörder war gut fürs Geschäft gewesen; das konnte jetzt doch nicht einfach vorbei sein. Ganz vorn in erster Reihe stand T. S. Woodhouse höchstpersönlich.

»Ich kümmere mich darum.« Will ging nach draußen und die Reporter zückten die Stifte. »Meine Herrschaften. Welchem Umstand verdanke ich diese Ehre? Wenn Sie unbedingt einen Blick ins Museum werfen wollen … morgen früh um zehn Uhr dreißig öffnen wir wieder.«

»Mr Fitzgerald!« – »He, Fitz – hier drüben!«, versuchten die Reporter sich gegenseitig zu überschreien.

»Haben Sie sich von der Haft erholt?«

»Ja, Professor – warum hat man Sie eigentlich in den Bau gesteckt? Haben Sie jemanden kaltgemacht?«

»Was können Sie uns über den Pentakelmörder sagen?«

»Ist an dem Gerücht, dass bei dem Fall etwas Übernatürliches eine Rolle gespielt hat, was dran? Irgendein alter Hokuspokus oder so?«, fragte Woodhouse.

Will streckte beschwichtigend die Hände aus. Er versuchte zu lächeln, brachte aber nur eine Grimasse zustande. »Übernatürliches gehört in unser Museum.«

»Und der Mörder? War der tatsächlich ein Geist?«, insistierte T. S. Woodhouse. »Das besagt jedenfalls das Gerücht, das in Umlauf ist, Professor.«

»Die Polizei hat eine Erklärung abgegeben. Sie haben Ihre Story bereits, meine Damen und Herren. Ich fürchte, ich habe ihr nichts mehr hinzuzufügen, und wünsche Ihnen allen einen guten Abend.«

Woodhouse wandte sich an Evie. »Miss O'Neill? Haben Sie uns vielleicht etwas mitzuteilen?«

»Evie, komm, wir gehen rein. Es ist kalt«, sagte Will.

Evie stand auf den dämmerigen Stufen der Museumstreppe. Sie hatte ihren Mantel drinnen gelassen und der kühle Oktoberwind pfiff schneidend durch ihr Kleid. Will wollte, dass sie ins Haus ging. Danach würde er sie nach Ohio zurückschicken, wo ihre Eltern sie ebenfalls sofort ins Haus schicken würden. Sie war es leid, von einer Generation, die alles verpfuscht hatte, gesagt zu bekommen, wo es langging. Einer Generation, die ihren Kindern nichts als Lügen aufgetischt hatte: Gott schützt dieses Land. Liebe deine Eltern. Alle haben dieselben Chancen. Und gleichzeitig hatten sie junge Burschen, hatten sie ihren Bruder in einem grausamen Krieg kämpfen lassen, in dem alles verstümmelt, getötet und zerstört worden war, was sie ausgemacht hatte. Und jetzt logen sie immer noch und erwarteten von ihr, dass sie sich still verhielt und gute Miene zum bösen Spiel machte. Aber das würde sie nicht tun. Sie wusste jetzt, dass die Welt weit davon entfernt war, gerecht zu sein. Sie wusste, dass die Ungeheuer dieser Welt real waren.

»Ich werden Ihnen sagen, was geschehen ist«, sagte sie. In ihren Augen schien ein hartes Licht auf.

»Evie, nein«, warnte Will, aber schon hatten sich die Presseleute umgedreht und wandten ihr ihre volle Aufmerksamkeit zu. Ein Mann mit schwarzem Filzhut schoss ein Foto von ihr, und sie musste blinzeln, weil das plötzliche, grelle Licht sie blendete.

»Wie heißen Sie denn, Süße?«

»Evangeline O'Neill. Aber meine Freunde sagen Evie. Natürlich rufen sie mich normalerweise aus dem Knast an.«

Die Reporter lachten.

»Na, die gefällt mir. Die hat vielleicht Mumm«, sagte einer. »Und ist obendrein auch noch was fürs Auge.«

»Allerdings«, murmelte T. S. Woodhouse anerkennend.

»Miss O'Neill! John Linden von der *Gotham Trumpet.* Wie wäre es mit einem Exklusivbericht für uns?«

»Patricia Ready von *Hearst-Medien,* Miss O'Neill. Wir Mädchen sollten doch zusammenhalten, finden Sie nicht?«

»He, Süße – schauen Sie mal hier rüber! Und jetzt schön lächeln. Braves Mädchen!«

Die Reporter rissen sich um ihre Story, riefen laut: »Miss O'Neill! Miss O'Neill!« Riefen lautstark *ihren Namen* mitten in Manhattan, dem Mittelpunkt der Welt.

»Wer von uns kriegt einen Exklusivbericht?«, rief einer der Journalisten.

»Das kommt darauf an – wer von Ihnen hat denn den Gin?«, schoss Evie zurück und die Presseleute brachen in schallendes Gelächter aus.

T. S. Woodhouse schob seinen Hut zurück und trat näher an Evie heran. »Ihr alter Kumpel, T. S. Woodhouse, *Daily News.* Sie sind doch nicht mehr sauer, hoffe ich? Sie wissen, dass ich immer eine Schwäche für Sie hatte. Und mein Stift ist scharf gespitzt – fast so scharf wie Sie. Wie wär's denn, wenn Sie uns was an die Hand geben würden, Süße?«

Evie sah über ihre Schulter und warf einen Blick auf ihren Onkel, auf Jericho und das Museum, das schweigend hinter ihnen stand. Und über ihnen allen glitzerten die harten, kalten Lichter dieser Stadt.

»Miss O'Neill? Evie?« T. S. Woodhouse hatte seinen Bleistift längst gezückt.

»Mein Onkel hat Ihnen nicht die ganze Wahrheit gesagt. Um den Fall zu lösen, hat es tatsächlich besonderer Kräfte bedurft – Kräfte, die man getrost als übernatürlich bezeichnen kann. *Meiner* Kräfte im Übrigen.«

Die Reporter fingen wieder an zu diskutieren und lautstark zu rufen.

Evie hob die Hände. »Da wir alle hier New Yorker und kein Haufen Trottel sind, werden Sie vermutlich einen Beweis von mir wollen. Jetzt könnten Sie sich vielleicht doch noch nützlich machen, Mr Woodhouse.«

Die Reporter lachten und T. S. Woodhouse verbeugte sich vor ihr. »Ihr Wunsch ist mir Befehl.«

»Großartig. Kann ich irgendetwas von Ihnen haben? Einen Handschuh, eine Uhr – irgendeinen Gegenstand?«

»Sie will Ihre Brieftasche, Woodhouse«, scherzte einer seiner Kollegen.

»Solange sie dein Herz nicht will, Thomas.«

»Haben Sie es noch nicht mitgekriegt? Ich bin Journalist. Die haben so was nicht«, schoss Woodhouse zurück.

Evie streckte ihm die Hand entgegen. »Geben Sie mir einfach irgendwas.«

Er drückte ihr sein Taschentuch in die Hand, ließ aber seine Finger einen Moment länger als notwendig auf ihren liegen. Zunächst tat sich gar nichts und Evie musste ihre aufkommende Panik unterdrücken. Sie schloss die Augen und konzentrierte sich. Schließlich verzog sich ihr Mund zu einem erfreuten Lächeln. »Mr Woodhouse, Sie wohnen in der Bronx, nicht weit entfernt von einer irischen Bäckerei namens Black Holly's Biscuits. Sie schulden Ihrem Buchmacher fünfzig Dollar für den Martin-Burns-Kampf. Ich rate Ihnen, die zu begleichen; der Mann scheint mir nicht sonderlich geduldig zu sein.«

Woodhouse runzelte die Stirn. »Das könnte jeder wissen.«

»Auch ein siebzehnjähriges Mädchen?«, schrie einer der Reporter dazwischen.

Evie presste das Taschentuch fester zwischen ihren Fingern und es überließ ihr seine tieferen, intimeren Geheimnisse. Evie beugte sich nach vorn und flüsterte sie Woodhouse ins Ohr. Die zunächst überraschte Miene in seinem Gesicht wich einem Ausdruck erschrockenen Verstehens.

»Neue Schlagzeile«, verkündete er seinen Kollegen. »Flapper-Seherin berichtet alles, löst Mordfall mit geheimnisvoller Sehergabe.«

Die Reporter drängten jetzt mit fordernden Blicken näher. »Was hat sich wirklich zugetragen, Evie?« – »Hier drüben, Evie!« – »He, Miss O'Neill. Bitte lächeln – ja, so!«

T. S. Woodhouse hielt seinen Stift hoch. »Mein Blei wird langsam kalt, Süße.«

Evie fixierte ihn. »Ich besitze diese Gabe schon eine ganze Weile …«, begann sie.

Dann erzählte sie, wie ihre Fähigkeit, Gegenstände zu lesen, sie zu dem Mörder geführt hatte. Dabei hielt sie sich eng an die offizielle Version – die des gestörten Mannes, der von einem tapferen Polizeibeamten getötet worden war. Sie erzählte nicht, dass es Phänomene gab, vor denen man sich fürchten musste, oder dass die Vorstellung, die man sich landläufig von nächtlichen Geistern machte und die einem Schauer über den Rücken jagte, zutreffend war. Auch den bevorstehenden Sturm erwähnte sie nicht, vor dem Miss Walker gewarnt hatte. Stattdessen fesselte sie die Reporterschar mit einer weiteren Demonstration ihrer Gabe – einigen Details, die sie dem Notizblock eines der Reporter entlockt hatte. Die Menge vor ihr wurde immer dichter. Den Leuten gefiel, was sie zu sehen bekamen. *Sie* gefiel den Leuten. Sie stand im Mittelpunkt, in der fantastischsten Stadt der Welt, in einem ihrer fantastischsten Augenblicke. Jetzt konnte Will sie nicht mehr nach Hause schicken. Das würde einen Protest auslösen. Den würde sie sogar selbst organisieren, wenn es sein musste.

»Miss O'Neill – hey, Schönheit! Sehen Sie mal hier rüber!« Das Blitzpulver explodierte in winzig kleine Lichtpartikel. Wieder blitzte es und noch einmal. Das Licht blendete sie und tat ihr so weh in den Augen, dass sie den Kopf abwenden musste. Sie erwartete, Will und Jericho auf der Treppe hinter ihr zu sehen, aber dort war niemand mehr. Evie wandte sich wieder der Menschenmenge zu. Auf der anderen Straßenseite, am Rand des Parks, stand Margaret Walker und beobachtete das Geschehen ohne jede Regung. Abermals explodierte ein Blitz, und als Evie wieder klar sehen konnte, da war auch sie verschwunden.

Project Buffalo

Blind Bill klopfte an Octavias Haustür und wartete, bis diese knarzend aufsprang und er hörte, wie sie ihn hereinbat. Sie bot ihm einen Stuhl im Wohnzimmer an und ging noch einmal hinaus, um Kaffee und einen Teller Butterplätzchen zu holen.

»Ich weiß gar nicht, wie ich Ihnen danken kann, dass Sie neulich zur Stelle gewesen sind, Mr Johnson«, sagte Octavia mit stockender Stimme.

»Na, Ma'am, ich bin ja froh, dass unser guter Herr mich dorthin geschickt hat.«

»Sie haben da aber einen schönen neuen Hut und Anzug, Mr Johnson.«

»Bill! Danke, Miss. Die hab ich mir von meinem Gewinn gekauft. Meine Zahl hat nämlich groß gewonnen. Zweihundert Dollar, mir nichts, dir nichts.« Bill schnalzte mit den Fingern.

»Das muss eine Belohnung vom Himmel gewesen sein – für Ihre gute Tat.«

Bill räusperte sich. »Und, ähem, wie geht es dem kleinen Mann jetzt?«

»Ach, wissen Sie das noch gar nicht?« Bill hörte den Überschwang in Octavias Stimme. »Es geht ihm gut. Er ist wieder ganz gesund, als ob nichts passiert wäre.«

»Verstehe.« Bills Hände fingen an zu zittern und er faltete sie in seinem Schoß. »Und … erinnert er sich daran, was passiert ist?«

»Nein, nein, nicht die Bohne. Der Doktor meint, es war wohl irgendein Fieber. Wahrscheinlich werden wir das nie erfahren.«

»Vielleicht …«, sagte Bill, schüttelte dann aber den Kopf, als würde er den Gedanken gleich wieder abtun. »Vielleicht hab ich kein Recht, das zu sagen …«

»Was denn?«

»Na ja, ich hab mich nur gefragt, ob die Kartenleserei bei Miss Walker vielleicht schuld daran war.«

Bill nahm einen Schluck von seinem Kaffee und wartete ab. Als Octavia endlich das Wort ergriff, klang ihre Stimme angespannt vor Ärger und Sorge. »Miss Walker hilft Isaiah bei seinen Rechenaufgaben. Er tut sich mit dem Addieren schwer. Von irgendwelchen Karten weiß ich nichts.«

»Jetzt hab ich aber was ausgeplaudert. Hab mehr gesagt, als ich sollte. Hören Sie nicht auf mich, Miss Octavia.«

»Ich wäre Ihnen dankbar, Mr Johnson …«

»Bill.«

»Wenn Sie mir sagen würden, was Sie wissen, Bill.«

Er konnte Octavia nicht sehen, aber er hörte ihr Kleid rascheln, als sie auf der Stuhlkante herumrutschte, und wusste, jetzt hatte er sie in der Hand.

»Na ja, Miss, wahrscheinlich weiß ich auch nicht alles. Der kleine Mann hat mir erzählt, er hätte eine Gabe, und Miss Walker würde ihm beibringen, sie zu nutzen. Meine Großmutter hat es immer das Zweite Gesicht genannt.« Bill nahm sich noch ein Plätzchen und tunkte es in seine Kaffeetasse. Es schmeckte köstlich. »Aber Sie wissen ja, wie Kinder sind. Wenn Sie mich fragen … hat mir der kleine Mann nur Geschichten aufgetischt. Hat sich ein bisschen aufgeplustert, Sie wissen schon.«

»Aha.« Sie war jetzt ärgerlich. Besuche bei Miss Walker würde es in der Zukunft keine mehr geben, da war sich Bill hundertprozentig sicher.

»Kann ich für einen Moment bei Isaiah reinschauen, wenn es keine Umstände macht?«

»Nun, er schläft gerade«, sagte Octavia zögernd.

»Verstehe. Na ja, will ja auch keine Umstände machen. Hätte nur ganz gern ein bisschen bei ihm gebetet.«

»Gebete sind hier jederzeit willkommen.«

»Ja, Madam. Denk ich doch auch.«

Octavia führte Bill zu einem im hinteren Teil der Wohnung gelegenen Schlafzimmer, wo er sich neben Isaiahs Bett stellte.

»Oh Herr«, sagte Bill und senkte den Kopf. »Ähem … verzeihen Sie, Miss, aber ich hab's nicht so damit, vor andern laut zu beten.«

»Natürlich«, sagte sie, und er hörte, wie sie die Tür hinter sich schloss.

Bill streckte die Hand aus und berührte den Jungen am Kopf, der sich so weich wie der eines Lämmchens anfühlte. Nur eine Kostprobe. Mehr brauchte er ja nicht. Und eine zweite Zahl. Dieses Mal würde er besser aufpassen. Er spürte, wie die Energie des Jungen in ihn hineinfloss, und musste plötzlich würgen. Rasch zog er die Finger zurück. Was war das? Was hatte er da gespürt?

Es war dämmerig im Raum, aber plötzlich sah er verschwommene Formen – die massigen Umrisse eines Garderobenschranks, das schwache Licht, das durch ein Fenster fiel. Formen, Licht. Er konnte … sehen. Nur ein wenig, aber immerhin. Da wusste Bill, dass jemand dem Jungen eine heilende Kraft übertragen hatte. Jemand besaß eine noch größere Gabe als Isaiah Campbell. Eine viel größere. Bill juckte es in den Händen, es ein zweites Mal zu versuchen, aber da hörte er, wie die Tante des Jungen nach ihm rief. Er hatte ja Zeit. Ihm fiel eine Geschichte ein, die er als Kind einmal gehört hatte und in der es um eine Schildkröte und einen Hasen gegangen war. *Gut Ding will Weile haben.* Das war der Kernsatz gewesen. Geduld. Jetzt galt es, Geduld zu zeigen. Bill würde die Schildkröte sein. Ja, er hatte genügend Zeit.

Bill Johnson war längst gegangen, als Memphis nach Hause kam, aber Tante Octavia saß noch im Wohnzimmer und hantierte so wütend mit ihren Stricknadeln herum, als wollte sie dem begonnenen Pullover den Garaus machen, anstatt ihn zu stricken.

»Was ist denn los? Ist irgendwas mit Isaiah?«, fragte Memphis.

»Ich weiß jetzt Bescheid über eure Besuche bei Sister Walker und über die Kartenleserei. Ich weiß Bescheid und ihr hört sofort auf damit«, sagte sie in barschem Ton. »Was ihr da treibt mit dieser Sister Walker, ist schuld daran, was mit Isaiah passiert ist. Da bin ich sicher.«

Memphis sah zu Boden. »Isaiah hat eine besondere Gabe, Tante.«

»Was hat sie mit ihm angestellt?«

»Nichts! Ich sag es dir doch, Isaiah hat eine besondere Gabe.«

»Hol die Bibel. Wir werden für ihn beten.«

Octavia marschierte in Isaiahs Zimmer und Memphis folgte widerwillig.

»Memphis John, knie an meiner Seite nieder. Wir beten jetzt für deinen Bruder, wir beten dafür, dass diese Frau uns nicht den Teufel ins Haus gesandt hat.«

Memphis fiel vor Isaiahs Bett und neben seiner Tante auf die Knie, aber er tat es unwillig. *Warum?*, dachte er. *Warum soll ich zu Gott beten? Was hat er schon für mich und meine Familie getan?* Er spürte Zorn in sich aufsteigen, spürte, wie ihm die Tränen kamen.

»Ich bete nicht.«

Octavias Erschütterung ging in unerbittliche Entschlossenheit über. »Ich habe eurer Mutter versprochen, mich um euch Jungen zu kümmern, und das werde ich auch tun. Du betest jetzt mit mir.«

Da fuhr Memphis aus der Haut. »Warum fragst du Gott denn nicht, warum er mir meine Mutter genommen hat? Warum fragst du ihn nicht, wann mein Vater endlich nach Hause kommt? Warum fragst du ihn nicht, was er gegen meinen kleinen Bruder hat?«

Am liebsten hätte er auf irgendetwas oder -jemand eingedroschen. Die ganze Welt wollte er in Brand setzen, wieder heilen und aufs Neue niederbrennen.

Er war sich sicher, dass Octavia ihn jetzt anbrüllen und aus dem Haus werfen würde, weil er Gott gelästert hatte. Aber sie sagte nur leise: »Komm, hol dir etwas Huhn aus dem Kühlschrank. Ich bete alleine und wir unterhalten uns später«, was ihn fast mehr traf. Octavia senkte den Kopf. »Herr Jesus … bitte beschütze diesen Jungen, denn er wusste nicht, was er tat. Er ist ein guter Junge, Jesus …«

Isaiah wachte auf. »Tante, warum betest du denn? Memphis? Wohin gehst du?«

Memphis hatte keinen Hunger, und es gab keinen Ort, an den er sich zurückziehen konnte. Seit er Gabes Geist auf dem Friedhof gesehen hatte, war er nicht mehr dort gewesen. Aber er wollte auch nicht länger bei den Toten sitzen. Er brauchte jetzt die Lebenden um sich, er wollte bei Theta sein. Er ging in die Bibliothek und brachte dort in aller Stille sein eigenes Gebet dar. Er schlug seine Kladde auf und schrieb, bis seine Finger krampften und die Lichter in dem Restaurant auf der anderen Straßenseite erloschen. Er schrieb, bis er sich leer geschrieben fühlte. Er hatte einen Grund, weshalb er schrieb, und jemanden, für den er schrieb. Ganz unten auf die letzte Seite setzte er zwei Worte: *Für Theta.* Sein Geständnis war abgeschlossen, er faltete die Seiten, steckte sie in einen Umschlag und ließ sie auf dem Tisch liegen, damit der Postbote ihn mitnehmen konnte.

Die Ziegfeld Revue im Globe Theatre war in vollem Gange und das Publikum zeigte sich begeistert. Die Leute lachten laut und applaudierten enthusiastisch. Der ganze Abend hatte etwas Wildes, Fieberhaftes an sich. Seit dem Mord an Daisy war das Interesse an der Show größer denn je, und hinter der Bühne erzählte man sich, dass Talentsucher im Publikum säßen, um nach der neuen Louise Brooks oder einem Nachfolger von Eddie Cantor Ausschau zu halten. Jeder im Ensemble gab sein Bestes. Thetas tief dekolletiertes, glänzendes Kleid funkelte im Licht der Scheinwerfer, während Henry und sie sich die Gags zuspielten.

»Das ist mein Bruder Henry«, sagte Theta gurrend und wackelte mit einer Hüfte in Richtung des Pianos.

»Zumindest glaubt das mein Vermieter.« Sie zwinkerte und das Publikum lachte schallend. Es goutierte die gesamte Show und die Presse nahm Notiz davon. Ganz hinten im Theater saß Florenz Ziegfeld und lächelte. So manch armer Klotz rackerte sich ein Leben lang ab und las doch niemals seinen Namen in Leuchtbuchstaben. Andere dagegen hatten das gewisse Etwas und Theta Knight war eine von ihnen. Sie war auf dem besten Weg, ein Star zu werden, ob ihr das gefiel oder nicht.

»I'm a baby vamp who loves her daddy, I never wear paste when I can have pearls. So if you've got the Jack then everything's jake, 'cause I'm just one of those girls …«, sang Theta.

»Das hat uns unsere verehrte Mutter beigebracht!«, rief Henry und das Publikum fing an zu johlen.

Das Lied war eine einzige Lüge, war wie eine glitzernde Weihnachtskugel, die die Zuschauer von ihren Sorgen und Kümmernissen ablenken sollte. Und es herrschte stilles Einverständnis darüber, dass man sich gerne blenden ließ. Henry haute in die Pianotasten und Theta sang, was das Zeug hielt.

Sie hielten die Lüge in Schwung und die Zuschauer waren begeistert.

Sam saß an einem wackeligen Tisch in einer Kneipe im Brooklyn Navy Yard. Es war die Art Laden, die von Raufbolden und alten

Seemännern aufgesucht wurde, und es roch darin nach billigem Fusel und Schweiß. Sam saß mit dem Rücken zur Wand, um den Überblick über die ganze Kneipe zu haben, als er einen Mann zur Tür hereinkommen sah, der sich die Regentropfen vom Mantel schüttelte und dann auf den hinteren Teil der Kneipe zuging. Er setzte sich in die Sitznische neben Sam, ohne auch nur ein Wort mit ihm zu wechseln. Sam legte seine Postkarte auf den Tisch. Kurz darauf hob der Mann sie hoch und steckte sich die fünfzig Dollar, die darunterlagen, in die Tasche. Er drehte die Karte um, las sie und gab sie Sam zurück.

»Project Buffalo. Es hieß, sie hätten es nach dem Krieg beendet. Aber das stimmt nicht.«

»Und worum geht es dabei?«

Der Mann schüttelte unmerklich den Kopf. »Um einen Irrtum. Um einen Traum, der sich nicht erfüllt hat. Die alte Leier.«

Sam saß mit angespannter Miene da. »Ich habe Ihnen gerade fünfzig Dollar gegeben. Wissen Sie eigentlich, wie hart es für mich war, an die Kohle ranzukommen?«

Der Mann stand auf und zog sich den Hut tief ins Gesicht, sodass seine Augen verschattet waren. »Sie lebt noch, wenn es das ist, was Sie interessiert.«

»Und wo?«

»Es gibt Wahrheiten auf dieser Welt, die die Menschen nicht wirklich wissen wollen, wenn sie ehrlich sind. Deshalb heuert man Männer wie uns an. Damit unsere Auftraggeber weiter tanzen und arbeiten und nach Hause zu ihren kleinen Familien gehen und sich Radios und Zahnpasta kaufen können. Wollen Sie meinen Rat? Vergessen Sie die ganze Sache, Junge. Gehen Sie raus und genießen Sie das Leben. Soweit es noch genießbar ist.«

»So einer bin ich nicht.«

»Dann wünsch ich Ihnen Glück.«

»Und das ist alles? Sie wollen sich aus dem Staub machen und mich mit leeren Händen stehen lassen?«

Der Mann kaute an der Innenseite seiner Backe und warf einen schnellen Blick in den Raum, um sicherzugehen, dass niemand ihn beobachtete. Aber die Gäste um sie herum waren mit sich selbst beschäftigt. Der Mann zog einen billigen Motelkugelschreiber aus der Tasche und schrieb einen Namen auf die Papierserviette, die auf dem Tisch lag. »Sie wollen Antworten? Dann fragen Sie am besten als Erstes da nach.«

Sam starrte auf den Namen. Seine Kiefermuskeln spannten sich an. »Soll das ein Witz sein?«

»Ich hab Ihnen doch gesagt, vergessen Sie es.« Der Mann ging zur Tür und verschwand im Regen und in der Nacht.

Sam saß da und starrte auf die Tischplatte. Er wollte auf irgendetwas einschlagen. Wollte sich volllaufen lassen und mit der Flasche den Mond beschmeißen. Er warf einen zweiten Blick auf den Namen, der auf der Serviette stand, dann knüllte er sie zusammen und stopfte sie sich in die Hosentasche. Er würde nicht nur seine Mutter finden, sondern auch die Wahrheit, egal, wie lange es dauerte oder wie gefährlich es war. Egal auch, wer dabei auf der Strecke blieb.

Ein Mann drehte sich halb zu ihm um. »Sieh mich nicht an«, brummte Sam böse und tatsächlich sah der Mann direkt durch ihn hindurch. Sam verließ die Kneipe, tauchte unbemerkt in der Menge unter und ließ unterwegs die eine oder andere Brieftasche mitgehen.

Eine Windbö jagte heulend über das Kopfsteinpflaster der Doyers Street und setzte die Papierlaternen des Tea House in Bewegung. Im Hinterzimmer erwachte das Mädchen mit den grünen Augen aus ihrer Trance und holte keuchend Luft.

»Was?«, fragte der ältere Mann. »Was haben Sie gesehen?«

»Nichts. Ich habe nichts gesehen.«

Er runzelte die Stirn. »Man hatte mir gesagt, dass Sie traumwandeln und mit den Toten sprechen können.«

Sue zuckte mit den Achseln und nahm das Geld entgegen. »Vielleicht wollen die Toten ja nichts mit Ihnen zu tun haben.«

»Ich bin ein ehrbarer Mann!«, rief er.

»Wir werden sehen.«

»Sie sind eine Lügnerin! Eine Betrügerin ohne Ehrgefühl!«, griff der Mann sie an. Als er ging, knallte er die Tür so fest hinter sich zu, dass die Fenster bebten.

Der junge Mann kam mit ängstlichem Blick aus der Küche. »Ich dachte, du hast gesagt, du kannst die Geister von uns fernhalten.«

Das Mädchen sah starr aus dem Fenster. »Ich habe mich getäuscht.«

Mabel konnte wegen des Stimmengewirrs nebenan kaum lernen. Ihre Eltern hielten mal wieder eine ihrer Versammlungen ab. Die Diskussion war in den letzten zwanzig Minuten hitziger geworden, und Mabel wusste schon jetzt, dass sie sich bis in die frühen Morgenstunden hinziehen würde.

»Wir befürworten keine Gewalt«, sagte Mr Rose. »Was wir wollen, sind Reformen, keine Revolution.«

»Ohne Revolution kann es auch keine Reformen geben. Sieh dir doch nur Russland an«, insistierte ein Mann mit starkem Akzent.

»Genau, seht euch Russland an«, sagte ein anderer. »Das reine Chaos.«

»Und was ist mit den Arbeitern? Wenn wir nicht zusammenhalten, scheitern wir. Einigkeit macht stark.«

Mabel steckte den Kopf durch die Tür, um zu sehen, was nebenan vor sich ging. Der Raum war voller Qualm und wimmelte von Leuten. Überall lagen Papiere und Pamphlete herum. Ihre Mutter ließ sich gerade über die Zustände in einer Textilfabrik aus.

»Genauso übrigens wie in der Triangle Shirtwaist Factory«, erklärte sie.

Mabel war überrascht, mitten im Getümmel einen gut aussehenden jungen Mann zu entdecken, der auf dem Sofa saß und zu ihr hinübersah – und den sie von irgendwoher zu kennen glaubte. Sie schloss ihre Zimmertür wieder und kletterte hinaus auf die Feuertreppe, um ein wenig frische Abendluft zu schnappen. Einen Moment später kam der hübsche junge Mann ihr nach.

»Erinnern Sie sich noch an mich?«

»Ja, Sie waren am Union Square«, sagte Mabel, der die Begegnung plötzlich wieder in den Sinn kam. »Sie haben mich gerettet.«

Er streckte ihr die Hand entgegen. »Arthur Brown.«

»Mabel Rose«, sagte sie und schüttelte sie.

»Ich weiß«, sagte er mit einem ironischen Lächeln.

»Sollten Sie nicht drinnen bei den andern sein?«

»Die diskutieren ohnehin nur stundenlang weiter, ohne dass es zu etwas führt«, sagte er lachend und Mabel lächelte. Genauso verliefen diese Abende in aller Regel. »Schlussendlich wird dann entschieden, dass einer von ihnen eine weitere Rede hält oder einen Leitartikel in der Zeitung schreibt. Vielleicht versuchen sie auch, die Dockarbeiter gewerkschaftlich zu organisieren, oder sie demonstrieren vor dem einen oder anderen Betrieb.«

»Und das finden Sie nicht gut?«, fragte Mabel.

»Sie bezeichnen sich als radikal, aber sie sind es nicht wirklich.«

»Aber Sie sind es, nehme ich an, ja?« Mabel fühlte sich stellvertretend für ihre Eltern ein wenig beleidigt. »Meine Eltern haben für das Wohl anderer ziemlich viel geopfert.«

Arthur Browns Blick war unnachgiebig. »Ihre Tochter inbegriffen?«

Diese Bemerkung traf Mabel bis ins Mark. Ihre Wangen röteten sich. »Das war ziemlich unhöflich.«

»Ja, das stimmt. Tut mir leid. Ihre Eltern meinen es gut.«

Mabel neigte den Kopf zur Seite. »Aber …?«

Arthur lächelte sie entschuldigend an. »Es gibt Zeiten, in denen muss man ein wenig nachhelfen, damit sich etwas ändert. Wir sind eine Gruppe von jungen Leuten, die die Veränderung schneller erreichen wollen. Auf unsere Art und Weise. Falls Sie Lust haben, mal zu einem unserer Treffen zu kommen … ein smartes Mädchen wie Sie können wir gut brauchen.«

»Normalerweise unterstütze ich meine Eltern«, sagte Mabel.

Er nickte. »Natürlich. Vergessen Sie, dass ich es überhaupt erwähnt habe. Aber es muss ja auch kein Treffen sein. Um die Ecke gibt es einen Laden, der die besten Egg Creams der Stadt macht. Mögen Sie Egg Creams?«

Er hatte große braune Augen. Mabel durchfuhr ein kleiner Schauer, als sie hineinblickte. »Die mag doch jeder, oder?«

Er griff in die Innentasche seiner Jacke und Mabel sah darin die Umrisse einer Schusswaffe. »Hier, meine Karte.«

Mabel starrte auf die schwarze Schrift. ARTHUR BROWN.

»Heißen Sie wirklich so?«, fragte sie.

Er grinste. »Momentan schon.«

Mabel schauderte in der kühlen Abendluft. »Ich muss jetzt weiterlernen.«

»Hat mich gefreut, Mabel Rose.« Er tippte an seinen Hut und hielt ihr das Fenster auf, bevor er wieder ins Esszimmer und zu den Diskussionen dort zurückkehrte. Durch den Spalt ihrer nur angelehnten Tür beobachtete sie heimlich, wie Arthur Brown seine leidenschaftlichen Argumente vorbrachte. Für jemanden in seinem Alter sprach er recht selbstbewusst. Einmal entdeckte er sie und lächelte und Mabel versteckte sich schnell hinter der Tür. Sie überlegt einen Moment lang, dann öffnete sie das geheime Fach in ihrer Spieldose und legte Arthur Browns Karte hinein.

In der maroden Wohnung im alten Bennington wandte Miss Addie sich vom Fenster ab, lief aufgeregt in ihrem Zimmer auf und ab und versuchte sich darüber klar zu werden, was als Nächstes zu tun war. Schließlich rief sie zu ihrer Schwester hinüber: »Ich muss mich noch umziehen.«

Kurz darauf tauchte sie in einem alten Nachthemd und einer Schürze auf. »Beginnen wir.«

Miss Lillian holte eine der Katzen aus der Küche, einen getigerten Kater namens Felix, der – was für ein Jammer! – an sich ein respektabler Mäusefänger war. Sie hatten ihm Sahne und Opium verabreicht und nun lag er schlaff in Miss Lillians Armen. Sie legte ihn auf den Küchentisch, auf dem sie Zeitungspapier ausgebreitet hatten. Vor sich hinsummend öffnete Miss Addie eine Schublade in ihrem Sekretär und entnahm ihr einen Dolch. Der Dolch war ebenso scharf wie alt.

»Das ist aber eine hübsche Melodie, Schwester. Was ist denn das?«, fragte Lillian.

»Ich habe sie im Radio gehört. Sie wurde von einer Sopranstimme gesungen, aber die mochte ich nicht. Sie war mir zu schrill.«

»Das kommt leider häufig vor«, gackerte Miss Lillian. »Sind wir so weit?«

»Es ist an der Zeit«, sagte Miss Addie. Miss Lillian hielt Felix fest, dessen kleines Herz heftig zu pochen begann. Er machte einen Versuch, sich aus ihrem Griff zu winden, war aber zu benommen.

»Gleich ist es vorbei, Katerchen«, versicherte Miss Lillian. Sie schloss die Augen und gab ein babylonisches Wortgewirr von sich, das alt war wie die Zeit selbst, während Miss Addie mit dem Dolch den erforderlichen Schnitt in den Katzenbauch machte. Da sich die Katze nicht mehr regte, griff Miss Addie in ihre Bauchhöhle, zog die Eingeweide daraus hervor und ließ sie in eine Schüssel fallen. Ein Teil davon landete auf ihrer Schürze und sie war froh, dass sie sich vorher noch umgezogen hatte. Stirnrunzelnd sah sie in die

Schüssel. Miss Lillian ließ die blutige Katzenleiche auf dem Tisch zurück und trat zu ihr.

»Was siehst du, Schwester?«

»Sie kommen«, sagte Miss Addie. »Ach, liebe Schwester, sie kommen.«

Will saß an seinem Schreibtisch, der nur von einer der grün leuchtenden Lampen erhellt war. Es war still im Museum. Ein paar Stunden zuvor war ihm ein schlichter, auf der gegenüberliegenden Seite parkender Sedan mit zwei Männern in dunklen Anzügen aufgefallen, die das Museum beobachteten. Einer der beiden hatte Nüsse aus einer Papiertüte gegessen und die Schalen aus dem Fenster geworfen. Daraufhin hatte Will das Museum zugesperrt und war, ein harmloses Liedchen pfeifend, zu einem Automatenrestaurant um die Ecke geschlendert, wo er sich ein Sandwich und einen Kaffee bestellte, die er allerdings kaum anrührte. Von hier aus hatte er eine gute Sicht auf das Museum. Erst als er den Sedan wegfahren sah, kehrte er zurück und betrachtete nachdenklich das eingerissene Stück Zellophan, das er über der Tür befestigt hatte. Er ging langsam durch das ganze Museum und überprüfte jeden einzelnen Raum. Nach sorgfältiger Bestandsaufnahme wusste er schließlich, dass nichts fehlte. Jemand hatte sich nur umgesehen. Einstweilen jedenfalls.

Will reckte den Kopf, um den Blick auf das Deckengemälde in der Bibliothek zu richten: auf die Engel und Teufel, die über den Hügeln, Ebenen und Flüssen, über den Patrioten, den Pionieren, Ureinwohnern und Einwanderern der Neuen Welt schwebten. Dann schritt er in dem gedämpften, grünen Licht die Regale der alten Bibliothek ab, bis er vor einer ledergebundenen Ausgabe der Unabhängigkeitserklärung stand. Ihr entnahm er einen großen, abgegriffenen Umschlag, der in der rechten oberen Ecke einen Stempel trug: **U. S. Ministerium für Paranormale Erscheinungen, 1917.** Er schlug das Dokument auf der ersten Seite auf und las:

Bericht. An: William Fitzgerald, Jacob Marlowe, Rotke Wasserman, Margaret Walker.

Streng geheim.

Project Buffalo.

Will saß am Schreibtisch und las das ganze Dokument noch einmal. Als er fertig war, blieb er sitzen und starrte auf die Schatten der Bibliothek.

Er saß lange dort.

Der Mann mit dem Zylinder

Das Land war ein Versprechen, war die gelebte Vorstellung einer Freiheit, die aus der kollektiven Sehnsucht einer auf Träumen erbauten Nation hervorgegangen war. Jeder Felsen, jedes Flüsschen, jeder Sonnenauf- und -untergang schien ein gelungenes Geschäft zu sein, wie eine Garantie auf mehr. Das Land strotzte vor Kraft. Flüsse flossen schnell dahin auf Strömen des Verlangens. Purpurfarbene Berge krönten grasbewachsene Ebenen. Ulmen und Eichen, mächtige Mammutbäume und Schutz gewährende Kiefern sangen raunend über Berghängen, die sanft zu Tälern abfielen, Tälern, die dankbar waren für ihr Lied. Telefonmasten ragten neben Landstraßen empor und ihre einsamen Drähte erstreckten sich über der Flur, ein vages Versprechen auf Verbindung. Baufällige Zäune aus Hickoryholz, von gut meinenden Nachbarn errichtet, grenzten ländliche Farmhäuser ein und krümmten sich um rote Scheunen und stoische Windmühlen. Mais raschelte sanft im warmen Wind.

In den kleinen Städtchen des Landes säumten Häuser die Hauptstraße, an denen verschwommene, lieb gewordene Erinnerungen hingen. Ein Kirchturm. Ein Friseurladen. Eine Eisdiele. Ein Marktplatz und eine öffentliche Grünfläche, wie gemacht für ein Picknick. Ein Metzger. Eine Bäckerei. Ein Kerzenzieher. Jenseits der legendenumwobenen Städtchen schwebten Brücken, die im Abglanz des sie bedeckenden Herbstlaubs in Schönheit erstrahlten, über Bächen voller Fische. In den Gerichtsgebäuden saßen Frauen unter sich drehenden Deckenventilatoren und arbeiteten an Wandbehängen – TRAUTES HEIM, GLÜCK ALLEIN, GOTT SCHÜTZE AMERIKA – und ihre Ehemänner, die sich mit gefalteten Zeitungen Luft zufächelten und eine langatmige Auseinandersetzung darum führten, ob der Mensch nun nach der Vorstellung eines Handwerksmeisters geschaffen war und man ihn mit einem Schlüssel in seinem Rücken aufzog und in Bewegung setzte, damit er seine Rolle in einem rätselhaften, aber dennoch vorherbestimmten Schicksal einnahm; oder aber ob er aus dem Schlamm heraus- und von den Bäumen des Dschungels herabgekrochen war, verwandt mit wilden Tieren, ein evolutionäres Experiment des freien Willens, geworfen in eine Welt der Entscheidungen und Möglichkeiten. Zu einem Urteil darüber fand man nicht.

Die Straßen brauchten Platz. Sie dehnten sich aus. Sie streiften umher und eroberten Fläche. Sie schweiften an offenem Land vorbei. Am Wild und an der Antilope. An Büffeln. Vorbei an den Stämmen, die unter dem wachsamen Auge des Kreuzes an den Rand gedrängt worden waren. Die Straßen hielten Schritt mit der Eisenbahn, dem großen stählernen Rückgrat des Fortschritts, dem Pfeiler der Industrie. Das Lied der Zikaden vereinte sich mit dem Pfeifen der Dampfloks und der schrillen Sirene der Backsteinfabriken, wenn sie ihre schweißbefleckten Arbeiter um fünf Uhr entließen, um sie um sieben Uhr früh wieder einzusammeln. Die Bergarbeiter hackten und schleppten ihre schwere Last tief unter Tage, den Kanarienvogel immer im Blick. Im Westen brach Öl aus der harten Erde hervor und verseuchte alles mit Geld. Auf den Baumwollfeldern erklang die Melodie des Wehklagens.

Die Straßen drangen bis zu den Städten vor. Den gleißenden, vor Ehrgeiz fiebernden Städten, einem goldenen Paradies für prophetische Geschäftsleute, in dem Plakatwände für den Überfluss warben: »Ärzte empfehlen: Lucky Strikes – geröstet für Ihren Genuss!« – »Gehen Sie mit der Zeit! Imperial Airways!« – »Sie wollen Colgate's Ribbon Dental Creme – keine Frage!« – »Studebaker – das

Automobil mit Renommee!« Die Menschen meißelten Denkmäler für bedeutende Männer, Männer, die ihre Nation aufgebaut und Armeen angeführt hatten und deren Überzeugungen sich nun in Marmor und Granit verbargen. Die Menschen erschufen sich Idole und zerstörten sie wieder, tauften sie in Konfettiparaden, priesen sie unter Tränen von Gewinn und Verlust: ein Fest, um die guten Zeiten zu feiern, die niemals zu enden schienen, das Land ein einziges Festmahl.

Das Himmelsrad drehte sich auf die Dämmerung zu; noch leuchteten die Sterne nicht. Ein ungeduldiger Wind spielte mit den Baumkronen und ließ sie verdrießlich schwanken. An den Hintertüren standen Mütter und riefen ihre Kinder, die noch Verstecken spielten oder mit Konservenbüchsen kickten, nach Hause, wo sie sich vor dem Abendessen waschen und das Tischgebet sprechen sollten. Die Kinder beschwerten sich mächtig, aber die Mütter blieben standfest und die Spiele wurden beendet mit Aussicht auf den morgigen Tag. Die Straßenbeleuchtung ging flackernd an. In den Fabriken, den Schulen, den Polizeipräsidien und den Kirchen wurde es still. Ein leichter Nebel zog auf wie ein Balsam des Vergessens.

Auf den Friedhöfen schliefen die Toten mit offenen Augen.

Der graue Mann mit dem Zylinder trat aus dem Nebel und betrachtete das Land. Er hatte schon eine Weile nicht mehr hier gestanden und vieles hatte sich in seiner Abwesenheit verändert. Es veränderte sich immer viel. Seine Haut war grau gesprenkelt wie die Flügel einer Motte. Seine Augen waren schwarz und standen eng zusammen, seine Nase war spitz und seine Lippen dünn. Sein schäbiger Mantel lag über ihm wie ein Leichentuch. Er schüttelte den Staub aus seinen vielen Falten. Da flogen Krähen krächzend aus ihm heraus und hinauf in den Himmel, der jetzt geschwärzt war von Wolken, die das Unheil eines heraufziehenden Sturms verkündeten. Flüsternd sprach der Mann mit den Krähen. Dann mit den Bäumen und den Felsen, den Flüssen und den Hügeln. Er sprach in einer Sprache, die über das Wort hinausging.

In den Gräbern lauschten die Toten.

Der graue Mann schritt in das honigbraune Feld hinein und ließ sich von den Halmen an den Rissen der ledrigen Innenseiten seiner Hände kitzeln. Sein Hut war abgewetzt und glänzte und in seinem Schein spiegelte sich die verschwommene Miniatur des Landes. Ein Kaninchen hoppelte von Fleck zu Fleck und schnupperte nach Nahrung. Neugierig zuckelte es dicht an die Stiefelspitze des grauen Mannes heran und er hob das erschrockene Tier am Genick hoch. Das Kaninchen zappelte und trat heftig um sich. Mit dem Geschick eines Zauberers griff der Mann mit seinen langen Fingern durch Fell und Haut des Tieres und holte sein winziges Herz hervor, das noch immer fieberhaft pulsierte. Noch zweimal trat das Kaninchen mit seinen Pfoten – ein Reflex –, dann wurde es still. Der Mann mit dem Zylinder zerdrückte das Herz in seiner spröden Faust und das Blut sickerte Tropfen um Tropfen in den fruchtbaren Boden hinein.

Die Toten hörten es.

Jetzt schloss der Mann die Augen und atmete die gute Luft ein. Das Herz in seiner Hand schlug nur noch schwach.

»Die Zeit ist gekommen«, sagte er mit einer Stimme, die so schäbig klang, wie es sein Mantel war.

Das Herz glitt ihm aus den Händen. Er warf den Kopf zurück und erhob seine langen, blutverschmierten Finger zum schiefergrauen Himmel, an dem die Wolken wirbelten. Der Weizen bog sich im Wind. Der Mann sprach die Worte und aus seinen Fingerspitzen sprühten knisternde Blitze und rasten in hohem Bogen als glühendes Licht über den Himmel. Ein Funke traf die Seite eines einzeln stehenden Baumes und er fing Feuer – ein brennendes Zeichen auf der ockerfarbenen Ebene, von niemandem wahrgenommen als dem Wind, von niemandem gehört als den erwachenden Toten.

Der Mann mit dem Zylinder schritt über das zerstörte Feld, den schlafenden kleinen und großen Städten entgegen, den Fabriken und Baumwollfeldern, den Eisenbahnschienen und Straßen, den

Telefonmasten und Konfettiparaden. Er schritt auf die Heldendenkmäler zu, auf all die Sehnsucht und Ernüchterung der Menschen. Licht waberte knisternd um ihn herum, während er ausschritt, und der Boden hinter ihm war schwarz wie Asche.

Sitting on Top of the World

Am Rand des in Nebel gehüllten Waldes stand James und gab ihr ein Zeichen. Sie hörte das Geräusch ihres eigenen Atems, während sie ihrem Bruder durch Bäume und Schnee folgte. Die Kiefern dufteten stark, die Luft war frisch, und selbst im Traum war Evie sich bewusst, dass etwas anders war als sonst. Etwas stimmte nicht. In früheren Träumen hatte sie nie ihren Atem gehört oder den Duft der Kiefern wahrgenommen. Sie strich mit der Hand über die raue Rinde eines Baumstamms. Wie immer folgte sie James bis zu der Lichtung mit den todgeweihten Soldaten. Aber als sie nach rechts sah, bemerkte sie, dass sich der dichte Nebel am oberen Rand so weit gelichtet hatte, dass sie ein mit Zinnen und Mauertürmchen versehenes Dach erkennen konnte. Ein *Schloss?*, dachte sie verwundert.

Der Sergeant ließ seine Zigarette in den Schnee fallen, und sie wollte ihm zurufen, er solle schnell weglaufen. Aber sie konnte es nicht. Dieses Mal war sie nur Zuschauerin in ihrem eigenen Traum. Als dann der Blitz über den Himmel zuckte, kam er ihr unendlich greller und gewaltiger vor als in früheren Träumen. Sie stemmte sich aus dem Graben und rannte durch blutige Mohnblumenfelder. James wartete auf sie. Im Schlaf spannten sich ihre Muskeln an, während sie sich auf den Moment einstellte, in dem er seine Gasmaske vom Gesicht nehmen und sich in eine fratzenhafte Erscheinung verwandeln würde.

James' Hand griff nach der Maske, doch als er sie herunterzog, da war er der alte Goldjunge, das bevorzugte Kind ihrer Eltern.

Er öffnete den Mund und Evie verkrampfte sich wieder, da sie erneut einen entsetzlichen Anblick erwartete.

»Hallo, meine Kleine«, sagte er mit einer Stimme, wie sie sie zehn Jahre lang nicht mehr gehört hatte. »Das hätten sie nie tun dürfen.«

Evie erwachte mit einem kleinen, erstickten Keuchlaut und schweißnasser Stirn. Ihre Hände zitterten. James hatte mit ihr gesprochen! Luft – sie brauchte jetzt dringend frische Luft. Sie kletterte auf die Feuertreppe hinaus und setzte sich an ihre Lieblingsstelle auf dem Dach. Die Nachtluft trocknete den Schweiß auf ihren Armen. Sie fröstelte – es war inzwischen November und der Sommer endgültig vergangen –, aber sie konnte jetzt nicht in ihr kleines Zimmer zurückgehen und riskieren, wieder einzuschlafen. Am Rande des Central Parks schwankte ein Betrunkener zwischen Bürgersteig und Straße hin und her, brüllte immer wieder einen Mädchennamen und weinte. Ab und an wandte er sein Gesicht auch dem Himmel zu, als flehe er ein unsichtbares Gericht um Gnade an, und schüttelte dann den Kopf.

Evie fuhr zusammen, als sie hinter sich ein Geräusch hörte. Jericho stand im Pyjama, über den er seinen Mantel gezogen hatte, und mit einem Buch in der Hand hinter ihr.

»Entschuldige. Ich wollte dich nicht stören«, sagte er.

»Schon passiert.«

»Du zitterst ja.«

»Alles in Ordnung.«

»Nein, ist es nicht.« Er zog den Mantel aus und legte ihn ihr um die Schultern.

»Aber dann frierst *du* doch.«

»Ich spüre es nicht so.«

»Ah«, sagte Evie.

»Hast du wieder geträumt?«

Sie nickte. »Ja, aber diesmal war es anders. Diesmal hat er mit mir gesprochen, Jericho. Er hat mich angesehen und zu mir gesagt: ›Das hätten sie nie tun dürfen.‹«

»Wer? Wer hätte was nicht tun dürfen?«

»Ich weiß es nicht. Aber ich habe ganz stark das Gefühl, dass es dieses Mal mehr als ein Traum war, dass James versucht hat, mir etwas sehr Wichtiges mitzuteilen.«

»Vielleicht hast du auch nur von ihm geträumt, weil du ihn vermisst. Ich träume immer noch manchmal von meiner Familie.«

»Vielleicht.«

Jericho nahm ihre Hand in seine. Der Schauer, den seine Berührung auslöste, wanderte ihren ganzen Arm hinauf, was sie zu ignorieren versuchte.

»Ich habe nicht geglaubt ... ich habe nicht gewagt zu hoffen, dass du es verstehen könntest. Ich habe gedacht, du hältst mich für ein Monster«, sagte er.

»Wir sind doch alle Monster. Uns könnte man auf der Strandpromenade zur Schau stellen. Kommen Sie und sehen Sie die Freaks von Manhattan! Kleinen Kindern und Schwangeren ist der Zutritt nicht gestattet.« Evie lachte bitter und musste die Tränen zurückhalten.

»Ich habe immer gedacht, ich stehe alleine da. Bin anders als die anderen. Aber du bist auch anders.« Er sah sie mit einem Blick an, den sie noch nicht an ihm kannte. »Eine ganze Weile lang wollte ich nur noch sterben. Ich dachte, innerlich sei ich sowieso schon tot, seit sie mich in eine Maschine verwandelt hatten. Aber inzwischen fühle ich nicht mehr so.« Sein Gesicht war ihrem so nahe. Seine Hand lag auf ihrem Rücken. »Und ich weiß jetzt, was ich will.«

»Und was willst du?«, flüsterte Evie.

Nichts war ungeschickt oder zaghaft an Jerichos Kuss. Ungestüm presste er seinen Mund auf ihren und alles an ihr fühlte sich wach und lebendig an.

Trotzdem schob sie ihn von sich. »Ich kann nicht.«

»Und warum nicht?« Sein Gesicht nahm einen harten Ausdruck an. »Liegt es daran, dass ich so bin, wie ich bin?«

Sie schüttelte den Kopf. »Nein, es ist wegen Mabel.«

Jericho sah ihr in die Augen. »Aber ich will Mabel doch gar nicht. Ich will dich. Sag mir, dass du meinen Kuss nicht willst, und ich lasse es sein.«

Evie sagte nichts. Jericho zog sie eng an sich und küsste sie noch mal. Sie erwiderte seinen Kuss und genoss es, seine Lippen auf ihren zu spüren. War glücklich, seine Hände in ihren Haaren zu spüren. So ging es doch zu in der Welt, oder nicht? Man warf sein Auge auf etwas oder jemanden und schon kam das Leben daher. Mabel wollte Jericho; Jericho wollte Evie. Und Evie wollte in diesem Augenblick nur vergessen. Dass sie ihn heute Nacht küsste, musste noch nichts heißen. Morgen würde die Kurbel aufs Neue gedreht werden und das Getriebe der Welt sich schlingernd in Bewegung setzen. Sie konnte auch morgen oder übermorgen noch etwas regeln. Aber jetzt, in diesem Augenblick, war es gut und richtig, wie es war. *Er* war gut und richtig. Evie schmiegte sich an Jerichos breite Brust und ließ sich von ihm in den Armen halten. Er küsste sie auf die Stirn und gemeinsam sahen sie nach Osten, wo die Sonne gerade aufging und die Häuser der Stadt in blasse und doch hoffnungsfrohe Farben tauchte.

Aber etwas würde geschehen. Etwas, das sie nicht fassen konnte. Etwas Schreckliches. Und davor fürchtete sie sich.

»Ist etwas?«, murmelte Jericho und sie spürte seine Lippen an ihrem Hals.

»Nein. Alles ist wunderbar«, log sie.

Unten auf der Straße hatte der Betrunkene inzwischen aufgehört, nach seinem Mädchen zu rufen. Er sank auf die Knie, legte den Kopf auf das harte Straßenpflaster und weinte. »Was wir verloren haben, was wir verloren haben …«

In einem der gesichtslosen Häuser spielte ein Radio und Al Jolsons beschwingte Stimme übertönte den Kummer des Betrunkenen in der Gosse: »*I'm sitting on top of the world … just rolling along – just rolling along …*«

Die Sonne tauchte hinter dem Horizont auf und das helle Licht blendete Evie. »Küss mich«, sagte sie.

Jericho nahm ihr Gesicht in seine Hände und sein Kuss löschte den Himmel aus.

Nachbemerkung der Autorin

Um die Welt der *Diviners* erschaffen zu können, war viel Recherchearbeit nötig. Ich habe zahlreiche Stunden in unterschiedlichen Bibliotheken und Archiven verbracht und über Büchern, PDFs, Primärquellen und Fotografien gesessen. Weder Historiker noch Bibliothekare haben bei der Entstehung dieses Buches Schaden genommen, allerdings habe ich einigen von ihnen ziemlich mit meinen Fragen zugesetzt. Diesen wunderbaren, kompetenten Menschen bin ich für ihre Unterstützung und ihr Sachwissen sehr dankbar.

Abgesehen davon aber handelt es sich bei diesem Buch um eine erfundene Geschichte, und will man dem Gott der Erzählung gerecht werden, so muss man sich gewisse Freiheiten herausnehmen. Der Autor trägt die volle Verantwortung für die vorsätzliche Handlung dieses narrativen Flickwerks (Narratives Flickwerk wird übrigens der Name meiner neuen Band sein. Ich stelle mir da eine postmoderne Hipsterband mit allen möglichen Bart-Stylevarianten vor. Aber ich komme vom Thema ab.).

Um was für Flickwerk es hier geht, wirst du dich vielleicht fragen. Nun ja, einen Hotsy Totsy Club – betrieben von dem legendären Gangster Legs Diamond – hat es tatsächlich mal gegeben. Er lag nicht weit vom Theater District entfernt, also nicht in Harlem. Aber ich fand seinen Namen so bestechend, dass ich mich entschloss, ihn einfach beizubehalten. Dagegen gibt es in Upper Manhattan keinen versteckt liegenden afrikanischen Friedhof, es sei denn, er liegt so versteckt, dass nicht mal ich ihn kenne; auch ein Museum, das im Volksmund »Gruselkabinett« genannt wird, existiert nicht, genau so wenig wie ein Bennington-Gebäude mit schlechter Beleuchtung, in dem verrückte alte Katzenladys wohnen (abgesehen von jenem selbstverständlich, das in meiner Fantasie existiert).

Dennoch stammt vieles, was du hier liest, direkt aus den Geschichtsbüchern, und einige der bestürzendsten Versatzstücke beruhen auf Tatsachen. So hat es tatsächlich eine Eugenikbewegung gegeben, und auch die schaurigen Glühbirnentafeln auf den Jahrmärkten waren keine Seltenheit. Gleiches gilt für den Slogan ›Gesündere Familien für das Familienleben der Zukunft‹, für den Ku-Klux-Klan, den Chinese Exclusion Act (sowie den Immigration Act von 1924), und die Pillar of Fire Church. Oft sind die Ungeheuer, die unserer Fantasie entspringen, nicht annähernd so beängstigend wie die unsäglichen Taten, die von echten Menschen in Verfolgung des einen oder anderen Ziels begangen werden.

Ich habe bei der Entwicklung einer Geschichte, die immerhin Mystery, Magie, Ungeheuer und das Rätselhafte umfasst, so weit wie möglich versucht, mich an historische Fakten und den Zeitgeist zu halten – um Alltagsatmosphäre sozusagen.

Es gibt thematisch hochexplosive Quellen, falls du an weiterer Recherche über diese Zeit interessiert sein solltest. Eine vollständige Bibliographie findest du auf der *Diviners*-Webseite ›TheDivinersSeries.com‹. Viel Spaß bei der Grusellektüre!

Danksagung

Viele Menschen haben dazu beigetragen, dass aus dem ersten, noch wirren Impuls – ›Ich hab da eine Wahnsinnsidee‹ – ein fertiges Buch geworden ist, und ich möchte nicht versäumen, ihre für mich unverzichtbaren Beiträge an dieser Stelle zu würdigen. Mein großer Dank gilt folgenden Personen und Institutionen:

Dem ganzen Team von Little, Brown Books for Young Readers: Megan Tingley, Andrew Smith, Victoria Stapleton, Zoe Luderitz, Eileen Lawrence, Melanie Chang, Lisa Moraleda, Jessica Bromberg, Faye Bi, Stephanie O'Cain, Renée Gelman, Shawn Foster, Adrian Palacios und Gail Doobinin.

Meiner Lektorin, der wundervollen Alvina Ling, die härter arbeiten kann als James Brown (zumal er nicht mehr unter uns weilt) und dieses Manuskript mit sicherer Hand, brillanten Einsichten und gelegentlichen Karaokeeinlagen betreut hat. Ebenso der Lektoratsassistentin Bethany Strout, die ein fantastisches Auge für Details hat und eine coole Version von *Baby Got Back* singen kann.

Meinem Agenten Barry Goldblatt, der sich wie immer als grundanständiger Mensch erwiesen hat; das würde ich übrigens auch erwähnen, wenn wir nicht verheiratet wären, was wir aber – zu meinem großen Glück – sind.

Meiner Korrektorin Joanna Kremer, die sehr wahrscheinlich eine Regierungsagentin ist und eigens in einem Labor herangezüchtet wurde, um all die fürchterlichen Fehler aus den Manuskripten zu tilgen. Aus demselben Labor muss auch meine Fakten-Prüferin

Elizabeth Segal stammen. Beiden Damen meinen immerwährenden Dank.

Nichts, rein gar nichts hätte ich ohne die Heldentaten meiner fantastischen Assistentin mit dem treffenden Namen Tricia Ready zustande gebracht, die mich nicht nur bei meinen Recherchearbeiten, der Terminplanung und dem Lesen des Manuskripts unterstützt, sondern auch immer noch irgendwo eine Flasche Dr. Pepper aufgetrieben hat.

New York City verfügt über viele großartige Bibliotheken und Bibliothekare; etliche von ihnen haben mich wie die Superhelden (ohne das pompöse Cape) bei meiner Arbeit unterstützt. Herzlichsten Dank (und eine Ryan-Gosling-Pappfigur in Lebensgröße) an meine Bibliotheksfreunde Karyn Silverman von der Elisabeth Irwin High School und Jennifer Hubert Swan vom Little Red School House. Tausend Dank auch (und einen Obstkorb) an Eric Robinson von der New York Historical Society, Richard Wiegel und Mark Ekman vom Paley Center for Media, Virgil Talaid vom New York Transit Museum, Carey Stumm und Brett Dion von den New York Transit Museum Archives und allen Mitarbeitern der New York Public Library, dem Schomburg Center for Research in Black Culture und der Brooklyn Public Library.

Die Historiker Tony Robins und Joyce Gold haben mit mir einen historischen Rundgang durch Harlem und Chinatown, respektive die Lower East Side gemacht; für die Zeit, die sie mir geschenkt haben, kann ich ihnen gar nicht genug danken. Dr. Stephen Robertson von der University of Sydney, dem Autor von *Playing the Numbers: Gambling in Harlem Between the Wars* war so freundlich, mir im Anschluss an seine Vorlesung an der Columbia University alle meine Fragen über Zahlenläufer zu beantworten. Und der Musiker Bill Zeffiro war eine unerschöpfliche Wissensquelle für die Musik der Zwanzigerjahre.

Großen Dank schulde ich auch meinen Testleser*innen Holly Black, Barry Lyga, Robin Wasserman, Nova Ren Sume und Tricia

Ready für ihre Einblicknahme in die allerersten Fassungen meines Romans. Alles Liebe und tausendfachen Dank all denen, die mein Schreiben in so mancher Phase begleitet, meinem Gejammer gelauscht, meine Fragen beantwortet und ertragen haben, wann immer ich mir wieder neue Handlungsszenarien ausgedacht habe, ohne eine Zyankalikapsel zu schlucken: Holly Black, Coe Booth, Cassandra Clare, Gayle Forman, Maureen Johnson, Jo Knowles, Kara LaReau, Emily Lockhart, Josh Lewis, Barry Lyga, Dan Poblocki, Sara Ryan, Nova Ren Suma und Robin Wasserman.

Wie immer danke ich auch meinem Sohn Josh für seine gutmütige, geduldige Art, wenn er sanft mit seinen Augen rollt und dabei sagt: »So ist sie nun mal vor Abgabeterminen.« Du bist ein prima Kerl, mein Junge!

Mein Dank geht nicht zuletzt auch an die wunderbaren Baristas im Red Horse Café in Brooklyn – Chris, Derrick, Bianca, Aaron, Jen, Julia, Seth, Brent und Carolina –, die mich stets mit beinahe schon sträflichen Mengen an Kaffee versorgt haben.

Sollte ich hier irgendjemanden vergessen haben, so möge er dies bitte entschuldigen. Wenn wir uns das nächste Mal begegnen, dann bedenken Sie mich ruhig so lange mit Ihrem finstersten Blick, bis ich Ihnen zur Entschädigung einen Eisbecher spendiert habe.